브로큰 하버

브로큰 하 BROKEN HARBOUR 버

타나 프렌치 장편소설
박현주 옮김

엘릭시르

마술사이자 신사인 달리를 위해

차
례

1

이것 하나는 똑바로 짚고 넘어가자. 나는 이 사건에 완벽한 적임 자였다. 선택권이 있을 때 얼마나 많은 녀석이 질색하고 도망갔을 지 안다면 깜짝 놀랄 것이다. 그리고 내게는 선택권도 있었다. 적어 도 처음에는. 한두 사람이 내 면전에 대고 말했다. "잘해봐. 자넨 몰 라도 난 사양이야." 나는 조금도 거리끼지 않았다. 그들에게 느낀 감 정이라고는 안타까움뿐이었다.

몇몇 경찰은 언론의 주목을 받는 수사에 열정이 없다. 부담이 큰 사건. 쓰레기 같은 기자들이 무더기로 들러붙는데다 해결하지 못하 면 여파가 너무 크다. 나는 그런 부정적인 생각 자체를 하지 않는다. 해결 못 한 여파를 맞고 얼마나 다칠지 생각하는 데 에너지를 써버 리면 벌써 반쯤 쓰러진 것이다. 나는 긍정적인 면에 집중했고 이 사 건에는 긍정적인 면이 많았다. 그런 것들에 초연한 척할 수는 있지만 큰 사건은 초고속 승진을 할 수 있는 사건이라는 건 모두가 안다. 신문의 헤드라인을 장식할 수 있는 사건은 내게 맡기고 너희는 마약상이 칼에 찔려 죽는 사건이나 계속 처리하라고. 압박을 못 견딜 것 같으면 일반 경찰로 살아가든가.

아이들이 관련된 사건은 처리하지 못하는 녀석들도 있다. 그럭저럭 정당한 핑계라고는 할 수 있지만, 이런 질문 미안하지만, 끔찍한 살인 사건도 다루지 못한다면 대체 살인수사과에서 뭘 하며 꾸물대고 있는 건가? 지적재산수사과라면 너 같은 녀석들이 섬세한 궁둥이를 슬쩍 얹는다 해도 환영할 텐데. 나는 일을 하는 동안 아기들, 익사자들, 강간 살해 사건을 비롯해, 엽총을 맞고 머리가 날아가 뇌수 잔해가 벽에 들러붙은 사건들을 처리해왔다. 그러고도 사건만 해결된다면 잠도 푹 잘 잔다. 누군가는 해야 하니까. 그게 나라면 사건은 제대로 처리된다.

말이 나온 김에 하나만 더 분명히 짚고 넘어가야겠다. 나는 내 일 하나는 끝내주게 잘한다는 것. 나는 여전히 그렇게 믿고 있다. 십 년이나 살인수사과에 있었고 그 기간 중 칠 년, 여기 적응한 이래로는 가장 높은 해결률을 보유했다. 올해는 2위로 내려갔지만 1위를 차지한 친구는 연속 슬램덩크를 얻은 셈이었다. 용의자가 실질적으로 자기 손목에 수갑을 채우고 어서 잡아 잡수라는 식으로 제 발로 나선 가정 범죄들뿐이니까. 나는 힘든 사건, 아무도 아무것도 못 보고, 약쟁이가 약쟁이를 고발하는, 단조로운 노동을 맡았지만 그래도 여전히 승점을 올렸다. 우리 과장이 한 번이라도 의심을 했더라면 언제든 나를 그 사건에서 빼낼 수 있었을 것이다. 과장은 그렇게 하지 않았다.

이게 바로 내가 하려던 말이다. 이 사건은 시계태엽처럼 흘러가야만 했다고. 모든 일을 바로잡는 법에 대한 빛나는 예시로서 교과서에 수록될 만한 사건으로 기록되어야만 했다고. 원칙적으로 이 사건은 꿈같이 이상적인 사건이어야만 했다.

사건이 뚝 떨어진 순간 나는 소리만 듣고도 큰 건임을 알아차렸다. 우리 모두가 알았다. 기본적으로 살인 사건은 곧장 살인수사과 사무실로 와서 사건 담당표의 다음 순서에 있는 사람에게 간다. 혹은 그 사람이 빠지면 누구든 근처에서 어정거리는 사람에게 가기 마련이다. 오로지 큰 건만, 적임자의 손에 맡겨야 하는 민감한 건만 과장에게 전해져 사람을 뽑는다. 그래서 오켈리 과장이 살인수사과 사무실 문으로 머리를 들이밀고 나를 가리키며 "케네디, 내 사무실로 와"라고 퉁명스럽게 말하고 사라졌을 때 우리는 알았다.

나는 의자 등받이에 걸쳐놓은 재킷을 휙 벗겨서 걸쳤다. 심장박동이 빨라졌다. 그런 사건이 내 앞에 떨어진 것이 너무 오랜만이었다. "아무 데도 가지 마." 나는 파트너 리치(리처드)에게 말했다.

"우우." 퀴글리가 짐짓 무서움에 떠는 척하며 통통한 손을 흔들었다. "스코처가 또 똥통에 빠졌나? 그런 날이 다시는 안 올 줄 알았는데."

"구경이나 잘해." 나는 넥타이를 바로잡았다. 퀴글리가 사건을 받을 차례였기 때문에 재수 없게 굴고 있었다. 이 자식이 자리나 차지하고 앉은 쓰레기가 아니었다면 오켈리 과장은 사건을 퀴글리에게 줬을 것이었다.

"너 무슨 짓 하고 다녔나?"

"네 여동생이랑 한판 떴다. 종이봉투를 미리 챙겨 갔지."

다른 녀석들이 킥킥대자 퀴글리가 노파처럼 입술을 꽉 다물었다.

"재미없어."

"너무 아픈 데를 찔렀나?"

리치는 입을 떡 벌리더니 호기심에 의자에서 뛰어내릴 뻔했다. 나는 주머니에서 실빗을 휙 꺼내 머리를 빨리 한번 빗었다. "괜찮아 보여?"

"알랑방귀나 뀌는 녀석." 퀴글리가 부루퉁하게 내뱉었다. 나는 무시했다.

리치가 말했다. "네, 아주 좋습니다. 무슨……?"

"아무 데도 가지 마." 나는 반복하고 오켈리 과장 뒤를 따라갔다.

내가 잡은 두 번째 실마리. 과장은 책상 뒤에 서서 두 손을 바지 주머니에 넣은 채로 발끝으로 오르락내리락하고 있었다. 사건 때문에 아드레날린이 치솟아서 자리에 가만히 앉아 있을 수가 없는 모양이었다. "꾸물거리는군."

"죄송합니다."

오켈리 과장은 자리에 선 채로 이를 훑으며 책상 위에 놓은 신고 접수서를 다시 읽었다. "멀린 사건 파일은 어떻게 되고 있지?"

나는 지난 몇 주일간 기소국장에게 보고할 까다로운 마약상 사건을 맡아, 개자식이 미꾸라지처럼 빠져나갈 틈 하나 없이 철저하게 자료를 모으고 있었다. 어떤 형사들은 기소가 되는 순간 자기 일이 끝났다고 하지만 나는 내가 잡은 물고기가 바늘에서 빠져나가면 개인적으로 불쾌감을 느낀다. 그런 일은 거의 없다. "잘되어가고 있습니다. 얼추."

"다른 사람이 마무리해도 될 정도로?"

"문제없습니다."

오켈리는 고개를 끄덕이면서 계속 읽었다. 그는 질문받는 걸 좋아한다. 누가 상사인지 깨우쳐줄 수 있으니까. 그리고 오켈리가 상사가 된 후, 일을 스르륵 풀기 위해서 나는 기꺼이 착한 강아지처럼 배를 뒤집고 구르며 재롱을 부렸다. "뭔가 사건이 들어왔군요?"

"브라이언스타운이라고 아나?"

"들어본 적 없습니다."

"나도 없어. 새로 조성된 단지라는데. 해변 위쪽 밸브리건 지나서. 이전엔 브로큰베이였다나, 그런 곳이라는군."

"브로큰하버입니다." 나는 말했다. "네, 브로큰하버는 압니다."

"지금은 브라이언스타운이야. 그리고 오늘 밤이면 전국이 그 이름을 듣게 될걸."

"심각한 사건이군요."

오켈리는 짓누르는 듯이 손바닥으로 신고 접수서를 묵직하게 짚었다. 그가 말했다. "남편, 아내, 아이 둘이 자택에서 칼에 찔렸어. 아내는 병원에 실려 갔고. 아슬아슬한 상태야. 다른 가족은 다 죽었어."

우리는 잠시 그 말이 허공으로 날린 작은 전율에 귀를 기울이며 사라지도록 놔두었다. "어떻게 신고가 들어왔습니까?"

"부인의 여동생 쪽. 두 사람은 매일 아침 통화를 한다는데 오늘은 연락이 안 됐다더군. 이상하니까 몸을 일으켜서 차에 타고 브라이언스타운까지 왔다는 거야. 차는 차로에 있고 불은 대낮처럼 환하게 켜져 있는데 초인종을 눌러도 아무도 안 나오고. 그래서 경찰에 신고를 한 거지. 경찰이 문을 부수고 들어갔다가 깜짝 놀라 뒤로 넘어갔어."

"현장에는 누가 있었습니까?"

"정복 경관들뿐이었어. 딱 봐도 자기들이 처리할 수 있는 사건이 아니니 곧장 보고했더군."

"훌륭하군요." 몇 시간 동안 형사 노릇을 하며 사건 현장을 이리저리 헤집어놓은 뒤에야 패배를 인정하고 진짜 형사들에게 보고하는 얼간이들도 널렸다. 적어도 머리가 돌아가는 녀석들이 처음 목격자라니 운이 좋았던 듯했다.

"네가 이 사건을 맡아. 할 수 있겠어?"

"영광입니다."

"다른 사건들을 못 놓겠으면 지금 말해. 플래허티에게 맡길 테니. 이 사건이 우선순위야."

플래허티는 몇 번이나 슬램덩크를 넣었고 사건 해결률도 1등인 친구였다. "그럴 필요 없습니다. 제가 맡겠습니다."

"좋아." 오켈리는 말은 그렇게 했지만 신고 접수서를 넘기지는 않았다. 그는 서류를 기울여 전등 빛 아래서 찬찬히 들여다보면서 손가락으로 턱선을 문질렀다. "커런은……." 그가 말을 이었다. "이 건을 맡을 깜냥이 돼?"

애송이 형사 리치 커런은 살인수사과에 배치된 지 두 주밖에 되지 않았다. 형사들은 대체로 신입 교육을 좋아하지 않아서 내가 맡는다. 자기 일을 잘하는 사람은 그 지식을 전달할 책임이 있다. "그럴 겁니다." 나는 대답했다.

"걔는 잠시 다른 건에 붙여두고 일 똘똘하게 하는 다른 친구를 붙여줄 수도 있어."

"커런이 압박을 버티지 못하는 녀석이라면 지금 알아내는 편이 낫죠." 나는 자기 일 똘똘하게 하는 다른 친구는 원치 않았다. 신참에게 잔소리하는 건 입 아프지만 성가신 수고를 덜 수 있다는 덤이 있다. 여기 온 지 한참 된 우리 모두는 자기 나름의 일 처리 방식이 있고 사공이 너무 많으면 배가 산으로 가기 마련이다. 유망한 신입은 다루는 법을 파악하기만 하면 다른 고참보다 덜 거치적거린다. 너 먼저 나 먼저 하면서 시간을 낭비할 여유가 내겐 없었다. 이번 건은 더 그랬다.

"어느 쪽이든 사건 지휘는 자네가 하는 건데."

"절 믿으십시오. 커런도 처리할 수 있습니다."

"위험이 커."

신입은 일 년 정도 수습 기간을 거친다. 공식적인 건 아니지만 진지하지 않은 것도 아니었다. 리치가 걸음마를 떼자마자 이렇게 환히 주목받는 사건에서 실수라도 한다면 책상을 빼게 될 수도 있었다. 나는 말했다. "잘해낼 겁니다. 그 친구가 잘해내도록 제가 신경 쓰겠습니다."

오켈리가 말했다. "커런을 위해서만은 아니야. 자네가 큰 사건 맡은 게 얼마 만이지?"

그의 작고 날카로운 눈이 내게 박혔다. 내가 마지막으로 맡은 큰 사건은 어그러졌다. 내 잘못은 아니었다. 친구라고 생각했던 작자의 농간에 넘어가서 똥통에 빠졌고 거기서 빠져나왔지만 여전히 사람들은 기억한다. 나는 말했다. "거의 이 년 됐죠."*

"좋아. 이걸 해결해. 그러면 자네도 원래 궤도로 돌아올 거야."

오켈리 과장은 다른 말은 덧붙이지 않았다. 우리 두 사람 사이에 놓인 책상 위에 짙고 무거운 것이 내려앉았다. 내가 대답했다. "제가 해결할 겁니다."

오켈리는 고개를 끄덕였다. "내 생각도 그래. 계속 보고해." 그는 몸을 앞으로 내밀며 책상 너머로 신고 접수서를 건넸다.

"감사합니다, 과장님. 실망시키지 않겠습니다."

"쿠퍼와 감식반이 오고 있어." 쿠퍼는 법의학자였다. "인력이 필요할 거야. 일반지원팀에 말해서 보조 인력 좀 보내라고 하지. 여섯 명이면 되겠지, 지금 당장은?"

"여섯 명이면 괜찮을 것 같습니다. 더 필요하면 보고하겠습니다."

방을 나가려고 할 때 오켈리가 덧붙였다. "그리고 제발 커런 옷 좀 어떻게 해."

"지난주에 말은 해뒀습니다."

"한 번 더 해. 어제 입었던 그 망할 후드 티는 뭐야?"

"운동화는 신지 못하게 한 걸로 감지덕지죠. 한 번에 한 걸음씩 떼야 하지 않겠습니까?"

"이 사건에 남고 싶으면 현장에 가기 전에 큰 걸음으로 몇 발짝 떼는 게 좋을걸. 언론이 똥파리처럼 모여들 텐데. 코트라도 입어서 운동복이든 뭐든 오늘 왕림할 때 입고 온 걸 감추라고 해."

"제 책상에 여분의 넥타이가 있습니다. 그 친구는 괜찮을 겁니다." 오켈리는 돼지 목에 진주를 걸어봤자 어쩌고 하면서 신랄한 말을 웅얼거렸다.

---

* 타나 프렌치 『페이스풀 플레이스』의 사건을 가리킨다.

살인수사과 사무실로 돌아오는 길에 나는 신고 접수서를 훑었다. 오켈리가 이미 말해준 사항밖에 없었다. 피해자는 패트릭 스페인, 부인 제니퍼, 그리고 아이들인 에마와 잭이었다. 신고자는 부인의 자매인 피오나 래퍼티였다. 이름 아래 신고받은 접수원이 경고하듯 대문자로 써놓았다. "주의: 담당 경찰관의 권고에 따르면 신고자는 히스테리 상태임."

리치는 무릎에 용수철이라도 달린 양 다리를 번갈아가며 굽혔다 폈다 하고 있었다. "무슨⋯⋯."

"준비해. 가자."

"내 말 맞지." 퀴글리가 리치에게 말했다.

리치는 천진난만한 눈길을 그에게 보냈다. "무슨 말 하셨습니까? 죄송해요, 별로 집중을 안 하고 있었어요. 딴생각 좀 하느라고. 제 말 무슨 뜻인지 아시죠?"

"너한테 잘해주려고 하는 거야, 커런. 싫으면 관두든가." 퀴글리의 얼굴엔 자존심 상한 표정이 떠올라 있었다.

나는 코트를 걸쳐 입고 서류 가방을 살피기 시작했다. "둘이 재미있는 잡담을 나눴나 본데. 나도 좀 끼워주지?"

"아무것도 아닙니다." 리치가 즉시 말했다. "그냥 시시껄렁한 잡담이었어요."

"꼬마 리치에게 알려주려고 했을 뿐이야." 퀴글리는 저만 옳다는 듯이 말했다. "과장이 너만 단독으로 부르는 건 좋은 징조가 아니라고. 리치에게는 숨기고 너한테만 정보를 넘긴 거잖아. 그건 얘가 살인수사과에서 어떤 위치에 있는지 알려주는 거 아니겠어? 얘는 별로 생각하고 싶지 않은 모양이지만."

퀴글리는 용의자를 강하게 압박하는 걸 좋아하듯 신입에게 텃세 부리기를 좋아했다. 용의자 압박이야 우리 모두가 그렇게 한다. 하지만 그는 우리 대부분보다 심했다. 그래도 보통 내 부하들은 가만히 놔둘 머리는 있었지만 리치가 퀴글리의 부아를 돋운 모양이었다. 내가 말했다. "얘는 당분간 생각할 일이 산더미 같을 거야. 쓸데없는 헛소리에 정신 팔 여력이 없다고. 커런 형사, 이제 가도 되겠나?"

"뭐." 퀴글리는 겹턱을 당겼다. "나는 신경 쓰지 말라고."

"내가 널 언제 신경 썼다고." 나는 서랍에서 꺼낸 넥타이를 책상 뒤로 숨겨서 몰래 코트 주머니에 쑤셔 넣었다. 퀴글리에게 쓸데없이 무기를 줄 필요는 없으니까. "준비 됐나, 커런 형사? 출동하자고."

"나중에 보자고." 퀴글리가 떨떠름하게 리치에게 말했다. 리치가 손 키스를 보냈지만 내가 아는 척할 일은 아닌 것 같기에 그저 못 본 척했다.

시월 추위가 짙게 깔린 잿빛 화요일 아침이었고 삼월만큼이나 음산하고 짜증스러운 날이었다. 나는 차고지에서 제일 좋아하는 은색 BMW를 탔다. 공식적으로 차 배정은 선착순이었지만 가정폭력수사과는 살인수사과가 타는 제일 좋은 차에는 가까이 가지도 않으려 했기에 좌석은 내가 선호하는 위치 그대로 남아 있었고 누가 바닥에 햄버거 포장지를 버려놓지도 않았다. 나는 자면서도 브로큰하버까지 갈 자신이 있었지만 내 생각이 착각인지 확인할 만한 날은 아니었기에 GPS를 켰다. 내비게이션엔 브로큰하버가 나오지 않았다.

브라이언스타운으로 가라고 했다.

리치는 살인수사과에 배정되고 처음 두 주 동안은 밀린 사건 서류를 정리하는 일을 도왔고 가끔 나오는 뜻밖의 증인들을 재면담했다. 그에게는 이번 사건이 사실상 첫 번째 살인 사건이었다. 그는 신발에서 튕겨 나가지 않을까 싶을 정도로 들떠 있었다. 리치는 차가 움직일 때까지 간신히 억누르고 있다가 불쑥 내뱉었다. "우리 사건 맡은 겁니까?"

"그래."

"어떤 사건인데요?"

"살인 사건." 나는 빨간불에 차를 세우고 넥타이를 꺼내서 건넸다. 그나마 운이 좋았다. 리치는 가슴털이 다 비칠 만큼 얄팍한 싸구려 재질이기는 했지만 셔츠를 입었고 회색 바지도 한 사이즈쯤 크지만 않았더라도 그럭저럭 괜찮게 보일 법했다. "이거 매."

그는 넥타이를 처음 본 사람처럼 쳐다보았다. "네?"

"매라고."

순간 내가 차를 길가에 붙여놓고 넥타이를 매줘야 하는 거 아닐까 하는 생각도 들었다. 저 친구가 마지막으로 넥타이를 맨 것은 아마도 견진성사 때였을 것이다. 그래도 자기가 그럭저럭 매긴 한 것 같았다. 그는 선바이저를 내려 거울을 보고 확인했다. "샤프해 보이는데요, 그렇죠?"

"더 낫네." 오켈리 말이 맞았다. 넥타이를 해봤자 차이가 없었다. 넥타이 자체는 괜찮았다. 적갈색에 줄무늬를 섬세하게 짜 넣은 실크 제품이었다. 어떤 사람은 좋은 걸 입으면 태가 나지만 어떤 사람은 영 태가 안 난다. 리치는 끽해야 175센티미터 정도에 팔다리가 길고 앙상한데다 어깨가 좁아서 기록상 서른한 살이었음에도 열네 살 정도로밖에 보이지 않았다. 편견 덩어리라고 해도 어쩔 수 없지만, 나는 한번 쓱 훑어본 것만으로도 그가 어떤 동네 출신인지 정확히 짚을 수 있었다. 완전히 티가 났다. 지나치게 짧은 옅은 색 머리카락, 날카로운 생김새, 한쪽 눈으로는 말썽거리를, 다른 한쪽으로는 잠기지 않은 문을 찾고, 쉴 새 없이 통통거리며 돌아다니는 걸음걸이. 그가 맨 넥타이는 훔친 물건처럼 보였다.

리치는 한 손가락으로 가늠해보듯 문질렀다. "좋은 거네요. 나중에 돌려드릴게요."

"가져. 틈나는 대로 네 것도 몇 개 사고."

곁눈질로 나를 힐끔 보기에 무슨 말을 하려나 싶었는데 그는 말을 삼켰다. 대신 "고맙습니다"라고만 했다.

우리는 부두에 다다라 M1 도로로 향했다. 바다에서부터 불어온 바람이 리피 강둑을 강타해서 행인들은 고개를 숙이고 바람 속을 걸었다. 사륜구동을 모는 어떤 새끼가 교차로를 건너갈 시간이 안 된다는 걸 몰랐는지 아니면 신경도 쓰지 않았는지 무작정 꼬리를 물고 들어와 차선을 막고 있는 동안 나는 블랙베리 폰을 꺼내 제리(제럴딘) 누나에게 문자를 보냈다. "제리 누나, 긴급 부탁. 되도록 빨리 가서 디나 좀 데려올 수 있어? 걔가 근무시간 손해를 봤네 뭐네 떠들면 내가 그 돈 메워주겠다고 해. 걱정 마. 내 생각에 디나는 지금까진 괜찮지만 이틀 정도는 누나네 집에 있어야 해. 나중에 전화할게. 고마워." 과장 말이 맞았다. 브로큰하버에 기자들이 쫙 깔리기 전까지, 아니면 사건이 언론에 쫙 깔리기 전까지는 두어 시간밖에 남지 않았다. 디나는 아기나 다름없었다. 제리 누나와 나는 여전히 그 애를 지켰다. 그 애가 이 이야기를 들을 때는 안전한 곳에 있어야 했다.

리치는 기특하게도 문자하는 것을 못 본 척해주고 대신 내비게이션만 응시했다. "시내 밖으로 나가네요?"

"브라이언스타운이야. 들어봤어?"

그는 고개를 저었다. "그런 이름이면 새로 조성된 동네 중 하나겠는데요."

"맞아. 해안 위쪽. 전에는 '브로큰하버'라고 부르던 동네였지만 이후에 누가 개발한 것 같더군."

사륜구동 새끼가 가까스로 길을 비켜주자 차들은 다시 움직였다. 경기 침체의 긍정적인 면 중 하나다. 도로에는 차가 반쯤 빠졌고 아직 갈 데가 있는 사람들만 실제로 도로에 있다. "얘기 좀 해봐. 이 일 하면서 본 가장 최악의 광경은 뭐였어?"

리치는 어깨를 으쓱했다. "한동안은 계속 교통계에 있었죠. 그다음에는 교통사고처리과. 심각한 것도 꽤 많이 봤어요. 사고요."

교통사고처리과는 모두 그렇게 생각한다. 나도 그랬었다. 한때는. "아니, 넌 진짜로 끔찍한 건 못 봤어. 그런 얘기 해봤자 네가 아직 순진하단 뜻밖에 안 돼. 어떤 멍청한 새끼가 너무 빨리 코너를 돌다가 아이를 쳐서 머리가 갈라진 현장을 보는 게 불쾌하긴 하겠지. 하지만 어떤 미친 새끼가 일부러 숨이 끊어지도록 아이 머리를 벽에다 박아서 갈라진 현장에 비하면 아무것도 아니야. 지금까지는 불운이 닥치면 사람들이 어떻게 되나만 봤겠지. 이제부터는 사람들이 서로에게 무슨 짓을 하는지 보게 될 거야. 내 말 잘 들어. 그건 같은 게 아니라고."

리치가 물었다. "아이 사건이에요? 우리가 가는 데가?"

"가족 사건이야. 아버지, 어머니, 아이 둘. 부인만 살아남았다지. 나머지는 다 죽었고."

리치의 손은 미동도 없이 무릎 위에 놓여 있었다. 그가 가만히 있는 모습은 처음 보았다. "맙소사, 애들은 몇 살이래요?"

"아직 몰라."

"어떻게 된 거래요?"

"칼에 찔린 것 같더군. 집에서. 아마도 간밤에."

"망할 일이네요. 정말 망할 일이라고 할밖에." 리치는 얼굴이 잔뜩 일그러졌다.

"그래, 그렇지. 현장에 도착할 때까지 넌 그걸 극복해야 해. 규칙 1번. 받아 적어. 현장에선 감정을 내비치지 않는다. 열까지 세든, 묵주 기도를 하든, 쉰 농담을 하든, 뭐든 해야 하면 해. 이런 데 대처하는 요령이 필요하면 내게 물어보든가."

"괜찮습니다."

"괜찮아져야 할 거야. 부인의 여동생이 거기 있는데 네가 얼마나 마음 쓰는지에 대해선 관심 없을 거거든. 그 여자는 네가 이 일을 잘 처리하고 있다는 것만 알면 돼."

"잘 처리하고 있습니다."

"좋아. 읽어둬."

나는 그에게 신고 접수서를 건네고 훑어볼 시간을 삼십 초 주었다. 리치는 내용에 집중하면서 얼굴이 바뀌었다. 더 나이 들고 영리해 보였다. 시간이 되었다 싶을 때 나는 말했다. "현장에 도착했을 때 현장 경찰들에게 처음으로 던지고 싶은 질문이 뭐야?"

"흉기요. 흉기가 현장에서 발견되었습니까?"

"'강제 침입의 흔적이 있습니까'가 아니고?"

"그거야 누구든 꾸며낼 수 있으니까요."

"괜히 빙빙 돌려 말하지 말자고. '누구든'이라고 한 건 패트릭이나 제니퍼 스페인을 말하는 거잖아."

주시하고 있지 않았다면 못 알아챌 만큼 그는 미세하게 움찔했다. "누구든 접근할 수 있는 사람요. 친척이든 친구든. 그 집 식구들이 들여보낼 사람이면 누구든."

"네가 염두에 둔 건 그게 아니잖아? 스페인 부부를 생각했겠지."

"네, 그렇습니다."

"그런 일도 있지. 아닌 척해도 소용없어. 제니퍼 스페인은 생존했다는 사실 때문에 전면에 서서 주목을 받게 되겠지. 반면 이런 일이 생길 때는 보통 아버지가 범인이야. 여자는 보통 아이들과 자기 자신만 해치지만 남자는 온 가족을 죽이거든. 하지만 어느 쪽이든 굳이 침입자가 있는 것처럼 위장하지는 않아. 그런 데 신경 쓸 정신은 전혀 없거든."

"그래도요. 일단 현장 감식반이 오면 우리 스스로 판단할 수 있겠지요. 현장에 있는 정복 경관들 말을 다 믿진 않을 거 아닙니까. 흉기에 대해선 바로 알아내고 싶을 것 같은데요."

"똑똑한 친구네. 정복 경관들에게 물어볼 것으로는 그게 목록 맨 위에 있겠지, 좋아. 여동생에게는 가장 처음으로 뭘 물어보겠어?"

"제니퍼 스페인에게 원한을 품은 사람이 있는지요. 아니면 패트릭 스페인에게."

"그래, 분명히 그것도 맞아. 그렇지만 그건 만나는 사람마다 물어봐야 할 질문이고. 피오나 래퍼티에게는 특별히 뭘 물어보고 싶어?"

리치는 고개를 저었다.

"없어? 개인적으로 나 같으면 그 여자가 거기서 뭘 하고 있는지 들어보고 싶을 것 같은데."

"여기 보면……." 리치는 신고 접수서를 들었다. "두 사람은 매일 얘기를 나눈다는데요. 그런데 통화가 안 됐대요."

"그래? 타이밍을 생각해봐, 리치. 가령 두 사람이 보통 9시쯤 통화를 한다고 해보자고. 남편들이 출근하고 애들이 학교에 가자마자……."

"아니면 둘 다 자기들도 출근한 다음일 수 있죠. 여자들요. 직업이 있을 수도 있잖아요."

"제니퍼 스페인은 직업이 없어. 직업이 있었다면 여동생의 문제는 '언니가 출근을 안 해서요'지 '언니하고 통화가 안 되어서요'가 아니었을 거야. 피오나가 제니퍼에게 9시쯤 전화를 한다고 치자. 빠르면 8시 30분 정도에 하겠지. 그때까지도 하루를 준비하느라 무척 바빴을 거야. 그런데 10시 36분에……." 나는 신고 접수서를 톡톡 쳤다. "피오나는 브라이언스타운에서 경찰에 신고를 했어. 피오나 래퍼티가 어디 사는지, 직장이 어딘진 모르겠지만 브라이언스타운은 어디에서 오든 차를 타고 족히 한 시간은 걸릴 곳이야. 다른 말로 하면 제니퍼가 아침 수다에 한 시간 정도 늦었을 때, 끽해야 한 시간이고 더 짧을 수도 있겠지, 피오나는 잔뜩 겁에 질려서 모든 일을 내팽개치고 꽁무니에 불이 붙은 것처럼 이 오지까지 달려왔단 말이지. 그건 꽤 과한 반응처럼 보이는데. 나는 너에 대해선 잘 모르지만 어째서 피오나가 그렇게 흥분해서 야단법석을 떨었는지는 알고 싶어."

"어쩌면 한 시간 거리에 살지 않을지도 모르잖습니까. 옆집에 살고 있을 수도 있고, 무슨 얘깃거리가 있어서 들른 걸 수도 있죠."

"그럼 왜 차를 타고 왔지? 너무 멀어서 걸어올 수 없다면 거기 왔다는 것 자체가 이상할 만큼 멀리 사는 거야. 그리고 규칙 2번. 누군가의 행동이 이상하다면 너에게는 작은 선물이 되지. 포장을 완전히 풀 때까지 놓으면 안 돼. 이건 교통사고가 아니야, 리치. 이런 사건 수사에선 '아, 그렇긴 한데 중요하지 않을 수도 있어요. 그날 아침 기분이 좀 이상했나 보죠. 그런 걸로 하고 넘어가죠'라고 말해선 안 돼. 절대."

대화가 끝나지 않았다는 뜻의 침묵이 잠깐 흘렀다. 결국 리치가 입을 열었다. "저는 좋은 형사예요."

"네가 훌륭한 형사가 될 거라고 믿어, 언젠간. 하지만 당장은 배워야만 해."

"넥타이를 매야 하는지 아닌지 같은 거 말이죠."

"네가 열다섯 살은 아니잖아. 노상강도처럼 입고 다닌다고 해서 지배층에 엄청난 위협이 되는 것도 아니라고. 그냥 애새끼가 될 뿐이지."

리치는 셔츠 앞섶 위로 늘어진 얇은 천을 만지작거렸다. 그는 말을 조심스레 골랐다. "살인수사과엔 보통 저 같은 출신이 없다는 거 알아요. 다들 농사꾼 집안 아니에요? 아니면 교사 집안 출신이거나. 저는 사람들이 기대하는 그런 사람이 아니죠. 저도 그건 압니다."

힐끔 쳐다보니 그의 초록색 눈은 흔들림이 없었다. "네가 어디 출신인지는 중요하지 않아. 그건 네가 어쩔 수 없는 일이니까, 그런 걸 생각하면서 에너지 낭비하지 말라고. 중요한 건 어디로 향하는가 하는 거지. 그건 네가 통제할 수 있는 일 아니겠어?"

"저도 압니다. 그래서 제가 여기 있잖습니까?"

"그리고 네가 더 멀리 가도록 돕는 게 내 일이야. 네가 어디로 갈지 주도적으로 결정하는 방법 중 하나는 이미 거기 가 있는 것처럼 행동하는 거야. 내 말 알아듣겠나?"

리치는 멍한 표정이었다.

"이렇게 말해보자. 왜 우리가 BMW를 타고 있는 것 같아?"

리치는 어깨를 으쓱했다. "선배님이 이 차를 좋아해서라고 생각했는데요."

나는 운전대에서 한 손을 떼어 그를 가리켰다. "내 자존심이 이 차를 좋아한다고 생각했다는 뜻이겠지. 바보 같은 생각 마. 그렇게 단순하지 않아. 우리가 쫓는 건 가게나 터는 좀도둑이 아냐, 리치. 살인자들은 연못의 대어라고. 걔들이 하는 일은 큰 건이라고. 우리가 우그러진 1995년형 토요타를 타고 현장에 가면 무례하게 보이겠지. 피해자들에게 최선을 다할 가치가 없다고 생각하는 것처럼 보일 거야. 그러면 사람들이 등을 쫙 펴고 경계하게 된다고. 시작부터 그렇게 하고 싶나?"

"아뇨."

"아니지, 아닐 거야. 게다가 우그러진 낡은 토요타를 타면 우리는 지질한 패거리처럼 보이겠지. 그건 중요해. 내 자존심 문제가 아니라고. 나쁜 새끼들은 지질이 패거리를 보면 지들이 훨씬 잘난 줄 안단 말이야, 그러면 걔들을 무너뜨리기가 더 어려워져. 좋은 사람들은 지질이 패거리를 보면 우리가 이 사건을 절대 해결 못 할 거라고 생각해. 그러면 왜 우리를 도와주려 하겠어? 우리가 거울을 볼 때마다 지질이 패거리가 보이면 우리한테 승산이 얼마나 있을 것 같아?"

"낮겠죠."

"빙고. 그러니까 리치, 성공해서 나오고 싶거든 실패의 냄새를 풍기며 들어가면 안 된다는 거야. 내가 하는 말 알겠어?"

그는 새롭게 얻은 넥타이의 매듭을 만졌다. "'옷을 더 잘 입고 다녀라', 이거 아닙니까. 기본적으로."

"그건 기본적인 게 아니야. 거기엔 기본이라는 게 없어. 규칙은 이유가 있어서 생긴 거야. 규칙을 깨기 전에 이유가 뭐였을지 생각해보는 것도 좋겠지."

나는 M1 도로에 올라타 넓게 트인 구간에 이르자 BMW가 제 성능을 발휘하도록 놔두었다. 리치가 속도계를 힐끗 쳐다보았다. 나는 보지 않아도 속도제한을 시속 1킬로미터도 어기지 않고 정확히 맞추고 있다는 것을 알고 있었다. 그는 입을 다물었다. 리치는 내가 지루한 꼰대라고 생각할 수도 있었다. 수많은 사람들이 똑같은 생각을 한다. 그들 모두가 십 대나 다름없다. 신체적으로는 몰라도 정신적으로는. 오로지 십 대만이 지루한 게 나쁘다고 생각한다. 산전수전 겪은 성숙한 성인 남성과 여성은 지루한 건 신이 내려주신 선물이라고 여긴다. 인생은 흥분할 만한 일을 필요 이상으로 많이 숨겨두고 있어서 우리가 군이 극적인 일을 만들지 않아도 눈을 떼자마자 뒤통수를 칠 준비를 하고 있다. 리치가 아직 이 사실을 모른대도 곧 알게 될 것이다.

나는 개발의 열렬한 신봉자다. 원한다면 경기 침체의 탓을 부동산 개발업자와 업자들에게 순순히 돈을 내놓는 은행가와 정치가에게로 돌려도 좋지만, 사실상 큰 그림을 그리는 그들이 없었다면 우리는 지난 경기 침체에서도 빠져나오지 못했을 것이다. 소 한두 마리가 아니고서야 그 누구에게도 쓸모없는 들판을 종일 보기보다는 매일 아침 출근해 시골을 시끌벅적하게 만들다가 자기들이 돈을 벌어서 산 아늑한 작은 집으로 퇴근하는 사람들로 가득 찬 아파트 단지를 보는 편이 낫다. 움직이는 걸 멈추면 죽는다는 점에서 인간이 상어를 닮았듯이 장소 역시 그렇다. 하지만 사람에게는 여기만은 절대로 변하지 않을 거라고 믿고 싶어 하는 장소가 하나씩 있기 마련이다.

나는 과거에 브로큰하버를 손바닥 안처럼 훤히 알고 있었다. 집에서 이발하고 수선한 청바지를 입고 다니던 삐쩍 마른 젊은이였던 시절에. 경제 호황기 동안 자란 요새 애들은 햇볕 쐬러 휴가를 떠나도 스페인 코스타델솔로 두 주 정도는 가는 게 기본이 되었다. 하지만 나는 마흔두 살이고 우리 세대는 기대치가 낮았다. 대여한 캠핑카를 타고 아일랜드해로 며칠 놀러 갔다 오기만 해도 또래 중에는 잘사는 축에 속했다.

그때 브로큰하버는 별것 아닌 동네였다. 인간의 진화가 시작된 후로 거기서 쭉 살던 린치나 월런 같은 이름을 지닌 가족들이 꽉꽉 들어찬 집 십여 채가 드문드문 서 있을 뿐이었다. 린치나 월런이라는 이름의 술집이나. 그리고 캠핑카를 주차할 장소 몇 군데뿐이었다. 미끄러지는 모래언덕과 빽빽한 물대밭을 맨발로 달려서 지나면 크림색 해변에 다다랐다. 우리는 매년 유월만 되면 아버지가 일 년 전부터 예약해놓은 녹슨 침대 네 개가 딸린 캠핑카에서 두 주 동안 묵었다. 제리 누나와 내가 이층 침대를 차지했다. 디나는 부모님 맞은 편인 아래층에 틀어박혔다. 제리 누나가 첫째라 가장 먼저 자리를 골랐고 늘 뒤쪽 들판에 있는 조랑말을 볼 수 있게 육지 쪽 자리를 원했다. 이 말인즉 나는 매일 아침 눈을 뜨면 하얗게 줄지어 선 바닷물 거품과 백사장을 따라 뛰어다니는 다리 긴 새들이 아침 햇빛을 받아 반짝이는 광경을 볼 수 있다는 뜻이었다.

우리 셋은 동이 틀 때 일어나 각각 손에 빵 조각과 설탕을 들고 밖으로 나갔다. 다른 캠핑카를 타고 온 아이들과 종일 해적 놀이를 했고 소금기 어린 바람을 맞으며 햇볕을 몇 시간이나 쬐고 나서는 주근깨가 생기고 허물이 벗겨지곤 했다. 어머니는 간식으로 캠핑용 화덕에 달걀과 소시지를 구웠고, 그러고 나면 아버지가 아이스크림을 사 오라고 우리를 린치 가게에 보냈다. 돌아왔을 때 어머니는 아버지의 무릎에 앉아 머리를 아버지의 목덜미 오목한 곳에 묻고 꿈꾸듯 미소 지으며 바닷물을 바라보곤 했다. 아버지는 자유로운 손으로 어머니의 머리카락을 넘겨주어서 바닷바람이 어머니의 아이스크림을 휘젓지 않도록 했다. 나는 두 분의 그런 모습을 보고 싶어서 일 년 내내 기다렸다.

BMW를 타고 대로에서 내려오자 알고 있던 대로 머릿속에서 희미한 스케치 같은 경로가 떠올랐다. 이 나무숲을 지났지, 지금은 더 자랐네. 돌벽이 있는 저 굽잇길에서 왼쪽으로. 오른쪽으로는 낮은 녹색 언덕 위로 바다가 서서히 보여야 하는 자리에, 난데없이 주택단지가 나타나서 바리케이드처럼 길을 막았다. 높은 방풍벽 뒤에 줄줄이 늘어선 슬레이트 지붕과 하얀 박공이 양쪽으로 몇 킬로미터씩 뻗어 있었다. 입구의 안내판에는 내 머리통만 한 글씨가 멋 부린 필기체로 씌어 있었다. "브라이언스타운 오션뷰에 오신 것을 환영합니다. 최고의 거주 공간에서 새로운 발견. 고급 주택 구경 가능." 누군가 그 위에 빨간색 스프레이로 남자 성기를 크게 그려놓았다.

언뜻 봤을 때 오션뷰는 꽤 세련된 동네였다. 돈을 들인 만큼 견고한 느낌을 주는 크고 튼튼한 주택들, 그 주위를 두른 잔디 도로, "리틀 젬 어린이집"이나 "다이아몬드컷 여가 센터"로 가는 길을 알려주는 특이한 안내판. 하지만 다시 보면 제초가 필요하고 오솔길에는 군데군데 빈틈이 있다는 것을 알 수 있었다. 세 번째로 보면 뭔가 이상했다.

집들이 지나치게 비슷했다. 심지어 의기양양하게 빨간색과 파란색으로 "판매 완료"라고 외치는 표지판을 단 집들도 대문에 형편없는 색깔을 칠해놓지 않았고 창틀에 화분을 놓지도 않았으며 잔디밭에 플라스틱 장난감이 던져져 있지도 않았다. 드문드문 차가 주차되어 있었지만 대부분의 진입로는 비었다. 모두가 경제에 이바지하러 나간 것 같지도 않았다. 네 집 중 세 집은 텅 빈 뒤쪽 창문과 회색 하늘이 비칠 정도로 안이 훤히 들여다보였다. 빨간 아노락을 입은 건강한 체구의 여자가 오솔길을 따라 유아차를 밀고 있었고 바람이 여자의 머리카락을 날렸다. 몇 킬로미터 반경 내로 여자와 달덩이 같은 얼굴의 아이 외에는 아무도 보이지 않았다.

"맙소사." 리치가 말했다. 고요 속에서 리치의 목소리가 크게 울리자 우리 둘 다 펄쩍 뛸 뻔했다. "저주받은 자들의 마을이네요."

신고 접수서에 따르면 오션뷰라이즈 9번지라고 했다. 아일랜드해가 대양쯤 되거나 눈에 보이기만이라도 한다면 말이 될 주소였다. 하지만 있는 건 뭐든 최대한으로 활용하는 거니까. 내비게이션은

능력치의 한계에 다다랐다. 우리를 오션뷰 드라이브로 이끌고 가더니 오션뷰 그로브라는 막다른 길로 데려갔다. 이름만 그로브지 나무라고는 어디에도 없는 곳으로서 이로서 3연속 풍경과 불일치되는 지명에 다다른 셈이었다. 여기에서 내비게이션이 알렸다. "목적지에 도착했습니다. 안내를 종료합니다."

나는 유턴해 나오면서 계속 살폈다. 부지 안으로 더 깊이 들어갈수록 영화필름을 거꾸로 돌리기라도 한 듯 짓다 만 집들이 더 많아졌다. 곧 집이라기보다는 창문 구멍만 괴상하게 뻥 뚫어놓은 벽과 골조의 집합체들이 나타났다. 방이 없는 집 앞에는 망가진 사다리 파이프들, 썩어가는 시멘트 자루가 어지러이 놓였다. 모퉁이를 돌 때마다 인부들이 작업하는 모습이 나오지 않을까 기대했지만 비슷하게나마 공터의 휘젓다 만 흙탕물과 드문드문 흩어진 흙 둔덕 사이에 굴착기 한 대가 비스듬하게 놓인 광경뿐이었다.

여기에 사는 사람은 없었다. 나는 입구 방향으로 돌아가려고 했지만 부지 자체가 오래된 울타리 미로처럼 지어져 있어 온통 막다른 길과 유턴해야 하는 길뿐이었다. 우리는 금방 길을 잃어버렸다. 자그마한 공포가 내 마음을 뚫고 지나갔다. 어디로 가야 할지 방향을 잃어버리는 것은 딱 질색이었다.

나는 교차로에 차를 세웠다. 반사작용이었다. 누가 내 앞으로 뛰어나오거나 한 것은 아니었다. 엔진 소음이 있었던 자리에 고요만이 흐르고 바다가 깊이 울리는 소리가 들렸다. 그때 리치가 고개를 쳐들었다. "저건 뭐죠?"

짧고 거칠며 찢어질 듯한 괴성이 반복해서 울렸다. 기계적일 정도로 규칙적이었다. 소리는 흙탕물과 콘크리트를 넘어 마감되지 않은 벽에 튕기면서 어느 곳이든 어디에서든 들렸다. 내가 분간할 수 있는 한 그 비명과 바닷소리만이 부지에서 흘러나오는 유일한 소리였다.

"여동생이 분명해." 내가 말했다.

리치는 내가 자기를 놀린다고 생각하는 표정이었다. "여우나 그런 거겠죠. 차에 치인 거 아닐까요?"

"네가 이 사건이 얼마나 심각해질지는 아는 똑똑이라고 생각했는데. 마음 단단히 먹어야겠어, 리치. 중범죄 사건이야."

나는 창문을 내리고 소리를 따라갔다. 메아리를 쫓다가 몇 번 길에서 벗어나긴 했지만 집을 본 순간 바로 알았다. 오션뷰라이즈의 한편에는 새것처럼 깨끗한 퇴창이 있는 하얀 집들이 두 집씩 붙어 도미노처럼 깔끔하게 서 있었다. 다른 한편은 여전히 골조와 돌무더기뿐이었다. 도미노 사이, 부지의 벽 너머에서 회색 바다 조각이 움직였다. 두어 채의 집 앞에는 차 한 대 혹은 두 대가 서 있었지만 세 대가 서 있는 집이 딱 한 채가 있었다. 가족용 차량임을 한눈에 알아볼 수 있는 흰색 볼보 해치백 한 대, 한창때가 지나고 고물이 된 노란색 피아트 세이첸토, 그리고 순찰차 한 대. 야트막한 정원 벽을 따라 파란색과 흰색의 경찰통제선이 둘러져 있었다.

리치에게 했던 말은 진심이었다. 이 일에서는 모든 것이 중요했다. 차 문을 여는 방식까지 포함이었다. 목격자 혹은 용의자에게 첫마디를 건네기 전부터 믹(마이클) 케네디가 이제 여기 등장했으며 내가 이 사건을 단단히 틀어쥐고 있다는 사실을 똑똑히 알려줄 필요가 있다. 그중 일부는 운이다. 나는 키가 크고 머리숱이 많고 그중 99퍼센트는 아직 진갈색이며, 내 입으로 말하긴 그렇지만 꽤 괜찮게 생겼다. 이 모든 점이 도움이 되었다. 그래도 휴식 시간에 꼭 러닝머신을 달리는 등 운동을 했다. 나는 마지막 순간까지 속도를 쭉 유지하다가 브레이크를 세게 밟고서는 문을 휙 열고 내린 후, 부드러운 한 동작으로 서류 가방을 꺼낸 다음 민첩하고 효율적인 발걸음으로 집으로 향했다. 리치도 여기 맞추는 법을 배우게 될 것이다.

정복 경관 중 한 명이 자기 차 옆에 어색하게 쭈그리고 앉아 뒷좌석에 앉은 사람을 다독이고 있었다. 괴성의 출처가 이 사람임이 분명했다. 다른 경찰은 뒷짐을 지고 정문 앞을 너무 빠르게 왔다 갔다 하는 중이었다. 공기에서는 신선하고 달콤하며 짭짤한 냄새가 났다. 바다와 들판. 더블린보다 여기가 더 추웠다. 바람은 비계와 드러난 서까래들 사이로 스치며 건성으로 휘파람을 불었다.

왔다 갔다 서성거리는 남자는 내 또래로 배가 나오고 샌드백처럼 한껏 얻어맞은 피곤한 인상이었다. 이십 년 가까이 경찰 생활을 헤쳐오면서 이런 사건은 보지 못했을 것이고 앞으로 이십 년 동안은 이런 일 없이 보내길 바랐을 것이다. 그는 말했다. "윌입니다. 차 옆에 있는 저 친구는 맬런이고."

리치가 손을 내밀었다. 강아지나 마찬가지였다. 나는 그가 친한 척하기 전에 먼저 입을 열었다. "케네디 경사입니다. 이쪽은 커런 형사죠. 집 안에 들어갔다 왔습니까?"

"처음 여기 왔을 때만요. 되도록 빨리 나와서 살인수사과 쪽에 전화한 겁니다."

"잘하셨군요. 그럼 정확히 뭘 했는지 말해보시죠. 들어가서 나올 때까지."

정복 경관은 자기가 두어 시간 전에 왔던 곳이라고는 믿을 수 없다는 듯 집으로 시선을 보냈다. "사람이 무사한지 확인해달라는 신고를 받았습니다. 거주민의 자매가 걱정하더라고요. 우리는 11시 직후에 현장에 도착해서 초인종을 울리고 전화를 하면서 거주민과 연락을 시도했습니다만 대답이 없었습니다. 강제 침입의 흔적은 없었지만 앞 창문으로 들여다보았더니 1층의 전등이 켜져 있고 거실이 어지럽혀져 있는 듯했습니다. 벽은……."

"어지럽혀진 상황은 우리가 곧 확인할 겁니다. 넘어가시죠." 현장에 다다르기 전에는 다른 사람이 상세한 광경을 묘사하도록 놔두면 안 된다. 그랬다간 그들이 본 대로만 보게 된다.

"알았습니다." 경관은 눈을 깜박이더니 다시 자신을 추스르고 원래 하던 얘기로 돌아갔다. "아무튼 우리는 집 뒤로 돌아가보려고 했습니다만 그것도 직접 보시면 되겠죠. 애라도 거기로는 들어갈 수 없었을 겁니다." 그의 말이 맞았다. 집들 사이의 간격은 옆벽 하나가 들어갈 만큼밖에 되지 않았다. "우린 어지럽혀진 상황과 신고자가 걱정하고 있는 상황을 감안하면 정문으로 강제 진입을 해도 적합하겠다고 생각했죠. 들어가서 보니……."

그는 대화의 방향을 가늠하며 집 안을 볼 수 있도록 발을 바꾸었다. 언제라도 뛰어오를 준비를 한 똬리를 튼 동물 같았다. "거실에 들어갔고 딱히 말할 만한 건 찾지 못했어요. 어지럽혀져 있다는 것 말고는……. 그다음으로 부엌으로 갔는데 바닥에 쓰러진 남자 한 명과 여자 한 명을 발견했습니다. 외관상으로 보기에는 둘 다 칼에 찔린 것 같았죠. 여자의 얼굴에 난 상처는 나와 맬런 경관에게도 선명히 보였습니다. 칼로 낸 상처 같았는데요. 그게……."

"의사가 결정하겠죠. 다음으로는 무엇을 했습니까?"

"우리는 둘 다 죽었다고 생각했습니다. 확신했죠. 피가 많이 흘렀거든요. 피바다가⋯⋯." 그는 모호하게 자기 몸을 가리키며 콕콕 찍는 몸짓을 해 보였다. 이런 자들이 영원히 정복 경관으로 남는 이유였다. "맬런 경관이 만약을 대비해 맥박을 확인했습니다. 여성은 남성 옆에 기대어 몸을 웅크리고 있는 것처럼 딱 붙어 있었는데요. 남성의 팔을 베고 누워서⋯⋯ 마치 잠든 것처럼요. 맬런 경관이 확인했을 때는 아직 맥이 뛰고 있었습니다. 그 친구는 죽을 만큼 놀랐어요. 전혀 기대하지 않았어서⋯⋯ 믿을 수가 없었죠. 머리를 숙여 여성이 숨 쉬는 소리를 들을 때까지는요. 그런 다음 구급차를 불렀습니다."

"대기하는 동안은요?"

"맬런 경관이 여성 피해자와 함께 있었습니다. 말을 걸었죠. 의식은 없었습니다만⋯⋯. 여자에게 계속 괜찮다고 우리는 경찰이라고 구급차가 곧 오고 있으니 버티라고 말했던 것 같습니다. 저는 2층으로 올라갔습니다. 뒤편 침실에는⋯⋯ 아이 둘이 있었습니다. 남자애와 여자애 각각 자기들 침대에요. 나는 심폐 소생술을 시도했습니다. 애들은⋯⋯ 애들 몸은 차갑고 뻣뻣했지만 어쨌든 시도했어요. 그 엄마가 그렇게 됐으니까 모르는 일이잖아요. 애들도 어쩌면 아직⋯⋯." 그는 무의식적으로 두 손을 재킷 앞쪽에 문질렀다. 그 감촉을 닦아내려는 듯했다. 나는 증거를 훼손했다고 그를 힐난하지는 않았다. 자연스레 떠오른 행동을 했을 뿐이니까. "아무 소용 없었죠. 확실히 깨달은 후 다시 부엌으로 가서 맬런 경관과 합류했고 당신들을 기다린 겁니다."

내가 물었다. "여성은 정신을 차렸습니까? 무슨 말이라도 했습니까?"

경관은 고개를 저었다. "움직이지 않더군요. 그 여성이 우리 앞에서 곧 죽을 것 같아 확인을 해야 했습니다……." 그는 다시 한번 두 손을 닦았다.

"지금 우리 쪽 사람이 피해자와 병원에 함께 있습니까?"

"우리가 서에 전화해서 누구라도 보내달라고 했습니다. 어쩌면 우리 둘 중 하나가 같이 갔어야 했을지 모르지만 현장을 보존해야 했기 때문에, 그리고 여동생…… 저 여자가……. 봐요, 들리죠."

"소식을 전했군요." 나는 가족들에게 고지하는 일은 언제든 내가 할 수 있을 때 직접 하는 편이다. 첫 번째 반응에서 많은 것을 알아낼 수 있기 때문이다.

정복 경관은 방어적으로 말했다. "우리는 집에 들어갔을 때 여동생에게 밖에서 기다려달라고 했습니다. 그렇지만 옆에 함께 남겨둘 인원이 없었어요. 여동생은 잠시 기다리다가 들어온 겁니다. 집 안으로요. 우리는 피해자와 함께 있었고 당신들을 기다리고 있었는데요. 우리가 미처 발견하기도 전에 여동생이 부엌 문 앞에 서 있더군요. 여자는 비명을 지르기 시작했어요. 내가 다시 밖으로 데리고 나가려고 했는데 여자가 저항했어요……. 난 여자에게 말해줘야만 했습니다. 그게 다시 못 들어오게 할 유일한 방법이었어요. 수갑을 채울 순 없잖아요."

"그렇죠. 엎질러진 물을 주워 담을 순 없죠. 다음은 어떻게 했습니까?"

"나는 밖에서 여동생과 함께 있었습니다. 맬런 경관은 구급차가 올 때까지 피해자와 함께 대기했죠. 그런 후에 집 밖으로 나왔습니다."

"수색은 하지 않고?"

"맬런이 나와서 여동생 옆에 있겠다고 해서 내가 안으로 들어갔습니다. 맬런 경관은 온통 피투성이였습니다. 집에 피를 흘리고 다니고 싶어 하지 않았어요. 제가 기본 보안 수색은 했습니다. 현재 현장에 아무도 없다는 것을 확인하는 정도로만요. 그러니까 살아 있는 사람은 없었다는 거죠. 심층 수색은 당신들과 감식반에 맡겨두기로 했습니다."

"듣던 중 반가운 소리군요." 나는 리치를 향해 한쪽 눈썹을 치켜보았다. 이 젊은이는 눈치를 챘다. 그가 불쑥 물었다. "흉기는 찾았습니까?"

정복 경관은 고개를 저었다. "저 안에 있을 수도 있죠. 남자의 시체 아래나…… 어디든요. 말한 대로 필요 이상으로 현장을 흩뜨리지 않으려고 했어요."

"유서 같은 건?"

그는 또 한 번 고개를 저었다.

나는 순찰차 쪽으로 고개를 까닥했다. "여동생은 어떻게 하고 있었습니까?"

"종종 진정되곤 했습니다만 매번……." 경관은 어깨 너머의 차 쪽으로 괴로운 시선을 던졌다. "구급대원들이 진정제를 주려고 했는데 받으려 하지 않더군요. 다시 불러올 수는 있습니다. 만약……."

"계속 시도는 해보세요. 우리가 처리할 수 있다면 진정제까지는 주고 싶지 않습니다. 이야기를 해볼 때까지는요. 현장을 한번 둘러보겠습니다. 다른 형사들은 오는 길입니다. 법의학자가 도착하면 여기서 기다리라고 하십시오. 그리고 영안실에서 온 친구들이나 감식반이 오면, 우리가 여동생과 접촉할 때까지는 여동생 쪽과 거리를 두게 해요. 그들을 보기만 해도 진짜로 실신해버릴 수 있으니까. 그거 말고는 여동생에게 지금 그 자리에 그대로 있으라고 하십시오. 이웃들도 자기 집에 그대로 있으라고 하고. 만약 서성거리는 사람이 있거든 그 사람도 그대로 거기 잡아둬요. 알겠습니까?"

"잘 알겠습니다." 경관이 말했다. 그는 내가 치킨 댄스를 추라고 했어도 그대로 했을 것이다. 그저 누가 이 사건을 자기 손에서 가져가주는 것만으로도 안심되는 눈치였다. 자기 경찰서에 돌아가서 더블 위스키를 한입에 꿀꺽 털어 넣고 싶어서 안달 난 것이 눈에 훤히 보였다.

나는 되도록 빨리 집 안으로 들어가고 싶었다. "장갑." 나는 리치에게 말했다. "신발 커버." 내 것은 벌써 주머니에서 꺼냈다. 리치는 더듬더듬 자기 것을 꺼내 신발에 씌웠고 우리는 차로로 올라갔다. 길게 윙윙대며 출렁이는 바닷소리가 정면으로 밀려들며 우리를 맞이했다. 환영 인사 같기도 했고 도전장 같기도 했다. 우리 뒤로는 여전히 비명이 망치를 내려치듯 따라왔다.

2

우리는 사건 현장에 직접 손대지 않는다. 사건 현장은 감식반이 이상 없다는 허가를 내줄 때까지는 우리에게도 접근 금지다. 그때까지 해야 할 다른 일들이 늘 있다. 면담해야 할 증인, 보고해야 할 생존자, 그리고 이런 일들을 하는 동안 삼십 초마다 시계를 확인하며 경찰통제선 안으로 넘어가고 싶은 강렬한 욕망을 억눌러야 한다. 이번 건은 달랐다. 정복 경관과 구급대원들이 이미 스페인의 집 여기저기를 온통 밟아놓았다. 리치와 내가 빨리 훑어보고 나온다고 해서 더 나빠질 게 없었다.

그편이 편리했다. 리치가 심각한 사건을 못 견딜 친구라면 보는 눈이 없는 데서 사실을 확인하는 편이 좋았다. 하지만 그것만이 아니었다. 현장을 그런 식으로 볼 기회가 오면 잡아야 한다. 거기서 기다리는 건 범죄 그 자체로, 비명이 터져 나올 것 같은 매 순간이 호박琥珀 안에 담기듯 그대로 보존되어 있다. 누가 청소를 했고, 증거를 숨기고, 자살로 위장했는지는 중요하지 않다. 호박이 모두 가둬두었기 때문이다. 일단 수사를 시작하면 그것들은 영원히 사라진다. 남아 있는 건 우르르 몰려다니며 현장을 어지럽히고 분주하게 지문 하나하나, 섬유 하나하나를 해체하는 우리 쪽 사람들뿐이다. 이런 기회는 선물 같은 것이고 이 사건에서는 특히 그렇다. 좋은 징조 같았다. 나는 전화를 무음 모드로 바꾸었다. 앞으로 수많은 사람이 연락하려고 할 테지만 내가 현장을 다 둘러볼 때까지는 기다릴 수 있을 것이다.

현관문은 몇 센티미터 살짝 열려서 바람이 불어오자 부드럽게 흔들렸다. 온전한 형태였을 때는 단단한 참나무 원목으로 보였을 테지만, 경관들이 잠금장치를 뜯으려고 부순 자리를 보니 그 아래 가루 같은 합판 찌꺼기가 보였다. 잠금장치는 아마도 한 번에 뜯겨 나갔을 것이었다. 구멍 사이로 기하학적 무늬의 흑백 러그가 보였다. 유행하는 고급 제품이고 가격도 그에 걸맞은 고가일 것이다.

나는 리치에게 말했다. "이건 사전 검토일 뿐이야. 진지한 조사는 감식반 친구들이 현장을 기록할 때까진 기다려야 해. 지금 당장은 아무것도 건드리지 말고 아무것도 밟지 말고 아무것에도 우리 숨을 내뿜지 말고 처리할 수 있는 게 뭔지 기본 감각만 익힌 뒤에 나가는 거다. 준비됐나?"

리치는 고개를 끄덕였다. 나는 문의 쪼개진 날에 한 손가락 끝을 대고 밀어서 열었다.

가장 먼저 떠오른 생각은, 이게 아까 경관이 말한 어지럽혀진 상태라면 그 친구에게 강박증이 있다는 것이었다. 복도는 침침하고 완벽했다. 반짝이는 거울, 잘 정리된 외투걸이, 레몬 향 방향제. 벽은 깨끗했다. 한쪽에는 푸른 들판에서 소들이 평화롭게 풀 뜯는 수채화가 걸려 있었다.

두 번째로 든 생각. 스페인 가족에게는 경보 시스템이 있었다. 근사한 현대식 패널이 문 바로 뒤에 신중하게 감춰져 있었다. '꺼짐' 표시등에 노란 불이 켜져 있었다.

그때 벽에 뚫린 구멍이 보였다. 누군가 그 앞으로 전화 탁자를 갖다 놓았지만 울퉁불퉁한 반쪽은 여전히 보일 정도로 큰 구멍이었다. 바로 그때 그 느낌이 들었다. 바늘로 콕콕 찌르는 듯한 진동이 관자놀이에서 시작해서 뼈를 타고 내려와 고막까지 울렸다. 어떤 형사들은 목 뒤에서 인다고 하고, 어떤 이들은 팔의 털에서 느껴진다고 했다. 어떤 불쌍한 놈은 방광에서 느껴진다고 하니 꽤나 불편할 것이다. 하지만 훌륭한 형사라면 모두 어딘가에서 그 느낌을 받는다. 나는 두개골에서 느껴진다. 뭐라고 불러도 좋을 것이다. 사회적 일탈, 심리적 불안, 내 안의 동물적 감각, 악을 믿는다면 악이라고 말해도 된다. 이 느낌은 우리가 평생 쫓아가는 무엇이다. 이 세계에서 아무리 훈련을 해보았자 그게 가까이 올 때 알람을 울리진 않는다. 그저 느끼든지 느끼지 못하든지 둘 중 하나다.

나는 리치를 슬쩍 쳐다보았다. 그는 악취 나는 썩은 먹이를 맛본 동물처럼 얼굴을 찡그리고 입술을 핥고 있었다. 입에서 감을 느끼는 유형인 듯했고 앞으로는 감추는 법을 배워야 할 것이다. 하지만 적어도 감이 오기는 하는 모양이었다.

우리 왼쪽으로 떨어진 곳에 반쯤 열린 문이 있었다. 거실이었다. 바로 앞에는 계단과 부엌이 있었다.

거실을 꾸미는 데 시간을 꽤 들인 듯했다. 갈색 가죽 소파, 미끈한 크롬과 유리로 된 커피 탁자, 여자와 인테리어 디자이너만이 그 이유를 이해할 수 있다는 버터 색으로 칠한 노란 벽. 사람이 살았다는 인상으로는 고급 대형 텔레비전, 닌텐도 위(Wii) 게임기, 여기저기 흩어져 있는 반들거리는 물건들, 문고본을 꽂아놓은 작은 책장, DVD와 게임팩들을 넣어둔 또 다른 책장, 금발 머리의 사진들과 양초가 놓인 가스 벽난로 선반이 있었다. 환영하는 분위기를 담으려고 했겠지만 축축한 습기가 마룻바닥에 배고 벽을 얼룩지게 한데다, 낮은 천장과 잘못된 비율까지 지우진 못했다. 이런 흔적이 애정 어린 손길을 압도해버려서 거실은 일그러지고 우중충하게 보였다. 아무도 오랫동안 편히 쉴 수 없는 장소가 되었다.

커튼이 드리워져 있었지만 약간 벌어진 틈으로 정복 경관들이 내다보였다. 거실 스탠드에 불이 켜져 있었다. 무슨 일이 벌어졌든 밤에 벌어졌거나 누가 그렇게 보이도록 해놓은 것이었다.

가스 벽난로 위쪽 벽에도 구멍이 나 있었다. 적어도 직경 25센티미터 크기였다. 소파 옆에 있는 것보다 더 컸다. 파이프와 어지럽게 뒤얽힌 전선이 안쪽의 어둠 속에서 어렴풋이 보였다.

내 옆에 선 리치가 꼼지락대지 않으려고 안간힘을 쓰고 있었지만 무릎 한쪽이 덜덜 떨리는 게 느껴졌다. 나쁜 순간을 빨리 헤치워버리고 싶은 것이다. 내가 말했다. "부엌으로."

거실을 꾸민 사람과 똑같은 사람이 부엌을 꾸몄다고는 믿기 어려웠다. 이 공간은 부엌 겸 식당 겸 놀이방으로, 집 뒤편 전체를 차지했고 주로 유리로 지어졌다. 바깥 날씨는 여전히 칙칙했지만, 부엌은 빛으로 가득해 눈이 부실 정도였고 한껏 들뜨고 선명한 분위기가 감돌아 바다가 가까이에 있음을 알 수 있었다. 아침 식사로 무엇을 먹는지 이웃들에게 훤히 보이는 이런 공간이 어째서 이점으로 여겨지는지 나는 늘 이해할 수가 없었다. 나라면 유행이든 아니든 그물 커튼을 쳐서 사생활을 지킬 것이다. 한편으론 채광을 보니 이해가 되기도 했다.

작은 마당 뒤로는 두 열로 반쯤 짓다 만 집들이 하늘 아래서 어둡고 추하게 붙어 있었다. 헐벗은 서까래에는 비닐이 깃발처럼 길게 늘어져 파닥거렸다. 그 뒤는 단지 경계 벽이었고 아무렇게나 선 나무와 콘크리트 틈으로 땅이 점점 내리막으로 기울어졌다. 내가 "브로큰하버"라는 단어를 내뱉은 이후로 종일 고대했던 풍경이었다. 만의 윤곽이 손으로 만든 C 자처럼 깔끔하게 구부러졌다. 양쪽 끝에 있는 낮은 언덕들이 만을 동그랗게 감쌌다. 부드러운 회색 모래, 깨끗한 바람을 맞아 휘는 물대, 해안선을 따라 흩어진 작은 새들. 오늘 만조인 바다는 초록색으로 빛나며 힘차게 물결쳐 올랐다. 우리와 함께 부엌에 있던 것의 무게 때문에 세계가 비스듬하게 기울어지며 물이 위로 치솟아 환한 유리를 뚫고 들어올 듯했다.

거실을 최신 유행으로 꾸민 세심한 손길이 이 공간을 명랑하고 아늑하게 꾸민 듯했다. 연한 나무로 만든 긴 탁자, 해바라기처럼 노란 의자, 거기에 어울리게 노란색으로 칠한 나무 책상 위 컴퓨터, 아이용 알록달록한 플라스틱 물건들, 빈백 의자, 칠판. 벽에는 크레용 그림 액자들이 걸려 있었다. 깔끔한 방으로 아이들이 놀기에 특히 적격이었다. 이 집의 네 식구가 마지막 날 끝까지 몰리기 전, 누가 이 공간을 깨끗이 정리해두었다. 이 집 사람들은 거기까지는 해낸 것이다.

이 공간은 부동산 중개업자의 꿈이었다. 다만 누가 다시 살 수 있다는 상상은 하기 힘들었다. 필사적인 몸싸움이 일어나 탁자가 뒤집어지는 바람에 한쪽 모서리가 창문에 부딪치며 유리에 별 모양으로 커다란 금이 생겼다. 벽에는 구멍이 더 나 있었다. 탁자 위 높은 곳에 하나, 뒤집힌 레고 성 뒤에 커다란 구멍 하나. 빈백 의자 하나가 터져서 작고 하얀 구슬이 사방에 흩어져 있었다. 바닥에는 요리책들이 주르륵 떨어져 펼쳐져 있고 사진 액자가 부서진 자리에는 유리 조각이 번득였다. 온통 피바다였다. 피가 날아가 부채꼴로 흩어지며 벽에 튀었고, 어지럽게 뚝뚝 떨어진 핏방울과 발자국이 타일 바닥 위에서 어지럽게 교차했다. 창문에는 크게 문지른 자국이 있었고, 의자의 노란 천에는 핏자국이 짙게 스며들어 있었다. 내 발에서 몇 센티미터 떨어진 자리에는 반으로 찢겨 나간 키 재기 표가 있었다. 커다란 콩 나무를 오르는 아이가 그려진 종이였다. "에마 2017년 6월 9일"이라는 글자가 마른 붉은 얼룩에 거의 가려졌다.

패트릭 스페인은 방 맨 끝에 아이들의 놀이 공간인 빈백과 크레용 그림책 사이에 쓰러져 있었다. 파자마 차림이었다. 남색 상의, 남색에 흰 줄무늬가 있는 하의가 짙은 핏자국으로 얼룩졌다. 그는 바닥에 얼굴을 댄 자세로, 한 팔은 배 아래 깔고 한 팔은 마지막 순간까지 기어가려고 한 듯 머리 위로 쭉 뻗고 있었다. 머리는 우리 쪽을 향해 있었다. 아이들에게 가려고 했는지도 모른다, 어쩌면. 어느 쪽이든 이유는 좋을 대로 고를 수 있었다. 그는 금발이었고 어깨가 넓고 키가 큰 남자였다. 체격으로 봐서는 과거에 럭비를 했을 것 같지만 지금은 활력을 잃어가는 참이었다. 그를 덮치려면 무척 힘이 세거나, 무척 화가 났거나, 무척 미쳤어야 할 것이다. 그의 가슴 아래로 퍼져가는 피 웅덩이는 끈적끈적하고 짙었다. 여기저기 밀려서 어지럽게 얽힌 흔적, 손자국, 몸을 질질 끌고 간 자국들이 여기저기 남아 있었다. 타일 바닥 위로 여러 사람의 발자국이 아수라장에서 우리 쪽으로 뻗어 나오더니 점점 희미해지며 스러졌다. 마치 피 묻은 채로 걸어가던 사람이 공기 중으로 녹아 사라진 것만 같았다.

그의 왼쪽으로는 피 웅덩이가 더 넓고 짙게 퍼져 표면이 반들거렸다. 정복 경관들과 함께 이중 확인을 해야 할 테지만 여기서 그들이 제니퍼 스페인을 발견했다고 확신해도 괜찮을 터였다. 남편 옆에서 죽기 위해 기어갔든가 남편이 아내를 죽인 후에 가까이 붙어 있었든가 아니면 누군가가 둘이 마지막을 함께하도록 놔두었을 것이다.

나는 필요 이상으로 오래 문간에 서 있었다. 이런 현장을 처음 보고 파악하는 데는 시간이 걸린다. 자기 보호를 위해 내면의 세계가 딱 소리를 내며 바깥 세계에서 떨어져 나간다. 눈이 확 뜨이지만 마음에 와닿는 건 붉은 줄과 오류 메시지뿐이다. 그 누구도 우리를 보고 있지 않았다. 리치는 시간을 충분히 들일 수 있다. 나는 그에게서 눈을 뗐다.

한 줄기 바람이 집 뒤편을 훅 치면서 어딘가 틈을 통해 곧장 밀려 들어와 찬물처럼 우리 주위에 흘러넘쳤다. "맙소사." 리치가 말했다. 바람을 맞자 펄쩍 뛴 그는 낯빛이 평소보다 더 창백해졌지만 목소리만은 흔들림이 없었다. 이제까지는 잘 대처하고 있었다. "느끼셨죠? 이 집 뭐로 만든 거래요, 신문지?"

"트집 잡지 말라고. 벽이 얇을수록 이웃 사람들이 뭔가 들었을 가능성이 높으니까."

"이웃이 있다면 말이죠."

"행운을 기대해봐야지. 움직일 준비 됐나?"

그는 고개를 끄덕였다. 우리는 패트릭 스페인을 외풍과 함께 환한 부엌에 놔두고 2층으로 올라갔다.

꼭대기 층은 어두웠다. 나는 서류 가방을 열고 손전등을 찾았다. 정복 경관들이 기름진 손으로 여기저기 얼룩을 남겼을 테지만 그래도 전등 스위치에는 절대로 손을 대서는 안 된다. 다른 사람이 전등을 켜거나 껐을 수도 있기 때문이다. 나는 손전등의 불을 켜고 발끝으로 가장 가까운 문을 밀어 열었다.

메시지가 전해지는 와중에 왜곡된 듯했다. 잭 스페인을 찌른 사람은 없었기 때문이다. 아래층에서 굳어가는 피투성이 난장판을 본 이후라서 이 방은 평온하기까지 했다. 피는 없었다. 깨지거나 어지럽혀진 것도 없었다. 잭 스페인은 들창코에 금발 고수머리를 한 아이였다. 손을 머리 위로 올리고 등을 대고 바로 누워 얼굴은 천장을 향하고 있었다. 종일 축구를 하고 들어와 잠에 곯아떨어진 모습이었다. 아이가 숨 쉬는 소리가 들릴 것 같았지만 얼굴에 떠오른 어떤 표정이 그럴 리 없다는 사실을 똑똑히 알렸다. 오로지 죽은 아이만이 지닌 비밀스러운 고요함이 있었다. 태어나지 않은 아이처럼 꽉 감은 얇은 눈꺼풀. 세계가 살인자가 되어 미쳐 돌아갈 때 아이들은 안으로, 뒤로, 즉 처음 안전하게 머물렀던 곳으로 돌아간다는 듯이.

리치는 털 뭉치를 뱉으려는 고양이처럼 작은 소리를 냈다. 나는 손전등으로 방 안을 쭉 비추며 그가 진정할 시간을 주었다. 벽에는 두어 개 금이 나 있었지만 구멍은 없었다. 포스터로 숨긴 것이 아니라면. 잭은 맨체스터 유나이티드 축구팀의 팬이었다. "아이가 있나?" 나는 물었다.

"아뇨, 아직요."

그는 마치 잭 스페인을 깨울까 봐, 아이에게 악몽이라도 일으킬까 걱정하는 듯이 목소리를 낮췄다. 나는 말했다. "나도 마찬가지야. 이런 날에는 그편이 좋지. 애들이 있으면 마음이 약해지니까. 바위처럼 굳세게 사후 부검 결과도 지켜보고 점심으로는 피 뚝뚝 떨어지는 스테이크를 먹는 형사가 여기 있다 쳐. 그런데 그 아내가 아이를 낳잖아? 그다음부터 그 친구는 피해자가 18세 미만일 때는 갈피를 못 잡아. 그런 걸 수십 번은 봤지. 피임한 게 다행이다 싶었어."

나는 다시 손전등으로 침대를 비췄다. 제리 누나에겐 아이들이 있었고 그래서 조카들과 시간을 한참 보냈기에 잭 스페인의 나이를 어림짐작할 수 있었다. 네 살, 또래보다 크다면 세 살 정도일 것이다. 정복 경관들이 헛되이 심폐 소생술을 하느라 이불을 젖혀놓았다. 빨간 파자마가 꼬여 올라가 그 아래로 섬세한 흉곽이 드러났다. 심폐 소생술 때문에 갈빗대가 한두 대 부러진 자국이 움푹 파였다. 아니, 나는 심폐 소생술 때문이길 바랐다.

입술 주위에는 푸른 기운이 떠올라 있었다. 리치가 말했다. "질식한 건가요?"

그는 목소리를 통제하느라 애쓰고 있었다. 나는 말했다. "부검 결과를 기다려야겠지만 그럴 가능성이 있지. 만약 그런 결과라면 혐의는 부모에게 쏠려. 많은 경우 부모들은 부드러운 방법을 선호하니까. 그 표현이 내가 하고 싶은 말에 맞는다면."

리치를 보고 있진 않았지만 그가 움찔거리지 않으려고 굳어가는 것을 느낄 수 있었다. "딸을 찾으러 가보자고."

여기에도 벽에 구멍은 없었고 몸싸움의 흔적도 없었다. 정복 경관은 에마 스페인을 구하길 포기했을 때 아이의 단정함을 지켜주려고 했는지 분홍색 이불을 도로 덮어놓았다. 여자애였기 때문이다. 에마는 동생처럼 들창코였지만 고수머리는 적갈색이었고 얼굴 가득히 주근깨가 나 있었다. 푸르스름한 흰 피부 때문에 주근깨가 한층 더 두드러져 보였다. 여자애가 누나로, 예닐곱 살쯤 됐을 것이다. 입은 살짝 벌리고 있어 앞니가 빠진 틈이 보였다. 방은 공주님풍의 분홍색이 가득했고 프릴과 주름 장식으로 여기저기를 꾸몄다. 침대 위에는 자수가 놓인 베개가 잔뜩 쌓여 있었다. 베개 무늬 속에서 눈이 커다란 새끼 고양이와 강아지 들이 우리를 빤히 바라보았다. 작고 텅 빈 얼굴 옆, 손전등 불빛을 비추면 어둠 속에서 튀어나올 것 같은 고양이와 강아지는 시체를 뜯어먹는 야수 같아 보였다.

나는 리치를 바라보지 않은 채로 다시 계단참으로 나온 다음 물었다. "두 방에서 이상한 것 눈치 못 챘나?"

빛 속에서 보니 그는 식중독을 심하게 앓는 사람 같은 몰골이었다. 입에 고인 침을 두 번 삼킨 후에야 말을 할 수 있었다. "피가 없었습니다."

"빙고." 나는 손전등으로 욕실 문을 밀어 젖혔다. 색깔을 맞춘 수건, 플라스틱 목욕 장난감, 평범한 샴푸와 샤워 젤, 반짝이는 하얀 욕조와 변기. 누군가 여기 들어와서 피를 씻었다면 꽤 조심스러운 성격일 것이었다. "감식반 친구들에게 바닥에 루미놀 검사를 해보라고 해야겠어. 흔적을 확인해보라고. 우리가 뭔가 놓친 게 아니라면 살인범은 한 명 이상이거나 아이들부터 덮쳤을 거야. 저 아수라장에서 온 사람은 없어 보이는군." 나는 고개로 부엌을 가리켰다. "그리고 여기 있는 걸 손댄 적도 없고."

46

리치가 말했다. "내부 소행처럼 보이지 않습니까?"

"어째서?"

"제가 한 가족을 쓸어버리려는 사이코라면 애들부터 시작하진 않을 겁니다. 한창 작업하는 도중에 부모 중 한 사람이 무슨 소리를 듣고 확인하러 오기라도 하면요? 그다음엔 엄마랑 아빠 둘 다 제게 덤벼들어서 뒈지게 팰걸요. 그러니 아니죠. 저라면 모두가 잠들길 기다렸다가 가장 큰 위협 요소부터 제거할 겁니다. 여기서부터 시작한다면 그 이유는 단 하나……." 입술이 실룩 경련했지만 그는 말을 이었다. "방해받지 않을 거라는 사실을 알고 있었을 거예요. 즉 부모 중 한 명이 범인이란 겁니다."

"맞아. 절대로 확정 지을 순 없지만 첫눈에는 그래 보이지. 같은 결론을 가리키는 다른 근거도 알아챘나?"

그는 고개를 저었다. 나는 말했다. "앞문이야. 거긴 잠금장치가 두 개 있지. 하나는 처브식이고 다른 하나는 예일식이야. 정복 경관들이 강제 침입하기 전에 두 잠금장치 다 걸려 있었어. 누가 나갈 때 당긴다고 문이 저절로 잠기진 않아. 열쇠로 잠가야만 하지. 열렸거나 깨진 창문도 보이지 않았어. 그러므로 누가 밖에서 침입했다고 하면, 혹은 스페인 부부가 누군가를 안에 들였다고 하면, 그 사람이 어떻게 도로 나갔겠나? 다시, 이것도 확정 지을 순 없어. 창문 하나가 잠겨 있지 않았을 수도 있고, 열쇠를 가져갔을 수도 있고, 친구나 동업자가 열쇠를 가지고 있을 수도 있지. 이 모든 것을 확인해봐야 해. 하지만 이게 뭔가 암시하는 점은 있어. 반면……." 나는 손전등으로 가리켰다. 문고판 크기의 또 다른 구멍이 계단참의 낮은 쪽 굽도리널 위에 나 있었다. "어떻게 하면 벽이 이렇게 파손될 수 있지?"

"싸움이죠. 먼저…….." 리치는 다시 한번 입을 문질렀다. "먼저 애들부터 처리했어야 할 겁니다. 아니면 애들이 잠에서 깼을 테니까요. 누가 여기서 꽤 힘들게 몸싸움을 벌인 것처럼 보이는데요."

"누가 그랬을 수도 있지. 하지만 벽은 그래서 부서진 건 아니야. 머리를 맑게 하고 다시 봐. 이 파손은 지난밤에 생긴 게 아니야. 왜 그런지 말하고 싶어?"

초록색 눈빛이 내가 차에서 보았던 집중의 표정으로 천천히 바뀌었다. 잠시 후 리치가 말했다. "구멍 근처에 피가 없습니다. 석고 조각이 바닥에 떨어져 있지도 않고요. 먼지조차 없습니다. 누군가 청소를 한 거죠."

"정답이야. 살인자가, 아니면 살인자들이 여기를 진공청소기로 밀고 다녔을 가능성도 있지. 본인들만 아는 이유로. 하지만 실제로 그렇게 됐다는 근거를 찾을 수 없다면 가장 그럴듯한 설명은 이 구멍들은 이틀 전 혹은 훨씬 전에 생겼다는 거야. 어째서 이런 구멍이 생겼는지 짐작 가는 바가 있나?"

리치는 이제 상태가 훨씬 나아 보였고 일을 제대로 하기 시작했다. "구조적 문제? 습기 지반 침하, 어쩌면 누가 배선을 잘못했을지도……. 거실에 습기가 있었습니다. 바닥 보셨죠, 벽의 얼룩이랑. 사방에 금이 갔어요. 배선이 망가져 있대도 놀랍지 않을 겁니다. 이 단지 전체가 쓰레기장이에요."

"그럴 수도 있겠지. 건축 감사관을 데려와서 살펴보라고 해야겠어. 솔직히 말해보자고. 이런 상태로 놔두려면 꽤 무능한 배선 기사가 왔어야 할걸. 달리 생각나는 설명은?"

리치는 이를 쭉 빨면서 생각에 잠긴 눈길로 구멍을 한참 동안 살폈다. "생각나는 대로 대충 말해보자면 누가 뭔가를 찾고 있었다고 할 겁니다."

"내 생각도 그래. 총이거나 귀중품일 수도 있지만, 보통은 옛날부터 믿을 만했던 물건이겠지. 약이나 현금. 감식반에게 약물 잔여물이 있나 확인해보게 해야겠군."

"하지만요." 리치는 턱으로 에마의 방문을 가리켰다. "애들이 있잖아요. 부모가 애들을 죽일지도 모르는 걸 갖고 있었을까요? 애들을 집 안에 두고?"

"스페인 부부가 자네 용의자 목록 맨 위에 있는 줄 알았는데."

"그건 다른 문제죠. 사람들은 휙 돌아버려서 미친 짓을 해요. 누구에게나 일어나는 일이죠. 그렇지만 애들이 찾을 수도 있는 벽지 뒤에 헤로인을 숨겨놓는다? 그런 일은 없어요."

발아래서 삐걱거리는 소리가 나서 우리 둘 다 빙그르르 돌아섰다. 그저 바람에 앞문이 흔들리는 소리였다. 내가 말했다. "진정하라고, 친구. 나는 이런 걸 수백 번 봤어. 자네도 분명 그랬을걸."

"이런 사람들한테서는 아니죠."

나는 눈썹을 치켰다. "자네가 그런 속물인 줄은 몰랐는데."

"아뇨, 지금 계급 얘기를 하는 게 아닙니다. 이 사람들은 '노력했다'는 말을 하는 거예요. 이 집을 좀 보세요. 모든 게 제대로 되어 있잖아요. 제 말 아시겠죠? 모두 깨끗하잖아요. 심지어 전선 뒤까지도 깨끗해요. 물건들이 서로 잘 어울리도록 맞췄죠. 선반에 놓인 양념들까지 멀쩡해요. 제가 유통기한을 확인한 건 다 그랬죠. 이 가족은 모든 걸 '제대로' 해놓고 살려고 노력했단 겁니다. 그런 수상쩍은 물건으로 망치다니…… 그들의 스타일과는 맞지 않아요."

나는 말했다. "지금은 맞지 않게 보일 수 있지, 그래. 하지만 명심해둬. 당장 우리는 이 사람들에 대해서 아는 게 하나도 없어. 집을 깔끔하게 유지했다고 치자. 적어도 가끔이라도. 그런데 살해당했단 말이지. 첫 번째 사실보다는 두 번째 사실이 훨씬 의미가 있다는 걸 알아야 해. 청소기는 아무나 돌릴 수 있어. 그렇다고 누구나 살해당하는 건 아니야."

참으로 천진난만하기 그지없는 마음의 소유자인 리치는 도덕적 분개가 담긴 순수한 회의가 어린 눈길로 나를 보았다. "수없이 많은 살인 사건 피해자들은 생전에 위험한 행동을 전혀 하지 않았기도 해요."

"어떤 사람은 그랬겠지. 하지만 정말 수없이 많은 사람일까? 여기 네 새 직업의 더러운 비밀이 있어, 친애하는 리치. 네가 인터뷰나 다큐멘터리에서는 절대로 보지 못했을 부분이지. 우리끼리도 비밀로 하니까. 대부분의 피해자들은 사건을 자초한 거야."

그의 입이 벌어지려고 했다. 내가 말을 이었다. "분명히 애들은 아니지. 여기서 애들을 논하려는 건 아니야. 하지만 어른들은……. 네가 다른 조직의 영역에서 약을 팔려고 하거나 이상형의 남자친구가 네 번 연속 너를 두들겨 패서 응급실에 간 다음에도 그 자식과 결혼을 한다 쳐. 혹은 네 친구가 누구를 칼로 찔렀는데, 죽은 사람의 사촌이 네 친구를 찔렀고, 너도 그 동생을 찔렀다고 해보자. 정치적으로 올바르지 못한 예라서 미안하긴 한데 그러면 나중에 당할 일을 어서 옵쇼 하고 스스로 불러온 거나 다름없다는 거지. 우리가 형사 연수를 받을 때 배운 건 이런 내용이 아니라는 건 알아. 하지만 여기 현실 세계에서 살인이 사람들의 삶을 침입해 들어가는 일은 거의 없다는 사실을 알면 놀랄걸. 백 번 중 아흔아홉 번은, 사람들이 문을 열고 초대하기 때문에 살인이 일어나."

리치는 발을 움직였다. 외풍이 계단을 타고 올라와 우리 발목 주위로 밀려왔다가 에마 방의 문손잡이를 달가닥 흔들었다. 그가 말했다. "이런 걸 어떻게 자초할 수 있는지 알 수가 없네요."

"나도 몰라. 적어도 아직은. 하지만 스페인 가족이 〈월튼네 사람들〉*처럼 살고 있다면 누가 저 벽을 부수고 들어왔겠어? 그리고 어째서 사람을 불러서 수리하지 않았지? 자기들이 무슨 일에 연루되었는지 다른 사람들에게 알리고 싶지 않았던 게 아니라면 말이야? 아니, 적어도 그들 중 한 사람이 연루된 일이라고 해야겠지."

리치는 어깨를 으쓱했다. 나는 말했다. "네 말이 맞아. 이번 건이 백 번 중 한 번 일어나는 경우일 수도 있지. 우린 마음을 열어둬야 해. 이걸 망쳐서는 안 되는 또 다른 이유야."

패트릭과 제니퍼 스페인의 방은 집의 다른 장소와 마찬가지로 그림처럼 완벽했다. 고풍스럽게 보이도록 꽃분홍과 크림색, 황금색으로 장식한 방이었다. 피도 없고 몸싸움의 흔적도 없으며 먼지 한 점도 없었다. 침대 위에 벽과 천장이 만나는 지점에 작은 구멍이 하나 나 있었다.

튀는 점이 두 가지 있었다. 첫 번째. 이불과 시트가 구겨지고 젖혀져 있었다는 것. 마치 누가 막 뛰어나온 것만 같았다. 집의 다른 부분으로 미루어 보건대 침대가 이처럼 흐트러진 건 오래되지 않았을 터였다. 적어도 사건이 시작되었을 때는 누구 한 사람이 침대에 누

---

* 공황기를 살아가는 가족을 그린 1970년대 미국 드라마. 대가족의 아기자기한 일상을 담고 있다.

위 있었다는 게 분명했다.

　두 번째. 침대 옆 탁자들. 두 탁자 위에 크림색 술이 달린 갓을 씌운 작은 전등이 놓여 있었다. 두 전등 다 꺼져 있었다. 먼 쪽 탁자 위에는 페이스 크림 같은 화장품이 담긴 소녀다운 디자인의 병 두 개와 분홍색 휴대전화, 분홍색 표지에 기이한 글씨체가 적힌 책 한 권이 있었다. 가까운 탁자 위에는 기기들이 가득했다. 무전기처럼 보이는 흰색 기기 두 개와 은색 휴대전화 두 대는 충전기 위에 있었고 그 외에도 모두 은색인 빈 충전기 세 대가 더 있었다. 대체 무전기를 어디에 쓰는 건지 나로서는 알 수 없었지만 휴대전화를 다섯 대 쓰는 사람은 성공한 주식 투자자나 마약상뿐이었다. 내가 보기에 주식 투자자의 방 같진 않았다. 거기서 순간 그림이 들어맞기 시작한다는 생각이 들었다.

　다음 순간 "맙소사"라는 감탄사와 함께 리치의 눈썹이 올라갔다. "자기들 수준보다 약간 도가 지나치게 살았던 거 아닙니까?"

　"어째서?"

　"아기 모니터요." 그는 패트릭의 침대 쪽 협탁을 가리켰다.

　"저게 그거라고?"

　"그래요. 저희 누나도 아이가 있거든요. 저 하얀 것. 저기다 귀를 대고 듣는 거죠. 전화처럼 보이는 건 비디오고. 아이들이 자는 모습을 지켜보는 장치죠."

　"빅 브라더 스타일이군." 나는 손전등으로 기기들을 비춰 보았다. 흰색 기기는 아직도 켜져 있었고 화면은 희미하게 빛을 발했다. 은색 기기는 꺼져 있었다. "사람들은 보통 저런 걸 몇 개나 갖고 있지? 아이당 하나?"

"대부분의 사람들은 모르겠네요. 저희 누나는 애가 셋이지만 모니터는 하납니다. 아기가 잘 때를 대비해서 그 방에만 두죠. 여자애들이 어릴 때는 오디오 기기만 뒀어요. 저렇게 생긴 거." 무전기를 말하는 것이었다. "하지만 남자애는 조숙해서 누나는 애한테서 시선을 떼지 않으려고 비디오 기기도 두었죠."

"그럼 스페인 부부는 아이를 과잉보호하는 측면이 있었다는 건가. 방마다 모니터를 두었으니." 내가 미리 살펴봤어야 하는 지점이었다. 리치가 커다란 사건에 정신이 팔려 세세한 점을 놓쳤다는 것과는 별개로 나는 초짜가 아니었다.

리치는 고개를 저었다. "하지만 왜죠? 아이들은 이제 다 커서 엄마가 필요하면 직접 올 수도 있었을 텐데. 그리고 이 집이 거대한 저택도 아니잖아요. 애들이 다치기라도 하면 소리 지르는 걸 들을 수 있는데."

"기기의 다른 쪽은 보면 알 수 있어?"

"아마도요."

"좋아. 그럼 가서 찾아보자."

에마의 분홍색 서랍장 위에는 탁상시계 라디오처럼 둥근 흰색 물건이 있었다. 리치의 말에 따르면 오디오 모니터라고 했다. "이런 물건을 쓰기엔 아이가 많이 자랐지만 부모가 잠이 깊게 들고 딸이 부르는 소리를 확실히 듣고 싶었으면⋯⋯." 다른 오디오 모니터는 잭의 서랍장 위에 있었다. 비디오카메라의 흔적은 없었다. 다시 계단 참으로 돌아올 때까지는 찾을 수 없었다. 나는 말했다. "감식반이 다락을 확인해보게 해야겠어. 만에 하나 누구든⋯⋯." 나는 손전등을 천장 쪽으로 들다가 말을 끊었다.

다락으로 올라가는 해치가 바로 거기 있었다. 문은 어둠을 향해 열려 있었다. 손전등 빛이 뭔가에 걸려 있는 덮개를 비췄고 저 위로 드러난 지붕 서까래가 보였다. 누군가 미적 감각에 대해 별로 고민하지도 않고 아래쪽에서 구멍 위로 철망을 치고 고정시켜놓았다. 들쑥날쑥한 철망 가장자리에 제멋대로 튀어나온 못대가리. 계단 반대편 모서리 벽의 높은 곳에 은색 물건이 서툴게 얹혀 있었고 나는 리치가 굳이 말해주지 않아도 그 물건이 비디오 모니터라는 사실을 알았다. 카메라는 똑바로 해치를 향하고 있었다.

나는 말했다. "젠장, 왜 이렇게 해놓은 거야?"

"쥐 때문에? 구멍을 보면……."

"쥐를 감시하려고 카메라를 설치하는 사람도 있어? 해치를 닫고 해충 구제 업자를 부르겠지."

"그럼 뭐죠?"

"나도 몰라. 덫일 수도 있고. 벽을 부순 사람이 누구든 다시 돌아와서 2라운드를 할 경우를 대비한 것일 수도 있고. 감식반이 저 위를 올라갈 땐 조심해야겠군." 나는 손전등을 높이 쳐들고 여기저기 비추며 다락에 뭐가 있는지 파악하려 했다. 마분지 상자들, 먼지 덮인 검은색 여행 가방. "나머지 카메라가 무슨 힌트가 될지 알아보자고."

두 번째 카메라는 거실 소파 옆에 있는 크롬과 유리로 된 작은 테이블 위에 있었다. 카메라는 벽난로 위 구멍을 향하고 있었고 작은 빨간 불빛이 들어와 켜져 있다는 사실을 알 수 있었다. 세 번째 카메라는 부엌 구석에 박혀 있었다. 주위에 빈백 안에 넣는 작은 구슬이 흩어져 있고 바닥을 향했지만 여전히 플러그는 꽂혀 있었다. 이

전에는 세워놓고 작동시켰을 것이다. 오븐 레인지 아래로 카메라가 반쯤 보였다. 처음 살펴볼 때도 봤지만 그때는 전화기라고 생각했다. 다른 카메라는 부엌 탁자 아래 있었다. 마지막 카메라 혹은 다른 두 카메라의 흔적은 없었다.

나는 말했다. "감식반 친구들에게 잘 살펴보라고 경고해둬야겠어. 그 친구들을 안으로 들이기 전에 한 번 더 보고 싶은 데가 있어?"

리치는 자신 없는 표정이었다. 나는 말했다. "떠보는 질문 아니야, 친구."

"아, 그렇군요. 그러면 아닙니다. 충분합니다."

"나도 그래. 가자고."

다시 외풍이 불어와 집을 사로잡았고 이번에는 우리 둘 다 펄쩍 뛰었다. 무슨 짓을 하더라도 애송이 리치에게 이런 꼴을 보이긴 싫었지만 집이 내 마음을 슬슬 불편하게 하고 있었다. 아이들 때문도, 피 때문도 아니었다. 말한 대로 둘 다 처리할 수 있었고 문제없었다. 어쩌면 벽에 뚫린 구멍이나 깜박이지 않는 카메라에서 느껴지는 무언가 때문인지도 몰랐다. 아니면 저 유리벽 너머로 우리를 노려보고 있는 뼈대만 남은 집들 때문일 수도 있었다. 불의 온기를 찾아 주위를 빙빙 맴도는 굶주린 동물처럼. 나는 이보다 더 심각한 현장을 다루면서도 땀 한 방울 흘리지 않았다는 사실을 상기하려 했지만 두 개골 안을 도는 희미한 빛이 말했다. 이번 건은 달라.

3

　낭만이라고는 없는 작은 비밀. 살인 사건 수사관이 되는 일의 반은 운영 기술이다. 훈련생들은 어슴푸레한 예감을 좇아 황야로 나서는 외로운 늑대를 그리지만 실제로 다른 사람들과 잘 어울리지 못하는 훈련생은 잠복수사과에 들어간다. 작은 수사라도—이 사건은 작지 않지만—임시 배정 시보, 언론 공보관, 감식반, 법의학자, 그리고 전 세계와 동네 아줌마들까지도 끌어들인다. 언제라도 그들 모두에게서 필요한 정보를 반드시 받아내야 하는 건 물론이고 서로 방해하지 않으며 모두가 나의 큰 그림 아래서 일하도록 배치해야 한다. 모든 책임이 나에게 있기 때문이다. 호박 안에 보존된 느린 침묵은 끝났다. 우리가 집 밖으로 나서 조용히 걸음을 멈추기도 전에 옥신각신 말다툼이 일어났다.

　법의학자인 쿠퍼가 문밖에서 가방을 손가락으로 두드리며 기분 나쁜 표정으로 서 있었다. 그렇다고 그가 언제는 기분이 좋았다는 건 아니다. 가장 좋을 때도 쿠퍼는 부정적인 자식이고 내 주변에 있을 때는 가장 좋을 때도 아니었다. 내가 무슨 짓을 한 것도 아닌데 자기만 아는 어떤 이유로 그 자식은 나를 좋아하지 않는다. 그리고 쿠퍼같이 오만한 놈이 사람을 싫어할 때는 아주 제대로 한다. 신청서에 오타 하나만 있어도 돌려보내서 다시 쓰게 하고 무슨 일이건 서둘러 해달라고 해도 잊어버린 척한다. 내 사건은 긴급이건 아니건 순서를 기다려야 한다. "케네디 형사." 그는 나한테 무슨 냄새라도 난다는 듯 코를 벌름거리면서 말했다. "내가 혹시 웨이터로 보이나?"

"전혀 안 비슷한데요, 쿠퍼 박사님. 여긴 커런 형사입니다. 내 파트너죠."

그는 리치를 무시했다. "그 말을 들으니 다행인데. 어째서 내가 현장 옆에서 대기해야 하지?"

기다리는 내내 이 말장난을 생각한 게 분명했다. "사과드립니다. 무슨 오해가 있었나 보네요. 확실히 알았으면 절대 박사님 시간을 낭비하지 않았을 텐데. 현장은 이제 맡기겠습니다."

쿠퍼는 마음에 들지 않는다는 티를 역력히 내며 기를 죽이는 눈길을 보냈다. "자네들이 현장을 광범위하게 오염시키지 않았기만을 바랄 뿐이지." 그는 나를 스쳐 지나며 장갑을 평소보다 꽉 끼고 집으로 들어갔다.

내 시보들의 흔적은 아직 없었다. 정복 경관 중 한 명이 차와 제니퍼의 여동생 주위를 서성거리고 있었다. 다른 경관은 길 위에서 하얀 밴 두 대 사이에 선 남자 한 무리와 얘기중이었다. 감식반, 영안실 직원. 나는 리치에게 말했다. "이제 우리는 무엇을 해야 할까?"

밖으로 나오자마자 리치는 다시 꼼지락대기 시작했다. 고개를 앞뒤로 흔들며 길과 다른 집들을 살피고 허벅지에 자국이 생기도록 두 손가락으로 두드렸다. 내 질문에 그는 동작을 멈췄다. "감식반을 안으로 들여보내는 거요?"

"그래. 그런데 걔들이 작업하는 동안 넌 뭘 할 계획이야? 우리가 여기서 어슬렁거리면서 '아직 알아낸 거 없냐'라고 물어보고만 있으면 그냥 걔들 시간이랑 우리 시간을 낭비할 뿐인데."

리치가 고개를 끄덕였다. "제가 결정할 수 있는 일이라면 여동생과 이야기를 나누겠습니다."

"제니퍼 스페인이 무슨 얘길 할 수 있는지 알아보러 가고 싶진 않고?"

"그 여자가 우리와 얘길 나눌 수 있을 때까지는 한참이 걸릴 거라고 생각했습니다. 설사⋯⋯."

"설사 그 여자가 살아남는다고 해도. 네 말이 맞을지도 몰라. 하지만 그걸 당연하게 생각해선 안 돼. 그걸 맨 위에 놓아야 할 필요가 있어."

나는 벌써 휴대전화를 꺼내 번호를 누르고 있었다. 전파 수신이 좋지 않아서 몽골 고원에라도 있는 기분이 들었다. 길 아래까지 내려와서 집들을 벗어나야 간신히 신호가 잡혔다. 복잡하게 이곳저곳으로 통화 연결을 거친 후에야 제니퍼 스페인을 입원시킨 의사에게 닿을 수 있었고 간신히 내가 기자가 아니란 걸 확신시킬 수 있었다. 의사는 젊은 사람 같았고 무시무시하게 피곤한 목소리였다. "아직 살아는 있습니다만 뭐든 보증할 순 없습니다. 지금 수술중이네요.

수술이 끝날 때까지 버티면 좀더 잘 알게 될 겁니다."

나는 리치도 들을 수 있도록 스피커폰으로 바꾸었다. "상처를 자세히 묘사해주실 수 있습니까?"

"저는 잠깐만 진찰했을 뿐입니다. 확실히는……."

바닷바람이 그의 목소리를 멀리 쳐냈다. 리치와 나는 전화기 위로 가까이 허리를 굽혀야 했다. 내가 말했다. "그저 사전 개요를 듣고 싶은 겁니다. 이렇든 저렇든 저희 쪽 의사가 나중에 진찰을 할 테니까요. 지금 상황에서 제가 필요한 건 총상인지 질식인지 익사인지 하는 일반적 의견입니다. 그건 말씀해주실 수 있죠."

한숨. "임시적이라는 건 아시겠죠. 제 진단이 틀릴 수도 있습니다."

"압니다."

"알겠습니다. 기본적으로는 이만큼 버틴 것만도 운이 좋았습니다. 복부에 칼로 찔린 걸로 보이는 부상을 네 군데 입었습니다만 그건 그쪽 의사가 결정할 문제겠죠. 상처 두 군데는 깊지만 주요 장기와 혈관을 피해 갔습니다. 그러지 않았으면 병원에 도착하기 전까지 출혈이 어마어마했을 겁니다. 오른쪽 뺨에 칼에 벤 상처가 있는데 그게 곧바로 입안까지 뚫고 들어갔습니다. 살아남는다면 성형수술을 꽤 여러 번 해야 할 겁니다. 또 두개골 뒤쪽에 둔기로 맞은 상처가 있습니다. 엑스레이 촬영 결과로 보면 머리 선에 골절이 있고 경막하혈종이 있습니다만 반사 동작으로 판단해보건대 그럭저럭 뇌손상은 피했을 가능성이 있습니다. 다시 말하지만 무척 운이 좋았죠."

제니퍼 스페인에 대해 그 말을 쓸 수 있는 건 이번이 마지막일 것이다. "그 밖에는요?"

의사가 뭔가를, 아마도 커피를 홀짝이더니 크게 터져 나오는 하품을 삼키는 소리가 났다. "죄송합니다. 사소한 부상도 있을 순 있습니다. 그런 건 아직 찾아보지 않았습니다. 저의 우선순위는 일단 환자를 잃기 전에 수술실로 들여보내는 것이었거든요. 벤상처와 타박상을 피가 다 덮었을 수도 있죠. 그렇지만 심각한 상처는 달리 없습니다."

"성폭행의 흔적은요?"

"말씀드린 대로 그건 최우선순위가 아니었습니다. 제 생각일 뿐이지만 그런 추측을 할 만한 상처는 보지 못했습니다."

"무슨 옷을 입고 있었죠?"

순간 침묵이 흐르며 의사는 자기가 오해했고 내가 특수한 종류의 변태는 아닐까 의심하는 듯했다. "노란 파자마입니다. 다른 건 없었습니다."

"병원에 경찰이 있을 겁니다. 스페인 부인의 파자마를 종이봉투에 넣어서 경찰에게 건네주셨으면 합니다. 파자마에 손댄 사람이 있다면 그 사람도 적어주시면 좋겠습니다." 나는 제니퍼 스페인을 피해자로 볼 근거에 두 가지 점을 더했다. 여자들은 자신의 얼굴을 망가뜨리지 않는다. 그리고 파자마를 입고 자살할 리가 없다. 여자들은 가장 좋은 옷을 입고 공을 들여서 마스카라를 바르고 자기 생각에 조용하고 우아하게 떠날 수 있는 방법을 고른다. 모든 고통이 씻겨나가고 차갑고 창백한 평화만이 남을 방법. 매번 착각에 불과하지만. 부서져가는 정신의 잔해 속 어딘가에서 그들은 최선에 미치지 못한 모습으로 발견되면 기분이 언짢을 거라고 생각한다. 대부분의 자살자는 죽음이 정말로 완전히 닥칠 거라고는 생각지 않는다. 어쩌면 우리 중 그런 생각을 하는 사람은 아무도 없을지 모른다.

"경찰에게 벌써 줬습니다. 명단은 짬이 나는 대로 작성하겠습니다."

"치료 도중에 의식을 회복한 적은 없습니까?"

"아뇨. 말한 대로 다시는 회복하지 못할 가능성도 상당히 높습니다. 수술 후 두고 봐야죠."

"살아난다면 우리가 피해자와 언제쯤 이야기를 나눌 수 있을까요?"

한숨 소리가 들렸다. "경찰 측 추측이나 제 추측이나 같죠. 머리에 손상이 있는 상태에서는 무엇도 예측할 수 없습니다."

"감사합니다. 상황 변화가 있으면 바로 알려주시겠습니까?"

"최선을 다해보죠. 그럼 이만 괜찮으시면 저는……."

의사는 전화를 끊었다. 나는 살인수사과 행정 직원인 버너뎃에게 잠깐 전화를 걸어서 스페인 가족의 재정 상태와 통화 기록을 조사하는 데 인원을 투입하고 긴급으로 서둘러 달라는 말을 전했다. 통화를 끊는데 전화가 징 울렸다. 세 건의 음성 메시지. 전파 수신이 거지 같아서 연결되지 않았던 것들이 지금 들어온 것이었다. 오켈리는 시보를 두 명 더 배정했다고 알렸다. 기자 하나는 특종을 알려달라고 빌었지만 이번에는 얻을 수 없을 터였다. 그리고 제리 누나. 메시지가 띄엄띄엄 남겨져 있었다. "안 되겠어……. 믹……. 오 분마다 토해서…… 집을 나갈 수가 없어 아무리…… 다 괜찮아? …… 나면 전화해……."

"망할." 삼키기도 전에 욕설이 튀어나왔다. 디나는 시내의 델리

숍에서 일한다. 나는 다시 시내 근처로 돌아가기까지 몇 시간이나 걸릴까, 그 시간 동안 누가 라디오를 켜지 않을 확률이 얼마나 될까 계산하려고 했다.

리치는 질문하듯 머리를 갸웃했다. "아무것도 아니야." 나는 말했다. 디나에게 전화를 해봤자 소용이 없었다. 그 애는 전화를 싫어한다. 달리 전화를 걸 사람도 없었다. 나는 숨을 재빨리 들이마시고 그 생각은 마음속 구석으로 쑤셔넣었다. "가자고. 감식반 친구들을 너무 오래 기다리게 했어."

리치는 고개를 끄덕였다. 나는 전화를 집어넣고 흰 작업복을 입은 남자들과 이야기하려고 길 위쪽으로 향했다.

과장은 나와 약속한 대로 일처리를 제대로 해놓았다. 감식반에서는 래리 보일과 함께 사진사, 현장 도면 작성 요원, 그 외 두 명을 딸려 보냈다. 보일은 얼굴이 팬케이크처럼 둥글고 키가 작은 괴짜로 집에 심란한 잡지들을 알파벳순으로 깔끔하게 정리해둔 방이 있을 것 같은 인상을 풍기는 남자지만 현장을 흠 잡을 데 없이 깨끗이 조사하고 혈흔 분석에서는 최고였다. 나한테 필요한 두 가지였다.

"좀 일찍 오지 그랬어." 그가 내게 말했다. 벌써 하얀 후드 작업복을 입고 장갑까지 꼈으며 한 손에는 덧신을 들고 있었다. "여기 이분은 누구실까?"

"내 새 파트너 리치 커런이야. 리치, 이쪽은 감식반에서 나온 래리 보일. 이 친구에게 잘해줘. 우리가 좋아하니까."

"내가 쓸모 있는 걸 찾아내나 볼 때까지 설레발칠 거 없어." 래리는 한 손을 나를 향해 휘저었다. "안에는 뭐가 있나?"

"아버지와 아이 둘이 죽었어. 어머니는 병원에 갔고. 아이들은 위층에 있었는데 질식사 같고 성인들은 아래층에 있었는데 자상을 입은 걸로 보여. 네가 몇 주 동안은 기분 좋게 작업할 만한 혈흔이 충분히 있더군."

"오, 근사한데."

"내가 손 놓고 있었다는 말은 하지 마. 평소 같은 수사 말고도 사건 진행에 대해 네가 뭐든 얘기해줄 게 있나 찾아보고 있었다고. 누가 먼저 공격했나, 어디서 그랬고 얼마나 움직여 다녔나, 몸싸움은 어떤 형태였나 등등. 우리가 알아본 바에 따르면 위층에는 피가 없어. 의미심장한 점일 수 있겠지. 네가 우리 대신 확인 좀 해줄래?"

"문제없지. 또 다른 특별 요청이라도?"

나는 말했다. "이 집 안에서 뭔가 무척 이상한 일이 일어났어. 어젯밤보다 한참 전부터라고 할 수 있을 것 같은데. 벽에 구멍이 여러 군데 나 있는데 누가 냈는지 왜 그랬는지 전혀 실마리가 없어. 힌트가 될 만한 흔적이나 지문, 뭐라도 찾아주면 무척 고맙겠어. 또 아기 모니터도 엄청 많더라고. 침대 옆 탁자 위에 놓인 충전기로 봐서는 최소 오디오 둘, 비디오 다섯 대가 있지만 그것보다 더 많을 수도 있지. 무슨 용도로 두었는지는 아직 확실히 모르겠지만 카메라는 세 대밖에 찾지 못했어. 위층 계단참, 거실 작은 탁자, 부엌 바닥. 세 카메라 모두 현재 상태로 사진을 찍어줬으면 좋겠네. 그리고 다른 카메라 두 대는 어디 있는지, 아니면 카메라가 얼마나 많이 있는지 알아냈으면 해. 뷰어도 마찬가지야. 충전중인 것 두 대를 발견하긴 했지. 둘 다 부엌 바닥에 있더군. 그러니 최소 하나가 모자라는 셈이야."

"음." 래리는 한껏 음미했다. "흥미로운데. 자네가 있어서 다행이야, 스코처. 원룸 약물 과용 사건을 하나만 더 맡았다간 지루해서 죽었을지도 몰라."

"사실 약물도 관련 있을지도 몰라. 확실한 건 없는데 집에 약물이 있는지 아니면 전에라도 있었는지 알고 싶어."

"오, 맙소사. 약물을 또 맡긴 싫어. 가능성 있는 건 다 표본을 뜨긴 하겠지만 음성으로 나와야 좋지."

"저 가족 휴대전화도 필요해. 조사중 발견한 재정 관련 서류도 다 필요하고. 부엌에 컴퓨터가 한 대 있는데 그것도 살펴봐줬음 좋겠어. 그리고 나 대신 다락 좀 제대로 훑어봐줄 수 있겠지? 우린 거긴 올라가보지 못했는데 뭐든 이상한 건 다락하고 관련이 있었어. 내 말뜻이 뭔지 알게 될 거야."

"내 취향하고 더 비슷한데." 래리가 행복하게 말했다. "난 약간 이상한 거 좋아하잖아. 시작할까?"

나는 말했다. "저기 순찰차에 부상당한 여자의 여동생이 있어. 가서 저 여자랑 잡담이라도 나눌까 하던 참이지. 우리가 저 여자를 안 보이는 데로 데려갈 때까지 잠깐만 기다려주겠어? 자네들이 저 안으로 향하는 모습을 보여주고 싶지 않거든. 만에 하나 여자가 상황에 대처할 수 없을 때를 대비해서."

"내가 여자들에게 그런 반응을 불러일으키긴 하지. 번거롭진 않아. 자네가 된다고 신호를 줄 때까진 여기서 어정거리고 있을 테니까. 그럼 재밌게 하고 오라고, 친구들." 그는 덧신을 든 손으로 우리에게 작별 인사를 했다.

우리가 다시 길을 내려가며 여동생이 있는 곳을 향해 갈 때 리치가 음울하게 말했다. "일단 집에 들어가면 저렇게 명랑할 수 없을 텐데."

나는 대답했다. "저 친구는 명랑하고도 남아. 그럴 친구지."

나는 일하면서 마주치는 사람들 때문에 안타까워하지 않는다. 연민은 재미도 있고 자기가 참 괜찮은 사람이라는 자위를 하게 해주기도 한다. 하지만 연민의 대상인 그 사람들에게는 아무짝에도 소용없다. 그들이 겪은 일에 대해 감상에 빠지는 순간 집중력을 잃는다. 약해진다. 그다음으로는 일하러 갈 용기를 잃어서 아침에 침대에서 일어나 빠져나올 수가 없다. 어떻게 연민이 사람들에게 도움이 된다는 건지 당최 알 수가 없다. 나는 시간과 에너지는 대답을 끌어내는 데 들이지 피해자를 포옹하고 핫초콜릿을 건네는 데 쓰지 않는다.

하지만 누군가에게 안타까운 마음을 느낀다면 그 대상은 피해자의 가족이다. 리치에게 말했듯이 희생자의 99퍼센트는 불평할 만한 게 없다. 그들이 겪은 일은 정확히 자초한 대로이기 때문에. 하지만 가족들은 정확히 같은 퍼센트로 이런 유의 지옥을 바란 적이 없다. 나는 어린 지미가 커서 약쟁이 마약상이 되어 자기에게 약을 공급하는 조직에서 삥땅 치는 멍청한 짓을 한대도 그게 엄마의 잘못이라는 세상의 관념들을 믿지 않는다. 엄마가 그 자식이 자아실현을 하는 데 딱히 도움은 주지 못했을지 모른다. 내 어린 시절에도 몇 가지 문제는 있었지만 그렇다고 내가 나중에 마약 왕의 비위를 거슬러 머리에 총을 두 방 맞고 종 치는 인생이 됐나? 이런 문제들이 내 발목을 잡지 못하게 하려고 이 년 정도 상담사를 만난 적은 있지만 그러면서도 이런저런 일들을 잘 처리해왔다. 나는 이제 어른이고, 그렇다는 건 내 인생은 내게 달렸다는 뜻이니까. 어느 날 아침 불현듯 내 얼굴이 날아가는 꼴이 된대도 모두 내 책임이다. 그리고 내 가족은 영문도 모른 채 그 파편을 맞아 빼내야 할 것이다.

나는 가족들 주변에서는 어느 때보다도 마음을 단단하게 먹으려고 주의를 기울인다. 동정처럼 사람에게 발을 거는 건 없다.

아침에 집을 나설 때만 해도 피오나 래퍼티는 꽤 괜찮은 외모의 여성이었을 것이다. 나는 키가 더 크고 훨씬 더 잘 꾸민 여자를 좋아하지만 이 여자도 빛바랜 청바지를 입은 각선미가 근사했고 굳이 머리카락을 펴거나 평범한 잿빛보다 더 세련되게 보이려고 염색하는 수고는 들이지 않았어도 반들거리는 머리카락이 괜찮았다. 하지만 지금은 엉망진창이었다. 붉어진 얼굴은 퉁퉁 부어서 콧물과 마스카라가 줄줄 흐른 자국으로 덮였고 눈은 울어서 돼지처럼 분홍빛이었다. 빨간 더플코트 소맷자락으로 얼굴을 닦은 모양이었다. 적어도 비명은 지르지 않았다. 잠깐뿐이겠지만.

정복 경관도 이제 심신이 너덜너덜해진 것 같았다. 내가 말했다. "래퍼티 씨와 말을 좀 나눠야 할 것 같은데요. 서로 돌아가서 우리가 면담을 마치면 래퍼티 씨를 병원으로 데려갈 사람을 한 명 보내줄 수 있습니까?" 그는 고개를 끄덕이며 물러섰다. 안도의 한숨이 들리는 것 같았다.

리치는 차 옆에 한쪽 무릎을 꿇고 앉았다. "래퍼티 씨?" 그는 상냥하게 말했다. 아픈 사람을 대하는 태도를 아는 친구였다. 약간 과하기도 했다. 무릎이 진흙 고랑 속에 정통으로 파묻혀서 그날 남은 하루 동안은 제 발에 걸려 넘어진 꼴로 보이겠지만 아랑곳하지 않는 듯했다.

피오나 래퍼티의 고개가 천천히 흔들리며 들렸다. 눈먼 사람 같은 표정이었다.

"고충을 겪게 되셔서 무척 유감입니다."

순간 여자의 턱이 살짝 아래로 기울었다. 작은 끄덕임.

"뭐라도 갖다 드릴까요? 물이라도?"

"엄마에게 전화를 해야 해요. 어떻게…… 맙소사, 애들은…… 엄마에게 말할 수 없어요……."

내가 말했다. "병원까지 동행할 사람을 보내겠습니다. 그 사람이 어머님께 거기서 뵙자고 알려드릴 겁니다. 사정을 전하는 것도 도울 거고요."

피오나는 내 말을 듣고 있지 않았다. 마음은 이미 거기서 튕겨 나와 다른 곳으로 핑 날아가버렸다. "제니 언니는 괜찮은가요? 괜찮아지겠죠?"

"저희도 그러길 바라고 있습니다. 소식 듣는 대로 알려드릴 겁니다."

"구급차에서…… 저는 언니랑 같이 갈 수 없다고 했어요. 언니랑 같이 있어야 했는데. 만에 하나라도 언니가…… 그러면……."

리치가 말했다. "압니다. 하지만 의사들이 지금 언니를 잘 돌보고 있어요. 자기 일을 잘하는 사람들입니다. 가봤자 방해만 돼요. 그걸 바라시는 건 아니죠?"

여자의 머리가 옆으로 움직였다. 아니요.

"아니겠죠. 어쨌든, 동생분은 여기서 저희를 도와주셔야 합니다. 몇 가지 질문을 드릴 텐데요. 지금 대답하실 수 있습니까?"

여자의 입이 벌어지더니 숨을 헉 들이쉬었다. "아뇨. 질문이라뇨. 세상에, 못 해요……. 집에 가고 싶어요. 엄마를 보고 싶어요. 맙소사, 제가 바라는 건……."

여자는 다시 신경 발작을 일으키기 직전이었다. 나는 리치가 안심시키듯 두 손을 들고 물러서는 모습을 보았다. 리치가 여자를 보내주기 전에 내가 매끄럽게 말했다. "래퍼티 씨, 잠시 집에 돌아가셨다가 다시 저희한테 오실 거면 막지 않겠습니다. 본인 선택입니다. 하지만 시간이 일 초 지체될 때마다 이런 짓을 벌인 자를 찾을 확률이 한 단계 낮아집니다. 증거가 파괴되고 목격자의 기억은 흐려지고 살인자가 멀리 도망갈 수도 있죠. 래퍼티 씨가 결정을 내리시기 전에 이 사실을 아셔야 할 것 같습니다."

피오나의 눈이 다시 초점을 찾아갔다. "제가 그러면…… 형사님들이 놓치실 수도 있는 거죠? 제가 나중에 오면 범인이 사라질 수도 있는 거죠?"

나는 리치의 어깨를 세게 잡아 피오나의 시선에서 비키게 하고 차문에 기댔다. "맞습니다. 말씀드린 대로 본인 선택입니다만, 개인적으로 저라면 그런 걸 안고 살고 싶지 않군요."

피오나의 얼굴이 일그러져서 순간 이 여자가 정신을 잃는 게 아닌가 싶었지만 다음 순간 볼 안쪽 살을 꾹 깨물더니 정신을 차렸다. "알았어요, 알았습니다. 할게요……. 알았어요. 그냥…… 그냥 이분만 담배 피울 시간을 주시겠어요? 그런 다음 뭐든 대답해드리죠."

"올바른 결정을 하신 겁니다. 천천히 시간을 보내세요, 래퍼티 씨. 우린 여기 있을 테니까요."

여자는 차에서 내렸다. 서툴게, 수술 후에 처음으로 일어서는 사람처럼. 그런 다음 비틀거리며 길을 건너서 골조만 남은 집들 사이로 갔다. 여자는 짓다 만 벽 위에 앉아서 간신히 담뱃불을 붙였다.

여자는 우리를 등지고 앉아 있었다. 나는 래리에게 양 엄지손가락을 들어 보였다. 그는 기운차게 손을 흔들며 장갑을 끼고 집 쪽으로 건들건들 걸어갔다. 감식반원들이 뒤따랐다.

리치의 허접한 재킷은 시골 날씨를 버틸 수 있는 옷이 아니었다. 그는 추운 티를 내지 않으려고 양손을 겨드랑이에 끼고 제자리에서 콩콩 뛰었다. 나는 목소리를 낮추고 말했다. "저 여자, 집으로 보내 버릴 작정이었지?"

그는 깜짝 놀라 경계하며 고개를 휙 돌렸다. "저는, 네, 제 생각에 는……."

"넌 생각할 필요 없어. 그런 건 안 해도 돼. 목격자를 놓아줄지 말지는 내 일이지, 네가 상관할 일이 아냐. 알겠나?"

"정신을 잃기 직전인 것처럼 보였어요."

"그래서? 그게 여자를 여기서 놔줄 이유는 되지 못해, 커런 형사. 오히려 정신 차리게 해야 할 이유지. 너는 우리가 놓쳐서는 안 될 면담 기회를 하마터면 버릴 뻔했어."

"버리려던 게 아닙니다. 여자의 심기를 거슬러서 내일까지 다시 데려올 수 없는 것보다는 몇 시간 후에 다시 하는 게 좋겠다 싶었던 거죠."

"그런 식으로는 일이 안 돼. 목격자에게 이야기를 끌어내고 싶으면 방법을 찾아야지. 그걸로 얘기 끝이야. 집에 가서 망할 차 한잔하고 비스킷 하나 먹은 후 맘 편해질 때 오시라고 보내버리면 안 된다는 거야."

"여자에게 선택권을 줘야 한다고 생각했습니다. 지금 막 가족들을 잃고……."

"내가 저 여자에게 수갑을 채우기라도 했어? 세상에 있는 모든 선택권을 여자에게 주는 건 좋아. 하지만 네가 원하는 대로 선택하도록 만들어야지. 세 번째, 네 번째, 다섯 번째, 그리고 모든 규칙은 이거야. 이 일에서는 흐름에 휩쓸리지 마라. 흐름이 너를 따라오도록 이끌어야지. 내 말 똑똑히 알겠나?"

잠시 후 리치가 말했다. "네, 죄송합니다."

그는 그때 내가 싫어졌을 수도 있다. 나는 그 정도는 감당하며 살 수 있다. 내 밑의 신입이 내 사진을 다트판으로 쓴다 해도 신경 쓰지 않는다. 소동이 가라앉았을 때 걔들이 사건이나 자기들 커리어에 아무런 해를 끼치지 않는 한은. "다시는 이런 일이 일어나진 않겠지. 맞아?"

"아뇨. 제 말은, 네, 선배님 말씀이 맞습니다. 일어나지 않을 겁니다."

"좋아. 그러면 면담하러 가자고."

리치는 턱을 재킷 칼라 속으로 움츠리고 피오나 래퍼티를 의심스러운 눈으로 흘끔거렸다. 그녀는 축 늘어진 채로 벽에 기대어 머리를 무릎 사이에 파묻다시피 숙이고 있었다. 한 손에는 들고 있다는 것도 잊어버린 듯 담배가 대롱대롱 걸려 있었다. 멀리서 보기에 피오나는 돌무더기 사이에 버려진 진홍색 천 뭉치 같았다. "저 여자가 버텨낼 수 있을까요?"

"나야 모르지. 여자가 혼자 있는 시간에 신경 발작을 일으키는 건 우리가 상관할 바가 아니야. 이제 가자고."

나는 리치가 따라오는지 돌아보지도 않고 길을 건넜다. 잠시 후 내 뒤를 허둥지둥 따라오며 흙과 자갈을 밟는 발소리가 들렸다.

피오나는 약간 진정한 상태였다. 아직도 이따금 떨림이 몸을 강타하는 듯했지만 두 손은 차분했고 셔츠 앞섶을 쓰긴 했지만 얼굴에 묻은 마스카라도 닦아냈다. 나는 피오나를 반쯤 짓다 만 집 안으로 데려갔다. 거센 바람을 피하려는 의도도 있었지만 래리와 그의 동료들이 다음에 할 행동을 보지 못하게 하려는 의도도 있었다. 나는 괜찮은 시멘트 블록을 찾아서 여자를 그 위에 앉히고 담배 한 대를 건넸다. 나는 담배를 피우지 않고 피운 적도 없지만 서류 가방에 늘 한 갑씩 넣어 다닌다. 흡연자들은 다른 중독자들과 똑같다. 그들을 한편으로 끌어들이려면 그들의 화폐를 써야 한다. 나는 블록 위 여자 옆에 앉았다. 리치는 내 어깨 옆 창문틀에 자리를 잡았다. 거기라면 요란을 떨지 않고도 우리를 관찰하고 배우고 메모를 할 수 있었다. 이상적인 면담 상황은 아니었지만 나는 더 나쁜 환경에서도 일해본 적이 있었다.

"자." 여자에게 담뱃불을 붙여주며 말했다. "뭐, 다른 거 갖다 드릴까요? 덧입을 스웨터라든가? 물이라도?"

피오나는 손가락 사이에 담배를 끼고 한참 바라보다가 짧게 몇 번 들이마셨다. 여자 몸의 모든 근육이 조여졌다. 오늘 하루가 끝날 때쯤에는 마라톤을 뛰고 온 사람 같을 것이다. "난 괜찮아요. 그냥 빨리 해버릴 수 있나요? 부탁해요."

"그러죠, 래퍼티 씨. 이해합니다. 먼저 제니퍼에 대해서 이야기해주시겠습니까?"

"제니라고 해주세요. 제니퍼라고 하면 싫어하거든요. 너무 얌전 빼는 이름이라고요. 늘 제니라고 했어요. 우리가 어렸을 때부터."

"피해자분이 언니시죠?"

"네, 저는 스물일곱이고 언니는 스물아홉이에요."

나는 피오나를 그보다 더 어린 나이로 짐작했었다. 부분적으로는 신체적 특징 때문이었다. 키가 작은 편이고 가냘프며 엉망진창이 된 얼굴은 뾰족한데다 작고 불균형적이었다. 옷차림 때문이기도 했다. 학생 특유의 후줄근한 느낌이 있는 옷이었다. 내가 젊었던 시절에는 여자애들이 대학 졸업 후에도 저런 식으로 옷을 입곤 했지만 요새는 더 잘 차려입고 다닌다. 집으로 봐서 제니퍼도 옷차림에 공을 들였으리라 장담할 수 있었다. 나는 말했다. "언니분은 직업이 뭡니까?"

"홍보예요. 제 말은, 잭이 태어날 때까진 그 분야에서 일했다는 거죠. 그후에는 아이들 키우느라 집에 있었어요."

"잘하셨네요. 일을 그리워하진 않으셨습니까?"

피오나는 머리를 흔드는 듯한 몸짓을 했지만 너무 굳어 있어서 무슨 경련처럼 보였다. "그랬던 것 같진 않아요. 언니는 일을 좋아했지만 야망이 넘치거나 뭐 그런 사람은 아니었죠. 언니는 아이를 하나 더 낳으면 다시는 일로 돌아갈 수 없으리란 걸 알았어요. 아이 두 명을 어린이집에 보내면, 뭐랄까, 일주일에 이십 유로를 받자고 일하는 셈일 테니까. 그래도 언니 부부는 잭을 가졌어요."

"직장에서 문제는 없었습니까? 사이가 좋지 않았던 사람이라든가?"

"없었어요. 그 회사의 여직원들은 내가 듣기엔 완전히 못된 애들 같았지만요. 누구 하나가 인공 선탠 색깔이 빠졌는데 다시 하지 않는다고 흉보고 이런 애들 있잖아요. 제니가 임신했을 때는 언니를 타이타닉이라고 부르면서 다이어트 해야 한다고 했어요. 제니는 똑 부러지게 반박하는 사람이 아니에요. 차라리 흐름을 따라가는 편이지. 언니는 언제나…….” 물리적 고통이 피오나의 몸을 치기라도 한 것처럼 잇새로 식식대는 숨소리가 흘러나왔다. “언니는 언제나 마지막엔 다 잘될 거라고 생각했어요.”

“패트릭은 어떻습니까? 사람들하고 어떻게 지냈죠?” 증인들이 계속 움직이게 하라. 이 화제에서 저 화제로 뛰어다니도록 하고 내려다볼 시간을 줘서는 안 된다. 그들이 넘어지면 다시는 일으켜 세우지 못할 수도 있다.

피오나는 부어오른 청회색 눈을 크게 뜨고 내게 얼굴을 홱 돌렸다. “팻(패트릭)은, 맙소사, 형부가 했다고 생각하시는 건 아니죠! 형부는 절대로, 그럴 사람이 절대로…….”

“저도 압니다. 말해보시죠.”

“어떻게 아세요?”

“래퍼티 씨.” 나는 목소리를 엄격하게 냈다. “여기서 우리를 돕고 싶으시죠?”

“물론이죠, 저는…….”

“좋습니다. 그러면 우리가 묻는 질문에 집중하셔야 합니다. 우리가 대답을 빨리 얻을수록 래퍼티 씨도 대답을 얻게 될 테니까요. 알겠습니까?”

피오나는 순간 이 방이 사라져버리고 꿈에서 깨어나기라도 할 것처럼 주위를 격하게 둘러보았다. 맨 콘크리트와 대충 발라놓은 모르타르, 그리고 벽을 받치기라도 하듯 대어놓은 나무 기둥 두 개뿐이었다. 먼지 때를 뒤집어쓴 인조 참나무 난간 더미, 납작하게 찌그러진 채 바닥에 버려진 스티로폼 컵, 구석에 돌돌 말려 있는 흙 묻은 파란 스웨트셔츠. 방은 거주자들이 자연재해나 침략군을 피해 모든 걸 놔두고 도망친 순간에 그대로 얼어붙은 고고학적 현장처럼 보였다. 피오나는 지금 그 장소를 볼 수 없었지만 남은 인생 동안 그녀의 마음에 아로새겨질 것이었다. 이 또한 가족들이 당하는 살인의 조그맣고 추가적인 충격이었다. 피해자의 얼굴이나 그들이 남긴 말이 사라진 지 한참 후에도, 이 사건이 인생으로 닥쳐왔을 때 펼쳐진 악몽 같은 연옥의 풍경을 하나도 놓치지 않고 세세하게 기억하게 된다.

"래퍼티 씨," 나는 말했다. "지금 시간 낭비할 여유가 없습니다."

"네, 전 괜찮습니다." 그녀는 담배를 시멘트 블록 위에 눌러 끈 뒤 꽁초가 난데없이 손안에 나타나기라도 한 양 가만히 바라보았다. 리치가 몸을 앞으로 숙여 스티로폼 컵을 내밀면서 조용히 말했다. "여기요." 피오나는 머리를 끄덕였다. 그녀는 꽁초를 컵 안에 넣고서도 양손으로 컵을 붙든 채 그대로 들고 있었다.

나는 물었다. "패트릭은 어떤 사람이었습니까?"

"멋진 사람이었어요." 가장자리가 붉어진 눈에서 도전적인 눈빛이 번득였다. 엉망인 상태에서도 고집스러웠다. "형부랑은 평생 알고 지낸 사이예요. 우린 모두 몽크스타운 출신이고 아이 때부터 한 무리 안에서 어울렸죠. 형부랑 제니 언니는 열여섯 살 때부터 사귀었어요."

"사이는 어땠습니까?"

"둘은 서로에게 미쳐 있었어요. 나머지 무리들, 우리야 누구랑 몇 주 사귀면 대단한 거였지만 팻과 제니 언니는……." 피오나는 숨을 깊이 들이마시며 머리를 뒤로 젖혀 빈 계단통과 대충 세워진 기둥 너머 회색 하늘을 바라보았다. "두 사람은 '이걸로 결정되었구나'라는 걸 금방 알았던 것 같아요. 그래서 다른 사람들보다 더 나이가 들어 보였죠. 어른스러웠어요. 나머지 우리는 그냥 장난이나 치고, 돌아다니고, 논 것뿐이었죠. 팻과 제니 언니는 진짜 실체가 있는 일을 했죠. 사랑요."

사실상 내가 생각할 수 있는 동기 중에서는 이 '진짜 실체가 있는 일'이라는 것보다 사람을 더 많이 죽이는 게 없었다.

"두 사람은 언제 약혼했습니까?"

"열아홉 살 때요. 밸런타인데이에."

"요즘 시대에는 꽤 어린 나이 아닙니까. 부모님은 어떻게 생각하셨죠?"

"기뻐하셨어요! 부모님도 팻을 좋아하셨죠. 다만 대학 졸업할 때까지는 기다리라고 하셨고 팻과 제니 언니도 흔쾌히 받아들였어요. 두 사람은 스물두 살 때 결혼했죠. 제니 언니는 더는 미룰 이유가 없다고 했어요. 두 사람이 마음을 바꿀까 봐는 아니었죠."

"결혼 생활은 어땠습니까?"

"아주 좋았죠. 팻은…… 형부는 제니 언니를 대하는 태도가 늘 다정하니까요. 언니가 원하는 게 있다는 걸 알면 아직도 얼굴이 환해져요. 한시라도 빨리 언니에게 갖다주려고 하죠. 제가 십 대였을 땐 팻이 제니 언니를 사랑하듯 나를 사랑해줄 사람을 만나게 해달라고 기도하곤 했어요."

현재형의 표현을 쓰지 않게 되기까지는 시간이 오래 걸린다. 어머니는 내가 십 대였을 때 돌아가셨지만 아직도 디나는 엄마가 어떤 향수를 쓰는지, 어떤 아이스크림을 좋아하는지 말한다. 그러면 제리 누나는 미치려고 한다. 나는 회의적이지 않은 말투로 물었다. "말다툼도 없었습니까? 십삼 년 동안이나?"

"그런 말이 아니에요. 말다툼 정도는 누구나 하잖아요. 하지만 언니네 다툼은 그렇게 심각하지 않았어요."

"뭘 두고 말다툼을 했죠?"

피오나는 이제 나를 바라보고 있었다. 다른 모든 감정 위에 경계심의 얇은 막이 덮여 굳어지고 있었다. "다른 커플이랑 마찬가지죠, 뭐. 우리가 어렸을 때는 다른 남자애들이 제니 언니에게 반하면 팻이 기분 나빠하곤 했어요. 아니면 집을 사려고 돈을 모으고 있을 때 팻은 휴가를 가고 싶어 했고 제니 언니는 그럴 돈이 있으면 모두 저축해야 한다고 생각했고요. 하지만 두 사람은 언제나 갈등을 잘 풀었어요. 말한 대로 심각하진 않았어요."

돈. 사랑보다 더 많은 사람을 죽이는 유일한 동기. "패트릭의 직업은 무엇입니까?"

"채용 부서에 있어요, 있었죠. 놀런 앤드 로버트사에서 근무했어요. 재정 서비스에서 일할 사람들을 찾는 업무였죠. 그런데 이월에 해고당했어요."

"특별한 이유라도 있었습니까?"

피오나의 어깨가 다시 굳어지기 시작했다. "형부 잘못은 아니에요. 형부뿐만 아니라 동시에 몇 명이 해고당했죠. 재정 서비스 회사들은 요새 신입사원을 채용하지 않거든요. 아시죠? 불황 때문에……."

"직장에서 무슨 문제가 있었습니까? 회사를 나올 때 원한이라도?"

"아뇨! 지금 형사님은 계속 팻과 제니 언니가 사방에 적을 만들고 다닌 것처럼 말씀하시네요. 늘 싸운 것처럼. 언니네는 그런 사람들이 아니에요."

피오나는 두 손으로 움켜쥔 컵을 방패처럼 내밀고 내게서 멀찍이 떨어졌다. 나는 달래듯 말했다. "자, 그게 제가 필요한 정보의 종류입니다. 팻과 제니를 저는 모르죠. 그저 두 사람에 대한 개념을 잡으려는 겁니다."

"멋진 사람들이에요. 사람들은 둘을 좋아하고요. 둘은 서로 사랑해요. 아이들을 사랑하죠. 아시겠어요? 이걸로 충분히 개념이 잡히나요?"

사실상 이런 정보는 내게 뭐 하나 눈곱만큼도 알려주지 않았지만 확실히 내가 얻을 수 있는 정보로는 최선일 것이었다. "아주 잘 알았습니다." 나는 대답했다. "감사합니다. 패트릭의 가족은 아직도 몽크스타운에 삽니까?"

"형부의 부모님은 돌아가셨어요. 아버님은 우리가 아이였을 때 돌아가셨고 어머니는 몇 년 전에 돌아가셨죠. 이언이라는 남동생이 하나 있는데 시카고에 살아요. 이언에게 전화해보세요. 팻과 제니 언니에 대해 물어보시죠. 이언도 저와 완전히 똑같은 얘기를 할걸요."

"그러겠죠. 팻과 제니는 집에 귀중품을 두었습니까? 현금, 보석류, 뭐 그런 것요."

피오나가 곰곰이 생각해보는 동안 어깨가 약간이나마 내려갔다. "언니의 약혼반지. 팻이 그걸 사려고 이천 유로는 줬을 거예요. 그리고 우리 할머니가 에마에게 물려준 에메랄드 반지. 그리고 팻은 컴퓨터도 있었어요. 신형이었죠. 형부가 비상금으로 샀으니까 꽤 가격이 나갈 거예요. 그 물건들 다…… 아직도 거기 있어요? 아니면 도둑맞았어요?"

"확인해보겠습니다. 귀중품은 그게 답니까?"

"언니네는 귀중품이라고 할 게 없어요. 이전에는 커다란 SUV도 탔는데 도로 반납해야 했죠. 할부금을 못 냈거든요. 그리고 제니 언니의 옷이 있을 거예요. 팻이 일자리를 잃기 전까지는 옷에 큰돈을 썼으니까. 하지만 중고 옷 더미 훔치자고 누가 이런 짓을 하겠어요?"

훨씬 시시한 것 때문에 그런 짓을 할 사람은 많지만 나도 우리가 마주한 사건이 그렇다는 느낌은 들지 않았다. "언니 가족을 마지막으로 본 건 언젭니까?"

피오나는 대답을 한참 생각해야 했다. "더블린에서 제니 언니를 만나 커피를 마셨어요. 올해 여름이니까 아마도 서너 달쯤 전? 팻은 못 본 지가 한참 됐어요. 사월? 그 정도인 것 같네요. 맙소사, 그렇게 오래됐는지는 몰랐네."

"아이들은요?"

"사월, 팻이랑 마찬가지예요. 에마의 생일 때문에 여기 왔었거든요. 여섯 살 생일이었어요."

"평상시와 다른 걸 눈치채진 않았습니까?"

"가령 어떤 것요?"

머리를 쳐들고 턱을 내밀고 바로 방어 자세를 취한다. 나는 말했다. "아무거나요. 가령 어울리지 않는 손님이나, 이상하게 들리는 대화나."

"아뇨. 아무것도 이상하지 않았어요. 에마와 같은 반 아이들이 몇 명 있었고 언니가 성 모양의 거대한 튜브 놀이기구를 빌렸죠. 오, 맙소사, 에마와 잭……. 둘 다…… 둘 다 확실한가요? 한 아이라도, 그저 다치기만 한 걸 수도, 그저, 그저…….”

“래퍼티 씨.” 나는 가장 상냥하면서도 단호한 태도로 말했다. “아이들이 그저 다치기만 한 게 아니란 건 확실합니다. 상황이 바뀌면 바로 알려드리겠습니다만 당장은 저를 잘 따라와주셔야 합니다. 일분일초가 소중하다는 것 기억하시죠?”

피오나는 한 손으로 입을 막으며 침을 꿀꺽 삼켰다. “네.”

“좋습니다.” 나는 담배 한 대를 더 내밀며 라이터를 켰다. “제니와 마지막으로 이야기를 나눈 건 언제입니까?”

“어제 아침이에요.” 피오나는 그건 생각해볼 필요도 없다는 듯이 대답했다. “전 매일 아침 8시 반에 언니에게 전화를 걸어요, 일단 출근한 후에. 우리는 몇 분 동안 커피를 마시면서 안부를 주고받죠. 하루의 시작으로요.”

“좋은데요. 어제 언니는 어떤 것 같았습니까?”

“평소랑 같았어요! 완전히 평소와 똑같았다고요. 아무것도 없었어요. 맹세해요. 머릿속으로 다 훑어봤지만 아무것도 없었어요.”

“아무것도 없었겠죠.” 나는 달래듯 말했다. “무슨 얘기를 했습니까?”

“이런저런, 모르겠어요. 제 룸메이트가 베이스를 연주한다, 걔네 곧 공연한다, 저는 제니 언니한테 그런 얘길 했어요. 언니는 장난감 스테고사우르스를 찾느라고 인터넷을 뒤지고 있다고 했어요. 잭이 금요일에 친구들을 데리고 왔었는데 정원에서 스테고사우르스 찾기 놀이를 했다고……. 언니 목소리는 좋은 것 같았어요. 정말로 좋았다고요.”

"뭔가 이상이 있었으면 언니가 얘기를 했을까요?"

"네, 그렇다고 생각해요. 했을 거예요. 확실해요."

확실한 말투는 아니었다. 나는 물었다. "두 분은 가까웠습니까?"

피오나는 대답했다. "세상에 우리 둘밖에 없어요." 그녀는 자기 대답을 듣고서야 이게 대답이 아니라는 사실을 깨달았다. "그래요, 가까웠어요. 제 말은, 더 어렸을 때, 십 대일 때 더 가까웠다는 거죠. 그후에는 다른 방향으로 갔다고나 할까. 언니가 여기 이런 데 사니까 지금은 그만큼 가까워지기 쉽진 않아요."

"그게 얼마나 됐습니까?"

"언니네는 이 집을 삼 년 전에 샀어요." 2006년. 부동산이 최고점에 올랐던 시절. 그때 얼마를 주고 샀든 현재 이 집 시세는 반밖에 안 될 것이다. "그때 여기엔 아무것도 없었어요. 그냥 허허벌판이었죠. 언니네는 도면만 보고 분양받았어요. 전 두 사람이 미쳤다고 생각했지만 제니 언니는 마음이 둥둥 떴죠. 완전히 들떠 있었어요. 내 집 마련이라니……." 피오나의 입이 일그러졌지만 곧 제자리로 돌아왔다. "이사 온 건 그후로 일 년은 지나서일 거예요. 집이 완공되자마자."

나는 물었다. "그럼 당신은요? 지금 어디 사십니까?"

"더블린에요. 래너러에."

"아파트에 친구와 같이 사신다고 하셨죠?"

"네. 저와 다른 여자애 둘이."

"무슨 일을 하시죠?"

"저는 사진가예요. 합동 전시를 준비중이고, 그동안에는 스튜디오 피에르에서 일해요. 피에르 아시죠? 상류층 아일랜드 결혼식 텔레비전 프로그램에도 나왔는데. 저는 주로 아기 사진을 찍거나, 키스가…… 그러니까 피에르가 하루에 결혼식 촬영을 두 건 잡으면 그중 하나를 맡아요."

"오늘 아침에도 아기 사진을 찍고 계셨습니까?"

피오나는 먼 곳의 일인 양 기억하기까지 한참 애를 썼다. "아뇨. 사진들을 훑어보고 있었어요. 지난주에 사진 찍은 아기의 어머니가 오늘 앨범을 가지러 오신다고 하셔서."

"스튜디오에서 몇 시에 나왔습니까?"

"9시 15분쯤요. 다른 직원이 저 대신 앨범을 정리해주기로 했어요."

"스튜디오 피에르는 어디에 있죠?"

"피닉스파크 옆에요."

브로큰하버까지 고물 소형차로 아침 출근길을 뚫고 오려면 최소한 시간은 걸리는 거리였다. 나는 물었다. "언니를 걱정하고 있었습니까?"

전기 충격을 받은 듯 피오나의 머리가 흔들렸다.

"확실합니까? 전화 한 번 연결되지 않았다고 달려오기에는 꽤 수고로운 길인데요."

어깨가 뻣뻣하게 움직였다. 피오나는 스티로폼 컵을 균형을 잘 맞추어 조심스럽게 옆에 내려놓고 재를 털었다. "언니가 괜찮은지 확인하고 싶었어요."

"괜찮지 않을 이유가 뭐였죠?"

"그것 때문이죠. 우리는 늘 얘기를 나눴어요. 매일 몇 년 동안. 그리고 제 짐작이 맞지 않았나요? 언니는 괜찮지 않았잖아요."

피오나의 턱이 떨렸다. 나는 몸을 가까이 숙여 그녀에게 휴지를 건네고 다시 뒤로 빼지 않았다. "래퍼티 씨. 우리 둘 다 그보다 뭔가 더 있다는 걸 알지 않습니까. 래퍼티 씨는 단순히 언니가 사십오 분 동안 연락이 되지 않는다고 업무도 내팽개치고 고객을 화나게 하면서까지 한 시간이나 운전해서 올 사람이 아니죠. 언니가 편두통 때문에 침대에 누웠을 수도 있고, 전화기를 잃어버렸을 수도 있고, 아이들이 독감에 걸려 쓰러졌을 수도 있고, 수백 가지 경우를 생각할 수 있어요. 그 모든 일이 이런 사건보다는 훨씬 개연성이 있죠. 그런데도 바로 뭔가 이상하다는 결론으로 뛰어넘었어요. 그러면 왜 그랬는지 얘기를 해주셔야죠."

피오나는 아랫입술을 깨물었다. 공기에선 담배 연기와 그슬린 모직 냄새가 풍겼다. 어쩌다가 뜨거운 재를 코트에 떨어뜨린 모양이었다. 그녀에게서는 축축하고 쓰디쓴 냄새도 풍겼다. 숨에서 퍼지고 모공에서 배어 나오는 냄새. 현장에서 알게 된 흥미로운 사실. 날것의 슬픔에서는 뜯어져 나간 이파리와 부러진 나뭇가지 같은 냄새가 난다. 들쭉날쭉하게 꺾인 녹색의 비명.

"별일 아니었어요." 피오나는 마침내 말했다. "한참 지난 일인데…… 몇 달 정도. 저도 사실상 잊고 있었어요. 그러고 나서야……."

나는 기다렸다.

"그냥 그런 건데……. 어느 날 저녁 언니가 전화를 했어요. 누가 집에 들어왔었다는 거예요."

어깨 언저리에서 리치가 막대기를 잡으러 달려갈 태세를 갖춘 테리어처럼 확 집중하는 게 느껴졌다. "제니가 이 사실을 신고했답니까?" 내가 물었다.

피오나는 담배를 비벼 끄고는 꽁초를 컵 속에 던져 넣었다. "그런 건 아니었어요. 신고할 일은 없었어요. 창문이 깨지거나 잠금장치가 부서지거나 한 일도 아니었고 도둑맞은 것도 없었어요."

"그러면 어째서 제니는 집에 사람이 들어왔었다고 생각한 겁니까?"

피오나는 다시 한번 어깨를 으쓱했다. 이번에는 더 긴장했다. 고개는 이미 아래로 떨구고 있었다. "그냥 그렇게 생각했어요. 저는 모르겠네요."

나는 단호한 태도로 부드러움을 밀어냈다. "중요할 일일 수도 있습니다, 래퍼티 씨. 제니가 정확히 뭐라고 말했습니까?"

피오나는 깊이 숨을 마시며 부르르 떨더니 머리카락을 귀 뒤로 넘겼다. "알겠어요." 그녀가 말했다. "알겠어요, 알겠다고요. 제니가 전화를 했는데 이러더라고요. '우리 집 열쇠 복사했어?' 지난겨울 그집 열쇠를 아주 잠깐 맡아두었던 적은 있었죠. 언니 부부가 일주일 동안 애들을 데리고 카나리아제도로 놀러갔을 때. 불이 나거나 무슨 사고가 일어났을 때 누가 집에 들어가도록 해야 하니까요. 물론 아니라고 했어요."

"그러셨나요?" 리치가 물었다. "복사했습니까?" 리치는 그 질문을 제대로 해냈다. 추궁하는 기색은 조금도 없이 그저 관심 있어서 묻는 듯 말했다. 좋은 기술이었다. 내가 그를 혼낼 필요가 없다는 뜻이니까. 자기 차례도 아닌데 끼어들긴 했지만 적어도 그 때문에 크게 혼낼 일은 없었다.

"아뇨! 어째서 그러겠어요?"

피오나는 벌떡 일어나 있었다. 리치는 어깨를 으쓱하며 살짝 비난하는 미소를 지었다. "그냥 확인해본 겁니다. 물어는 봐야 하니까요, 이해하시죠?"

피오나는 다시 주저앉았다. "네, 그러시겠죠."

"그럼 그 주에 다른 누가 열쇠를 복사할 수는 없었을까요? 래퍼티 씨가 룸메이트들이 가져갈 수 있는 곳에 열쇠를 두었다든가, 직장에서 누가 가져갔다든가. 그런 일은 없었습니까? 말씀드렸듯이 물어는 봐야 하니까요."

"열쇠는 제 열쇠고리에 끼워두었어요. 금고 같은 데 넣어둔 건 아니지만 직장에 있을 때는 가방에 두고 집에 있을 때는 부엌 고리에 걸어둬요. 그렇다고 해서 그 열쇠가 누구네 집 열쇠인지 다른 사람이 알 길은 없죠. 관심이 있었다고 해도요. 제가 언니네 집 열쇠를 가지고 있다고 다른 이에게 말한 적은 없는 것 같네요."

피오나의 룸메이트와 직장 동료들과도 배경 확인은 물론이고 심도 있는 대화를 나눠봐야 할 것이었다.

"다시 그 통화 얘기로 돌아가보죠." 나는 말했다. "제니에게 열쇠를 복사하지 않았다고 말했다는 건데……."

"네, 언니가 이러더군요. '뭐, 누가 열쇠를 가져갔다면 우리가 열쇠를 줬던 사람은 너뿐이라서'. 그래서 삼십 분 정도 나는 언니가 대체 무슨 말을 하는지 모르겠으니 무슨 일인지 얘기해보라고 설득해야 했어요. 마침내 언니가 말하기를, 아이들이랑 그날 오후 외출을 했었대요. 쇼핑 같은 걸 갔었다고. 돌아와서 보니까 누가 집에 들어왔다 갔다는 거예요." 피오나는 휴지를 집어 갈래갈래 찢었다. 하얀 휴지 조각이 빨간 코트 위로 나풀나풀 떨어졌다. 피오나는 손이 작았고 손가락은 가늘었으며 손톱에는 깨문 자국이 있었다. "저는 언니한테 어떻게 아느냐고 물었어요. 처음에는 대답을 하지 않으려했지만 결국 끌어냈죠. 커튼이 이상하게 걸려 있고 햄 반 토막과 자기가 장 볼 목록을 적으려고 냉장고 옆에 두는 펜이 없어졌다더군요. 저는 이랬죠. '장난치지 마.' 그랬더니 언니가 전화를 끊어버리려고 했어요. 그래서 언니를 달래 진정시켰고 언니는 내게 따지는 걸 그만두자 겁이 난 목소리였어요. 아시겠어요? 정말로 겁이 난 것 같았죠. 언니는 약한 소리 하는 사람이 아니거든요."

이게 바로 내가 면담을 미루려고 했던 리치를 강하게 꾸짖은 이유였다. 누군가의 세계가 끝난 직후에 얘기를 들으면 말을 멈추지 못할 확률이 꽤 높다. 다음 날까지 기다리면 그 사람은 가루가 된 자기의 방어벽을 벌써 다시 쌓아 올리고 있다. 사람들은 걸려 있는 게 많을 때는 재빠르게 움직인다. 하지만 구름이 걷히기 전에 바로 잡으면 포르노 취향부터 보스의 암호명까지 척척 댄다. "당연하죠." 나는 말했다. "아주 언짢았을 겁니다."

"햄 조각이랑 펜 하나라고요! 보석이 없어졌다거나 속옷의 반이나 그런 거면, 그래요, 뭐 정신이 나갈 수도 있겠죠. 하지만 이런 물건은…… 전 언니에게 말했어요. '그래, 누가 어떤 이상한 이유로 들어왔다고 쳐. 그렇다고 그 사람이 한니발 렉터는 아닐 거잖아?'"

나는 피오나가 방금 자기가 한 말의 의미를 깨닫기 전에 물었다. "제니는 그 말을 어떻게 생각했습니까?"

"다시 나한테 불같이 화를 냈어요. 그 사람이 실제로 무슨 짓을 했는지가 관건이 아니라면서요. 자기가 확실히 알 수 없다는 게 문제라고. 애들 방에 들어가서 물건을 뒤지기라도 했으면 어쩌느냐고.

제니 언니는 여유만 있으면 만일을 대비해서 아이들 물건을 다 내다 버리고 다시 시작하고 싶다고 하더군요. 그 사람이 손댄 것들……. 언니 말로는 모든 게 갑자기 몇 센티미터씩 어긋나 보인다고, 아니면 얼룩이 묻은 것 같다더군요. 어떻게 들어왔는지, 어째서 들어왔는지, 그런 게 정말로 거슬린다고 했어요. 언니는 계속 이렇게 말했죠. '왜 우리야? 우리한테서 뭘 가져가려는 거야? 우리가 목표물처럼 보이나? 뭐지?'"

피오나는 몸을 부르르 떨었다. 갑작스레 몸이 홱 꺾이며 반으로 접힐 뻔했다. 나는 편안하게 말했다. "좋은 질문이군요. 이 집에 경보 장치가 있습니까? 그날도 켜져 있었는지 아시나요?"

피오나는 고개를 저었다. "저도 물어봤어요. 제니 언니는 아니라고 하더군요. 언니는 거기 별로 신경 쓰지 않았어요. 낮에는요. 밤에 잘 때는 켜놓는 것 같아요. 동네 애들이 빈집에서 파티를 벌여서라고 했어요. 가끔 꽤 걷잡을 수 없을 때가 있다고 하더라고요. 언니는 낮에 이 단지는 죽은 동네나 다름없다고 말했어요. 형사님들도 직접 보시면 아시겠죠. 그래서 언니는 군이 신경 쓰지 않았지요. 하지만 앞으로는 켜놓겠다고 했어요. 언니는 '너 그 열쇠 갖고 있으면 안 쓰는 게 좋을 거야. 지금 내가 경보 장치 비밀번호를 바꾸고 그후에는 낮이건 밤이건 그대로 켜둘 거니까. 얘기 끝'이라고 했죠. 말한 대로 언니는 정말로 겁을 내고 있었어요."

하지만 정복 경관들이 문을 부수고 들어가고 우리 네 명이 제니퍼의 소중한 집을 온통 짓밟고 다녔을 때 경보 장치는 꺼져 있었다. 확실한 설명은 누가 바깥에서 안으로 침입했다면 스페인 가족이 직접 문을 열어주었다는 것이다. 제니퍼는 겁을 냈는지는 몰라도 이 사람만큼은 겁내지 않았다. "언니분이 잠금장치를 바꿨습니까?"

"저도 물어봤었어요. 그렇게 할 거냐고. 언니는 왔다 갔다 했는데 결국에는 안 할 거 같다고 했어요. 그러면 적어도 이백 유로로 드는데 거기 쓸 예산이 없다고. 경보 장치로 충분하다고. 언니는 말했죠. '그자가 다시 침입한다고 해도 그 정도는 신경 쓰지 않을 거야. 차라리 그랬으면 좋겠어. 적어도 그러면 알 수는 있잖아'. 제가 말했죠, 언니는 징징대는 성격이 아니라고."

"패트릭은 그날 어디 있었습니까? 실직하기 전 일인가요?"

"아뇨, 그후예요. 애슬론에 면접 보러 갔었어요. 이때만 해도 형부와 제니 언니는 차가 두 대 있었죠."

"가택침입일지도 모르는 이 사건에 대해 형부는 어떻게 생각했습니까?"

"전 몰라요. 언니가 얘기를 안 해서. 제 생각엔…… 솔직히 말하면 언니가 형부에게 말도 하지 않았을 것 같아요. 언니는 전화를 할 때도 목소리를 낮췄어요. 아이들이 자고 있어서였을 수도 있지만 그만한 집에서요? 그리고 언니는 계속 '나'라고 했어요. '내가 경보 장치 비밀번호를 바꿀 거다. 나는 그런 예산을 맞출 수 없다. 내가 그 남자를 잡으면 해결할 거다'. '우리'라고 한 적은 없어요."

그리고 다시 거기에 있었다, 평소와 다른 사소한 일. 리치에게 눈 크게 뜨고 보라고 말했던 그 선물. "언니분은 어째서 패트릭에게 말하려 하지 않았습니까? 침입자가 있다면 가장 먼저 했어야 할 일 아니었을까요?"

피오나는 다시 한번 어깨를 으쓱했다. 턱을 가슴 쪽으로 당겼다. "형부를 걱정시키고 싶지 않았겠죠. 자기 코가 석자였으니까요. 그래서 언니가 잠금장치를 바꿀 계획이 없었지 않았나 싶어요. 팻에게 알리지 않고서는 할 수가 없으니까요."

"약간 이상하다고 생각하지 않았습니까? 심지어 위험하다고도 할 수 있는데. 누가 집 안에 침입했다면 가장으로서 패트릭에게 알 권리가 있지 않았을까요?"

"어쩌면요. 뭐가 됐든. 하지만 전 정말로 누가 들어왔다는 생각은 하지 않아요. 제 말은 가장 간단한 설명이 뭐겠느냐는 거예요. 팻이 펜을 가져가고 망할 햄을 먹고 애들이 커튼으로 장난을 쳤다는 게 쉽겠어요, 아니면 벽을 통과해 들어와서 샌드위치를 먹은 유령 강도가 있다는 게 쉽겠어요?"

피오나의 목소리가 신중해지며 방어적이 되기 시작했다. 나는 물었다. "그 말을 언니에게 했습니까?"

"네, 대강. 그랬더니 언니 상태가 더 심각해졌어요. 언니는 그 펜은 신혼여행 때 묵었던 호텔에서 가져온 거라서 특별하기 때문에 팻이 그걸 아무데나 놔뒀을 리가 없다, 햄이 몇 개 있었는지 자기가 정확히 알고 있다, 그렇게 버럭 화를 냈어요."

"언니분은 그런 종류의 일을 잘 기억해두는 사람입니까?"

잠시 후 피오나는 그 말에 상처받은 듯 말했다. "어떤 면에선 그래요. 그런 것 같아요. 제니 언니는…… 일을 제대로 해내는 걸 좋아해요. 그래서 직장을 그만두었을 땐 정말로 전업주부 역할에 진지해졌어요. 아시겠죠? 집 안에는 먼지 하나 없고 아이들 식사는 유기농 재료로 직접 손질해서 만들고 매일 운동 DVD를 보면서 예전 몸매를 되찾으려고 운동했어요. 냉장고 안에 정확히 무엇이 있는지는…… 그래요, 알았을 거예요."

리치가 물었다. "펜은 어느 호텔에서 가져온 건지 아십니까?"

"몰디브에 있는 골든베이 리조트예요." 피오나는 다시 고개를 들고 리치를 응시했다. "정말 진지하게 그런 생각을……? 누가 실제로 가져갔다고 생각하시는 거예요? 그 사람, 그 사람이 다시 와서, 설마 그렇게 생각하시는……?"

피오나의 목소리가 위험하게 소용돌이치기 시작했다. 나는 피오나가 자제력을 놓치기 전에 물었다. "이 사건이 언제 일입니까, 래퍼티 씨?"

그녀는 거친 눈길을 내게 보내더니 찢어낸 휴지 덩어리를 꽉 쥐어짜면서 정신을 가다듬었다. "세 달쯤 전에요."

"칠월이군요."

"어쩌면 그보다 더 일찍일 수도 있어요. 어쨌든 여름에 일어난 일이에요."

나는 마음속으로 적어두었다. 저녁에 제니퍼가 피오나에게 연락한 통화기록을 확인하고 오션뷰 근처를 돌아다니는 수상한 사람이 있다는 신고가 없었는지 확인하기. "그 이후에 비슷한 문제는 더 없었습니까?"

피오나는 빠른 숨을 가다듬었고 목구멍이 닫히면서 고통스러운 쉿소리가 들렸다. "다시 일어났을 수도 있어요. 전 잘 모르겠어요. 언니가 제게 아무 말도 안 했을 수도 있죠. 처음 이후로는요." 피오나의 목소리가 흔들리기 시작했다. "나는 언니에게 정신 바짝 차리라고 했어요. 허튼소리 말라고. 저는 그렇게 생각했어요……."

피오나는 발에 차인 강아지 같은 소리를 내며 두 손으로 입을 턱막고 다시 울음을 터뜨렸다. 화장지와 콧물 사이로 피오나가 털어놓는 말을 이해하기까지는 시간이 좀 걸렸다. "저는 언니가 미쳤다고 생각했어요." 피오나는 다시 또다시 숨을 헐떡였다. "저는 언니가 정신을 놓았다고 생각했어요. 세상에, 전 언니가 미쳤다고 생각했어요."

4

그날 우리가 피오나에게 뽑아낼 수 있었던 건 그 정도였다. 피오나를 진정시키느라 시간을 쓸 여유는 우리에게는 없었다. 다른 정복 경관이 도착했다. 나는 그에게 사람들 이름과 전화번호를 받아놓으라고 지시했다. 가족, 친구, 직장, 직장 동료, 피오나와 제니퍼와 패트릭이 기저귀 찬 아기였을 때까지 거슬러 올라가서 죄다. 그런 다음 피오나를 병원에 데려다주고 그녀가 언론에 나불대지 않도록 단속하라고 했다. 그런 다음 우리는 그녀를 보내주었다. 피오나는 여전히 울고 있었다.

등을 돌리기도 전에 나는 휴대전화를 꺼내서 전화를 걸었다. 무전이 더 간단하기는 하겠지만 요새는 기자 나부랭이들과 별별 괴짜들이 다 무선 송수신기를 갖고 있다. 나는 팔꿈치를 잡고 리치를 길 한쪽으로 끌고 갔다. 신선한 바람이 아직도 바다로부터 널리 불어와 리치의 머리카락을 몇 다발로 가르며 지나갔다. 입안에서 소금 맛이 느껴졌다. 보도가 있어야 할 자리에는 손질하지 않은 잔디밭 위로 가느다란 흙길 몇 개만 나 있을 뿐이었다.

버너뎃은 나를 제니퍼 스페인과 함께 병원에 있는 정복 경관에게로 연결해주었다. 열두 살 정도밖에 안 되어 보이는 녀석으로 어딘가의 농장 출신이며 꼼꼼한 타입이었다. 내가 필요로 하는 점이었다. 나는 그에게 명령을 내렸다. 일단 제니퍼 스페인이 수술실에서 나오면, 그때까지 살아 있으면 말이지만, 개인 병실이 필요할 것이고 그 문 앞을 로트와일러처럼 지켜야 한다. 신분증을 제시하지 않는 사람은 병실에 들어가서는 안 되고, 동행 없이 병실에 들어가서도 안 되며, 가족은 절대로 들어가게 해서는 안 된다. "피해자의 여동생이 언제라도 갈 수 있어. 어머니도 조만간 나타날 거고. 그 사람들은 병실에 들어가지 못하게 해야 하네." 리치는 옆에서 어슬렁거리며 엄지손톱을 씹으면서 휴대전화 위로 고개를 숙이고 있었지만 그 말을 듣고 나를 휙 올려다보았다. "가족들이 설명을 원하면, 뭐 그럴 테지만, 내 명령이라는 말은 하지 마. 그냥 사과하고 이게 표준 절차라서 멋대로 위반할 권한이 없다고 하게. 그들이 물러날 때까지 똑같은 말만 반복해. 그리고 편안한 의자를 하나 구하라고, 친구. 거기 한참 앉아 있을 수 있게." 나는 전화를 끊었다.

리치는 햇빛 속에서 실눈으로 나를 보았다. "과잉 대응이라고 생각하나?" 내가 물었다.

그는 어깨를 으쓱했다. "그 말이, 동생이 침입에 대해 한 말이 사실이라면 꽤 소름 끼치는 건 맞죠."

나는 말했다. "그래서 내가 보안 수위를 높였다고 생각하는 거야?

여동생의 이야기가 소름 끼쳐서?"

그는 두 손을 들고 뒤로 물러섰고 나는 내 목소리가 높아졌다는 걸 새삼 깨달았다. "제 말은요……."

"내가 아는 한 소름 끼치는 일 같은 건 없어. 소름 끼친다는 건 핼러윈 때 애들한테나 쓰는 말이지. 나는 수비를 확실히 하고 있을 뿐이야. 누가 병원으로 슬슬 들어가서 벌인 일을 마무리하기라도 하면 우리가 얼마나 멍청하게 보일 것 같아? 언론에 그런 설명을 하고 싶어? 아니면 내일 아침 신문 1면에 제니퍼 스페인이 부상당한 모습이 대문짝만하게 실리면 과장에게 그걸 구구절절 설명하고 싶은가?"

"아닙니다."

"아니겠지. 나도 아니야. 그런 일을 피하기 위해 약간 과잉 대응이 필요하다면 그렇게 하면 돼. 자, 그럼 저 거친 바람에 자네의 쪼끄만 불알이 얼어 떨어지기 전에 안으로 들어가자고."

리치는 우리가 다시 스페인 가족의 집의 차로 향할 때까지는 입을 다물고 있었다. 그때 그가 조심스레 운을 뗐다. "가족 말입니다."

"가족들이 뭐?"

"가족들이 피해자를 만나는 걸 원치 않으십니까?"

"그래, 원치 않아. 자네가 말한 모든 소름 끼치는 얘기 속에서 피오나가 우리에게 준 실제로 도움이 될 커다란 정보 하나를 알아챘겠지?"

그는 마지못한 듯 말했다. "피오나가 열쇠를 갖고 있었단 사실 말이죠."

"그래. 그 여자가 열쇠를 가지고 있었지."

"아주 동요하고 있었잖습니까. 제가 호구인지도 모르겠습니다만 그 감정만은 진짜로 보였어요."

"그럴 수도 있고 아닐 수도 있지. 내가 아는 건 그 여자에게 열쇠가 있다는 것뿐이야."

"'좋은 사람들이에요. 둘은 서로 사랑해요. 아이들을 사랑하죠…….' 피오나는 그 사람들이 아직도 살아 있는 것처럼 말했습니다."

"그래서? 그 여자가 나머지를 꾸며낼 수 있다면 그것도 꾸며낼 수 있어. 그리고 언니와의 관계는 여자가 주장하려는 것만큼 단순하지 않았어. 피오나 래퍼티에게 더 많은 시간을 들여야 할 거야.'"

"알겠습니다." 리치는 말했지만 내가 문을 밀었을 때 그는 발 매트 위에 서서 머뭇거리면서 뒤통수를 긁었다. 나는 목소리에서 날카로운 기운을 빼려고 애쓰며 물었다. "무슨 일이야?"

"그 여자가 한 다른 말요."

"뭐지?"

"성 모양의 튜브 놀이기구는 싸지 않습니다. 제 누나가 자기 딸 성 찬식 때 빌리고 싶어 했거든요. 이백 유로는 들 겁니다."

"요점이 뭐지?"

"그 사람들 재정 상황 말입니다. 이월에 패트릭은 해고를 당했다고 했죠? 사월에는 에마에게 생일 선물로 튜브 성을 빌릴 만큼 아직도 여유가 있었어요. 하지만 칠월쯤 됐을 때는 잠금장치도 바꿀 수 없을 만큼 쪼들렸죠. 제니퍼는 이 집에 누가 침입했다고도 생각했는데요."

"그래서? 패트릭의 비상금이 바닥났나 보지."

"네, 그랬을 수도 있죠. 그게 제 말입니다. 아껴 썼어야 했는데 더 빨리 바닥난 거죠. 제 친구 중에도 꽤 많은 녀석이 일자리를 잃었어요. 모두 몇 년 동안 한 직장에 다녔는데 그래도 조심하면 한참은 버틸 정도로는 모아뒀더라고요."

"네 생각은 뭐야? 도박? 약물? 협박?" 이 나라의 악덕 대회로 치면 술이 모든 걸 때려눕히고 우승도 할 수 있었지만 술 좀 마신다고 몇 달 만에 은행 계좌가 거덜 나진 않는다.

리치는 어깨를 으쓱했다. "그럴 수도 있죠. 돈을 벌 때처럼 계속 써댔을 수도 있고요. 제 친구 중 두어 명도 그랬으니까요."

나는 말했다. "그게 자네 세대지. 패트릭과 제니퍼의 세대야. 한 번도 파산해본 적 없고 이 나라가 파산한 걸 본 적도 없고. 그러니까 실제로 눈앞에서 벌어지고 있는데도 상상할 수 없는 거지. 좋은 방식이야. 내 세대보다는 훨씬 낫지. 우리 중 반은 돈이 굴러 들어와도 길에 나앉을까 봐 두려워서 아직도 신발 한 켤레 사는 데도 벌벌 떨어. 하지만 그것도 나름대로 불리한 면이 있지."

집 안에서는 감식반이 작업하고 있었다. 누군가 "……남는 거 있어?"로 끝나는 말을 소리치자 래리가 명랑하게 되받아쳤다. "물론 나한테 있지. 내 ……를 확인해보면……."

리치는 고개를 끄덕였다. "패트릭 스페인은 파산할 거라 예상하진 않았겠죠." 그는 말했다. "그랬다면 튜브 성을 빌리면서 돈을 날리진 않았을 테니까요. 아니면 여름이 끝날 때는 재취업이 되리라고 낙관을 했든가 다른 방식으로 현금을 좀 벌어 올 거라는 낙관을 했을 겁니다. 그런 일이 생기지 않을 거라는 생각이 서서히 들고 돈이 떨어져가면……." 리치는 한 손가락으로 문의 부서진 가장자리를 만졌다가 제때 손을 도로 뺐다. "한 남자에게는 심각한 압박이 아니었을까요. 자기가 가족을 제대로 돌보지 못한다는 것이."

나는 말했다. "그럼 자네는 패트릭이 범인이라는 데 돈을 걸겠단 거군."

리치는 조심스럽게 말했다. "쿠퍼 박사님이 무슨 생각을 하는지 보기 전까지는 아무도 걸지 않을 겁니다. 말하자면 그렇단 거죠."

"좋아. 패트릭이 가장 유력하다는 거지, 맞아. 하지만 아직 남아 있는 장애물은 많으니까. 외부인이 들어와서 저지를 여지도 많고. 그러니 다음으로 해야 할 일은 범위를 좁힐 수 있는 사람을 찾을 수 있나 알아보는 거야. 내 제안은 먼저 쿠퍼가 가기 전에 빨리 얘기 좀 나눠야 한다는 거야. 그리고 이웃들이 유용한 정보를 가지고 있나 알아봐야지. 거기까지 할 때쯤엔 래리와 그의 명랑한 부하들이 우리에게 새로운 정보를 업데이트해줄 수 있을 거고 그들이 위층을 비워주면 우리는 남은 물건을 캐고 다니면서 돈이 어째서 새어 나갔나 알아볼 수 있는 실마리를 주워야지. 어떤 것 같은가?"

그는 고개를 끄덕였다. "튜브 성을 포착한 건 잘했어." 나는 리치의 어깨를 두드리며 말했다. "그럼 가서 쿠퍼가 이 곤란을 어떻게 해결하고 있는지 볼까."

집은 완전히 다른 장소였다. 깊이 깔렸던 고요는 안개가 휙 날아가듯 사라져버렸고 효율적이고 자신 있게 작업하는 사람들로 공기가 밝아지고 웅성거리는 소리가 떠돌았다. 래리 무리 중 두 명이 꼼꼼하게 혈흔을 살피고 있었다. 한 명은 면봉으로 채취한 표본을 시험관 안에 넣고 한 명은 각각의 표본을 어디서 채취했는지 정확히 집어내기 위해서 폴라로이드 사진을 찍었다. 코가 지나치게 높은 비쩍 마른 여자가 비디오카메라를 들고 돌아다니고 있었다. 지문 채취 요원은 창문 손잡이에서 테이프를 떼어내고 있었다. 현장 지도 작성 요원은 스케치를 하며 잇새로 휘파람을 불었다. 모두가 오랜 시간과 노력이 드는 일에 전념하고 있음을 알 수 있는 일정한 속도로 일하는 중이었다.

래리는 부엌에서 노란 증거 표시 번호판 위에 쭈그리고 앉아 있었다. "엉망진창이군." 그는 우리를 보자 환희에 차서 말했다. "여기 영원히 있을 수도 있겠어. 부엌에도 들어왔었나?"

"문 앞에서 멈춰 섰지." 나는 말했다. "하지만 정복 경관들은 들어왔을걸."

"물론 그랬겠지. 우리가 발자국 흔적에서 제외할 수 있도록 신발 밑창을 찍을 때까지 그 친구들 근무 해제시키면 안 돼." 그는 몸을 펴고 일어나면서 한 손으로 허리 뒤를 짚었다. "아유 망할, 이런 일을 하기엔 너무 늙었어. 쿠퍼를 찾는 거면 위층 애들 방에 있어."

"우리는 방해 안 할 거야. 흉기 흔적은?"

래리는 고개를 저었다. "아무것도 없어."

"유서 같은 건?"

"'달걀, 차, 샤워 젤'이라고 쓴 메모도 쳐줘? 그것 말고 다른 건 없거든. 하지만 여기 이 친구가……." 래리는 고갯짓으로 패트릭을 가리켰다. "그랬다고 생각한다면 말이지. 자네도 나만큼은 알잖아. 많은 남자가 그런 건 안 남긴다는 것. 끝까지 강하고 말없는 타입이지."

누가 패트릭을 뒤집어 바로 눕혀놓았다. 얼굴이 하얗고 턱이 늘어져 입을 벌리고 있었으나 그를 넘어서 볼 수 있는 요령이 있다면 알 수 있었다. 이전엔 턱이 각지고 눈썹이 일자인 잘생긴 남자였을 것이고 여자들이 쫓아다닐 만한 타입이었다. 나는 말했다. "우리가 무슨 생각 하는지는 우리도 모르지. 잠겨 있지 않은 데가 있었어? 뒷문이라든가, 창문이라든가?"

"아직까지는. 봐서 알겠지만 보안 상태는 나쁘지 않았어. 창문에는 강력한 잠금장치가 달려 있었고 이중유리에 뒷문 잠금장치도 제대로고. 신용카드로 따고 들어올 수 있는 종류가 아니야. 내가 자네 일을 대신 해주려는 건 아니고 그냥 하는 말이네. 쉽게 침입할 수 있는 집이 아니야. 특히 흔적도 남기지 않고 그럴 순 없지."

래리도 패트릭이 범인이라는 데 내기를 건 것이었다. "열쇠 얘기가 나왔으니 말인데……." 나는 말했다. "뭐든 찾으면 알려줘. 적어도 집 열쇠가 세 벌은 있어야 해. 그리고 골든베이 리조트라고 쓰인 펜이 있나 잘 살펴보고. 잠깐……."

쿠퍼가 한 손에 온도계를, 한 손에는 가방을 들고 더러운 데를 걷는다는 듯 복도를 조심스레 내려오고 있었다. "케네디 형사." 그는 내가 자기 사건에서 사라져버릴 수 있다는 되지도 않는 희망을 품었던 사람처럼 체념하듯 말했다. "그리고 커런 형사."

"쿠퍼 박사님." 나는 말했다. "저희가 방해가 되지 않았어야 할 텐데요."

"막 사전 검시를 마친 참이야. 시체는 이제 옮겨 가도 좋네."

"저희에게 제공하실 만한 새로운 정보라도 있습니까?" 쿠퍼에 관해서 열 받는 점 중 하나는 주위에 있으면 나도 결국 그의 말투를 흉내 내어 말하게 된다는 것이다.

쿠퍼는 가방을 들더니 래리를 보고 눈썹을 치켰고 래리는 명랑하게 말했다. "부엌문 옆에 두셔도 됩니다. 저긴 그다지 흥미로운 일이 없으니까." 쿠퍼는 가방을 신중하게 내려놓더니 온도계를 넣으려고 몸을 숙였다.

"아이들 둘 다 숨이 막혀 죽은 것으로 보이네." 그는 말했다. 나는 어깨 너머로 리치가 더 심하게 꼼지락대는 것을 느꼈다. "확정 진단을 내리기란 실질적으로 불가능하지만 확실한 외상이나 독살의 흔적이 보이지 않는 것으로 보아 사인이 산소 결핍이라는 결론 쪽으로 기울지. 또한 목이 졸리거나 끈으로 교살을 당한 흔적도 없고 보통 수동 교살과 연결되는 울혈이나 결막 출혈도 없어. 감식반은 타액 속 점액의 흔적이 있는 베개를 검사해봐야 할걸세. 피해자들의 얼굴을 눌러서 살해했다는 증거 말이야." 쿠퍼는 래리를 슬쩍 쳐다보았고 래리는 양손 엄지손가락을 치켰다. "하지만 문제의 베개가 피해자의 침대에 놓여 있었으리라는 점을 감안하면 체액의 존재는 이른바 확실한 살인 흉기의 구성 요건은 되지 못하지. 사후 부검은 내일 아침 정확히 6시에 할 예정인데 가능한 사망 메커니즘을 좀더 좁혀나가는 시도를 해볼 생각이네."

나는 물었다. "성폭행의 흔적은 없습니까?" 내가 무슨 전류라도 된 양 리치가 움찔했다. 쿠퍼의 눈은 내 어깨를 넘어 잠깐 리치에게로 옮겨 갔다. 얼굴에 흥미와 경멸의 표정이 동시에 스쳐갔다.

"사전 검시로는 성폭력의 흔적은 없네. 최근이든 만성적이든. 물론 사후 부검에서 이 가능성도 좀더 심도 있게 탐색해볼 생각이네." 쿠퍼가 말했다.

"물론이죠." 나는 말했다. "그럼 여기 있는 피해자는요? 뭔가 알려주실 게 있습니까?"

쿠퍼는 가방에서 종이 한 장을 꺼내더니 내용을 살피면서 리치와 내가 다가올 때까지 기다렸다. 종이에는 일반적 남성의 신체 윤곽 두 개, 앞면과 뒷면이 인쇄되어 있었다. 첫 번째 신체에는 빨간색의 점과 선이 정확하지만 끔찍한 모스부호처럼 잔뜩 그려져 있었다.

쿠퍼가 말했다. "성인 남성은 단면 날이 있는 칼로 보이는 흉기로 가슴에 네 군데 부상을 입었네. 하나는……." 그는 신체 그림의 가슴 중앙에서 왼쪽으로 치우친 빨간 가로선을 두드렸다. "상대적으로 얕은 자상이네. 칼날이 중심선에서 갈빗대를 찌르고 뼈를 따라 대략 십이 센티미터 정도 바깥으로 미끄러져 갔지만 더 깊이 파고들진 못했네. 이 부상이 상당한 출혈을 야기하긴 했어도 치명상은 아니었을 거야. 의학적 치료를 받지 못했대도."

그의 손가락은 위로 올라가 신체 그림의 왼쪽 쇄골 아래에서부터 가슴 중심까지 대략 호를 그리며 내려오는 나뭇잎 모양의 빨간 점 세 개에 이르렀다. "다른 주요 부상 역시 단면 날의 칼로 입은 자창들이네. 이 상처는 위쪽 왼편 갈빗대 사이를 관통했어. 이건 흉골을 찔렀고. 이건 흉골 가장자리의 연조직으로 들어갔지. 사후 부검이 완료될 때까지는 상처의 깊이나 궤적을 진술할 수도 없고 얼마만큼 해를 입혔는지 묘사할 수 없지만 공격자가 유달리 완력이 세지 않은 이상 흉골에 직접 가해진 일격으로는 뼛조각을 약간 떼어내는 정도 말고 더 큰 부상을 입혔을 가능성은 적네. 이런 부상 중 첫 번째나 세 번째가 직접 사인이 되는 부상이라고 가정하는 편이 안전하겠지."

사진사의 플래시가 터지면서 눈앞에 불꽃 같은 잔상을 남겼다. 벽에 튄 핏자국이 환한 색으로 꾸물거렸다. 순간 냄새도 맡을 수 있을 것만 같았다. 나는 물었다. "방어흔은 없습니까?"

쿠퍼는 신체 그림에 찍은 붉은 점들을 손가락으로 튕겼다. "오른 손바닥에 얇게 칠 센티미터 정도 되는 자상이 있고 왼쪽 팔 근육에 좀더 깊은 상처도 있네. 감히 추측하건대 현장에 이처럼 많은 피가 떨어진 출처가 여기가 아닌가 싶어. 이 상처에서는 상당한 출혈이 있었을 테니까. 또 피해자의 몸에 다수의 가벼운 상처도 있네. 양쪽 아래팔에 있는 작은 벤상처, 찰과상, 타박상. 몸싸움을 했다면 일치 하지."

패트릭은 몸싸움에서 어느 쪽이든 될 수 있었다. 칼에 벤 손자국 은 어느 쪽이든 가능했다. 방어흔 혹은 자기가 찌르면서 손에서 미 끄러진 상처. 나는 물었다. "칼로 난 상처가 자해일 수도 있습니까?"

쿠퍼는 마치 내가 마침내 흥미로운 말을 해낸 멍청한 어린이인 양 눈썹을 치켰다. "자네 말이 맞네, 케네디 형사. 실로 그럴 가능성도 있지. 물론 그러자면 상당한 의지력이 필요하겠지만 가능성은 있 지. 얇은 자상은 주저흔일 수도 있어. 잠정적으로 예비 시도를 해보 고 그다음에 더 깊고 성공적인 상처를 내는 거지. 자살에서 손목을 그을 때 이런 패턴은 꽤 흔해. 다른 방식에서도 이런 패턴으로 봐선 안 될 이유는 없다고 보네. 가설을 세우기 전에 확인은 해봐야겠지 만, 피해자가 오른손잡이라고 추정할 때, 몸의 왼쪽에 있는 상처 위 치는 자해와 일치하지."

차츰 피오나와 리치의 소름 끼치는 침입자는 용의선상에서 점점 벗어나 우리 뒤의 수평선 너머로 사라져버렸다. 그가 아직은 완전 히 사라진 게 아니지만 패트릭 스페인이 전면 중앙으로 나와 곧바로 빠르게 앞서고 있었다. 내가 줄곧 기대한 바이긴 했으나 뜬금없이 실망이 살짝 스쳐가는 기분을 느꼈다. 살인수사과 형사들은 사냥꾼이었다. 어둡고 무언가가 식식대는 정글 속에서 쭉 추적하던 흰 사자를 집으로 데려오고 싶지, 미처 날뛰는 집고양이를 잡고 싶진 않다. 그리고 무엇보다도 이 모든 것 아래에는 내 안에서 패트릭 스페인에게 미안함 비슷한 감정을 느꼈던 약한 기질이 있었다. 리치가 말했듯이 이자는 노력했으니까.

나는 물었다. "사망 시각은 알 수 있습니까?"

쿠퍼는 어깨를 으쓱했다. "늘 그렇듯이 끽해야 추정일 뿐이고 검시하기 전에 지체되어서 정확도를 올릴 순 없네. 그렇지만 집 안의 온도 조절 장치가 21도로 맞춰져 있다는 사실은 도움이 되지. 좀더 이른 시각으로 기울어질 확률과 균형을 맞춰볼 때 세 명의 피해자 모두 오늘 새벽 3시 이후 5시 이전에 사망했다는 건 확신하네."

"가장 먼저 사망한 사람이 누군지 알 만한 증거는 있습니까?"

쿠퍼는 얼간이와 얘기하는 사람처럼 잠깐 간격을 두고 말했다.

"그들은 새벽 3시와 5시 사이에 죽었어. 더 상세한 사실을 제공할 증거가 있다면 그렇게 얘기했겠지."

매 사건마다 쿠퍼는 그저 재미 삼아, 내가 같이 일해야 하는 사람들 앞에서 나를 깎아내릴 핑계를 찾곤 했다. 나는 조만간 쿠퍼도 물러서게 할 항의서를 올리고 말 테지만 지금까지는 흘려버릴 수밖에 없었고 그도 이 사실을 알았다. 그가 잔소리하는 순간에 나는 보통 마음속으로 더 큰일을 생각하기 때문이다. "물론 그러셨겠죠." 나는 말했다. "흉기는 어떻습니까? 그에 대해 해주실 말은 없습니까?"

"말한 대로 단면 날인 칼이야." 쿠퍼는 다시 가방 위로 몸을 굽히며 종이를 슬쩍 치웠다. 내게는 기를 죽이는 눈빛조차 보내지 않았다.

"그리고 여기서부턴……." 래리가 말했다. "우리 팀이 끼겠습니다. 물론 쿠퍼 박사님이 개의치 않으시면요." 쿠퍼는 한 손을 우아하게 흔들었다. 그와 래리는 그럭저럭 잘 지내는 사이였다. "이리 와, 스코처. 내 꼬마 친구 모린이 발견한 걸 보게, 자네를 위해서. 아니, 발견하지 못한 걸 보라는 게 더 맞나."

비디오카메라를 든 콧대 높은 여자가 부엌 서랍장 옆에서 물러나며 가리켰다. 서랍에는 모두 복잡한 아동 안전장치가 된 주방용품들이 들어 있었고 나는 이유를 알 수 있었다. 맨 위 서랍에는 깔끔한 모양 틀이 들어 있었고 뚜껑 안쪽에는 근사한 서체로 "퀴진 블뢰 Cuisine Bleu"라는 글씨가 찍혀 있었다. 다섯 개의 칼을 보관하도록 된 상자였다. 기다란 고기 써는 칼부터 내 손보다도 짧고 깜찍한 칼까지 네 개는 제자리에 들어 있었다. 반들거리고 머리카락도 자를 수 있을 정도로 잘 손질되어 있는 사악한 칼들. 두 번째로 큰 칼은 사라지고 없었다.

"서랍이 열려 있었어." 래리가 말했다. "그래서 우리가 빨리 알아챌 수 있었지."

내가 말했다. "그리고 다섯 번째 칼의 자취는 없고."

주변 모두 고개를 끄덕였다.

쿠퍼는 꼼꼼하게 손가락 하나하나 빼가며 장갑을 벗느라 바빴다. 나는 물었다. "쿠퍼 박사님, 이 칼이 피해자의 상처와 일치하는지 살펴보고 말씀해주실 수 있겠습니까?"

그는 돌아보지도 않았다. "정보가 있는 의견을 주려면 상처를 완전히 검사해야 할 필요가 있지. 표면상으로나 단면상으로나. 가급적이면 비교를 위해서 문제의 칼이 있는 편이 좋을 것이고. 내가 지금 그런 검사를 행한 것으로 보이나?"

내가 애송이였을 때라면 매번 쿠퍼에게 발끈했겠지만 이제는 나 자신을 억제하는 법을 알기에 지옥에서 얼어 죽기 전까지는 그에게 만족을 안겨주는 일은 없을 것이다. 나는 말했다. "날의 크기나 칼자루 모양 등을 보고 이 칼을 흉기에서 배제할 수 있다면 지금 알아야 할 필요가 있습니다. 시보들 수십 명을 보내 무작정 수색하도록 시키기 전에요."

쿠퍼는 한숨을 쉬더니 건성으로 상자를 힐끔 보았다. "저걸 고려 대상에서 제외할 이유는 없다고 보네."

"완벽하군요. 래리, 다른 칼 중 하나를 우리가 가져가도 되겠나? 우리가 무얼 찾는지 수색팀에게 보여주려고."

"맘대로 하시길. 이건 어때? 상자에 난 구멍으로 봐서는 이게 자네들이 찾는 거랑 기본적으로는 거의 똑같은 것 같은데. 단지 더 작을 뿐이지." 래리는 중간 크기의 칼을 꺼내서 깔끔하게 증거용 비닐봉투에 넣고 건넸다. "일이 끝나면 돌려줘."

"그러지. 쿠퍼 박사님, 피해자가 상처를 입은 후에도 얼마나 오래 버텼는지 짐작하실 수 있습니까? 얼마나 오래 두 발로 서 있을 수 있었을까요?"

쿠퍼는 다시 나를 냉담한 눈초리로 쳐다보았다. "일 분도 안 될 수도 있고." 그는 말했다. "어쩌면 몇 시간일 수도 있지. 이 미터도 못 걸었을 수도 있고 어쩌면 일 킬로미터 정도는 걸었을 수도 있지. 마음대로 택하게, 케네디 형사. 나는 자네가 원하는 유의 답은 줄 수 없을 것 같으니까. 지적인 추측을 허용하기엔 너무나 많은 변수가 개입되어 있고, 자네가 내 입장이라면 무엇을 할진 모르겠지만 그와 상관없이 나는 지적이지 못한 추측은 안 하니까."

"피해자가 흉기를 치운 게 아니냐는 말을 하고 싶은 거라면, 스코처." 래리가 도움을 주려는 듯 말했다. "그는 앞문으로 나가진 않았어. 현관 복도나 문 앞에는 피 한 방울 떨어져 있지 않았거든. 신발 바닥은 피로 덮여 있었고 손도 마찬가지였어. 점점 힘이 떨어져가고 있었으니 뭐라도 짚어서 몸을 지탱해야 하지 않았겠나?"

쿠퍼는 어깨를 으쓱했다. "오, 그랬을 거야. 게다가 주위를 둘러보게. 그 불쌍한 친구는 스프링클러처럼 피를 흩뿌리고 있었어. 헨젤과 그레텔처럼 가는 곳까지 흔적을 남긴 건 말할 것도 없고 사방팔방 핏자국을 뿌렸을걸. 아니, 일단 드라마가 시작된 다음에는 이 친구는 집 앞으로 나가지도 않았고 2층으로 가지도 않았어."

"그래." 나는 말했다. "그 칼이 나타나면 바로 알려줘. 그때까진 방해하지 않고 떨어질게. 고맙네, 친구들."

다시 플래시가 번쩍였다. 이번에는 눈앞에 패트릭 스페인의 윤곽이 휙 나타났다. 그는 추락하는 것처럼 두 팔을 활짝 벌린 하얀 형상으로 타올랐다가 사라졌다.

"그럼……." 리치가 차로를 따라 내려가는 길에 말했다. "결국 내부자의 짓은 아니라는 거군요."

"그렇게 간단하지 않다고, 젊은이. 패트릭 스페인은 뒷마당으로 나갔을 수도 있고 심지어 벽을 넘었을 수도 있어. 아니면 그냥 창문을 열고 힘껏 칼을 던졌을 수도 있지. 그리고 기억해. 여기서 패트릭만이 용의자는 아니야. 제니퍼 스페인도 잊으면 안 되지. 쿠퍼가 그 여자는 아직 확인하지 않았잖아. 우리가 아는 건 그 여자가 집을 나가서 칼을 숨기고 다시 집으로 들어와 남편 옆에 깔끔하게 누웠을 수도 있다는 거지. 동반 자살을 하기로 했을 수도 있고 패트릭을 덮어주기 위해서였을 수도 있지. 그 여자는 가족의 평판을 지키기 위해서 자신의 마지막 순간을 쓰고도 남을 사람처럼 보이던데, 아니면 처음부터 끝까지 여자가 꾸민 연극일 수도 있지."

노란 피아트는 사라지고 없었다. 피오나는 제니퍼를 보러 병원으로 향한 모양이었다. 정복 경관이 운전했기만을 바랄 뿐이었다. 아니었다간 엉엉 울다가 나무에 차를 들이박았을지도 모르니까. 대신 길 끝에 있는 시신 운구차 옆에 새로이 차들이 모여 있는 것이 보였다. 기자들이거나 정복 경관들이 현장에서 몰아내지 못한 주민들일 수 있었지만 나는 그들이 내 시보임을 확신했다. 나는 그들에게로 향했다. "그리고 이걸 생각해." 나는 말했다. "외부인이 거기 무기도 없이 들어가서 부엌 서랍에서 쓸 만한 흉기를 찾아낼 기회가 있길 바라겠냐고. 외부인이라면 자기 흉기를 들고 갔을 거야."

"그랬을 수도 있죠. 그러다가 칼들을 보고 자기가 추적당하지 않을 도구를 쓰는 게 낫겠다고 생각했을 수도 있지 않을까요. 아니면 처음부터 누구든 죽일 계획은 없었을 수도 있습니다. 그 칼이 흉기가 아니었을 수도 있죠. 그저 우리를 떨쳐내려고 슬쩍했을 수도요."

"그랬을 수도 있지. 그래서 흉기를 빨리 찾아내야 해. 그게 우리를 잘못된 길로 이끌지 않도록 하기 위해서. 내가 다른 이유도 알려 줘?"

리치는 말했다. "그걸 없애버리기 전에 찾아야 하니까요."

"맞아. 이게 외부인의 소행이라고 해보자고. 우리 범인 놈은, 아니 여자일 수도 있지, 그 사람은 지난밤 흉기를 물속에 던졌을 수도 있지. 분별력이 있으면 그랬을 거야. 하지만 만에 하나 너무 미련해서 스스로 그런 생각을 못 했대도 우리가 이렇게 움직이는 걸 보면 피 묻은 칼이 돌아다니게 두어서는 안 된다는 생각 정도는 들지 않을까. 범인이 흉기를 이 단지 안 어딘가에 버렸다면 흉기를 찾으러 다시 돌아왔을 때 잡고 싶은 거지. 집에 두었다면 버리려고 할 때 잡고 싶고. 모든 건 물론 그가 이 지역에 있다는 추정하의 이야기야."

갈매기 두 마리가 돌 더미에서 갑자기 푸르르 날아올라 서로를 향해 울어대자 리치의 고개가 휙 돌아갔다. 그는 말했다. "범인은 스페인 가족을 우연히 발견한 게 아닙니다. 여기는 누가 그냥 지나가다가 어쩌다 자기 버튼을 누르는 피해자 가족을 발견할 만한 곳이 아니에요."

"아니지." 나는 말했다. "절대 그런 곳이 아니야. 그가 죽지 않았거나 이 지역 사람이 아니라면 여기에 살펴보러 온 거겠지."

시보들은 남자 일곱에 여자 한 명으로 모두 이십 대 후반이었다. 차 주변에서 어정거리면서 날카롭거나 사무적인 표정을 띠고 뭐든 할 준비가 된 척하려고 애쓰고 있었다. 우리가 다가오는 것을 보자 그들은 허리를 펴고 재킷을 끌어내렸고 그중 가장 덩치가 큰 남자는 담배를 버렸다. 나는 꽁초를 가리키며 물었다. "거기, 자네. 어쩔 작정이야?"

남자는 멍한 표정이었다. 나는 말했다. "거기 놔둘 작정이었지? 감식반이 찾아서 파일에 넣어 DNA 검사를 하러 보내도록 땅에 그냥 둘 생각이었어. 아니면 어느 쪽을 바랐나? 우리 용의자 목록 맨 위에 오르고 싶은 거야, 우리 시간 낭비자 목록 맨 위에 오르고 싶은 거야?"

그는 꽁초를 주워 더듬더듬 도로 담뱃갑 속에 넣었고 빠르게 그들 여덟 명은 모두 경고를 받았다. 내 수사팀에 들어온 이상 실수로 일을 망쳐선 안 된다는 것. 말보로를 던졌던 남자는 얼굴이 붉어졌지만 누군가 팀을 위해서 본보기가 되어야 했다.

나는 말했다. "훨씬 낫군. 나는 케네디 형사고 이쪽은 커런 형사일세." 그들의 이름은 묻지 않았다. 악수와 잡담을 나눌 시간은 없었다. 그리고 들어봤자 어차피 잊어버릴 것이었다. 나는 내 시보들이 제일 좋아하는 샌드위치나 그들 자녀들의 생일 같은 건 기억하지 않는다. 그들이 무슨 일을 하는지 그 일을 잘하는지만 기억해둔다. "전체 사건 브리핑은 나중에 받게 될 것이지만 지금 당장은 이것만 알면 돼. 우리는 퀴진 블뢰 상표의 칼을 찾고 있다. 곡선으로 휘어진 십오 센티미터의 칼날에 검은 플라스틱 칼자루가 달려 있고 세트 중 하나라서 이 칼과 비슷하게 생겼지만 약간 더 크다." 나는 증거물 비닐 봉투를 들어 보였다. "자네들 모두 카메라 달린 핸드폰을 갖고 있지? 사진을 찍어두면 자네들이 찾고 있는 물건이 정확히 뭔지 참고가 될 거야. 오늘 밤 현장을 떠나기 전에 사진은 지워. 잊지 말고."

그들은 핸드폰을 황급히 꺼냈고 증거물 봉투를 비누 거품이라도 되는 양 살살 돌렸다. 나는 말했다. "내가 묘사한 칼은 살인 흉기일 가능성이 높은 물건이지만 이번 수색에서 반드시 그렇다는 확증은 없으니 수풀 같은 데 떨어져 있는 칼을 보고 묘사와 맞지 않는다고 훌쩍 뛰어넘어서는 안 돼. 피 묻은 옷이나 발자국, 열쇠나 어렴풋하게라도 장소에 어울리지 않아 보이는 물건이 있는지 놓치지 말고 주시하고. 가능성이 있어 보이는 물건을 찾으면 어찌해야 하지?"

나는 말보로 남자를 고갯짓으로 가리켰다. 누군가를 납작하게 밟아줬다면 다시 올라올 기회도 줘야 한다. 남자가 말했다. "손대면 안되지만 감시 없이 두어서도 안 됩니다. 감식반을 불러 사진을 찍게 한 후 봉투에 담게 합니다."

"정확해. 그리고 나도 부르게. 자네들이 뭘 찾든 간에 나도 보고 싶으니까. 커런 형사와 나는 이웃들을 탐문할 테니 우리 휴대전화 번호가 필요하겠지. 우리도 마찬가지고. 이 무전은 지금은 꺼놓을 거니까. 여기는 수신도 거지 같으니 전화가 연결되지 않으면 문자 하게. 음성 메시지는 남기지 마. 모두 알아들었나?" 길 아래에서 우리의 첫 번째 기자가 그림 같은 골조를 배경으로 바람에 날리는 코트 뒷자락을 끌어내리려 애쓰며 카메라에 대고 뭔가 보도를 하고 있었다. 한두 시간 후면 저 여자와 같은 기자들이 십여 명 더 나타날 터였다. 그들 중 다수가 거리낌 없이 형사의 음성 사서함 정도는 해킹하고도 남을 자들이었다.

우리는 돌아가며 전화번호를 교환했다. "곧 수색 인원이 더 많이 합류할 거야." 나는 말했다. "그리고 그들이 일을 이어받으면 나는 자네들에게 다른 일을 줄 거야. 하지만 지금은 움직여야 하네. 집 뒤부터 시작하지. 뒷마당 벽에서 시작해서 밖으로 나가. 수색 구역 사이에 빈틈은 절대로 남기지 않도록 하고. 방식은 알고 있겠지. 가."

스페인 가족의 집과 벽을 공유하는 옆집 주택은 비어 있었다. 영구히 비어 있었던 듯 앞쪽 방에는 신문 뭉치와 건축물 수준의 거미줄밖에 없었다. 그야말로 빌어먹을 것이었다. 생명체의 흔적에 가까운 것이라고는 반대편 두 집 아래에 있는 5번지 주택뿐이었다. 잔디는 말라 죽었지만 창문에는 레이스 커튼이 달렸고 아이용 자전거가 차로 위에 쓰러져 있었다.

길을 올라가자 레이스 뒤에서 움직임이 느껴졌다. 누군가 우리를 주시하고 있었다.

문으로 나온 여자는 납작하고 의심 많은 얼굴에 덩치가 컸고 숱적은 검은 머리를 뒤로 넘겨 포니테일로 묶었다. 헐렁한 분홍색 후드 티셔츠 아래에 영 안 어울리는 회색 레깅스를 입었고 인공 선탠을 과하게 했지만 혈색이 좋아 보이진 않았다. "네?"

"경찰입니다." 나는 신분증을 보여주었다. "잠깐 들어가서 말씀 좀 나눌 수 있을까요?"

여자는 내 사진이 자신의 높은 기준에 맞지 않는다는 양 신분증을 들여다보았다. "아까 나가서 저 경찰들에게 무슨 일이냐고 물어봤어요. 저 사람들이 나보고 안으로 들어가라더군요. 나는 내 집 앞 도로 위에 있을 권리가 있어요. 당신네들이 가라 마라 할 게 아니라."

이거 정말 땅 짚고 헤엄치기로군. "이해합니다." 나는 말했다. "언제든지 이 단지를 떠나시고 싶으시면 경찰이 막지는 않을 겁니다."

"그러지 않는 게 좋을 거 같네요. 아무튼 전 이 단지를 떠나려던 게 아니에요. 그저 무슨 일이 일어났는지 알고 싶었던 거지."

"범죄가 있었습니다. 그래서 몇 마디 나누고 싶은데요."

여자의 눈이 나와 리치를 지나쳐 수사 현장으로 향했다. 그리고 오지랖 넓게 끼어들고 싶은 마음이 경계심을 이겼다. 늘 그런 법이다. 여자는 문에서 물러섰다.

집은 시작할 때는 스페인 가족의 집과 정확히 똑같았겠지만 그와 똑같이 유지되진 못했다. 현관 복도는 바닥에 물건들을 잔뜩 쌓아 놓아 비좁았다. 리치는 유아차 바퀴에 발목을 찧고 프로답지 못한 말을 내뱉었다. 거실은 과하게 온도를 올려놓았고 번잡한 벽지와 수프와 젖은 옷가지 냄새가 짙게 배어 엉망이었다. 열 살 정도 되어 보이는 땅딸막한 아이가 바닥에 구부정하게 앉아 입을 벌리고 청소 년 이용 불가일 플레이스테이션 게임을 하고 있었다. "아파서 결석 했어요." 여자가 말했다. 여자는 방어적으로 팔짱을 꼈다.

"우리한텐 잘된 일이군요." 나는 아이를 향해 고개를 끄덕여 보 였지만 아이는 우리를 무시하고 계속 게임 컨트롤러 버튼만 눌러댔 다. "아드님이 우리를 도울 수도 있으니까요. 저는 케네디 형사고 이 쪽은 커런 형사입니다. 그리고 선생님은……?"

"시네이드 고건이에요. 시네이드 고건 부인이죠. 제이든, 그거 꺼 라." 여자의 억양으로 봐서는 더블린 외곽의 약간 거친 동네 출신인 듯했다.

"고건 부인." 나는 꽃무늬 소파에 앉아서 수첩을 찾으며 말했다. "이웃들과 얼마나 잘 알고 지내십니까?"

여자는 스페인 집 쪽으로 고개를 까닥했다. "저 집요?"

"스페인 가족요, 네."

리치는 나를 따라 소파에 앉아 있었다. 시네이드 고건의 작고 날 카로운 눈이 우리를 훑었지만, 잠시 후 여자는 어깨를 으쓱하고 자 신도 팔걸이의자에 자리를 잡았다. "만나면 인사 정도는 했죠. 그렇 게 친하진 않았어요."

"엄마가 그 아줌마 고상한 척하는 여편네라고 했잖아." 제이든은 한순간도 쉬지 않고 좀비를 무찌르면서 끼어들었다.

어머니가 아이를 째려보았지만 아이는 보지 못했다. "입 닥쳐."

"안 그러면?"

"안 닥치기만 해봐."

내가 말했다. "고상한 척하는 여편네였습니까?"

"난 그런 말 한 적 없어요. 저기 구급차가 왔던데. 무슨 일이죠?"

"범죄가 있었습니다. 스페인 가족에 대해서 해주실 말씀이 있습니까?"

"누가 총에 맞았어요?" 제이든이 궁금해했다. 멀티태스킹이 되는 아이였다.

"아니, 스페인 가족의 어떤 점이 고상한 척하는 거였죠?"

시네이드는 어깨를 으쓱했다. "아무것도 아니에요. 좋은 사람들이었죠."

리치는 펜으로 코 옆을 긁었다. "진심입니까?" 그는 약간 소심하게 물었다. "그게 제 말은, 저는 전혀 모르겠지만요, 그분들을 이전에 만난 적이 없으니까요. 하지만 그 집은 저한테는 꽤히 멋진 척 꾸민 듯 보이던데요. 사람이 자기 주제 파악을 어떻게 하는지 언제나 뻔히 보이잖습니까."

"이전에 봤어야 하는데. 집 밖에 대형 SUV를 세워두고 그 집 남편이 주말마다 세차하고 광을 내고 자랑했지. 그게 오래가진 않았죠."

여전히 팔걸이의자에 팔짱을 끼고 굵은 다리를 살짝 벌린 채로 축 늘어져 앉아 있었지만, 여자의 건방진 코맹맹이 목소리 끝에서 만족감이 묻어 나왔다. 보통 나는 신참 형사가 첫날부터 신문하도록 놔두진 않지만 리치의 접근 방식은 괜찮았고 그의 억양 쪽이 내 억양보다는 얻을 게 많았다. 나는 그에게 맡겨두었다.

"지금은 별로 자랑할 게 없죠." 리치는 동의했다.

"그래도 못 말리는 사람들이에요. 아직도 자기들이 대단하다 생각할걸요. 제이든이 그 집 꼬마에게 뭐라고 했는데……."

"멍청한 계집애라고 했어." 제이든이 말했다.

"그랬더니 그 집 여자가 여기까지 와서 별별 소리를 다 늘어놓더라고요. 애들이 왜 친하게 지내지 못하냐느니 아이들이 협동해서 지낼 방식이 없겠냐느니. 있잖아요, 다 가식이에요. 내 말 아시죠. 친절한 척하는 것뿐이라고요. 나는 남자애들은 남자애들답게 놀 테니까 알아서 하라고 했어요. 그 여자는 그 말을 듣고 별로 기분 좋아하지 않던데. 자기네 공주님을 이젠 우리에게서 떼어놓으려고 하더라고요. 우리가 자기네랑 수준이 안 맞는다는 것처럼. 그냥 질투한 거겠죠."

"뭘 말입니까?" 나는 물었다.

시네이드는 나를 못마땅한 눈초리로 쳐다보았다. "우리를요, 나를." 나는 제니퍼 스페인이 이 사람들을 질투할 만한 이유를 단 하나도 생각해낼 수 없었지만 그건 논점 외로 보였다. 우리의 시네이드는 비욘세가 연 파티에 초대받지 못하면 비욘세가 자기를 질투해서라고 여길 사람일 테니까.

"좋습니다." 나는 말했다. "언제였습니까, 정확히?"

"봄이에요. 사월, 어쩌면. 왜요? 제이든이 자기들에게 뭐 어떻게 하기라도 했다고 그 집 여자가 그래요? 애는 결코……."

여자는 위협하듯이 의자에서 몸을 무겁게 반쯤 일으켰다. "아뇨, 아니, 아닙니다." 나는 달래듯 말했다. "스페인 가족을 마지막으로 본 게 언젭니까?"

잠시 후 여자는 나를 믿기로 결정한 듯 도로 자리에 앉았다. "말을 나눈 건 그게 끝이에요. 그 사람들을 근처에서 보긴 했지만 할 말도 없었고. 그 이후엔 없죠. 그 여자가 어제 오후 아이들과 함께 집에 들어가는 건 봤어요."

"몇 십니까?"

"대략 5시 십오 분 전쯤일걸요. 그 여자가 작은아이를 학교에서 데리고 오는 길에 장을 본 것 같던데. 쇼핑백을 두어 개 들고 있었어요. 그땐 괜찮아 보이더라고요. 꼬마 애가 감자 칩 먹고 싶다고 칭얼 대던데. 버릇을 잘못 들였어."

"간밤에 부인과 남편분은 집에 계셨습니까?" 내가 물었다.

"네. 우리가 어딜 가겠어요? 갈 데가 없어요. 가장 가까운 술집도 시내에 있는데 여기서 삼십 킬로미터도 넘게 떨어져 있다고요." 윌 런 술집과 린치 가게는 아직 모습도 드러내지 않은 반짝이는 신축 건물을 짓기 위해 싹 다 밀어버려서 지금은 콘크리트와 비계 아래에 묻힌 모양이었다. 잠시 동안 나는 윌런 술집에서 먹었던 일요일 점심 식사 냄새를 맡았다. 바짝 튀긴 냉동 치킨 너깃과 칩스 담배 연기, 사이도나*. "그렇게 가봤자 집에 운전해서 오려면 술을 마실 수도 없고. 여기까지 오는 버스 노선이 없거든요. 가봤자 뭐 하겠어요?"

"평소와 다른 소리를 들으신 게 있습니까?"

다시 한번 노려보는 눈초리. 이번에는 내가 무슨 죄로 고소하기라도 해서 나를 술잔으로 한 대 칠 궁리를 하는 사람처럼 더욱 적대적

---

* 아일랜드의 사과 맛 탄산음료.

이었다. "우리가 무슨 소리를 듣겠어요?"

제이든이 갑자기 킬킬 웃었다. 나는 말했다. "넌 무슨 소리 들었니, 제이든?"

"뭐요, 비명 소리 같은 거요?" 제이든이 물었다. 그 애는 심지어 돌아보지도 않았다.

"비명 소리를 들었니?"

짜증을 내는 찡그린 얼굴. "아뇨." 조만간 다른 형사들이 제이든을 완전히 다른 상황에서 마주칠 날이 올 것 같았다.

"그러면 뭘 들었지? 뭐든 우리에게 도움이 될 텐데."

시네이드는 여전히 그런 표정을 짓고 있었다. 경계심이 아로새겨진 적대감. 그녀는 말했다. "우리는 아무것도 못 들었어요. 텔레비전을 켜놓고 있어서."

"그래요." 제이든이 말했다. "아무것도 못 들었어요." 화면에서 뭔가 폭발했다. 소년이 말했다. "제기랄." 그러고는 다시 게임으로 빠져들었다.

나는 물었다. "남편분은 어떻습니까, 고건 부인?"

"남편도 아무것도 못 들었어요."

"저희가 남편분께 확인할 수 있겠습니까?"

"지금 집에 없어요."

"몇 시에 돌아오시죠?"

부인은 어깨를 으쓱했다. "무슨 일이 생긴 거예요?"

나는 말했다. "최근에 누가 스페인 가족의 집에 들어가거나 나오는 걸 본 적이 있는지 말씀해주시겠습니까?"

시네이드의 입이 꾹 다물어졌다. "나는 이웃집을 염탐하지 않아요." 그녀는 딱 잘라 말했다. 내가 의심이라도 했다는 투였다.

"물론 그러진 않으셨겠죠." 나는 말했다. "하지만 이건 염탐의 문제가 아닙니다. 부인은 눈이 보이지 않거나 귀가 안 들리는 건 아니지 않습니까. 사람들이 들고 나는 게 보이거나 차 소리가 들리는 것까지는 어쩔 수 없죠. 이 길에 있는 집 중 사람이 사는 집은 몇 채죠?"

"네 집이에요. 우리, 그 사람들 그리고 반대편 아래쪽에 둘. 그래서요?"

"그러면 누가 이쪽 막다른길 주변을 서성거리는 걸 보면 스페인 가족을 찾아왔다는 걸 알 수밖에 없겠네요. 최근에 손님이 찾아온 적이 있었나요?"

시네이드는 눈알을 굴렸다. "그렇대도 난 못 봤어요. 됐어요?"

"그 사람들 자기들 생각만큼 인기가 있는 사람들은 아니었나 보네요." 리치가 살짝 히죽거리며 말했다.

시네이드도 같이 히죽거렸다. "바로 그거예요."

리치는 몸을 앞으로 내밀고 비밀스럽게 말했다. "그 사람들을 굳이 만나러 오는 사람이 별로 없었나요?"

"이젠 없더라고요. 처음 이사 왔을 때만 해도 일요일에 사람을 부르곤 하던데. 자기들이랑 같은 종류. 커다란 SUV를 타고 다니고 와인병 휘두르면서 놀러 다니고. 뭐 캔 맥주 같은 건 자기들 수준에 안 맞는다는 거겠지. 전엔 바비큐도 했어요. 자랑하면서."

"요샌 안 했습니까?"

히죽거리는 웃음이 더 커졌다. "그 집 남자가 회사에서 잘린 이후로는 안 하던데. 봄에 한 번 애 생일 파티를 하던데 누가 그 집에 온

116

걸 본 건 그때가 마지막이었어요. 말한 대로 내가 지켜보거나 한 건 아니라서. 하지만 그냥 보이는 건 어쩔 수 없잖아요?"

"그렇죠, 네. 얘기 좀 해주세요. 여기 와서 쥐나 들쥐 같은 것들 때문에 곤란 겪으신 적 없습니까?"

이 말이 제이든의 관심을 끌었다. 아이는 심지어 일시중지 버튼까지 눌렀다. "대박! 쥐가 그 사람들 먹은 거예요?"

"아니야." 내가 대답했다.

"아아." 아이는 실망했지만 우리를 계속 지켜보고 있었다. 신경에 거슬리는 아이였다. 오징어처럼 눈동자에 생기와 빛이 없었다.

아이의 어머니가 말했다. "쥐는 없어요. 이 동네 배수구를 보면 있대도 놀랍지 않겠지만. 그래도 없어요. 아직은요."

리치가 말했다. "여기 별로 좋지 않은가 봐요?"

"쓰레기장이에요." 제이든이 말했다.

"그래? 왜?"

아이는 어깨를 으쓱했다. 시네이드가 말했다. "그 집 봤어요?"

"저한텐 괜찮아 보이던데." 리치가 놀라서 말했다. "집들도 좋고 공간도 널찍하고. 집을 예쁘게 꾸며놓고……."

"네, 우리 생각도 바로 그랬어요. 도면상으로는 멋있어 보였죠. 잠깐요."

시네이드는 끙 소리를 내며 의자에서 몸을 일으키고는 허리를 숙여 옆에 놓인 테이블 위의 잡동사니를 뒤졌다. 딱히 보고 싶지 않은 광경이었다. 유명인 잡지, 엎지른 설탕, 아기 모니터, 기름 낀 접시 위에 놓인 반쯤 먹다 만 소시지 빵. "여기 있네." 시네이드는 브로슈어를 리치에게 내밀었다. "우리가 살 때는 이런 생각을 했죠."

브로슈어 표지는 눈처럼 하얀 집과 지중해풍 파란 파도 앞에서 부부가 광고지에 나올 법한 아이들을 안고 웃는 사진이었다. 그 위로 단지 앞 표지판에 쓰인 것과 같은 필기체로 "오션뷰"라는 글자가 적혀 있었다. 안은 메뉴였다. 4침실, 5침실, 단독주택, 옆집과 붙은 두 세대 주택, 마음이 원하는 대로. 모든 것이 아주 깨끗하고 반짝였으며 사진 보정이 잘되어 있어서 축소 모형이라는 걸 눈치챌 수 없을 정도였다. 집들에는 이름이 붙어 있었다. 다이아몬드는 5침실에 차고가 딸린 단독주택이었고 토파즈는 2침실에 옆집과 같은 구조인 두 세대 주택, 에메랄드와 펄, 그리고 나머지는 그 사이 어디쯤 됐다. 우리는 사파이어에 있는 것 같았다. 아름다운 필기체로 적힌 설명은 해변, 아동 보육 시설, 레저 센터, 상점, 놀이터에 대해 술술 늘어놓으며 "바로 문 앞에서 최신 유행 럭셔리 생활을 즐길 수 있는 최상급 시설이 가득한 독립 단지"라고 떠벌렸다.

광고는 꽤 유혹적으로 보였을 것이다. 이전에 말한 대로 다른 사람들은 원한다면 새로운 개발 단지를 속물적으로 얕보면서 흥분을 느낄 수도 있겠지만, 나는 그런 곳을 좋아했다. 미래에 큰돈을 건 듯 긍정적인 느낌이 든다. 하지만 어떤 이유에선가, 내가 바깥 풍경을 보았기 때문일지도 모르지만, 브로슈어를 보니 리치의 표현대로 소름 끼친다고 할 만한 기분이 스쳤다.

시네이드는 통통한 손가락으로 브로슈어를 콕콕 찔렀다. "우리가 약속받은 건 이거라고요. 그 모든 것. 계약서에도 다 써 있었어요."

"그런데 받지 못하셨다는 거죠?" 리치가 물었다.

여자가 코웃음을 쳤다. "받은 것처럼 보여요?"

그는 어깨를 으쓱했다. "아직 다 마무리가 안 됐으니까요. 마무리

되면 멋있을 것 같은데."

"개뿔 마무리가 되긴 뭐가 돼요. 경기 불황으로 사람들이 집을 사지 않으니까 건설사에서도 건축을 중지했죠. 몇 달 전 어느 날 아침 나가봤더니 철수했더라고요. 굴착기랑 모두. 다시 돌아오지 않았어요."

"맙소사." 리치는 고개를 저으면서 말했다.

"그래요, 맙소사죠. 우리 아래층 변기가 망가졌는데 그걸 끼워준 배관공은 와서 고쳐주지 않겠대요. 돈을 못 받았으니까요. 다들 우리보고 소송하고 배상을 받아내라는데 우리가 누굴 고소하겠어요?"

"건설사요?" 나는 말을 던져보았다.

시네이드는 그런 미련한 소리를 하는 나를 한 대 쳐줄까 생각하는 것처럼 다시 생기 없는 눈초리로 쳐다보았다. "뭐 그래요, 그 생각도 했었죠. 하지만 그 사람들을 못 찾았어요. 우리가 전화하면 끊어버리더니 번호를 아예 바꿨더라고요. 당신네한테도 갔었죠. 그랬는데 우리 변기는 경찰 업무가 아니라고 하더군요."

리치는 여자의 주의를 다시 끌려고 브로슈어를 들어 보였다. "여기 있는 아동 보육 시설이니 뭐니는 어떻게 됐습니까?"

"그건." 시네이드의 입이 못마땅하다는 듯 꾹 다물어졌다. 한층 더 추해 보였다. "그게 그나마 볼 수 있는 유일한 장소예요. 우리는 보육 시설에 대해서 수도 없이 민원을 넣었죠. 그게 바로 우리가 여길 산 이유 중 하나였어요. 그런데 여보세요, 아무것도 없다고요? 결국에 문을 열긴 열었어요. 한 달이나 했나, 거기 다니는 애들이 다섯 명밖에 없었거든요. 놀이터를 짓기로 한 자리에는 바그다드에서 가져온 것 같은 게 있었죠. 애들이 거기서 노는 건 목숨 거는 짓이었

죠. 레저 센터는 절대로 지어지지 않았어요. 우리는 그것도 민원을
넣었죠. 그랬더니 빈집에다가 운동용 자전거를 하나 넣어주고는 그
걸로 하래요. 자전거는 누가 훔쳐 갔고."

"상점은요?"

유머라고는 없는 코웃음. "아, 그거. 난 우유 하나 사려면 고속도
로에 있는 주유소까지 팔 킬로미터나 가야 해요. 심지어 가로등도
없어요. 어두워진 이후에 혼자 나가려면 죽을까 봐 벌벌 떨어요. 강
간범 같은 사람이 있으면 어쩌려고. 그리고 오션뷰클로스에 있는
집 한 채를 빌려서 사는 외국인들이 많다고요. 만약 나한테 무슨 일
이 생긴대도 당신네 경찰들이 여기 와서 뭘 해주겠어요? 몇 달 전에
건너편 집에서 빈집에 들어앉아 사는 애들이 파티를 벌였을 때 남편
이 경찰에 신고를 했어요. 아침까지도 오지 않더라고요. 우리가 불
타 죽어도 당신들이 신경이나 썼으려나."

다른 말로 하면 시네이드에게서 뭔가 끌어내는 일은 항상 이 정도
재미는 있으리란 뜻이었다. 나는 물었다. "스페인 가족도 비슷한 문
제가 있었는지 아십니까? 개발 회사나 길 건너편의 파티 여는 사람
들이나 혹은 누구라도?"

그녀는 어깨를 으쓱했다. "나야 모르죠. 말한 대로 우리는 친하지
않았어요. 내 말뜻 몰라요? 어쨌든 그 사람들에게 무슨 일 생긴 거
예요? 뭐 죽거나 그런 거예요?"

오래지 않아 영안실 직원들이 시체를 옮겨 나올 것이었다. 나는
말했다. "제이든은 다른 방에서 기다리게 해야 할 것 같은데요."

시네이드는 아들을 쳐다보았다. "그럴 필요 없어요. 그래봤자 쟤
는 문에 귀를 대고 엿들을 테니까." 제이든은 고개를 끄덕였다.

나는 말했다. "폭력적인 습격이 있었습니다. 제가 자세한 얘기를 해드릴 수 있는 입장은 아닙니다만, 문제의 범죄는 살인입니다."

"맙소사." 시네이드는 몸을 앞으로 흔들며 숨을 들이켰다. 그대로 벌린 입은 축축하고 호기심에 탐욕스러웠다. "죽은 사람이 누구래요?"

"그런 정보는 드릴 수 없습니다."

"그 남자가 그 여자를 덮친 거죠?"

제이든은 게임을 잊어버렸다. 스크린에서는 머리가 터진 좀비 한 마리가 대자로 뻗은 채 떨어지다가 멈춰 있었다. 나는 물었다. "남자가 여자를 덮쳤다고 생각할 만한 이유가 있습니까?"

경계심으로 시네이드의 눈꺼풀이 떨렸다. 여자는 의자에 기대더니 다시 팔짱을 꼈다. "그냥 물어본 거예요."

"이유가 있다면 저희에게 말씀해주셔야 합니다, 고건 부인."

"전 알지도 못하고 관심도 없어요."

헛소리, 하지만 나는 미련하고 통통한 고집쟁이들을 안다. 내가 더 세게 밀어붙일수록 고집은 더 단단해진다. "좋습니다." 나는 말했다. "지난 몇 달 동안 모르는 사람을 이 단지 주위에서 본 적은 없습니까?"

제이든은 높고 날카로운 소리로 낄낄 웃었다. 시네이드가 말했다. "아무도 못 봤어요, 거의. 대체로 잘 모르는 사람이고요. 우린 여기서 모두와 친구로 지내는 게 아니에요. 나도 내 친구가 따로 있어요. 이웃과 어울릴 필요가 없다고요."

번역하자면 이웃들에게 설사 돈을 준다고 해도 고건네와 어울려 다니지는 않을 것이란 뜻이었다. 그들은 아마도 모두 질투하고 있을 테니까. "그러면 여기 어울리지 않아 보이는 사람을 본 적은 없습니까? 어떤 이유에선가 왠지 걱정스러운 사람들."

"클로스에 사는 외국인들 말고는 몰라요. 그 집에는 그런 사람이 수십 명 살아요. 대부분 불법체류자일걸요. 하지만 그것도 경찰에서 확인은 안 할 거죠?"

"그 문제는 적절한 부서에 넘기겠습니다. 누가 집 앞에 찾아온 적은 없었습니까? 뭔가 팔러 왔다든가? 배관이나 전선을 확인하겠다고 하든가?"

"아, 그래요. 누가 우리 전선에 관심이나 가져준대요. 맙소사!" 시네이드가 벌떡 일어섰다. "그러면 어떤 사이코가 침입한 거예요? 텔레비전 프로그램에 나오는 연쇄살인범처럼?"

시네이드는 갑자기 생기가 돌았다. 공포가 얼굴에서 멍한 표정을 싹 지워버렸다. 나는 말했다. "자세한 말씀은 드릴 수 없습니다만……."

"만약에 그렇다면 지금 말해주는 편이 좋지 않아요? 여기 가만히 앉아서 어떤 미친 정신병자가 집에 와서 우리를 고문하도록 기다릴 순 없잖아요. 당신들이야 직접 손에 피를 묻히기 전엔 가만히 서서 그놈이 일을 벌이는 걸 구경이나 하겠지만……."

우리가 그 여자에게서 처음 본 실제 감정이었다. 유령같이 푸른색의 이웃 아이들. 호사가에 불과한 사람. 텔레비전 프로그램 정도의 현실감. 위험이 개인적이 될 때까지는 그랬다. 나는 말했다. "가만히 서서 구경만 하지 않겠다고 약속드리죠."

"날 우습게 보지 마요! 라디오에 제보할 거예요. 한다고요! 〈조 더 피 쇼〉에 전화해서……."

그렇게 되면 우리는 이 수사의 남은 기간 동안 '경찰들은 소시민에게는 신경 쓰지 않는다'며 히스테리를 부리는 언론 태풍과 싸우며 나아가야 할 것이다. 이전에도 겪어본 적이 있었다. 누가 테니스공 기계를 이용해서 굶주린 퍼그를 계속 쏘아 보내는 느낌이다. 뭔가 달랠 만한 말을 생각해내기 전에 리치가 몸을 앞으로 숙이며 진지하게 말했다. "그건 부인, 걱정하시는 것도 당연합니다. 그렇고말고요, 엄마시잖아요."

"바로 그거예요. 나도 챙겨야 할 애들이 있는데. 절대로……."

"아동 성애자예요?" 제이든이 궁금해했다. "그 사람이 애들에게 무슨 짓을 했어요?"

나는 이제 어째서 시네이드가 아들 말을 계속 무시하는지 이해가 되기 시작했다. "자, 이젠 저희가 다 설명드릴 수 없는 얘기가 많다는 걸 아시겠죠." 리치가 말했다. "하지만 저는 어머님이 걱정하시도록 놔둘 수는 없네요. 그리고 이 얘기를 퍼뜨리지 않으시리라 믿고요. 그래도 되겠지요?"

나는 리치의 말을 바로 거기서 끊을 뻔했지만 그는 이 신문을 잘 끌어왔다, 지금까지는. 그리고 시네이드도 진정이 되어 공포 아래로 탐욕스러운 호기심에 찬 표정이 다시 슬금슬금 돌아왔다. "그래요. 알았어요."

"이런 식으로 말씀드리고 싶은데요." 리치가 말했다. 그는 몸을 더 가까이 숙였다. "부인께선 두려워하실 게 아무것도 없습니다. 만약 위험한 사람이 여기 돌아다니고 있다면, 저는 그냥 만약이라고 말씀드리는 겁니다만, 그에 필요한 조치를 다할 겁니다." 리치는 깊은 인상을 남기기 위해 잠시 간격을 두고 눈썹으로 뭔가 의미 있는 표정을 지어 보였다. "제 말 아시겠죠, 네?"

혼란스러운 침묵. "그래요." 결국 시네이드가 말했다. "물론이죠."

"그러실 겁니다, 물론. 이제 기억하세요. 한마디도 하시면 안 된다고."

여자는 새침하게 말했다. "안 할 거예요." 여자는 물론 자기가 아는 모든 이에게 말할 것이지만 말할 만한 건 하나도 없었다. 그저 우쭐한 표정만 지으며 자기가 공유할 수 없는 비밀에 관해 모호한 힌트만 흘릴 수밖에 없을 것이다. 깜찍한 잔재주였다. 리치는 내 마음속 점수 사다리에서 한 단 올랐다.

"그럼 더는 걱정스럽지 않으시죠? 괜찮으시죠? 이제 알게 되셨으니까요."

"아, 그럼요. 전 아주 괜찮아요."

아기 모니터가 격렬한 비명 소리를 내뱉었다. "씨발." 제이든이 플레이 버튼을 누르고 좀비 소리를 키웠다.

"아기가 깼네요." 시네이드는 움직이지 않고 말했다. "전 가봐야겠어요."

내가 말했다. "스페인 가족에 대해 달리 해주실 말씀이 있습니까? 뭐라도요?"

여자는 다시 한번 어깨만 으쓱했다. 납작한 얼굴은 바뀌지 않았지만 여자의 눈 속에서 뭔가가 번득였다. 우리는 고건 가족에게로 되돌아오게 될 것이다.

차로를 내려오는 길에 나는 리치에게 말했다. "진짜 소름 끼치는 게 뭔 줄 알아? 저 아이를 봐."

"그러게요." 리치가 말했다. 그는 귀를 만지작거리며 어깨 너머로 고건 가족의 집을 흘끔 돌아보았다. "쟤가 우리한테 안 한 얘기가 있죠."

"쟤? 엄마는 그렇지. 하지만 애가?"

"확실해요."

"좋아. 다시 돌아오면 네가 쟤를 맡아서 캐봐."

"네? 제가요?"

"안에서 솜씨 괜찮던데. 어떻게 할지 생각 좀 해둬." 나는 수첩을 주머니 속에 집어넣었다. "그동안 스페인 가족에 대해서 달리 물어보고 싶은 사람은 누구지?"

리치는 고개를 돌려서 나를 돌아보았다. "아시겠어요?" 그가 말했다. "저는 감도 못 잡겠어요. 보통은 가족과 이웃, 피해자의 친구, 같이 일하는 사람들, 남자가 다니던 술집에 오는 사람들, 피해자들을 마지막으로 본 사람들하고 얘기를 해보겠지만요. 하지만 부부는 둘 다 일을 하지 않았잖아요. 남자가 갈 만한 술집도 없고. 여기 들르는 사람도 없었어요. 가족들도 오지 않았죠. 여기까지 이 먼 길을 와야 한단 뜻이니까. 그 사람들을 봤다는 사람도 몇 주나 됐죠. 학교 문 앞에서 잠깐 스친 거 말고는요. 그리고 이웃은 저렇죠."

그는 고개를 뒤로 젖혔다. 제이든이 거실 창문에 딱 달라붙어 있었다. 한 손에는 게임 컨트롤러를 들고 입은 벌린 채였다. 제이든은 엿보다가 나한테 걸렸다는 걸 알았지만 눈 하나 깜짝하지 않았다.

"불쌍한 인간들." 리치는 부드럽게 말했다. "그들에겐 아무도 없었어요."

5

길 반대편에 있는 집 두 채의 이웃들은 나가고 없었다. 출근을 했는지 어딜 갔는지 알 순 없었다. 쿠퍼도 떠나고 없었다. 한때는 제니퍼 스페인이었던 존재의 상태를 살펴보러 병원에 간 모양이었다. 영안실 차도 없었다. 시체들도 같은 병원으로 옮겨져 쿠퍼가 자신들에게 관심을 줄 차례를 기다리게 될 것이었다. 제니퍼에게서 한 층이나 두 층 떨어진 곳에서. 아직까지 제니퍼가 버티고 있다면 말이지만.

감식반 친구들은 여전히 열심히 작업중이었다. 래리가 부엌에서 나를 향해 한 손을 흔들었다. "이리 와봐, 친구. 이것 좀 보라고."

'이것'은 아기 모니터였다. 모두 다섯 개가 투명 증거물 봉투에 든 채로 카운터 위에 나란히 놓여 있었고 모두 검은 지문 채취 가루로 덮여 있었다. "다섯 번째는 여기 구석에 있는 애들 책 더미 아래에서 발견했어." 래리가 의기양양하게 말했다. "나리께서 비디오카메라를 찾아오라고 명하셨으니 여기 대령합니다. 게다가 아주 좋은 물건들이야. 내가 아기용품 전문가는 아니지만 이게 최신식이라는 정도는 말할 수 있지. 회전도 되고 확대도 되고. 낮 시간에는 컬러지만 어둠 속에서는 흑백인 자동 적외선 모드로 바뀌지. 아침에는 수란도 해주겠네……." 그는 모니터들 위로 두 손가락을 걷듯이 움직이더니 만족스럽게 혀를 차는 소리를 내며 하나를 집어 봉투 위로 전원 버튼을 눌렀다. "이게 뭔지 맞혀봐. 자, 맞혀보라고."

기기가 켜지며 흑백 화면이 들어왔다. 양쪽 옆에는 회색 원기둥과 직사각형이 가득 꾸물거렸고 그 위로 하얀 먼지가 떠돌았으며 중앙에는 형체 없는 어둠 덩어리가 떠다녔다. 나는 말했다. "저 흐릿한 윤곽 말이야?"

"나도 바로 그렇게 생각했어. 하지만 그때 데클런, 저 친구가 데클런이야, 이 멋진 친구들에게 손 흔들어 인사하게, 데클런. 저 친구가 이 찬장이 아주 살짝 열려 있다는 걸 알아챈 거야. 그래서 안을 들여다봤지. 그런데 뭘 찾았는지 아나?"

래리가 멋있게 찬장을 확 열었다. "이거 봐봐."

침울한 빨간 불빛의 고리가 잠시 우리를 응시했다가 금방 희미해지더니 사라져버렸다. 카메라는 찬장 문 안쪽에 회색 테이프로 더덕더덕 붙어 있었다. 시리얼 상자와 완두콩 통조림들은 선반 한쪽으로 밀려나 있었다. 그 뒤에는 누군가 벽을 부수어 접시 크기의 구멍을 내놓았다.

"망할, 이게 뭐야." 나는 말했다.

"아직 날뛸 때가 아니니 진정해. 말하기 전에 이것부터 봐."

또 다른 모니터였다. 역시 흐릿한 흑백의 그림자만이 떠 있었다. 비스듬한 서까래, 페인트 깡통, 내가 알아볼 수 없는 뾰족뾰족한 모양의 기계 같은 것. 나는 말했다. "다락?"

"바로 거기야. 그리고 바닥에 있는 물건은 뭔지 알아? 덫이야. 동물 덫. 귀여운 꼬마 생쥐를 잡겠다는 물건도 아니지. 나야 야생 전문가가 아니라서 모르지만 이런 덫이면 퓨마도 잡을걸."

리치가 물었다. "거기 미끼가 있었습니까?"

"이 친구 마음에 드네." 래리가 내게 말했다. "똑똑한 젊은이야. 핵심을 쏙 찌르는데. 출세하겠어. 아니, 커런 형사. 불행하게도 미끼는 없었고, 그러니 대체 그 사람들이 뭘 잡으려고 했는지 추측할 길이 없지. 처마 밑에 뭔가 들어올 수 있었을 것 같은 구멍이 하나 있었어. 그렇다고 흥분하진 마, 스코처. 사람이 들어올 수 있다는 건 아니니까. 살 뺀 여우 정도는 비집고 들어올 수 있겠지만 그렇다고 곰 잡을 덫이 필요하진 않잖아. 우리는 혹시 동물 발자국과 배설물 흔적을 찾으면 실마리가 있을까 싶어서 다락을 확인했는데 거미 똥보다 더 큰 건 없어. 당신네 피해자들이 야생동물 때문에 괴롭힘을 당했다고 해도 아주아주 신중한 동물일걸."

나는 말했다. "지문은 없어?"

"아, 무슨 소리. 수십 개 있었지. 카메라와 덫, 그리고 저 다락 해치 위의 장치엔 온통 지문이 묻어 있었어. 하지만 게리 애송이가 그러는데, 게리에게 이 말은 하지 마, 사전 조사로 훑어보니까 지문이 당신네 피해자와 일치하지 않다고 생각할 이유는 없다는 거야. 그러니까 여기 있던 피해자 말이지. 당연히 죽은 애들은 아니고. 다락에 있던 발자국도 마찬가지야. 성인 남성 신발 크기가 이 친구와 같아."

"벽에 난 구멍은 어때. 그 주변엔 뭐 없었어?"

"또 하는 말인데, 지문이야 잔뜩 있었지. 우리를 바쁘게 만들어버리겠다는 말이 농담이 아니었지? 지문 중 다수의 크기로 봐서는 애들이 거기서 탐험 놀이를 했나 봐. 나머지에 대해서는 게리가 똑같은 말을 하던데. 당신네 피해자의 지문이 아니라고 생각할 이유가 없다고. 물론 확인을 하려면 감식실에 가지고 가야 하지만. 대충 말해보자면 피해자들이 직접 이 구멍을 낸 거야. 어젯밤 사건과는 상관없이."

나는 말했다. "이 장소를 봐, 래리. 내가 아주 깔끔한 스타일이야. 그런데 내 집구석 꼴이 내가 이사 온 이래로 이렇게 제대로 된 상태가 아니야. 이 사람들은 집을 자랑스러워한 것 이상이라고. 샴푸병도 나란히 늘어놨어. 자네가 먼지 한 점이라도 찾아오면 내가 오십 유로 줄게. 어째서 집을 완벽한 상태로 유지하려고 난리를 치면서 벽에 구멍을 낸단 말이야? 그리고 구멍을 내야 할 이유가 있었으면 왜 고치지 않았지? 적어도 막아둘 수는 있었잖아?"

"미친 사람들도 있거든." 래리가 말했다. 그는 흥미를 잃고 있었다. 래리는 일어난 사건에만 신경 쓰지, 이유는 신경 쓰지 않는다. "모두 미쳤지. 그걸 알아야 해, 스코처. 만약 바깥에서 누가 이런 구멍을 만들었다면 그 이후에 벽을 닦았거나 장갑을 꼈다고 할 수 있겠지."

"구멍 주위에 달리 뭐가 없었어? 핏자국이나 약물 잔여물이나 뭐라도?"

래리는 고개를 저었다. "피는 없었어. 구멍 안쪽이든 주변이든.

이 아수라장에서 뭔가 튀어서 떨어진 자리 말고는. 아직까지 약물 잔여물은 찾지 못했지만 우리가 놓칠 수도 있다고 생각하면 마약 탐지견을 데려오지."

"그건 잠시 미뤄두자고. 그런 방향으로 끌고 갈 뭔가가 나타나지 않는다면. 여긴 어떤가? 이 피바다 속. 우리 피해자 것 말고 다른 흔적은 없어?"

"이 집 자네도 봤잖아? 우리가 여기 얼마나 있었는 줄 알아? 일주일 후에나 물어봐. 자네한테도 보일 거 아니야. 여긴 드라큘라의 관악대가 지나갔다고 해도 될 만큼 핏자국이 많아. 하지만 대부분은 정복 경찰과 구급대원들, 그자들의 거대하고 서투른 발이 남긴 자국이라는 데 돈을 걸어도 좋아. 그나마 실제 범죄에서 나온 자국이 몇 개라도 있다면 저 무리들이 온통 밟고 왔다 갔다 하기 전에 말라서 제 형태로 남아 있었기를 바라야지. 피 묻은 손자국도 마찬가지야. 수도 없이 많이 있지만 제대로 된 게 남아 있을지는 아무도 모를 일이지."

그는 물 만난 물고기 같았다. 래리는 복잡한 사건을 사랑하고 불평하기를 좋아한다. "누구라도 그걸 구해낼 사람이 있다면 래리, 바로 자네겠지. 피해자의 전화에 무슨 흔적은?"

"분부만 하시지. 여자의 휴대전화는 침대 옆 탁자 위에 있었고 남자 건 현관 탁자 위에 있었어. 유선전화는 그걸로도 어려울 때를 대비해서 챙겼고. 컴퓨터도 찾았어."

"근사한데." 나는 말했다. "모두 컴퓨터범죄부서로 보내. 열쇠는 어떻게 됐어?"

"전체 한 벌이 여자 가방 속에 들어 있었고 가방은 현관 탁자 위

에. 두 개는 현관 열쇠고 하나는 뒷문 열쇠, 하나는 자동차 열쇠였
어. 다른 한 벌은 남자 코트 주머니 속에. 집 안 여벌 열쇠는 현관 앞
탁자 서랍 속에 있었고. 골든베이 리조트 펜은 아직 못 찾았는데 발
견하면 알려주지."

"고마워, 래리. 괜찮다면 우린 위층으로 가서 건질 게 있나 살펴
볼게."

"내가 걱정했던 건 또 지루하기 그지없는 약물 과용 사건이 아닐
까 하는 거였지." 우리가 나설 때 래리가 행복하게 말했다. "고맙네,
스코처. 자네에게 하나 빚졌어."

스페인 부부의 침실은 편안했고 금빛이 아른아른 빛났다. 커튼은
침 흘리는 이웃과 줌렌즈를 든 기자들을 막으려고 닫혀 있었지만 래
리 무리가 스위치에 묻은 지문들을 다 채취한 후에 우리를 위해 불
을 켜두었다. 공기 중에는 누가 살았던 장소 특유의 정의할 수 없는
친밀한 냄새가 감돌았다. 샴푸, 애프터셰이브 로션, 스킨의 희미한
흔적.

한쪽 벽에는 붙박이장이 있고 구석에는 크림색 서랍장 두 개가 있
었다. 테두리가 곡선형으로 멋진 골동품처럼 보이게 하려고 누가
사포질을 열심히 해두었다. 제니퍼의 침대 옆에 있는 서랍장 위에
는 가로 20센티미터, 세로 25센티미터 크기의 사진 액자가 세 개 있
었다. 두 개는 말랑말랑하고 빨간 아기 사진이었다. 가운데 있는 건
어느 근사한 시골 호텔의 계단에서 찍은 결혼사진이었다. 패트릭은
턱시도에 분홍색 넥타이를 매고 단춧구멍에 분홍색 장미꽃을 꽂았
으며 제니퍼는 몸에 딱 맞고 치맛자락이 계단 아래로 길게 늘어지는

드레스를 입고 분홍색 장미 부케를 들었다. 배경은 검은 나무였고 계단의 장식창 사이로 햇살이 스며들었다. 제니퍼는 예뻤다. 과거에는 그랬다. 평균 키에 날씬한 몸매였고 쭉 뻗은 금발을 정교하게 꼬아서 머리 위에 얹었다. 패트릭도 그때는 몸이 좋아서 가슴이 넓고 배가 평평했다. 그는 한 팔로 제니퍼를 안았고 두 사람은 입이 귀에 걸리도록 웃고 있었다.

나는 "서랍장부터 시작하지"라고 말한 뒤 제니퍼의 서랍장으로 향했다. 둘 중 한 사람이 비밀을 잘 챙겨놓았다면 제니퍼 쪽일 거였다. 여자들이 물건을 그냥 버린다면 세상은 다른 곳이 될 것이며 우리 형사들에게는 훨씬 까다로워질 것이고 남편들은 무지하게 행복할 것이다.

맨 위 서랍에는 주로 화장품과 알약 통이 있었다. 월요일 알약이 없는 걸 보니 날짜를 맞춰 먹은 듯했다. 그리고 파란색 벨벳 보석 상자가 있었다. 제니퍼는 보석을 좋아했고 싸구려 반짝이부터 내가 보기에도 꽤 고급에 취향이 좋은 물건들까지 다양했다. 내 전처도 보석을 좋아했기 때문에 나도 보석 크기를 보고 가치를 알 수는 있었다. 피오나가 말한 에메랄드 반지는 일그러진 검은 선물 상자에 든 채로 에마가 자라기를 기다리고 있었다. 나는 말했다. "이거 봐."

리치는 패트릭의 속옷 서랍을 살피다가 힐끔 쳐다보았다. 그는 빠르게 작업하면서 사각팬티를 빨리 흔들어본 다음에 바닥의 옷 더미 위로 던지고 있었다. 그가 말했다. "그러네요, 강도는 아니네요."

"아닌 것 같아. 어쨌든 전문 강도의 짓은 아니지. 일이 어그러지면 아마추어는 겁을 집어먹고 달아나지만 프로나 빚 수금업자는 자기가 가지러 왔던 걸 놓고 가는 일이 없어."

"아마추어는 맞지 않죠. 우리가 전에 말한 대롭니다. 우연히 걸린 게 아니죠."

"맞는 말이야. 우리가 알아낸 걸 아우르는 이론을 제시할 수 있겠나?"

리치는 양말 한 켤레를 풀어서 옷 더미 위로 던지며 자기 생각을 가다듬었다. "제니퍼가 말한 침입자 말인데요." 그는 잠시 후 말했다. "그가 다시 돌아올 길을 찾았다고 해보죠. 어쩌면 한 번 이상요. 피오나 본인이 그랬잖습니까. 제니퍼가 말하진 않았을 거라고."

보석 상자 바닥에 비밀 콘돔이 들어 있지도 않았고 화장 붓과 함께 몰래 싸놓은 '엄마의 작은 도우미' 신경안정제가 발견되지도 않았다. 나는 말했다. "하지만 제니퍼는 피오나에게 경보 장치를 사용할 거라고 말했어. 그가 어떻게 그걸 피해서 올 수 있겠나?"

"처음에 잠금장치도 땄잖아요. 패트릭은 그가 다락을 통해서 들어올 거라고 생각한 것 같던데요. 패트릭의 생각이 맞았을지도 모르죠. 어쩌면 옆집을 통해서 위로 왔을 수도 있고."

"래리와 그 팀이 다락에서 접근 통로를 찾았다면 우리에게 말했을 거야. 걔들 말 들었잖아. 찾아봤다고."

리치는 다시 세심하게 공을 들여 양말과 사각팬티를 개켜서 서랍에 넣고 있었다. 우리는 보통 굳이 집 안을 완벽하게 정리해두지는 않는다. 제니퍼가 이 집에 다시 돌아올 수밖에 없다고 리치가 생각하는 건지 알 수는 없었다. 확률을 따져볼 때 가능성은 있었다. 혹은 이 집을 청소해야 할 피오나를 생각한 건지도 몰랐다. 어느 쪽이든 연민은 그가 경계해야 할 감정이었다. 리치가 말했다. "좋습니다. 어쩌면 우리 범인이 경보 시스템을 피해 들어올 길이 있었는지도 모르죠. 직업으로 하는 사람일 수도 있고. 그렇게 스페인 가족을 골랐을 수도 있어요. 그 사람이 경보 장치를 설치한 사람이라서 그들에게 눈독을 들이게 되어…….."

"브로슈어에 따르면 경보 장치는 집에 딸려 온 거야. 스페인 가족이 오기 전부터 있었다고. 케이블 설치 기사 범인 이론은 넣어둬, 친구." 제니퍼의 속옷 서랍은 특별한 행사에 입는 섹시한 란제리와 흰색 운동용 속옷, 그리고 내 생각에 일상적으로 입는 분홍색과 흰색의 프릴 달린 속옷으로 깔끔이 나뉘어 있었다. 변태적인 것도 없고 기구도 없는 것 보니 스페인 부부는 꽤 전통적이고 얌전한 관계를 유지한 것이 분명했다. "하지만 추정해보자고. 우리 범인이 접근할 수 있는 길을 찾았다고 치자. 그다음에는 뭐?"

"점점 노골적이 되어서 벽에 이 구멍을 뚫은 거죠. 패트릭이 그걸 찾아내지 못하도록 할 길이 없었죠. 어쩌면 패트릭도 제니퍼처럼 생각한 겁니다. 여기서 무슨 일이 일어났나 궁금해서 막거나 겁줘서 쫓아버리는 대신 그자를 잡으려고 한 거죠. 그래서 남자가 있었다는 것을 아는, 혹은 그렇다고 생각한 장소에 감시 장치를 설치한 겁니다."

"그래서 다락에 인간 덫을 설치했군. 현장에서 남자를 잡아서 경찰이 도착할 때까지 잡아놓으려고."

리치가 말했다. "아니면 패트릭이 그 남자를 끝장낼 때까지였겠지요. 상황에 따라서."

나는 눈썹을 치켰다. "마음이 꼬였네. 그건 좋은 일이야. 하지만 도를 넘지는 않도록 해."

"누가 선배님 아내를 겁주고 아이를 위협하고……." 리치는 카키 바지를 털털 털었다. 리치의 바짝 마른 엉덩이에 비해서 바지는 슈퍼히어로 의상처럼 거대해 보였다. 그가 말했다. "어떻게든 해치고 싶을걸요."

"꽤 맞아떨어지긴 해. 맞아떨어지지." 나는 제니퍼의 속옷 서랍을 밀어 닫았다. "단 한 가지만 빼고. 어째서?"

"범인이 어째서 스페인 가족을 노렸냐는 말씀이십니까?"

"어째서 그가 이렇게 했느냐는 거야? 몇 달 동안 스토킹을 하다가 대형 살인으로 마무리한다는 얘긴데. 어째서 이 가족을 고르지? 어째서 침입을 한 다음에 햄 조각을 먹는 것 말고 더 나쁜 짓은 하지 않지? 어째서 다시 침입해서 벽을 부수지? 어째서 살인까지 확장되지? 어째서 아이들부터 시작하는 위험한 짓을 저지르지? 어째서 아이들은 질식시키고 어른들은 칼로 찌르지? 어째서 이렇게 행동한 거지?"

리치는 카키 바지 뒷주머니를 뒤져 오십 센트짜리 동전들을 꺼내더니 어깨를 으쓱했다. 아이처럼 어깨를 귀까지 끌어올렸다. "정신 나간 놈이어서 그랬을지도요."

나는 동작을 멈췄다. "기소국장에게 보고서 올릴 때 그렇게 쓸 계획이야? '잘은 모르겠지만 어쩌면 완전히 정신 나간 놈인 것 같습니다'. 이렇게?"

리치는 얼굴을 붉혔지만 물러서진 않았다. "의사들은 뭐라고 부르는지 모르겠는데요. 하지만 선배님은 제 말뜻 아시잖습니까."

"사실 말이지, 난 모르겠어. '정신이 나갔다'는 건 이유가 아니야. 그것도 엄청나게 다양한 종류가 있어. 대부분은 폭력적이지 않고 각자 자기만의 논리가 있지. 너나 나한테 이해가 되든 되지 않든. 그 누구도 '이야, 오늘은 정신이 좀 나갔는데' 하면서 한 가족을 다 죽이진 않는다고."

"우리가 알아낸 걸 다 아우르는 이론을 제시해보라고 하셨잖습니까. 제가 생각해낼 수 있는 건 그게 최선입니다."

"'정신이 나간 놈이라서'에 기반한 이론은 이론이 아니야. 싸구려 변명이지. 게으른 사고고. 난 너에게 그보다는 더 나은 걸 기대했는데, 형사."

나는 리치에게서 등을 돌리고 다시 서랍으로 돌아갔지만 그가 움직이지 않고 계속 그 자리에 있는 것을 느낄 수 있었다. 나는 말했다. "말해."

"아까 고건이라는 여자에게 한 말요, 사이코를 걱정할 필요는 없다고 한 말. 그냥 그 여자가 이런저런 토크쇼에 전화 돌릴까 봐 말리려고 한 건데, 사실 그 여자가 두려워하는 것도 당연해요. 제가 어떤 말을 쓰길 바라시는진 모르겠지만 이자가 정신이 나갔다면 굳이 수고를 자처할 필요는 없죠. 알아서 문제를 일으킬 테니까."

나는 서랍을 밀어 닫고 서랍장에 기대며 두 손을 주머니에 넣었다. "수백 년 전에……." 나는 말했다. "철학자가 한 명 있었지. 언제나 가장 단순한 해결 방식을 추구해야 한다고 말한 사람이야. 그리고 그 사람이 말한 건 쉬운 대답이 아니야. 그는 이미 손에 넣은 사실 이외에 잉여적 사실을 덤으로 얹지 않는 해결법을 말한 거지. '만약'과 '아마'가 적으면 적을수록 좋고 행위 한가운데에 어쩌다 끼어드는 미지의 사람이 적을수록 좋다는 거야. 내가 무슨 말을 하려는지 알겠어?"

리치는 말했다. "침입자는 없었다고 생각하시는군요."

"아니야. 우리가 손에 넣은 건 패트릭과 제니퍼 스페인이고 그들을 포함하는 해결법이 포함하지 않은 해결법보다는 잉여적 사실을 덜 필요로 한다는 거지. 여기서 일어난 일은 두 군데 중 한 곳에서 일어난 거야. 이 집 안에서 아니면 이 집 밖에서. 침입자가 없었다는 말을 하는 게 아니야. 내 말은 살인자가 외부에서 왔다고 하더라도 가장 간단한 해결법은 이유가 이 집 안에 있다는 거지."

"잠깐만요." 리치가 말했다. "선배님이 지금 그러셨잖습니까. 외부자일 여지는 아직도 있다고. 그리고 다락 해치에 설치해놓은 것 말이죠, 구멍을 낸 남자를 잡기 위해서 그랬을 수도 있다고 하셨잖아요. 무슨……?"

나는 한숨지었다. "리치. 내가 외부자라고 말했을 땐 패트릭 스페인에게 도박 밑천을 빌려준 남자를 말하는 거야. 제니퍼가 바람피우고 있던 남자라든가, 피오나 래퍼티라든가. 망할 프레디 크루거 같은 연쇄살인범 악령을 말하는 게 아니라고. 차이를 알겠어?"

"네." 리치가 말했다. 목소리는 평탄했으나 굳어진 턱 모양으로 보아 슬슬 울화가 치민다는 것을 알 수 있었다. "알겠습니다."

"이 사건이, 아까 네가 뭐라고 했더라, 소름 끼치게 보인다는 건 알아. 상상력이 과하게 작동할 만한 사건이라는 것도 안다고. 그렇기에 도리어 땅에 발을 붙이고 정신을 바짝 차려야 하는 거야. 여기서 가장 그럴듯한 해결법은 아직도 우리가 여기 차를 타고 올 때 세웠던 거야. 자네가 말한 흔해빠진 존속살해 후 자살."

"저건." 리치가 침대 위의 구멍을 가리켰다. "저건 흔해빠진 게 아닙니다. 처음부터 말이죠."

"어떻게 알아? 어쩌면 시간이 남아돌자 패트릭 스페인이 신경이 날카로워져서 집수리를 해보기로 했는지도 모르고, 네 말처럼 전기 배선이 뭔가 위태위태해서 배선 기사에게 돈을 내느니 직접 고쳐보 겠다고 나섰는지도. 그렇다고 하면 경보 장치가 꺼져 있는 이유도 설명이 되지. 스페인 가족네 집에 정말로 쥐가 있어서 잡았는데 친구 쥐들이 냄새를 맡고 돌아다닐 경우를 생각해서 덫을 그대로 둔 걸 수도 있고. 어쩌면 구멍은 차가 집 옆을 지나갈 때마다 점점 커져서 비디오를 찍어놨다가 건설업자들을 고소할 때 법정에서 틀려고 그대로 둔 걸 수도 있어. 우리가 아는 건 전체 사건에서 이상한 모든 점은 허술한 건물과 관련이 있다는 거야."

"그게 선배님 생각이십니까? 정말로요?"

나는 말했다. "내 생각은 말이지, 이 친구야. 상상은 위험한 거라는 거야. 여섯 번째 규칙, 아니, 지금 몇 번까지 왔는진 모르지만, 가장 상상력이 덜 필요한 제대로 된 지루한 해결책에 집착하라는 거야. 그러면 괜찮지."

나는 다시 제니퍼 스페인의 티셔츠를 파헤치는 작업으로 돌아갔다. 몇몇 브랜드는 나도 알아볼 수 있었다. 나의 전처와 취향이 똑같았으니까. 잠시 후 리치는 고개를 흔들면서 서랍장 위에 있는 오십 센트 동전을 빙그르르 돌리더니 패트릭의 카키 바지를 개키기 시작했다. 우리는 잠시 말을 걸지 않고 서로를 가만히 놔두었다.

내가 기다리던 비밀은 제니퍼의 맨 아래 서랍 뒤편에 있었다. 분홍색 캐시미어 카디건의 소매 속에 끼워놓은 덩어리였다. 소매를 흔들어보자 무언가 두꺼운 양탄자 위로 주르르 미끄러졌다. 화장지로 꼼꼼히 싼 작고 단단한 물건이었다.

"리치." 내가 불렀지만 그는 벌써 들고 있던 스웨터를 내려놓고 확인하려고 다가오는 중이었다.

그 물건은 핀으로 고정하는 둥근 배지였다. 갑자기 마리화나 이파리 모양이나 밴드 이름을 달고 싶은 충동이 들 때 가판대에서 살 수 있는 싸구려 금속 종류였다. 배지에는 물감이 더덕더덕 발라져 있었지만 벌써 연청색으로 바래기 시작했다. 한쪽에는 환히 웃는 노란 태양이 있고 한쪽에는 열기구 풍선이나 연 같이 보이는 하얀 덩어리가 있었다. 한가운데에는 동글동글한 방울 같은 노란 글자로 "나는 조조스에 간다!"라고 적혀 있었다.

나는 물었다. "이건 어떻게 생각하지?"

리치가 대답했다. "제가 보기엔 평범한 것 같은데요." 그 말과 함께 그는 나를 똑바로 보았다.

"나한테도 그래. 하지만 장소는 아니지. 즉석에서 대답해봐. 거기 평범한 이유를 댈 수 있겠나?"

"어쩌면 애들 중 하나가 거기 숨겨놨을 수 있죠. 애들은 물건을 숨기잖아요."

"어쩌면." 나는 손바닥 위에 배지를 놓고 뒤집어보았다. 오랫동안 같은 천에 달려 있었는지 핀에는 녹이 슨 자국이 가늘게 두 줄 나 있었다. "어쨌든 이게 뭔지 알고 싶어. '조조스'라는 단어를 보고 뭐 좀 생각나는 게 없어?"

그는 고개를 저었다. "칵테일 바? 식당? 어린이집?"

"그럴 수도 있지. 나도 들어본 적은 없는데 오래전에 없어진 데일 수도 있어. 새것같이 보이진 않거든. 아니면 몰디브나 이 사람들이 휴가 때 갔던 장소일 수도 있지. 제니퍼 스페인이 어째서 이런 걸 숨겨놔야 했는지 이유는 모르겠지만. 비싼 거라면 연인의 선물이라고 생각하겠지만 이건?"

"그 여자가 깨어나면……."

"무슨 사연인지 우리가 물어보긴 하겠지. 그렇다고 그 여자가 말해준다는 뜻은 아니잖아."

나는 배지를 도로 화장지에 싸놓고 증거물 봉투를 찾았다. 서랍장에서 패트릭의 팔 안에 안긴 제니퍼가 나를 보고 웃고 있었다. 예쁘게 꾸민 머리와 겹겹이 쌓인 화장 아래서 제니퍼는 황당할 정도로 어려 보였다. 얼굴에 떠오른 소박하고 환한 승리감을 봐서는 그날 이후 모든 것이 그녀의 마음속에서 황금빛으로 아른거렸으리라는 것을 알 수 있었다. '그래서 그들은 그후로도 오래오래 행복하게 살았습니다.'

쿠퍼는 기분이 한결 나아져 있었다. 아마도 이 사건이 엉망진창 정도에서도 극상이었기 때문일 것이다. 그는 병원에서 제니퍼 스페인을 보고 나자마자 내게 전화했다. 리치와 내가 스페인 부부의 옷장으로 옮겨 갔을 때였다. 여기도 엇비슷했다. 대부분은 고가 브랜드라고 할 수는 없었지만 최신 유행이기는 했고 많기도 많았다. 제니퍼는 어그 부츠만 세 켤레가 있었다. 약물도 없고 현금도 없고 어두운 이면도 없었다. 패트릭 옷장의 맨 위 선반에 놓인 옛날 비스킷 깡통에서 시든 식물 줄기 한 줌, 바닷물이 씻겨 나가고 녹색 페인트가 벗겨져가는 나뭇조각, 여기저기 놓인 자갈들, 백화된 바닷조개. 아이들이 해변을 걷다가 아빠가 집에 오면 주려고 모아 온 선물들이었다.

"케네디 형사." 쿠퍼가 말했다. "자네가 기뻐할 소식이 있지. 나머지 피해자가 아직 이 땅에 남아 있다는 사실을 알려주겠네."

"쿠퍼 박사님." 나는 스피커폰을 켜고 휴대폰을 나와 리치 사이로
내밀었다. 리치는 휴고보스 브랜드의 넥타이를 한 손 가득히 잡아
끄집어내고 있다가 귀를 기울였다. "연락주셔서 감사합니다. 피해
자 상태는 어떻습니까?"

"상태는 위중하지만 담당 의사 말로는 생존 가능성이 아주 높아
보인다는군." 나는 리치를 향해 입 모양으로 '됐어!'라고 말했고 리
치는 애매하게 얼굴을 찡그렸다. 제니퍼 스페인의 생존은 우리에게
는 잘된 일이지만 본인에게는 딱히 그렇지 않을지도 몰랐다. "나도
같은 의견이라고 말하고 싶지만 살아 있는 환자는 딱히 내 전문 분
야가 아니라서 말일세."

"부상에 대해서 말씀해주시겠습니까?"

쿠퍼는 나한테 공식 보고서를 기다리라고 할까 고려하느라 잠깐
뜸을 들였지만 기분이 좋은 덕에 술술 말해주었다. "상처가 무척 많
고 몇몇은 상당히 중하네. 오른쪽 광대뼈부터 오른쪽 입꼬리로 이
어지는 절창. 흉골에서 시작해서 오른쪽 가슴으로 빗겨나간 자창.
오른쪽 어깨뼈 바로 아래의 자창. 복부 배꼽 바로 오른쪽의 자창이
있어. 또한 얼굴, 목, 가슴과 팔에 자잘한 상처들도 많아. 이건 내 보
고서에 자세히 도표로 작성해놓겠네. 흉기는 단면 날이 있는 칼 한
자루 혹은 여러 자루로, 패트릭 스페인을 찌른 칼과 일치하네."

한 여자의 얼굴, 특히 젊고 예쁜 여자의 얼굴을 망쳐놓을 땐 십중
팔구 개인감정이 개입된다. 시야 가장자리에 사진 속 미소와 분홍
색 장미가 걸리자 나는 어깨를 돌려버렸다.

"또한 머리 뒤쪽 중앙선으로부터 왼쪽을 둔기로 얻어맞았네. 타

격 면이 대략 골프공의 형태 및 크기와 일치하네. 양쪽 손목과 팔뚝에 새로운 멍이 있어. 형태와 위치는 몸싸움할 때 손으로 잡힌 자국과 일치하네. 성폭행의 흔적은 없고 최근에 성관계를 한 흔적도 없네."

누군가 제니퍼 스페인을 난자한 것이었다. 나는 말했다. "공격자 혹은 공격자들의 완력이 얼마나 될까요?"

"상처의 단면으로 봐서는 날이 달린 흉기는 아주 날카로운 걸로 보이네. 그렇다면 자창이나 절창을 내는 데 특별한 힘은 필요 없었겠지. 머리에 둔기를 맞아 난 상처는 흉기의 본질에 달려 있지. 가령 습격자의 손에 든 실제 골프공으로 낸 거라면 상당한 힘이 필요하겠지만 긴 양말 속에 넣은 골프공으로 맞았다면 관성이 힘을 대치할 수 있기 때문에 아이도 할 수 있어. 하지만 손목의 멍은 아이가 한 짓은 아니라는 사실을 내포하네. 습격자의 손가락이 몸싸움 중에 미끄러져서 스페인 부인을 제어할 정도의 손 크기를 측정하는 건 불가능해. 하지만 작은 아이의 것은 아니라는 말은 할 수 있지."

"자해한 상처일 수도 있습니까?" 아무리 명확해 보이는 사실이라도 모든 건 두 번 확인해야 한다. 아니면 피고인 변호사가 대신하게 될 테니까.

"자살이라면 특별히 재능 있는 사람이 필요할걸." 쿠퍼는 다시 얼간이들을 타이르는 목소리로 대답했다. "어깨뼈 아래를 자기가 찌르고 자기 머리 뒤를 치고 그다음에 의식을 잃기 바로 직전 몇 분의 일 초만에 흉기 두 개를 적어도 몇 시간 동안은 발견되지 않도록 철저히 숨긴다니. 스페인 부인이 숙련된 탈출 마술사라는 증거가 없는 이상 우리는 아마도 자해 가능성은 배제할 수 있겠지."

"아마도입니까? 아니면 확정입니까?"

"자네가 내 말을 의심한다면, 케네디 형사." 쿠퍼는 자상하게 말했다. "언제든지 직접 기술을 발휘해보길 바라네." 그는 전화를 끊었다.

리치는 털을 긁는 강아지처럼 귀 뒤를 긁으면서 열심히 머리를 굴렸다. "그러면 제니퍼는 이 구도에서 빠지겠네요."

나는 전화를 다시 재킷 주머니 속으로 밀어 넣었다. "하지만 피오나는 아니지. 무슨 이유가 됐든 피오나가 제니퍼를 노린 거라면 얼굴부터 끝장낸다고 해도 당연할 거야. 평생 평범한 외모로 비교당하고 살았다면 인내심도 많이 닳지 않았을까. 안녕, 언니. 열린 관은 쓸 수 없고 더는 가족의 귀염둥이도 아닐 거야."

리치는 결혼식 사진을 가만히 보았다. "실제로는 제니퍼가 더 예쁘다고 할 순 없는데요. 그냥 더 잘 꾸민 거죠."

"결과적으로는 같은 거지. 두 사람이 클럽에 같이 간다고 하면 누가 남자들의 관심을 더 많이 받고 누가 위로상을 받을지 뻔하잖아."

"저건 제니퍼의 결혼식이니까 그렇죠. 평소에는 그렇게 잘 꾸미고 다니지 않을지도."

"무엇보다도 잘 꾸미고 다녔을 거라고 난 장담할 수 있어. 서랍에는 피오나가 평생 쓴 것보다 더 많은 화장품이 있고 여기 있는 옷가지만 봐도 피오나의 모든 의상을 다 합친 것보다도 가격이 더 나갈걸. 그리고 피오나도 그 사실을 알았지. 제니퍼의 비싼 물품에 대한 말을 기억해봐. 제니퍼는 매력이 있는 여자고 피오나는 아니지. 그렇게 간단한 거야. 그리고 남자들의 관심이라는 면에서 생각해봐. 피오나는 패트릭에 대해서는 꽤나 방어적이었어. 세 사람 관계가 아주 옛날부터라고 했잖아. 거기 역사를 좀더 알고 싶은데. 내가 한창때에는 더 이상한 삼각관계도 봤으니까."

리치는 여전히 사진을 살피면서 고개를 끄덕였다. "피오나는 체구가 작은데요. 그 여자가 패트릭처럼 덩치 큰 남자를 해치웠을 수도 있다고 생각하십니까?"

"날카로운 칼과 기습 요소가 있다면? 그래, 나는 그 여자가 할 수도 있었을 거라고 생각해. 용의자 목록에서 첫 번째는 아니지만 아직 완전히 지워버릴 순 없지."

다시 수색으로 돌아가자 피오나는 목록에서 한두 단 더 높이 올랐다. 패트릭의 옷장 바닥, 신발 정리 공간 뒤에 쑤셔 넣은 대박을 찾았기 때문이었다. 튼튼해 보이는 회색 서류함. 집 안 장식과 어울리지 않아서 눈에 보이지 않게 치워놨지만 마음에서 완전히 멀어진 건 아닌 모양이었다. 스페인 부부는 삼 년간 가치 있는 서류는 완벽하게 순서를 맞추어서 정리해놓았다. 나는 상자에 입이라도 맞출 수 있을 것 같았다. 피해자의 삶에서 한 가지 측면만 골라야 한다면 나는 언제라도 재정 분야를 고를 것이었다. 사람들은 이메일과 친구 관계, 심지어 일기에도 거짓말을 겹겹이 쌓아서 감싸지만 신용카드 명세서만은 결코 거짓말을 하지 않는다.

이 모든 것을 더 잘 숙지하려면 경찰청으로 가지고 가야 하겠지만 나는 바로 개요라도 훑고 싶었다. 우리는 침대에 앉았다. 리치는 잠시 침대를 오염시킬까 두려워하듯이 망설였다. 역으로 자기에게 뭐라도 옮을까 두려워했는지도 모른다. 우리는 서류를 펼쳤다.

중요한 서류가 먼저 나왔다. 출생증명서 네 장, 여권 네 개, 결혼증명서. 그들은 둘 중 하나라도 죽었을 때 집 대출금을 낼 수 있도록 최근까지 생명보험을 들었다. 또 다른 보험증서도 있었다. 패트릭에게 이십만, 제니퍼에게 십만이 걸린 보험이었지만 여름 동안 효력이 소멸되었다. 유언장에는 서로에게 모든 것을 남긴다고 적었다. 두 사람이 다 죽으면 아이들의 양육권을 포함한 모든 것이 피오나에게로 갔다. 보통 사람이라면 응당 수십만 유로와 새집을 좋아할 테고 아이 둘이 딸려 오지 않으면 한층 더 좋아할 것이다.

그다음으로 재정 상황을 살펴보자 용의자 목록의 순위에서 피오나 래퍼티는 급강하하여 이제 보이지도 않게 되었다. 스페인 부부는 돈 관리를 간단하게 하면서 모든 것을 공동 계좌 하나에 넣어두었기에 우리한테는 보너스나 다름없었다. 그리고 우리가 예상한 그대로 그들은 완전히 빈털터리였다. 패트릭의 전 직장에서는 그럭저럭 정리해고 퇴직금을 챙겨주었지만 그 이후로 들어오는 현금이라고는 실업수당과 아동수당밖에 없었다. 그런데도 그들은 계속 돈을 써대고 있었다. 이월, 삼월, 사월에도 돈이 계속 같은 비율로 계좌에서 빠져나갔다. 오월이 되어서야 허리끈을 졸라매기 시작했다. 팔월쯤 되자 온 가족이 쓰는 생활비가 나 혼자 쓰는 돈보다도 적었다.

너무 늦었고 그 돈으로 어림도 없었다. 주택담보대출금은 세 달치가 밀렸고 채권자에게서 온 편지가 두 통이었다. 홈타임이라고, 카우보이같이 들리는 업체였다. 두 번째 편지는 첫 번째보다 훨씬 더 험악했다. 유월이 되자 스페인 부부는 휴대전화 요금제를 후불제에서 선불제로 바꾸었고 둘 다 사람들에게 전화를 하지 않게 되었다. 네 달 치 전화 사용료 영수증이 클립에 끼워 함께 보관되어 있었지만 십 대 소녀라면 일주일도 버티지 못할 액수였다. SUV는 칠월 말에 도로 반납했고 볼보는 할부금이 한 달 밀려 있었다. 신용카드 네 달, 전기 요금은 오십 유로가 밀렸다. 최근 명세서를 보면 현재 계좌에 314유로 57센트가 남아 있었다. 스페인 부부가 뭔가 불법적인 사업에 연루되었다면 솜씨가 아주 형편없거나 꽤나 뛰어났을 것이다.

하지만 그들이 아무리 아껴 썼대도 무선 인터넷만은 그대로 두었다. 컴퓨터범죄수사과에 컴퓨터를 맡겨서 긴급으로 처리해달라고 해야 했다. 패트릭과 제니퍼는 살아 있는 의논 상대는 없었다고 해도 인터넷 전체가 얘기 상대가 될 순 있었다. 어떤 사람들은 가장 친한 친구에게도 하지 않을 이야기들을 사이버공간에서 한다.

어떤 면에서 이 가족은 패트릭이 직업을 잃기 전부터 파산했다고 할 수도 있을 것이다. 패트릭은 돈을 꽤 잘 벌기는 했지만 지출 한도가 6000유로인 신용카드를 매번 최대한도까지 썼다. 브라운 토머스, 데벤햄스 같은 백화점, 어렴풋이 익숙한 여성적 이름의 웹 사이트 몇 군데에서 쓴 세 자릿수 청구서가 많았다. 그리고 자동차 두 대 할부금과 주택담보대출금도 있었다. 순진한 사람들이나 파산은 얼마나 벌고 얼마나 쓰는지로 이루어진다고 생각할 것이다. 아무 경제학자나 붙잡고 물어보라. 파산은 어떻게 느끼는지로 이루어진다. 신용 경색은 사람들이 아침에 일어났을 때 전날보다 더 가난해져서 일어나는 일이 아니다. 아침에 일어났을 때 전날보다 더 겁을 먹기 때문에 일어난다.

일월만 해도 제니퍼는 'Shoe 2 You'라는 웹 사이트에서 270유로를 썼고 스페인 가족은 그럭저럭 상황이 괜찮았다. 칠월이 되었을 때는 침입자가 있었다고 해도 너무 겁이 나서 잠금장치를 바꾸지 못했고 이때는 완전히 빈털터리인 상태였다.

어떤 사람들은 거대한 파도가 밀려와도 악착같이 붙들고 버틴다.

긍정적인 면에 초점을 맞추고 자기들 앞에 길이 열릴 때까지 계속 그려본다. 어떤 사람들은 놓쳐버린다. 파산하면 사람들은 이전에는 상상도 못 했던 곳으로 흘러가게 된다. 법을 고분고분 잘 지키던 시민이 흐릿하게 무너져가는 선까지 이르러 수십 가지 범죄에 손만 뻗으면 닿을 곳까지 밀려난다. 파산은 온화하고 평화로운 품위로 이어가던 삶을 야금야금 갉아먹으며 남은 건 이와 발톱, 공포밖에 없게 된다. 썩어가는 해초처럼 축축한 공포의 악취가 스페인 가족의 괴물을 가둬놓은 벽장 뒤편의 어두운 장소에서 퍼져 나오는 것 같았다. 나는 말했다. "이러면 자매들끼리의 사연은 추적할 필요는 없겠네."

리치는 다시 한번 엄지손가락으로 은행 명세서를 쭉 훑더니 시원찮은 마지막 페이지에서 멈췄다. "맙소사." 그는 고개를 흔들었다.

"성실한 남자, 아내와 아이들도 있고 직장도 건실하고 자기 집도 있고 뜻한 바 그대로 이뤄지는 삶이었겠지. 그런데 갑자기 뜬금없이, 콰광, 바로 눈앞에서 다 부서져 내린 거야. 일자리도 잃고 차도 사라지고 집도 무너져가고. 모를 일이지만 가장 노릇을 제대로 못하자 제니퍼는 이 남자를 떠나려는 계획을 세웠을 수도 있지. 그게 패트릭을 벼랑 끝으로 밀어버렸을 수도 있고."

"모든 일이 일 년도 안 되는 사이에." 리치가 말했다. 그는 은행 명세서를 방사선이라도 나오는 물체처럼 손가락 끝으로 집어서 침대 위 홈타임사의 편지 옆에 내려놓았다. "그래요. 그랬을 수도 있겠군요."

"우린 아직도 처리해야 할 '만약'이 너무 많아. 만약 래리의 팀 애들이 외부자 침입의 증거를 찾지 못한다면, 만약 흉기가 접근 가능한 어디선가 나타난다면, 만약 제니퍼 스페인이 깨어나서 남편 말고 다른 사람이 이 일을 저질렀다고 개연성 있는 설명을 해주지 않는다면……. 그러면 이 사건이 우리 기대보다 훨씬 빨리 끝날 수 있겠지."

바로 그때 내 전화가 다시 울렸다.

"자, 어때." 나는 주머니 속의 휴대전화를 더듬더듬 찾으며 말했다. "이 전화가 우리 시보 중 한 명이 어딘가 깨끗하고 가까운 데서 흉기를 찾았다고 말하는 내용이라는 데 얼마나 걸래?"

전화를 건 사람은 말보로 담배를 꺼냈던 수사관이었다. 어찌나 흥분했는지 목소리가 십 대 아이처럼 갈라졌다. "형사님." 그가 말했다. "여기 와서 이것 좀 보셔야 할 것 같습니다."

그는 오션뷰라이즈와 바다 사이에 있는 오션뷰워크에 있었다. 집들이 이중으로 늘어선 곳으로 딱히 거리라고 할 수는 없었다. 우리가 그 앞을 지날 때 다른 수사관들이 호기심 많은 동물처럼 벽 사이로 고개를 내밀었다. 말보로 남자는 2층 창문에서 우리를 향해 손을 흔들었다.

이 집은 벽과 지붕만 남아 있었다. 덩굴식물이 회색 블록을 잔뜩 휘감고 있었다. 앞마당에는 사람 가슴 높이만큼 잡초와 가시금작화가 자라서 차로와 빈 문간을 빽빽하게 채웠다. 우리는 발에 붙은 덩굴식물들을 털어내며 녹슨 비계를 올라 창문 자리인 구멍을 통해 넘어갔다.

남자가 말했다. "말씀드려야 할지 자신은 없었습니다만…… 형사님이 바쁘시다는 걸 아니까요. 하지만 뭐라도 흥미로운 걸 찾으면 연락하라고 말씀하셔서요. 그리고 이게……."

누군가 조심스럽게 그리고 많은 시간을 들여 맨 위층을 자기만의 소굴로 만들었다. 준전문가급 야생 탐험 용도의 만만찮은 침낭을 거친 콘크리트 덩어리로 눌러놓았다. 창문 구멍에는 바람을 막기 위해 두꺼운 비닐 판을 댔다. 벽에는 이 리터짜리 물병 세 개가 가지런히 세워져 있었다. 투명 플라스틱 수납함에는 라이트 가드* 스틱 하나, 비누 한 개, 행주, 칫솔과 치약이 담겼다. 깨끗한 한쪽 구석에는 쓰레받기와 빗자루가 있고 거미줄은 없었다. 다른 콘크리트 덩어리로 눌러놓은 슈퍼마켓 가방에는 텅 빈 루코제이드** 병 두 개, 구겨진 초콜릿 포장지, 우그러뜨린 쿠킹 포일에 낀 샌드위치 조각이 담겼다. 기둥에 박아놓은 못에는 노파가 입을 법한 비닐 비옷이 걸렸다. 그리고 검은 망원경이 침낭 위 우그러진 케이스 옆에 놓여 있었다.

망원경은 딱히 최신식처럼 보이진 않았지만 그럴 필요도 없을 듯했다. 뒤편 창문 구멍으로 고작 십 미터에서 십이 미터 떨어진 앞쪽으로 패트릭과 제니퍼 스페인의 아름다운 유리 부엌이 바로 내려다보였다. 래리와 그 일당들이 빈백 의자를 어떻게 할 것인지 의논하는 중이었다.

"세상에 맙소사." 리치가 부드럽게 말했다.

나는 한마디도 하지 않았다. 너무 화가 나서 무슨 말을 한다고 해도 나올 건 고함 소리밖에 없었다. 이 사건에 대해 알았던 모든 것이

---

* 데오드란트 상표명.
** 탄산이 든 에너지 음료.

높이 솟구쳤다가 거꾸로 뒤집혀 내 위로 쿵 떨어졌다. 여기는 돈이나 약물을 도로 찾기 위해 고용한 전문 킬러를 위한 감시초소가 아니었다. 전문가라면 일을 마친 후에 장소를 치웠을 테고 우리는 그가 거기 있었다는 사실조차 알 수 없었을 것이다. 이건 리치가 말한, 문제를 끌고 다니는 정신병자였다.

패트릭 스페인은 결국 백 명 중 한 명인 셈이었다. 그는 모든 일을 제대로 해냈다. 어린 시절부터 사귀던 여자친구와 결혼했고 건강한 두 아이를 낳았고 멋진 집을 샀고 완벽한 가정을 꾸미기 위해 집을 사고 집 안을 뭐 하나 빠진 것 없이 온갖 물건으로 반짝반짝 꾸밀 수 있게 꽁지 빠지도록 일했다. 그는 자기가 해야 할 모든 거지 같은 일들을 다 해냈다. 그런데 이 미친 쓰레기 새끼가 싸구려 망원경을 들고 슬슬 걸어와 전부 다 재로 만들고 패트릭에게 뒤집어씌운 것이다.

말보로 남자는 자기가 일을 망친 게 아닌가 걱정하듯이 나를 불안하게 바라보았다. "이런, 이런." 나는 차갑게 말했다. "패트릭에게 쏠렸던 관심을 좀 식힐 수 있을 것 같은데."

리치가 말했다. "저격수의 은신처 같네요."

"정확히 저격수의 은신처야. 좋아. 모두 나가. 형사, 자네 동료들에게 전화해서 다시 사건 현장으로 돌아가라고 해. 별일 없었던 것처럼 태연하게 들어가라고. 지금 당장 가."

리치는 눈썹을 치켰다. 말보로 남자는 입을 열었지만 내 얼굴에 떠오른 표정을 보고 입을 다물었다. 나는 말했다. "이자가 지금도 우리를 보고 있을지 몰라. 우리가 이자에 대해서 아는 건 그거 하나 아닌가? 지켜보기를 좋아한다는 것. 이놈은 우리가 자기 작업을 얼마나 좋아하는지 보고 싶어서 아침내 근처를 서성거렸을 거라고 장담할 수 있어."

왼쪽, 오른쪽, 앞으로는 반쯤 짓다 만 집들이 줄줄이 빽빽하게 늘어서서 우리를 얼빠진 표정으로 바라보고 있었다. 우리 등 뒤는 모래언덕과 바람에 식식거리는 거대한 풀숲이 널린 해변이었다. 양쪽 끝의 언덕 발치에 뾰족뾰족한 바위 윤곽이 보였다. 그자는 어디서든 땅속으로 숨어버릴 수 있었다. 돌아설 때마다 내 이마에 총이 조준되는 느낌이 들었다.

나는 말했다. "여기서 일어나는 모든 행동에 그자가 잠시 동안은 겁을 먹고 물러날 수 있겠지. 운이 좋다면 우리가 이걸 발견한 걸 모를 수도 있어. 하지만 그자는 돌아올 거야. 그자가 나타났을 때 우리는 그의 작은 은신 구멍이 여전히 안전하다고 믿도록 해야 해. 그자는 기회만 생기면 곧장 여기로 여길 와야 할 테니까. 저것 때문에." 나는 아래를 향해 고개를 까닥여 환한 부엌에서 움직이는 래리와 그의 팀을 가리켰다. "내가 가진 돈을 전부 걸어도 좋아. 그자는 오래 떠나 있을 수 없을 거야."

6

존재하는 모든 방식으로 살인은 혼돈이다. 이것을 이해하면 우리 일은 간단하다. 우리는 질서를 위해서 그에 맞선다.

나는 내가 자라던 시절의 이 나라를 기억한다. 우리는 교회에 갔고, 식탁에 둘러앉아 가족 식사를 했고, 아이가 어른한테 꺼져버리라는 말을 하는 건 꿈도 못 꿨다. 그때도 나쁜 일이 수없이 많이 있었다. 그건 나도 잊지는 않았지만 우리 모두 자기 위치가 어딘지 정확히 알았고 규칙을 가볍게 깨지 않았다. 이런 얘기가 너무 사소하게 들린다면, 지루하거나 구식이거나 후지게 들린다면, 이 사실을 생각하라. 사람들은 모르는 사이에도 미소를 보냈고 이웃에게는 인사를 건네고 문을 잠그지 않은 채로 놔두었으며 장바구니를 든 노인 여성들을 도왔고 살인율은 거의 '0'에 가까웠다.

그때 이후로 언젠가부터 우리는 야생동물처럼 거칠어졌다. 야생의 성질이 바이러스처럼 공기에 스며들어 퍼져 나갔다. 개코원숭이처럼 아무 생각도 없고 브레이크도 없이 시내를 돌아다니며 부수어버릴 물건이나 사람을 찾는 아이들 무리를 보라. 전철에서 자리에 앉겠다고 임신부를 밀쳐버리거나 사륜구동 차로 소형차를 겁주어 비키게 하고 세계가 감히 자신들의 말을 반박했다며 얼굴이 벌게져서 성을 내는 사업가들을 보라. 자기가 원하는 걸 바로 갖지 못하면 괴성을 지르고 발을 구르며 짜증을 내는 십 대 아이들을 보라. 우리가 짐승이 되지 않도록 막던 모든 것이 침식되고 모래처럼 천천히 씻겨 나가다가 완전히 사라져버렸다.

야생 상태로 향하는 최종 단계는 살인이다. 우리는 살인과 당신들 사이를 막아선다. 우리 외에는 아무도 없어도 우리는 말한다. "여기 규칙이 있어. 한계는 있어. 꿈쩍하지 않는 경계는 있다고."

나는 세상에서 공상과는 가장 거리가 먼 사람이겠지만 나의 일상에 무슨 의미가 있을까 하는 생각이 드는 밤에는 이 사실을 떠올린다. 우리가 인간으로 변모하던 때 행한 첫 번째 행동은 동굴 문에 선을 긋고 이렇게 말한 것이다. "야생동물 출입금지." 내가 하는 일도 최초의 인간들이 했던 일과 비슷하다. 그들은 바다를 밀어내기 위해 벽을 세웠다. 모닥불을 지키기 위해 늑대와 싸웠다.

나는 스페인 가족의 거실에 모두를 불러 모았다. 너무 작기는 했지만 그렇다고 유리 어항 같은 부엌에서 이야기를 나눌 순 없었다. 시보들은 양탄자 위에 서거나 텔레비전에 닿지 않으려고 어깨를 바짝 붙이고 섰다. 스페인 가족에게 손님으로써 예의를 지켜야 하기라도 하는 듯한 태도였다. 나는 그들에게 뒷마당 벽 뒤에 무엇이 있는지 말했다. 감식반원 중 한 명이 길고 부드럽게 휘파람을 불었다.

"어이. 스코처." 래리가 말했다. 그는 편안하게 소파 위에 자리를 잡고 있었다. "자네 말을 의심하는 건 아니야. 우리 둘 다 그 정도 지각은 있으니까. 하지만 그저 노숙자가 잠깐 머물 만한 근사하고 편안한 거처를 찾았을 가능성은 정녕 없는 거야?"

"망원경과 비싼 침낭, 그 모든 장비를 들고? 그럴 가능성은 없어 래리. 그 임시 거처는 단 하나의 이유로 지은 거야. 스페인 가족을 염탐하기 위해서."

"그리고 그 사람은 노숙자가 아닙니다." 리치가 말했다. "아니, 그렇다고 하면 씻을 만한 다른 데가 있다는 거죠. 자기 몸도 씻고 침낭도 빨고. 냄새가 나지 않았습니다."

나는 가장 가까이 있는 시보에게 말했다. "탐지견 부서에 연락해서 여기 되는대로 빨리 일반 목적 탐지견을 보내라고 해. 우리가 살인 용의자를 쫓는 중이니 가장 훌륭한 추적견이 필요하다고." 그는 고개를 끄덕이더니 휴대전화를 꺼내면서 현관으로 도로 나갔다. "개가 냄새를 맡을 기회가 생길 때까지 다른 사람은 그 집에 들어가면 안 돼. 자네들 모두." 나는 시보들에게 고개를 끄덕였다. "흉기 수색을 재개하되 이번에는 은신처로부터 상당한 거리를 둬. 앞문으로 가서 양쪽으로 돌아가 해변까지 내려가도록. 탐지견 핸들러가 도착하면 자네들 모두에게 문자를 할 테니 뛰어서 돌아와. 나는 이 집 대문 앞에서 혼란을 일으키려고 하네. 사람들이 뛰고 소리 지르고 경광등을 다 켜고 요란하게 사이렌을 울려서 무슨 일인가 보려고 우글우글 몰려들게 할 거야. 되도록 최대로 요란하게 극적으로 행동해. 그런 다음에 성인聖人 한 명을 골라서 아니면 자네가 믿는 종교가 뭐든 그 신에게 우리 범인이 보도록 해달라고 기도를 해. 혼란이 그자를 꾀어서 앞으로 나와 무슨 일이 일어났나 보고 싶은 마음이 들게."

리치는 두 손을 주머니에 넣고 벽에 기대서 있었다. 그가 말했다. "그자는 망원경을 뒤에 두고 갔습니다. 그자가 무슨 일인지 보고 싶다면 멀찍이 서서 확인할 순 없을 겁니다. 앞으로 돌아와서 가까이 오겠죠."

"그자가 다른 망원경을 가지고 있지 않으리라는 법은 없지만 희망은 걸어봐야지. 그자가 충분히 가까이 오면 너무 과분한 바람이긴 해도 우리가 잡을 수 있을지도 몰라. 이 단지 전체가 하나의 토끼굴 같아서 범인이 몇 달 동안 버틸 만한 은신처가 넘치지. 그동안 개가 그 소굴을 돌아다니면서 침낭의 냄새를 찾을 거야. 탐지견 핸들러가 개를 위층까지 데려갈 수 없으면 침낭을 가지고 내려와서 작업할 수 있겠지. 감식반원 한 명이 눈에 띄지 않게 그들과 같이 가서 비디오를 찍고 지문을 채취해서 나왔으면 좋겠군. 다른 건 모두 기다릴 수 있어."

"게리." 래리가 호리호리한 젊은이를 가리켰고 그는 고개를 끄덕였다. "이 동네에선 가장 빠르게 지문을 채취할 수 있지."

"잘됐군, 게리. 자네가 지문을 채취하면 바로 감식실로 가져가서 할 일을 해. 우리 나머지는 자네가 필요한 시간만큼 여기 앞에서 작전을 펼칠 거야. 그런 뒤에는 우리가 하던 일로 돌아간다. 우리에겐 6시 정각까지 시간이 있어. 그런 다음 이곳을 뜬다. 집 안에서 일하는 사람은 여전히 작업할 수 있지만 바깥에서는 우리가 짐을 싸서 퇴근한 것처럼 보이게 해야 해. 나는 말 그대로 우리 팀 모두 해변에서 깨끗이 철수하길 원해."

래리의 눈썹이 숱이 거의 없는 이마까지 솟구쳤다. 하루 저녁의 작업을 이 한 번의 기회에 거는 도박이었다. 목격자의 기억은 밤새 변할 수도 있고 소나기가 내리면 핏자국과 냄새가 씻겨가며 파도가 밀려와서 버린 흉기나 피 묻은 옷가지가 바다로 영원히 흘러가버릴 수도 있다. 그리고 도박 자체가 나답지 않았다. 하지만 이 사건 자체가 보통의 사건답지 않았다. "일단 어두워지면……." 나는 말했다. "우리는 다시 모인다."

"자네는 개로는 그자를 잡을 수 없다고 추정하나 본데." 래리가 지적했다. "그 녀석이 자기가 지금 어떤 상황인지 안다고 생각하나?"

그 생각에 시보들 사이에 경계심이 파문처럼 퍼지면서 그들이 불안하게 꿈지럭대는 것이 보였다. "우리가 알아내려는 것이 바로 그거야." 나는 말했다. "아마 모를 수도 있지. 알았다면 그후에 직접 청소를 했을 테니까. 하지만 나는 모험은 하지 않으려고. 해가 7시 반쯤, 혹은 그보다 약간 더 늦게 질 것 같아. 8시나 8시 반쯤 되어 우리 모습이 보이지 않게 되면 커런 형사와 내가 은신처에 가서 밤을 보낼 거야." 나는 리치와 눈을 마주쳤다. 그는 고개를 끄덕였다. "그동안 형사 두 명이 이 단지를 순찰한다. 다시 말하지만 눈에 띄지 않게. 무슨 행동이 감지되는지 감시해야 해. 특히 이쪽으로 향하는 움직임이 감지되는지. 누가 나서겠나?"

시보 모두가 손을 들었다. 나는 일단 먼저 현장을 잡아낸 공으로 말보로 남자와 하룻밤 정도 잠을 자지 않아도 일주일 내내 쌩쌩할 젊은 친구를 골랐다. "그자가 바깥에서 올 수도 있고 안에서 올 수도 있다는 것을 명심하게. 폐가에 숨어 있거나 여기 사는 사람일 수도 있어. 그렇게 스페인 가족을 목표물로 삼은 거지. 뭔가 흥미로운 걸 발견하면 내게 바로 전화하게. 무전은 아직도 쓰면 안 돼. 우리는 이자가 나름대로 감시 장비를 가지고 있다고 추정해야 해. 심각하면 무선 스캐너가 있을 수도 있지. 용의자로 유력해 보이는 사람이 있으면 되도록 미행해. 하지만 우선순위는 그자에게 들키지 않는 거야. 그가 알아볼 것 같은 기미를 조금이라도 느끼면 바로 돌아와서 내게 보고해. 알겠나?"

그들이 고개를 끄덕였다. 나는 말했다. "또 오늘 밤 여기서 나와 밤을 보낼 감식반원 두 명이 필요한데."

"나는 안 돼." 래리가 말했다. "내가 자네 사랑하는 거 알지, 스코처. 하지만 선약이 있기도 하고 밤새워 하기에는 너무 늙었다네. 중의적 의미로 한 말은 아니야."

"괜찮아. 누군가는 초과근무를 할 수 있을 거라 확신하니까. 내 말이 맞지 않나?" 래리는 자기 턱을 치는 흉내를 내 보였다. 나는 초과근무 수당을 허가해주지 않는 걸로 악명이 자자했다. 몇몇 감식반원이 고개를 끄덕였다. "자네들은 침낭을 가져와서 돌아가면서 거실에서 눈 좀 붙여도 돼. 나는 그저 뭔가 현장에서 활동이 일어나고 있다는 것만 보여주면 되거든. 물건들을 차에 가져가고 도로 가지고 오고 부엌에서 이것저것 면봉으로 닦고 저기서 노트북을 꺼내 전문적으로 보이는 그래프를 그리고……. 자네들이 할 일은 우리 범인이 자기 은신처로 가보고 싶은 유혹을 이기지 못할 정도로 뭔가 흥미로운 일을 하는 듯 보이는 거야. 망원경을 꺼내서 자네들이 하는 일을 확인하고 싶도록."

"미끼군요." 지문 감식반원인 게리가 말했다.

"바로 그거야. 우리는 미끼도 있고 추적자도 있고 사냥꾼도 있어. 우리는 이제 우리 범인이 덫으로 걸어 들어오기만을 바라면 돼. 6시부터 밤이 될 때까지는 두 시간 정도 여유가 있네. 가서 뭔가 먹고 사무실에 들러서 잠복근무를 위해 필요한 게 있으면 뭐든 가지고 와. 지금은 원래 하던 일을 할 수 있도록 놔주겠네. 고맙군, 신사 숙녀 여러분."

그들은 뿔뿔이 흩어졌다. 감식반원 두 사람은 누가 초과근무를 할 것인지 동전을 던져서 정하기로 했다. 시보 두 명은 나에게든 자기들끼리든 좋은 인상을 주려고 메모를 받아 적으려고 했다. 비계에서 떨어져 나온 녹이 내 코트 소맷자락에 그대로 찍혀 있었다. 나는 주머니에서 화장지를 꺼내 물을 축이려고 부엌으로 향했다.

리치가 나를 따라왔다. 나는 말했다. "뭔가 먹어야 할 것 같으면 차를 가지고 가서 고건 부인이 말한 주유소를 찾아봐."

그는 고개를 저었다. "저는 괜찮습니다."

"잘됐군. 오늘 밤 괜찮은가?"

"그럼요. 문제없습니다."

"6시에 우리는 서로 돌아가서 과장에게 간단하게 브리핑을 하고 필요한 물품을 챙긴 후에 다시 만나서 여기로 와야 해." 리치와 내가 시내까지 빨리 갈 수만 있다면, 그리고 브리핑이 오래 걸리지 않는다면, 내가 디나를 찾아서 택시를 태워 제리 누나의 집까지 보낼 수도 있었다. "원하면 초과근무 수당 신청을 해도 좋아. 나는 안 할 계획이지만."

"왜죠?"

"난 초과근무라는 걸 믿지 않거든." 래리의 부하들은 우리 팀 애들이 씻을 걸 우려해서 수도를 끊고 싱크대 배관을 빼놓았다. 하지만 남은 물이 수도에서 똑똑 떨어졌다. 나는 그 물로 화장지를 적셔 내 소매를 문질렀다.

"저도 그건 들었습니다. 어째서죠?"

"나는 베이비시터나 웨이터가 아니야. 시간당으로 돈을 청구하진 않지. 그리고 내가 하는 일마다 세 배로 돈을 쳐서 받으려고 수를 부리는 정치가도 아니네. 내 일을 하는 대가로 월급을 받으니까. 그게 무슨 의미이든."

리치는 아무런 토를 달지 않았다. 그는 말했다. "이자가 저희를 지켜보고 있다고 아주 확신하시는군요?"

"정반대야. 범인은 수 킬로미터 떨어진 직장에 있을지도 모르지. 출근할 직장이 있고 오늘 출근할 만큼 침착하다면. 하지만 아까 래리에게 말한 대로 나는 모험은 하지 않을 거네."

곁눈질로 보니 뭔가 하얀 것이 깜박였다. 나는 내가 움직였다는 사실을 미처 깨닫기도 전에 뒷문으로 뛰어들 준비를 단단히 하고 창문을 향했다. 감식반원 중 한 명이 뒷마당 포석 위에 주저앉아 면봉으로 뭔가 닦고 있었다.

리치는 내가 몸을 펴고 화장지를 서류 가방 속에 넣는 잠시 동안 가만히 있다가 입을 열었다. "그러면 '확신'이라는 말은 적절하지 않겠네요. 하지만 선배님은 그렇게 생각하시는 거죠."

스페인 부부가 쓰러져 있던 바닥에 생긴 거대한 로르샤흐테스트 같은 얼룩이 짙어졌고 가장자리가 굳어 있었다. 그 위에선 창문들이 회색 오후 햇살을 앞뒤로 튕겨 보내며 어딘가 뒤틀린 비스듬한 반사상을 던졌다. 흔들리는 나뭇잎, 벽의 한 면, 구름 아래 심장이 떨어질 만큼 급강하하는 새. "그래." 나는 말했다."내 생각은 그래. 그가 지켜보고 있을 거라고 생각해."

그런 후에 우리는 오후 남은 시간을 때우고 밤까지 버텨야 할 처지가 됐다. 언론은 내 기대보다 늦게 모여들고 있었다. 내 내비게이션이 그랬듯 그들의 것도 이 장소를 좋아하지 않았던 모양이었다. 그들은 드나드는 감식반원들의 사진을 찍겠다고 경찰통제선을 넘어가거나 엄숙한 목소리로 카메라를 향해 기사를 전달하거나 하면서 자기 일들을 하고 있었다. 내 사전에 언론이란 필요악이었다. 그들은 우리 안의 동물성을 뜯어먹고 살고 직접 피를 흘리지 않고서도 하이에나들이 킁킁 냄새 맡도록 1면에 슬쩍 미끼를 흘리지만 꽤 유용한 짓을 할 때도 있어서 좋은 사이로 지내고 싶기도 하다. 나는 스페인 가족의 욕실 거울을 보며 머리카락을 매만진 후 언론 발표를 하기 위해 밖으로 나갔다. 잠깐 리치를 내보낼까 고민한 것도 사실이었다. 디나가 브로큰하버에 관해 말하는 내 목소리를 들을지도 모른다는 생각을 하니 가슴이 철렁 내려앉았다.

기자가 스무 명 남짓 모여 있었다. 종합 일간지부터 타블로이드까지, 전국 지상파 방송부터 지역 라디오에 이르기까지 온갖 매체가 다 왔다. 나는 만에 하나 실제 영상 대신 내 말만 인용할 경우를 고려해서 되도록 간결하고 단조롭게 전달했고 스페인 가족 넷 모두 완전히 죽었다는 인상을 주려고 했다. 우리 범인이 뉴스를 보고 있을지 모르니 그가 의기양양하고 안전한 기분이 되길 바랐다. 살아 있는 목격자는 없는 완전범죄, 자신이 승리자라도 된 양 스스로를 칭찬해준 다음 자기가 이룬 업적을 다시 한번 보러 내려오길.

수색팀과 탐지견 핸들러가 오래지 않아 도착했다. 그렇다는 건 이제 우리는 앞마당에서 상연될 연극에 들어갈 배우가 충분하다는 뜻이었다. 고건 부인과 아이도 이제 보지 않는 척을 그만두고 문 밖으로 머리를 내밀었고 기자들은 실질적으로 무슨 일이 있나 싶어 경찰 통제선을 찢다시피 했다. 나는 이를 좋은 징조로 받아들였다. 나는 다른 무리들과 함께 현관에서 몸을 숙이고 가상의 물건을 들여다보는 척하는가 하면 문밖으로 의미 없는 경찰 용어를 소리치고 차에서 물건을 가져오느라 차로를 뛰어다녔다. 내 모든 의지력을 동원해서 집들 사이로 잠깐의 움직임이라도 있나, 저조도 활성 렌즈 플래시가 반짝거리나 살펴보고 싶은 마음을 간신히 억누르며 한 번도 고개를 돌리지 않았다.

개는 반짝반짝 빛나고 근육이 단단한 독일 셰퍼드로, 순식간에 침 낭에서 냄새를 분간해서는 길의 끝까지 냄새의 흔적을 추적했다가 놓쳐버렸다. 나는 핸들러에게 개를 데리고 집 전체를 돌아보라고 했다. 우리 범인이 지켜보고 있다면 나는 그자에게 이 때문에 우리가 개를 데려왔다고 생각하게 할 필요가 있었다. 그런 다음 수색팀에게 흉기 수색을 이어받으라고 하고 시보들에게는 새 업무를 맡겼다. 오늘 수업이 다 끝나기 전에 에마의 학교로 빨리 가서 에마의 친구들 및 학부모들과 이야기를 나눠봐. 잭의 어린이집에 가서도 마찬가지로 해. 학교 근처 상점을 돌아다니면서 시네이드 고건이 봤다는 쇼핑백을 제니퍼가 어디서 받았는지 알아봐. 누가 제니퍼를 미행하는 것을 본 사람은 없는지 알아봐. 누가 CCTV 영상을 갖고 있진 않은지 확인해. 제니퍼가 입원한 병원에 가서 어떤 친척이든 나타나면 이야기를 해보고 나타나지 않은 친척은 추적해봐. 모두가 입을 꾹 다물고 언론과 거리를 둬야 하는 건 잘 알겠지. 반경 백 미터 안에 있는 병원은 다 가서 지난밤에 칼로 부상을 입은 환자가 있었는지 물어봐. 범인이 다투다가 칼에 베였을 수도 있으니까. 경찰청에 전화해보고 스페인 가족이 지난 육 개월 동안 신고를 한 적이 있는지 알아봐. 시카고 경찰청에 전화해서 패트릭의 동생 이언에게 이 소식을 전해달라고 해. 이 망할 동네에 사는 사람을 찾아서 우리한테 먼저 말하지 않고 언론에 불면 감옥 가는 건 물론 무슨 꼴을 당할지 모른다고 협박해. 그 사람들이 스페인 가족을 봤는지, 뭔가 낯선 것을 봤는지, 뭐든 봤는지 알아봐.

리치와 나는 가택수색으로 돌아갔다. 이제 스페인 가족이 반은 신화적 존재, 아무도 살아 있는 것을 본 적 없는 숨은 꾀꼬리 같은 존재가 되어버렸기 때문인지 집이 사뭇 다르게 보였다. 뼛속까지 무결한 순전한 피해자. 아까까지 우리는 그들의 잘못을 찾고 있었다. 이제는 그들이 잘못했다고는 전혀 짐작도 못 했을 일을 찾고 있었다. 누가 그들에게 음식, 휘발유, 아이들 옷을 팔았는지 보여줄 영수증, 에마의 파티에 누가 왔었는지 알려줄 생일 카드, 주민 회의 참석자 명단을 보여줄 안내물. 우리는 발톱이 날카로운 유인원이 관심을 보이고 집까지 따라올 만한 빛나는 미끼를 찾고 있었다.

가장 먼저 연락한 시보는 잭의 어린이집에 갔던 친구였다. "형사님." 그가 말했다. "잭 스페인은 여기 다니지 않았답니다."

동글동글하게 소녀다운 글씨로 써서 전화 탁자 위에 붙여놓은 목록에서 찾아낸 전화번호들이었다. 병원, 경찰서, 선을 그어 지운 직장, E 학교, J 어린이집. "한 번도?"

"아뇨. 유월까지는 다녔답니다. 여름휴가로 휴원했을 때까지는요. 그때는 올해 다시 등록할 목록에 있었다지만 팔월에 제니퍼 스페인이 전화해서 자리를 취소했대요. 대신에 집에서 돌볼 거라고 말했다는데요. 어린이집 원장님은 돈 문제라고 생각했다고 합니다."

리치는 전화에 가까이 몸을 숙였다. 우리는 아직도 스페인 부부의 침대에 앉아서 서류에 코를 박고 있던 참이었다. "제임스, 안녕. 리치 커런이야. 잭이 친하게 지냈던 아이들의 이름을 받았어?"

"네. 특별히 아이 세 명이 친했답니다."

"좋아." 내가 말했다. "가서 아이들이랑 그 부모들하고 이야기해 봐. 그런 다음 우리에게 다시 연락해."

리치가 말했다. "잭을 마지막으로 본 게 언제인지 부모들에게 물어볼 수 있겠어? 그리고 마지막으로 부모들이 아이들을 스페인의 집에 데려와 놀게 한 게 언제인지도?"

"그러겠습니다. 되는대로 빨리 다시 연락드리겠습니다."

"그렇게 해." 나는 전화를 끊었다. "대체 어떻게 된 노릇이지?"

"피오나 말로는 어제 아침 제니퍼와 얘기했을 때 잭이 어린이집에서 친구를 데려왔다는 얘기를 했다지 않았습니까. 하지만 잭이 어린이집에 다니지 않았다면……."

"작년에 친하게 지냈던 친구 얘기일 수도 있지."

"그렇게 들리진 않았잖습니까? 오해였을 수도 있지만 선배님 말처럼 맞아떨어지지 않는 거죠. 피오나가 우리에게 거짓말할 이유나 제니퍼가 피오나에게 거짓말할 이유를 알 수는 없지만……."

하지만 둘 중 하나가 거짓말을 했다면 알아내는 편이 좋을 것이다. 나는 말했다. "피오나가 거짓말을 했다면 어제 아침 제니퍼랑 격하게 싸운 후 그에 대해서 죄책감을 느껴서였을 수 있지. 제니퍼가 했다면 피오나에게 자기들이 파산했다는 사실을 알리고 싶지 않아서였을 거야. 규칙 7번을 얘기할 차례인가. 모두가 거짓말을 해, 리치. 살인자, 목격자, 구경꾼, 피해자. 모두가."

다른 시보들도 차례차례 연락했다. 시카고 경찰들에 따르면 제니퍼의 동생 이언 스페인의 반응은 "아주 정상적"이었다고 했다. 표준적으로 충격과 슬픔이 혼합된 반응으로 딱히 수상쩍다고 볼 만한 점은 없었단다. 이언의 말에 따르면 패트릭과는 이메일을 자주 주고받진 않았지만 스토커나 다툼, 걱정스러운 사람에 대해 언급한 적은 없다고 했다. 제니퍼도 패트릭만큼 가족이 별로 없었다. 어머니가 병원에 왔고 리버풀에 사촌이 몇 있지만 그게 다였다. 어머니의 반응도 아주 정상적으로, 제니퍼에게 가까이 갈 수 없다고 하자 히스테리에 가까운 반응까지 곁들여져 완성되었다. 결국 수사관은, 도움이 될지는 모르겠으나 기본 진술은 받아냈다. 제니퍼와 어머니는 가깝지 않았고 래퍼티 부인은 피오나보다도 스페인의 가족에 대해 아는 게 없었다. 수사관이 부인을 달래 집으로 보내려고 했지만 부인은 피오나와 함께 병원에 진을 치겠다고 했다. 적어도 우리는 이제 어디 가면 그들을 만날 수 있는지는 알게 되었다.

에마는 실제로 초등학교에 다니긴 했다. 선생님들은 에마를 두고 좋은 집안에서 자란 좋은 아이였다고 했다. 인기 있고 모범적으로 행동하고 사람들 기분을 즐겁게 해주고 천재까지는 아니지만 학업도 잘 따라갔다. 수사관은 교사와 친구들의 목록을 받아 왔다. 가까운 응급실에 수상한 자상을 입은 환자는 없었고 스페인 부부가 우리에게 신고한 기록도 없었다. 가정 탐문을 통해서도 알아낸 건 없었다. 250가구 중에서 50~60가구만이 공식적으로 거주한 흔적이 있었다. 사람이 집에 있는 경우는 반 정도였고 그 스무 명 조금 넘는 사람들 중에서도 스페인 가족에 대해 아는 사람은 별로 없었다. 그들 중 누구도 평소와 다른 일을 보거나 들은 적이 없었지만 확신은 할 수 없다고 했다. 거기엔 늘 폭주족들이 있었고 반쯤 미친 십 대들이 빈 거리를 돌아다니며 모닥불을 피웠으며 뭔가 찾아 부수는 일도 늘 있었기 때문이었다.

제니퍼가 장을 본 곳을 추적해보았더니 가장 가까운 중소도시에 있는 슈퍼마켓이었다. 전날 오후 4시경 제니퍼는 거기서 우유, 간고기, 칩과 여성 계산원이 기억하지 못하는 다른 물건 몇 개를 샀다. 상점에서는 영수증과 CCTV 영상을 찾아보고 있었다. 계산원의 말에 따르면 제니퍼는 괜찮아 보였고 서두르면서 약간 스트레스 받은 것 같았지만 정중했다고 한다. 그들을 미행한 사람도 없었고 적어도 계산원은 보지 못했다. 계산원이 제니퍼를 기억하는 이유는 잭이 유아차에서 폴짝거리며 노래를 했기 때문이고 계산대에서 바코드를 확인하는 동안 잭은 계산원에게 자기는 핼러윈에 크고 무서운 동물 분장을 할 거라고 말했기 때문이었다.

수색팀은 샅샅이 훑으며 잡동사니들을 건져냈다. 사진 앨범, 주소록, 스페인 부부의 약혼, 결혼, 출산을 축하하는 카드, 치과, 일반 병원, 약국 영수증 등이었다. 모든 이름과 모든 전화번호는 내 수첩으로 들어갔다. 천천히 물음표는 줄어 들어가고 연락해볼 만한 이들의 목록은 길어져만 갔다.

컴퓨터수사과에서는 오후 늦게 전화를 해서 우리가 보낸 컴퓨터를 예비로 조사했다고 알렸다. 우리는 에마의 방에 있었다. 나는 에마의 책가방을 살피던 중이었다. 분홍색이 기본인 크레용 그림들이 가득했고 "오늘은 내가 공주님"이라는 글자가 조심스럽게 비스듬한 대문자로 적혀 있었다. 리치는 쭈그리고 앉아서 에마의 책장에 꽂힌 동화책들을 후루룩 넘기는 중이었다. 에마가 없고 침대보를 다 벗겨 가서 그런지—범인이 범행을 저지르며 머리카락이나 섬유를 떨어뜨렸을 경우를 대비해서 영안실에서 침대보, 이불보와 이불 등등을 가져가버렸다—천 년 전에 그 방에서 에마를 데려가버리고 그 후에는 여기 들어선 사람이 아무도 없는 듯 방 안은 너무나 텅 비어 보였다.

전화한 수사관은 키런인지 키언인지 뭔지 하는 이름이었다. 젊고 말이 빠른 친구로 나름대로 즐거워하는 듯했다. 확실히 아동 포르노를 찾아서 하드드라이브를 훑는 일이나 뭐가 됐든 평소 하는 일보다는 지금 이 작업이 원래 이 직종에 지원했을 때의 이상에 더 가깝기는 할 것이었다. 전화에서는 흥미로운 것이 나오지 않았고 아기 모니터에서도 별다른 것이 나오지 않았지만 컴퓨터는 다른 이야기였다. 누군가 싹 지워버렸기 때문이다.

"그래서 컴퓨터는 켜지 않을 겁니다. 그랬다간 파일에 있는 접근 시간이 다 망가져버릴 테니까. 그리고 내가 아는 바로는 누군가 전원을 켜면 모든 게 다 지워지는 장치를 설정해두었어요. 그래서 가장 먼저 하는 일은 하드드라이브 사본을 만들어놓는 거죠."

나는 그와의 통화를 스피커폰으로 돌렸다. 우리 위에는 끈질기고 역겨운 헬리콥터가 너무 낮게 빙빙 돌고 있었다. 기자였다. 시보 중 한 명이 어떤 기자인지 알아내서 은신처의 영상을 내보내지 말라고 경고를 해야 할 것이었다.

"사본을 내 컴퓨터에 연결해서 브라우저 방문 기록을 살펴보죠. 쓸 만한 게 있으면 바로 거기서 알게 되죠. 하지만 이 컴퓨터엔 브라우저 방문 기록이 없어요. 아무것도. 한 페이지도 없어요."

"그러면 이 사람들은 인터넷을 이메일을 위해서만 썼다는 건가." 나는 벌써 이 말이 틀렸다는 것을 알았다. 제니퍼는 온라인 쇼핑을 했으니까.

"쯧, 시도는 좋았습니다만. 그저 이메일을 보내려고 인터넷을 쓰는 사람들은 없어요. 심지어 우리 할머니도 발 두니칸* 팬페이지를 직접 찾아내는걸요. 할아버지 돌아가신 후 할머니가 너무 우울해하셔서 제가 그러지 말라고 사드린 거라 얼마 되지도 않았는데. 브라우저 끌 때마다 방문 기록이 삭제되도록 설정해둘 순 있지만 대부분 사람들은 그렇게 하지 않죠. 공공 컴퓨터나 인터넷 카페 같은 데선 설정해두지만 가정용 컴퓨터에서는 안 해요. 어쨌든 확인은 해봤는데, 브라우저가 방문 기록을 자동으로 지우도록 설정되어 있진 않았습니다. 그래서 브라우저 방문 기록 임시 파일 삭제를 확인해봤는데 아니나 다를까 오늘 아침 4시 8분에 누군가 수동으로 다 지웠더라고요."

리치는 아직도 바닥에 무릎을 꿇고 있다가 나와 눈이 마주쳤다. 우리는 감시초소와 침입에 너무 집중했다. 우리 범인이 더 미묘한 방법으로 드나들거나 덜 눈에 띄는 고양이 문 같은 게 있어 스페인 가족의 삶으로 설렁설렁 들어왔을 것이라는 생각은 미처 해보지 못했다. 나는 에마의 옷장에서 나를 지켜보고 있는 게 없다는 걸 확인하려고 어깨 너머를 슬금슬금 보는 짓을 그만둬야 했다. "잘 잡아냈군." 나는 말했다.

---

* 아일랜드 팝 가수.

컴퓨터 수사관은 계속 떠들었다. "이제 그자가 거기서 장난치는 동안 또 뭘 했는지 알고 싶었지 뭡니까. 그래서 동시에 삭제한 다른 파일이 있나 스캔을 돌려봤죠. 그랬더니 뭐가 나왔게요? 전체 아웃룩 PST 파일요. 완전히 날아갔더라고요. 새벽 4시 11분에."

리치는 수첩을 침대 위에 놓고 받아 적기 시작했다. 나는 물었다. "그 가족 이메일이라는 거지?"

"아, 그럼요. 그 사람들 이메일 전부. 받은 것과 보낸 것 모두 사라진 거죠. 이메일 주소까지도."

"그 밖에 삭제된 건?"

"아, 그게 다예요. 컴퓨터에 다른 건 많이 있던데. 기본적인 자료 있잖아요. 사진이나 문서나 음악. 하지만 그런 건 지난 이십사 시간 동안 접근한 적도 없고 수정한 적도 없어요. 형사님들이 찍은 범인이 거기 들어가서 온라인 자료를 바로 지우고 나온 거죠."

"'우리가 찍은 범인'이라." 나는 말했다. "집주인들이 직접 한 게 아니란 건 확실한가?"

키런인지 키언인지가 콧방귀를 뀌었다. "그럴 리가 없어요."

"왜?"

"그 사람들이 컴퓨터 천재가 아니기 때문이죠. 이 컴퓨터 바탕화면에 뭐가 있는지 아십니까? 내가 지어낸 얘기가 아니고 '패스워드'라는 파일이 있어요. 거기엔, 짐작도 못 하실걸요, 이 사람들의 패스워드가 모두 들어 있더라고요. 이메일, 온라인 뱅킹 다. 하지만 재미있는 부분은 그게 아니에요. 이 사람들은 여러 사이트에 다 같은 비밀번호를 썼어요. 온라인 게시판이나 이베이, 실제 컴퓨터에도. 바로 'EmmaJack'이죠. 바로 이럴까 싶은 나쁜 예감이 들긴 했지만 나는 사람들을 가급적이면 좋게 보려고 하는 편이라서 머리로 키보드를 쾅 내려치기 전에 래리에게 전화해서 컴퓨터 주인에게 애들이 있느냐고, 이름이 뭐냐고 물었죠. 래리가 말해주기를, 마음 단단히 먹으세요, 에마와 잭이라고 하더라고요."

나는 말했다. "그 사람들은 컴퓨터가 도둑맞는다면 아이들 이름을 모르는 사람이 훔칠 거라고 생각했나 보지. 그럼 범인은 아예 처음부터 컴퓨터를 켜지도 못할 테니까."

컴퓨터 수사관은 지금 막 나를 스페인 부부와 같은 범주의 사람들로 넣어버렸다는 뜻이 분명하게 드러나는 한숨을 크게 쉬었다. "뭐, 그게 요점은 아니죠. 내 여자친구 이름은 에이드리언이지만 그걸 비밀번호로 쓰느니 내 눈을 찔러버릴 겁니다. 나는 기본이 있는 사람이니까요. 정말이에요. 아이들 이름 따위를 비밀번호로 쓸 만큼 답이 없는 사람이면 자기 엉덩이도 제대로 닦지 못할 텐데 하물며 하드드라이브를 밀 줄 알겠어요. 다른 사람이 한 거예요."

"컴퓨터 지식이 있는 다른 사람 말이지."

"뭐 약간은 있는 사람이라고 해야죠. 어쨌든 그 집 주인들보다는 잘 알 겁니다. 꼭 전문가일 필요는 없는데 기계를 다룰 줄은 아는 사람이죠."

"얼마나 걸렸을 것 같은가?"

"다 지우는 데요? 별로 오래 안 걸려요. 4시 17분에 컴퓨터를 껐습니다. 십 분도 안 되는 시간 동안 들어왔다 나간 거죠."

리치가 물었다. "이 사람이 자기가 한 짓을 경찰에서 알아낼 거라는 사실을 알았을까요? 아니면 자기가 흔적을 잘 덮었다고 생각했을까요?"

컴퓨터 수사관은 애매한 소리를 냈다. "상황 따라 다르죠. 우리 경찰이 전원 버튼이나 간신히 찾을 만큼 머리라고는 쓸 줄 모르는 야만인 무리라고 생각하는 자들이 저기 많으니까요. 그리고 컴퓨터에 능숙하지만 그러다 망하는 자들도 많고. 특히 서두를 때면 더 그럴 테니 형사님들이 찾는 범인도 그럴 수는 있겠죠? 그자가 정말로 파일을 없애버리거나 자기 흔적을 덮어버리는 데 진지했다면, 내가 기계에 손댄 사람이 있다는 사실을 알아낼 길이 없었겠죠. 삭제 프로그램 등 여러 방법이 있는데 그건 시간이 더 걸리고 지식도 더 필요해서. 형사님들이 찾는 범인은 시간이 없거나 지식이 없거나 둘 다겠죠. 전체적으로 우리가 삭제 사실을 알 수 있을 거란 건 그자도 알았을 겁니다."

하지만 그자는 삭제를 하고 갔다. 중대한 것이 있다는 뜻이었다. 나는 말했다. "파일은 복원할 수 있는 거겠지."

"물론 일부는요. 아마도요. 문제는 어느 정도냐는 거죠. 복원 프로그램이 있으니까 써볼 수는 있는데 범인이 삭제 파일 위에 몇 번이고 덮어씌웠으면 망가졌을 거예요. 내가 범인이라면 그랬겠지만. 그냥 보통 방식으로만 해도 상당히 손상이 있거든요. 좀더 악독하게 삭제하면 결국 다 짓이겨져서 죽처럼 되죠. 어쨌든 맡겨두세요."

그는 한시라도 빨리 시작하고 싶어서 안달이 난 목소리였다. "할 수 있는 건 다 해봐." 나는 말했다. "행운을 빌어주지."

"염려 붙들어 매십쇼. 내가 대충 일하는 아마추어와 그 자식의 삭제 버튼 하나 이기지 못하면 차라리 국부 보호대로 목을 매고 지옥의 기술 지원부에서 일자리를 찾고 말지. 뭔가 갖다드릴게요. 나만 믿으세요."

"대충 일하는 아마추어라." 내가 전화를 치울 때 리치가 말했다. 아직도 바닥에 무릎을 꿇고 있던 그는 멍하니 책장에 놓인 사진 액자를 손가락으로 훑었다. 피오나와 늘어진 갈색 머리의 남자가 레이스가 주렁주렁 달린 성찬식 드레스에 파묻힌 작은 에마를 안은 사진이었다. 사진 속 세 사람은 모두 웃고 있었다. "그자는 어쨌든 컴퓨터 로그인 비밀번호를 뚫었잖아요."

"그래." 내가 말했다. "그자가 한밤에 여기 왔을 때 컴퓨터가 켜져 있었거나 아이들의 이름을 알고 있었거나 했겠지."

"스코처." 래리는 문간에서 우리를 보자 부엌 창문에서 몸을 내밀며 명랑하게 말했다. "때마침 자네 생각을 하고 있었다네. 이리 와 봐. 자네 부하도 데려오고. 자네도 나처럼 아주아주 기뻐할걸."

"지금 당장은 뭐가 됐든 아주 기뻐할 수 있어. 뭘 찾아냈나?"

"자네 하루를 최고로 만들어줄 수 있는 것?"

"감질나게 하지 마, 래리. 나 그럴 기운도 없다고. 무슨 마법을 부린 건가?"

"마법 같은 건 없어. 고전적인 행운일 뿐. 자네 밑에 있는 정복 경관들이 어떻게 짝짓기 철의 버펄로떼처럼 여기로 돌진해 왔는지 아나?"

나는 그를 향해 한 손가락을 흔들었다. "그 친구들은 내 밑에 있는 경관들이 아니야, 친구. 내가 정복 경관들을 아래 두고 있다면 걔들은 현장에 올 땐 발꿈치를 살살 들고 다니지. 자넨 걔들이 왔다 갔다 는 것조차 모를 거야."

"뭐, 어쨌든 나는 이 무리가 여기 왔었다는 걸 알았지. 살아 있는 피해자를 살려야 하긴 했겠지만 까놓고 말하면 그자들이 바닥에 누워서 굴러다녔다고 생각하네. 우리가 장화 발로 쿵쿵 밟고 다닌 속에서 뭔가 얻어내려면 기적이 필요하겠다 생각했었지. 하지만 믿거나 말거나 그들이 현장 전체를 망가뜨린 건 아니더라고. 나의 사랑스러운 부하들이 지문을 찾아냈다네. 세 개. 피 묻은 걸로."

"자네들은 보석이야." 나는 말했다. 감식반원 두 명이 나를 향해 고개를 끄덕였다. 그들은 리듬이 느려지기 시작했다. 끝에 다다르고 있었고 아무것도 놓치지 않도록 속도를 늦추었다. 모두가 지쳐 보였다.

"흥분하지 말고 대비하게." 래리가 말했다. "그렇게 좋은 건 아니더라고. 이런 소식을 자네에게 알리긴 싫은데, 자네 범인이 장갑을 끼고 있었어."

"망할." 나는 말했다. 요새는 가장 멍청한 범죄자라도 작업 시엔 장갑을 껴야 한다는 사실을 알지만 늘 예외가 있기를 기도하는 법이다. 내 사건의 범인은 솟구치는 욕망에 휘말려버린 나머지 그 외에 다른 건 마음속에서 다 씻겨 나갔기를 바라면서.

"불평하지 마. 적어도 우리가 자네한테 이 집 안에 지난밤 다른 사람이 있었다는 증거를 찾아줬잖아. 이것만 해도 의미가 있다고 생각하는데."

"의미가 크지." 내가 패트릭의 침실에서 태평하게 모든 걸 다 그의 어깨에 떠넘기려 했던 기억이 떠오르자, 혐오감이 밀려들어 나를 치고 갔다. "장갑으로 자네 탓을 하진 않을 거야, 래리. 아까 한 얘기를 계속 관철하겠네, 자네는 보석이야."

"뭐, 물론 내가 그렇지. 여기로 와서 한번 봐."

첫 번째 지문은 손바닥과 다섯 손가락의 끝 부분으로 뒷마당을 내다보는 판유리 창문의 어깨 높이에 찍혀 있었다. 래리가 말했다. "저 조직과 작은 점들이 보이지? 가죽이야. 손도 크고. 왜소한 녀석이 아니라고."

두 번째 지문은 아이들 책장의 맨 위 모서리를 감싸는 형태였다. 우리 범인이 균형을 잡기 위해 책장을 붙잡은 것만 같았다. 세 번째는 노란 페인트를 바른 컴퓨터 책상 위에 평평하게 찍혔다. 컴퓨터가 있던 희미한 윤곽의 바로 옆이라서 화면을 천천히 들여다보는 동안 한 손으로 그 자리를 짚었던 것 같았다.

나는 말했다. "그래서 우리가 자네한테 물어보려고 내려온 거야. 컴퓨터 말인데. 감식실에 보내기 전에 무슨 지문이라도 나왔나?"

"시도는 했지. 키보드야말로 지문 뜨기에 이상적인 표면이라고 생각하는 거지? 완전히 틀렸어. 사람들이 키를 칠 때 손가락 끝 전체를 사용하지 않거든. 표면의 아주 작은 부분만 닿으니까. 그리고 살짝 다른 각도로 반복해서 치는 거라……. 종이 한 장에 백 개의 다른 단어를 겹쳐서 인쇄해놓고 우리가 그 문장이 뭔지 읽어낼 거라 기대하는 거나 마찬가지야. 그나마 기대를 걸어볼 만한 데는 마우스야. 쓸 수 있을까 싶은 지문의 부분 두어 개를 뜨긴 했어. 그것 말고는 법정에서 증거가 될 만큼 크거나 선명한 건 없네."

"혈흔은? 특히 키보드나 마우스에 묻은 건 없나?"

래리는 고개를 저었다. "모니터에 뭔가 튄 자국이 있고 키보드 옆에 두어 방울 있어. 하지만 키나 마우스에는 얼룩이 없고. 손가락에 피 묻은 채로 컴퓨터를 쓴 사람은 없었어. 자네 질문이 그거라면."

나는 말했다. "그러면 컴퓨터는 살인 전에 조작했다고 봐야겠네.

어쨌든 성인들을 해치기 전에. 이 집 사람들이 위층에서 자고 있는데, 여기 앉아서 인터넷 방문 기록이나 조작하고 있다니 배짱 한번 대단한데."

"컴퓨터가 반드시 먼저라고 할 수는 없습니다." 리치가 말했다. "그 장갑은 가죽 제품이고 뻣뻣할지도 몰라요. 특히 피에 젖었으면 그렇죠. 그걸 끼고는 타자를 칠 수가 없으니까 벗은 걸 수도요. 그러면 손가락에 피는 묻지 않았겠죠⋯⋯."

처음 현장에 나오는 신입 형사들은 입을 다물고 내가 무슨 말을 하든 고개를 끄덕인다. 보통은 이런 행동이 올바른 판단이지만 이따금 다른 파트너들이 서로 말다툼을 하고 가설을 던지고 받고 멍청하다고 욕하는 것을 보면 내게도 가끔 외로움이라고 할 만한 감정이 스치기는 했다. 리치와 함께 일하는 것이 점점 기분 좋아졌다. "그런 다음 제니퍼와 패트릭이 일 미터 떨어진 곳에 피를 흘리고 있는데 그자는 저기 앉아서 두 사람의 인터넷 방문 기록을 조작했다는 건가." 나는 말했다. "어느 쪽이든 배짱은 대단하군."

"저기요?" 래리는 우리를 향해 손을 흔들며 물었다. "나 아직 여기에 있다고. 내가 손자국은 그렇게 좋은 부분이 아니라고 한 말 기억하지?"

"나는 디저트를 마지막까지 아껴뒀다가 먹는 걸 좋아하지." 나는 말했다. "언제든 래리 자네가 준비가 되거든 좋은 부분도 들어보겠네."

래리는 우리 둘의 팔꿈치를 잡고 몸을 돌려 굳어지는 핏자국을 향하도록 했다. "여기가 남성 피해자가 있던 자리 맞지? 얼굴은 아래로, 머리는 현관문 쪽으로, 발은 창 쪽을 향하고 있었지. 자네 버펄로떼들의 말로는 여성 피해자는 남자의 왼쪽에 쓰러져서 왼쪽을 아래로 하고 누워서 남편을 보고 있었다며. 남편 몸에 기대서 머리는 남편의 팔을 베고. 그래서 여기 여자의 등이 있었을 자리로부터 사십오 센티미터 떨어진 자리에서 이걸 찾았지."

그는 잭슨 폴록의 그림처럼 피 웅덩이 주변에 핏방울이 점점이 흩뿌려진 바닥을 가리켰다. 나는 말했다. "족적?"

"사실 이백 개 정도 족적이 있었지. 하느님 맙소사. 하지만 여기 이걸 자세히 봐."

리치와 나는 더 가까이 몸을 숙였다. 족적은 희미해서 타일의 대리석 무늬에서는 거의 알아보기도 힘들었지만 래리와 부하들은 우리 같은 사람들이 보지 못하는 것까지 본다.

"이게 특별해." 래리가 말했다. "이건 남자의 왼쪽 운동화 족적인데 사이즈는 280밀리미터나 270밀리미터 정도에 피가 묻었지. 그리고 이것도 봐. 정복 경관들 것도 아니고 구급대원들 것도 아니야. 어떤 사람들은 신발 커버를 씌울 만큼은 머리가 있지. 그리고 피해자들 것도 아니고."

만족감이 차올라 래리의 작업복이 터질 것 같았다. 그가 흐뭇해하는 것도 당연했다. "래리, 나 너를 사랑하는 것 같다."

"번호표 받아. 아무튼 희망을 크게 품지는 마. 이건 족적의 반밖에 안 돼. 자네 버럴로들이 나머지 반은 뭉개버렸거든. 그리고 또 하나, 자네들이 완전히 얼간이가 아닌 이상 알겠지만 그 신발은 지금은 저 아일랜드해 바닥에 있을걸. 하지만 만약 자네들이 어떻게 그걸 손에 넣는다면 여기 행운이 깃들겠지. 이쪽 족적은 완벽하거든. 내가 직접 해도 더 잘 찍을 수 없을걸. 사진을 감식실로 보내면 크기를 말해줄 수 있을 거고 시간을 충분히 주면 확실히 브랜드와 모델도 얘기해줄 수 있을 거야. 나한테 실제 신발을 가져다주면 일 분 안에 족적이 일치하는지 아닌지 알려주지."

나는 말했다. "고마워, 래리. 언제나처럼 자네 말이 맞았어. 이게 좋은 부분이네."

나는 리치와 눈을 맞췄다가 문 쪽으로 가기 시작했지만 래리가 내 팔을 쳤다. "내가 언제 다 끝났다고 했어? 근데 예비 조사일 뿐이야, 스코치. 자네도 절차 알잖아. 이거 절대로 내가 말했다고 하면 안 돼. 아니면 자네랑은 끝장이야. 하지만 몸싸움이 어떤 형태였을지 우리가 해줄 수 있는 얘기를 듣고 싶어 할 것 같은데."

"언젠 내가 싫다고 한 적 있나? 수사에 도움이 되는 얘기는 뭐든 감사히 받지."

"몸싸움은 자네가 생각한 대로 이 방 안에서만 일어난 것 같아. 하지만 엄청난 전면전을 벌였어. 방 전체를 오가면서 싸움이 벌어졌지. 뭐, 실내가 엉망이 된 걸 보고 자네도 짐작했겠지만, 내가 말한 건 처음 칼로 찌른 이후의 부분이야. 저기 맨 끝에 있는 빈백 소파가 피 묻은 칼로 찢겼고 벽 이쪽 면은 탁자 위로 피가 사방으로 크게 튀었지. 그 사이에 적어도 아홉 군데 각각 피가 튄 자국이 있어." 래리가 가리키자 피가 튄 자국이 갑자기 페인트처럼 선명해지며 벽에서부터 나한테로 튀어나오는 것 같았다. "핏자국 중 몇 개는 아마도 남성 피해자의 팔에서 나온 걸 거야. 쿠퍼 말 들었지. 사방팔방에 피가 흘렀다고. 그가 방어하려고 한 팔을 휘둘렀다면 피가 날아갔을 거고. 일부는 자네 범인이 흉기를 휘두르다가 튀었겠지. 어쨌든 둘 사이에서 꽤 격렬하게 팔을 휘두르는 싸움이 계속됐어. 피가 다양한 높이에 다양한 각도로 튀었지. 범인은 피해자들이 반격하는 동안 계속 찔렀고 땅에 쓰러진 후에도 찔렀지……."

리치의 어깨가 화들짝 솟았다. 그는 뭔가에 물린 척 긁어서 감추려 했다. 래리는 상냥하게 말했다. "그건 아주 큰 이점이야. 싸움이 어지러울수록 더 많은 증거가 남으니까. 지문, 머리카락, 섬유……. 언제든 근사한 피 웅덩이 현장만 달라고."

나는 현관으로 향하는 문을 가리켰다. "저기는 어떤가? 저기 근처는 닿지 못했나?"

래리는 고개를 저었다. "그런 거 같진 않아. 문에서 일 미터 안에는 하나도 없어. 피가 튄 자국도, 정복 경관과 구급대원 외에는 피 묻은 발자국도, 장소에 어울리지 않는 건 아무것도 없어. 신과 인테리어 업자가 의도한 그대로더군."

"여기 안에 전화가 있나? 무선전화기 같은 거?"

"우리가 찾은 건 없어."

나는 리치에게 말했다. "내가 무슨 말 하려는지 알겠지."

"네, 유선전화가 현관 탁자 위에 있었습니다."

"맞아. 어째서 패트릭이나 제니퍼는 전화로 가서 999에 신고하지 않았지? 적어도 시도해볼 수는 있지 않나? 어떻게 범인이 두 사람을 동시에 제압했지?"

리치는 어깨를 으쓱했다. 눈으로는 아직도 반대편 벽의 핏자국을 하나하나 훑고 있었다. "고건 부인이 한 말 들으셨죠." 그가 말했다. "경찰이 이 단지 내에선 별로 인기가 없다잖아요. 신고해도 소용없다고 여겼을 수도 있죠."

이미지가 내 뇌리에 새겨졌다. 목을 깊이 찔린 패트릭과 제니퍼 스페인이 공포에 떨면서도 우리 경찰은 너무 멀리 있고 무관심해서 전화할 가치도 없다고, 전 세계의 보호가 자기들을 버렸다고, 사방에 어둠과 바다가 포효하는 가운데 오직 둘뿐이라고 믿으면서 한 손에는 칼, 다른 손에는 아이들의 죽음을 쥔 남자에게 외로이 맞서는 모습이 보였다. 리치의 턱이 굳어지는 것으로 봐서 그도 똑같은 상상을 그려본 듯했다. 나는 말했다. "또 다른 가능성은 몸싸움이 각각 별개로 두 번 있었다는 거야. 우리 범인이 위층에서 일을 해치우고 나가려는데 패트릭이나 제니퍼 중 한 명이 깨어나서 그 소리를 들은 거지. 패트릭이 더 타당할 거야. 제니퍼라면 혼자서 조사하러 나갈 리가 없을 테니까. 패트릭은 남자를 쫓아가다가 잡아서 여기로 데려온 후 꽉 붙잡고 있으려고 했겠지. 그러면 우연한 흉기와 몸싸움의 정도를 설명할 수 있어. 우리 범인은 덩치가 크고 힘이 세고 격분한 남자를 떨쳐버리려고 한 거야. 그 싸움에 제니퍼가 잠에서 깼지만 제니퍼가 여기 왔을 땐 이미 범인이 패트릭을 쓰러뜨린 후였고, 그래서 그는 거침없이 제니퍼를 처리할 수 있었지. 이 모든 일이 무척 빨리 일어났을 수 있어. 이런 유의 아수라장을 만드는 데 그렇게 오래 걸리진 않잖아. 특히 칼이 개입되었을 땐."

리치가 말했다. "그러면 아이들이 주 목표물이었단 말인데요."

"어쨌든 그렇게 보이지 않나. 아이들을 죽인 자는 조직적이고 깔끔해. 거기 어떤 유의 계획이 있고 모든 일이 그에 따라 실행됐어. 어른들은 피투성이에 통제 불가능한 아수라장 속에서 죽었고 결말은 아주 쉽게 달라질 수도 있었지. 범인이 어른들과 마주치는 것을 계획하지 않았든 어른들도 처리할 다른 계획이 있었든 간에 뭔가 잘못된 거야. 어느 쪽이든 범인은 애들부터 시작했어. 그렇다면 아이들이 아마도 우선순위였단 얘기지."

"아니면⋯⋯." 리치가 말했다. "반대일 수도 있지 않을까요." 그의 눈이 내게서 스르르 멀어져 다시 혼돈으로 돌아갔다. "어른들, 혹은 둘 중 하나가 주 목표물이었고 피바다 역시 계획에 있었을지도요. 그게 범인이 노리던 거라면요. 아이들은 그저 깨어나서 본격적으로 일하는 데 방해되지 않도록 없애버려야 할 대상에 불과했고."

래리는 섬세하게 한 손가락을 후드 속에 집어넣어 이마 가장자리를 긁었다. 그는 슬슬 이 모든 심리 분석 탁상공론에 싫증 내고 있었다. "범인이 어디서 시작했든 끝에는 뒷문으로 나갔다고 말하고 싶군. 앞문이 아니라고. 현관은 깨끗했고 차로도 마찬가지지만 뒷마당 포석에서는 피 얼룩 세 개를 발견했어." 그는 우리에게 창문 쪽을 보라고 신호한 후 가리켰다. 깔끔하게 노란 테이프가 쳐져 있었다. 하나는 문 바로 바깥이었고 하나는 풀밭 가장자리였다. "표면이 고르지 않아서 어떤 유의 얼룩인지는 알려줄 수가 없네. 신발 족적일 수도 있고 뭔가 피 묻은 물건을 떨어뜨렸다가 옮긴 걸 수도 있고 뭔가 핏방울이 떨어진 후에 뭉개진 걸 수도 있어. 범인이 피를 흘리다가 밟은 것처럼. 아이 중 하나가 며칠 전 무릎을 긁힌 걸 수도 있지. 현 단계에서 우리가 아는 건 그게 다야. 우리가 할 수 있는 말은 '핏자국이 있다'뿐이지."

나는 말했다. "그자가 뒷문 열쇠를 갖고 있었군."

"그랬거나 공간 이동을 했거나. 자네가 알고 싶어 할 만한 걸 정원에서 하나 더 찾았어. 다락의 덫이랑 상관있는 거야."

래리는 부하 중 한 명을 향해 손가락을 흔들었고 부하는 증거물 봉투 중에서 하나를 가져와 내밀었다. "자네가 관심이 없으면⋯⋯ 그냥 버리려고. 역겨운 물건이야."

그것은 울새 아니 울새의 대부분이라고 해야 할 것이다. 며칠 전 무언가 머리를 떼어냈다. 들쭉날쭉하게 난 검은 구멍 속에 희미한 것들이 꿈틀거리고 있었다.

"우린 관심이 있어." 나는 말했다. "새를 죽인 게 뭔지 자네는 알아낼 수 있겠지."

"정말로, 그리고 진실로 그쪽은 내 영역이 아니지만 감식반 친구 중에 주말이면 야외 활동을 하는 애가 하나 있으니까. 모카신을 신고 오소리를 추적한다든가. 그 친구가 뭐라고 하는지 봐야지."

리치는 몸을 앞으로 숙여 울새를 자세히 살폈다. 움켜쥔 작은 발, 환한 가슴 깃털에 매달린 흙덩이. 사체에선 악취가 풍겼으나 그는 알아차리지 못하는 것 같았다. 리치가 말했다. "대부분의 동물은 사냥감을 죽이면 먹어요. 고양이든 여우든요. 창자까지 끄집어낼 걸요. 단지 죽이고 싶어서 죽이진 않죠."

"자네가 산사람 타입은 아니라고 여겼는데." 래리가 한쪽 눈썹을 높이 치키며 말했다.

리치는 어깨를 으쓱했다. "산사람은 아니죠. 잠시 골웨이 시골에 배속됐던 적이 있습니다. 그때 동네 청년들에게 몇 가지 주워들었죠."

"그럼 계속해보게, 크로커다일 던디. 뭐가 울새의 머리를 떼어 가고 나머지 몸은 남겨놓았겠나?"

"밍크일까요? 소나무담비?"

"아니면 인간이거나." 울새의 남은 부분을 본 순간 내가 생각했던 건 다락의 덫이 아니었다. 아침 일찍 정원에 나가 뛰어 놀 에마와 잭이었다. 아이들은 이슬 젖은 풀숲 속에서 이걸 찾았으리라. 은신처에서는 그 모습이 완벽하게 잘 보였을 것이었다. "인간은 단지 죽이고 싶어서 죽이지. 늘."

5시 40분까지 우리는 놀이방을 수색했고 부엌 창문 바깥의 빛이 저녁을 향해 서늘해져갔다. 나는 리치에게 말했다. "여기 마무리를 맡아주겠나?"

그는 흘끔 올려다보았지만 묻지 않았다. "문제없습니다."

"나는 십오 분 후에 돌아올 거야. 경찰청으로 돌아갈 준비를 하자고." 나는 일어섰다. 무릎이 후들후들 저렸다. 이런 일을 하기엔 너무 나이가 들었다. 래리와 그의 팀이 더는 쓸모가 없다고 한 핏자국 속에서 리치가 웅크리고 앉아 그림책과 크레용이 든 플라스틱 통을 뒤지도록 놔두고 떠났다. 방을 나서는데 복슬복슬하고 파란 동물 인형이 발에 차였고 인형은 고음으로 깔깔 웃으며 노래를 부르기 시작했다. 내가 현관으로 내려와 문으로 가는 동안 인형의 가늘고 달콤하며 비인간적인 노랫소리가 따라왔다.

낮이 물러가기 시작했다 이 단지도 생기를 찾았다. 언론은 짐을 싸고 헬리콥터와 함께 집으로 가버렸지만 우리가 피오나 래퍼티와 이야기를 나눴던 집에서는 남자아이 한 무리가 뛰어다니며 비계에 매달리고 서로를 높은 창문에서 밀어버리는 척하며 놀았다. 타오르는 하늘 아래 아이들의 검은 그림자가 춤을 추었다. 길 끝에는 십대 아이들이 잡초가 많이 자란 뜰 주위의 벽 위에 웅크리고 앉아 있었다. 아이들은 담배나 술을 숨길 생각도 없이 대놓고 나를 바라보았다. 어딘가에서 누군가가 머플러도 없는 커다란 오토바이를 타고 시끄러운 소리를 내며 빙글빙글 돌고 있었다. 저 멀리서는 랩 음악이 가차 없이 쿵쿵 울려 퍼졌다. 새들은 텅 빈 창문 구멍으로 드나들었고 도로 갓길에 놓인 벽돌과 철조망 더미 속으로 무언가 떨어지며 작은 눈사태처럼 흙먼지가 우르르 날렸다.

단지 뒷문에는 거대한 돌기둥 두 개가 서 있고 문이 있어야 할 빈자리에는 기다란 풀이 무성히 자라 흔들릴 뿐이었다. 내가 모래언덕으로 향하는 완만한 비탈길을 내려가는 동안 풀들은 위로하듯 속삭이며 발목에 단단히 감겨와 나를 뒤로 끌어당겼다.

수색팀은 만조의 해변에서 해초들 사이와 고둥이 숨어 보글보글 거품이 나는 구멍들을 뒤지고 있었다. 그들은 내가 다가오는 걸 보자 차례차례 허리를 폈다. 나는 물었다. "뭐 수확이 있나?"

그들은 기괴한 보물찾기를 하며 긴 하루를 보낸 끝에 발견한 물건을 들고 추위에 떨며 집으로 터벅터벅 걸어오는 어린이들처럼 자신들이 모은 수많은 증거 봉투를 내게 보였다. 담배꽁초, 사과주 깡통, 다 쓰고 버린 콘돔, 망가진 이어폰, 찢어진 티셔츠, 식품 포장지, 옛날 신발. 모든 빈집에는 쓸 만한 물건이 있었고 모든 빈집은 누군가 들어가 차지하고 점령했다. 담력 시험을 할 만한 장소를 찾는 아이들, 은밀한 데나 흥분을 더하는 장소를 찾는 커플들, 부술 걸 찾는 십 대들, 새끼를 치고 키울 장소를 찾는 동물들. 쥐, 새, 잡초, 작고 바쁜 곤충들. 자연은 그 무엇도 빈 채로 두지 않았고 그 무엇도 헛되이 쓰이도록 하지 않았다. 건축업자들과 개발업자들, 부동산업자들이 빠져나가자마자 다른 존재들이 이사 들어오기 시작했다.

발견 물품 중에 가치가 있는 것도 있었다. 칼 두 개. 하나는 우리 흉기가 되기에는 너무 작은 부러진 편지용 칼이었고 하나는 반쯤 녹슬지 않았다면 관심을 가졌을 법한 잭나이프였다. 스페인 가족의 집 잠금장치에 맞는지 확인할 필요가 있어 보이는 현관 열쇠가 세 개가 있었고 피일 수도 있는 뻣뻣한 검은 얼룩이 있는 스카프가 하나 있었다. "좋은 물건이군." 나는 말했다. "이것들을 감식반에서 나온 보일에게 제출하고 퇴근들 하게. 내일 아침 8시 정각에 수색을 중단한 바로 그 자리에서 시작해. 나는 사후 부검에 참석할 테지만 끝나는 대로 빨리 와서 합류하지. 고맙네, 제군. 수고했어."

그들은 장갑을 벗고 뻣뻣한 목을 주무르면서 모래언덕을 터덜터덜 올라 단지로 향했다. 나는 그 자리에 그대로 있었다. 수색팀은 내가 여러 가능성을 음울하게 계산하거나 죽은 이들의 작은 얼굴들을 마음속 가득 떠올리며 사건에 관해 고요히 생각할 시간을 갖는 중이라 짐작할 것이었다. 우리 범인이 나를 지켜보고 있다면 그도 똑같이 추측할 것이다. 나는 그런 게 아니었다. 나는 저 해변에 나 자신이 저항할 수 있는지 시험하려고, 이 십 분을 일정에 넣었다.

나는 단지를 등지고 섰다. 이전이라면 캠핑카 사이에 걸어놓은 임시 빨랫줄 사이에 환한 수영복이 펄럭이고 있었을 자리, 폭격을 맞고 무너진 희망. 이른 달이 창백한 하늘 위에서 창백히 빛나며 가느다란 연기구름 뒤에서 깜빡거렸다. 그 아래 회색 바다는 불안하고 끈덕지게 출렁거렸다. 수색팀이 사라진 만조의 해안선으로 바닷새들이 다시 찾아들었다. 나는 가만히 서 있었다. 몇 분 후에는 새들이 내 존재를 잊고 다시 먹이를 찾아 경쾌히 날아가면서, 밀려오는 파도 속 흔들리는 바람처럼 높고 깨끗하게 울어댔다. 언젠가 밤새의 울음소리가 캠핑카 창문 바깥에서 가깝게 들려오자 디나가 깜짝 놀라 잠에서 깬 적이 있었다. 그때 어머니는 셰익스피어의 문장 하나를 읊어주었다. "두려워하지 마요. 섬은 소음으로 가득해요. 소리와 달콤한 공기는 기쁨을 줄 뿐 상처는 주지 않죠."*

바람은 점점 차가운 날을 세웠다. 나는 코트 옷깃을 올리고 주머니에 두 손을 찔러 넣었다. 내가 마지막으로 그 해변에 발을 디딘 건 열다섯 살 때였다. 있는 힘을 다해 끙끙대며 면도를 시작했고 새롭게 넓어진 어깨에 익숙해졌으며 처음으로 누군가와 사귄 지 일주일이 되었던 때였다. 뉴리 출신의 인기 있던 소녀 어밀리아, 내가 하는 모든 농담에 웃어주고 딸기 맛이 나던 소녀. 그때의 나는 달랐다. 자극적이고 무모했으며 웃을 일이나 덤빌 일이 있으면 저돌적으로 달려들어 그 속도 그대로 돌벽을 들이받을 정도였다. 우리 남자애들이 여자애들에게 멋있게 보이려고 팔씨름을 할 때면 나는 덩치 큰 딘 고리에게 맞서서 걔를 세 번 연속 이겼다. 나보다 체격이 두 배는 큰 녀석이긴 했어도 나는 그만큼 어밀리아에게 응원받고 싶어서 안달이 나 있었다.

나는 바닷물 위, 파도 위로 내려앉는 밤의 한가운데를 바라보았지만 아무런 느낌이 들지 않았다. 해변은 아주 오래전 옛날 영화에서 본 풍경 같았다. 그때 혈기 왕성한 소년은 어린 시절에 내가 읽다가 내던졌던 책 속의 등장인물처럼 여겨졌다. 오로지 내 등뼈의 안쪽과 손바닥 깊은 곳 어딘가에서 무언가가 웅웅거렸다. 너무 낮아서 들리지 않는 소리처럼, 경고처럼, 조음기가 완벽한 음을 맞추어 깨울 때의 첼로 현처럼.

---

* 『템페스트』 3막 2장.

7

그리고 물론, 빌어먹게도 물론 디나는 나를 기다리고 있었다.

내 여동생을 보고 처음으로 알아챌 수 있는 사실은 디나는 아름답다는 것이다. 그 애가 들어오면 남자든 여자든 하던 말을 잊어버릴 만한 그런 아름다움이었다. 그 애는 옛날 펜과 잉크로 그린 스케치 속 요정 같았다. 체격은 무용수처럼 가냘프고 피부는 절대 타지 않으며 입술은 오동통하고 푸른 눈은 커다랬다. 디나는 땅 위에서 이 센티미터는 떠다니는 것처럼 걸었다. 한때 디나랑 사귀었던 화가란 녀석은 그 애에게 "순수한 라파엘전파의 회화 같은 외모"라고 말한 적이 있었다. 귀여운 표현이었지만 두 주 후 그 자식이 디나를 대놓고 차버리지 않았으면 더 귀여울 뻔했다. 별로 놀랍지는 않았다. 디나에게서 두드러지는 두 번째 점은, 그 애는 완전히 미쳤다는 것이다. 이제까지 다양한 치료사와 정신과 의사들이 다양한 진단을 내렸지만 모두 공통적으로 낸 의견은 디나가 삶을 이끌어갈 능력이 없다는 것이다. 살아가는 데는 그 애가 절대로 지니지 못한 요령이 필요하다. 디나는 몇 달 동안은, 가끔은 일 년 동안은 그런 척 살아갈 수 있었지만 그러려면 허공에서 줄타기를 할 때만큼의 집중력이 필요하고 결국에는 비틀거리다 날아가고 만다. 그런 다음에는 당시 일하던 거지 같은 저임금 일자리를 집어치우고 당시 만나던 거지 같은 남자친구가 그 애를 걷어찬다. 연약한 여자를 좋아하는 남자들은 디나를 좋아하지만 그것도 연약하다는 특성이 진짜로 무슨 뜻인지 디나가 보여줄 때까지만이다. 그런 다음 그 애는 보통 아침 같은 뜬금없는 시간에 내 집 앞이나 제리 누나의 집 앞에 나타나는 어이없는 짓을 한다.

그날 밤은 디나가 예측을 피하고 싶었는지 집 대신에 직장에 나타났다. 우리는 더블린캐슬에서 일한다. 이 도시를 이렇게든 저렇게든 방어해온 팔백 년 가치가 있는 건물들이 모인 관광 명소인지라 누구든 도로에서 바로 들어올 수 있다. 리치와 나는 빠른 걸음으로 경찰청 건물로 향하는 자갈길을 걸어갔고 나는 오켈리에게 보고할 준비를 하면서 머릿속으로 사실관계를 정리하고 있었다. 그때 벽 구석의 그늘에서 어둠 한 조각이 스르르 떨어져 나오더니 우리에게로 날아왔다. 우린 둘 다 놀라서 펄쩍 뛰었다. "마이키(마이클) 오빠." 디나는 격한 어조와 낮은 목소리, 철사처럼 팽팽한 손가락으로 내 손목을 꽉 감싸쥐었다. "지금 나 좀 잡아줘. 모두가 계속 밀어내기만 해."

마지막으로 디나를 본 건 아마도 한 달 전쯤으로 그때는 물결치는 금발을 길게 내리고 하늘거리는 꽃무늬 드레스를 입었었다. 그 이후로는 그런지 스타일로 바뀌었다. 머리카락은 반들거리는 검은색으로 염색해서 플래퍼 스타일의 단발로 잘라버렸다. 앞머리를 보니 직접 자른 게 분명했다. 그리고 하얀 슬립 위에 거대하고 너덜너덜한 회색 카디건을 입고 바이커 부츠를 신었다. 디나가 외모를 바꾼다는 건 안 좋은 징조였다. 나는 오랫동안 디나의 상태를 확인하지 않고 놔둔 자신을 발로 차버리고 싶었다.

나는 리치에게서 멀어져 디나를 한쪽 옆으로 데려갔다. 리치는 입이 떡 벌어져 바닥까지 떨어질 것 같았지만 아닌 척 애쓰고 있었다. 그는 이제 나를 완전히 새로운 관점으로 보게 된 듯했다.

"내가 이렇게 잡고 있잖아. 무슨 일이야?"

"나 못 견디겠어, 오빠. 머리카락 속에서 뭔가 느껴져. 알지, 바람이 내 머릿속을 긁고 가는 것처럼. 아파, 계속 아파. 그런데 그걸 끄는 스위치를 못 찾겠어."

내 위장이 단단하고 무거운 덩어리로 뭉쳐졌다. "그래그래. 잠시 동안 우리 집으로 돌아올래?"

"우리 가야 돼. 오빠, 내 얘기 좀 들어."

"가고 있는 거야. 잠깐만 기다려, 알겠지?" 나는 그날의 관광객들이 빠져나간 후 폐장하는 성 건축물 계단 옆으로 디나를 데려갔다. "여기 앉아서 잠시만 기다려."

"왜? 오빤 어디 가는데?"

디나는 공포 발작을 일으키기 직전이었다. "바로 저기." 나는 손가락으로 가리켰다. "내 파트너를 떨쳐버려야 너랑 나랑 집으로 돌아가지. 이 초면 돼."

"오빠 파트너는 싫어. 방이 없잖아. 우리가 그 좁은 데서 어떻게 끼어 자?"

"내 말이 그 말이야. 나도 쟤 싫거든. 쟤 보내고 올 테니까 그다음에 가자." 나는 디나를 계단에 앉혔다. "알겠지?"

디나는 무릎을 올리고 앉아서 팔로 감싸안은 다음 팔꿈치 안쪽에 입을 파묻었다. "알겠어." 그 애는 웅얼거리는 소리로 대답했다. "빨리 와, 알겠지?"

리치는 나의 사생활을 존중하는 의미에서 문자메시지를 확인하는 척하고 있었다. 나는 한 눈으로 디나를 슬쩍 보았다. "저기, 리치. 나는 오늘 밤은 근무를 못 할 것 같은데. 자네가 좀 맡아줄 수 있겠나?"

리치의 머리 위에 물음표가 통통 뛰어오르는 것이 보였지만 그는 입을 다물고 있을 만큼은 지각이 있는 사람이었다. "그럼요."

"좋아. 시보를 하나 골라. 그 녀석, 아니 여성일 수도 있지, 자네 맘대로 한 명 골라서 초과근무에 올려도 좋다고 해. 하지만 그렇게 안 하는 게 직업적으로는 더 나은 선택일 수도 있다는 메시지는 슬쩍 전하도록 하고. 무슨 일이 생기면 나한테 즉시 연락해. 중요하지 않은 일처럼 생각되어도 상관없어. 자네 혼자 처리할 수 있다고 생각해도 상관없고. 나한테 무조건 전화해. 알겠나?"

"알겠습니다."

"아무 일도 일어나지 않아도 전화해. 내가 최신 상황을 알고 있어야 되니까. 한 시간마다 정각에. 내가 받지 않으면 받을 때까지 계속 전화해. 알겠나?"

"알겠습니다."

"과장에게 내가 긴급 상황이 생겨서 돌아가지만 걱정할 건 없다고 해. 상황을 정리하는 대로, 적어도 내일 아침까지는 다시 업무 복귀할 거니까. 오늘 일을 브리핑하고 오늘 밤 계획을 보고해. 할 수 있겠나?"

"아마도 할 수 있을 겁니다, 네."

리치의 입꼬리가 비틀리는 것을 보니 질문이 마음에 들지 않는 모양이었지만 지금 당장 그의 자존심은 내 우선순위 목록에서 하위에 있었다. "'아마도'라는 말은 필요 없어, 친구. 어떻게든 해내. 시보들에게 내일 할 임무를 주었고 수색팀도 마찬가지니까 가능하면 내일 일찍 만에서 수중수색팀이 업무를 시작해야 한다고 보고해. 과장한테 보고를 마치면 움직여. 먹을거리와 따뜻한 옷, 카페인 알약이 필요할 거야. 커피는 쓸모없어. 삼십 분마다 화장실 가고 싶진 않을 거 아니야. 그리고 열화상 안경도 하나. 이자가 야간 투시 장비를 갖고 있다고 가정해야 하고 범인이 네게 덤벼드는 걸 난 바라진 않거든. 그리고 총도 점검해." 우리 중 대부분은 경찰 생활 내내 총집에서 총을 꺼내본 적도 없다. 어떤 사람들은 그것을 얼렁뚱땅 일해도 되는 허가증 정도로 여긴다.

"네, 저도 잠복근무는 두 번 정도 해본 적 있습니다." 리치가 하도 평온하게 말하는 바람에 나한테 욕을 하는 건지 분간할 수가 없었다. "내일 아침 여기서 뵐까요?"

디나는 카디건 소매의 올을 이로 뜯어내면서 점점 불안해하고 있었다. "아니." 나는 말했다. "여기는 아니야. 오늘 밤, 이따가 브라이언스타운에 가보려고 노력은 해보겠지만 갈 수 있을지 없을지 몰라. 내가 가지 못하면 내일 아침 6시 병원에서 부검 때 만나자고. 제발 늦지 마. 늦었다간 아침 내내 쿠퍼의 짜증을 풀어줘야 할 테니까."

"문제없습니다." 리치는 전화를 주머니에 넣었다. "거기서 뵙겠습니다. 일을 말아먹지 않도록 우리가 최선을 다하면 되는 거죠?"

"말아먹지 마."

"그런 일 없을 겁니다." 리치는 좀더 상냥하게 말했다. 나를 안심시키려는 말투였다. "행운을 빕니다."

그는 내게 고개를 끄덕여 보이더니 경찰청 정문으로 향했다. 리치는 돌아보지 않을 만큼은 영리했다. "마이키 오빠." 디나가 내 코트 뒷자락을 한 움큼 부여잡고 낮게 말했다. "우리 가도 돼?"

찰나의 순간 나는 침침해져가는 하늘을 올려다보며 저 위에 있는 어떤 존재에게 간절히 긴급한 기도를 던졌다. '범인에게 제가 인정하는 이상의 자제력을 주시길. 그가 바로 리치의 품 안으로 뛰어들지 않게 해주시길. 그가 저를 기다리도록 해주시길.'

"자." 나는 한 손을 디나의 어깨에 얹었다. 그 애는 겁먹은 동물처럼 내 옆구리로 파고들며 날카로운 팔꿈치로 나를 찌르고 숨을 발게 내뱉었다. "가자."

이런 날에 디나에게 첫 번째로 해줘야 하는 일은 실내로 들여보내는 것이다. 광기처럼 보이는 증상의 큰 부분은 실제로는 그저 긴장, 이리저리 떠다니고 조류에 흔들리며 스쳐 흘러가는 모든 것에 걸릴 때마다 점점 커져가는 공포다. 디나는 마침내 야생의 덫에 걸린 초식동물처럼 세계의 거대함과 예측 불가능성에 얼어붙어 경직되어버린다. 낯선 사람도 시끄러운 소리도 갑작스러운 동작도 없는 익숙하고 밀폐된 공간으로 들여보내면 그 애는 차분해진다. 심지어 둘이 함께 증상이 끝나기를 기다리는 동안 맑은 정신을 유지하기도 한다. 전처와 함께 살던 집을 팔고, 이 아파트를 살 때 내가 염두에 두었던 요소 중 하나는 디나였다. 우리는 갈라지기에 좋은 시기를 택했다. 아니, 그랬다고 나는 지금까지도 내 자신에게 되뇐다. 부동산 시장은 상승세였고 내 몫의 반을 받아 금융 서비스 센터에 4층 침실 두 개짜리 아파트의 보증금을 낼 수 있었다. 걸어서 출근할 수 있을 만큼 시내 중심에 있었고 결혼에 실패한 패자라는 기분을 덜 느끼게 할 만큼 유행에 맞았으며 디나가 거리의 소음에 겁먹지 않을 만큼 높았다.

"아유, 다행이다. 드디어 들어왔네." 내가 아파트 문을 열자 디나는 안도감이 확 밀려왔는지 이렇게 말했다. 그 애는 나를 밀치고 문 옆 벽에 기대어 눈을 감은 뒤 심호흡을 했다. "마이크, 나 샤워 좀 해도 돼?"

나는 그 애에게 수건을 찾아주었다. 디나는 핸드백을 바닥에 던져놓고 욕실로 휙 들어가 문을 쾅 닫았다.

상태 나쁜 날의 디나는 밤새 뜨거운 물이 끊기지 않고 문 밖에 사람이 있다는 것을 아는 한 오래 샤워를 했다. 디나는 물속에 있으면 마음속이 텅 비워지기 때문에 기분이 좋아진다고 한다. 평소 디나의 정신엔 융이 말한 수많은 종류의 개념이 꽉꽉 들어 차 있어서 나는 어디서부터 시작해야 할지도 모를 지경이었다. 물이 흐르고 디나가 혼자 노래 부르는 소리가 들리자마자 나는 거실 문을 닫고 제리 누나에게 전화했다.

나는 세상의 그 무엇보다도 이런 전화를 거는 게 싫다. 제리 누나에겐 열 살, 열한 살, 열다섯 살 아이가 셋 있고, 가장 친한 친구의 인테리어 디자인 회사에서 회계를 봐주는 일자리도 있고, 얼굴을 볼 시간이 모자란 남편도 있다. 이 모든 사람이 누나를 필요로 한다. 살아 있는 사람 중에 나를 필요로 하는 사람은 디나와 제리 누나와 아버지를 제외하고는 없으며, 제리 누나가 제일 필요로 하는 것은 내가 이런 전화를 하지 않는 것이다. 나는 내 힘 안에서 최선을 다한다. 누나를 실망시킨 것도 몇 년 전이다.

"믹! 잠깐만 끊지 말고 기다려. 세탁기 전원만 누를 때까지⋯⋯." 쾅 닫는 소리, 꾹꾹 버튼 누르는 소리, 기계 진동 소리 . "자, 별일 없어? 내 메시지 받았지?"

"응, 받았어. 제리 누⋯⋯."

"앤드리아! 엄마가 다 봤어! 그거 동생에게 당장 돌려주지 않으면 걔한테 네 걸 줄 거야. 그걸 원하는 건 아니겠지? 아니, 네가 그럴 린 없을 거야."

"제리 누나, 내 말 좀 들어. 디나가 다시 정신을 놓았어. 우리 집으로 데려왔고 지금 샤워하고 있지만 나 할 일이 있어. 누나네 집에 좀 데려다놔도 될까?"

"오, 맙소사⋯⋯." 누나에게서 새어 나오는 숨소리가 들렸다. 제리 누나는 우리 식구 중에서도 낙천주의자다. 이십 년이 지난 지금도 여전히 매번 '이번이 마지막일 거야, 어느 날 아침 디나가 잠에서 깨면 완전히 나아 있을 거야'라는 희망을 품는다. "아, 세상에 불쌍한 것. 나도 걔를 데려가고 싶긴 한데 오늘은 안 돼. 이틀 정도 후에 걔가 여전히⋯⋯."

"이틀은 못 기다려, 제리 누나. 큰 사건을 맡았어. 조만간 열여덟 시간씩 근무하게 될 거야. 걔를 직장에 데려갈 수 있는 것도 아니고."

"아, 믹. 안 돼. 실라가 바이러스성 장염에 걸렸어. 그 얘기 했잖아. 걔가 그걸 또 자기 아빠에게 옮겼어. 둘 다 밤새 토했다니까. 한 사람이 안 하면 다른 사람이. 그리고 콤과 앤드리아도 언제든 옮을 게 뻔해. 나 하루 종일 토한 거 치우고 빨래하고 세븐업을 끓였어*. 게다가 오늘 밤 똑같은 일을 반복해야 할 것 같아. 디나까지 감당할 수는 없어. 못 하겠어."

디나의 삽화 기간은 사흘에서 두 주까지 다양하다. 나는 만에 하나 일어날 일을 대비해서 연차를 아껴두긴 했고 오켈리가 사유를 물어보진 않겠지만 이번에는 쓸 수 없을 것이다. 나는 말했다. "아빠는 어때? 단 한 번만. 혹시라도……."

제리 누나는 침묵을 그대로 놔두었다. 내가 어렸을 때 아빠는 등이 꼿꼿하고 날씬했으며 다른 사람이 멋대로 해석할 여지 없이 분명하고 단호하게 단언하는 버릇이 있었다. '여자들이 술 마시는 남자를 좋아할 수도 있어. 하지만 절대로 존경하진 않는다', '신선한 공기를 쐬고 운동을 하면 기분이 아무리 우울해도 다 고칠 수 있어', '기한이 되기 전에 빚을 갚으면 굶을 일은 없을 거다.' 아버지는 뭐든 고칠 수 있었고 뭐든 키워냈으며 해야 할 때는 요리하고 청소하고 다림질도 했다. 엄마가 죽자 아버지는 완전히 박살 나버렸다. 아버지는 아직도 우리가 자란 테리너의 집에 산다. 주말이면 제리 누나와 나는 돌아가며 아버지를 찾아가서 욕실 청소를 하고 냉장고에 균형 잡힌 식사 일주일 치를 만들어놓고 텔레비전이나 전화가 제대로

---

* 세븐업은 카페인이 함유되지 않은 탄산음료로, 젓거나 끓여서 탄산의 양을 줄여서 마시면 바이러스성 장염의 주요 증상인 구토를 완화시키는 데 도움이 된다.

작동하는지를 봐드린다. 부엌 벽지는 엄마가 1970년대에 고른 그대로 마약 환각에 빠진 듯한 주황색 소용돌이무늬였다. 내 방에는 내 교과서가 귀퉁이가 접힌 그대로 아버지가 만들어준 책장에 꽂혀 거미줄을 뒤집어쓰고 있다. 거실에 가서 아버지에게 뭐든 질문해보라. 몇 초 후 아버지는 텔레비전에서 몸을 돌리고 눈을 깜빡거리며 말한다. "아들아. 만나서 반갑구나." 그런 후에는 다시 텔레비전으로 돌아가서 소리는 끈 채로 호주 일일 드라마를 본다. 이따금 아버지는 불안해지면 소파에서 일어나 슬리퍼를 신은 채로 뒷마당을 몇 차례 거닌다.

나는 말했다. "제리 누나, 제발. 오늘 밤만이야. 디나는 내일은 종일 잘 거고 내일 저녁이면 내가 일을 정리할 수 있을 거 같아. 제발."

"해줄 수 있으면 나도 하지, 믹. 너무 바빠서 그런 게 아냐. 내가 그런 걸 꺼리는 사람은 아닌 거 너도 알잖아……." 배경의 소음이 잦아들었다. 제리 누나는 조용히 얘기하기 위해 아이들에게서 떨어진 모양이었다. 나는 환한 색깔의 스웨터와 아이들 숙제가 널린 식당에 서서 누나가 일주일마다 한 번씩 세심하게 관리받는 머리에서 금발 한 가닥을 빼내는 광경을 그려보았다. 내가 어지간히 다급하지 않았다면 아버지 얘기를 꺼내지도 않았으리라는 걸 우리 둘 다 알았다. "하지만 매순간 같이 있지 않으면 걔가 어떻게 되는지 너도 알잖아. 나는 실라와 필도 돌봐야 하는데……. 한밤에 둘 중 한 명이 토하기라도 하면 나는 어떡해? 자기들이 알아서 치우라고 놔둬? 아니면 디나를 놔두고 갔다가 걔가 다시 발작을 시작해서 집 안 전체를 깨우게 할까?"

나는 벽에 어깨를 기대고 한 손으로 얼굴을 덮었다. 내 아파트에서 공기가 다 빠져나간 것 같았고 가사 도우미가 사용한 인공 레몬 향 세척제의 고약한 냄새가 답답하게 가득 찼다. "그래." 나는 말했다. "알았어. 걱정하지 마."

"믹. 우리가 감당할 수 없으면…… 어딘가 해줄 수 있는 데를 찾아봐야……."

"안 돼." 나는 말했다. 말투가 너무 날카롭게 들려 나도 멈칫할 지경이었지만 디나의 노랫소리는 그치지 않았다. "내가 감당할 수 있어. 괜찮을 거야."

"정말 괜찮겠어? 너 대신에 일을 맡아줄 사람을 구할 수 있어?"

"그런 식으로 되는 일이 아니야. 내가 해결해볼게."

"오, 믹. 미안해. 정말 미안하다. 애 아빠랑 애가 좀 나아지는 대로……."

"괜찮아. 가족들에게 안부 전해주고 누나는 뭐든 옳지 않도록 조심해. 곧 다시 얘기하자."

제리 누나의 전화기 너머 멀리에서 분노의 괴성이 터져 나왔다. "앤드리아! 엄마가 뭐라고 했지? ……그래, 믹. 디나는 아침이면 스스로 괜찮아질 수도 있어. 그렇지 않을까? 운이 좋을 수도 있잖아."

"그럴 수도 있겠지. 그래. 그러길 바라보자." 디나가 꺅 소리를 지르더니 샤워기가 잠겼다. 뜨거운 물이 끊긴 것이다. "끊어야겠다." 나는 말했다. "몸조심해." 나는 전화를 던져놓고 부엌에 순순히 들어가서 욕실 문이 열릴 때까지 채소를 썰었다.

내 몫의 저녁으로 쇠고기 볶음을 만들었다. 디나는 배고프지 않다고 했다. 그 애는 샤워를 하고는 안정을 찾았다. 내 옷장에서 꺼낸 티셔츠와 트레이닝복 바지를 입고 소파에 웅크리고 앉아서 멍하니 허공을 응시하며 꿈꾸듯이 수건으로 머리를 닦았다. "쉿." 내가 조심스럽게 오늘 하루는 어땠느냐고 묻자 디나는 말했다. "말하지 마. 그냥 들어봐. 아름답지 않아?"

내게 들리는 소리라고는 4층 아래에서 웅웅대는 차 소리와 위층 부부가 밤이면 아이를 재우려고 틀어놓는 음악에서 나오는 희미한 전자 합성음뿐이었다. 나도 그 소리가 나름대로는 평화롭다고 여겼으며 이리저리 얽힌 대화의 실마리를 따라가며 하루를 보낸 후에 고요 속에서 요리하고 식사하니 좋았다. 뉴스를 따라가며 기자들이 어떻게 이야기를 지어내는지 보고도 싶었지만 이건 안 될 것 같았다.

저녁 식사 후에는 커피를 내렸다. 많이. 커피콩을 가는 소리에 디나는 새로이 꼼지락거렸다. 불안하게 맨발로 거실 주위를 빙빙 돌면서 내 책꽂이에서 책을 꺼내어 페이지를 넘기고 다른 자리에 꽂아놓곤 했다. "오빠, 오늘 밤 나갈 거야?" 디나는 나를 등지고 물었다. "데이트나 뭐 그런 거?"

"오늘은 화요일이야. 화요일에 데이트를 하는 사람은 없어."

"세상에, 마이키 오빠, 좀 즉흥적으로 살아. 평일에도 데이트를 해. 미친 듯 살아봐."

나는 진하게 내린 에스프레소를 머그잔에 따르고 내 팔걸이의자로 갔다. "내가 그렇게 즉흥적인 타입 같진 않은데."

"뭐 그렇다면 주말에 데이트를 하기는 하고? 여자친구는 있는 것처럼 말하네?"

"스무 살 이후로 누구를 여자친구라고 불러본 적이 없는 거 같은데. 성인에겐 파트너가 있을지 몰라도."

디나는 웩 하는 소리와 함께 두 손가락을 목구멍 속으로 밀어 넣는 흉내를 냈다. "1995년의 중년 게이들이나 파트너라는 말을 하겠지. 오빠 누굴 사귀긴 해? 누구랑 자? 누구랑 신나게 떡은 치나? 누구랑……."

"아니, 디나. 안 해. 최근까지는 누구를 사귀긴 했는데 헤어졌어. 당분간은 딱히 사람 만나고 할 계획 없어. 됐어?"

"몰랐네." 디나가 훨씬 조용하게 말했다. "미안." 그 애는 소파의 한쪽 팔걸이 위에 주저앉았다. "로라랑은 아직 연락해?" 잠시 후 디나가 물었다.

"가끔." 로라의 이름을 듣자 방 안이 날카로우면서도 달콤한 그녀의 향기로 가득 찼다. 나는 그 냄새를 코에서 몰아내려고 커피를 꿀꺽 마셨다.

"두 사람 다시 합칠 거야?"

"아니, 로라는 만나는 사람 있어. 의사야. 금방이라도 전화해서 둘이 약혼했다는 말을 하지 않을까 싶은데."

"아아." 디나는 실망해서 말했다. "난 로라 좋은데."

"나도 그래. 그러니까 로라와 결혼했지."

"그럼 왜 이혼한 거야?"

"내가 이혼하자고 한 게 아니야. 로라가 하자고 했지." 로라와 나는 언제나 교양 있게 행동했고 사람들에게는 이혼은 상호적이고 아무의 잘못도 아니며 우리가 그저 다른 환경에서 자라서 어쩌고 같은 흔하고 무의미한 거짓말을 늘어놓곤 했다. 하지만 지금은 너무 피곤했다.

"진짜야? 왜?"

"이유가 있지. 오늘은 오빠가 별로 기운이 없다, 디나."

"뭐가 됐든." 디나는 눈알을 굴렸다. 그 애는 소파에서 꾸물꾸물 내려오더니 부엌으로 터벅터벅 걸어갔다. 거기서 그 애가 뭔가 따는 소리가 들렸다. "뭐 먹을 거 없어? 나 배고파죽겠다."

"먹을 거야 많지. 냉장고는 꽉꽉 찼어. 볶음 요리를 만들어줄 수도 있고 냉동실엔 양고기 스튜도 있고. 뭔가 더 가벼운 게 먹고 싶으면 포리지도 해줄 수 있는데. 아니면……."

"아, 됐어. 그런 거 말고. 5대 영양소가 어쩌고 방부제가 어쩌고저쩌고 하는 말은 집어치워. 나는 아이스크림이나 먹고 싶어. 아니면 그냥 전자레인지에 데워 먹으면 되는 쓰레기 같은 햄버거나." 찬장 문이 쿵 닫히더니 디나가 쭉 뻗은 손에 그래놀라 바 하나를 들고 거실로 돌아왔다. "그래놀라? 오빠 뭐야, 여자애처럼?"

"너한테 그거 먹으라고 한 사람 없는데."

디나는 어깨를 으쓱하더니 다시 소파에 풀썩 주저앉아 독이라도 먹는 양 얼굴을 찡그리며 바의 모서리 한쪽을 오물오물 갉아먹었다. "오빠가 로라랑 있을 땐 행복해 보였는데. 약간 이상하긴 했어. 오빠는 자연스럽게 행복한 사람은 아니니까 그런 오빠의 모습이 익숙하진 않아. 대체 무슨 일인지 이해하는 데 한참 걸렸다니까. 하지만 난 좋았는데."

나는 말했다. "그래, 좋았지."

로라는 제니퍼 스페인처럼 매끈하고 눈에 띄고 공들여 꾸미는 사람이었다. 내가 안 이래로 로라는 생일과 크리스마스만 빼고는 매일 다이어트를 했다. 사흘에 한 번 인공 선탠을 하고 매일 아침 머리카락을 곧게 펴고 집 밖으로 나설 때면 화장을 완벽히 했다. 자연이 의도한 그대로의 상태로 놔두는 혹은 적어도 그런 척하는 여자들을 좋아하는 남자도 있지만 로라가 자연과 맞붙어 싸울 때 보이는 용맹함은 내가 로라를 사랑한 여러 가지 이유 중 하나였다. 나는 아침이면 십오 분에서 이십 분 정도 일찍 일어나서 그 시간을 로라가 준비하는 모습을 바라보는 데 썼다. 심지어 로라가 늦어져서 물건을 떨어뜨리고 혼잣말로 욕을 하는 날에도 내게는 그게 삶이 주는 가장 평안한 광경 중 하나였다. 혼자 그루밍하는 고양이를 보고 있노라면 세계에 질서가 잡히는 것처럼. 내가 보기에 그런 여자는, 자기가 되어야 한다고 생각하는 모습이 되기 위해 열심히 노력하는 여자는 늘 자기가 가져야 하는 것을 갖고 싶어 했다. 꽃, 좋은 장신구, 멋진 집, 화창한 곳에서의 휴가, 그리고 인생을 다해 자기를 사랑하고 보살피기 위해 진심을 다할 남자. 피오나 래퍼티 같은 여자들은 내게는 완전한 수수께끼다. 어디서부터 그런 여자들을 이해해야 할지 상상할 수 없고 그 때문에 초조해진다. 함께 있으면 로라를 행복하게 해줄 수 있는 기회가 있을 것 같았다. 바로 그런 이유로 로라와 같이 있으면 안전하다고 느꼈으면서도, 로라가 여자들이 으레 원하는 것들을 똑같이 원한다는 것을 알았을 때 놀라다니 나는 참 얼간이였다.

디나가 나를 보지도 않고 말했다. "나 때문이었어? 그래서 로라가 오빠를 찼어?"

"아니." 나는 즉시 대답했다. 사실이었다. 로라는 디나의 상태를 일찌감치 예상 가능한 방식으로 알았다. 디나가 내 책임이 아니고 저 미친 아이를 내 집에서 몰아내야만 한다는 식의 말을 로라는 한 적도 없고 은근히 내비친 적도 없었다. 속으로도 그런 생각을 했으리라고 믿지 않는다. 디나가 마침내 우리 손님방에서 잠이 든 밤에 내가 늦게 침대로 가면 로라는 내 머리카락을 쓰다듬곤 했다. 그게 다였다.

디나가 말했다. "이런 아수라장을 치우고 싶어 하는 사람은 없잖아. 나라도 이런 아수라장은 치우기 싫겠다."

"어떤 여자들은 싫어하겠지. 그렇지만 내가 결혼할 여자들은 아니야."

디나는 콧방귀를 뀌었다. "난 로라를 좋아했다고 한 거지. 로라가 성녀라고 한 건 아니야. 오빠는 내가 얼마나 멍청하다고 생각하는 거야? 나도 어떤 미친년이 자기 집 앞에 나타나서 자기 일주일을 통째로 망쳐놓는 걸 로라가 바라진 않았다는 건 알아. 한번은 촛불도 켜놓고 음악도 흐르고 와인잔도 있고 둘 다 머리카락이 엉망진창이지 않았어? 로라는 나를 속속들이 싫어했을걸."

"싫어하지 않았어. 한 번도 그런 적 없어."

"로라가 그랬대도 오빠는 나한테 말 안 할 거잖아. 그거 말고는 어째서 로라가 오빠를 찼겠어? 로라는 오빠한테 미쳐 있었는데. 오빠가 로라를 때리거나, 걸레라고 욕하거나, 그런 잘못을 한 것도 아니잖아. 나는 오빠가 로라를 어떻게 대했는지 아는데. 무슨 공주님처럼 모셨잖아. 달도 따다 줬을걸. '동생이야 나야?' 로라가 그런 말 하지 않았어? '난 내 인생을 도로 찾고 싶으니 저 미치광이를 여기서 몰아내'라고?"

등을 의자 팔걸이에 바짝 붙이고 앉은 디나는 점점 숨이 통하지 않는 듯했다. 눈에 공포의 불꽃이 펄럭였다.

나는 말했다. "로라는 아이를 갖고 싶어서 나를 떠난 거야."

디나는 숨을 멈추고 입을 벌린 채 나를 바라보았다. "오, 망할. 오빠 아이 못 가져?"

"몰라. 시도도 안 했으니까."

"그럼……?"

"나는 아이를 갖고 싶지 않아. 한 번도 그런 생각 한 적 없어."

디나는 말없이 멍하게 그래놀라 바를 빨며 생각에 잠겼다. 잠시 후 그 애는 말했다. "아이가 있었으면 로라는 꽤 느긋해졌을지 몰라."

"그럴지도 모르지. 로라가 그런지 아닌지 알아낼 기회가 있었으면 좋겠다. 하지만 나랑은 아닐 거야. 결혼할 때 로라는 알고 있었어. 내가 확실히 말했거든. 내가 오해하도록 행동한 것도 아니고."

"오빠는 왜 아이를 갖고 싶지 않은데?"

"어떤 사람들은 그런 거야. 그렇다고 내가 괴짜는 아니지."

"오빠가 괴짜라고 한 적 없는데. 내가 그랬어? 그냥 왜냐고 물어본 것뿐이야."

나는 말했다. "나는 아이가 있는 살인수사과 형사들이란 존재를 믿지 못해. 아이가 있으면 약해지지. 압박을 견디지 못하고 결국 일을 엉망으로 만들 거야. 아이들도 망칠 수 있어. 둘 다 가질 순 없지. 나는 일을 택한 거야."

"와, 세상에. 진짜 이런 헛소리는 처음 들어본다. 아이의 존재를 믿지 못해서 아이를 안 갖겠다고 하는 사람은 없어. 오빤 뭐든 일 탓으로 돌리지. 완전 재미없어. 오빠는 아무것도 몰라. 어째서 아이를 원치 않는 거야?"

"일 탓으로 돌리지 않아. 난 진지하게 임하거든. 그게 재미없다면 미안하다."

디나는 눈알을 굴리면서 짐짓 참는 척 한숨을 크게 쉬었다. "좋아." 그 애는 멍청이도 따라갈 수 있을 정도로 천천히 말했다. "내 전 재산을 걸어도 좋아. 그래봤자 별건 없지만서도 그렇단 거야. 오빠 네 수사과 전체가 출근 첫날에 모두 불임수술을 받는 건 아닐 거 아 냐. 오빠도 애들이 있는 사람들하고 일하잖아. 그 사람들도 오빠랑 똑같은 일을 하고. 그 사람들이 항상 살인자를 놓치는 건 아니겠지. 그랬다면 해고되었을 테니까. 맞지? 내 말이 맞지?"

"어떤 형사들은 가족이 있지. 그래."

"그런데도 오빠는 왜 아이를 원하지 않아?"

커피 기운이 돌았다. 인공광을 받아 거슬리는 아파트가 작고 추하 게 느껴졌다. 밖으로 나가고 싶다, 빨리 차를 타고 브로큰하버로 가 고 싶다는 충동이 들어 의자에서 바로 일어날 뻔했다. 나는 말했다. "위험이 너무 크기 때문이야. 그 생각만 해도 배 속에 있는 걸 다 토 할 거만 같아. 그게 이유야."

"그 위험이라는 건." 디나는 잠시 침묵을 지키다 말했다. 그 애는 조심스럽게 그래놀라바의 포장지를 뒤집더니 반짝거리는 면을 찬 찬히 살폈다. "일 때문이 아니겠지. 나를 말하는 거 아니야. 아이들 이 나 같은 사람이 될까 봐."

나는 말했다. "내가 걱정하는 건 네가 아니야."

"그럼 누군데?"

"나지."

디나는 나를 바라보았다. 속을 알 수 없는 희부연 푸른색 눈동자 에 전구가 비쳐 작은 쌍둥이 도깨비불이 떴다. 그 애는 말했다. "오 빠 좋은 아빠가 될 거야."

"아마 그럴 수도 있겠지. 하지만 아마 가지고는 충분하지 않아. 우리 둘 다 잘못 생각해서 내가 끔찍한 아빠가 되면 그땐 어쩔 거야? 내가 할 수 있는 일은 전혀 없을 거야. 그 사실을 알아냈을 땐 너무 늦어. 아이는 이미 나왔으니 도로 집어넣을 수도 없잖아. 할 수 있는 일이라곤 하루하루 아이들을 망치면서 이 완벽한 아이들이 내 눈앞에서 무너지는 걸 바라보는 것뿐이야. 난 그렇겐 못 해, 디나. 내가 그렇게까지는 멍청하지 않거나 용감하지 않아서인진 모르겠지만 그런 위험을 무릅쓸 순 없어."

"제리 언니는 잘하고 있잖아."

"제리 누나는 아주 잘하고 있지." 나는 말했다. 제리 누나는 명랑하고 편안하고 어머니로서 타고난 자질이 있었다. 매번 아이들이 태어난 후에 나는 일 년 동안 매일 전화를 걸었다. 잠복도 신문도 로라와의 다툼도 세상의 모든 일은 그 전화를 하기 위해서라면 다 밀려났다. 제리 누나가 괜찮은지 확인하기 위해서. 한번은 제리 누나의 목소리가 쉰데다 어딘가 가라앉아 보이길래 나는 매형에게 퇴근하고 가서 누나를 확인해보라고 했다. 누나는 감기일 뿐이었고 아마도 내가 멍청이 같은 기분을 느꼈을 거라고 생각했겠지만 사실 나는 그런 기분은 느끼지 않았다. 안전하게 확인하는 편이 낫다, 언제나.

"난 언젠가는 아이를 낳고 싶어." 디나가 말했다. 그 애는 포장지를 돌돌 말아서 휴지통이 있는 방향 쪽으로 던졌지만 빗나갔다. "오빠는 이것도 진짜 거지 같은 생각이라고 여기겠지."

디나가 다음번에는 배가 불러서 나타날지도 모른다고 생각하니 머리가 쭈뼛했다. "내 허락은 필요 없어."

"하지만 어쨌든 그렇게 생각하잖아."

"파비오는 어떻게 지내?"

"그 사람 이름은 프란시스코야. 우리 관계는 잘 안 될 것 같아. 잘 모르겠어."

"의지할 수 있는 사람을 만날 때까지 아이는 잠깐 기다리는 게 좋은 생각이지 않을까. 고리타분하다고 해도 할 말은 없지만."

"오빠 말은 내가 정신이 나갈 경우를 대비해서 그러자는 거잖아. 내가 조그만 삼 주짜리 아기에 신경 쓰다가 머리가 터져버릴 경우를 대비해서. 누가 나를 지켜보고 있어야 하니까."

"내 말은 그게 아니야."

디나는 소파 위에서 두 다리를 쭉 뻗더니 펄이 있는 하늘색으로 칠한 페디큐어를 찬찬히 살폈다. "내가 정신 나가려고 할 때는 미리 알 수 있다는 거 오빠도 알지. 어떻게 아는지 알고 싶어?"

나는 디나의 마음속에서 일어나는 내적 작용에 대해서는 아무것도 알고 싶지 않았다. 나는 물었다. "어떻게 아는데?"

"사물들의 소리가 이상하게 들리기 시작해." 디나는 머리카락으로 얼굴을 덮고 나를 흘끔 쳐다보았다. "밤에 윗도리를 벗다가 바닥에 떨어뜨리면 퐁당 소리가 나는 거야. 돌이 연못에 떨어지는 것처럼. 한번은 퇴근하고 집에 걸어가는데 내 부츠가 땅에 닿을 때마다 덫에 걸린 쥐처럼 찍찍거렸어. 끔찍했지. 결국에는 보도에 주저앉아서 신발을 벗어야만 했어. 안에 쥐가 숨어 있지 않은지 확인해야 하잖아. 없는 건 나도 알아. 멍청이는 아니니까. 하지만 그냥 확실히 확인하는 거야. 그다음에야 이해했지. 무슨 일인지. 하지만 그래도 집까지 택시는 타야 했어. 그 소리를 계속 견딜 수는 없었으니까. 고통에 찬 소리 같았어."

"디나, 그런 문제는 누구를 만나야 해. 증상이 생기자마자."

"나 누구를 만나러 간 거야. 오늘은 출근해서 베이글을 더 꺼내려고 커다란 냉장고를 열었더니 타닥타닥 소리가 났어. 불처럼, 산불 났을 때처럼 말이야. 그래서 바로 나와서 오빠에게 왔잖아."

"그건 잘했네. 네가 그렇게 해서 기쁘다. 하지만 내가 말한 누구는 전문가를 말한 거야."

"의사들 말이지." 디나는 한쪽 입꼬리를 찌그러뜨리며 말했다. "이젠 몇 명인지 셀 수도 없어. 의사가 여태껏 무슨 도움이 됐어?"

디나는 살아 있고, 그게 내게는 큰 가치가 있었고, 그 애에게도 이 사실이 어느 정도는 가치가 있으리라고 여겼지만, 그 사실을 지적하기도 전에 내 휴대전화가 울렸다. 전화를 받으러 가면서 나는 손목시계를 확인했다. 9시 정각. 건실한 청년 리치. "케네디입니다." 나는 일어나서 디나에게서 멀어지면서 말했다.

"저희 자리 지키고 있습니다." 리치의 목소리가 너무 작게 들려서 나는 전화에 귀를 바짝 대야만 했다. "움직임은 없습니다."

"감식반과 시보들은 자기 일들을 하고 있나?"

"네."

"무슨 문제는? 도중에 마주친 사람은 있었어? 내가 알아야 할 사항은?"

"없습니다. 저희는 이상 없습니다."

"그러면 한 시간 후에 통화하지. 다른 움직임이 보이면 더 일찍 하고. 수고해."

나는 전화를 끊었다. 디나는 수건을 꽉 묶어 쥐어짜면서 번들거리는 머리카락 사이로 나를 날카롭게 바라보았다. "누구였어?"

"직장." 나는 휴대전화를 재킷 안주머니에 넣었다. 디나의 마음속에는 편집증적인 구석이 있었다. 내가 상상 속 병원이랑 자기 일을 상의하지 못하도록 디나가 전화를 숨기기라도 하면 곤란했다. 더 심각하게는 전화를 받아서 리치에게 그가 무슨 짓을 꾸미는지 알고 있고 암으로 죽어버렸으면 좋겠다고 말할 수도 있었다.

"오빠 비번 아니었어?"

"비번이야. 그런 셈이지."

"'그런 셈'이라는 게 무슨 뜻이야?"

수건을 쥔 그 애의 손이 긴장하기 시작했다. 나는 편안한 목소리를 내려고 애쓰며 말했다. "가끔 사람들이 나한테 뭔가 물어봐야 할 필요가 있기도 하단 뜻이야. 살인수사과에 '비번'은 없어. 전화한 사람은 내 파트너야. 오늘 밤 몇 번은 더 전화할 거야."

"왜?"

나는 머그잔을 들고 커피를 다시 채우려고 부엌으로 향했다. "너도 그 사람 봤잖아. 신입이야. 큰 결정을 내리기 전에는 나한테 확인해야 해."

"어떤 큰 결정?"

"뭐든."

디나는 엄지손톱으로 짧고 세게 긁으면서 다른 손등에 진 딱지를 뜯기 시작했다. "오늘 오후에 누가 라디오를 틀었어." 디나가 말했다. "직장에서."

아, 망할. "그래서?"

"그래서. 시체가 하나 있었는데 경찰은 그 죽음에 수상한 점이 있는 것으로 본다고 했어. 브로큰하버라고. 방송에 어떤 남자가 출연했는데, 어떤 경찰. 목소리가 오빠 같더라."

그래서 그때 냉장고가 산불 소리를 내기 시작한 것이었다. 나는 팔걸이의자에 다시 자리를 잡고 조심스레 말했다. "그래."

맑는 손에 힘이 더 붙었다. "그러지 마. 그것 좀 하지 마."

"뭘 하지 말란 거야."

"그런 표정 짓지 말라고. 멍청하고 빌어먹을 경찰 같은 포커페이스 말이야. 내가 너무 겁먹어서 따지지 못할 거니까 오빠가 쉽게 장난질할 수 있는 목격자라도 되는 양 말하는 거. 오빠는 날 겁주지 못해. 알겠어?"

말다툼해봤자 소용없다. 나는 차분하게 말했다. "알았어. 널 겁주려던 거 아니야."

"그러면 장난질 그만하고 나한테 말해."

"너, 내가 일 얘기는 할 수 없다는 걸 알잖아. 개인적으로 받아들이진 마."

"맙소사. 어떻게 개인적으로 받아들이지 마? 난 오빠 동생이잖아. 이보다 개인적인 게 어디 있어?"

디나는 내게 달려들기라도 할 것처럼 발에 힘을 주고 소파 구석에 꽉 끼어 앉았다. 그러진 않겠지만 있을 수 없는 일은 아니었다. 나는 말했다. "맞는 말이야. 너에겐 개인적으로 아무것도 숨기지 않는다는 뜻이었어. 나는 모든 사람에게 똑같이 말조심해야 하지."

디나는 팔뚝 안쪽을 깨물면서 적이라도 되는 듯이 나를 바라보았다. 가늘게 뜬 눈에는 차가운 동물적 교활함이 번득였다. "좋아." 디나는 말했다. "그럼 그냥 뉴스를 보자."

나는 그 애가 그런 생각을 떠올리지 못하기를 바라던 참이었다. "나는 네가 평화와 고요를 좋아하는 줄 알았는데."

"세상에 온 나라 구석구석이 다 볼 수 있을 정도로 공적인 사건이라면 내가 보지 못할 만큼 기밀일 리는 없잖아? 그게 개인적인 일이 아니라는 걸 감안하면 말이야."

"제발, 디나. 나는 종일 일했어. 집에 와서 텔레비전으로 일을 보는 건 정말 하기 싫어."

"그럼 대체 무슨 망할 일이 벌어지고 있는지 말해. 아니면 뉴스를 켤 거고 오빠는 나를 말리려면 붙잡고 쓰러뜨려야 할걸. 그렇게 하고 싶어?"

"좋아." 나는 두 손을 들며 말했다. "알았다. 네가 차분하게 들으면 이야기를 해줄게. 이건 팔 좀 그만 물어뜯으란 소리야."

"내 팔 내 맘대로 하는데 뭐, 오빠가 무슨 상관이야?"

"네가 그러면 난 집중 못 해. 그리고 내가 집중 못 하는 한 무슨 일인지 얘기할 수 없고. 너한테 달렸어."

디나는 도전적인 눈초리로 나를 보며 작고 하얀 이를 드러내 한 번 더 깨물었지만 내가 반응하지 않자 자기 팔을 티셔츠로 닦고 두 손을 깔고 앉았다. "자. 이제 좋아?"

나는 말했다. "시체는 하나가 아니야. 4인 가족이지. 그 사람들은 브로큰하버에 살았어. 지금은 브라이언스타운이라고 하지. 누가 지난밤 그 사람들 집에 침입했어."

"어떻게 죽였는데?"

"사후 부검이 끝날 때까지는 확신할 수 없어. 칼을 쓴 것 같아."

디나는 멍하니 생각에 잠겨 허공만 바라보고 움직이지 않았다. 심지어 숨도 쉬지 않았다. "브라이언스타운." 디나는 마침내 멍하니 말했다. "진짜 멍청하고 후진 이름이다. 그 이름 지은 사람이 누군진 몰라도 머리를 잔디 깎는 기계에 집어넣고 밀어버려야 해. 오빠는 확신하는 거야?"

"이름 말이야?"

"아니, 세상에. 죽은 사람들 말이야."

나는 턱 관절을 문지르며 긴장을 빼내려고 애썼다. "그래, 확신해."

디나의 눈에 초점이 돌아왔다. 그 애는 눈을 깜박이지도 않고 나를 바라보았다. "오빠가 그 사건을 맡아 일하고 있으니까 확신하는 거겠지."

나는 대답하지 않았다.

"오빠는 종일 그 사건을 맡아 일하니까 뉴스에서는 보고 싶지 않다고 했어. 그게 오빠가 한 말이야."

"살인 사건을 보는 게 일이라고. 어떤 살인 사건이든. 그게 내가 하는 일이니까."

"어쩌고저쩌고 뭐가 됐든 이 살인 사건이 오빠의 일이라는 거지. 맞지?"

"그게 무슨 차이가 있어?"

"오빠가 내게 얘기하면 나는 오빠가 화제를 바꾸도록 놔둘 테니까 차이가 있지."

나는 말했다. "그래. 내가 그 사건을 맡고 있어. 나랑 다른 형사 여럿이."

"흠." 디나는 수건을 욕실 문 쪽으로 던지고 소파에서 스르르 내려와서 힘 있게 방 주위를 다시 돌았다. 그 애의 마음속에 사는 무언가가 쌓여가며 웅웅대는 소리가 들리는 듯했다. 가늘게 왱왱대는 모기 소리처럼.

나는 말했다. "그럼 이제 화제를 바꾸자."

"그래." 디나가 말했다. 그 애는 작은 동석 코끼리 장식물을 집었다. 어느 해인가 로라와 내가 케냐에 휴가를 갔다가 오면서 사 온 물건이었다. 디나는 그것을 꼭 쥐고는 자기 손바닥에 남은 붉은 자국을 흥미롭게 관찰했다. "아까 생각해봤는데. 오빠 기다리는 동안에. 나 아파트를 바꾸고 싶어."

"좋아." 나는 말했다. "지금 당장 온라인으로 집을 좀 찾아볼 수도 있어." 디나의 아파트는 쓰레기장이었다. 디나는 완벽하게 괜찮은 집에 살 여력이 있었다. 내가 집세를 보태줄 수도 있다. 하지만 디나는 처음부터 아파트 단지로 건설된 집에서는 머리를 벽에 박고 싶어진다고 했다. 그래서 늘 결국에는 1960년대에 지어졌다가 단칸 셋방으로 개조한 무너져가는 조지아 양식 주택에 살면서 음악가라고 자칭하는 털북숭이 백수와 욕실을 공유한다. 그 녀석에게는 주기적으로 디나의 오빠가 경찰이라는 사실을 상기시켜줄 필요가 있다.

"아니야." 디나가 말했다. "제발 내 말 잘 들어. 내가 바꾸고 싶다는 건 그야말로 바꾸고 싶다는 거야. 나는 집에 있으면 간지러워서 너무 싫어. 벌써 이사하려고 했어. 위층 여자애들에게 가서 방을 바꾸자고 했지. 걔들은 나처럼 팔꿈치 접히는 부분 안쪽이나 손톱 위가 간지럽진 않을 거잖아. 벌레는 아니야, 오빠도 얼마나 깨끗한지 한번 봐야 해. 그냥 그 거지 같은 양탄자 무늬 때문이야. 내가 그렇게 말했는데도 그녀들은 들으려고 하지 않더라고. 걔들은 다 입을 동그랗게 오므린 커다랗고 멍청한 물고기를 키우거든. 사람들이 애완동물로 물고기도 키우나? 그래서 나는 이사를 나갈 수 없으니까 환경을 바꿔야 해. 방을 옮기고 싶다고. 이전에 우리가 걔들을 혼쭐 내줬던 것 같은데 기억이 안 나. 오빠는 그랬던 거 기억나?"

리치는 약속대로 매 시간 정각에 전화를 해서 아무 일도 없었다고 알렸다. 디나는 가끔 전화가 울리자마자 내가 받을 수 있도록 놔두고 내가 통화하는 동안은 손가락을 깨물며 끊을 때까지 기다렸다가 질문 강도를 한 단계 올렸다. 누구였어? 뭐 해달래? 나에 대해서 그 사람한테 뭐라고 했어? 가끔은 전화가 두세 번 울릴 때까지 가만히 귀를 기울여야 했다. 디나가 더 빠르게 빙빙 돌면서 벨 소리를 감추려고 더 큰 소리로 이야기하다가 진이 빠져서 소파나 양탄자 위에 털썩 주저앉은 다음에야 나는 전화를 받을 수 있었다. 1시가 되었을 때 디나는 내가 전화를 받으러 가자 손을 철썩 내려쳐 전화를 빼앗고 비명에 가깝게 목소리를 높였다. 내가 하는 말은, 내가 얘기하는 건, 씨발, 신경도 안 쓰지, 저 사람 때문에 나를 무시하면 안 돼. 내 말 들어, 들어, 들어!

3시가 지나서야 디나는 말을 하다 말고 소파에 쓰러지더니 쿠션 사이에 머리를 묻고 몸을 동그랗게 말고서 잠에 빠졌다. 그 애는 내 티셔츠 자락으로 한 주먹을 감싸고 빨고 있었다.

나는 손님방에서 이불을 가져와 그 애 몸 아래에 집어넣고 덮어주었다. 그런 다음에는 조명을 낮추고 식은 커피가 담긴 머그잔을 들고 식탁에 앉아서 전화로 솔리테어 카드 게임을 했다. 우리 집 한참 아래에서 트럭 한 대가 후진하면서 리드미컬하게 경적을 울렸다. 복도 저편에서 문 하나가 쿵 닫혔지만 두꺼운 양탄자 때문에 소리가 묻혔다. 디나는 자면서 뭐라 속삭였다. 잠깐 비가 내려 창문을 부드럽게 스치며 두드리다가 점점 소리가 낮아지며 고요해졌다.

내가 열다섯, 제리 누나가 열여섯, 디나가 여섯 살에 가까울 무렵 어머니가 자살했다. 내가 기억하는 한 나의 마음 한 부분에서는 이런 날이 올 줄 알고 각오하고 있었다. 정신에서 모든 것이 벗겨져 나가고 한 가지 욕망만 남은 사람들 특유의 교활한 간계로 엄마는 우리가 각오하지 않은 유일한 날을 골랐다. 일 년 내내 우리는, 아버지와 제리 누나와 나는 엄마를 종일 돌아가면서 지켰다. 첫 조짐을 찾는 잠복한 비밀 요원처럼 엄마를 감시하고, 침대에서 일어나지 않으려고 할 때는 달래서 식사를 하게 하고, 엄마가 공기 중의 차가운 점처럼 집 안을 떠돌고 다니는 날에는 진통제를 숨겼으며, 엄마가 울음을 멈추지 못하는 밤에는 밤새 손을 잡아주었다. 이웃들과 친척들, 물어보는 사람들에게는 사기꾼들처럼 명랑하고 매끄럽게 거짓말을 했다. 하지만 여름의 한 주 동안은 우리 다섯 모두 자유롭게 풀려났다. 브로큰하버의 어떤 면, 공기, 풍경, 변화, 우리 휴가를 망치지 않겠다는 순전한 결의 덕분에 엄마는 잘 웃는 여자로 변했다. 엄마는 피부에 닿는 햇살의 부드러움을 믿을 수 없다는 듯 머뭇거리면서도 감탄하며 햇볕을 향해 두 손바닥을 들었다. 우리와 함께 백사장을 달렸고 아버지의 목덜미에 선크림을 발라주면서 입을 맞추었다. 그 두 주 동안 우리는 날카로운 칼이 있나 세지도 않고 밤에 들리는 아주 작은 소음에도 벌떡 일어나지 않았다. 어머니가 행복해했기 때문이다.

내가 열다섯 살이던 여름 어머니는 그 어느 때보다도 행복했다. 내가 이유를 알게 된 건 그 이후였다. 어머니는 우리 휴가의 마지막 날 물속으로 걸어 들어갔다.

그날 밤까지 디나는 심술궂고 장난 잘 치는 발랄한 꼬마였다. 언제든지 높은 소리로 까르르 웃음을 터뜨릴 것 같았고 다른 사람도 그 웃음 속으로 끌어들일 수 있었다. 그날 이후로는 의사들은 우리에게 "감정적 여파"가 있을지 모르니 그 애를 잘 지켜보라고 경고했다. 요즈음이라면 바로 심리 치료를 받았을 것이고 우리 모두가 그랬겠지만, 당시는 1980년대였고 이 나라에서는 아직 심리 치료는 엉덩이를 세게 차줘야 할 만큼 게으른 부자들에게나 가능한 시대였다. 우리는 지켜봤다. 우리가 잘하는 일이니까. 처음에는 하루 스물네 시간 일주일 내내 교대로 디나의 침대 옆에 앉아 그 애가 자면서 몸을 움찔하고 중얼대는 것을 지켜봤다. 하지만 디나는 나나 제리누나보다 더 상태가 나빠 보이지도 않았고 아버지보다는 확실히 훨씬 좋아 보였다. 디나는 엄지손가락을 빨고 많이 울었다. 한참 동안은 우리가 보기에는 정상으로 돌아간 듯했다. 디나가 젖은 수건을 내 등에 쑤셔 넣어서 잠을 깨우고 꺄악 소리를 지르고 웃으며 도망가던 날에는 제리 누나가 촛불을 켜고 디나가 돌아왔음을 성모마리아께 감사했다.

나도 촛불을 켰다. 나는 되도록이면 긍정적인 면에 매달리려고 애썼고 그렇게 믿는다고 스스로 되뇌었다. 하지만 나도 알았다. 그런 밤은 그냥 사라져버리지 않는다. 내 생각이 맞았다. 그날 밤은 디나의 가장 약한 부분 깊숙이 파고들어가 웅크리고 있으면서 몇 년 동안이나 틈을 엿보았다. 그게 충분히 부어오르자 약간 흔들리며 깨어나서 다시 표면을 파먹고 올라왔다.

그런 삽화 기간에 우리는 절대로 디나를 홀로 놔두지 않았다. 이따금 디나는 옆길로 빠졌다가 내 집이나 제리 누나의 집에 오곤 했다. 그 애는 멍이 들거나 약에 잔뜩 취한 상태로 우리에게 왔다. 한

번은 머리카락이 한 움큼 뽑혀서 온 적도 있었다. 그럴 때마다 제리 누나와 나는 무슨 일이 있었는지 알아내려 했으나 그 애가 말해주리라는 기대는 한 번도 하지 않았다.

나는 병가를 낼까 생각했다. 거의 그럴 뻔했다. 전화를 손에 들고 살인수사과 사무실에 전화를 걸어서 조카딸인지 누구인지에게서 바이러스성 장염이 심하게 옮아서 화장실을 들락날락하지 않을 때까지는 이 사건에서 빠지겠다고 할까 하는 생각도 했다. 그러지 않은 이유는 내가 아는 모든 사람이 어떻게 생각하든 간에 직장에서 내 위치가 바로 곤두박질칠까 두려워서는 아니었다. 경찰이 자기들을 버렸다고 믿어서 홀로 죽음과 싸웠을 패트릭과 제니퍼의 사진 때문이었다. 나는 그들의 믿음을 사실로 만들고서는 살아갈 길을 찾을 수 없었다.

4시가 되기 몇 분 전 나는 침실로 가서 휴대전화를 무음 모드로 바꾸고 리치의 이름이 화면에 뜰 때까지 계속 들여다보았다. 여전히 별일 없었다. 리치는 이제 슬슬 잠이 오는 목소리였다. 나는 말했다. "5시까지 아무런 움직임이 없으면 현장을 마무리해도 좋아. 그 누구더라, 아무튼 그 시보와 다른 수사관들에게 잠깐 눈 좀 붙이고 정오에 다시 보고하라고 해. 자네는 잠을 자지 않고도 몇 시간 정도 더 버틸 수 있겠지?"

"상관없습니다. 아직 카페인 알약이 몇 개 남았고요." 리치가 적절한 표현을 찾는 동안 잠시 침묵이 흘렀다. "선배님을 병원에서 뵐 수 있겠죠? 아니면⋯⋯?"

"그래, 친구. 그럴 거야. 6시 정각에. 그 이름 뭔가 하는 친구에게 집에 가는 길에 자네를 병원에 내려달라고 해. 그리고 아침 식사를 미리 하고 와. 일단 움직이기 시작하면 차와 토스트를 먹으러 갈 시간이 없을 테니. 곧 보자고."

나는 샤워와 면도를 하고 깨끗한 옷을 찾아 입은 후 뮤즐리 한 그릇을 뚝딱, 최대한 조용하게 해치웠다. 그후에는 디나에게 쪽지를 썼다. "안녕, 겨울잠쥐. 오빠는 일하러 가지만 되는대로 빨리 돌아올게. 그동안 부엌에 있는 건 뭐든 꺼내 먹고 책장에 있는 건 뭐든 꺼내서 읽거나 보거나 듣고 샤워도 한 번 더 해. 네 집처럼 편하게 있어. 무슨 어려움이 있거나 잡담하고 싶으면 나나 제리 누나에게 언제든 전화해. M."

나는 쪽지를 커피 탁자 위 깨끗한 수건과 그래놀라 바 위에 올려두었다. 열쇠는 주지 않았다. 줄까 생각도 한참 했지만 결국에는 디나가 아파트 안에 갇혀 있는 동안 불이 날 위험과 수상한 거리를 헤매다가 이상한 사람을 마주칠 위험 사이의 선택에 다다랐다. 행운이든 인류애든 신뢰하기에는 이번 한 주가 좋진 않았지만 내가 그런 궁지에 몰린다면 나는 늘 행운 쪽을 택할 것이었다.

디나가 소파에서 몸을 뒤틀었다. 잠깐 나는 얼어붙었지만 그 애는 그저 한숨을 쉬고 머리를 쿠션에 더 깊이 파묻었다. 이불 위로 내놓은 가늘고 우유처럼 창백한 팔에는 붉은 잇자국이 깔끔하고도 희미한 반원형으로 나 있었다. 나는 이불을 펴서 팔을 덮어주었다. 그런 뒤에 코트를 걸치고 슬쩍 아파트를 빠져나오며 문을 닫았다.

8

6시 십오 분 전, 리치는 병원 바깥에서 나를 기다리고 있었다. 보통이라면 나는 공식적으로는 정복 경관 한 명을 보냈을 것이다. 우리가 거기 가서 할 일이라고는 시체의 신원을 확인하는 것뿐이고 조금 더 생산적으로 내 시간을 쓸 방법은 많았다. 하지만 리치가 맡은 첫 번째 사건이고 그는 사후 부검을 지켜볼 필요가 있었다. 그러지 않는다면 말이 나돌 테니까. 거기에 덤으로 쿠퍼는 누가 와서 지켜보는 편을 좋아한다. 리치가 쿠퍼의 환심을 살 수 있다면 우리는 필요할 때 우선권을 내밀어볼 수도 있을 것이다.

아직도 밤이었고 동 트기 직전의 차가운 어둠이 점점 옅어지며 뼛속에 마지막 남은 힘까지 빨려 나가고, 공기가 톡 쏘듯 얼얼한 시간이었다. 병원 입구는 온기 없이 하얀빛을 더듬더듬 내뿜는 듯했다. 리치는 양손에 커다란 종이컵을 들고 난간에 기대서 두 발로 알루미늄 포일 뭉치로 제기를 차고 있었다. 창백해 보이고 눈이 떼꾼했지만 정신은 깨어 있었고 깨끗한 셔츠도 입었다. 전날처럼 싸구려이긴 했으나 나는 갈아입을 생각을 했다는 것 자체에 점수를 주었다. 심지어 내가 준 넥타이도 매고 있었다.

"안녕하세요." 그는 내게 컵 하나를 건넸다. "이거 필요하실 것 같아서요. 빨래한 물 같은 맛이 나긴 하지만요. 병원 매점이 그렇죠."

"고마워." 나는 말했다. "그런 것 같네." 얼추 커피맛은 났다. "지난밤은 어땠나?"

그는 어깨를 으쓱했다. "우리 범인이 나타났다면 더 좋았겠죠."

"참을성을 가져, 친구. 로마도 하루아침에 건설되지 않았으니까."

다시 한번 어깨를 으쓱하더니 그는 알루미늄 포일을 더 세게 찼다. 나는 리치가 범인을 잡아서 오늘 아침에 맨 먼저 내 앞에 떡하니 내놓고 싶었다는 것을 깨달았다. 꼼짝달싹하지 못하게 꽉 묶어서 굽기만 하면 되는 상태로. 자기가 어엿한 남자라는 걸 증명할 사냥감으로. 그는 말했다. "감식반원들 말로는 어쨌든 꽤 많은 일을 해치웠다던데요."

"잘됐네." 나는 그의 옆 난간에 기대서 커피를 내 속으로 쏟아부으려고 애썼다. 하품 한 번만 하면 쿠퍼는 나를 차서 문밖으로 내쫓을 것이다. "순찰 수사관들은 어땠어?"

"잘해냈습니다, 제 생각엔. 단지 안으로 들어오는 차 몇 대를 골라냈지만 번호판을 확인하니까 다 오션뷰 주소더라고요. 그냥 집에 가는 사람들이었어요. 십 대 무리 몇이 우리 반대편 끝 집에서 만나던데. 술도 두 병씩 들고 와서 자기들이 좋아하는 음악을 크게 틀었습니다. 2시 반쯤에는 차 한 대가 천천히 빙빙 돌아서 주시했지만 운전자가 여자였고 뒷좌석에는 우는 아이를 태웠습니다. 그래서 우리는 아이를 재우려고 하는 여자인 것 같다, 라고 이해했죠. 그게 답니다."

"수상한 남자가 어슬렁거리고 자네들이 그 남자를 목격했으면 만족했겠나?"

"그자가 정말로 운이 좋지 않은 이상은, 네, 그렇게 말할 수 있을 것 같습니다."

"언론은 더 오지 않았고?"

리치는 고개를 저었다. "이웃들을 찾아다닐 줄 알았는데 없더군요."

"아마 고인이랑 친해서 괴로워하는 사람들을 찾으러 갔겠지. 그쪽이 더 군침 도는 기삿거리잖아. 어쨌든 지금은 언론사 쪽에서 통제하는 모양이군. 초기 기사들을 휙 훑어보았는데 우리가 아직 모르는 새로운 얘기는 없었어. 제니퍼 스페인이 살아 있다는 얘기도 나오지 않았고. 하지만 우리끼리만 아는 비밀로 유지하는 것도 오래가진 않을 거야. 범인을 빨리 잡아야만 해." 모든 신문 1면에 헤드라인과 함께 천사 같은 금발의 에마와 잭의 사진이 대문짝만하게 실렸다. 우리가 쓸모없는 무능력자 취급을 받고 과장이 야영객처럼 몹시 불만에 찬 사람으로 돌변하기까지는 우리에게 일주일, 기껏해야 이 주일밖에 남지 않았다.

리치가 대답을 하려던 순간 하품이 나와 말이 끊겼다. "잠은 좀 잤나?" 내가 물었다.

"아뇨. 교대로 돌아가면서 눈 좀 붙일까 하는 생각도 했지만 시골은 진짜 끔찍하게 시끄럽던데요. 알고 계셨습니까? 모두가 시골에 가면 평화와 고요가 흐른다고들 떠들어대지만 다 헛소리예요. 바닷소리에 박쥐 백 마리가 파티라도 벌이는지, 쥐인지 뭔지가 집 안을 막 뛰어다니고. 그리고 뭔가 길 아래에서 막 돌아다니는데, 탱크 같은 게 식물들 사이로 막 돌진하는 것 같았어요. 적외선 안경으로 확인해보려고 했는데 제가 잡기도 전에 집들 사이로 가버렸습니다. 암튼 뭔가 컸어요."

"너한테는 너무 소름 끼쳤던가?"

리치는 쓴웃음을 삐뚜름하게 지었다. "겁나서 지릴 것 같은 걸 간신히 참았죠. 조용할 때도 깨어 있고 싶었습니다. 만약의 경우를 대비해서."

"나라도 그렇게 했을 거야. 지금 상태는 어떤가?"

"괜찮습니다. 약간 몽롱한 느낌이긴 해도 사후 부검이든 뭐든 도중에 쓰러지진 않을 겁니다."

"도중에 어디선가 한두 시간 눈 붙일 수 있게 해주면 하룻밤 더 새울 수 있겠어?"

"이런 것만 더 있으면요." 그는 커피 컵을 들어 보였다. "네, 물론 할 수 있죠. 지난밤과 같은 임무죠?"

"아니." 나는 말했다. "광기의 정의 중 하나는 말이지, 친구. 같은 행동을 하고 또 하면서 다른 결과를 바라는 거야. 우리 범인이 지난밤의 미끼에 저항할 수 있었다면 오늘 밤도 할 수 있겠지. 우리에겐 더 좋은 미끼가 필요해."

리치가 내 쪽으로 머리를 돌렸다. "네? 우리 미끼도 꽤 괜찮다고 생각했는데요. 하루나 이틀 밤만 더 버티면 범인을 잡을 수 있을 것 같습니다만."

나는 그를 향해 내 커피를 들어 보였다. "자신감을 보여줘서 고맙군. 하지만 사실상 나는 우리 범인을 오판했어. 그는 우리에게는 관심이 없어. 경찰에 관심 있는 자들 중 몇몇은 우리에게서 멀리 떨어지지 못하지. 자기가 찾아낸 온갖 방법을 동원해서 수사에 끼어들어. 몸을 돌릴 때마다 그런 유익한 범인과 마주칠 수 있지. 그런데 이번 범인은 그렇지 않아. 그랬다면 벌써 잡았을걸. 그자는 우리가 하는 일, 혹은 감식반에서 하는 일에는 눈곱만큼도 관심이 없어. 그가 관심을 기울이는 대상은 뭔지 알지 않나?"

"스페인 가족요?"

"정답. 스페인 가족이지."

"하지만 우리에겐 스페인 가족이 없잖습니까. 제 말은, 제니퍼야 그렇지만……."

"제니퍼가 우리를 도울 수 있는 상태라고 해도 나는 그 여자는 되도록 오래 숨겨두고 싶어. 진심이야. 하지만 우리에게 있는 건 그 여자지. 이름이 뭐더라, 그 시보…… 이름이 뭔가?"

"오츠입니다. 재닌 오츠 형사."

"그 여자 말이야. 자네는 눈치채지 못했을지 모르지만 멀리서 상황이 맞아떨어진다면 피오나 래퍼티로 착각할 수도 있을걸. 신장도 같고 체격도 같고 헤어스타일도 같아. 다행스럽게도 오츠 형사 쪽이 훨씬 더 단정하긴 하지만, 우리가 부탁하면 약간 흐트러뜨릴 수는 있겠지. 그 여자에게 빨간 더플코트만 입히면 아주 손쉽게 해낼 수 있을 거야. 두 사람이 실제로 비슷하다는 건 아니지만 그 차이를 알아채려면 제대로 잘 볼 수 있어야 하고, 그러자면 좋은 위치에서 망원경이 있어야 해."

리치가 말했다. "우리가 다시 6시에 철수하면 오츠가 차를 타고 올라옵니까? 우리 차량 목록에 노란 피아트가 있을까요?"

"나도 잘 모르겠어. 하지만 없으면 그냥 순찰차가 오츠를 내려줘도 될 거야. 그 친구가 집 안으로 들어가서 뭐든 피오나 래퍼티가 할 법한 일을 하면서 밤을 보내는 거지. 커튼을 열어놓고 좌절한 얼굴로 돌아다닌다거나 패트릭과 제니퍼의 서류를 읽는다거나. 그리고 우리는 대기하는 거야."

리치는 커피를 한 모금씩 마실 때마다 무의식적으로 얼굴을 찡그리면서 내 말을 곰곰이 생각했다. "그자가 피오나를 알고 있다고 생각하십니까?"

"그래, 나는 그럴 확률이 아주 높다고 생각하네. 기억해, 우리는 그자가 어디에서 스페인 가족과 접촉했는지 몰라. 피오나가 관련된 어딘가일 수도 있어. 그게 아니라 해도 피오나가 몇 달 동안은 여기 오지 않았다고 했지만 우리가 아는 한 그자는 훨씬 오랫동안 이 가족을 지켜보고 있었으니까."

지평선 너머 낮은 언덕의 윤곽들이 어둠보다 더 어둡게 모양을 드러내기 시작했다. 그 너머 어딘가에서 새벽빛이 브로큰하버의 모래사장 위로 떠오르며 빈집들 사이로 스며들었다. 그중에서도 가장 비어 있는 집에도. 6시 오 분 전이었다. 나는 말했다. "사후 부검에 참가해본 적이 있나?"

리치는 고개를 저었다. "누구에게나 처음은 있는 법이죠."

"그래. 하지만 보통 이렇진 않지. 이번 부검은 불편할 거야. 자네가 그 자리에 있어야 하지만 진지하게 내키지 않으면 이번엔 말을 해도 돼. 잠복근무 후에 잠깐 눈을 붙여야 한다고 말해도 되니까."

리치는 종이컵을 우그러뜨려 뭉쳐서는 손목을 아래로 휙 꺾어 쓰레기통으로 던졌다. "가죠."

영안실은 병원 지하에 있었다. 작고 천장이 낮으며 먼지 낀 곳으로 더 심각한 것들은 바닥 타일 사이의 회반죽에 끼어 있을 것이었다. 공기는 서늘하고 축축했으며 움직임이 없었다. "형사들." 쿠퍼는 기대된다는 뜻의 웃음을 희미하게 지으며 리치를 보았다. 쿠퍼는 쉰 살 정도 되었겠지만 형광등 불빛 속 하얀 타일과 금속을 배경으로 보니 더 늙어 보였다. 회색 머리카락에 쪼글쪼글한 얼굴은 어떤 환각에서 빠져나온 외계인이 탐사를 나갈 준비를 하는 듯했다. "만나서 반갑군. 성인 남성부터 시작하려 하는데. 외모순보다 나이순." 그의 뒤에서 체격이 건장하고 눈빛이 차분한 조수가 끼익 긁히는 끔찍한 소리와 함께 시체 안치 서랍을 당겨 열었다. 내 옆에 선 리치의 어깨에 힘이 들어가며 살짝 움찔하는 게 느껴졌다.

그들이 시신 운반용 가방의 봉인을 뜯고 지퍼를 내리자 피로 뻣뻣해진 파자마를 입은 패트릭 스페인의 모습이 드러났다. 그들은 착의 상태와 탈의 상태로 시신의 사진을 찍고 혈액과 지문을 채취했으며 DNA 검사를 위해 가까이 몸을 숙여 핀셋으로 피부 조직을 채취하고 손톱 밑의 살을 잘라냈다. 그런 뒤에 조수가 기구 쟁반을 쿠퍼의 팔꿈치 옆으로 밀어주었다.

사후 부검은 잔혹한 작업이다. 언제나 신입들의 허를 찌른다. 신입들은 섬세함, 작은 메스와 정확한 절개를 기대하지만 대신에 빵칼로 빠르게 톱질하여 아무렇게나 자르는 스티커 종이처럼 피부를 쫙 떼어내는 광경을 본다. 작업할 때의 쿠퍼는 외과의라기보다 정육업자에 가깝다. 그는 흉터를 최소화하려고 신경 쓸 필요도 없고 혈관을 살짝 베지 않으려고 조심하며 숨을 참을 필요도 없었다. 그가 작업하는 살은 정확히는 더이상 살이라고 할 수 없었다. 그가 시신을 부검하는 작업을 끝내면 그 육체를 필요로 하는 사람은 없었다. 다시는.

리치는 잘 버텼다. 전지가위가 패트릭의 갈빗대를 뚝 부러뜨려 열 때에도, 쿠퍼가 패트릭의 얼굴을 아래로 당겨 접을 때도, 두개골 절단 톱이 뼈를 그을리며 톡 쏘는 냄새를 옅게 풍길 때에도 움찔하지 않았다. 조수가 간을 저울에 던져서 척 소리가 났을 때 펄쩍 뛰긴 했으나 그게 다였다.

쿠퍼는 능란하고 효율적으로 움직였다. 그는 허공에 걸린 마이크에 대고 부검 내용을 불러주면서도 우리를 무시했다. 패트릭은 죽기 서너 시간 전에 치즈 샌드위치와 감자 칩을 좀 먹었다. 혈관과 간에 낀 지방의 흔적을 보면 칩은 덜 먹고 운동은 더 했어야 했지만 그래도 전체적으로 무척 몸이 좋은 사람이었다. 병도 없고 기형도 없으며 럭비하다가 부상을 입었는지 오래전에 쇄골이 부러졌던 적이 있고 귀가 두꺼워진 정도였다. 나는 조용하게 리치에게 말했다. "건강한 남자의 흉터지."

마침내 쿠퍼가 허리를 쭉 펴고 일어서서 우리에게로 돌아섰다. "요약하자면 이렇네." 그는 만족스럽게 알렸다. "현장에서 한 나의 예비 진술이 맞았어. 자네들도 기억하겠지만 나는 사인이 이 상처거나……." 그는 메스를 패트릭 스페인의 가슴 한가운데에 있는 벤 자국에 댔다. "아니면 이것이라고 했지." 이번에는 쇄골 아래의 잘린 상처를 찔렀다. "사실의 관점에서 볼 때 상처 둘 다 잠재적으로 치명적일 수 있네. 처음에 칼날이 흉골 중앙 끄트머리를 스치고 다음에는 폐정맥을 찌른 거야."

그는 잘라낸 패트릭의 피부를 엄지손가락과 검지손가락으로 섬세하게 집어서 젖히고 자기가 뜻하는 게 뭔지 리치와 나 둘 다 정확히 볼 수 있도록 메스로 가리켰다. "다른 상처나 의학적 치료가 부재한 상황에서 이 부상을 입으면 현재 부검 대상은 흉강에서 점차 출혈을 일으키며 대략 이십 분 안에 사망이라는 결과에 이르게 되지. 하지만 공교롭게도 이 사건의 순서는 방해를 받았어."

그는 피부를 다시 제자리에 덮어두고 쇄골 아래에 있는 절개한 피부를 들어 올렸다. "이게 치명상이야. 칼날이 3번, 4번 늑골 사이 중앙 쇄골선으로 들어가서 우심실에 일 센티미터가량 열상을 냈어. 다량의 혈액 손실이 급속도로 일어났지. 혈압이 떨어지면서 십오 초에서 이십 초 안에 의식을 잃었고 아마 이 분 후에 사망했을 걸세. 사인은 과다 출혈이야."

따라서 패트릭이 흉기를 없애버린 사람일 가능성은 없었다. 그가 그랬으리라고 생각했던 것도 아니었다. 더는 그런 생각을 할 수 없었다. 쿠퍼는 메스를 기구 쟁반 위에 던져놓고는 조수에게 고갯짓으로 신호를 주었다. 조수는 곡선으로 휘어진 굵은 바늘에 실을 꿰며 부드럽게 콧노래를 흥얼거렸다. 나는 말했다. "그러면 사망 방식은요?"

쿠퍼는 한숨지었다. "자네는 사망 시각 당시 제5의 인물이 그 집에 있었다고 믿고 있는 것 같은데."

"증거로 봐서는 그렇습니다."

"흠." 쿠퍼는 가운에서 뭔가 생각할 수 없는 것을 털어 바닥에 떨어뜨렸다. "그리고 이로 인해 자네는 이 부검 대상자가……." 그는 패트릭 스페인을 고갯짓으로 가리켰다. "살인 사건의 희생자라고 추정하겠지. 불행하게도 우리 중 어떤 사람들은 사치스럽게 추정이나 하고 있을 처지가 못 되네. 모든 부상은 공격과도 일치하고 자해와도 일치해. 사망 방식은 살인일 수도 있고 자살일 수도 있는 거야. 미확정이네."

피고인 변호사가 너무나 사랑할 만한 진술이었다. 나는 말했다. "그렇다면 당분간 서류에는 그 부분을 공란으로 놔두고 우리가 좀 더 증거를 모아오면 그때 다시 작성하죠. 감식실에서 피해자의 손톱 아래에 있는 DNA를 찾는다면……."

쿠퍼는 허공에 매달린 마이크 쪽으로 몸을 숙이더니 나를 쳐다보지도 않고 말했다. "사망 방식. 미확정." 옅게 히죽거리는 웃음이 나를 슬쩍 넘어가 리치에게 이르렀다. "힘내게, 케네디 형사. 다음 대상의 사망 방식에는 애매모호한 점이 있을지 의심스럽군."

에마 스페인이 수의처럼 깔끔하게 접은 침대 시트에 싸인 채로 서랍에서 나왔다. 내 어깨 옆에서 리치가 움찔하는 게 느껴졌고 그가 주머니 안쪽을 긁는 빠르고 거친 소리가 들렸다. 아이는 이틀 전 밤부모에게 잘 자라는 뽀뽀를 받은 그 모습 그대로 똑같은 침대 시트 속에서 편안하게 웅크리고 누워 있었다. 리치가 그런 흐름을 따라 생각하기 시작했다면 크리스마스 때는 새 파트너를 찾아야 할 것이다. 나는 자세를 바꾸며 그의 팔꿈치를 쿡 치고 헛기침을 했다. 쿠퍼는 작고 하얀 형체 너머에서 나를 한참 노려보았지만 리치는 메시지를 알아들었는지 잠잠해졌다. 조수가 시트를 펼쳤다.

나는 사후 부검의 불편한 지점에 이르면 눈에 초점을 흐리는 요령을 익힌 형사들을 안다. 쿠퍼는 훼손의 증거를 찾기 위해 죽은 아이들을 훼손하고 수사 담당 경찰관들은 흐릿한 윤곽만을 응시한다. 나는 지켜본다. 눈도 깜박하지 않는다. 희생자들은 그들에게 가해진 일을 참을지 말지 선택할 수 없었다. 그들에 비하면 나는 내 맘대로 할 수 있으니 마음이 너무 섬세해서 바라보는 것조차 참을 수 없다고 우기지는 않는다.

에마는 패트릭보다 더 심했다. 단순히 더 어려서가 아니라 흠 하나 없이 깨끗했기 때문이다. 비틀린 말처럼 들릴 수도 있겠지만 상처가 심할수록 부검은 쉽다. 시신이 도살장에서 온 것처럼 짓물러 있으면 Y자 절개나 두개골 윗부분이 쪼개질 때 뚝 갈리는 소리도 그렇게 큰 충격으로 다가오지 않는다. 부상은 마음속 경찰 본능이 초점을 둘 만한 점이다. 부상이 있기에 피해자들은 인간에서 하나의 표본이 된다. 긴급한 질문과 새로운 단서로 만들어진 표본이다. 에마는 그저 맨발바닥이 말랑말랑하고 들창코에 주근깨가 박혔으며 핑크 파자마 윗도리가 올라가 참외 배꼽이 보이는 작은 소녀였을 뿐이었다. 그 애는 살아 있는 상태와 머리카락 한 올 차이밖에 나지 않았다. 그 애의 귀에 대고 말할 적절한 주문을 알기만 한다면, 어느 지점에 손을 대야 할지 알기만 한다면 아이를 금방이라도 깨울 수 있을 것 같았다. 쿠퍼가 우리의 이름으로 하려는 일은 그 애의 살인자가 저지른 행동보다 수십 배 잔혹한 짓이었다.

조수는 증거를 보존하기 위해 아이의 손에 씌워놓은 종이봉투를 벗겼고 쿠퍼는 손톱 아래를 긁어내기 위해 팔레트 칼을 들고 아이 위로 몸을 숙였다. "아." 쿠퍼가 갑자기 말했다. "흥미롭네."

쿠퍼는 핀셋을 집어서 아이의 오른손에 댔다. 그는 뭔가 세심히 주의를 기울여 작업을 하더니 핀셋을 높이 쳐들고 몸을 꼿꼿이 폈다. "이게……." 그가 말했다. "집게손가락과 가운뎃손가락 사이에 끼여 있군."

곱고 투명한 머리카락 네 올. 금발 남자가 분홍색 러플 달린 침대 위로 기어오자 작은 소녀가 저항했다. 나는 말했다. "DNA는요, DNA 검사를 시도할 만큼 충분합니까?"

쿠퍼는 내게 옅은 미소를 보냈다. "흥분 좀 조절하게, 형사. 물론 현미경 비교가 필수적이지만 색과 조직으로 판단하건대 이 머리카락은 피해자 본인의 머리에서 나왔을 확률이 아주 높아 보여." 그는 머리카락을 증거물 봉투에 넣고 만년필을 꺼내 라벨에 뭔가 끄적거렸다. "사인이 질식이라는 예비 가설이 이 증거로 지지된다고 하면 아이의 손은 머리 옆에 있던 베개나 다른 흉기로 눌러 꼼짝하지 못하게 했을 거라는 가정을 할 수 있네. 그래서 공격자를 잡을 수 없자 의식이 남은 마지막 순간에 자기 머리카락을 뽑았겠지."

이때 리치가 방을 나갔다. 적어도 그는 벽을 주먹으로 치거나 바닥에 토하지 않을 만큼은 버텼다. 그저 몸을 돌려 밖으로 나가면서 문을 닫았다.

조수가 킥킥 웃었다. 쿠퍼는 문을 한참 동안 서늘한 시선으로 응시했다. 나는 말했다. "커런 형사 대신 제가 사과하겠습니다."

쿠퍼는 시선을 내게로 옮겼다. "나는 아주 훌륭한 이유가 있지 않는 한……." 그는 내게 말했다. "내 사후 부검이 방해받는 데 익숙하지 않아. 자네나 자네 동료에게 훌륭한 이유가 있나?"

리치가 쿠퍼의 환심을 산다는 계획은 거기서 끝이었다. 그리고 그건 우리가 가진 문제 중에서는 가장 하찮은 부분이었다. 퀴글리가 살인수사과 사무실에서 리치에게 퍼부은 비난은 그에게 지금부터 닥칠 상황에 비하면 아무것도 아니었다. 그가 다시 영안실로 냉큼 돌아와서 이 일을 끝까지 지켜보지 않는다면, 여기에 평생 가는 별명을 남기게 된다는 뜻이다. 쿠퍼야 아마도 말을 퍼뜨리진 않을 것이다. 가십 같은 건 자기 수준에 맞지 않는다고 할 사람이니까. 하지만 눈빛을 보니 조수는 언제든 퍼뜨리고도 남을 사람이었다.

나는 쿠퍼가 외형 검사를 하는 동안 입을 다물었다. 다행스럽게도 그 작업중에는 역겹게 놀랄 만한 일은 없었다. 에마는 여섯 살치고는 평균보다 약간 키가 컸고 쿠퍼가 확인할 수 있는 모든 면에서는 건강했다. 골절 후 치유된 자리, 화상 자국이나 흉터 등 신체적이든 성적이든 아동 학대의 끔찍한 흔적 같은 건 보이지 않았다. 치아는 깨끗하고 건강했으며 때운 곳도 없었다. 손톱은 깔끔하게 깎였다. 머리카락을 다듬은 지도 얼마 되지 않았다. 짧은 인생 동안 보살핌을 잘 받으며 살았다.

눈에는 결막밑출혈도 없고 입에 무언가를 갖다 대고 누를 때 생기는 입술 멍도 없었으며 범인이 아이에게 저지른 행동에 대해서 말해줄 만한 건 없었다. 그때 쿠퍼가 에마의 소아과 의사처럼 연필형 전등을 입에 비추다가 말했다. "흠." 그는 다시 핀셋을 꺼내서 아이의 머리를 뒤로 더 젖힌 후에 핀셋을 목 깊숙이 넣었다.

"내 기억이 정확하다면 희생자의 침대에는 장식 베개가 많이 놓여 있었지. 여러 색깔 모직으로 의인화된 동물 형태를 수놓은 것."

전등 빛 속에서 빤히 바라보던 새끼 고양이들과 강아지들. "맞습니다." 내가 대답했다.

쿠퍼는 아이의 입속에서 핀셋을 멋있게 휙 꺼냈다. "그렇다면……." 그는 말했다. "사인의 증거를 찾은 것 같군."

모직 섬유 한 가닥. 축축해서 색이 진해졌지만 마르고 난 후에는 장밋빛 분홍색일 것이다. 나는 고양이의 쫑긋 선 귀, 강아지의 내민 혀를 떠올렸다.

"보시다시피……." 쿠퍼가 말했다. "질식사는 보통 신호가 별로 없어서 확정적으로 진단하기는 불가능하지. 하지만 이 경우에는 이 모직 섬유가 베개에 사용된 것과 일치한다면 희생자가 침대에 있는 베개에 눌려 질식해 죽었다고 어려움 없이 진술할 수 있을 것 같네. 감식반이 구체적 흉기를 특정할 수 있겠지. 이 아동은 산소 결핍이나 산소 결핍에 따른 심정지로 사망했네. 사망 방식은 살인이야."

쿠퍼는 모직 섬유를 증거물 봉투에 넣었다. 그는 봉투를 봉하면서 고개를 한 번 끄덕이더니 짧게 만족스러운 웃음을 지었다.

신체 내부 검사도 결과는 같았다. 건강하고 어린 소녀가 인생에서 아팠거나 다쳐본 적이 없다는 건 말할 것도 없었다. 에마의 위에는 부분적으로 소화된 다진 쇠고기, 매시드 포테이토, 채소와 과일이 있었다. 코티지 파이를 먹고 디저트로는 과일 샐러드를 죽기 여덟 시간 전에 먹었다. 스페인 가족은 저녁에 다 같이 모여 식사하는 유형 같아 보였기에 나는 어째서 패트릭과 에마가 그날 밤 똑같은 식사를 하지 않았는지 의아했지만 그런 건 영원히 설명되지 않아도 쉽게 넘어갈 수 있는 사소한 일일 뿐이다. 코티지 파이를 받아들일 수 없을 만큼 속이 불편했든가 아이가 점심에 먹지 않겠다고 한 식사가 저녁에 다시 나왔든가. 살인은 그런 사소한 일들이 쓸려가버린다는 뜻이다. 밀려오는 붉은 쓰나미의 파도 속에 영원히 사라진다.

조수가 아이를 다시 봉합하기 시작할 때 내가 말했다. "쿠퍼 박사님, 커런 형사를 데려오게 이 분만 주시겠습니까? 그 친구도 나머지 과정은 보고 싶을 거 같아서요."

쿠퍼는 피 묻은 장갑을 벗었다. "어째서 자네가 그런 인상을 받았는지 모르겠네. 커런 형사는 자네 표현대로라면 나머지 과정을 볼 수 있는 기회가 넘치고 넘쳤어. 그 친구는 아마도 이런 세속적인 일은 자기 수준 아래라고 생각하는지도 모르지."

"커런 형사는 밤새 잠복근무를 했습니다. 이른바 자연스러운 생리 현상이 일어나서 나갔겠죠. 그렇지만 다시 들어오는 행동으로 박사님의 작업을 방해하고 싶지 않았던 겁니다. 그가 열두 시간 연속 근무를 했다는 이유로 징계를 받아서는 안 된다고 생각합니다."

쿠퍼가 혐오스럽다는 눈빛을 보낸 것으로 봐서 내가 좀더 독창적인 핑계를 지어냈어야 했다는 생각이 들었다. "커런 형사의 가상의 내장 사정은 내가 신경 쓸 바가 아닌데."

그는 몸을 돌려 생화학 폐기물 통에 장갑을 떨어뜨렸다. 뚜껑이 철컹 울리는 소리는 대화가 끝났다는 뜻이었다. 나는 평정심을 유지하며 말했다. "커런 형사는 잭 스페인의 사후 부검은 참관하고 싶을 겁니다. 그리고 저는 그가 있는 게 중요하다고 생각합니다. 이 수사에 필요한 모든 것을 얻기 위해서 저는 기꺼이 온갖 노력을 다할 거고 이 사건에 관여한 모든 이가 똑같을 거라고 생각하고 싶습니다."

쿠퍼는 천천히 몸을 돌리면서 상어 같은 눈빛으로 나를 노려보았다. "단순히 흥미가 있어서 묻는 건데……." 박사가 말했다. "자네는 지금 내가 내 부검을 어떻게 해야 하는지 알려주려고 하는 건가?"

나는 눈 하나 깜짝하지 않았다. "아닙니다." 나는 정중하게 말했다. "제가 제 수사를 어떻게 하는지 말씀드리는 겁니다."

그는 입을 고양이 항문보다 더 꽉 다물었지만 결국에는 어깨를 으쓱했다. "다음 십오 분 동안은 에마 스페인에 관한 기록을 구술할 계획이네. 그런 다음에 잭 스페인을 시작할 거야. 내가 그 과정을 시작할 때 이 방에 있는 사람은 누구든 남아 있을 수 있네. 그 시점에 참석하지 않은 사람은 앞으로도 다른 사후 부검에 들어와서 방해하지 않도록 하게."

우리 둘 다 조만간 내가 이에 대한 대가를 치러야 한다는 것을 잘 알았다. "고맙습니다, 박사님. 조치에 감사드립니다."

"내 말 잘 들어, 케네디 형사, 자네는 나한테 고마울 이유가 없어. 나는 나의 평소 습관에서 조금도 벗어날 계획이 없네. 자네를 위해서든 커런 형사를 위해서든. 그런 경우를 대비해서 하는 말인데 나의 평소 습관은 부검 사이에 잡담을 포함하지 않는다는 걸 알려줘야 할 것 같군." 그는 내게 어깨를 돌리고 다시 허공에 걸린 마이크에 대고 말하기 시작했다.

방을 나가는데 쿠퍼가 등진 틈에 조교와 눈이 마주쳤고 나는 손가락으로 그를 가리켰다. 조교는 당황해서 순진한 척하려고 했으나 그에게는 어울리지 않았다. 나는 그가 눈을 깜박일 때까지 계속 눈길을 보냈다. 이 이야기가 퍼지기라도 하면 내가 누구를 범인으로 지목할지 그도 깨달았을 것이다.

아직도 잔디 위에는 서리가 내려 있었지만 동이 트며 하늘은 진주알 같은 연회색으로 밝아졌다. 아침이었다. 병원은 하루 일과를 시작하기 위해서 깨어나고 있었다. 가장 좋은 외투를 차려입은 노파

두 명이 서로를 부축해 계단을 오르면서 내가 듣지 않았다면 더 좋았을 이야기들을 큰 소리로 떠들고 있었다. 잠옷 가운을 입은 젊은 남자 하나가 문 옆에 기대어 담배를 피웠다.

리치는 현관 가까이에 있는 야트막한 벽 위에 앉아서 재킷 주머니에 두 손을 깊이 파묻고 자기 신발코를 쳐다보고 있었다. 회색 재킷은 실제로는 재단이 잘된 꽤 괜찮은 제품이었다. 그는 무슨 청재킷처럼 보이도록 입었지만.

내 그림자가 자기 위로 드리워지자 그가 고개를 들었다. "죄송합니다."

"사과할 거 없어, 나한테는."

"끝났습니까?"

"에마는 끝냈지. 이제 잭을 할 차례야."

"하느님 맙소사." 리치는 하늘을 보며 부드럽게 말했다. 욕을 하는 건지 기도를 하는 건지 알 수 없었다.

나는 말했다. "아이들이 제일 힘들어. 둘러 갈 방법이 없지. 다들 그게 문제가 아닌 척 행동하지만 사실상 우리 모두를 매번 죽이는 일이지. 자네만이 아니야."

"저는 감당할 수 있을 줄 알았습니다. 확신했어요."

"그렇게 생각하는 게 옳지. 늘 긍정적인 생각을 해야 해. 의심을 하면 이 게임에서 죽을 수밖에 없어."

"이전에는 그렇게 무너져본 적이 없습니다. 맹세할 수 있어요. 현장에서도요. 저는 아주 괜찮았습니다. 문제가 없었어요."

"그래, 자네는 그랬어. 현장은 다르지. 처음 보면 심하지만 그다음에 최악은 끝나거든. 계속 마음을 건드리진 않아."

그가 침을 꿀꺽 삼킬 때 목젖이 움직이는 게 보였다. 잠시 후 그가 말했다. "어쩌면 저는 이 일에 어울리지 않는지도 모릅니다."

그 말들이 목에 상처라도 내는 듯했다. 나는 말했다. "하고 싶은 건 확실하고?"

"늘 바랐던 겁니다. 어릴 때부터요. 텔레비전 프로그램을 봤을 때부터. 다큐멘터리 프로그램이지 꾸며낸 쓰레기 같은 프로그램이 아니었어요." 그는 비웃는지 확인하려는 듯 내 쪽을 슬쩍 곁눈질했다. "어떤 옛날 사건이었는데요. 한 여자가 시골에서 살해당했죠. 형사가 나와서 어떻게 그 사건을 해결했는지 말했어요. 저는 그 형사가 내가 이제껏 본 사람 중에서 가장 영리한 사람이라고 생각했거든요? 대학교수나 그런 사람들보다 훨씬 더 똑똑하다고. 그 사람은 일을 끝냈으니까요. 중요한 일이죠. 저는 그저 생각했습니다. 저거다, 나는 저 일을 하고 싶어."

"그리고 이제 자네는 그 일을 하는 법을 배우는 거지. 내가 어제 말한 대로 시간이 걸려. 첫날부터 모든 일을 쓱쓱 해치울 수 있기를 기대하면 안 돼."

"그렇죠." 리치가 말했다. "아니면 퀴글리의 말이 맞는지도 모릅니다. 저는 그냥 교통사고처리과로 꺼져서 제 사촌들이나 체포하면서 시간을 보내야 할지도요."

"퀴글리 자식이 어제 한 말이 그거였어? 내가 과장이랑 있을 때?"

리치는 한 손으로 머리를 넘겼다. "그건 중요하지 않습니다." 그는 피곤에 지쳐 말했다. "퀴글리가 뭐라고 말하든 저는 조금도 신경 쓰지 않아요. 그 사람 말이 맞는지가 신경 쓰일 뿐이지."

나는 벽에서 먼지를 털어내고 그 옆에 앉았다. "리치, 이 친구야."

나는 말했다. "내가 뭐 하나 물어보지."

그가 내게로 고개를 돌렸다. 그는 다시 식중독에 걸린 듯한 표정을 지었다. 나는 그가 내 양복에 토하지 않으리라는 도박을 걸어보기로 했다.

"내가 이 수사과에서 사건 해결률이 가장 높다는 걸 잘 알고 있겠지."

"네, 들어올 때 알았습니다. 과장님이 제게 형사님과 파트너를 지어준다고 하셨을 때 정말 기뻤습니다."

"자네는 내가 일하는 모습을 볼 기회가 있었지, 그럼 이제 그런 해결률이 어디서 온다고 생각하나?"

리치는 불편해 보였다. 분명히 그도 같은 질문을 자문해본 적이 있지만 대답을 찾아내지는 못했던 것이다.

"내가 우리 수사과에서 가장 똑똑한 사람이라서 그런 거 같아?"

그는 어깨를 으쓱하는 건지 꿈틀거리는 건지 모를 동작을 했다. "제가 어떻게 알겠습니까?"

"다른 말로 하면 아니라는 거지. 내가 사람 마음을 읽는 초능력자라서 그런 거 같아? 네가 텔레비전에서 본 것처럼?"

"말씀드렸지 않습니까. 제가 알 수……."

"알 수 없겠지. 맞아. 그러면 내가 자네 대신 말해주지. 나의 두뇌든 직감이든 다른 사람들과 별반 다를 바 없어."

"저는 그렇게 말하진 않았습니다."

옅은 아침 햇빛 속에서 그의 얼굴은 궁지에 몰리고 불안해 보였으며 어려 보이기까지 했다. "알아. 그렇더라도 사실이야. 나는 천재가 아니지. 그랬으면 좋겠지만. 일을 시작하고 잠깐 동안은 나도 내가 특별한 존재라고 확신했었어. 마음속에 의심 한 점 없었지."

리치는 지금 자기가 꾸중을 듣는 건지 아닌지 알아내려고 경계하는 눈빛으로 나를 보았다. 그는 말했다. "언제……?"

"언제 내가 특별한 초인이 아닌 걸 깨달았느냐는 말이야?"

"그런 거 같습니다. 네."

언덕은 옅은 안개 속에 감춰져 있어 그저 푸른빛의 조각이 나타났다 사라졌다 했다. 어디에서 땅이 끝나고 하늘이 시작되는지 분간할 길이 없었다. "어쩌면 깨달아야 할 시점보다 한참 늦었을 수도 있고." 나는 말했다. "한순간 탁 도드라지는 게 아니거든. 내가 더 나이들고 조금 더 현명해지자 분명해졌다고만 해두지. 나는 저지르지 말았어야 할 몇 가지 실수를 했고 초인이라면 알아챘어야 할 몇 가지 일들을 놓쳤어. 나는 경력 대부분을 진국인 형사 두엇과 같이 일했어. 내가 되고 싶었던 사람들이었지. 그러고 보니까 내가 똑똑해봤자 코앞에 바짝 들이밀었을 때나 차이를 분간할 수 있다는 거야. 내가 별로 똑똑하지 않다는 걸 알 만큼만 똑똑했던 것 같아."

리치는 아무 말 하지 않았지만 주의 깊게 들었다. 각성이 그의 얼굴에 떠오르며 나머지를 밀어냈다. 그는 이제 다시 경찰의 모습에 가까워졌다. 나는 말했다. "내가 특별하지 않은 존재임을 알아낸다는 건 기분 나쁘게 놀라운 경험이지. 하지만 전에도 말했듯이 우리는 손에 쥔 것을 가지고 일하는 거야. 그렇게 못 하면 실패로 가는 편도 열차표를 사는 편이 낫지."

리치가 말했다. "그러면 해결률은……?"

"해결률 말이지." 나는 말했다. "나의 사건 해결률이 높은 건 두 가지 이유야. 내가 뼈가 빠지도록 일한다는 것과 통제력을 유지한다는 것. 상황에, 목격자에, 용의자에, 그리고 무엇보다도 나 자신에. 그 일을 잘해내면 다른 건 보충할 수가 있어. 그렇게 못 하면, 리치, 네가 통제력을 잃으면 네가 얼마나 천재인지는 중요하지 않아. 그냥 집에 가는 편이 나을 거야. 넥타이 따위 됐고, 신문 기술 같은 것도 됐고, 우리가 지난 일주일 동안 이야기한 건 다 잊어버려. 그냥 겉으로 드러난 증상일 뿐이니까. 핵심만 말하자면 내가 너한테 말한 모든 건 한마디로 통제력에 대한 거야. 내가 무슨 말을 하는지 이해하겠나?"

리치의 입이 서서히 강인하게 일자로 다물어졌다. 내가 보고 싶어 하던 모습이었다. "저는 통제력이 있습니다. 쿠퍼가 저의 경계심을 잠깐 무너뜨린 것뿐입니다."

"그러면 경계심을 내려놓지 마."

그는 혀 안쪽을 깨물었다. "네, 맞는 말씀입니다. 다시는 그런 일 없을 겁니다."

"그럴 거라고 생각하지 않았어." 나는 그의 어깨를 툭 쳤다. "여기서 긍정적인 면에 집중해, 리치. 아침 시간을 보내기엔 최악의 방식일 확률이 높기는 해도 아직 버티고 있잖나. 그리고 이 일에 들어선 지 삼 주만에 자기가 초인이 아니라는 사실을 깨닫다니 너는 운이 좋은 거야."

"어쩌면요."

"내 말 믿어. 넌 커리어도 한참 남았으니 그동안 네 목표와 연결될 수 있어. 그건 선물이야, 친구. 내던지지 마."

그날 하루치의 부상자들이 병원으로 밀려들기 시작했다. 한 손에 피에 젖은 천을 댄 작업복 차림의 남자, 멍해 보이는 유아를 안고 들어오는 가늘고 긴장된 얼굴의 여자, 쿠퍼의 시계가 똑딱똑딱 돌아가고 있겠지만 이 일은 내가 아니라 리치의 마음에서 우러나서 해야 할 필요가 있었다.

리치가 말했다. "제가 수사과에서 근무하면서 이 일을 절대 만회하진 못하겠죠?"

"그런 걱정은 하지 마. 내가 맡아주지."

그는 내가 밖으로 나온 이후 처음으로 내 얼굴을 정면으로 바라보았다. "형사님이 제 뒤를 봐주길 바라진 않습니다. 저는 애가 아니니까요. 제 싸움은 제가 알아서 할 수 있어요."

나는 말했다. "넌 내 파트너야. 너랑 함께 싸우는 게 내 일이지."

이 말에 그가 깜짝 놀랐다. 놀라움이 가라앉으며 그의 얼굴에서 무언가 변하는 모습을 나는 지켜보았다. 잠시 후 그는 고개를 끄덕였다. "제가 아직도……? 제 말은, 쿠퍼 박사가 절 다시 들여보내줄까요?"

나는 시계를 확인했다. "우리가 빨리 움직이면 들여보내줄 거야."

"알겠습니다." 리치는 긴 숨을 내쉬더니 두 손으로 머리를 넘기고 일어섰다. "가죠."

"잘됐군. 그리고 리치?"

"네."

"이 일 마음에 두지 마. 일시적으로 삐끗한 것뿐이야. 자넨 살인수사과에 필요한 모든 자질을 지니고 있어."

그는 고개를 끄덕였다. "최선을 다하겠습니다. 감사합니다, 케네디 형사님. 감사합니다." 그런 다음 리치는 넥타이를 고쳐 맸고 우리 둘은 나란히 병원으로 도로 들어갔다.

리치는 잭의 사후 부검 내내 잘 버텨냈다. 이번은 정도가 심한 부검이었다. 쿠퍼는 우리가 모든 세부 사항을 눈에 잘 담을 수 있도록 찬찬히 진행했다. 리치가 한 번이라도 눈길을 돌렸다가는 아작이 날 것이었다. 그는 그러지 않았다. 움찔하지도 않고 꿋꿋하게, 심지어 거의 눈도 꿈쩍하지 않고 바라봤다. 잭은 건강했고 영양 상태가 좋았으며 나이에 비해 체구가 컸다. 무릎과 팔꿈치에 딱지가 앉은 걸로 봐서 활동적인 아이였다. 그는 에마와 같은 시각에 코티지 파이와 과일 샐러드를 먹었다. 뒤에 남은 잔여물로 봐서는 목욕을 했고 샴푸 거품을 너무 많이 내서 제대로 헹궈지지 않았다는 것을 알 수 있었다. 그런 후에는 잠자리에 들었고 깊은 밤에 누가 그 아이를 죽였다. 베개로 질식시켰으리라 추정하지만 이번에는 확신할 길이 없었다. 방어흔은 없었지만 쿠퍼는 그건 아무 의미 없다고 지적했다. 아이는 자다가 생사의 선을 넘었을 수도 있고, 마지막 순간에 베개에 대고 비명을 질렀대도 베개에 눌려 저항은 막혔다. 리치는 영안실로 들어온 이후 5킬로그램은 빠진 듯 입과 코 주위가 푹 꺼졌다.

밖으로 나왔을 때는 점심시간이었지만 둘 다 뭔가 먹을 생각은 들지 않았다. 물안개는 햇볕에 사그라졌지만 아직 황혼처럼 어두웠다. 하늘에는 차가운 구름이 짙게 깔렸고 지평선의 언덕들은 뿌옇고 침울한 초록색이었다. 병원은 점점 번잡해지고 있었다. 들어왔다 나가는 사람들, 오토바이 재킷을 입고 한 다리가 이상한 방향으로 꺾여버린 젊은 남자를 내리는 구급차, 전화에 대고 웃음을 터뜨리며 가는 수술복 차림의 여자들. 나는 말했다. "해냈군. 잘했어, 형사."

리치는 기침과 트림 사이의 쉰 소리를 냈고 나는 코트 자락을 휘날리며 그에게서 쓱 피했다. 그는 결국 한 손으로 입을 닦고 진정했다. "간신히 해냈죠, 네."

내가 말했다. "다음에 잠을 좀 잘 기회가 있으면 스트레이트 위스키를 먼저 두어 잔 들이켜야겠다는 생각을 할 텐데, 그만둬. 꿈을 꾸고 다시 깨어나지 못하는 건 절대 바라지 않는 일일 테니까."

"맙소사." 그는 나에게라기보다는 혼잣말처럼 조용히 말했다.

"보상에 눈을 둬. 우리 범인이 남의 목숨을 빼앗은 대가를 치르는 날이 오면 금상첨화가 되지 않겠어. 거기까지 이르는 모든 과업을 다 해낸 것을 알게 되면."

"그거야 우리가 잡았을 때의 얘기죠. 만약 못 잡으면……."

"만약이 아니야, 친구. 그건 내가 일하는 방식이 아니야. 범인은 우리 거야."

리치는 아직도 허공만 바라봤다. 나는 다시 편한 자세로 벽에 앉아 휴대전화를 꺼내면서 그에게 심호흡을 할 기회를 주었다. "보고를 받아야지." 전화가 울리자 나는 말했다. "현실 세계에서는 무슨 일이 일어나는지 볼까." 그러자 리치도 정신을 차리고 내 옆에 와서 앉았다.

나는 먼저 경찰청에 들렀다. 오켈리가 완전한 최신 보고와 나한테 일 좀 그만 망치고 누구든지 잡아 오라고 일갈할 기회를 원할 것이고, 나는 둘 다 기쁘게 바칠 것이다. 나 또한 최신 정보를 원했다. 수색팀은 대마초 조금과 여성용 면도날, 케이크를 담는 양철 상자를 제출했다. 수중수색팀은 심하게 녹슨 자전거와 공사중에 나온 돌무더기를 찾아냈다. 그들은 여전히 수색중이었지만 조류가 너무 거세서 한두 시간이 지나면 더 작은 물건이 남아 있으리라는 희망은 품기 어려웠다. 버너뎃은 우리에게 사건 수사본부실을 배정해두었다. 가장 좋은 방 중 하나로 책상이 많고 적당한 크기의 화이트보드와 제대로 돌아가는 DVD 겸용 비디오 플레이어가 있어서 CCTV 영상과 스페인의 집에서 찍은 영상을 볼 수 있었다. 시보 둘이 벽에 현장 사진과 지도 목록을 잔뜩 붙이고 제보 전화 기록부를 작성해 정리하는 중이었다. 나머지는 현장에 나가서 스페인 가족과 동선이 엇갈린 사람이라면 누구든 만나 이야기를 나누는 기나긴 과정을 진행하기 시작했다. 그들 중 한 명은 잭과 어린이집을 같이 다녔던 친구들을 추적했다. 대부분은 어린이집이 문을 닫았던 유월 이후 스페인 가족으로부터 아무런 소식을 듣지 못했다. 한 학부모는 잭이 그 이후에 두어 번 자기네 집에 와서 아들과 같이 놀았지만 팔월 언젠가부터 제니퍼가 전화에 답을 하지 않았다고 했다. 전혀 제니퍼답지 않았다는 말도 덧붙였다.

"그러면……." 나는 전화를 끊으며 말했다. "자매 중 한 명은 거짓말을 한 거네. 피오나든 제니퍼든. 어느 쪽인지 골라봐. 잘 눈치챘어. 이번 여름부터 제니퍼는 잭의 꼬마 친구들에게 이상하게 굴었다는 거군. 이건 설명이 필요하겠어."

리치는 집중할 일이 생겨서인지 훨씬 건강해 보였다. "어쩌면 그 여자가 제니퍼를 열 받게 할 행동을 했는지도 모르죠. 그렇게 단순한 걸 수도요."

"아니면 제니퍼는 잭을 어린이집에 보낼 수 없었다는 사실을 인정하기가 너무 창피했을 수도 있지. 하지만 제니퍼의 마음에 거슬린 다른 게 있었을지도 몰라. 이 여자의 남편이 너무 친근하게 굴었다든가, 아니면 어린이집 직원 중 한 명이 잭을 겁줄 만한 행동을 했는데 제니퍼가 어쩔 줄 몰랐다든가……. 우리는 어느 쪽인지 알아내야 해. 2번이었나 정확히는 모르겠지만 이 규칙을 기억해. 이상한 행동은 우리에게는 선물이라는 것."

음성 사서함에 전화를 걸고 있을 때 내 휴대전화가 울렸다. 키런인지 뭔지 하는 컴퓨터 귀재는 내가 이름을 대기도 전에 말을 시작했다. "그래서 브라우저 방문 기록을 복구하려고 했는데요. 그게 누군가가 없애버리고 싶어 할 정도로 큰일인가 보려고요. 이제까지는 솔직히 말하자면 결과가 영 실망스러워요."

"잠깐." 나는 말했다. 그러고는 주위에 엿들을 만한 사람이 없는지 확인했다. 나는 전화를 스피커폰으로 바꾸었다. "말해봐."

"URL, 혹은 부분 URL을 조금 찾았는데 무슨 이베이 사이트, 육아 게시판, 스포츠 게시판 두어 개와, 가정과 정원 가꾸기 포럼, 그리고 여성용 속옷을 파는 사이트 같은 게 있었어요. 나한테는 꽤 재미있었지만 형사님에게는 별로 도움이 안 되겠죠. 왠지 모르겠지만 무슨 밀수 작전이나 투견장 같은 게 나오지 않을까 기대했었는데요. 형사님들이 찾는 범인이 피해자의 브라 사이즈 같은 걸 지워버리고 싶어 할 이유 같은 건 알 수가 없어서요."

그는 실망했다기보다 꽤 호기심이 동한 말투였다. 나는 말했다. "브라 사이즈는 아니겠지. 하지만 포럼은 다른 이야기야. 스페인 가족이 사이버공간에서 문제가 있었다는 흔적은 없나? 그들이 화나게 한 사람이라든가 그들을 괴롭힌 사람이라든가?"

"제가 어떻게 알겠어요? 사이트를 알아냈다고 그 사람들이 거기서 뭘 했는지까지 확인할 수 있는 건 아니에요. 각각의 포럼에는 최소한 사람이 수천 명은 있을걸요. 그쪽 피해자가 눈팅만 하는 게 아니라 회원이라고 해도 내가 누구를 찾아봐야 할진 몰라요."

리치가 말했다. "비밀번호를 다 기록해놓은 파일이 있다고 했죠? 그걸 사용할 순 없습니까?"

키런은 멍청한 비전문가들에게 슬슬 짜증 나기 시작하는 듯했다. 지루함의 역치가 낮은 친구였다. "어떻게 써요? 뭔가 로그인 될 때까지 세계에 있는 모든 웹 사이트에 아이디랑 비밀번호를 다 넣어봐요? 비밀번호 파일에는 포럼 아이디는 적어두지 않았어요. 보통 반 정도는 웹 사이트 이름도 없고 그저 머리글자 같은 것뿐이죠. 그러니까 어떤 줄에는 이렇게 씌어 있어요. 'WW-EmmaJack' 하지만 WW가 웨이트 워처스Weight Watchers인지 월드 오브 워크래프트World of Warcraft인지 우리가 말하는 사이트에서 무슨 아이디를 쓰는지는 감도 안 와요. 아내 쪽의 이베이 아이디는 있는데 'sparklyjenny'라는 아이디로 된 상품 후기 페이지가 두 개 나왔거든요. 그래서 그걸로 접속을 해봤더니 꽝 들어가지긴 하더라고요. 관심 있으실지 몰라 알려드리면 아동복과 아이섀도 같은 거던데. 하지만 다른 사이트로 이어지는 실마리 같은 건 없어요. 아직까지는요."

리치는 수첩을 꺼내 받아 적었다. 내가 말했다. "모든 사이트를 sparklyjenny나 그 변형으로 다 확인해봐. jennysparkly 뭐 그런 종류로. 비밀번호도 그렇게 똑똑하게 관리하지 않았는데 아이디도 그럴 가능성이 크잖아."

키런이 눈알을 굴리는 소리가 들리는 것만 같았다. "음, 네. 저도 그런 생각을 했죠. 다른 sparklyjenny는 없지만 계속 찾는 보죠. 혹시나 피해자에게서 아이디를 받아낼 가능성은 없어요? 그러면 우리 시간이 훨씬 줄어들 텐데."

"아직 깨어나지 않았어." 나는 말했다. "우리 범인은 이유가 있어서 방문 기록을 다 지운 거야. 어쩌면 그가 패트릭이나 제니퍼를 온라인에서 스토킹했을지도 몰라. 각각의 포럼에서 지난 며칠 치의 포스트를 확인해. 마지막 순간에 어떤 극적인 사건이 있었다면 찾기 어렵진 않을 거야."

"누가요? 내가요? 진심이에요? 아무 여덟 살짜리나 골라서 뇌세포들이 대거 자살할 때까지 포럼을 읽게 해보시죠. 아니면 침팬지에게 시키거나."

"이 사건에 얼마나 많은 언론이 주목하고 있는지 자네도 봤잖아? 우린 사건의 모든 단계에서 최선을 다하고 가장 영리하게 굴어야 해. 침팬지는 필요없어." 키런은 짜증 난다는 듯 한숨을 길게 내쉬었지만 말대꾸는 하지 않았다. "일단 지난주에 집중해. 우리가 더 깊게 파고 들어갈 필요가 있다면 그렇게 하면 되고."

"여기서 '우리'란 누굽니까, 케모사베*? 잘난 척하려는 건 아닌데요. 하지만 기억해주세요. 난 복구 소프트웨어가 자기 일을 하는 것보다 더 많은 사이트를 켜보게 되겠죠. 그쪽 피해자가 여러 다른 포럼에 글을 썼다면 나나 우리 쪽 애들은 빨리 훑어볼 수도 있고 깊이 파볼 수도 있어요. 어느 쪽인지 선택하세요."

"스포츠 게시판 같은 건 쓸 만한 게 발견되지 않으면 빨리 처리해버려. 최근에 극적인 사건이 있었는지 쓱 훑어보기만 하라고. 육아 사이트나, 집이나 정원 개조 사이트는 깊이 파고들어." 오프라인에

---

* 미국 텔레비전 드라마 〈론 레인저〉에서 아메리카 원주민 출신의 조력자 톤토가 주인공 론 레인저를 부르는 호칭.

서와 마찬가지로 온라인에서도 이야기를 푸는 쪽은 여자들이다.

키런은 끙 신음했다. "그렇게 말할 줄 알았어요. 맘 카페는 지구 종말 전쟁이 일어나는 곳이에요. '수면 교육'을 두고 핵전쟁 같은 게 일어난다니까요. 난 남은 인생 내내 그게 뭔지 모르는 채 살아도 괜찮을 것 같은데."

"흔히들 하는 말로 교육은 절대 낭비가 아니야, 친구. 웃으면서 받아들여. 자넨 홍보 업무 경력이 있고 여섯 살 난 딸과 세 살 난 아들을 두었으며 담보 대출금이 밀렸고 남편이 이월에 해고당해서 온갖 경제적 고충이 있는 전업주부를 찾는 거야. 아니면 찾는다고 해보자고. 우리가 완전히 틀렸을 수도 있지만 당분간은 그걸로 가보자고."

리치는 수첩에서 흘끔 고개를 들었다. "무슨 말입니까?"

나는 대답했다. "온라인에서 제니퍼는 아이가 일곱에 증권회사를 다니고 햄턴에 저택이 있는 사람일 수도 있다는 거지. 고아에 있는 히피 공동체에 살 수도 있고. 사람들은 인터넷에서 거짓말을 해. 확실히 그렇다 해도 놀랄 일이 아니지."

"밥 먹듯 거짓말을 하죠." 키런이 동의했다. "언제나."

리치는 회의적인 눈길을 보냈다. "데이트 사이트에서라면 그럴 수도 있겠는데요. 키는 몇 센티미터 늘리고 몸무게는 몇 킬로그램 정도 줄이고, 재규어가 있다거나 박사 학위가 있다거나 하면 명품 코너에서 고를 수 있으니까요. 하지만 절대 만날 일이 없는 다른 여자들에게 구라를 친다? 거기 이점이 뭐가 있죠?"

키런은 코웃음을 쳤다. "이거 물어볼 수밖에 없네요, 케모사베. 형사님 반쪽은 온라인 활동을 해본 적이나 있대요?"

내가 말했다. "자신의 삶을 견딜 수 없으면 요새는 온라인으로 가서 새 인생을 만드는 거야. 네가 젯셋족 록 스타라고 하는 말을 모두가 믿어주면 그렇게 대해주지. 그리고 모두가 너를 그렇게 대하면 그런 기분이 들게 마련이고. 정말로 진실이 뭔지 잘 생각해보면 실제로 젯셋족 록 스타인 것과 그게 뭐가 다르겠어? 그게 파트타임이라도."

회의적인 표정이 점점 번져갔다. "그렇다고 진짜 내가 망할 젯셋족 록 스타인 건 아니잖아요. 아직도 회계부에 있는 무명씨일 뿐인데. 블랜차즈타운에 있는 침실 한 개짜리 아파트에 앉아서 스쿠비 스낵스*나 먹고 있는데 전 세계가 실은 내가 모나코에 있는 오성급 호텔에서 샴페인을 마시고 있다고 생각한들 무슨 상관이냐는 거죠."

"그렇기도 하고 아니기도 해, 리치. 인간이라는 존재는 그렇게 단순하지 않아. 오직 나의 실제 모습만이 중요하다면 인생이 훨씬 더 간단했겠지만 우리는 사회적 동물이야. 다른 사람들이 너를 뭐라고 생각하느냐가 네가 너 자신을 뭐라고 생각하느냐만큼 중요하지. 그게 차이를 만드는 거야."

"기본적으로는요……." 키런이 명랑하게 말했다. "사람들은 다른 사람들에게 좋은 인상을 남기려고 구라를 친다는 거예요. 거기 새로운 건 없어요. 사람들은 실제 세계에서도 그 짓을 계속해왔는걸요. 사이버공간에서 좀더 쉬워진 것뿐이죠."

내가 말했다. "그런 게시판들은 제니퍼가 자기 인생에서 잘못되

---

* 만화영화 〈스쿠비 두〉에 나오는 가상의 과자.

어버린 모든 것으로부터 멀어질 장소였을 수도 있어. 거기서는 아무나 될 수 있으니까."

리치는 고개를 저었지만 이제 불신이 당혹으로 바뀌었다. 키런이 물었다. "그래서 내가 뭘 찾으라고요?"

"제니퍼의 신상 정보와 일치하는 사람을 주시해야 하지만 딱 맞아떨어지는 사람이 없더라도 거기 없다는 뜻은 아니야. 다른 회원과 심각한 싸움이 났거나 자기가 온라인에서든 오프라인에서든 스토킹이나 괴롭힘을 당한다는 사람, 자기 남편이나 아이가 스토킹이나 괴롭힘을 당한다는 사람. 뭐든 쓸모 있는 걸 찾으면 우리에게 전화하게. 이메일에서는 무슨 소득이 있었나?"

배경에서 키보드를 치는 소리가 났다. "지금까지는 파편밖에 없어요. 삼월에 피오나라는 사람이 메일을 보냈는데 에마가 〈도라도라 영어나라〉의 완전판 박스 세트를 갖고 싶어 할지 묻는 내용이었죠. 그리고 이 집 사람 누가 유월에 구인 광고에 이력서를 보냈어요. 그것 말고는 기본적으로 스팸, 스팸, 스팸 메일이에요. '그녀의 쾌락을 위해 당신의 물건을 더 단단하게'가 무슨 비밀 암호가 아닌 이상은 아무것도 없어요."

나는 말했다. "그럼 계속 살펴봐."

키런이 말했다. "진정하세요. 아까 직접 말했듯이 그쪽 범인은 단순히 자기의 미친 기술을 과시하려고 컴퓨터를 지운 게 아니에요. 조만간 뭔가 나타나겠죠."

그는 전화를 끊었다. 리치가 부드럽게 말했다. "저기 허허벌판 한가운데 앉아서 한 번도 만난 적 없는 사람들을 위해 록 스타인 척한다니. 얼마나 외로워야 그런 짓을 한답니까?"

나는 음성 사서함을 확인하는 동안 만약의 경우를 대비해서 휴대 전화의 스피커 모드를 껐다. 리치는 기색을 눈치채고 벽 위에 앉은 내게서 슬쩍 멀어지며 살인자의 집 주소가 적혀 있기라도 한 양 눈을 가늘게 뜨고 수첩을 들여다보았다. 음성 메시지는 다섯 개였다. 첫 번째는 오켈리가 보낸 것으로, 이른 아침 명랑한 목소리로 내가 지금 어디에 있는지, 어째서 리치가 지난밤에 범인을 체포하지 못한 건지, 그가 번들거리는 운동복 말고 다른 옷을 입고는 있는지, 마음을 바꿔 이 사건은 실제 살인 담당 수사관을 파트너로 하는 게 어떤지 묻는 내용이었다. 두 번째 메시지는 제리 누나가 보낸 것으로 지난밤 일을 다시 한번 사과하고 일이 잘 풀렸으면 좋겠다고, 디나가 기분이 나아졌길 바란다고 했다. "그리고 내 말 들어, 믹. 그 애가 아직도 상태가 좋지 않으면 내가 오늘 밤 데려갈게, 신경 쓰지 마. 실라도 나아지고 있고 필은 실제로 아주 괜찮아. 자정 이후로는 딱 한 번만 토했거든. 그러니까 네가 기회가 되는 대로 디나를 우리 집에 데려다주기만 하면 돼. 진심이야, 지금은." 나는 디나가 이제 깨어났을지, 그 애가 집 안에 갇혀서 무슨 생각을 떠올리고 있을지 생각하지 않으려 했다.

세 번째 메시지는 래리가 보낸 것이었다. 래리와 부하들은 저격수의 은신처에서 딴 지문을 컴퓨터에 돌려본 결과 아무것도 나오지 않았다고 했다. 우리 범인은 전과 기록 시스템에 없었다. 네 번째 메시지는 다시 오켈리로 이전 메시지와 똑같았지만 이번에는 무료로 욕설까지 추가했다. 다섯 번째 메시지는 고작 이십 분 전에 위층의 의사에게서 왔다. 제니퍼 스페인이 깨어났다는 소식이었다.

내가 살인 수사를 좋아하는 이유 중 하나는 희생자가 대체로는 죽

기 때문이다. 친구들과 친척들은 분명히 살아 있지만 그들이 용의
자가 아닌 한 한두 번 인터뷰를 한 후에 피해자 지원팀으로 넘겨버
릴 수 있다. 그런 경우에는 그들과 이야기를 나눈 경험이 피해자와
얘기했을 때와 마찬가지로 마음을 파쇄기에 넣은 듯 갈기갈기 잘라
버리지 않는다. 나는 굳이 이런 얘기를 나누는 습관은 없다. 사람들
이 나를 정신병자나, 더 심각하게는 겁쟁이로 볼지도 몰라서다. 나
는 언제라도 죽은 아이가 낫다. 나쁜 아저씨가 그다음에는 어떻게
했는지 얘기를 끌어내는 동안 엉엉 우는 아이보다는 낫다는 뜻이
다. 죽은 피해자는 해답을 찾아달라며 경찰청 앞에 울면서 나타나
지도 않고, 끔찍한 순간을 모두 되살려보라고 우리 쪽에서 쿡쿡 찌
를 필요도 없으며, 내가 일을 그르치면 그들의 삶이 어떻게 될까 걱
정할 필요도 없다. 살인 사건 피해자들은 영안실에 가만히 누워 있
으며 내가 일을 맞게 하든 틀리게 하든 상관없이 몇 광년 떨어진 곳
으로 가버렸다. 나는 맘 편하게 그들을 거기로 보낸 사람들에게만
집중하면 된다.

지금 기분이 언짢은 이유는 병원에 누운 제니퍼 스페인을 보러 가
는 건 이 직업과 관련해서 내가 꾸는 최악의 악몽이 실현되었다는
뜻이기 때문이다. 내 마음의 일부분은 다른 전화가 오기를 간절히
기원했다. 그 여자가 의식을 되찾지 못하고 떠났으며 그녀의 고통
에는 경계선이 있었다고 알려주는 전화를 기다렸다.

리치가 내 쪽으로 고개를 돌리고 있었다. 나도 모르게 전화를 꼭
쥐고 있었다. 그가 말했다. "무슨 소식 있습니까?"

나는 대답했다. "아이디에 대해선 제니퍼 스페인 본인에게 물어
볼 수 있을 것 같아. 깨어났다는군. 우리는 위층으로 간다."

제니퍼의 병실 밖에 있는 의사는 금발에 삐쩍 말랐으며 중년처럼 가르마를 타고 턱수염을 길러서 더 나이 든 인상을 주려고 무던히도 애쓰는 사람이었다. 그의 뒤로 정복 경관이 문을 지키고 있었다. 내가 피곤한 탓이겠지만 모두가 열두 살 정도로 보였다. 경관은 나와 리치를 보더니 턱을 안으로 당기며 차려 자세를 취했다.

나는 신분증을 들어 보였다. "케네디 형사입니다. 피해자는 아직도 깨어 있습니까?"

의사는 신분증을 꼼꼼하게 살폈고 이건 좋은 태도였다. "피해자는…… 네, 그렇습니다. 하지만 형사님들이 환자와 오랜 시간을 보낼 수 있을진 모르겠군요. 아주 강력한 진통제를 먹은 상태이고 이런 규모의 부상이라면 그 자체로도 기운이 소진됩니다. 환자는 곧 잠에 빠질 겁니다."

"그래도 위험은 벗어난 거죠?"

의사는 어깨를 으쓱했다. "장담은 못 합니다. 예후는 두 시간 전보다는 좋고 신경 기능도 이상 없다고 조심스럽게나마 긍정적인 전망을 할 수는 있겠지만, 감염 위험이 무척 크니까요. 며칠 내로 더 자세하게 알 수 있겠지요."

"피해자가 뭐라고 말은 하지 않았습니까?"

"얼굴 부상에 대해서는 형사님도 아실 텐데요? 말하기가 힘든 상태입니다. 간호사 한 명에게 목이 마르다는 말은 했다더군요. 저한테는 누구냐고 묻기도 했습니다. 그리고는 '아파요'라는 말을 두세 번 해서 진통제를 더 놔줬죠. 그게 답니다."

정복 경관은 상황이 바뀔 때를 대비해서 제니퍼와 함께 안에 있어야 했지만 내가 문을 지키라고 명령했기 때문에, 세상에 그는 정말로 문을 지키고 있었다. 나는 사춘기의 무위도식자 대신 머리가 제대로 작동하는 진짜 형사를 쓰지 않은 나 자신을 발로 차주고 싶었다. 리치가 물었다. "환자가 압니까? 가족 일을?"

의사는 고개를 저었다. "제가 판단하기에는 아닙니다. 일종의 역행성 기억상실이 있는 게 아닌가 추측됩니다. 머리 부상 후에는 흔한 일이죠. 보통은 일시적이긴 합니다만, 다시 말씀드리지만 장담은 못 합니다."

"그리고 선생님도 말은 하지 않았다는 거죠?"

"형사님들이 직접 하고 싶으실 거라고 생각했습니다. 환자도 묻지 않았고요. 환자가…… 뭐, 제 말이 무슨 뜻인지 보면 아실 거고요. 상태가 그렇게 좋지는 않습니다."

의사는 계속 낮은 목소리로 말했고 그러면서 시선은 슬쩍 내 어깨 너머를 향했다. 나는 그때까지 여자의 존재를 알아차리지 못했다. 딱딱한 플라스틱 의자에 앉아 복도 벽에 기대어 잠들어 있는 여자. 무릎 위에 놓은 커다란 꽃무늬 가방을 꼭 붙들고 있었고 머리는 아플 것 같은 각도로 뒤로 꺾였다. 열두 살처럼 보이진 않았다. 적어도 백 살은 되어 보이는 여자였다. 말아 올린 흰 머리카락에서 몇 올이 풀려 나왔고 얼굴은 울음과 피로로 부어올라 색깔이 변했다. 그렇다고 해도 실제로 일흔 살은 넘지 않을 것이었다. 나는 스페인 가족의 앨범에서 여자를 본 기억이 떠올랐다. 제니퍼의 엄마였다.

시보들은 전날 모친에게서 진술을 받았다. 우리는 그 여자를 조만간 다시 만나야 할 테지만 그 순간에는 복도까지 채우지 않아도 제니퍼의 병실에서 우리를 기다리는 괴로운 일이 차고 넘쳤다. "고맙습니다." 나는 훨씬 더 조용하게 말했다. "상황이 변하면 알려주십시오."

우리는 무위도식 경관에게 신분증을 주었고 그는 한참 시간을 들여 이모저모를 확인했다. 래퍼티 부인은 잠에 빠져 있는 동안에도 발을 바꾸면서 끙 신음했고 나는 정복 경관을 어깨로 밀어버릴 뻔했지만 다행히도 그가 시의적절하게 우리가 적법한 관련자라는 결론을 내렸다. "들어가십시오." 그는 재빨리 말하면서 신분증을 다시 건네고는 문에서 한 발 물러났고 우리는 제니퍼 스페인의 방 안으로 들어섰다.

병실 속 제니퍼가 결혼사진 속 환히 빛나던 백금발의 여자인 걸 알아볼 사람은 없을 터였다. 감은 눈꺼풀은 푸석푸석한 자주색이었다. 넓고 하얀 붕대 아래로 베개 위에 펼쳐진 머리카락은 며칠 동안 감지 못해서 지저분했고 짙은 쥐색으로 보였다. 누군가 피를 닦아내려고 노력은 했지만 여전히 엉겨 붙은 덩어리가 있어서 머리카락 끝이 뾰족하게 굳었다. 오른쪽 뺨에는 허술하게 떼어낸 테이프로 거즈를 붙여놓았다. 피오나의 손처럼 작고 고운 두 손은 보풀이 인 하늘색 담요 위에 힘없이 늘어져 있었고 얼룩덜룩하고 거대한 멍 속으로 가는 튜브가 연결되어 있었다. 둥근 모양으로 섬세하게 다듬고 연분홍빛 도는 베이지색 매니큐어를 바른 손톱은 완벽했지만 두어 개는 부러져 속살까지 드러나 보였다. 코에서 나와 귀 옆으로 돌아가는 튜브가 뱀처럼 기어서 가슴까지 이어졌다. 제니퍼의 주변에서 기계들이 삑삑 울어댔고, 투명한 수액 주머니에서 약이 방울방울 떨어졌고, 빛이 금속에 비쳐 번쩍거렸다.

리치가 들어오면서 문을 닫았을 때 제니퍼가 눈을 떴다.

제니퍼는 어지럽고 탁한 눈으로 우리가 실제 사람인지 확인하려는 듯 빤히 응시했다. 진통제 기운에 깊이 빠진 듯했다. "스페인 부인." 부드럽게 말했지만 그녀는 여전히 움찔하며 자기를 보호하려는 듯 두 손을 위로 쳐들었다. "저는 마이클 케네디 형사입니다. 이쪽은 리처드 커런 형사고요. 몇 분간 저희와 얘기 나눌 수 있겠습니까?"

　천천히 제니퍼의 눈이 내게로 향하며 초점을 맞추었다. 제니퍼는 속삭이는 소리로 말했다. 상처와 붕대 사이로 들리는 목소리는 잠겨서 막힌 듯했다. "무슨 일이 있었어요."

　"네, 그런 것 같습니다." 나는 침대 옆으로 의자를 돌려놓고 앉았다. 리치도 내 반대편에서 똑같이 행동했다.

　"무슨 일이 있었던 거죠?"

　나는 말했다. "공격당하셨습니다. 자택에서 이틀 전에요. 심각한 부상을 입으셨는데 의사들이 잘 보살피고 있으니까 괜찮으실 거라고 합니다. 공격에 대해서 뭐라도 기억이 나십니까?"

　"공격이라니." 제니퍼는 마음을 짓누르는 거대한 약의 무게를 헤치고 수면 위로 헤엄쳐 올라오려고 했다. "아뇨. 어떻게…… 뭐가……." 다음 순간 그녀의 눈이 다시 살아나더니 순수한 공포로 눈부신 파란빛을 내뿜었다. "아기들은요. 팻은."

　내 몸의 모든 근육이 저 문 밖으로 뛰어나가라고 꿈틀댔다. 나는 말했다. "안타깝습니다."

　"아니에요. 세 사람…… 어디에……."

　제니퍼는 일어나 앉으려고 고군분투했다. 힘이 없어서 앉을 순 없었지만 봉합된 자리가 뜯어질 만큼 애쓸 힘은 남아 있었다. "정말 안타깝습니다." 나는 다시 한번 말했다. 나는 한 손으로 그녀의 어깨를 감싸고 되도록 부드럽게 내리눌렀다. "저희가 할 수 있는 일은 없었습니다."

그 말 다음에 이어지는 순간은 수백만 가지의 형태를 띤다. 목소리가 갈라지도록 울부짖는 사람들도 보았고, 그 순간이 지나가기만을 바라며 얼어붙는 사람들도 보았으며, 누군가 옆에 가만히 있기만 하다면 가슴팍을 뜯어버릴 것처럼 덤벼드는 사람도 보았다. 어떤 사람들은 고통을 지우려고 얼굴로 벽을 들이받으려 해서 뒤로 끌어내야 했다. 제니퍼 스페인은 그 어떤 행동도 하지 않았다. 자기를 방어하기 위한 모든 노력을 이틀 전에 전부 써버렸다. 이젠 남은 것이 없었다. 제니퍼는 낡은 베갯잇 위에 도로 머리를 떨어뜨리고 일정하게, 그러나 소리도 내지 않고 울었다. 울고 또 울었다.

얼굴이 붉게 일그러졌지만 제니퍼는 얼굴을 가리기 위해 움직이지도 않았다. 리치가 몸을 숙여 한 손을 정맥주사 선이 꽂혀 있지 않은 손 위에 얹었다. 제니퍼는 주먹 쥔 손의 관절이 하얘지도록 그 손을 꼭 잡았다. 그 뒤에서 기계가 일정한 소리를 희미하게 내며 삑삑 울렸다. 나는 삑 소리를 세는 데 집중하며 물이나 껌, 민트 사탕, 삼킬 수 있는 뭐든 가져왔으면 좋겠다는 생각을 했다.

잠시 후 울음소리가 점차 스러져가고 제니퍼는 가만히 누운 채로 흐린 붉은 눈으로 벽의 벗겨져가는 페인트를 응시했다. 나는 말했다. "스페인 부인, 저희는 할 수 있는 모든 일을 할 겁니다."

제니퍼는 나를 보지 않았다. 거칠고 잠긴 목소리로 속삭였다. "확실해요? 직접…… 보셨어요?"

"죄송하지만 확실합니다."

리치가 부드럽게 말했다. "아이들은 고통받진 않았습니다, 스페인 부인. 무슨 일이 일어났는지도 몰랐어요."

제니퍼의 입이 경련을 일으키려 했다. 나는 제니퍼가 다시 정신을 잃기 전에 재빨리 말했다. "스페인 부인, 그날 밤 일에 대해 기억나는 걸 말씀해주시겠습니까?"

제니퍼는 고개를 저었다. "난 모르겠어요."

"괜찮습니다. 이해합니다. 잠시만 기억을 돌이켜보고 뭔가 떠오르는지 생각해주시겠습니까?"

"안 돼요……. 아무것도 없어요. 못 하겠어요……."

제니퍼는 다시 굳어지며 리치의 손을 꽉 쥐었다. 내가 말했다. "괜찮습니다. 마지막으로 기억나는 건 뭡니까?"

제니퍼는 아무것도 없는 허공을 바라보았고 잠시 나는 그 여자가 정신을 놓고 떠내려간 게 아닌가 싶었지만 다음 순간 그녀가 속삭였다. "아기들 목욕요. 에마가 잭의 머리를 감겼는데. 애 눈에 샴푸가 들어갔어요. 울음을 터뜨리려고 했죠. 팻은…… 에마의 원피스 소매에 손을 끼고 춤추는 흉내를 내서 잭을 웃겼는데……."

"좋습니다." 나는 말했고 리치는 격려하듯 제니퍼의 손을 다시 한 번 쥐었다. "아주 좋습니다. 작은 거라도 뭐든 도움이 될 수 있거든요. 아이들을 목욕시킨 후에는……?"

"모르겠어요. 모르겠어요. 그다음에는 여기 있었어요. 의사 선생님이……."

"좋습니다. 기억이 돌아올 겁니다. 그동안에는 혹시 지난 몇 달간 부인을 괴롭힌 사람이 있었는지 말씀해주시겠습니까? 걱정되는 사람이라든가? 아는 사람 중에 누가 약간 이상하게 행동했다든가, 주변에 어슬렁거려서 불안하게 했던 사람을 봤다든가요?"

"그런 사람 없어요. 아무도. 모든 게 다 좋았어요."

"동생 피오나 씨 말씀으로는 여름에 누가 집에 침입했다고 그러던데요. 그에 대해 얘기해주실 수 있겠습니까?"

제니퍼는 어딘가 아픈 듯 베개 위에서 고개를 저었다. "그건 아무것도 아니었어요. 큰일이 아니에요."

"피오나 씨 말을 들으면 당시에는 꽤 큰일이었던 것 같던데요."

"피오나가 부풀린 거예요. 그날 스트레스를 받았던 것뿐이라서요. 걱정이 되거나 하지는 않았어요."

침대 맞은편의 리치와 눈이 마주쳤다. 제니퍼는 거짓말을 하고 있었다.

나는 말했다. "댁의 벽에 구멍이 여러 개 뚫렸던데요. 구멍이 침입과 관련이 있습니까?"

"아뇨. 구멍들은…… 아무것도 아녜요. 그저 셀프 인테리어 하다가 그런 거예요."

"스페인 부인." 리치가 말했다. "확실합니까?"

"네, 그래요."

약과 부상의 안개를 뚫고 제니퍼의 얼굴에서 무언가가 강철처럼 조밀하고 단단하게 빛났다. 나는 피오나가 했던 말을 떠올렸다. 제니 언니는 약한 소리를 하는 사람이 아니에요.

나는 물었다. "어떤 유의 셀프 인테리어죠?"

우리는 기다렸지만 제니퍼의 눈이 다시 뿌예졌다. 호흡이 너무 얕아서 가슴이 오르락내리락하는 게 보이지 않을 정도였다. 제니퍼가 작게 말했다. "피곤해요."

나는 키런과 그가 벌이는 아이디 사냥에 대해서 생각했지만 지금 제니퍼의 무너진 마음속에서 아이디를 찾아낼 수 있을 리는 없었다. 나는 부드럽게 말했다. "몇 가지 질문만 더 드리고 쉬실 수 있도록 해드리겠습니다. 아일링 루나라고 하는 여성이 그러던데요. 그 아들 칼이 잭의 어린이집 친구죠. 그 여성이 지난여름 동안에 부인에게 연락하려고 했지만 전화에 답을 하지 않으셨다던데요. 기억나십니까?"

"아일링요. 네."

"어째서 다시 전화를 하지 않으셨습니까?"

제니퍼는 어깨를 움츠렸다. 씰룩거림에 가까운 미세한 동작이었지만 제니퍼는 놀라 움찔했다. "그냥 안 했어요."

"그 여자와 문제가 있었습니까? 그 가족 누구랑이라든가?"

"아뇨. 괜찮은 사람들이에요. 그냥 다시 전화한다는 걸 깜빡했어요."

다시 강철 같은 빛이 번득였다. 나는 못 본 척하고 다른 질문으로 넘어갔다. "지난주에 동생인 피오나 씨에게 잭이 집에 어린이집 친구를 데리고 왔다고 말한 걸 기억하십니까?"

한참 대답이 없다가 제니퍼가 고개를 끄덕였다. 턱이 떨리기 시작했다.

"데려왔습니까?"

제니퍼는 고개를 저었다. 눈과 입이 꽉 다물어졌다. 나는 말했다. "어째서 피오나에게 그랬다고 했는지 말해줄 수 있습니까?"

눈물이 제니퍼의 뺨 속으로 스며들었다. 제니퍼는 가까스로 말했다. "……어야 했는데." 다음 순간 울음이 터져 주먹으로 맞은 듯 몸이 반으로 접혔다. "너무 피곤해요, 제발……."

제니퍼는 리치의 손을 밀어버리고 한 팔로 얼굴을 덮었다. 리치가 말했다. "휴식을 좀 취하셔야겠네요. 피해자지원팀에서 사람을 보내서 이야기를 나눌 수 있게 해드리죠, 괜찮습니까?"

제니퍼는 숨을 몰아쉬며 고개를 저었다. 주먹 관절 사이의 주름에 피가 말라 있었다. "아뇨. 제발…… 아니…… 그냥…… 혼자 있고 싶어요."

"약속하겠습니다. 좋은 사람들이에요. 뭘 해도 상황이 더 나아지지 않는다는 건 압니다만 부인이 버텨나갈 수 있도록 그 사람들이 도와줄 순 있어요. 이런 일을 겪은 수많은 사람을 도왔던 사람들입니다. 한번 시도해보시지 않겠습니까?"

"못 해요……." 제니퍼는 떨리는 가슴을 크게 들썩여 숨을 간신히 골랐다. 잠시 후 그녀는 어지러워하며 물었다. "뭘요?" 진통제 효과가 다시 머리를 뒤덮고 있었다.

"신경 쓰지 마십시오." 리치는 부드럽게 말했다. "저희가 뭐 갖다 드릴 게 있을까요?"

"없어요……."

제니퍼의 눈이 감기고 있었다. 그녀는 잠 속으로 들어가는 중이었다. 제니퍼에게는 가장 좋은 곳이었다. 나는 말했다. "좀더 기운이 나실 때쯤 다시 돌아오겠습니다. 지금은 저희 명함을 여기 두고 가겠습니다. 뭐라도 기억이 나시면 아무거나 좋으니까요, 저희 중 누구에게라도 전화 주시죠."

제니퍼는 신음과 울음 사이의 소리를 냈다. 그녀는 잠들었지만 눈물이 얼굴에 흐르고 있었다. 우리는 침대 옆 탁자 위에 명함을 놔두고 떠났다.

복도로 나왔을 때는 모든 것이 똑같았다. 정복 경관은 여전히 차려 자세로 서 있었고 제니퍼의 어머니도 의자에 앉은 채로 잠들어 있었다. 머리가 한쪽 옆으로 떨어졌고 가방의 낡은 손잡이를 쥔 손가락은 느슨히 힘이 풀어져 가끔 움찔했다. 나는 정복 경관을 최대한 조용하게 방 안으로 들여보냈다. 모퉁이를 돌아 빨리 걸어가다가 수첩을 넣기 위해 잠시 멈춰 섰다.

리치가 말했다. "참 흥미롭지 않습니까?" 가라앉은 목소리였지만 충격으로 흔들리는 건 아니었다. 살아 있는 사람에게는 그렇게까지 동요하지 않는 모양이었다. 일단 그 공감을 어디론가 딴 데 쏟아버렸기 때문에 그는 괜찮았다. 내가 오랜 기간 함께할 파트너를 구하는 데 관심이 있었다면 우리는 서로에게 완벽했을 것이다. "단 몇 분 만에 거짓말을 많이도 했죠."

"알아챘군. 내가 말한 대로 적절하든 아니든 모두가 거짓말을 해. 하지만 우리는 찾아내야 할 필요가 있지. 제니퍼는 다시 만나야 할 거야." 세 번만에야 겨우 수첩을 코트 주머니에 넣을 수 있었다. 나는 그 사실을 숨기려고 리치를 등지고 섰다.

그는 눈을 가늘게 뜨고 나를 올려다보며 머뭇거렸다. "괜찮으십니까?"

"나는 괜찮아. 왜 묻나?"

"선배님 얼굴이……." 그는 한 손을 내저었다. "저 안에서 꽤 힘들었잖아요. 제 생각엔 어쩌면……."

나는 말했다. "네가 견딜 수 있는 건 뭐든 나도 견딜 수 있다는 정도는 짐작하도록 해. 그렇게 힘들지 않았어. 그냥 이 일에서는 또 다른 일상일 뿐이야. 자네도 알게 되겠지. 좀더 경험이 쌓이면. 그리고 안에서 죽을 만큼 힘들었다고 해도 나는 괜찮을 거야. 우리가 아까 한 대화 기억하지, 리치. 통제에 대한 얘기 말이야. 그게 아직도 접수가 안 됐나?"

리치는 움찔 물러났고 나는 내 어조가 원래 의도보다는 한 단계 날카로웠다는 걸 깨달았다. "그저 여쭤본 겁니다."

그 말을 받아들이기까지는 잠깐 시간이 걸렸다. 그는 순수하게 질문한 것뿐이었다. 약점을 캐려고 한 것도 아니고 사후 부검 사건 이후에 무승부를 만들려고 한 것도 아니었다. 그저 파트너를 챙기려 한 것뿐이었다. 나는 좀더 부드럽게 말했다. "고마워. 윽박질러서 미안하고. 넌 어때? 괜찮아?"

"전 괜찮습니다, 네." 그는 한 손을 폈다 접으며 움찔했다. 손바닥에 제니퍼의 손톱이 파고들어 자주색으로 깊게 파인 자국이 보였다. 그는 어깨 너머를 흘끔 돌아보았다. "저 어머니요. 우리가…… 언제쯤 들여보낼까요?"

나는 출구 계단 쪽으로 복도를 따라 내려갔다. "언제든 모친이 원할 때면 감시하에 들여보내. 정복 경관에게 전화해서 알려둘 테니까."

"그럼 피오나는요?"

"그 여자도 마찬가지고. 옆에 사람이 있는 걸 꺼려하지 않는다면 언제든지 환영이야. 어쩌면 그 사람들이 제니퍼가 좀더 기운을 차릴 수 있게 하고 우리보다 제니퍼에게서 더 많은 얘기를 끌어낼 수 있을지 모르지."

리치는 나와 보조를 맞추면서 아무 말 하지 않았다. 하지만 나는 그의 침묵에 깔린 의도를 슬슬 감 잡기 시작했다. 내가 말했다. "넌 내가 그 사람들이 제니퍼를 어떻게 도울 수 있을지에 집중해야지 그 사람들이 우리를 어떻게 도울지에 집중하면 안 된다고 생각하는 거지. 또 내가 어제 들여보내줬어야 한다고 생각하는 거고."

"제니퍼는 지옥에 있는 거나 마찬가지 아닙니까. 그 사람들은 가족이고요."

나는 계단을 빠르게 올랐다. "정확히, 친구, 빌어먹을 정도로 정확하게도 그 사람들은 가족이지. 그렇다는 건 그 역학 관계를 우리가 이해할 수 있을 거란 희망이 없다는 거야. 아직은 아니지. 엄마와 여동생과 두 시간 정도 같이 있으면 제니퍼의 이야기가 어떻게 될지 모르고, 알고 싶지도 않아. 그 엄마가 죄책감을 자극해서 이용하는 타입이면 제니퍼가 침입자를 무시해버린 일에 대해 한층 더 가책을 느끼게 할 수도 있어. 그래서 제니퍼가 우리에게 얘기할 땐 그자가 몇 차례 더 침입했었다는 사실은 빼놓고 말하게 되는 거지. 어쩌면 피오나가 우리가 패트릭을 살펴보고 있다고 경고하면 우리가 제니퍼에게 다시 갈 때쯤 제니퍼는 아무 말도 안 하겠지. 그리고 잊지 마. 피오나가 우리 용의자 목록 맨 위에 있는 건 아니라고 해도 완전히 빠진 건 아니야. 우리 범인이 어떻게 스페인 가족을 골랐는지 알아낼 때까지는 아니지. 그리고 제니퍼가 죽으면 재산상속을 받을 사람도 피오나이고. 피해자들에게 포옹이 절실하다든가 하는 건 난 상관하지 않아. 나는 나보다 상속인이 더 먼저 피해자와 이야기를 나누도록 두진 않지."

"알겠습니다." 리치는 말했다. 계단 맨 아래에서 간호사 한 명이 둘둘 말린 플라스틱과 번득이는 금속 기계가 담긴 카트를 밀고 지나가자 리치는 옆으로 비켜섰다. "어쩌면 선배님 말이 맞겠죠."

나는 말했다. "내가 냉정한 새끼라고 생각하지?"

그는 어깨를 으쓱했다. "제가 할 말은 아니죠."

"어쩌면 그럴지도 모르지. 네가 정의하기에 달렸어. 리치, 너도 봤듯이 내게 냉정한 새끼란 제니퍼 스페인의 눈을 똑바로 보고 이렇게 말할 수 있는 사람이야. 미안합니다, 부인. 가족을 살육한 자를 잡지 못할 것 같습니다. 저는 모든 사람이 나를 좋아하게 만드느라고 너무 바빴거든요. 나중에 보죠. 그래놓고는 집에 총총 돌아가서 근사한 저녁 식사를 하고 푹 자는 거지. 나는 그런 짓은 못 해. 그래서 그런 일이 일어나지 않도록 그 과정에서 사소하게 냉정한 짓을 해야 한다면 난 그렇게 할 거야." 출입구가 크게 흔들리며 열리더니 비에 젖은 차가운 공기가 우리에게로 밀려 들어왔다. 나는 되도록 많은 공기를 허파 안으로 쑤셔 넣었다.

리치가 말했다. "지금 정복 경관과 얘기해보죠. 저 엄마가 깨어나기 전에."

무거운 회색빛 아래 리치는 무척 끔찍한 몰골이었다. 눈은 충혈되었고 얼굴은 생기가 없고 초췌해 보였다. 대충이라도 차려입은 옷차림이 아니었다면 보안 요원들이 약물의존자로 오인했을지도 몰랐다. 이 청년은 기진맥진해 있었다. 3시를 향하는 시각이었다. 우리의 저녁 근무는 다섯 시간 후에 시작했다.

"그렇게 하지." 나는 말했다. "전화 넣어." 리치의 얼굴로 봐서는 나도 그만큼 꼴이 좋지 않다는 걸 알 수 있었다. 내가 들이마시는 숨결에는 살균제와 피가 여전히 엉겨 붙어 있어서 병원 공기가 나를 조이고 모공으로 스며드는 것 같았다. 차라리 담배를 피웠다면, 하

는 마음이 들었다. "그러고 나면 여기서 빠져나갈 수 있을 거야. 집
에 갈 시간이야."

9

나는 리치를 그의 집 밖에 내려주었다. 크럼린에 있는 베이지색 테라스하우스였다. 낡아서 벗겨진 페인트로 보아 셋집이라는 것과 난간에 매어놓은 자전거가 여러 대인 것으로 보아 여럿이 같이 산다는 것을 알 수 있었다. "잠 좀 자." 나는 말했다. "그리고 내 말을 기억하게. 술은 안 돼. 오늘 밤을 위해 사정을 파악하고 있어야 하니까. 7시 십오 분 전에 경찰청 앞에서 만나자고." 그가 문에 열쇠를 꽂는 순간 더는 버틸 힘이 남아 있지 않은 듯 머리가 앞으로 확 꺾어지는 모습이 보였다.

디나는 전화하지 않았다. 나는 이를 디나가 평화롭게 책을 읽거나 텔레비전을 보거나 어쩌면 잠을 자고 있다는 신호로 받아들이려 했지만 설사 발작을 일으켰다고 해도 나한테 전화하지 않으리라는 건 알았다. 디나가 잘 지내고 있을 때는 문자나 가끔 전화를 하면 답을 했다. 괜찮지 않을 때는 휴대전화를 믿을 수가 없어서 심지어 건드리지도 않으려고 했다. 집에 가까이 갈수록 고요는 더 갑갑해져 언제라도 폭발할 것만 같았고 문까지 닿기 위해 싸워나가야 하는 매캐한 안개 같았다.

디나는 거실 바닥에 책상다리를 하고 앉아 있었다. 내 책들이 책꽂이에서 허리케인을 맞고 쏟아져 나온 듯 어지러이 널려 있었고 디나는 『모비 딕』에서 페이지를 뜯어내는 중이었다. 그 애는 내 눈을 빤히 바라보면서 페이지를 뜯어 앞에 쌓아놓은 더미 위에 던지다가 멜빌을 반대편 벽에 쿵 내동댕이치고 다른 책을 집었다.

"이게 뭔 짓……." 나는 서류 가방을 떨어뜨리고 그 애의 손에서 책을 빼앗았다. 디나는 내 정강이를 향해 발을 날렸지만 나는 뒤로 훌쩍 물러났다. "뭐 하는 거야, 디나?"

"너, 망할, 씨발 새끼, 네가 나를 가뒀잖아. 내가 그럼 뭘 해야 해? 개처럼 착하게 여기 가만히 앉아 있어? 내가 네 것도 아니고, 그렇게 할 수도 없어!"

디나는 다른 책을 집으러 달려들었다. 나는 무릎을 꿇고 디나의 손목을 잡았다. "디나, 내 말 들어. 너한테 열쇠를 주고 갈 수가 없었어. 예비 열쇠가 없어."

디나는 웃음을 터뜨리며 이가 드러나도록 고음으로 고함을 질렀다. "그래그래, 그래, 맞아. 없었겠지. 책을 알파벳 순서로 꽂아놓는 꼼꼼한 사람이 예비 열쇠가 없어? 내가 어떻게 할 줄 알아? 여기 불을 지를 거야." 디나는 책에서 찢어내 앞에 쌓아놓은 종이 더미를 턱으로 격하게 가리켰다. "그래도 누가 감히 나를 나가지 못하게 하는지 보자고. 화재 경보가 시끄럽게 울릴 거고, 너네 속물적인 여피 이

웃들이 좋아하지 않을걸. 그 사람들이 뭐라겠어. 오, 여보, 저 소음
좀 들어봐. 이런 주택가에……."

디나라면 그렇게 하고도 남았다. 생각하니 속이 울렁거렸다. 그
때문에 디나를 잡은 손의 힘이 약해졌을 것이다. 디나는 손목을 휙
빼내 다시 책을 집으려고 옆으로 돌진했다. 나는 두 손을 더 단단히
조이며 그 애를 벽으로 밀었다. 디나는 내게 침을 뱉으려 했으나 아
무것도 나오지 않았다. "디나, 디나. 나 좀 봐."

디나는 저항하면서 몸을 비틀고 발로 차고 꽉 다문 잇새로 분노
해 끙끙대는 소리를 냈다. 나는 그 애가 뻣뻣이 굳어져서 샴 고양이
처럼 푸르고 거친 눈으로 내 눈을 마주 볼 때까지 버텼다. "내 말 좀
들어." 나는 그 애의 얼굴을 가까이 들여다보았다. "나는 출근해야
만 했고, 집에 돌아올 때까지 네가 자고 있을 거라 생각했어. 나한테
문을 열어주기 위해 일어나도록 네 잠을 방해하고 싶지 않았고. 그
래서 열쇠를 가지고 갔어. 그게 다야. 그거 말고는 아무것도 없다고.
알겠어?"

디나는 그 말을 곰곰이 생각했다. 차츰, 조금씩, 내 두 손에 잡힌
디나의 손목에서 힘이 빠졌다. "다시 한번 그러기만 해봐." 디나는
냉정하게 말했다. "해보라고. 그럼 오빠네 경찰에 전화해서 오빠가
나를 여기다 가둬놓고 매일 심하게 성폭행했다고 신고할 거야. 그
러면 오빠 일자리가 어떻게 되나 보라지, 형사님."

"맙소사, 디나."

"할 거라고."

"네가 할 거라는 거 알아."

"아, 그런 표정으로 날 보지 마. 오빠가 나를 무슨 동물처럼, 미친

동물처럼 가둬놨으니까 내가 어떤 방법으로든 나가려고 하면 그건 오빠 잘못이잖아. 내 잘못이 아니라고. 오빠 잘못이야."

싸움은 끝났다. 디나는 각다귀를 쳐서 쫓아버리듯 내 손을 쳐내고는 손가락 끝으로 머리카락을 빗기 시작했다. "좋아." 내가 말했다. 심장이 쿵쿵 울렸다. "알았어. 내가 미안하다."

"진지하게 해, 오빠. 정말 바보 같은 짓이었어."

"그랬던 거 같네. 그래."

"그랬던 거 같네가 아니야. 확실히 그랬지." 디나는 바닥에서 일어나 나를 밀치고 지나갔다. 그 애는 두 손을 털고 혐오스럽다는 듯이 코를 찡그리면서 흩어진 책들 사이를 헤치고 나아갔다. "맙소사, 엉망진창이네."

나는 말했다. "나는 내일도 일이 있어서 나가야 하는데 아직 예비 열쇠를 맞출 틈이 없었어. 내가 열쇠 만들어 올 때까지 제리 누나네가 있고 싶지 않을까 생각했는데."

디나는 끙 신음했다. "세상에, 제리 언니라니. 언니는 나한테 애들 얘기나 할걸. 내 말은, 나도 조카들을 사랑하지. 그렇지만 실라의 초경이나 콤의 뾰루지 얘기를 누가 듣고 싶대? 정말 알고 싶지 않은 이야기라고." 디나는 소파에 풀썩 주저앉으며 발을 바이커부츠 안으로 끼워 넣었다. "하지만 오빠가 정말로 열쇠가 한 벌밖에 없으면 난 여기 있진 않을 거야. 제저네 집에 있는 편이 낫지. 오빠 전화 좀 써도 돼? 내 건 선불 데이터가 다 떨어져서."

나는 제저가 누군지, 뭐 하는 자인지 몰랐지만 내가 좋아하는 종류의 사람은 아닌 것 같았다. "오빠가 부탁할 게 하나 있는데. 진짜 필요한 거야. 지금 내 코가 석 자거든. 그래서 네가 제리 누나네 집에 있다는 걸 알면 기분이 훨씬 좋아질 거야. 멍청한 얘긴지도 알고 네가 지겨워서 죽을 것도 아는데 나한테는 정말 중요한 일이야. 부탁한다."

디나가 고개를 쳐들더니 두 손에 신발 끈을 감은 채로 특유의 샴고양이 같은 눈을 하고서 깜박거리지도 않고 나를 응시했다. "이번 사건." 디나가 말했다. "브로큰하버 사건. 그게 오빠 마음에 걸리는 거지."

망할, 멍청하고 멍청하고 멍청했다. 그 애가 절대로 생각하지 않았으면 하고 바라는 게 있다면 바로 이 사건이었다. "딱히 그렇지는 않아." 나는 태평한 목소리를 내려고 애썼다. "리치에게 지켜보라고 하기엔 좀 벅찬 사건이지. 내 파트너, 내가 말한 신입 알지? 힘든 일이거든."

"어째서? 미련해?"

나는 바닥에서 몸을 일으켰다. 아까 몸싸움을 하던 와중에 무릎을 찧은 모양이지만 디나에게 들키는 건 좋은 생각이 아니었다. "미련한 건 아니고 그냥 신입이라 그렇지. 좋은 친구야. 좋은 형사가 될 거고. 하지만 배워야 할 게 많아. 그 친구를 가르치는 게 내 일이야. 열여덟 시간짜리 임무에 던져놓고, 긴 한 주가 되겠지."

"브로큰하버에서 열여덟 시간 근무를? 오빠는 다른 사람과 사건을 바꿔야 한다고 생각해."

나는 다리를 절지 않으려 애쓰며 아수라장에서 빠져나왔다. 책에서 찢어낸 페이지가 백 장은 될 것 같았고 각각 모두 다른 책에서 찢은 듯했다. 그건 생각하지 않으려 애썼다. "일이 그렇게 돌아가지 않아. 오빠는 괜찮아. 정말이야."

"흠." 디나는 다시 신발 끈을 빠르고 날카롭게 휙 당겨서 꽉 묶었다. "난 오빠가 걱정돼." 디나가 말했다. "마이키 오빠, 그거 알아?"

"몰랐는데. 네가 나를 도와주고 싶으면 가장 좋은 행동은 내 뜻을 따라 제리 누나네 가서 하루나 이틀 정도 지내는 거야. 알겠어?"

디나는 근사하게 이중 리본으로 신발 끈을 묶고 잘됐는지 보려고 도로 당겨보았다. "좋아." 디나는 괴로운 한숨을 길게 내쉬었다. "하지만 오빠가 나를 거기까지 데려다줘야 해. 버스는 너무 간지러워. 그리고 서둘러서 열쇠를 맞춰."

나는 디나를 제리 누나의 집에 내려주고 안에 들어가지 못하는 핑계를 댔다. 제리 누나는 별 이유를 다 대며 저녁까지 먹고 가라고 나를 붙잡았다. "너한테 옮진 않을 거야. 콤이랑 앤드리아도 옮지 않았거든. 콤은 아까만 해도 속이 안 좋은 것 같았는데 자기는 괜찮대. 아가, 그거 내려놔! 쟤가 화장실에서 뭘 하는지 모르겠다니까. 하지만 그거야 쟤 일이니까……." 디나는 내게 어깨 너머로 말없이 비명 지르는 표정을 지어 보이면서 입 모양으로 '오빠, 나중에 갚아'라는 말을 전달한 후 제리 누나에게 밀려 집으로 들어갔다. 제리 누나는 여전히 말을 늘어놓았고 두 사람 주위에서는 개가 콩콩 뛰면서 짖어댔다.

나는 다시 집으로 돌아가서 몇 가지 물건을 여행 가방에 던져 넣고 빠르게 샤워를 한 뒤 한 시간 정도 잤다. 일어나서는 첫 데이트를 가는 애송이처럼 떨리는 마음으로 옷을 입었다. 오직 그자를 위해서 입는 것이었다. 혹시나 그자를 면담할 경우를 대비해서 셔츠와 타이를 준비하고 추위 속에서 그를 기다려야 할 수 있으므로 두꺼운 스웨터 두 벌을, 적당한 순간이 올 때 그에게서 숨을 수 있게 두꺼운 어두운색 코트를 입었다. 나는 어딘가에서 그자가 나를 위해 옷을 입으며 브로큰하버를 생각하는 상상을 했다. 그가 여전히 자기를 스토커라고 생각할지, 아니면 이제 먹이로 바뀌었다는 것을 알고 있을지 궁금했다.

리치는 7시 십오 분 전, 더블린캐슬의 뒷문에 있었다. 그는 스포츠 백을 들고 패딩 재킷에 모직 모자를 썼다. 모양으로 봐서는 자기가 가진 플리스는 다 껴입은 듯했다. 내가 브로큰하버까지 최고 제한속도로 달리는 동안 주변의 들판이 침침해지고 공기는 토탄 연기와 갈아엎은 땅 냄새로 달큰했다. 우리가 오션뷰 퍼레이드에 주차할 때는 날이 어두워지고 있었다. 스페인 가족의 집 건너편에 있는 이 단지는 비계 외에는 아무것도 없었고 낯선 차를 알아볼 사람도 없었다. 우리는 걷기 시작했다.

단지 도면을 보고 길을 기억해두었지만 차에서 내리자마자 여전히 길을 잃어버린 느낌이 들었다. 땅거미가 조여오고 있었다. 그날의 구름은 날아가버리고 하늘은 짙은 청록색이었으며 달이 뜨는 아래 지붕 위에는 옅은 하얀빛이 어렸으나 거리는 어두웠다. 덩어리처럼 보이는 마당 벽, 켜지지 않은 가로등, 축 늘어진 육각형 철조망이 난데없이 나타났다가 몇 발짝 지나면 사라졌다. 희미하게 보이는 우리 그림자는 뒤틀리고 낯설었으며 어깨에 여행 가방을 메고 있어 곱사등이처럼 보였다. 우리의 발소리가 맨 벽과 길게 뻗은 진흙탕에 튀어 추적자처럼 돌아왔다. 우리는 말을 나누지 않았다. 우리 모습을 가리는 데 도움이 되는 땅거미는 다른 사람의 모습도 가릴 수 있었다. 그가 어디 있든.

어둠이 거의 내려앉자 바닷소리가 더 크고 강하게 들리면서 모든 방향에서 솟아올라 다가왔고, 우리는 방향감각을 잃었다. 순찰 경관들이 탄 낡은 진청색 푸조가 뒤에서 유령 자동차처럼 모습을 드러냈다. 너무 가까이 접근하는 바람에 우리는 둘 다 펄쩍 뛰고 말았다. 엔진 소리가 길고 둔탁한 바다의 포효에 가려 들리지 않았기 때문이다. 누군지 알아볼 시점에는 이미 그들은 창문 구멍 사이로 별들이 보이는 집들 사이로 스르르 미끄러져 사라져버렸다.

오션뷰라이즈 아래로는 직사각형 모양의 불빛들이 길 위에 떨어졌다. 빛 하나가 스페인 가족의 집 바깥에 주차된 노란 피아트를 비추었다. 우리의 가짜 피오나가 자리를 잡았다. 오션뷰워크의 꼭대기에 이르러 나는 리치를 구석에 있는 집의 그늘 속으로 밀어 넣고서 귀에 입을 가까이 대고 속삭였다. "안경."

리치는 여행 가방 앞에 주저앉더니 열화상 안경을 꺼냈다. 보급과에서는 그가 신입인지 아닌지 상관하지 않고 좋은 물건을 주었다. 별들이 사라지고 어두운 거리가 유령처럼 반쪽짜리 생명을 얻어 뛰어올랐다. 덩굴식물이 회색 벽의 높은 벽돌 위에 매달려 있고 보도가 있어야 할 자리에 야생식물들이 하얀 레이스처럼 얽혀 있었다. 두 집의 마당에는 빛이 나는 작은 형체가 구석에 웅크리고 있거나 잡초들 사이로 조르르 뛰어가버렸다. 유령 같은 숲비둘기 세 마리가 나무 높은 곳에서 머리를 날개 아래 파묻고 잠들어 있었다. 온기를 품은 것 중에 그보다 더 큰 건 없었다. 어디에도 보이지 않았다. 거리는 고요했으며 그저 바닷소리와 바람이 덩굴식물을 훑고 가는 소리, 벽 너머 해변에서 우는 외로운 새 소리뿐이었다. "이상 없어." 나는 리치의 귀에 대고 말했다. "가자고, 조심스럽게."

안경을 쓰고 우리 범인의 소굴에 살아 있는 존재는 없다는 것을 확인했다. 적어도 내가 볼 수 있는 구석에는 없었다. 비계가 녹으로 위태해져서 우리 무게 때문에 흔들리는 것이 느껴졌다. 위층에 올라가자 비닐이 커튼처럼 붙어 있던 창문 구멍을 통해 휘영청 밝은 달이 보였다. 방은 모든 것이 사라져 휑했다. 감식반이 지문, 섬유, 머리카락, 체액을 시험하기 위해 다 가져가버렸다. 벽과 창틀에는 검은 지문 채취 가루가 흩뿌려졌다.

스페인 가족의 집은 모든 불이 켜져 있는 탓에 우리 범인에게 신호를 보내는 거대한 횃불이 되었다. 우리의 가짜 피오나는 여전히 빨간 더플코트를 입고 부엌에 있었다. 스페인 가족의 주전자에 물을 붓고 조리대에 기대어 물이 끓기를 기다리는 중이었다. 두 손으로는 머그잔을 받쳐 들고 냉장고에 붙은 손가락 그림을 멍하니 바라보았다. 마당에서는 달빛이 반들거리는 잎사귀들을 비추었다. 하얗게 변해버린 잎들은 파르르 떨려서 모든 나무와 덤불이 한 번에 꽃을 터뜨릴 것만 같았다.

우리는 범인이 자기 물건들을 세워놨던 자리에 우리 물건들을 세웠다. 은신처 뒷벽에 세워놓으면 스페인 가족의 부엌과 혹여나 모를 경우를 대비해서 앞쪽 창문 구멍을 볼 수 있었다. 해변을 내려다보는 창은 그가 문으로도 썼던 구멍이었다. 다른 구멍들은 비닐 시트로 막아놓아 사방의 정글에 숨어 있는 구경꾼으로부터 우리 모습을 가려줄 것이다. 밤이 차갑게 내려앉았다. 새벽 전에는 서리가 낄 모양이었다. 나는 깔고 앉으려고 침낭을 폈고 코트 아래에 스웨터 하나를 더 껴입었다. 리치는 야영 나온 아이처럼 바닥에 무릎을 꿇고 자기 가방에서 물건을 꺼냈다. 보온병, 초콜릿, 호브노브 비스킷

한 상자 약간 찌그러졌지만 알루미늄 포일로 싼 샌드위치 탑. "배고 파죽겠네요." 그가 말했다. "샌드위치 드실래요? 우리 둘 다 먹을 만큼 충분히 가져왔죠. 선배님이 준비할 틈이 없을 수도 있으니까."

나는 자동적으로 됐다고 대답할 참이었으나 그의 말이 맞는다는 것을 깨달았다. 음식을 가져와야 한다는 걸 디나 때문에 잊어버렸다. 그리고 내가 굶어 죽을 지경이라는 것도 깨달았다. "고마워." 나는 말했다. "하나 주면 좋지."

리치는 고개를 끄덕이더니 샌드위치 탑을 내게로 내밀었다. "치즈 토마토, 칠면조, 햄, 이렇게 있어요. 몇 개 고르세요."

나는 치즈 토마토 샌드위치를 골랐다. 리치는 진한 차를 보온병 뚜껑에 따르고 내게로 살짝 내밀었다. 내가 물병을 들어 보이자 그는 단번에 차를 넘기고 자기 몫으로 뚜껑에 또 한 잔 따랐다. 그런 후에는 벽에 등을 기대고 편안하게 앉아 샌드위치를 씹었다.

그는 오늘 밤이 깊고 의미 있는 대화를 포함할 거라고 기대하지는 않는 인상이었고 그 점은 좋았다. 다른 형사들은 잠복근무중에 흉금을 털어놓는 경우가 있다는 걸 안다. 나는 그러지 않는다. 신입 한두 명이 시도하긴 했다. 순수하게 나를 좋아했기 때문이기도, 상사에게 아부하고 싶었기 때문이기도 했을 것이다. 나는 굳이 어느 쪽인지 알아보지도 않고 싹을 잘라버렸다. "이거 맛있네." 나는 샌드위치를 하나 더 가져오며 말했다. "고마워."

전투 배치를 위해 충분히 어두워지기 전에 나는 시보들의 현황을 확인했다. 우리 가짜 피오나의 목소리는 굳건했다. 어쩌면 너무 굳건한지도 몰랐다. 하지만 그는 괜찮다고 후방 지원은 필요 없다고 말했다. 말보로 남자와 그 친구는 그들이 저녁 내내 본 것 중에서는 그나마 우리가 가장 흥분되는 존재라고 했다.

리치는 꼼꼼하게 샌드위치를 먹으며 어두운 해변 바로 위에 늘어선 집들을 내다보았다. 그가 가지고 온 차에서 풍기는 편안한 향기가 방에 따뜻한 느낌을 더했다. 잠시 후 그가 말했다. "저는 언제나 저기가 실제로 항구였는지 궁금했죠."

"항구였어." 내가 말했다. 그는 당연히 내가 조사해봤다고 여길 것이었다. 따분한 인간은 여가 시간 자투리가 있으면 인터넷이나 훑으며 지낼 거라고. "여긴 오래전에 어촌이었어. 찾아보면 해변 남쪽 아래에서 부두의 남은 흔적을 볼 수 있지."

"그래서 이름이 브로큰하버Broken Harbour인가요? 무너진 부두가 있어서?"

"아니. 동틀 녘을 뜻하는 아일랜드어 브레카드breacadh에서 온 거야. 내 짐작으로는 새벽빛을 구경하기에 좋은 장소였기 때문이 아닐까."

리치는 고개를 끄덕였다. 그는 말했다. "이 모든 것이 있기 전에는 아름다웠을 것 같아요."

"아마도 그랬겠지." 나는 말했다. 사람을 취하게 하는 수백만 가지 비밀을 품은 너르고 거친 바다 냄새가 벽을 넘어 밀려와 텅 빈 창문 구멍으로 들어왔다. 나는 그 냄새를 신뢰하지 않는다. 그 냄새는 정신이 생기기 이전의 대양 속에서 흔들리던 우리의 세포 파편 속에 남아 우리를 유혹해서 이성이나 문명보다 더 깊은 어딘가로 끌고 들어간다. 그리고 우리가 발정기의 동물처럼 생각도 없이 따라올 때까지 잡아당긴다. 내가 십 대였을 때 나는 그 냄새에 끓어올랐고, 근육이 감전된 듯 짜릿했으며, 캠핑카 안에서 들떠서 가만히 있지 못했다. 결국은 내가 그 부름에 자유롭게 따르도록 부모가 나를 놓아주자 나는 냄새가 약속하는 대로 일생에 한 번이라는 감질 나는 경험을 쫓아 껑충껑충 뛰어나갔다. 이제 나는 철이 들었다. 그 냄새는 나쁜 약이었다. 냄새에 홀려서 우리는 높은 벼랑 위에서 뛰어내리고 탑처럼 높은 파도에 올라타고 우리가 사랑하는 사람을 모두 뒤에 두고 떠나서 저 먼 해변에 있을지 모르는 것을 위해 수천 킬로미터 떨어진 너른 바다로 향한다. 이틀 전 우리 범인의 코에도 그 냄새가 감돌았으리라. 그가 건물 비계를 내려와 스페인 가족의 집 벽을 넘을 때.

리치가 말했다. "지금은 유령 들렸다고 하겠네요. 아이들은."

"아마 그렇겠지."

"뛰어 올라가 집 대문 치고 돌아오기 같은 담력 내기를 하겠죠. 안으로 들어가기."

우리 아래에서 제니퍼가 가족 부엌을 아늑하게 꾸미려고 산 전등갓이 노란 나비들로 환히 빛났다. 전등갓 중 하나는 사라지고 없었다. 래리의 감식실에 있을 것이다. "이 집이 영원히 버려질 것처럼 말하는군." 나는 말했다. "저기선 부정적인 생각을 줄이게. 제니퍼는 일단 그럴 능력이 생기면 집을 팔아야 할 거야. 행운을 빌어줘야지. 제니퍼라면 할 수 있겠지."

리치는 불퉁스럽게 말했다. "몇 달만 있으면 단지 전체가 버려질 걸요. 회생할 가망이 전혀 없어요. 아무도 여기 집을 사지 않을걸요. 설사 사더라도 달리 고를 집이 수백 채는 돼요. 선배님이라면 저 집을 고르겠습니까?" 그는 턱으로 창문을 가리켰다.

"나는 유령을 믿지 않아." 나는 말했다. '그리고 자네도 믿지 않지.

일할 때는 믿지 말아야 해.' 나는 그에게 이 말은 하지 않았다. 내가 믿는 유령은 스페인 가족의 핏자국에 갇혀 있지 않다. 그들은 단지 전체에 모여들어 거대한 나방처럼 빈방으로 드나들고 갈라진 땅 위를 빙빙 날면서 드물게 불 켜진 창문에 부딪치거나 입을 쫙 찢으며 소리 없는 울음을 운다. 여기 살았어야 하는 모든 사람. 아내를 안고 문지방을 넘는 꿈을 꿨던 젊은 남자들. 병원에서 이 방들에 꾸민 부드러운 육아실로 데려왔어야 하는 아기들. 절대 켜지지 않을 가로등에 기대어 첫 키스를 나누었어야 했을 십 대들. 시간이 흐르면서 일어났던 일들의 유령은 점점 멀어진다. 일단 그 유령들이 우리를 수백만 번 잘라내고 나면 칼날은 반흔 조직 위에 무뎌지고 점점 약해진다. 면도날처럼 영원히 마음을 베어내는 것은 일어날 기회가 없었던 일들의 유령이다.

리치는 샌드위치 나머지를 해치우고 손바닥 사이에서 포일을 뭉쳐 둥글게 공으로 만들었다. 그가 말했다. "뭐 여쭤봐도 됩니까?"

그는 손을 들다시피 했다. 그 모습을 보자 내가 흰 머리카락이 돋아나고 다초점 안경을 쓴 노인이 된 것 같은 기분이었다. 내 목소리에는 고루한 음조가 섞였다. "나한테 허락을 구할 필요 없어, 리치. 네가 가진 어떤 의문이든 대답해주는 게 내 일의 일부니까."

"그렇군요." 리치가 말했다. "저는 어쩌다 우리가 여기 있는지 궁금합니다."

"이 지구상에?"

그는 웃어야 할지 말아야 할지 갈피를 잡지 못했다. "아뇨, 제 말은…… 여기요. 잠복근무를 하는 거요."

"차라리 집에 가서 침대에 눕고 싶어?"

"아뇨! 지금 있는 곳도 아주 만족합니다만. 다른 곳에 있고 싶단 뜻이 아니에요. 그저 궁금했죠. 그냥…… 누가 여기 있다고 크게 차이가 날까요? 범인이 나타나면 나타나는 거죠. 누구든 그를 체포할 수 있잖아요. 저라면 선배님이…… 모르겠습니다. 다른 사람에게 맡길 수도 있을 것 같은데요."

"체포에는 아무 차이가 없을지도 모르지. 없을 거야. 하지만 다음에 올 일에는 차이가 있어. 네가 직접 범인에게 수갑을 채운 형사라면 관계의 시작이 순조로울 거야. 바로 여기서부터 누가 윗사람인지 보여줄 수 있지. 이상적인 세계에서는 내가 언제나 체포하는 사람이 되어야 해."

"하지만 그럴 순 없잖습니까. 매번은요."

"나는 마술사가 아니야, 친구. 내가 세상 모든 곳에 있을 순 없잖아. 가끔은 다른 사람에게도 기회는 줘야겠지."

리치가 말했다. "하지만 이번은 아니잖습니까. 우리 둘 다 지쳐 쓰러지지 않는 한 다른 사람이 조사를 맡진 않을 거잖아요? 제 말이 틀립니까?"

그의 목소리에 담긴 웃음기에 기분이 좋았다. 우리가 이 사건에 함께한다는 사실을 당연하게 받아들이는 확신이 있었다. "맞아." 나는 말했다. "그리고 잠시 동안은 우리 둘 다 버틸 수 있을 만큼 카페인 알약이 충분히 있으니까."

"아이들 때문입니까?"

웃음기는 사라지고 없었다. "아니." 내가 대답했다. "그냥 아이들 때문이었다면 다른 시보 시켜서 우리 범인을 잡게 해도 큰일은 아니야. 하지만 나는 패트릭 스페인을 죽인 남자를 내가 잡고 싶어."

리치는 나를 바라보며 기다렸다. 내가 거기서 말을 끊자 그가 물었다. "어째섭니까?"

어쩌면 이 몸을 끌고 비계를 오를 때 무릎이 쑤시고 목이 뻣뻣해졌기 때문에, 또는 내가 이제 늙고 피곤해지는 과정에 있다는 감각이 남아 있기 때문이었을 수도 있다. 그래서 길고 지루한 밤에 다른 형사들은 무슨 말을 하기에 다음 날 같이 발맞추어 부서 사무실에 들어가고 그저 고갯짓 한 번이나 눈썹을 치키는 것만으로도 결정을 공유할 수 있는 사이가 되는지 갑자기 궁금해졌던 것일 수도 있다. 어쩌면 지난 이틀 동안 내가 그저 신입에게 요령을 알려주는 것만이 아니라는 감정에 사로잡혔던 순간, 리치와 내가 함께 나란히 일한다는 느낌을 받은 이러한 순간들 때문일 수도 있다. 겉보기와 달리 위험한 저 바다 냄새가 해서는 안 될 것도 없겠지 싶은 마음을 야금야금 갉아먹어 예측불허로 몰고 갔을지도 몰랐다. 어쩌면 그냥 피로일 수도 있었다. "얘기 좀 해봐." 나는 말했다. "우리 범인이 일을 좀 더 능숙하게 저질렀다면 어떻게 됐을 것 같은가? 자기가 사냥하기 전에 이곳을 치웠다거나 발자국을 지웠다거나 현장에 흉기를 그냥 두었다면?"

"우리는 아직도 패트릭 스페인을 붙들고 있었겠죠."

어둠 속에서 그의 모습은 거의 보이지 않았다. 그저 창문에 기댄 머리 각도와 나를 향해 기울인 턱만 보일 뿐이었다.

"그래. 그랬을 거야. 그리고 설사 누구 다른 사람이 연루되었다는 예감이 들었다고 해도…… 우리가 인상착의를 묘사할 수 없으면, 그가 존재했다는 증거 한 조각 얻어낼 수 없으면 다른 사람들이 뭐라고 생각할 것 같나? 저 고건 부인이, 브라이언스타운 전체가, 길에서 이 사건을 뉴스로 본 사람이. 패트릭과 제니퍼의 가족이. 그 사람들 무슨 짐작을 할 것 같아?"

리치가 말했다. "패트릭을 의심했겠죠."

"바로 우리가 그랬던 것처럼."

"그리고 진짜 범인은 아직도 저기 어딘가 돌아다니고 있었겠죠. 어쩌면 다시 일을 벌일 준비를 하면서."

"그랬겠지. 하지만 내 말의 요점은 그게 아니야. 지난밤 그자가 집에 돌아가 적당한 곳을 찾아서 자기 목을 맸다고 해도 이자는 패트릭 스페인을 살인자로 만들어버렸을 거야. 앞으로 그의 이름을 들을 사람 모두에게 패트릭은 자기 옆에 누운 여자를 죽인 남자가 되었을 거야. 그들이 함께 낳은 아이들까지도." 그 단어를 말하는 것만으로도 두개골 안에서 높게 웅웅대는 소리가 돌아다녔다. 악惡.

리치는 상냥함에 가까운 말투로 말했다. "그는 죽었습니다. 그런들 그에게 해가 되진 못해요."

"그래, 죽었지. 고작 스물아홉 해를 살았어. 앞으로 오십 년, 육십 년을 더 살 수도 있었지만 이자가 모든 것을 빼앗기로 한 거야. 그리고 그것만으로도 충분하지 않았지. 그는 곧 다시 돌아가서 그 불쌍한 이십구 년조차도 빼앗아버리기로 했어. 패트릭이 이제껏 가졌던 모든 걸 빼앗으려고. 그에게 아무것도 남기지 않으려고 한 거지." 나는 낮게 깔린 끈적끈적한 검은 구름 같은 악이 이 공간에서 천천히 퍼져 나가 집들과 들판을 덮으며 달빛을 완전히 가리는 광경을 보았다. "진짜 망할 노릇이야. 너무 망해버려서 그에 대한 말을 찾을 수도 없어."

우리가 말없이 앉아 있는 동안 우리의 피오나는 쓰레받기를 찾아 부엌 바닥 구석에 깨진 접시 조각을 쓸어냈다. 잠시 후 리치는 자기 호브노브 비스킷 포장을 뜯어 내게 하나를 권했고 내가 고개를 젓자 우걱우걱 씹으며 과자 반을 먹어버렸다. 잠시 후 그가 말했다. "뭔가 여쭤봐도 되겠습니까?"

"진지하게 말하는데, 리치. 그런 태도 집어치워야 할 거야. 네가 범인 신문하다가 손을 들고 나한테 지금 말해도 되냐고 물으면 우리 범인에게 자신감 있는 태도로 보이진 않을 테니까."

이번에는 리치가 씩 웃었다. "개인적인 거라서요."

나는 개인적인 질문엔 대답하지 않는다. 적어도 훈련중인 신입들이 할 때 그랬다. 하지만 이 대화 전체가 신입들과는 하지 않을 말이었다. 기분이 상쾌하고 편안하다는 데 나도 놀랐다. 선배니 신입이니 하는 경계를 다 놓아버리고 그저 두 남자끼리의 대화로 넘어간다는 기분이 좋았다. "말해봐. 네가 선을 넘으면 나도 말해주지."

"아버님은 무슨 일을 하십니까?"

"은퇴하셨어. 이전에는 주차 단속원이었지."

리치는 쿡 웃음을 내뱉었다. 나는 물었다. "뭐가 웃긴가?"

"아무것도 아닙니다. 그냥…… 저는 좀더 상류층 직업을 생각했거든요. 사립학교 교사라든가, 지리 교사 같은. 하지만 말씀하시고 나니 이해가 되네요."

"그거 칭찬으로 받아들여야 하나?"

리치는 대답하지 않았다. 그는 비스킷을 하나 더 입안에 집어넣고 부스러기가 묻은 손가락을 빨았지만 생각을 하고 있다는 것을 느낄 수 있었다. 잠시 후 그는 말했다. "요전 날 현장에서 말씀하셨던 거요. 죽임을 당할 일을 자초하지 않는 이상 죽지 않는다고. 나쁜 일은 주로 나쁜 사람들에게만 일어난다고요. 생각을 해보니 사치스러운 말이 아닌가 해서요. 제 말뜻 아시겠습니까?"

단순히 언짢다기보다 좀더 고통스러운 감각이 쿡 찔렀지만 나는 밀어버렸다. "안다고는 말 못 하겠네. 내 경험에서 보자면 말이야. 그리고 네게 강요하려는 건 아닌데 그래도 너보다는 경험이 더 많으니까. 우리가 인생에서 얻는 건 주로 자신이 씨를 심은 것이지. 그래, 항상 그런 건 아니야. 그래도 주로 그렇다는 거지. 우리가 성공한다고 생각하면 성공할 거야. 우리가 아무짝에도 가치가 없다고 생각하면 아무짝에도 가치가 없게 되겠지. 우리의 내적 현실은 외적 현실을 형성하지. 살아가는 동안 매일. 내 말 알겠어?"

리치는 부엌의 따뜻한 노란 불빛을 처다보았다. "저는 아버지가 무슨 일을 하는지 모릅니다. 가까이 계신 적이 없어서." 그는 사실만을 전달하듯 말했다. 이전에 너무 여러 번 했던 이야기 같은 느낌이었다. "저는 공동주택에서 자랐어요, 어쩌면 이미 알고 계실 수도 있겠지만. 자초하지 않았는데도 나쁜 일을 산더미같이 당한 사람들을 많이 봤죠. 정말 산더미같이."

"그리고 너는 여기에 있잖아. 최고의 수사과 소속 형사로 네가 언제나 원하던 일을 하고 올해 가장 큰 사건을 맡아 해결 코앞까지 왔지. 네가 어디 출신이든 그건 성공으로 칠 수 있어. 너야말로 여기서 내 주장을 증명하는 것 같은데."

리치는 고개를 돌리지 않았다. "패트릭 스페인도 형사님과 똑같은 생각을 했을 것 같습니다."

"아마도 그랬겠지. 그런데?"

"그런데도 직장을 잃었죠. 뼈 빠지게 일했고 긍정적인 생각을 하고 모든 옳은 일을 다했는데도 결국 실업수당을 받는 꼴이 되었죠. 어떻게 그 사람이 그런 결과가 나오도록 씨를 심었다고 할 수 있습니까?"

"그건 빌어먹게 부당한 일이지. 그런 일이 일어나서는 안 됐다고 말하는 사람이 내가 처음일까? 생각해봐, 불황이잖아. 예외적 환경이라고."

리치는 고개를 저었다. "가끔, 나쁜 일들은 그냥 일어나요." 그는 말했다.

하늘엔 별들이 풍성하게 넘쳐났다. 그렇게 많은 별을 본 건 오랜만이었다. 우리 뒤로는 기다란 풀을 쓸고 가는 바닷소리와 바람 소리가 합쳐져 길게 위로하듯 어루만지면서 밤의 저편으로 사라져갔다. 나는 말했다. "그런 식으로 생각하면 안 돼. 사실이든 아니든 간에. 어딘가 그 과정에서 사람들 대부분은 자기가 당할 만한 일을 당했다고 믿어야 해."

"그러지 않으면요……?"

"그러지 않으면 아침에 어떻게 일어나겠어? 인과관계를 믿는 건 사치가 아니야. 칼슘이나 철분처럼 필수 요소지. 없이도 잠시는 살 수 있어. 하지만 결국에는 내면으로부터 자기를 갉아먹는 거야. 네 말이 맞아. 가끔 삶은 공정하지 않지. 우리가 태어난 이 세계는 그런 데야. 그래서 바로 우리가 필요한 거야. 우리는 그 안으로 들어가 그걸 고쳐야 해."

에마의 방에 불이 켜졌다. 우리의 피오나는 여전히 흥미를 끄는 일을 하는 중이었다. 불빛에 커튼이 부드럽고 투명한 분홍색으로 변하며 천 위를 총총히 걸어가는 작은 동물들의 윤곽을 비추었다.

리치는 아래 창문을 향해 고갯짓을 했다. 그는 말했다. "우리는 그걸 고치지 못할 거예요."

영안실에서 보낸 그날 아침의 기억이 그의 목소리에 가득 찼다. "그래. 그런 일은 고칠 수 없지. 하지만 적어도 사람들이 제대로 대가를 치르고 제대로 된 사람이 계속 나아갈 수 있는 기회를 주도록 할 수는 있지. 적어도 그 정도는 감당할 수 있잖아. 우리가 세상을 구할 수 없다는 건 알아. 하지만 더 낫게 만들 수는 있지."

"그걸 믿으세요?"

위로 쳐든 그의 얼굴은 달빛 속에서 하얗고 어려 보였다. 그는 내 말이 맞기를 간절히 바랐다. "그래." 나는 말했다. "믿어. 어쩌면 내가 순진한지도 모르지. 이전에 그것 때문에 두어 번 비난받은 적이 있어. 하지만 나는 믿어. 너도 내 말뜻을 알게 되겠지. 우리가 이 범인을 잡을 때까지 기다려봐. 그날 밤 집에 가서 이제 범인은 철창 속에 있고 적어도 종신형 세 번에 해당하는 형기를 치를 동안 그 안에 있을 거라고 생각하며 잠자리에 들 때까지 기다려보라고. 네가 살아가는 세상이 이보다는 더 나은 세상이 되었다는 기분이 들지 않는지 봐."

우리의 피오나는 에마의 방 커튼을 열고 마당을 내려다보았다. 가늘고 어두운 그림자가 분홍색 벽지 위에 어렸다. 리치는 그를 잠깐 바라보았다. 그가 말했다. "저도 그러길 바랍니다."

단지 위로 뻗어 나간 빛의 연약한 거미줄이 흩어지기 시작하자 인적 없는 거리에 흐르던 환한 실이 뚝 끊어져 암흑으로 바뀌었다. 리치는 장갑 낀 손을 맞잡아 비비며 입김을 불었다. 우리의 피오나는 빈집을 왔다 갔다 하며 불을 껐다 켜고 커튼을 열었다 쳤다 했다. 추위가 은신처의 콘크리트 속으로 스며들며 내 코트 뒤로 들어와 등줄기를 타고 흘렀다.

밤은 계속되었다. 시끄러운 소리가 한 손으로 셀 만큼 띄엄띄엄 들렸다. 아래쪽 덤불을 헤치며 무언가가 한참 스르르 나아가는 소리, 길 건너 집에서 갑자기 무언가를 뒤지며 실랑이를 벌이는 소리, 날카로운 야생의 울음소리. 그때마다 우리는 무슨 소리가 들렸는지 파악하기도 전에 벌떡 일어나 벽에 몸을 바짝 붙이고 행동을 준비했다. 한번은 열화상 안경에 여우 한 마리의 모습이 포착됐다. 반짝이는 여우는 길 한가운데 고개를 쳐들고 가만히 앉아 있었고 입에 뭔가 축 늘어진 작은 것을 물고 있었다. 또 한번은 뭔가 구불구불한 빛줄기가 마당을 휙 가로질러 벽돌과 잡초 사이로 사라지는 광경이 안경에 잡혔다. 몇 차례는 너무 동작이 굼떠서 마지막으로 자갈이 달가닥하는 소리와, 한데 뭉쳐 흔들리는 덩굴식물, 사라져버리는 하얀 깜박임밖에 보지 못했다. 매번 우리의 심장박동이 정상으로 되돌아와 자리에 앉을 때까지 걸리는 시간이 길어졌다. 점점 늦은 시각을 향하는 중이다. 우리 범인은 가까이에 있을 것이었다. 양쪽을 두고 갈등하며 어느 쪽으로 결정할지 열심히 고민하고 있을 것이다.

"깜빡했네요." 1시가 지날 무렵 리치가 불쑥 말했다. "이걸 가져왔었는데." 그는 자기 스포츠 백 쪽으로 몸을 숙이더니 쌍안경이 든 검은 플라스틱 케이스를 꺼냈다.

"쌍안경?" 나는 한 손을 뻗고 받아서 케이스를 열고 확인했다. 싸구려 제품이었고 경찰 보급과에서 지급한 물건이 아니었다. 케이스에서는 아직도 새 플라스틱 냄새가 났다. "직접 나가서 이걸 특별히 사 왔어?"

"우리 범인이 쓰던 것과 똑같은 모델이에요." 리치는 살짝 멋쩍게 말했다. "우리도 하나 있어야 할 것 같아서요. 그놈이 본 걸 보려면 요."

"아, 맙소사. 너도 살인범의 눈을 통해 봐야 한다는 개념에 홀딱 빠진, 직접 만져보고 느껴야 한다는 유형은 아니겠지. 막상 살인범 들은 자기들 직관대로 해나가는데."

"아, 절대 아닙니다. 그냥 말 그대로 의미한 거예요. 그자가 얼굴 표정을 분간할 수 있었는지, 컴퓨터 화면을 볼 수 있었는지. 저 가족 이 접속한 웹 사이트 이름이나 뭐 그런 거요. 그런 종류를 말한 겁니 다."

달빛 속에서도 나는 그의 얼굴이 빨갛게 달아오른 것을 알 수 있 었다. 그 모습에 내 마음이 움직였다. 단지 그가 자기 돈과 시간을 써서 딱 맞는 쌍안경을 구해 왔기 때문만이 아니라 내가 무슨 생각 을 하는지를 공공연하게 신경을 쓰고 있었기 때문이었다. 나는 쌍 안경을 내밀며 좀더 부드럽게 말했다. "좋은 생각이군. 한번 봐. 무 엇이 나타날지는 알 수 없는 일이니까."

그는 쌍안경이 사라져버렸으면 하는 표정이었지만 결국은 쌍안 경을 조절하고 창가에 팔꿈치를 괸 후에 스페인 가족의 집에 초점을 맞추었다. 우리의 피오나는 싱크대에서 머그잔을 헹구고 있었다. 나는 말했다. "뭐가 보이나?"

"재닌의 얼굴이 정말로 선명하게 보이네요. 제가 독순술을 할 수 있다면 무슨 말을 하는지도 다 알 수 있을 것 같아요. 컴퓨터가 그 자리에 있었대도 화면은 보이지 않아요. 각도가 안 맞아서. 하지만 책장에 꽂힌 책 제목은 읽을 수 있고 쇼핑 목록을 적어놓은 작은 화이트보드도 보입니다. 달걀, 차, 샤워 젤. 저건 중요할 수도 있겠죠? 그가 매일 밤 제니퍼의 쇼핑 목록을 읽을 수 있었다면 다음 날 어디 갈지 알 수도 있었을 테니까요⋯⋯."

"확인해볼 가치는 있겠군. 제니퍼의 쇼핑 경로에 있는 CCTV에 특별한 주의를 기울여서 누가 지속적으로 나타나는지 보자고." 싱크대에서 우리의 피어나는 눈길을 느낀 사람처럼 고개를 휙 쳐들었다. 쌍안경이 없어도 나는 그녀가 부르르 떠는 모습을 볼 수 있었다.

"맙소사." 리치가 갑자기 너무 크게 말해서 나는 펄쩍 뛰었다. "제길, 죄송합니다. 하지만 이거 보세요."

그는 내게 쌍안경을 건넸다. 나는 부엌에 시험해보고 내 시력에 맞게 맞추었다. 짜증스럽게 내 눈이 그보다 한 단계 나빴다. "내가 뭘 봐야 하는데?"

"부엌이 아닙니다. 부엌을 지나서 복도를 보세요. 현관이 보일 겁니다."

"그래서?"

"그래서." 리치가 말했다. "현관 바로 왼쪽요."

쌍안경을 왼쪽으로 옮겼더니 바로 거기에 있었다. 경보 장치 조작판. 나는 낮게 휘파람을 불었다. 번호는 볼 수 없었지만 그럴 필요가 없었다. 누군가의 손가락이 움직이는 것만 봐도 내가 필요한 건 모두 알 수 있었다. 제니퍼 스페인은 원하면 매일 비밀번호를 바꿀 수 있었지만 제니퍼나 패트릭이 문을 잠그는 동안 여기에 몇 분만 있으면 제니퍼가 기울였던 모든 경계를 무효로 할 수 있었다. "이런, 이런." 나는 말했다. "리치, 내 친구. 네 쌍안경을 헐뜯은 걸 사과하지. 우리는 이제 누가 경보 장치를 어떻게 뚫고 들어왔는지 알게 된 것 같은데. 심지어 우리 범인이 나타나지 않는다고 해도 오늘 밤이 시간 낭비는 아니겠군."

리치는 목을 수그리고 코를 문질렀다. 창피함과 기쁨 사이의 표정이었다. "물론 아직도 그자가 어떻게 열쇠를 손에 넣었는지는 모르지. 열쇠가 없다면 경보 장치 비밀번호를 알아도 소용없을 테니까."

바로 그때 코트 주머니에 넣어두었던 전화가 진동했다. 말보로 남자였다. "케네디야." 내가 대답했다.

그의 목소리는 속삭임에 가까웠다. "형사님, 뭔가 잡았습니다. 한 남자가 오션뷰 레인에서 나오는 것을 목격했습니다. 거긴 막다른 길이고 북쪽 벽을 등지고 있어서 공사장 말고는 아무것도 없습니다. 누가 거기 있을 이유는 벽을 넘어서 왔을 때뿐입니다. 키는 큰 편이고 옷은 검었지만 가까이 접근하려고 하진 않았기 때문에 저희가 본 건 그게 답니다. 우리는 그를 멀리서 미행했고 그는 오션뷰 론스로 돌아 내려갔습니다. 거기도 막다른 길이고 아직 완공된 집이 없기 때문에 거기 갈 만한 합당한 이유가 없습니다. 저희는 거기까지 그를 따라 내려가진 않고 지금은 오션뷰 론스 끝에서 감시를 유지하고 있습니다. 아직까지는 누군가 나오는 기미가 없습니다만 그자가 다시 벽을 넘어서 갔을 수도 있으니까요. 저희는 순찰을 돌면서 그를 잡을 수 있는지 알아볼 겁니다."

리치는 양손에 쌍안경을 들고 있다는 것도 잊고서 몸을 돌려 나를 보았다. 내가 말했다. "잘 잡아냈네, 형사. 그래, 전화를 끊지 말고 그 일대를 한 바퀴 돌아. 그 남자를 보고 우리에게 인상착의를 묘사할 수 있다면 좋겠지만, 제발 괜히 나서서 그자를 겁줘서 쫓지는 마. 누군가를 보면 속도를 늦추지 말고, 그자를 확인하는 티를 내지 말도록 해. 그냥 쭉 차를 몰고 자네들끼리 수다를 떨면서 알아낼 수 있는 걸 알아보도록 해. 가."

전화를 스피커폰으로 바꿀 수는 없었다. 우리 범인이 지금 나돌아다니며 어디서나 흔들리는 덩굴식물 사이에 있을 수 있는 상황에서는 안 될 말이었다. 나는 전화를 가리키며 리치에게 좀더 가까이 오라는 몸짓을 했다. 그는 내 옆에 주저앉아 귀를 가까이 갖다 댔다.

시보들 사이에 웅얼거리는 소리가 들리더니 그중 한 명이 바스락바스락 지도를 꺼내어 방향을 지시하고 다른 한 명은 부드럽게 차의 시동을 거는 소리가 들렸다. 엔진이 낮게 웅웅거렸다. 누군가 자동차 계기판에 대고 손가락을 두드렸다. 그러다 일 분 후 갑작스레 요란하고 혼란스러운 횡설수설이 터졌다. "그래서 아내가 나한테 그러는데 '계속해봐. 그걸 나머지와 함께 계속 쓰레기통에 넣어두라고!'" 그러고는 작위적인 웃음소리가 들렸다.

리치와 나는 머리를 휴대전화에 갖다 대고 숨도 쉬지 않고 있었다. 횡설수설하는 소리가 높아졌다가 사라졌다. 일주일처럼 느껴지는 침묵이 잠시 흐른 후에 말보로 남자가 다시 말했다. 한층 더 부드러웠으나 더 흥분된 목소리였다. "형사님, 지금 막 어떤 남성을 지나쳤습니다. 신장은 대략 178센티미터에서 180센티미터 정도. 날씬한 체격. 오션뷰 애비뉴에서 동쪽으로 향하던 중이었습니다. 오션뷰 론스와는 벽 하나 너머입니다. 가로등이 없어서 자세히 보진 못했습니다만 중간 길이의 검은 코트에 검은 청바지를 입고 검은 모직 모자를 썼습니다. 걸음으로 봐서는 이십 대나 삼십 대 같습니다."

리치가 빠르게 숨을 쌕쌕 내쉬는 소리가 들렸다. 나는 아주 조용하게 말했다. "그가 자네들을 알아봤나?"

"아뇨. 제 말은, 장담은 못 하지만 솔직히 말해서 그럴 것 같지는 않습니다. 우리가 지나는 소리가 뒤에서 나자 재빨리 돌아본 다음에 머리를 숙였습니다만 토끼지도 않았고 우리가 백미러로 봤을 때는 그 거리를 쭉 따라 같은 속도, 같은 방향으로 걷고 있었습니다."

"오션뷰 애비뉴라. 거긴 사람이 거주하고 있나?"

"아뇨. 그저 벽뿐입니다."

그렇다면 이자가 밤에 자유롭게 돌아다니며 우리에게 닿을 길을 찾도록 놔둔들 우리가 거주민들을 위험에 빠뜨렸다고 뭐라 할 사람은 없을 것이다. 오션뷰 애비뉴에 화목한 가족들과 잠기지 않은 문이 바글거린다고 해도 별로 걱정하지 않을 테지만. 이자는 화면에 걸리는 무엇이든 난사해버리는 묻지마 살인마는 아니었다. 이자에게는 아무도 중요하지 않았다. 아무도 존재하지 않았다. 스페인 가족을 제외하고는.

리치는 창문 구멍에 그림자가 비치지 않도록 몸을 낮추고 여행 가방 쪽으로 기어가서는 종이 한 장을 꺼냈다. 그는 그 종이를 우리 앞의 바닥, 달빛이 만든 희미한 직사각형 속에 놓았다. 주택단지 도면이었다.

"좋아." 나는 말했다. "연락해, 저 형사……." 나는 리치를 향해 손가락을 튕기며 아래에 있는 스페인 가족의 부엌을 가리켰다. 리치는 입모양으로 '오츠'라고 알려주었다. "오츠 형사에게 연락해. 작전 대비를 해야 한다고 알려줘. 문이 잠겼는지, 창문이 잠겼는지, 총이 장전되었는지 확인하라고 해. 그런 다음에는 물건을 옮기라고 전해. 종이든 책이든 DVD든 뭐가 됐든 상관없어. 되도록 눈에 띄게 집 앞쪽에서 부엌으로 이동하라고. 자네들은 처음 이 남자를 목격한 지점으로 돌아가. 그자가 겁을 먹고 자네들 쪽으로 다시 돌아와 지나치면 체포해. 긴급 상황이 아닌 이상 내게 다시 전화하지는 마. 무슨 일이 생기면 우리 쪽에서 알려주지."

나는 전화를 주머니에 넣었다. 리치는 한 손가락으로 도면을 쭉 따라 내려갔다. 오션뷰 애비뉴는 단지 북서쪽 구석에 있었다. "여깁 니다." 그는 아주 조용하게, 바다의 강력한 소리 아래서는 그저 웅얼 거림으로밖에 들리지 않는 소리로 말했다. "그자가 우리 쪽으로 오 면서 빈 거리로만 다니고 지름길을 찾아 벽을 넘는다면 십 분, 아니 면 십오 분쯤 걸릴 겁니다."

"대충 맞는 말 같군. 나는 그가 여기로 곧장 올 거라고 보진 않아. 우리가 이 장소를 찾아내지 않았는지 슬슬 걱정하고 있을걸. 먼저 주변을 좀 쑤시고 다니다가 여기 오는 위험을 무릅쓸지 결정하겠 지. 경찰들을 찾아보고 낯선 차들을 보고 어떤 동태가 있지 않나 살 피고. 그러자면 다 해서 이십오 분 정도 걸린다고 봐."

리치는 나를 힐끔 올려다보았다. "그자가 너무 위험하다고 결론 을 내리고 도망가면, 그를 체포하는 건 시보들이 됩니다. 우리가 아 니라."

"상관없어. 여기 오지 않는다면 그자는 그냥 뜬금없는 데서 나타 나 밤 산책을 하는 남자일 뿐이니까. 우리는 그자가 누군지 알아내 고 잠깐 즐거운 잡담은 할 수 있겠지만 피 묻은 트레이닝복을 입고 다니거나 갑자기 술술 자백할 만큼 멍청한 자가 아니라면 우리는 그 를 잡아둘 순 없어. 그렇다면 다른 사람이 그자를 체포했다가 몇 시 간 후에 도로 풀어주게 하는 편이 좋아. 그자가 자네와 나를 한 수 앞섰다는 기분을 즐기게 두고 싶진 않거든." 그자가 도망쳤을 때 우리가 무엇을 할지는 중요하지 않았다. 나는 그자가 우리에게 다가올 것을 알았다. 그의 냄새를 맡는 듯 확실히 알았다. 지붕 위와 돌무더기에서 흘러나온 날카롭고 매운 사향 냄새가 점점 가까이 뻗어왔다. 이 소굴을 본 이후로 나는 그가 돌아오리라는 것을 알았다. 조만간 도망중인 동물이 집을 향해 달려올 것이다.

리치의 마음도 같은 방향으로 움직이고 있었다. 그가 말했다. "그자는 올 겁니다. 지난밤보다도 가까이 왔을 거예요. 무슨 이야기인지 알고 싶어서 좀이 쑤시겠죠. 일단 그자가 재닛을 보면……."

"그래서 부엌으로 물건을 옮기라고 한 거야. 그는 가장 먼저 길 건너 공사장에서 스페인 집의 현관부터 확인할 게 뻔하니까. 그가 오츠 형사를 보면 그런 물건을 가지고 뭘 할지 알고 싶어서 여기로 돌아와야 할 거야. 집은 비집고 들어가기엔 너무 꽉 닫혀 있으니까 벽을 넘어서 뒤로 들어갈 순 없지. 오션뷰 워크를 따라 내려와야 하니까."

길 위는 어둡고 집들의 그림자가 드리웠다. 맨 아래 뻗은 길은 달빛 속에서 휘어져 보였다. 나는 말했다. "내가 길 위와 안경을 맡겠네. 자네는 아래쪽을 맡아. 어떤 움직임이든 조금이라도 있으면 알려주게. 그자가 여기로 다가오면 우리는 최선을 다해 조용히 처리해야 해. 거주민들에게 무슨 일이 일어나고 있다는 신호를 주지 않는 편이 좋아. 그가 우리에게 선택권을 주지 않을 수도 있어. 우리가 일 초라도 잊지 말아야 할 한 가지는 이자가 위험하다는 거야. 과거 행태로 봤을 때 그가 무장하고 있다고 생각할 이유는 없지만, 그렇다고 가정하고 행동해야 해. 무장을 했든 안 했든 과격한 동물이고 우리는 그의 소굴에 있는 거야. 그가 저기 아래에서 한 짓을 정확히 기억하고, 기회만 생기면 똑같을 짓을 너와 나에게 할 수 있다는 걸 당연하게 여겨야 해."

리치는 고개를 끄덕였다. 그는 내게 열화상 안경을 건네고 자기 물건들을 도로 스포츠 백 안에 빠르고 효율적으로 집어넣기 시작했다. 나는 지도를 접고 리치의 음식 포장지를 비닐 봉투에 넣어 어딘가 쑤셔 넣었다. 몇 초 후 우리가 온 적도 없었던 듯 방에는 다시 맨바닥과 시멘트 블록만이 남았다. 나는 우리의 여행 가방을 어두운 구석에 방해되지 않을 곳으로 치워두었다.

리치는 길 아래쪽이 보이는 창문 구멍 옆에 자리를 잡고 창틀이 드리운 비스듬한 그림자 속에 주저앉아 밖을 내다볼 수 있도록 비닐 바람막이 모서리를 살짝 들췄다. 나는 스페인 가족의 집을 확인했다. 우리의 피오나가 옷을 한 아름 안고 부엌으로 들어와서 탁자 위에 던져놓고 다시 나갔다. 잭의 창문 너머로 희미하게 보이는 위층에서는 패트릭과 제니퍼의 침실에서 은은한 불빛이 쏟아져 나오고 있었다. 나는 길 위쪽이 내려다보이는 창문 옆 벽에 몸을 바짝 붙이고 안경을 들었다.

안경을 쓰자 바다는 보이지 않는, 바닥없는 검정이 되었다. 길 위쪽에서는 얼기설기 얽힌 건물 골조가 단조로운 회색 형체로 멀리 뻗어 있었다. 부엉이 한 마리가 타오르는 종잇장처럼 기류를 타고 길을 가로질러 날았다. 고요가 계속되었다.

눈꺼풀이 활짝 뜨인 채로 얼어붙었다고 생각했지만 깜박였던 것이 분명하다. 아무런 소리도 들리지 않았다. 거리 맨 위는 비어 있었다. 한순간 그가 그 자리에 서 있었다. 양쪽의 그늘진 폐허 사이에서 천사처럼 하얗고 격렬한 빛을 내뿜었다. 얼굴은 너무 밝아서 보이지 않았다. 그는 격투장에 등장하는 격투사처럼 가만히 서서 귀를 기울이고 있었다. 고개를 들고 팔은 양옆으로 약간 쳐들고 두 손은 반쯤 쥔 채 준비 자세를 갖추고.

나는 숨도 쉬지 않았다. 한 눈으로는 그를 주시하면서 한 손으로는 리치의 주의를 끌었다. 리치가 내 쪽으로 고개를 돌리자 나는 창문을 가리키고 신호했다.

리치는 낮게 몸을 숙이고 내가 서 있는 창문의 반대쪽으로 무게도 없는 사람처럼 스르르 미끄러져 왔다. 그가 벽에 등을 붙였을 때 그의 손이 총 손잡이에 가 있는 것이 보였다.

우리 범인은 조심스럽게 발을 떼고 작은 소리에도 고개를 돌리며 느릿느릿 길을 내려왔다. 손에는 아무것도 들고 있지 않았고 얼굴에 야간용 안경도 쓰고 있지 않았다. 맨몸뿐이었다. 그가 다가오자 마당에 웅크리고 있던 작게 반짝이는 동물들이 벌떡 일어나 달아났다. 금속과 콘크리트가 거미줄처럼 얽혀 빛나는 가운데 그는 이 지구상에 남은 마지막 인간 같았다.

그가 바로 옆집까지 왔을 때 나는 안경을 내려놓았고 커다랗게 반짝이던 형태는 획 꺼지면서 검은 웅덩이로 바뀌었다. 밤을 가로질러 문 앞까지 온 골칫거리. 나는 리치에게 신호를 보낸 후 창문 구멍에서 물러서서 그늘 속으로 숨었다. 리치는 내 반대편 구석으로 물러났다. 순간 그의 호흡이 빨라지는가 했지만 곧 고르게 잡히더니 잠잠해졌다. 범인의 손의 무게가 처음으로 금속 가로대 위에 얹혔을 때 진동하는 떨림이 건물 뼈대 전체에 전해졌고 어두운 빛처럼 집 전체를 감쌌다.

그가 비계를 타고 오를 때 진동이 점점 커지면서 드럼의 박동처럼 낮게 울리더니 곧 스러져 고요해졌다. 그의 머리와 어깨가 어둠 속에 더 어둡게 보이면서 창문 안으로 나타났다. 그의 얼굴이 구석으로 향하는 것이 보였으나 방은 넓었고 그늘이 우리를 감추어주었다.

그는 창문 안으로 훌쩍 넘어 들어왔다. 이전에도 수천 번 해봤을 법한 동작이었다. 발이 바닥에 닿고 그가 몸을 감시 창문으로 돌리는 순간 나는 구석에서 뛰어나가 그를 뒤에서부터 들이받았다. 그는 쉰 소리를 내뱉으며 앞으로 비틀비틀 걸어갔다. 나는 그의 목에 팔꿈치를 대고 다른 손으로는 팔 하나를 등 뒤로 꺾으며 벽에 밀어붙였다. 그에게서 날카로운 신음과 함께 숨이 빠져나갔다. 그가 눈을 떴을 땐 리치의 총이 그를 향했다.

나는 말했다. "경찰입니다. 움직이지 마십쇼."

그의 모든 근육이 경직됐다. 마치 강철 막대로 만들어진 사람 같았다. 내 목소리는 차갑고 단호해 다른 사람 목소리처럼 들렸다. "모두의 안전을 위해서 수갑을 채울 겁니다. 우리가 알아야 할 걸 지니고 있습니까?"

그는 내 말을 듣지 못하는 듯 보였다. 나는 잡은 손에 힘을 빼고 그를 바라보았다. 내가 손목을 뒤로 꺾어 수갑을 채우는데도 그는 움직이지 않았고 움찔하지도 않았다. 리치가 그의 몸을 빠르고 세게 툭툭 쳐가면서 찾아낸 물건들을 바닥에 쌓아두었다. 손전등, 휴대용 휴지, 민트 사탕 한 줄. 차를 어디에 숨겨두었는진 모르지만 신분증과 돈, 열쇠는 거기 둔 모양이었다. 쩔렁대는 소리가 나서 들킬까 봐 가볍게 다닌 듯했다.

내가 말했다. "건물을 내려갈 수 있도록 수갑은 벗겨주죠. 멍청한 짓은 하지 않겠죠. 만약 허튼짓을 한다면 나와 내 파트너의 기분을 거스를 뿐입니다. 우리는 경찰청으로 가서 이야기를 나눌 겁니다. 소지품은 거기서 돌려주겠습니다. 여기까지 문제 있습니까?"

그는 어디 딴 데 가 있는 사람 같았다. 혹은 그러려고 안간힘을 쓰는 듯했다. 달빛을 받아 작아진 눈이 창문 너머의 하늘, 스페인 가족의 집 지붕 위 어딘가에 고정되었다. "좋습니다." 대답이 나오지 않을 것이 확실해지자 나는 말했다. "아무 문제 없다는 뜻으로 받아들이죠. 뭔가 바뀌면 바로 말해요. 자, 이제 갑시다."

리치가 먼저 우리의 가방을 하나씩 각각 어깨에 둘러메고 어색하게 내려갔다. 나는 리치가 땅에서 두 엄지손가락을 치켜 올릴 때까지 범인의 손목을 연결한 수갑 사슬을 쥐고 기다렸다. 그런 다음 수갑을 풀어주고 말했다. "가요. 갑작스러운 동작은 하지 말고."

내가 어깨를 잡고 갈 방향을 가리키자 그는 갑자기 정신이 들어 바닥을 비틀비틀 걸어갔다. 창문 구멍 앞에서 그는 잠시 가만히 섰다. 나는 생각이 그의 마음을 스쳐가는 것을 보았으나 내가 뭐라고 말하기도 전에 그 또한 이 높이에서 펄쩍 뛰어내리면 발목이 부러지는 정도로 끝나지 않을 거라는 사실을 깨달았다. 그는 창문을 타고 넘어 개처럼 온순하게 내려갔다.

경찰학교에서 알고 지낸 녀석이 내게 스코처라는 별명을 붙여주었다. 내가 축구 경기에서 기가 막힌 슛으로 득점했을 때였다.* 나는 그 별명을 그대로 썼다. 덕분에 내가 목표로 삼고 살아가야 할 게 생겼기 때문이었다. 달빛과 바다의 포효, 몇 달간의 기다림과 감시가 가득한 끔찍한 방에서 혼자가 되자마자 내 마음 뒤편에 있던 작은

---

* 스코처(scorcher)는 점수 득점이라는 뜻과 굉장한 것이란 뜻이 있다.

한 부분이 생각했다. 마흔여덟 시간 만에 네 건 해결. 자, 이게 바로 스코처지. 이런 생각을 수많은 사람이 역겹다고 할 것은 안다. 그 이유도 안다. 그렇다 한들 사실을 바꾸지는 못한다. 너희가 나를 필요로 한다는 사실을.

10

우리는 사람이 살지 않는 거리만 골랐다. 리치와 나는 각각 양옆
에서 범인의 팔짱을 끼고 긴 밤 내내 술을 진탕 마시고 돌아가는 친
구를 부축하는 사람처럼 걸었다. 누구도 아무 말 하지 않았다. 보통
은 수갑을 채우고 경찰차로 끌고 가면 몇 마디 질문이라도 하기 마
련인데 이자는 아니었다. 천천히 바닷소리가 잦아들며 남은 밤 동
안은 다른 소리를 위한 여지를 남겼다. 박쥐의 울음소리, 잊힌 채 놓
인 캔버스 천 조각을 잡아당기는 바람. 잠시 동안 십 대 청소년들의
들쭉날쭉한 고함이 가늘고 아련하게 우리에게 닿았다가 콘크리트
와 벽돌에 부딪쳐 되튀었다. 거칠게 침을 삼키는 소리가 들렸을 땐
범인이 울음을 터뜨리지 않나 싶었지만 고개를 돌려 살피지는 않았
다. 그가 자기 멋대로 주무를 수 있는 상황은 끝났다.

우리는 차 뒷좌석에 그를 앉혔다. 내가 그들이 들을 수 없는 곳으

로 자리를 옮겨 통화를 하는 동안 리치는 자동차 후드에 기댔다. 순찰 수사관을 보내서 단지에서 멀지 않은 곳에 주차된 차를 찾아내도록 하고, 미끼 역할을 해준 수사관에게는 집에 가도 좋다고 말한 후, 야간 행정 직원에게 면담실을 준비해야 한다고 알렸다. 그런 후에는 더블린까지 말없이 달렸다. 단지 내의 유령 들린 어둠, 난데없이 나타나 별빛 아래서 더 검게 보이는 건물, 그런 다음 이어지는 고속도로의 매끄러운 속도, 드문드문 깜박거리는 도로의 반사 장치, 그리고 한쪽 옆에서 우리를 지켜보며 따라오는 거대한 달. 이들을 지나치자 우리 주위에 쌓여가는 시내의 색깔과 움직임, 술꾼들과 패스트푸드 식당. 우리의 꽉 닫힌 차창 밖에서 세계가 다시 살아났다.

살인수사과 사무실은 조용했고 비상 대기중인 두 사람이 커피를 마시다 우리가 지나가니 고개를 들었다. 누가 야간 사냥을 나가서 무엇을 가져왔는지 확인하려는 것이었다. 우리는 범인을 면담실로 데려갔다. 리치가 수갑을 풀고 나는 지루하게 단조로운 목소리로 이건 단지 의미 없는 요식이라는 듯 피의자 권리 서류를 읽어주었다. "변호사"라는 말에 그의 머리가 격렬히 흔들렸다. 내가 그의 손에 펜을 쥐여주자 그는 단 하나의 질문도 없이 서명했다. 서명을 휙휙갈겨쓰는 바람에 머리글자 C밖에 알아볼 수 없었다. 나는 서류를 집어 들고 나왔다.

우리는 그를 단방향 투과성 유리가 있는 관찰실에서 지켜봤다. 그를 제대로 본 것은 그때가 처음이었다. 짧게 친 갈색 머리카락, 높은 광대뼈, 이틀 정도 깎지 않았는지 붉은 수염이 돋아난 주걱턱. 그는 쓰임새가 많았을 검정 더플코트에 두꺼운 회색 터틀넥 스웨터, 빛바랜 청바지를 입었다. 한밤의 스토킹에 걸맞은 옷차림이었다.

신발은 등산화로 운동화는 아니었다. 내 생각보다는 나이가 많았고 키도 더 컸다. 이십 대 후반에 신장은 180센티미터에 가까워 보였다. 하지만 너무 말라서 단식 투쟁 말기에 있는 사람처럼 보였다. 그렇게 말랐기 때문에 더 어리고 더 작으며 무해한 사람으로 축소되어 보였으리라. 그런 환상 때문에 그는 스페인 가족의 문 앞까지 올 수 있었다.

내 눈에 보이는 벤상처나 멍은 없었지만 옷 아래에 뭐든 감추어져 있을 수 있었다. 나는 면담실의 온도를 더 높였다.

방 안에 있는 그자를 보니 기분이 좋았다. 우리 면담실이라는 곳들은 대부분 샤워와 면도를 포함한 전면적인 재단장을 해야 할 곳들이었지만 나는 이 방의 구석구석을 좋아한다. 우리 영역이 우리 쪽에 유리하다. 브로큰하버에서 그는 피와 바닷물의 요오드 냄새를 풍기고 눈에는 달빛 조각이 박혀서 벽 사이를 뚫고 다니는 그림자였다. 지금은 평범한 남자일 뿐이었다. 그들은 모두 그렇다. 일단 사방의 벽 안에 가둬두면 평범해진다.

그는 고문을 각오하기라도 한 사람처럼 불편한 의자에 뻣뻣하게 웅크리고 앉아서 탁자 위에 놓은 자기 두 주먹만을 응시했다. 심지어 환경에 익숙해지려고 방을 둘러보지도 않았다. 오래된 담뱃불 자국과 씹던 껌 덩어리로 군데군데 구멍 나고 더러워진 리놀륨 바닥, 낙서가 그려진 벽, 바닥에 박아놓은 탁자와 서류 캐비닛, 높은 구석에서 내려다보는 비디오카메라의 둔한 빨간 불빛. 나는 말했다. "우리가 저자에 대해 아는 게 뭔가?"

리치는 코가 유리에 닿을 정도로 서서 남자를 강렬히 바라보고 있었다. "약이나 술은 하지 않았습니다. 처음에는 약을 했을 수도 있다고 생각했는데요. 너무 말랐으니까요. 하지만 아니더라고요."

"지금은 아니겠지. 그건 우리에게 유리한 일이야. 뭔가 털어놓더라도 약 기운에 말하길 바라진 않으니까."

"혼자 있는 걸 좋아합니다. 야행성이고요."

"맞아. 어느 모로 보나 다른 사람들과 가까이 접촉하는 것보다 거리를 두는 게 더 편안한 자야. 남을 훔쳐보면서 흥분하고, 스페인 가족이 잠들었을 때보다는 밖에 나갔을 때 침입했지. 그러니까 그를 밀어붙일 때가 오면 가까이 가야만 해. 우리 둘이 동시에 얼굴을 들이대야 한다고. 그리고 이자는 야행성이니만큼 기운이 빠질 새벽 즈음에 밀어붙이는 게 좋겠지. 다른 건?"

"결혼반지가 없습니다. 혼자 살 가능성이 크죠. 밤새 나가 돌아다녀도 알아차리거나 어디 갔었는지 물을 사람이 없습니다."

"우리 쪽에서 보면 유리할 수도 있고 불리할 수도 있어. 그가 화요일 아침 6시에 집에 들어와서 네 시간 연속 세탁기를 돌렸다거나 하는 증언을 해줄 룸메이트가 없다는 거지. 반면 저자를 위해 물건을 숨겨줄 사람도 없다는 거야. 우리가 거주지를 알아내면 그가 우리에게 작은 선물을 남겼을 가능성이 있지. 핏자국이 남은 옷가지라든가 신혼여행 간 호텔의 펜이라든가. 어쩌면 다른 날 가져온 기념물이라든가."

남자는 몸을 떨며 얼굴을 더듬더니 입을 어설프게 닦았다. 입술이 오랫동안 물 없이 지낸 사람처럼 부어오르고 갈라졌다.

리치가 말했다. "규칙적으로 출퇴근하는 사람은 아닙니다. 실업 상태거나 자영업거나 혹은 교대 근무나 아르바이트를 할 수도 있죠. 내킬 때 그 소굴에서 밤을 지내도 그다음 날 아침에 억지로 자기를 깨워서 출근해야 할 필요가 없는 직업이라는 거죠. 옷차림으로 봐서는 중산층이라고 할 수 있겠습니다."

"내가 보기에도 그래. 그리고 전과 기록은 없을 거야. 지문 검색 결과가 깨끗했다는 걸 기억해. 어쩌면 경찰에 가본 적이 있는 사람을 하나도 모를지도 몰라. 방향감각을 잃고 겁이 나겠지. 그건 좋은 거야. 하지만 필요할 때를 대비해서 아껴둬야지. 되도록 저자가 긴장을 풀도록 한 다음에 어디까지 뽑아낼 수 있는지 보고, 그다음에 세게 밀어붙여야 할 땐 겁줘서 본때를 보여주자고. 중산층이면 권위에 대한 존중이 있을지 모르지, 경찰을 잘 모르고……. 우리가 쫓아낼 때까지 잡혀 있게 되겠지."

"그래요, 그럴지도 모릅니다." 리치는 자기 입김이 유리에 남긴 자국 위에 멍하니 추상적인 무늬를 그렸다. "제가 저자에 대해서 알아낼 수 있는 건 그게 답니다. 아세요? 저자는 감시용 소굴을 만들 만큼은 치밀하지만 치울 만큼 치밀하진 못해요. 그 집에 몰래 침입할 만큼 영리하지만 흉기를 현장에서 들고 갈 만큼 미련하죠. 몇 달 동안 기다릴 만큼 자제력이 있지만 살인 이틀 후 자기 은신처로 돌아오는 걸 참을 순 없었어요. 우리가 감시하고 있을 걸 알았을 텐데도 그랬겠죠. 도대체 종잡을 수 없네요."

무엇보다도 이 남자는 이런 일을 저지르기에 너무 연약해 보였다. 나는 속지 않았다. 내가 이제까지 잡아넣은 극악무도한 살인범들은 고양이처럼 부드러워 보였으며 늘 살인 후에는 가장 고분고분하고 기진맥진하며 쾌락에 배부른 상태였다. "저자는 이제 개코원숭이만큼도 자제력이 없어. 살인자들은 그래. 우리는 모두 누군가를 죽이고 싶어 하지. 인생에 어느 시점에서는. 그런 적 없다고 발뺌

하지 마. 이런 자들이 우리와 다른 점은 그만두지 않고 실제로 저지른다는 점이지. 표면을 걷어내면 그들은 짐승이야. 소리를 지르고 똥을 내던지고 목을 뜯는 짐승. 우리가 처리해야 할 건 그런 거야. 절대 잊지 마."

리치는 확신에 찬 얼굴이 아니었다. 나는 말했다. "내가 범인에게 너무 가혹하다고 생각해? 사회가 그들에게 부당한 취급을 했으니 내가 좀더 공감을 보여야 하나?"

"그런 것만은 아닙니다. 그저…… 그자가 자제력이 없었다면 어떻게 그렇게 망설였을까요?"

"망설이지 않았어. 우리가 뭔가 놓치고 있는 거야."

"무슨 뜻입니까?"

"자네 말대로 이자는 스페인 가족을 지켜보면서 몇 달, 아마도 그 이상을 낭비했어. 가끔 그 식구들이 집에 없을 때 숨어들었을 수는 있겠지. 그의 놀라운 자제력이 작동했다고는 할 수 없어. 그저 한 회 분량만큼의 흥분이 필요했기 때문이었을 거야. 그런 다음에는 갑자기 자신의 안전지대에서 돌진했어. 쌍안경을 들고 몰래 훔쳐보던 것에서 뛰쳐나와 전면적으로 밀접 접촉을 시도한 거야. 그건 난데없는 행동이 아니야. 지난주나 그즈음에 무슨 일이 있었던 거지. 커다란 사건. 우리는 그게 뭔지 알아내야 해."

면담실에서 범인은 손가락 관절로 눈을 비비더니 손을 빤히 응시했다. 피나 눈물을 찾는 듯했다. "그리고 자네에게 한 가지만 더 말해주지." 나는 말했다. "그는 감정적으로 스페인 가족과 긴밀하게 연결되었다고 느끼고 있어."

리치는 그림을 멈췄다. "그렇게 생각하세요? 저는 개인적인 건 아니라고 생각했는데요. 이자가 거리를 유지한 방식이……."

"아니. 이자가 전문가라면 지금 집에 있겠지. 체포되지 않을 시간을 쟀을 거고 우리 차에 올라타지도 않았을 거네. 그는 그저 재밌어 보여서 아무 대상이나 고른 소시오패스도 아니야. 아이들은 부드러운 방식으로 죽이고 어른들은 가까이 접근해서 죽이려 했으며 제니퍼의 얼굴을 망가뜨렸어……. 그는 이 가족에게 감정이 있었어. 자기가 그들과 가까웠다고 생각했지. 아마도 실제로 소통한 건 제니퍼가 테스코 계산대에서 줄을 서 있을 때 그에게 미소를 지었다거나 하는 정도일 가능성이 높아. 그래도 그의 머릿속에서는 적어도 거기에 연결이 있었던 거야."

리치는 다시 유리에 입김을 불고 이번에는 더 천천히 무늬를 그려나갔다. "저자가 범인이라고 아주 확정을 내리시네요." 그는 말했다. "그렇습니까?"

"그 무엇도 확정적이라고 하기엔 일러." 차 안에서 그자가 바로 내 어깨 뒤에 있었을 때 귀에서 울리는 북소리가 점점 커져서 하마터면 우리가 길에서 벗어날 뻔했다는 말을 리치에게 설명할 길은 없었다. 이자는 자신의 잘못과 함께 공기 중에 스며들었다. 휘발유에 흠뻑 빠졌다 나오기라도 한 것처럼 강하고 독한 냄새를 퍼뜨렸다. "하지만 내 개인적 의견을 묻는 거라면 그래. 젠장, 그래. 이자가 범인이야."

그자는 내 말을 들은 것처럼 고개를 들었다. 언저리가 아파 보일 만큼 벌겋게 부어오른 눈이 방 안을 두리번거렸다. 순간 눈길이 단방향 유리에 멈췄다. 어쩌면 그는 경찰 드라마를 많이 봐서 이 유리가 뭔지 알 수도 있었다. 차 안에서 내 두개골 속에서 파닥거렸던 것

302

이 양방향으로 움직이는지도 몰랐다. 그의 목덜미에서 박쥐처럼 날카로운 소리로 울며 내가 거기 있다는 사실을 경고하는 것일 수도 있었다. 처음으로 그의 눈이 내 눈을 똑바로 응시하듯 또렷해졌다. 그는 재빨리 심호흡을 하고 턱에 힘을 주고 준비를 마쳤다.

안으로 얼마나 들어가고 싶었는지 손가락 끝이 찌릿할 정도였다. "앞으로 십오 분은 더 궁금해하게 놔두자고. 그런 다음 네가 들어가."

"저만요?"

"저자는 너를 나보다는 덜 위협적으로 볼 거야. 자기 나이와 같으니까." 그리고 계급 차이도 있었다. 괜찮은 중산층 남자는 리치 같은 도심에서 자란 청년들을 옷차림이 너절한 얼간이로 깎아내리기 쉬웠다. 다른 형사들은 내가 신입 초짜에게 이 신문을 맡긴 걸 보면 어안이 벙벙할 것이었지만 리치는 평범한 초짜가 아니었고 이 일은 두 사람이 협력할 작업처럼 느껴졌다. "저자를 안정시키기만 해, 리치. 그게 다야. 할 수 있으면 이름을 알아내고. 차 한잔 갖다주고. 사건 근처는 가지 마. 그리고 제발 부탁인데 저 친구가 변호사를 부르게 놔두면 안 돼. 저자와 몇 분 보낼 시간을 주지. 그런 다음 내가 들어갈 테니. 알겠어?"

리치가 고개를 끄덕였다. "우리가 저자에게서 자백을 얻어낼 것 같습니까?"

용의자 중 대다수는 절대로 자백하지 않는다. 흉기 여기저기에 묻은 지문, 옷에 튄 피해자의 피, 본인이 여자의 머리를 내려치는 CCTV 영상을 보여줘도 그들은 상처받은 척 무죄라고 우기고 누명이라고 부르짖는다. 열에 아홉은 자기 보호 의지가 분별력보다 강하고, 생각보다 더 강하다. 형사들은 자기가 잡은 용의자가 열 번째 사람, 즉 다른 기질이 더 강해서 자기 보호 의지에 금이 간 사람이기를 기도한다. 뼈 안에 더 어두운 것이 있어서 자기를 구할 마음이 없는 사람. 낭떠러지 위에 서서 뛰어내릴 충동과 싸우는 사람. 그러면 금 간 자리를 찾아서 압박할 수 있다.

나는 말했다. "그게 바로 우리 목표야. 과장이 9시에 온다고 했지. 그럼 우리에겐 여섯 시간이 있어. 이걸 잘 준비해서 포장지에 예쁘게 싸고 리본도 묶어서 과장에게 넘기자고."

리치는 다시 고개를 끄덕였다. 그는 재킷과 두꺼운 스웨터 세 벌을 다 벗어서 의자 위로 떨어뜨렸다. 이제 세탁을 많이 해서 얇아진 남색 긴소매 티셔츠만 입은 그는 십 대처럼 홀쭉하고 호리호리해 보였다. 그는 꼼지락거리지 않고 유리 앞에 서서 탁자 위에 낮게 웅크린 남자만 바라보았고 나는 시계를 확인하고 말했다. "들어가." 그러자 리치는 한 손으로 머리를 넘겨 끄트머리를 세운 후 냉장고에 딸린 정수기에서 물 두 잔을 따라 들고 들어갔다.

리치는 근사하게 해냈다. 그는 들어가며 컵 하나를 내밀고는 말했다. "미안하네요. 이걸 아까 가져다주려고 했는데 다른 일에 정신이 팔려서……. 괜찮아요? 대신 차를 한잔 드릴까?" 그의 억양이 더 강해졌다. 계급 차이에 대한 생각이 그에게도 미쳤던 듯했다.

우리가 잡은 남자는 문이 열리자 화들짝 놀랐지만 여전히 호흡은 고르게 유지했다. 그는 고개를 저었다.

리치는 열다섯 살처럼 행세하며 쭈뼛거렸다. "확실해요? 커피는요?"

남자는 또다시 고개를 저었다.

"좋아요. 이게 더 필요하면 알려줘요, 알겠죠?"

남자는 고개를 끄덕이며 물잔을 집었다. 그의 무게 때문에 의자가 흔들렸다. "아이고, 저런." 리치가 말했다. "선배가 망가진 의자를 줬네요." 내가 뒤에 서 있기라도 한 양 리치는 재빨리 문 쪽을 흘끔 보았다. "자, 바꿔요. 이 의자에 앉아요."

남자는 어색하게 천천히 반대편으로 왔다. 별 차이는 없을 것이다. 면담실의 모든 의자는 일부러 불편하라고 고른 것들이다. 하지만 그는 내가 거의 듣지 못할 정도로 낮은 목소리로 말했다. "고맙습니다."

"무슨 말씀을. 리치 커런 형삽니다." 리치는 한 손을 내밀었다.

남자는 그 손을 잡지 않았다. "나도 내 이름을 말해야 됩니까?" 그의 목소리는 낮고 평정했으며 듣기 좋았고 요새는 많이 쓰지 않는 약간 거칠고 날카로운 기운이 있었다. 억양만으로는 아무것도 알아낼 수 없었다. 어디 출신이라고 해도 다 통할 만했다.

리치는 놀란 표정을 지었다. "말하고 싶지 않습니까? 왜죠?"

잠시 후 그가 혼잣말처럼 중얼거렸다. "……아무 차이 없으니까……." 리치에게는 기계적으로 악수하며 말했다. "코너요."

"코너 뭐요?"

몇분의 일 초가 흘렀다. "도일요." 사실이 아니었지만 중요하지 않았다. 다음 날 아침이면 그의 집과 차 중 하나, 혹은 둘 다 찾아낼 것이고 샅샅이 뒤지면 여러 물건들과 함께 신분증이 나올 테니까. 우리에게 필요한 건 당장 그를 부를 호칭이었다.

"반갑습니다, 도일 씨. 잠시 후 케네디 형사님이 오실 테니 그때 두 분이 시작하면 되겠네요." 리치는 탁자 모서리에 엉덩이를 균형

있게 걸쳤다. "지금 제가 하려는 말은 도일 씨가 나타나줘서 기쁘다는 거예요. 거기서 나오고 싶어서 죽을 지경이었거든요. 정말이죠. 비싼 돈 내면서 바다 옆에서 야영하는 사람들도 있다는 거 아는데 그런 시골은 정말 제 스타일이 아니에요. 제 말뜻 알겠어요?"

코너는 어깨를 으쓱했다. 살짝 덜커대는 움직임이었다. "거긴 평화롭죠."

"전 평화로운 데 그렇게 열광하진 않거든요. 도시 사람이라. 소음이나 교통 체증 같은 건 언제라도 괜찮아요. 게다가 어찌나 추운지 불알이 얼어서 떨어질 뻔했다고요. 도일 씨는 거기 출신이죠?"

코너가 날카롭게 올려다보았으나 리치는 천천히 물을 마시면서 문을 바라보고 있었다. 나를 기다리는 동안 잡담하는 척하는 것이었다. 코너가 말했다. "브라이언스타운이 출신인 사람은 아무도 없어요. 다들 거기로 이사 간 거지."

"제 말이 그 뜻이에요. 거기 사시죠? 맙소사, 나라면 돈을 트럭으로 갖다줘도 안 살 텐데."

리치는 온화하게 무해한 호기심을 보이며 기다렸고 마침내 코너가 말했다. "아니요. 더블린에 삽니다."

지역민이 아니었다. 리치가 접근 각도 하나를 없애고 우리가 해야 할 번거로운 일을 많이 줄였다. 리치는 컵을 들어 명랑하게 건배했다. "더블린을 위해. 이보다 좋은 덴 없죠. 야생마로 끌고 간대도 여기서는 못 나가죠. 그렇지 않습니까?"

다시 한번 코너는 어깨를 으쓱했다. "저라면 시골에 가서 살 수도 있어요. 상황에 따라."

리치는 남은 의자에 발목을 걸어 끌어당기더니 흥미로운 잡담을 위해 좀더 편안한 자세로 발을 올려놓았다. "그래요? 진심이에요? 뭐에 따라서요?"

코너는 한 손바닥으로 턱을 거칠게 닦으며 정신을 차리려고 애썼다. 리치가 그를 쿡쿡 찔러 균형을 무너뜨렸고 집중력에 구멍을 송송 뚫었다. "모르겠어요. 가족이 있으면. 애들이 놀 공간이 필요하잖아요."

"아." 리치는 한 손가락으로 그를 가리켰다. "그거구나, 알겠네. 저는 독신이거든요. 저는 몇 잔 마시고 여자들 만날 수 있는 곳이 필요해요. 그거 없인 살 수가 없어요. 제 말 알죠?"

리치를 들여보낸 내 판단은 옳았다. 그는 일광욕을 하는 사람처럼 느긋했고 근사하게 일을 해내고 있었다. 코너가 그 방에 처음에 들어갈 때는 입을 굳게 다물기로 다짐했다는 것이 내게 분명히 보였다. 필요하다면 몇 년 동안이나 그러려던 작정이었을 것이다. 형사들은 모두, 퀴글리조차도 자기 나름대로 요령이 있다. 주위의 다른 사람들보다 잘하는 사소한 일들. 우리 모두 증인이 전문가에게 확인받아야 하거나 약간의 위협이 통할 것 같으면 누구를 불러야 하는지 안다. 리치는 그중에서도 가장 드문 요령이 있었다. 그는 아무리 불리한 증거가 많아도 증인 입장에서는 그저 두 사람이 이야기를 나누는 거라고 믿게 할 수 있었다. 은신처에서 우리가 대기할 때 우리 둘이 얘기를 나누었던 바로 그 방식대로. 리치는 그 과정에서 해결을 보려는 게 아니었다. 그는 사회의 선을 위해 잡아 가둬야 할 악인이 아니라 또 다른 한 명의 인간을 보고 있었다. 다행이었다.

코너가 말했다. "나이 들면 그것도 질려요, 외출도. 그런 걸 바라지도 않게 되죠."

리치가 두 손을 들었다. "그래요. 대신에 뭘 원하게 되는데요?"

"집에 돌아가면 있는 것. 아내, 아이들. 약간의 평화. 단순한 것들요."

감정이 목소리 속에서 어두운 물 아래 어른거리는 그림자처럼 천천히 무겁게 흘렀다. 비애. 처음으로 나는 이 남자에게 아주 약간이나마 연민을 느꼈다. 그와 함께 혐오감이 밀려와 이자를 신문하러 당장 면담실로 쳐들어갈 뻔했다.

리치는 집게손가락을 들어 엇갈렸다. "잘해보십쇼, 저는 사양이지만." 그는 명랑하게 말했다.

"잠깐요."

"전 스물세 살이죠. 노화 증상을 보이려면 아직 한참 남았다고요."

"잠깐요. 나이트클럽 같은 데 가면 여자애들이 모두 똑같이 보이려고 화장을 하고 와요. 실제와는 다른 사람처럼 행동하려고 환장을 했고. 잠시 후에는 역겨워질걸요."

"아, 데였구나, 그쵸? 여자를 집으로 데려갔는데 일어나 보니 폭탄이었어요?"

리치는 히죽 웃었다. 코너가 말했다. "어쩌면. 뭐 그 비슷한 거죠."

"나도 겪어봤죠. 술을 마시면 눈에 콩깍지가 씌잖아요. 클럽이 맞지 않으면 어디 가서 여자를 찾아요?"

다시 어깨 으쓱. "별로 나가질 않아서요."

남자는 이제 리치에게서 어깨를 돌리고 그를 밀어냈다. 상황을 바꿀 때였다. 나는 요란하게 쾅 소리를 내면서 면담실로 들어갔다. 문을 홱 열고 코너를 마주 보도록 의자 하나를 돌렸다. 리치는 탁자에서 쓱 내려와서 내 옆의 의자에 빠르게 앉았다. 나도 의자에 풀썩 주저앉으며 위엄 있는 태도를 보였다. "코너." 나는 말했다. "나는 당신을 잘 모르지만 오늘 밤 잠을 좀 자려면 이 일을 빨리 정리하고 싶은데, 어때?"

그가 뭐라고 대답을 지어내기도 전에 나는 한 손을 들었다. "하, 잠깐만 있어봐요, 스피디 곤잘레스*. 할 말 많은 건 아는데 순서 좀 기다립시다. 먼저 몇 가지 공유해야 할 일이 있어서." 이제 누가 주인인지 가르쳐줘야 한다. 이 순간부터는 말하고, 마시고, 담배 피우고, 자고, 오줌 눌 때를 결정하는 건 나다. "난 케네디 형사고 이쪽은 커런 형사지. 그리고 당신은 우리 질문에 대답하려고 여기 있는 거고. 아직 체포는 아니야. 그런 건 전혀 아니고. 하지만 얘기 좀 해야 해서. 무슨 일로 이러는진 그쪽도 잘 알겠지."

코너는 고개를 무겁게 한 번 저었다. 그는 무거운 침묵으로 도로 떨어지고 있었지만 그런 건 괜찮았다. 잠시 동안은.

"아, 왜 이래요." 리치가 나무라듯 말했다. "그러지 말고. 이게 뭐라고 생각하는 거예요? 대열차 강도 사건?"

대답은 없었다. "저 사람 좀 가만 놔두게, 커런 형사. 저 사람은 그냥 들은 대로 하는 것뿐이야. 안 그래, 코너? 자기 차례를 기다리라고 했으니까 그렇게 하는 거지. 그건 마음에 드는데. 기본 규칙을 명확히 하는 건 좋아." 나는 탁자 위에 손가락 끝을 맞대어 세우고 유심히 관찰했다. "자, 코너. 이런 식으로 밤을 새우면 별로 기분이 좋

---

* 워너 브라더스가 제작한 애니메이션 〈루니 툰〉에 나오는 생쥐 캐릭터.

지 않잖아. 요점은 알겠는데. 그런데 이 상황을 제대로 보면, 잘 보면, 오늘은 차라리 운이 좋은 밤이야."

그는 순전히 못 믿겠다는 표정으로 나를 보았다.

"정말이라고, 친구. 당신이 그 집에서 야영을 해서는 안 된다는 걸 당신도 알고 우리도 알고. 그 집은 본인 집도 아니잖아. 안 그래?"

아무 대답이 없었다. "내가 틀렸는지도 모르지." 나는 입꼬리를 쏙 올리며 웃었다. "개발 업체에 확인을 해보면 계약금을 두둑이 내놓았는지 말해주겠지? 그럼 내가 사과해야 하나? 결국 그 부동산 사다리를 탄 건가?"

"아뇨."

나는 혀를 차고 그를 향해 한 손가락을 흔들었다. "나도 그렇게는 생각하지 않았지. 그렇게 규칙을 안 지키면 쓰나. 거기 아무도 안 산다고 해서 짐 싸서 들어가도 된다는 건 아닐 텐데. 여전히 무단 침입이거든. 내가 별장을 갖고 싶다, 다른 사람은 아무도 안 쓰니까, 이러면서 법을 하루 쉬고 그럴 수 있는 게 아니야."

나는 되도록 거칠게 과장하며 약을 올렸고 결국 코너를 콕콕 찔러서 침묵에서부터 끌어냈다. "전 아무데도 침입하지 않았어요. 그냥 들어간 거예요."

"그게 논점 외라는 걸 변호사들에게 설명해달라고 할까? 물론 상황이 거기까지 뻗치면……." 나는 한 손가락을 들었다. "변호사가 설명할 필요도 없게 될걸. 내가 말한 대로, 코너 넌 아주 운이 좋은 청년이야. 커런 형사와 나는 실제로 하찮은 불법 침입 기소에는 관심이 없어. 오늘 밤엔 아니지. 이런 식으로 말해볼까. 사냥꾼 두 명이 밤에 나갈 땐 커다란 사냥감을 찾는 거야. 그런데 찾을 수 있는 게 토끼뿐이라고 하면 그걸 받아들이겠지. 하지만 토끼가 회색곰을 추적하는 길로 안내하면 토끼는 집으로 뛰어가게 두고 곰을 쫓으러 가겠지. 내 말 이해가 돼?"

대답 대신 혐오스럽다는 눈길이 돌아왔다. 수많은 사람이 나를 자기 목소리에 흠뻑 빠져서 잘난 척하는 재수 없는 놈으로 봤고 그건 전혀 아무렇지도 않았다. 자기들 맘대로 무시하라지. 계속 그렇게 나가서 경계심을 내려놓으라고.

"내 말은, 너는 은유적으로 말해서 토끼란 거야. 네가 우리에게 좀 더 큰 걸 가리켜주면 맘대로 가도 돼. 아니면 너의 복슬복슬한 작은 머리가 우리 벽난로 선반 위에 놓이겠지."

"뭘 가리켜요?"

그의 목소리에 서린 불꽃같은 적개심이 그 자체로 물어볼 필요도 없다는 사실을 드러냈다. 나는 그건 무시해버렸다. "우리는 정보를 찾고 있어. 그리고 너야말로 우리에게 그걸 줄 수 있는 사람이지. 네가 어떤 집을 불법 침입하려고 골랐다면 운이 좋았던 거니까. 그리고 너도 이미 눈치챘을 테지만 네가 지은 그 작은 소굴은 바로 오션뷰라이즈의 9번지 부엌을 곧바로 내려다보거든. 스물네 시간 돌아가는 너만의 리얼리티 쇼 채널 같은 거겠지."

"세상에서 가장 지루한 리얼리티 쇼 채널인가." 리치가 말했다. "스트립 클럽 같은 걸 못 찾았어요? 윗옷을 입지 않고 돌아다니는 여자애들 무리라든가?"

나는 한 손가락으로 코너를 가리켰다. "그게 지루했는지는 모르지. 안 그래? 그걸 알아보려고 우리가 여기 있는 거잖아. 코너, 네가 우리한테 말해줘야지. 9번지에 살던 사람들 지루했어?"

코너는 위험이 깔렸는지 시험해보려고 그 질문을 뒤집어보았다. 결국 그는 털어놓았다. "가족이었어요. 남자랑 여자. 여자애랑 남자애."

"이런, 개소리 마, 셜록. 욕해서 미안하네만. 그 정도는 우리들도 스스로 알아냈어. 사람들이 우리를 형사라고 하는 이유가 있지 않겠어? 그들이 어떤 사람들이던가? 어떻게 시간을 보내? 어떻게 생활을 꾸려나가던가? 사이좋게 서로 끌어안고 달라붙어 있던가, 아니면 소리 지르면서 싸우던가?"

"소리 지르고 싸우진 않았어요. 그 사람들은…….'' 그의 목소리 아래에서 다시 휘저어진 어둡고 거대한 슬픔. "그 사람들은 이전엔 가족 게임을 하곤 했어요."

"어떤 종류의 게임이었지? 모노폴리 같은 거였나?"

"어째서 그 사람들을 골랐는지 알겠네요." 리치가 눈알을 굴리며 말했다. "흥분 때문이었죠?"

"한번은 부엌에 종이 상자와 담요로 요새를 지었어요. 카우보이와 원주민 놀이를 했죠. 네 명 모두. 애들이 아빠 몸 위에 올라타고 엄마 립스틱으로 전쟁 화장을 하고. 저녁에는 애들을 재운 후에 남자랑 여자랑 뜰에 앉아 있곤 했어요. 와인병을 들고. 여자가 남자 등을 문지르고. 웃었어요."

이제까지 그에게서 들은 것 중에 가장 긴 연설이었다. 그는 스페인 가족에 대해서 말하고 싶어 좀이 쑤셨던 것이다. 그 기회를 숨 막힐 정도로 기다렸다. 나는 고개를 끄덕이면서 다른 데로 돌려 수첩과 펜을 꺼내 메모처럼 보이는 낙서를 했다. "이건 좋은 정보야, 코너. 바로 우리가 찾던 거지. 계속 말해봐. 그 사람들이 행복해 보여?

좋은 결혼이야?"

코너는 조용히 말했다. "아름다운 결혼이었다고 할 수 있겠네요. 아름다웠어요."

과거형이었다. "남자가 여자에게 역겨운 짓은 하지 않았나?"

내 말에 그의 고개가 내 쪽으로 팍 꺾여서 돌아왔다. 그의 눈은 붉게 부어오른 가운데에서도 물처럼 차가운 회색빛이었다. "예를 들면 어떤 거요?"

"네가 나한테 말해줘야지."

"남자는 전엔 여자에게 늘 선물을 가져다줬어요. 작은 물건, 근사한 초콜릿, 책, 향초. 여자가 향초를 좋아했어요. 부엌을 지날 때면 키스를 했고요. 오랜 시간 함께했는데도 아직도 서로에게 미쳐 있었어요. 남자는 여자를 해치느니 차라리 죽었을 거예요. 됐어요?"

"어이, 그 정도면 괜찮아." 나는 두 손을 들며 말했다. "사람이 물어볼 수도 있는 거지."

"그게 대답입니다." 그는 눈도 깜박거리지 않았다. 피부 위에 돋아난 수염 아래에 차가운 바닷바람 속에서 너무 많은 시간을 보낸 양 거칠고 세파에 찌든 표정이 떠올랐다.

"대답해줘서 고맙군. 그래서 우리가 여기 있는 거지. 사실을 바로잡기 위해." 나는 수첩에 조심스럽게 적었다. "애들 말인데. 애들은 어때?"

코너가 대답했다. "걔는요." 목소리에서 떠오른 비애가 표면에 가까워졌다. "작은 인형, 책에 나오는 작은 소녀 같았어요. 언제나 분홍색 옷을 입고. 날개, 요정 날개도 달았었죠."

"누가? 누가 그랬다는 거야?"

"꼬마 여자애요."

"아, 왜 이래, 친구. 게임은 그만두라고. 걔들 이름 다 알잖아. 왜 걔들이 마당에서 서로 이름을 소리쳐서 부른 적이 없어? 엄마가 아들에게 저녁 먹으라고 부른 적이 없냐고. 제발 애들 이름을 써. 나는 너무 나이가 들어서 걔, 그 사람, 그 여자, 이런 식으로 말하면 바로 알아듣지를 못해."

코너는 이름을 상냥하게 다루듯이 조용히 말했다. "에마요."

"맞아. 에마에 대해서 더 얘기를 해봐."

"에마, 걔는 소꿉놀이를 좋아했어요. 작은 앞치마를 두르고 라이스 크리스피 빵을 굽고. 작은 칠판도 있었어요. 그 앞에 자기 인형들을 줄지어 앉히고 자기가 선생님이 되어서 인형들에게 글자를 가르쳤죠. 남동생도 가르치려고 했는데 남자앤 가만히 앉아 있질 않았어요. 인형들을 넘어뜨리고 도망갔죠. 평화로웠어요, 걔는. 천성적으로 즐거운 아이였어요."

다시 과거형이었다. "그리고 남동생은? 걔는 어떤데?"

"시끄러웠어요. 언제나 웃고, 소리치고. 제대로 된 단어도 아니고 그냥 시끄럽게 소리친 거죠. 그것만으로도 재미있어서 배꼽을 잡곤 했어요. 걔는……."

"이름으로 말해."

"잭이에요. 말한 대로 에마의 인형을 넘어뜨리긴 했지만 에마가 다시 줍는 걸 도와주고 뽀뽀도 해줬죠. 자기 주스도 먹이고. 한번은 에마가 감기인지 뭔지 걸려 아파서 집에 누워 있었는데 누나한테 종일 자기 물건을 갖다주더군요. 장난감이랑 담요랑. 다정한 아이들이었어요. 둘 다. 착한 아이들이었어요. 엄청 좋은 아이들."

탁자 아래서 리치가 발의 자세를 바꿨다. 그는 아이들 얘기는 태연하게 넘어가고 싶어서 노력중이었다. 나는 펜으로 이를 톡톡 치며 메모를 점검했다. "내가 알아챈 재미있는 점을 말해줄까, 코너. 자네는 계속 이전에 이랬다 저랬다고 말해. 이전엔 가족 게임을 하곤 했어요. 이전에 패트릭은 제니퍼에게 선물을 가져오곤 했어요…… 뭔가 바뀌었나?"

코너는 단방향 유리에 비친 자기 모습을 바라보았다. 언제라도 변할 듯 위험해 보이는 이방인을 가늠해보듯이. "그 남자가 직업을 잃었어요, 패트릭이."

"어떻게 아나?"

"종일 집에 있었으니까요."

그건 코너도 마찬가지였다. 그 말은 정확히 코너 역시 생산적인 일벌은 아니었다는 사실을 가리켰다. "그후에는 카우보이와 원주민 놀이는 하지 않았어? 마당에서 껴안는 일도 없었고?"

차가운 회색 불빛이 다시 번득였다. "직장을 잃으면 사람들은 머리가 부서져요. 그 사람뿐만 아니죠. 많은 사람이 그래요."

재빨리 방어 모드로 뛰어올랐군. 나는 그게 패트릭을 위해서인지 코너 자신을 위해서인지는 알 수 없었다. 나는 생각에 잠겨 고개를 끄덕였다. "그 남자를 그렇게 묘사하는 거야? 머리가 부서졌다?"

"어쩌면요." 경계심이 침전물처럼 다시 쌓이기 시작하며 그의 등이 꼿꼿해졌다.

"어째서 그런 인상을 받은 거지? 몇 가지 예를 들어봐."

그의 한쪽 어깨가 으쓱하듯이 휙 움직였다. "기억이 안 나네요." 목소리에 이걸로 끝이라는 느낌이 서려 있어서 그가 말할 계획이 없다는 걸 알 수 있었다.

나는 의자 등받이에 몸을 기대며 천천히 메모하는 척하면서 그가 진정할 시간을 주었다. 공기가 달아올라 우리를 모직처럼 더욱 답답하고 간지럽게 눌렀다. 리치가 시끄럽게 숨을 내쉬면서 상의로 바람을 일으켰지만 코너는 알아채는 것 같지 않았다. 그대로 코트를 입은 채였다.

내가 말했다. "패트릭이 직업을 잃은 건 몇 달 전으로 거슬러 올라가야지. 언제부터 오션뷰에서 시간을 보내기 시작했나?"

잠깐의 침묵. "한참 됐어요."

"일 년? 이 년?"

"일 년 정도요. 그것보다는 안 될 수도. 적어놓진 않아서."

"얼마나 자주 거기까지 올라갔지?"

이번에는 더 긴 침묵. 경계심이 서서히 굳어져갔다. "상황 따라서."

"무슨 상황 따라서?"

그는 어깨만 으쓱했다.

"여기에 출퇴근 시간 기록부를 내라는 게 아니야, 코너. 그냥 대략적으로 말해. 매일? 일주일에 한 번? 한 달에 한 번?"

"일주일에 두어 번 정도요. 어쩌면. 그것보다는 적을 수도 있고."

그렇다면 최소한 이틀에 한 번은 갔다는 뜻이었다. "몇 시에? 낮에 아니면 밤에?"

"주로 밤에 갔어요. 가끔은 낮에도 가고."

"그제 밤엔? 작은 별장으로 올라갔었나?"

코너는 의자에 기대고 팔짱을 끼더니 천장에 초점을 맞추었다.

"기억이 안 나요."

대화는 끝이었다. "좋아." 나는 고개를 끄덕이면서 말했다. "아직 그 얘긴 하기 싫다고 해도 우리는 괜찮아. 대신 다른 얘기를 할 수 있으니까. 너에 대해서 얘기해보자고. 버려진 집에서 자지 않을 때는 뭘 하나? 직업은 있어?"

아무 대답이 없다. "아, 제발 이러지 말고." 리치는 눈알을 굴리며 말했다. "이거 이 뽑는 거나 같아요. 우리가 뭘 어쩔 것 같아요? 정보 통신 분야에서 일한다고 체포라도 하나?"

"정보 통신 아닙니다. 웹 디자인이지."

웹 디자이너라면 스페인 가족의 인터넷 방문 기록을 지워버리고도 남을 만큼 컴퓨터에 대해 아는 게 많을 것이다. "봐요, 코너. 얼마나 쉬워요? 웹 디자인은 전혀 부끄러워할 직업이 아닌데. 그걸로 돈도 많이 벌잖아요."

그는 재미있어하는 기색 없이 코웃음을 치며 천장을 올려다보았다. "그렇게 생각해요?"

"불황이구나." 리치는 손가락을 튕기더니 그걸로 코너를 가리켰다. "내 말이 맞죠? 전도유망한 웹 디자이너로 잘해나가고 있었는데 갑자기 산업이 추락하면서 쾅, 결국은 실업 급여로 먹고 살 게 된 건가."

다시 딱딱하고 웃음에 가까운 소리. "그랬으면 좋겠네요. 난 자영업자예요. 실업 급여 같은 건 없죠. 일이 끊겼을 때 돈도 끊겼어요."

"망할." 리치는 눈을 휘둥그레 뜨면서 갑자기 말했다. "노숙자였어요? 우리가 도와줄 수 있는데. 전화만 몇 통 걸면……."

"노숙자는 개뿔. 난 괜찮아요."

"부끄러워할 필요 없어요. 요새는 수도 없이……."

"나는 아니에요."

리치는 회의적인 표정이었다. "그래요? 집이나 아파트에 사나?"

"연립주택요."

"어디?"

"킬레스터." 북쪽이다. 오션뷰에 주기적으로 오고 가기에 딱 맞는 동네다.

"누구랑 같이 살아요? 여자친구? 룸메이트?"

"아무도 없어요. 나뿐이에요. 됐어요?"

리치가 두 손을 뒤집었다. "그냥 도와주려고 한 거예요."

"난 당신들 도움 필요 없어요."

"질문이 하나 있는데, 코너." 나는 손가락 사이로 펜을 돌리면서 그를 흥미롭게 바라보았다. "네 아파트에 물이 나와?"

"그게 당신하고 무슨 상관이죠?"

"경찰이니까. 온갖 일에 다 끼어드는 거고. 물이 나오나?"

"그럼요. 더운물 찬물 다 나오죠."

"전기는?"

"씨발." 코너는 말하면서 천장을 보았다.

"말조심해. 전기는 들어오냐고?"

"네. 전기, 난방, 조리 도구, 전자레인지도 있어요. 대체 당신 뭡니까? 우리 엄마라도 되나?"

"그럴 리가 없지, 친구. 내 질문은 네가 현대적인 기기들을 갖추고 심지어 전자레인지도 있는 괜찮고 편안한 독신 아파트가 있는데 어째서 브라이언스타운의 얼어 죽기 직전의 쥐덫 같은 곳 창문 밖에서 멍청하게 밤을 보내느냔 말이야."

침묵이 흘렀다. 나는 말했다. "난 대답이 필요한데, 코너."

그의 턱이 단단하게 굳어졌다. "왜냐하면, 좋아하니까요."

리치는 일어서서 기지개를 펴더니 느슨한 무릎으로 성큼성큼 뛰며 방 가장자리를 돌기 시작했다. 어느 뒷골목에서든 '큰일 났네'로 해석되는 동작이었다. "그런 걸로는 효과가 없을 거야, 친구. 왜냐하면 이게 너에게 새로운 소식이 아니라면 말인데 이틀 전 밤, 네가 뭘 하고 있는지 기억도 못 할 때 누가 스페인 가족의 집에 와서 그들을 살해했거든."

그는 충격받은 척도 하지 않았다. 그의 입은 무시무시한 스패너가 집어 비틀기라도 한 양 딱 조여졌으나 다른 건 아무것도 움직이지 않았다.

"그래서 자연스럽게도 우리는 스페인 가족과 연결 고리가 있는 사람들에게 관심이 있어. 특히 그 연결이라는 게 평범함의 범위를 벗어난 사람이면 더. 네 놀이터가 그에 딱 맞는 게 아닌가 싶은데. 우리가 아주 관심이 있다고 할 수 있겠지. 내 말 맞나, 커런 형사."

"매료됐다고 해야 하나." 리치가 코너의 어깨 너머로 말했다. "그게 내가 하려던 말 맞죠?" 리치는 코너의 신경을 슬슬 건드리고 있었다. '큰일 났다'는 뜻을 흘리면서 걸어다니는 것만으로는 코너를 겁주지 못했지만 그의 집중력은 흩뜨려놓았고 그가 자기 주변에 침묵의 막을 단단히 치지 못하게 막고 있었다. 나는 리치와 함께 일하는 것이 점점 좋아지기 시작했다.

"'매료'라는 말도 맞겠지, 물론. '집착'이라고 해도 어긋나는 건 아닐 거야. 아이 둘이 죽었어. 나 개인적으로는, 여기서 나만 그런 건 아닐 테지만, 아이들을 죽인 망할 새끼를 감방에 잡아 처넣기 위해서라면 뭐든지 알 거야. 이 사회의 점잖은 시민이라면 누구든지 그렇게 할 거라고 생각하고 싶군."

"지당한 말씀이죠." 리치가 맞장구쳤다. 원은 점점 빠르게 조여오고 있었다. "당신도 그건 같은 생각 아니에요, 코너? 당신도 우리 사회의 점잖은 시민 아닌가?"

"무슨 말인지 전혀 모르겠네요."

나는 유쾌하게 말했다. "뭐, 그럼 알아보자고. 이것부터 시작할까? 네가 일 년 동안 불법 침입을 하는 과정에서, 물론 기록 같은 걸 한 건 아니고 그냥 거기 있는 게 좋았을 뿐이지만, 혹시 오션뷰 주변에서 고약한 사람을 보지 못했나?"

그는 어깨만 으쓱했다.

"아니란 뜻이야?"

아무 반응이 없었다. 리치는 요란스럽게 한숨을 지으며 걸을 때마다 리놀륨 바닥을 신발 밑창 옆으로 훑어 끔찍하게 긁히는 소리를 냈다. 코너가 움찔했다. "그래요. 아니라고요. 못 봤어요."

"그제 밤은 어때? 우리는 헛소리는 빼고 가고 싶은데, 코너. 자네 거기 있었잖아. 뭐 흥미로운 사람은 못 봤어?"

"말할 만한 게 없어요."

나는 눈썹을 치켰다. "너도 알지, 코너. 내가 그 말을 의심한다는 거. 여기에는 오로지 두 가지 선택밖에 보이지 않거든. 일어난 사건을 네가 보았거나, 네가 바로 그 일어난 사건이거나. 첫 번째 문이 정답이라면 너는 지금 당장 얘기를 해야 할 거야. 두 번째 문이라면 그게 바로 네가 입을 다물고 있을 이유겠지. 안 그래?"

사람들은 살인 사건의 범인으로 몰리면 반응을 보이기 마련이다. 그는 침을 삼키면서 엄지손톱만 바라보았다.

"내가 빠뜨린 선택이 보이거든 부디 우리에게 공유하지그래. 무엇에 기여하든 감사히 받아들이겠네."

리치의 신발이 코너 뒤에서 바로 몇 센티미터 떨어진 자리를 찍 긁자 코너는 펄쩍 뛰었다. 그는 날이 선 목소리로 말했다. "말했잖아요. 할 말이 없다고. 알아서 마음에 드는 걸 고르세요. 내가 상관할 바는 아니니까."

나는 펜과 수첩을 밀치면서 탁자 너머로 몸을 숙여 코너의 얼굴 가까이까지 들이댔다. 이제 그는 다른 데를 쳐다볼 수 없었다. "그래, 친구. 그렇고말고. 나와 커런 형사와 이 나라의 모든 경찰, 우리 모두가 한 가족을 잔인하게 죽인 새끼를 잡으려고 나다니고 있어. 그리고 네가 우리 표적으로 딱 들어왔고. 너는 아무 이유 없이 현장에 있었으며 스페인 가족을 일 년이나 지켜봤고 전혀 죄가 없는 사람이라면 우리를 도우러 나설 일에도 계속 헛소리만 던지고 있지……. 그게 우리한테 뭘 알려준다고 생각하나?"

그는 다시 어깨만 으쓱했다.

"네가 바로 그 살인자 새끼라는 거야, 친구. 그러면 너랑 무척 상관이 있지."

코너의 턱이 굳어졌다. "당신들이 그렇게 생각한다면 내가 어떻게 할 수는 없죠."

"세상에나." 리치가 눈을 굴리며 말했다. "자기 연민이 넘치시네?"

"뭐든 좋을 대로 불러요."

"아, 왜 이래요. 당신이 할 수 있는 게 얼마나 많은데. 먼저 우리에게 도움을 줄 수 있잖아요. 스페인 가족의 집 주변에서 일어난 일 중에 당신이 본 걸 다 말할 수 있죠. 거기 우리를 도와줄 뭐가 있기를 바라면서요. 그런데 대신에 그냥 여기 앉아서 대마초 피우다가 잡혀 온 아이처럼 부루퉁하니 버틸 거잖아요? 어른처럼 행동하라고요. 진짜."

이 말을 하자 리치는 성난 눈길을 받았지만 그렇다고 코너가 미끼를 문 건 아니었다. 그는 계속 입을 다물고 있었다.

나는 의자에 편하게 기대어 넥타이 매듭을 고치고 어조를 좀더 상냥하고 호기심 어린 투로 바꾸었다. "우리가 잘못 알았나, 코너? 어쩌면 보이는 것과 실상은 다를지 모르지. 우리, 나와 커런 형사는 거기 없었으니까. 우리가 알아챈 것보다 더 많은 일이 있었을 수도 있어. 전혀 살인 사건이 아닐 수도 있지. 치사 사건일 수도 있고. 자기방어로 시작됐다가 상황이 걷잡을 수 없게 되었을 수도 있다고 봐. 그런 설명도 받아들일 수 있어. 하지만 네가 네 쪽의 이야기를 하지 않는 한 그렇게 해줄 수도 없지."

코너는 내 머리 위 허공에 대고 말했다. "망할, 이야기 같은 거 없어요."

"아, 있을걸. 별로 논쟁거리도 아니잖아. 이야기는 '나는 그날 밤 브라이언스타운에 없었고 이게 내 알리바이예요'일 수도 있고 아니면 '나는 거기 갔었는데 근방을 돌아다니는 수상한 사람을 봤고 이게 그 인상착의예요'일 수도 있어. 혹은 '내가 침입하다가 스페인 가족에게 잡혔는데 그 사람들이 나에게 덤비려고 해서 나 자신을 방어할 수밖에 없었어요'일 수도. 혹은 '기분 좋게 은신처로 올라가서 약에 취해 해롱대고 있는데 필름이 끊겼고 다음에 기억나는 건 욕조에 피투성이가 되어 앉아 있다는 것뿐이었어요'일 수도 있어. 이 중 어느 거라도 우리는 다 받아들일 수 있어. 하지만 그러자면 얘길 들어야 하지. 아니면 최악을 상상하게 될 거야. 그건 너도 분명히 알 거고. 그렇지 않나?"

팔꿈치로 쿡쿡 찌르는 기분이 느껴질 만큼 고집으로 가득 찬 침묵이 흘렀다. 요새 같은 때에도 이런 문제가 있으면 화장실에 잠깐 가자고 한다거나 혹은 신비스럽게도 비디오카메라가 잠깐 깜박이는 동안에 반칙으로 배를 슬쩍슬쩍 쳐서 해결하려고 하는 형사들이 있다. 나도 더 어렸을 때는 한두 번 시도해보고 싶은 유혹을 느꼈지만 한 번도 굴복한 적은 없었다. 뺨을 때리는 건 아무것도 무기를 비축해놓은 게 없는 퀴글리 같은 멍청이나 하는 거고, 나는 오랫동안 그런 충동을 통제했다. 하지만 이 답답하고 과열된 고요함 속에서 나는 처음으로 그 선이 얼마나 가는지, 얼마나 쉽게 넘을 수 있는지 이해했다.

탁자 가장자리를 잡은 코너의 두 손은 손가락이 길고 강했으며 크고 유능한 손이었다. 그 손은 지금 힘줄이 불거지고 손톱 아래 거스러미를 물어뜯어 피가 났다. 그 손이 무슨 짓을 했을까 생각했다. 에마의 고양이 베개와 앞니 빠진 자리, 잭의 부드럽고 연한 색깔 고수머리가 떠올랐다. 나는 그 손이 아작 나 곤죽이 될 때까지 쇠망치로 내려치고 싶었다. 그렇게 하는 생각만 해도 목구멍에 피가 끓었다. 그 때문에 겁이 났다. 내 뱃속 깊숙이 그렇게 하고 싶은 마음이 얼마나 간절한지, 그런 욕망이 얼마나 단순하고 자연스러워 보이는지.

나는 유혹을 짓밟아버리고 심장박동이 잦아들기를 기다렸다. 그런 다음 한숨을 쉬고 머리를 흔든 다음 분노보다는 슬픔을 담은 목소리로 말했다. "코너, 코너, 코너. 대체 이렇게 해서 이루는 게 뭐야? 적어도 그것만이라도 말해줘. 정말로 우리가 너의 작은 행동에 감명이라도 받아서 너를 집으로 보내주고 이 모든 일을 잊을 거라고 생각해? '나는 자기 신념을 고수하는 남자를 좋아해. 끔찍한 살인 사건은 걱정 말게' 이럴 줄 알았나?"

그는 눈을 가늘게 뜨고 허공을 뚫어져라 바라보았다. 침묵이 뻗어갔다. 나는 혼자서 콧노래를 흥얼거리며 손가락 끝으로 탁자를 두드렸고 리치는 탁자 끄트머리에 걸터앉아 무릎을 폈다 굽혔다 하며 진지하게 공을 들여 주먹을 쥐고 우두둑 소리를 냈다. 하지만 코너는 그것도 못 본 척 넘겼다. 그는 우리가 여기 있다는 사실을 모르는 듯했다.

마침내 리치가 보란 듯이 기지개 — 신음 — 하품으로 이어지는 동작을 한 번 보여준 후 시계를 확인했다. "어이, 이러고 밤새 있을 거예요?" 그가 물었다. "그럴 거라면 속도를 맞추게 커피가 필요해서. 이거 진짜 흥미진진하네요."

내가 말했다. "저 친구, 네 질문에 대답 안 할 거야. 우리는 묵살당하는 중이지."

"어차피 그럴 거라면 매점 좀 다녀오면 안 돼요? 정말로 커피를 쏟아붓지 않으면 여기서 바로 잠들어버릴 것 같은데."

"가도 되지. 이 쥐새끼가 어차피 내 속도 역하게 하고 있어." 나는 펜을 눌러서 심을 넣었다. "코너, 어른답게 다 말하기 전에 계속 그러고 부루퉁하게 있을 거면 맘대로 해. 우리는 가만히 앉아서 네가 그러는 꼴을 보고 있진 않을 거니까. 믿거나 말거나 너는 우주의 중심이 아니거든. 우리는 성인 남자가 버릇없는 아이처럼 행동하는 꼴을 보고 있는 것보다는 더 긴급하게 처리해야 할 일이 많아."

그는 눈 하나 깜짝하지 않았다. 나는 펜을 수첩에 끼워두고 주머니에 넣은 뒤 한 번 두드렸다. "우린 잠시 후 돌아올 거야. 화장실에 가고 싶거든 문을 한 번 쾅 두드리고 누가 그 소리를 들어주기만 바라고 있어. 나중에 보자고."

나가는 길에 리치는 코너의 컵을 슥 쳐서 탁자 아래로 떨어뜨렸다가 컵 바닥을 섬세하게 엄지손가락과 검지손가락 끝으로 잡았다. 나는 그걸 가리키며 코너에게 말했다. "우리가 제일 좋아하는 것 두 가지가 있어. 지문과 DNA. 고맙네, 친구. 우리한테 시간과 수고를 많이 덜어줬어." 그런 다음 나는 코너를 향해 윙크를 한 번 하고 엄지손가락을 치켜올린 후 문을 쾅 닫았다.

관찰실로 돌아와서 리치가 물었다. "제가 우리 나가자고 한 거 괜찮았습니까? 제 생각엔 그저…… 제 말은 우리가 막다른 벽에 부딪친 것 같아서요. 그래서 체면을 구기지 않고 플러그를 뽑아버리는 게 더 쉽다고 생각했는데요."

그는 한 발을 반대쪽 발목에 대고 문지르면서 불안한 표정을 지었다. 나는 캐비닛에서 증거물 봉투를 꺼내 그에게 던졌다. "잘했어. 네 판단이 맞아. 다시 재조직할 때지. 무슨 생각이라도?"

리치는 컵을 증거물 봉투에 떨어뜨리고 펜을 찾아 두리번거렸다. 나는 그에게 내 펜을 건넸다. "네. 이거 아세요? 저 친구 뭔가 낯이 익어요. 얼굴이."

"한참 동안 그자를 보고 있었잖아. 지금은 늦은 시간이고, 기진맥진했고. 착각을 일으킨 건 아니고?"

리치는 탁자 옆에 주저앉아 봉투에 라벨을 붙였다. "네, 확신합니다. 전에도 그자를 봤어요. 제가 성범죄약물수사과에 있을 때가 아닌가 싶은데요, 어쨌든."

관찰실은 면담실과 온도가 똑같았다. 나는 넥타이를 느슨하게 풀었다. "전과 기록은 없었잖아."

"압니다. 제가 체포를 했다면 기억할 거예요. 하지만 형사님도 아시잖아요. 딱 집어낼 수 있는 점은 없지만 그래도 그 얼굴을 계속 보면서 기다리면 뭔가 다시 떠오르잖아요. 제 생각에는……." 그는 불만스럽게 고개를 흔들었다.

"그건 잠시 제쳐두자고. 생각나겠지. 그러면 알려주고. 우리는 이자의 신원을 파악해야 해. 그것도 곧. 다른 건?"

리치는 봉투에 머리글자를 적어두고 증거보관실에 제출할 준비를 마친 다음 내 펜을 돌려주었다. "네. 이자를 약 올려봤자 아무 소용 없을 것 같습니다. 이 친구는 아닌 것 같아요. 우리가 저기서 잔뜩 열 받게 했죠. 하지만 이자는 화가 날수록 더 조용해지더라고요. 다른 접근법이 필요해요."

"정말 그래. 정신을 산란하게 한 건 좋았어. 잘해냈지. 하지만 그것 가지고는 별로 수확이 없고. 겁을 주는 것 역시 소용이 없어. 내 생각이 하나는 틀렸네. 저 녀석은 우리를 두려워하지 않아."

리치는 고개를 저었다. "두려워하지 않죠. 경계심을 바짝 세우고 있어요, 그것도 대단히. 하지만 겁먹었냐고 하면…… 그건 아니죠. 문제는 그래야 한다는 거예요. 저는 아직도 이 친구가 경찰 경험이 없다고 하고 싶은데요. 절차를 아는 것처럼 행동하지 않거든요. 이쯤 되어 이 모든 일을 겪고 나면 개수작은 그만둬야 할 텐데요. 왜 먹히지 않죠?"

면담실에서 코너는 여전히 꼼짝도 하지 않고 긴장된 상태로 두 손을 탁자 위에 펼쳐서 얹어놓고 있었다. 그가 우리 말을 들을 가능성은 전혀 없었지만 나는 목소리를 낮췄다. "자신감 과잉이지. 그는 자기 흔적을 잘 덮어놨고 자기가 말을 안 하면 우리가 아무것도 잡아낼 수 없을 거라고 생각하는 거야."

"그럴지도 모르죠. 하지만 우리 팀 전체가 그 집을 돌아다니며 가는 빗으로 빗듯이 샅샅이 훑으면서 이자가 남기고 간 물건을 찾고 있잖아요. 이 정도면 걱정할 만도 하잖습니까."

"보통 범인들은 오만한 새끼들이야. 다수가 그래. 자기가 우리보다 더 영리하다고 생각하지. 그런 건 신경 쓰지 마. 결국에는 그게 우리에게 유리하니까. 무시할 수 없는 뭔가를 획 내놓으면 산산이 부서질 자들이야."

"만약에⋯⋯." 리치는 소심하게 말하다가 멈췄다. 그는 앞뒤로 흔들고 있는 봉투를 응시하면서 나를 보지 않았다. "아닙니다."

"만약에 뭐?"

"그냥 이런 말을 하려고 했을 뿐인데요, 저자에게 건고한 알리바이나 뭐 그런 게 있고 우리가 조만간 그에 맞닥뜨리게 될 거라는 걸 그가 안다면요⋯⋯."

"자네 말은 그가 무죄이기 때문에 안전하다고 느끼는 거라면 어떻게 하느냐는 말인가?"

"네. 기본적으로는요."

"그럴 가능성은 없어, 친구. 저자에게 알리바이가 있다면 어째서 그냥 말하고 집에 가지 않겠나? 흥분을 느끼려고 우리를 속이기라도 하고 있단 말이야?"

"그럴 수도 있죠. 우리를 엄청 좋아하지는 않잖아요."

"저 친구가 아기처럼 순진무구하다 하더라도, 그렇지도 않겠지만, 이처럼 침착할 수는 없어. 무죄인 사람도 유죄인 사람만큼 겁을 먹지. 겁먹는 경우가 더 많아. 오만한 새끼들이 아니니까. 확실히 겁먹지 않을 순 있겠지만 그걸로 구분할 길은 없어."

리치는 위를 쳐다보며 어정쩡하게 눈썹을 치켰다. 나는 말했다. "그들이 아무것도 잘못하지 않았다면 사실상 두려워할 일은 없지. 하지만 그게 언제나 핵심은 아니라는 거야."

"저도 그런 거 같습니다, 네." 리치는 이 시간쯤 되니까 까끌까끌한 수염이 나고 있는지 턱 옆을 문질렀다. "하지만 다른 점도 있어요. 어째서 그는 패트릭을 지목하지 않았을까요? 우리가 말을 시작할 첫머리를 십여 개는 주었을 텐데요. 식은 죽 먹기잖아요. '네, 형사님. 먼저 말을 꺼내셨으니 말인데, 형사님들의 피해자 패트릭이 직업을 잃은 후에 미쳐서 아내를 패고 아이들을 흠씬 패주고 지난주에 칼로 위협하는 걸 봤어요'라고 할 수도 있었죠. 저자는 미련하지 않아요. 분명히 기회를 봤을 겁니다. 그런데도 왜 잡지 않았죠?"

"내가 어째서 저자에게 그런 첫머리를 줬다고 생각해?"

리치는 어깨를 으쓱했다. 복잡하고 당혹스럽게 몸을 꼼지락거렸다. "저는 모르죠."

"자네는 내가 허술했다고 생각했군. 저자가 그걸 이용하지 않은 건 그저 내가 운이 좋았기 때문이라고. 틀렸어. 우리가 안에 들어가기 전에 미리 말했잖아. 용의자 코너는 그가 스페인 가족과 무슨 연결 고리가 있다고 생각한다고. 우리는 그게 무슨 종류의 연결인지 알아내야만 해. 패트릭 스페인이 고속도로에서 새치기를 해서 자기의 모든 문제가 패트릭의 잘못이라고 생각하고 패트릭이 죽거나 사라질 때까지는 자기의 운이 돌아오지 않을 거라고 생각했을까? 아니면 어떤 파티에서 제니퍼와 이야기를 나눈 후에 운명이 두 사람을 묶어주고자 한다는 결론을 내렸을까?"

코너는 이제까지 움직이지 않았다. 하얀 일자 전등이 그의 얼굴에 얇게 깔린 땀을 비췄다. 그 때문에 그는 밀랍처럼 창백했고 외계인처럼 보였다. 우리가 상상할 수도 없을 정도로 먼, 몇 광년 떨어진 다른 행성에서 난파되어 온 존재.

나는 말했다. "그리고 여기 우리 대답이 있어. 그 나름의 미친 방식대로 코너 뭐시기 씨는 스페인 가족에게 마음을 쓴다는 거지. 네 명 모두에게. 그는 패트릭을 지목하지 않았어. 왜냐하면, 심지어 자기를 구하기 위해서라고 할지라도 패트릭을 궁지에 몰고 싶지 않았던 거지. 그는 자기가 그 가족을 사랑했다고 믿어. 그러니 그게 바로 우리가 이자를 무너뜨릴 방식이야."

우리는 한 시간 정도 그를 그냥 두었다. 리치는 컵을 증거보관실로 가져갔다가 돌아오는 길에 묽은 커피를 뽑아 왔다. 매점의 커피는 그게 커피라는 암시의 힘으로만 효과가 있을 뿐이지만 없는 것보다는 나았다. 나는 순찰 수사관들을 확인했다. 그들은 부지에서 나오면서 주차된 차 십여 대를 목격했지만 모두가 그 지역에 있을 합당한 이유가 있었다고 했다. 슬슬 지치기 시작한 목소리였다. 나는 그들에게 계속 지켜보라고 말했다. 그런 후에 리치와 나는 소매를

걷어붙이고 문을 활짝 열어놓은 채 관찰실에 머물면서 우리는 용의
자를 바라보았다.

5시가 다 된 시각이었다. 복도 아래에서 대기중인 형사 둘이 잠을
깨기 위해 서로 농구공을 주고받으며 공도 제대로 못 던지느냐고 헐
뜯고 있었다. 코너는 여전히 두 손으로 무릎을 잡고 가만히 앉아 있
었다. 잠깐 입술이 움직이며 주기적이고 일정한 리듬으로 숨 죽여
뭐라도 읊는 것 같았다. "기도라도 하는 걸까요?" 리치는 내 옆에서
부드럽게 물었다.

"아니길 바라야지. 신이 그에게 입을 다물라고 하면 우리 갈 길이
힘들어지니까."

살인수사과 사무실에서 공이 책상에 있는 뭔가를 넘어뜨렸는지
쾅 소리가 났고 형사 중 한 명이 뭔가 창의적인 농담을 했는지 다른
쪽이 웃기 시작했다. 코너는 한숨을 지었다. 온몸이 들렸다 떨어질
만큼 깊이 물결치는 한숨이었다. 그는 속삭임을 멈췄다. 그는 다른
유의 환각 상태로 빠져드는 듯 보였다. 나는 말했다. "들어가자."

우리는 요란하고 명랑하게 들어갔다. 진술서 종이로 부채질을 하
며 더위에 투덜거리고 그에게 미적지근한 커피를 한 잔 건네면서 오
줌 맛이 날 거라고 경고를 해주었다. 지난 일은 지난 일이고 이제 다
시 친근해졌다. 우리는 그를 놓치기 전에 안전 지대로 다시 돌아가
서 잠시 동안 우리가 알아낸 사실들로 변죽을 울리며 시간을 끌었
다. 패트릭과 제니퍼가 말다툼하는 걸 본 적이 있는지, 둘 중 하나가
소리치는 걸 본 적이 있는지, 둘 중 하나가 아이를 때리는 것을 본
적이 있는지……. 스페인 가족에 대해 말할 수 있는 기회는 코너를
꾀어 침묵 지대에서 끌어내기는 했지만 코너가 보기에 그들은 〈브

래디 번치〉*도 〈제리 스프링어 쇼〉**로 보일 만큼 사이가 좋았던 부부였다. 우리가 일정에 대한 질문으로 옮겨가자 그의 기억력은 다시 삐끗하며 오작동을 일으켰다. 우리는 보통 몇 시쯤 브라이언스타운에 가는지, 몇 시에 잠이 드는지 물었다. 그는 이제 안전하다고 느끼고 점점 이 일이 어떻게 돌아가는지 파악했다고 생각하는 듯했다. 이제는 앞으로 밀고 나갈 때였다.

내가 말했다. "마지막으로 오션뷰에 갔다고 확신할 수 있는 때는 언제지?"

"기억이 안 나요. 그게 지난……."

"하." 나는 재빨리 몸을 일으키며 한 손을 들어 코너의 말을 잘랐다. "잠깐."

나는 휴대폰에 손을 뻗어 버튼을 눌러 화면을 켜고 주머니에서 꺼내며 휘파람을 불었다. "병원이네." 나는 리치를 향해 빠르게 소리 죽여 말하며 한쪽 눈으로는 코너가 등을 발로 차인 양 고개를 번쩍 치켜드는 모습을 곁눈질했다. "우리가 기다리던 소식일지도 몰라. 내가 돌아올 때까지 면담은 잠깐 미루자고." 그러고는 문으로 나갔다. "여보세요, 의사 선생님?"

나는 한쪽 눈으로는 시계를 보면서 한쪽 눈으로는 단방향 유리를 쳐다보았다. 오 분이 이처럼 길게 느껴진 적은 없었지만 코너에게는 더 느리게 흘렀을 것이다. 팽팽한 자제력이 폭발해 산산조각났다. 그는 앉은 의자에 난방이라도 넣은 듯 엉덩이를 이리저리 움직

---

* 1960년대 후반 1970년대 초의 미국 가족 시트콤.

** 미국의 토크쇼로 온갖 자극적인 소재의 이야기들이 등장하며 서로 고발하는 내용이 많다.

이며 발을 구르고 손톱 거스러미를 피가 나도록 뜯었다. 리치는 그를 흥미롭게 바라보면서 아무 말도 하지 않았다. 마침내 코너가 따져 물었다. "누구였어요?"

리치가 어깨를 으쓱했다. "내가 어떻게 알아요?"

"기다리고 있었다고 저 형사가 말했잖아요."

"우리가 기다리는 건 많고 많은데."

"병원이라고 했잖아요. 무슨 병원인데요?"

리치는 뒷덜미를 문질렀다. "이봐요." 그는 재미와 당혹감의 중간쯤 되는 감정을 실어 말했다. "깜빡한 모양인데 우리는 지금 여기 사건 수사중이라고. 알겠어요? 우리가 무슨 일을 하는지 동네방네 떠들고 다니진 않아요."

코너는 리치의 존재를 잊었다. 그는 탁자 위에 팔꿈치를 세우고 손가락을 깍지 껴 입에 대고는 문을 응시했다.

나는 그에게 일 분을 더 주었다. 그러고 나서 빠르게 들어가 문을 쾅 닫으며 리치에게 말했다. "자, 이제 준비는 끝났군."

그는 눈썹을 치켰다. "그래요? 아주 좋습니다."

나는 의자를 휙 돌려 코너가 앉아 있는 탁자 쪽으로 가서 내 무릎과 그의 무릎이 거의 맞닿도록 바짝 붙어 앉았다. "코너." 나는 그의 앞에 내 휴대전화를 확 내려놓으며 말했다. "누구라고 생각하는지 말해봐."

코너는 고개를 저었다. 그는 전화를 응시했다. 나는 그의 마음이 경주용 차처럼 걷잡을 수 없이 속도를 내며 어딘가에 부딪쳤다 다시 미친 각도로 튀어나오는 것을 느낄 수 있었다.

"내 말 잘 들어, 친구. 지금부터는 이렇게 네 좆대로 잡아먹을 시간이 없어. 아직 모르나 본데, 갑자기 네가 아주, 진짜로 급해지게 생겼거든. 그러니까 말해, 누구였다고 생각하는 거야?"

잠시 후 코너가 손가락을 여전히 입에 댄 채로 말했다. "병원요."

"뭐라고?"

숨을 내쉬는 소리. 그가 허리를 폈다. "당신이 말했잖아요. 병원이라고."

"좀 낫네. 그러면 왜 병원에서 나한테 전화할 거라고 생각해?"

그는 다시 한번 고개를 저었다.

나는 그가 놀라 펄쩍 뛸 만큼만 힘을 줘서 탁자를 탁 쳤다. "방금 시간 잡아먹지 말라는 말 못 들었어? 정신 차리고 집중해. 지금 새벽 5시야. 그리고 내 세계엔 지금 스페인 가족 사건 말고는 없어. 그런데 병원에서 전화가 왔어. 그러면 씨발, 왜 그럴 거라고 생각하는 거야, 코너?"

"그들 중 하나가. 그들 중 하나가 병원에 있는 거죠."

"맞아. 넌 이제 좆 됐어. 네가 스페인 가족 중 한 명을 살려놓은 거라고."

목 근육이 꽉 조여져서 그의 목소리는 거센 쌕쌕거림으로밖에 들리지 않았다. "어느 쪽요?"

"네가 말해야지, 친구. 어느 쪽이었으면 좋겠어? 말해봐. 네가 골라야 한다면 어느 쪽이어야 할까?"

그는 내가 말을 이어가게 하기 위해서라면 무슨 대답이든 할 것이었다. 잠시 후 그는 말했다. "에마요."

나는 의자에 기대어 큰 소리로 웃었다. "참 사랑스럽네. 정말 그래. 그 귀여운 꼬마 소녀 말이지. 그 애는 인생을 한번 살아볼 기회

를 가질 만하다고 생각하는 거야? 너무 늦었어, 코너. 그런 건 이틀
전 밤에 생각했어야지. 에마는 지금 영안실 서랍에 들어 있어. 뇌는
단지에 담겨 있고."

"그러면 누가⋯⋯."

"그제 밤에 브라이언스타운에 갔었나?"

그는 미친 눈빛을 번득이며 반쯤 의자에서 일어나 엉거주춤하게
탁자 가장자리를 붙들었다. "누구냐⋯⋯."

"내가 물었잖아. 그제 밤에. 거기 갔었냐고, 코너?"

"네, 네, 갔었어요. 누가 어느 쪽이⋯⋯."

"공손히 부탁해, 친구."

"제발요."

"더 낫군. 네가 놓친 쪽은 제니퍼야. 제니퍼가 살아 있어."

코너는 나를 응시했다. 그의 입이 벌어졌지만 거기서 밀려 나오는
것이라고는 명치를 한 대 얻어맞은 듯 엄청난 숨소리밖에 없었다.

"제니퍼는 살아서 회복중이야. 그리고 전화한 사람은 의사지. 이
제 제니퍼의 의식이 돌아왔으니 우리와 이야기를 나누고 싶다는군.
제니퍼가 뭐라고 할지 우리 모두 다 알아. 그렇지 않나?"

그는 내 말을 듣는 둥 마는 둥 했다. 그는 숨을 쉬려고 또 다시 헉
헉댔다.

나는 그를 의자에 눌러 앉혔다. 그는 무릎이 물로 변한 듯 훅 무너
졌다. "코너, 내 말 들어. 너한테 낭비할 시간이 없다고 말했지. 농담
아니었어. 몇 분 안에 우리는 병원으로 가서 제니퍼 스페인과 이야
기를 나눌 거야. 그러면 나는 네가 무슨 말을 하든 말든 평생 다시는
조금도 신경을 안 쓸 거야. 이걸로 끝. 너의 마지막 기회야."

그 말이 그의 마음에 닿았다. 그는 턱을 늘어뜨리고 사납게 응시했다.

나는 의자를 더 가까이 끌어당기고 우리 머리가 거의 맞닿을 때까지 몸을 숙였다. 리치가 슬쩍 돌아와 탁자 위에 앉으며 허벅지가 코너의 팔을 누를 정도로 가까이 붙었다. "내가 이거 설명해줄게." 나는 조용하고 평정한 목소리로 그의 귀에 바짝 대고 말했다. 땀에 젖고, 쪼개진 나무처럼 톡 쏘는 그의 냄새까지도 느낄 수 있었다. "난 근본적으로 마음 깊은 곳에서는 너도 점잖은 친구라는 걸 믿게 됐어. 네가 여기서부터 여기까지 만날 다른 사람들은 누구 하나 할 것 없이 모두 네가 병들고 가학적인 사이코패스 새끼여서 너를 산 채로 가죽을 벗겨 바싹 마르도록 널어놓아야 한다고 생각할 거야. 나도 어쩌면 믿음을 잃을 수도 있고 결국에는 이런 생각을 한 걸 후회하게 될지도 모르지만, 내 생각은 달라. 너는 원랜 착한 앤데 어쩌다가 궁지에 빠진 거라고 생각하거든."

그는 눈에 아무것도 보이지 않는 것 같았지만 눈썹이 살짝 꿈틀했다. 내 말을 듣고는 있었다. "그것 때문에, 그리고 다른 사람은 너에게 탈출구를 주지 않을 걸 알기 때문에, 나는 너와 기꺼이 거래를 하려고 해. 내 의견이 옳다는 걸 네가 증명하면, 무슨 일이 일어났는지 말해주면 검사들에게 네가 우리에게 협조했다고 말해주지. 후회를 느껴서 올바른 일을 했다고. 네 죄에 대한 선고가 내려질 땐 그게 중요해지게 될 거야. 법정에서는 말이지, 코너. 후회는 동시형 양형과 동의어야. 하지만 너에 대한 내 판단이 틀렸다는 걸 네가 보여주면, 계속 이렇게 시간을 잡아먹으면, 나는 검사들에게 그렇게 말할 거고 우리 모두가 가진 거 전부를 걸게 되겠지. 나는 사람을 잘못 판단하는 걸 좋아하지 않아. 그러면 열 받거든. 우리는 너를 우리가 생각할 수 있는 모든 죄목으로 기소할 거고 누적형 양형을 요구할 거야. 그게 무슨 뜻인진 알아?"

그는 고개를 저었다. 그 말을 떨쳐버리려는 건지 아니라고 말하는 건지 분간할 수 없었다. 나는 양형에 대해서는 참견할 권리가 전혀 없고 기소에 대해서도 별로 없지만 유아 살해 사건에 동시형 양형을 주려는 판사라면 구속을 시키고 아가리에 주먹을 날려줘야 한다는 건 안다. 하지만 그 모든 일은 중요하지 않았다. "이게 무슨 뜻이냐면, 코너. 무기징역 세 건을 연속으로 선고받고 거기에 살인미수와 강도, 재물손괴, 그 외 우리가 끄집어낼 수 있는 모든 죄목을 더해서 몇 년은 더 얹어줄 거란 말이야. 최소 육십 년 형은 되겠지. 그러면 넌 몇 살이지, 코너? 살아서 육십 년 후 석방일을 보게 될 가능성이 얼마지?"

"아, 살아서 볼 수도 있죠." 리치는 항의하며 몸을 앞으로 내밀어 그를 비판적으로 찬찬히 보았다. "거기 사람들이 당신을 보살펴주겠죠, 감옥에서. 일찍 나오고 싶지 않을 것 같은데. 심지어 관에 실려 나온다고 해도. 내가 경고해주고 싶은데 감방 동기들이 아주 엿같이 굴 거거든. 지난 이틀 동안 한 짓 때문에 일반범들 속으로 풀어주진 않을 거야. 소아성애자들과 함께 보안이 철저한 감방에 수감될 거거든. 그러면 걔들과 나눌 대화가 얼마나 좆같겠어. 하지만 적어도 친구를 사귈 시간은 많고 많을 테지."

그의 눈썹이 다시 움찔했다. 이게 아주 아픈 데를 찔렀다. "아니면 말이지……. 바로 여기서 넌 많은 수고를 줄일 수가 있어. 동시형 양형을 받으면 우리가 몇 년을 얘기할지 알아? 십오 년 정도야. 그건 아무것도 아니지. 십오 년 후에는 몇 살이 되나?"

"제가 산수를 잘 못해서요." 리치는 그를 다시 한번 흥미롭다는 듯이 훑어보았다. "하지만 내가 보기엔 마흔네 살? 마흔다섯 살 정도? 그리고 마흔다섯에 사회에 나오는 것과 아흔 살에 나오는 것 사이에는 엄청난 차이가 있다는 걸 알아차리기 위해선 아인슈타인이 될 필요도 없죠."

"내 파트너인 인간 계산기 말이 딱 맞지 않나, 코너. 사십 대는 직장을 갖고 결혼을 하고 애를 대여섯은 낳을 만큼 젊은 나이지. 인생을 즐길 수 있어. 네가 이걸 깨달았나 모르겠는데, 그래서 내가 지금 여기 탁자 위에 곱게 차려서 놓아주잖아, 네 인생을. 하지만 이건 딱 한 번뿐인 제안이야. 오 분 후면 기한이 만료될 거고. 네 인생이 무엇이라도 가치가 있다면 지금 말하는 게 좋을 거야."

코너는 긴 목선을 드러내며 고개를 뒤로 젖혔다. 목 아래 말랑한 피부 아래에서 피가 쿵쿵 뛰는 것이 보였다. "내 인생은." 그가 말했다. 입꼬리가 말리면서 으르렁거림인지 웃음인지 모를 표정이 떠올랐다. "하고 싶은 대로 하세요. 나는 전혀 신경도 안 쓰니까."

코너는 주먹을 탁자 위에 가만히 올려놓고 입을 꼭 다문 채로 앞에 있는 단방향 유리 쪽을 똑바로 쳐다보았다.

내가 망쳤다. 십 년 전이라면 내가 이 자식을 놓쳤다 싶으면 거칠게 멱살이라도 잡아서 결국에는 더 멀리까지 밀어냈을 것이다. 하지만 지금은 힘들게 익힌 덕에 안다. 다른 일들이 내게 맞춰서 돌아가도록 하는 방법을. 가만히 물러서서 일이 저절로 돌아가도록 하는 법을. 나는 의자에 편하게 기대앉아 소매에 묻은 가상의 얼룩을 보는 척하며 마지막 대화가 공기 속에 녹아 낙서가 그려진 합판 벽과 금이 간 리놀륨 바닥 속으로 스며들어 사라지고, 침묵이 뻗어나가도록 놔두었다. 우리의 면담실은 그간 남자들과 여자들이 자기 정신의 가장자리까지 밀려나는 광경을 많이 보았고, 그들이 부서지면서 내는 가늘고 둔탁한 소리를 들었으며, 그들이 세상에 절대로 일어나서는 안 되는 일들을 고백하는 것을 지켜보았다. 이런 방들은 무엇이든 빨아들일 수 있으며 흔적을 남기지 않고 감쌀 수 있었다.

공기 중의 모든 것이 사라지고 먼지만이 남았을 때 나는 아주 부드럽게 말했다. "하지만 넌 제니퍼 스페인한테는 아주 신경 쓰잖아."

코너의 입꼬리 부근 근육이 씰룩했다.

"나는 알지. 너는 내가 그걸 이해하기를 기대하지 않았을 거야. 그 누구도 이해할 거라 생각하지 않았잖아? 하지만 나는 이해해, 코너. 나는 네가 그 네 사람을 얼마나 아꼈는지 잘 이해한다고."

다시 한번 씰룩거림이 떠올랐다. "어째서요?" 그 말은 그의 의지에 반해 저절로 밀려나온 것만 같았다. "어째서 그렇게 생각하죠?"

나는 팔꿈치를 탁자 위에 올려놓고 늦은 밤 술집에서 만나 서로 '내가 너를 얼마나 사랑하는지 알지'라는 말을 주고받는 절친한 두 친구처럼 그를 향해 몸을 숙이면서 맞잡은 두 손을 그의 손 옆에 두었다. "왜냐면……." 나는 상냥하게 말했다. "나는 너를 이해하니까. 스페인 가족에 관한 모든 것, 네가 차린 방에 관한 모든 것, 네가 오늘 밤 한 말 모두. 이 모든 걸 보면 그들이 네게 무슨 의미였는지 알 수 있어. 그보다 더 의미가 있는 사람은 이 세상에 없지?"

그의 고개가 내 쪽으로 돌아왔다. 회색 눈은 잔잔한 물처럼 맑았고 밤의 모든 긴장과 동요가 다 빠져나가고 없었다. "없어요." 그가 말했다. "아무도 없어요."

"너는 그 사람들을 사랑했지. 그렇지 않나?"

그의 고개가 끄덕여졌다.

나는 말했다. "내가 이제까지 배운 것 중 가장 큰 비밀을 말해줄게, 코너. 삶에서 정말로 필요한 일은 우리가 사랑하는 사람을 행복하게 해주는 것뿐이야. 다른 건 없어도 살 수 있지. 다리 밑 판지 상자 아래서도 살 수가 있어. 네가 저녁에 그 상자로 돌아갈 때 네 여자의 얼굴이 환히 밝기만 하다면. 하지만 그렇게도 할 수 없으면……."

곁눈질로 보니 리치가 탁자에서 내려와 우리 둘만 원 안에 남겨두고 스르르 뒤로 물러나는 게 보였다. 코너가 말했다. "팻과 제니는 행복했어요. 이 세상에 살아 있는 사람 중 제일 행복했죠."

"하지만 그다음엔 일이 그렇게 됐고 너는 그들에게 행복을 돌려줄 수 없었지. 저기 있는 누군가나 무엇은 그들을 다시 행복하게 해줄 수 있었을지도 몰라. 하지만 그게 너는 아니었지. 나는 그게 뭔지 정확히 알아, 코너. 누군가를 너무 사랑해서 무엇이든 해주고 싶고 그들이 괜찮아지기만 한다면 내 심장을 뜯어내서 바비큐 소스를 발라 바칠 수도 있는데 그게 아닌 거지. 아무짝에도 소용이 없는 거야. 그걸 깨달았을 때 어떻게 할 건가, 코너? 뭘 할 수 있어? 남은 건 뭐지?"

그는 텅 빈 두 손바닥을 위로 한 채 탁자 위에 펼쳐놓고 있었다. 목소리가 너무 나직해서 겨우 알아들을 수 있었다. "기다리는 거요. 할 수 있는 건 그것밖에 없어요."

"더 오래 기다릴수록 너는 더 화가 날 거야. 너 자신에게, 그들에게, 전부 끔찍하게 망해버린 세상에. 더는 제대로 생각할 수 없게 되지. 네가 무얼 하는지 알 수도 없게 돼."

손가락이 안으로 굽으며 그가 주먹을 더 꽉 쥐었다.

"코너." 나는 말했다. 얼마나 부드러운 목소리였는지 깃털이 뜨겁고 잔잔한 공기 속에서 떨어지듯이 단어들이 무게 없이 굴러떨어졌다. "제니퍼는 수십 번 죽다 살아나는 지옥 같은 일을 겪었어. 내가 절대로 하고 싶지 않은 건 제니퍼가 그런 일을 더 겪게 하는 거야. 그렇지만 무슨 일이 있었는지 네가 말해주지 않는다면 나는 병원으로 가서 제니퍼에게 대신 이야기하라고 할 수밖에 없어. 제니퍼한테 그날 밤의 매 순간을 하나하나 되살리라고 강요해야겠나? 제니퍼가 그걸 견딜 만큼 강한 것 같아?"

그의 머리가 가로로 흔들렸다.

"내 생각도 그래. 내가 아는 바로는 그렇게 하면 제니퍼의 마음을 낭떠러지 너머로 밀어버리는 게 될 테고 다시 돌아올 길을 찾지 못하겠지. 하지만 나는 선택권이 없거든. 너는 있잖아, 코너. 너는 최소한 제니퍼가 그런 일을 겪지 않도록 도울 수 있어. 네가 제니퍼를 사랑한다면 이젠 그걸 보여줄 때야. 그걸 바로잡을 때라고. 이제 또 한 번의 기회는 없을 거야."

코너는 가면처럼 각지고 움직임이 없는 얼굴 뒤 어딘가로 사라져버렸다. 그의 마음은 다시 경주마처럼 달리고 있었지만 지금은 통제 가능한 상태라서 효율적으로 그리고 광포한 속도로 움직이고 있었다. 나는 숨을 내쉬지 않았다. 리치는 벽에 기대어 돌처럼 가만히 있었다.

다음 순간 코너가 빠르게 숨을 내쉬더니 두 손으로 양 뺨을 문지르며 몸을 돌려 나를 보았다. "제가 그 집에 침입했습니다." 그는 차를 주차한 장소처럼 분명한 사실을 알려주는 양 말했다. "제가 그들을 죽였습니다. 아니, 어쨌든 죽였다고 생각했습니다. 당신들이 원하는 게 이겁니까?"

나는 리치가 살짝 무의식적인 훌쩍임을 섞어 숨을 내쉬는 소리를 들었다. 내 두개골 안에서 웅웅거림이 커지더니 아래로 급강하하는 말벌들이 빙빙 도는 소리처럼 비명을 지르다 멎었다.

나는 나머지 진술을 기다렸으나 코너 또한 기다리고 있었다. 눈가가 붉어진 부어오른 눈으로 그는 그저 나를 바라보면서 기다렸다. 대부분의 자백은 '당신이 생각하는 것과는 달라요'로 시작해서 계속 이어진다. 살인자들은 말로 방을 채우고 진실의 날카로운 가장자리 위에 뭔가 덧씌워 무디게 하려 한다. 그들은 사건이 어쩌다가 일어났거나, 자업자득이거나, 자기들 입장이라면 누구라도 똑같이 했을 거라는 말을 반복해서 증명하려 한다. 대부분은 가만 놔두면 듣는 사람 귀에서 피가 날 때까지 증명하려고 한다. 코너는 아무것도 증명하려 하지 않았다. 그는 할 말을 다 했다.

내가 말했다. "왜 그랬지?"

그는 고개를 흔들었다. "중요하지 않아요."

"피해자의 가족들에게는 중요할 거야. 양형을 결정하는 판사들에게도 중요할 거고."

"내 알 바는 아니죠."

"나는 네 진술에 들어갈 동기가 필요해."

"하나 지어내세요. 뭐든 서명할게요."

한번 강을 건너면 그들은 대부분 풀어지고 만다. 가진 모든 걸 동원해서 거짓말의 안전한 둑 위에 매달려 있으려고 한다. 이제 조류에 휩쓸려 가고 그들은 어지러이 숨을 몰아쉬며 물살과 싸우지만 결국은 저 먼 강둑까지 떠내려가 이가 깨어질 정도로 우지끈 부딪쳐 박살 난다. 그러면 힘든 부분은 이제 끝나고 다 헤쳐왔다고 생각한다. 그들은 풀어져 흐물흐물해진다. 그들 중 몇몇은 걷잡을 수 없이 떤다. 몇몇은 운다. 소수는 말을 멈추지 못하거나 웃음을 멈추지 못한다. 그들은 여기 풍경이 달라졌다는 것을 아직 인식하지 못한다. 그들 주위의 상황이 변모했다는 것을 모른다. 익숙한 얼굴들이 녹아내리고 잘 알던 지형지물이 저 멀리 사라지며 그 무엇도 다시는 똑같지 않다. 코너는 달랐다. 그는 여전히 기다리는 동물처럼 웅크리고 집중력을 모으고 있었다. 내가 발견하지 못한 어떤 방식으로 전투는 끝나지 않았다.

내가 살인의 동기를 두고 그와 다툼에 들어가면 그가 이길 것이다. 이런 자들이 이기도록 놔둘 순 없다. 나는 말했다. "그 집에 어떻게 들어갔지?"

"열쇠로요."

"어느 문?"

찰나의 머뭇거림. "뒷문요."

"어디서 열쇠를 얻었는데?"

다시 머뭇거림. 그러나 이번에는 더 길었다. 그는 조심하고 있었다. "발견했어요."

"언제?'

"한참 전에. 몇 달 전. 어쩌면 그보다 더 전에."

"어디서?"

"바깥 길에서요. 팻이 떨어뜨렸어요."

슬며시 옆으로 빠지는 느낌이 피부로 느껴졌지만 거짓말임을 알수 있었다. 어느 지점인지 무슨 이유인지 확실히 집어낼 수 없었다. 리치는 코너의 어깨 너머 구석에서 말했다. "당신 은신처에서는 거리가 안 보일 텐데. 팻이 열쇠를 떨어뜨렸는지 어떻게 알았죠?"

코너는 대답을 고심했다. "저녁에 퇴근하고 오는 걸 봤어요. 그날 밤늦게 돌아다니려고 나갔는데 열쇠를 보고 잃어버린 사람이 팻이겠다 생각했죠."

리치는 탁자로 걸어가 코너를 마주 보는 의자를 뒤로 뺐다. "아뇨, 그럴 리가 없어요. 가로등이 없거든요. 당신 뭐죠, 슈퍼맨? 어둠 속에서도 앞이 보여요?"

"여름이었어요. 늦게까지 환했거든요."

"아직 밖이 환한데 그 집 주변을 어슬렁거렸단 말이에요? 그 사람들이 아직도 깨어 있는데? 됐어요. 당신 뭐였죠? 체포되려고 환장했었나?"

"그러면 새벽이었는지도 모르겠네요. 나는 열쇠를 발견하고 복사를 해서 들어갔어요. 그걸로 끝입니다."

"몇 번이나?"

작은 침묵이 다시 흘렀다. 그동안 그는 머릿속으로 이런저런 대답을 굴렸다. 나는 상쾌하게 말했다. "시간 낭비할 생각 말게, 친구. 나한테 구라 치려고 해도 소용없어. 우리 그건 훌쩍 넘어섰잖아. 스페인 가족의 집에 몇 번이나 들어갔지?"

코너는 손목 안쪽으로 이마를 문지르며 정신을 차리려고 했다. 석고보드 벽처럼 견고한 고집이 흔들리고 있었다. 아드레날린만이 그렇게 오래 지속될 수 있다. 이제 그는 언제라도 진이 빠져서 똑바로 앉을 수도 없게 될 것이다. "몇 번 정도. 열 번 정도였나. 그게 뭐 중요하죠? 그제 밤에 거기 갔었어요. 말했잖아요."

코너가 집에 들어가는 방법을 알고 있었기 때문에 중요했다. 어둠 속에서도 그는 계단을 올라 아이들의 방으로, 아이들의 침대로 가는 길을 찾을 수 있었을 것이다. 리치가 물었다. "뭔가 가져왔던 적은 없습니까?"

나는 코너가 아니라고 말할 기력을 끌어모으다 포기하는 모습을 보았다. "작은 것들만요. 난 도둑은 아니에요."

"어떤 종류의 물건을?"

"머그잔요. 고무줄 한 움큼. 펜 하나. 가치 있는 건 없었어요."

나는 말했다. "그리고 칼도 가져갔지. 그거 잊지 말자고. 그걸로 뭘 했어?"

이건 가장 힘든 질문 중의 하나여야 했지만 코너는 마치 감사하듯이 나를 돌아보았다. "바다로 갔어요. 파도가 높을 때요."

"그걸 어디에서 던졌는데?"

"바위 위에서요. 해변의 남쪽 끝."

우리는 그 칼을 절대로 회수하지 못할 것이다. 칼은 이제 길고 차가운 조류를 타고 콘월로 가는 길 어디에 있을 것이다. 깊은 바다 바닥의 해초와 말랑말랑하고 앞이 안 보이는 동물 사이 어디에서 흔들리면서. "그럼 다른 흉기는? 제니퍼를 칠 때 썼던 건?"

"마찬가지예요."

"그게 뭐였는데?"

코너의 머리가 뒤로 젖혀지더니 입술이 벌어졌다. 밤새 그의 목소리에 어렸던 비애가 표면으로 올라왔다. 그의 의지력을 빨아먹는 건, 그의 집중력을 야금야금 갉아먹는 건 피로가 아니라 그 비애였다. 비애가 안에서부터 그를 산채로 먹어치우고 있었다. 남은 것은 그뿐이었다.

그가 말했다. "꽃병이었어요. 금속으로 된 거요. 은제였나, 바닥이 무거웠어요. 단순한 물건이었지만 아름다웠어요. 그 여자가 꽃병에 장미를 두어 송이 꽂아서 부부끼리 낭만적인 저녁 식사를 할 때 탁자 위에 두곤 했죠……."

그는 침을 삼키는지 숨을 삼키는지 작은 소리를 냈다. 누군가 수중에서 미끄러지는 소리였다. 나는 말했다. "시계를 조금 뒤로 돌려볼까? 네가 그 집에 들어간 지점부터 시작해보자고. 그게 몇 시였지?"

코너가 말했다. "저 좀 자고 싶습니다."

"우리에게 얘기를 다 해주는 대로 그렇게 하지. 누가 깨어 있었나?"

"전 자고 싶어요."

우리는 완전한 이야기가 필요했다. 살인자만이 알 수 있는 세부 상황을 꽉꽉 채워서. 하지만 6시가 다 된 시각이었고 그가 다다른 피로 수준으로 볼 때 나중에 피고 측 변호인이 유리하게 써먹을 수 있었다. 나는 상냥하게 말했다. "좋아. 거의 다 왔어. 내가 이건 얘기해주지. 우리는 네가 우리에게 말한 걸 서면으로 적을 거야. 그런 다음 네가 잠깐 눈을 붙일 수 있는 곳으로 데려다주지. 그 정도면 괜찮은가?"

그는 머리가 너무 무거워서 목에 달고 있기 힘든 사람처럼 머리를 한쪽으로 갸우뚱 기울인 채로 휙 끄덕였다. "그래요. 적을게요. 내가 그러는 동안에는 혼자 있게 해주세요. 그렇게 해줄 수 있습니까?"

그는 이제 있는 힘을 다 짜내서 진술서를 가지고 수작을 부릴 여력은 다 떨어진 상태였다. "물론이지." 내가 말했다. "그게 너한테 좋다면 상관없어. 하지만 너의 본명은 알아야겠는데. 진술서에 써야 하니까."

순간 나는 그가 다시 우리에게 벽을 치지 않을까 생각했지만 모든 투쟁심은 끝났다. "브레넌이에요." 그는 탁한 목소리로 말했다. "코너 브레넌."

나는 말했다. "좋아." 리치는 조용히 구석 탁자로 가더니 내게 진술서 양식을 건넸다. 나는 펜을 찾아서 머리말에 큼직하게 썼다. 코너 브레넌.

나는 그를 체포했고 다시 주의를 주었으며 권리 양식을 읽어주었다. 코너는 올려다보지 않았다. 진술서 양식과 내 펜을 그의 손에 건네고 우리는 그를 거기 두고 나왔다.

"그래, 그래, 그래." 나는 수첩을 관찰실의 탁자 위에 던졌다. 내 몸의 모든 세포에서 순수한 승리감으로 샴페인처럼 보글보글 거품이 일었다. 나는 탁자 위를 뛰어다니며 "나는 이 일이 좋아"라고 외치는 〈제리 맥과이어〉의 톰 크루즈 흉내를 내고 싶은 기분이었다. "내 기대보다 훨씬 쉬웠어. 우리 축배를 들자고, 리치, 내 친구. 우리가 뭔지 알아? 끝내주게 멋진 팀이야."

나는 그의 손을 꽉 쥐고 여러 번 흔들면서 어깨를 탁 쳤다. 그는 싱긋 웃었다. "그런 기분이네요, 좋군요."

"이견의 여지가 있을 리 없지. 난 일하면서 파트너를 여럿 만나봤어. 그리고 이제 가슴에 손을 얹고 말하는데 아간 정말 진짜였어. 파트너로 몇 년을 같이 지내도 아직도 그렇게 매끄럽게 같이 일하지는 못 하는 사람들이 있다고."

"좋아요, 네. 좋은 일이죠."

"과장이 출근할 때쯤이면 진술서에 서명을 받아 봉인해서 책상에 대령할 수 있겠군. 이게 네 커리어에 어떤 영향을 끼칠지 말할 필요도 없겠지? 저 퀴글리 새끼가 이제 너를 어떻게 고생시키는지 두고 볼까. 수사과에 들어온 지 겨우 이 주 차인데 올해 가장 큰 사건을 해결하는 데 한몫했으니 말이야. 기분이 어때?"

리치의 손은 내게서 너무 빠르게 빠져나갔다. 그는 여전히 웃고 있긴 했으나 확신 없는 기색이 담겨 있었다. 내가 물었다. "뭐지?"

그는 단방향 유리를 향해 고개를 까닥했다. "저 친구 좀 보세요."

"제대로 쓰고 있는데 뭐. 걱정할 것 없어. 물론 생각을 고쳐먹기야 하겠지만 내일까지는 그 생각도 들지 않을걸. 감정적인 숙취라고 할 수 있지. 그때쯤이면 기소 국장에게 보낼 서류가 반쯤은 준비되어 있을 거야."

"그런 게 아니에요. 부엌 상태가……. 래리 말 들었잖아요. 몸싸움이 전면전으로 일어났었다고. 그렇다면 어째서 저 친구는 맞은 흔적이 없는 거죠?

"맞지 않았으니까. 그게 진짜 인생이거든. 가끔 기대와 똑같이는 이루어지지 않아."

"저는 그냥……." 웃음은 사라지고 없었다. 리치는 주머니에 손을 쑤셔 넣고 유리를 바라보았다. "그냥 물어봐야 할 거 같아요. 정말로 저자가 우리 범인이라고 확신하세요?"

혈관에서 흥분이 푸시시 사그라졌다. "네가 그 질문을 한 게 처음은 아닌 거 같은데."

"저도 압니다, 네."

"그럼 내 말 들어. 대체 뭐가 걸리는 거야?"

그는 어깨를 으쓱했다. "모르겠어요. 선배님이 계속 너무나 확신을 하시니까 그것뿐이죠."

분노가 근육 경련처럼 내 몸 안에 치솟았다. "리치." 나는 목소리를 자제하려고 무척 조심하면서 말했다. "잠깐만 재점검해보자고. 우리한테는 코너 브레넌이 스페인 가족을 스토킹하려고 차려놓은 저격수의 은신처가 있어. 그 집에 여러 번 침입했다는 건 코너 본인이 인정했고. 그리고 지금, 리치, 지금은 망할 자백까지 얻어냈다고. 그럼 나한테 말해봐. 씨발, 뭘 더 원하는 거야? 더 확신하기 위해서 씨발 뭐가 있어야 하냐고?"

리치는 고개를 저었다. "충분히 많이 있죠. 그걸 따지려는 건 아니에요. 하지만 아무것도 없었을 때도 오직 그 은신처만 있을 때도 선배님은 확신했어요."

"그래서 뭐? 내 말이 맞았잖아. 그 부분을 놓친 거야? 내가 너보다 앞서서 배알이 꼴린 거야?"

"불안합니다. 너무 일찍 너무 확신하는 게. 위험해요."

울컥하는 느낌이 다시 세게 치밀어서 나는 이를 꽉 악물었다. "자네 말은, 열린 마음을 유지하는 게 좋겠다, 그게 다야?"

"네. 그럴 겁니다."

"알았어. 좋은 생각이야. 얼마나? 몇 달? 몇 년? 주님이 천사 합창단을 보내서 자네 귀에 범인의 이름을 사성부 화음으로 노래해줄 때까지? 우리가 여기 십 년 동안 서서 서로 '그래, 코너 브레넌일 수도 있겠지. 하지만 다시 생각해보면 러시아 마피아일 수도 있으니까 그 가능성을 좀더 철저히 탐색해보면 어떨까. 우리가 무모한 결정을 내리기 전에 말이지' 하고 있길 바라?"

"아뇨, 제가 하는 말은······."

"너는 확신을 해야만 해, 리치. 해야만 한다고. 다른 선택권이 없어. 하려면 제대로 하고 아니면 그만둬."

"저도 압니다. 십 년 동안 얘기하진 않을 겁니다."

이 열기는 무더운 팔월 감방에서 느낄 수 있는 것이었다. 짙고 미동 하나 없어서 젖은 시멘트처럼 허파를 꽉 틀어막는 열기. "대체 네가 하는 말은 뭔데? 그래서 뭘 하려는 건데? 몇 시간 안에 우리가 코너 브레넌의 차를 찾아내면 래리와 그 직원들이 그 안에 온통 묻어 있는 스페인 가족의 피를 찾아낼걸. 동시에 그의 지문과 은신처 여기저기에 온통 묻어 있는 지문과 대조할 거야. 그리고 몇 시간뒤에는, 천만다행으로 우리가 운동화랑 장갑을 손에 넣는다면 피 묻은 신발 자국과 피 묻은 손자국을 코너 브레넌이 냈다는 것도 감식반에서 증명하겠지. 거기에 한 달 치 월급을 걸 수도 있어. 그러면 확신하겠나?"

리치는 목덜미를 문지르면서 찡그렸다. 나는 말했다. "오, 제기랄, 좋아. 들어보자고. 오늘이 끝나기 전까지 그 가족이 살해당할 때 그 집에 그자가 있었다는 물리적인 증거를 찾아낼 거라고 내가 망할 보증을 해줄게. 그러면 너는 어떻게 설명할 계획인데?"

코너는 머리를 진술서 서류 위로 낮게 숙이고 종이를 보호하듯이 팔을 구부리고 글을 쓰고 있었다. 리치는 그를 지켜보았다. 리치가 말했다. "이자는 스페인 가족을 사랑했어요. 선배님 말씀대로요. 가령, 정말 그냥 하는 말인데요, 코너가 요전 날 밤 은신처에 올라갔다고 해봐요. 어쩌면 제니는 컴퓨터를 하고 있었을 테고 코너는 그녀를 지켜봤죠. 그때 패트릭이 아래층으로 내려와서 제니를 덮쳤어요. 코너는 경악해서 싸움을 말리러 갑니다. 은신처에서 뛰어나와 벽을 넘어서 그들 뒷문으로 들어가죠. 하지만 그때는 너무 늦은 거예요. 패트릭은 죽었거나 죽어가고 있죠. 코너는 제니도 그랬다고 생각하죠. 어쩌면 그렇게 주의 깊게 살피지 않았을 수도 있고, 사방이 피바다이고 공포에 사로잡혀서 그랬을 수도 있죠. 코너가 제니를 패트릭에게로 데려다주었을 수도 있습니다. 둘이 함께 있도록."

"감동적인데. 그러면 인터넷 방문 기록 삭제는 어떻게 설명할 건가? 사라진 흉기는? 그건 다 뭣 때문이지?"

"다시 마찬가지죠. 스페인 가족을 좋아했으니까요. 패트릭이 비난받길 원치 않은 거죠. 그는 제니가 컴퓨터에서 하던 일이 뭐든 그 때문에 패트릭을 자극했다고 생각했고 혹은 그게 뭔지 확실히 알았기 때문에 컴퓨터 기록을 삭제합니다. 그런 다음엔 흉기를 가져가서 버리죠. 침입자가 한 짓처럼 보이게 하려고요."

나는 리치에게 쏘아붙이지 않으려고 잠깐 여유를 두고 숨을 들이마셨다. "뭐, 꽤 귀여운 동화 같군, 친구. 가슴 저민다는 말이 맞나? 그렇지만 그게 다야. 지금까지는 괜찮지만 넌 이걸 훌쩍 뛰어넘었어. 도대체 코너가 왜 자백을 했다는 거야?"

"왜냐하면요. 저기서 일어났던 일 때문이죠." 리치는 고갯짓으로 유리를 가리켰다. "선배님이 자기가 쫓는 걸 코너가 주지 않으면 제니퍼 스페인에게 구속복이라도 입힐 것처럼 말한 거나 다름없잖아요."

내 목소리는 리치보다 훨씬 더 멍청한 남자에게도 경고를 줄 만큼 차가웠다. "내가 내 일을 하는 방식에 무슨 문제라도 있나, 형사?"

그가 두 손을 올렸다. "전 허점을 찾고 있는 게 아닙니다. 그냥 말하는 거죠. 그래서 코너가 자백한 거라고요."

"아니, 형사. 아니야. 망할 그게 아니야. 저자가 자백한 건 자기가 그 일을 했기 때문이야. 내가 재한테 제니퍼를 사랑하니 어쩌니 한 헛소리 모두, 잠금장치를 땄네 마네 한 것 모두. 씨발, 이미 실제로 벌어진 게 아니라면 그에게 새로 뒤집어씌운 건 없어. 네 경험이 나랑 다를진 모르겠는데, 어쩌면 네가 이 일을 더 잘할지도 모르고. 하지만 나는 적어도 내 용의자들이 저지른 짓을 고백하도록 하느라 온갖 고생을 다 했거든. 내 형사 생활을 통틀어 그들 중 한 명도 자기가 하지 않은 짓을 자백하도록 하진 않았다고 말해도 별로 틀리진 않을 거야. 코너 브레넌이 우리 범인이라고 했으면 그건 그가 범인이기 때문이야."

"하지만 코너는 그런 사람들 대부분과 같진 않잖습니까? 직접 그렇게 말씀하셨잖아요. 우리 둘 다 그렇게 말했잖아요. 그는 다르다고. 여기서 일어난 일에는 뭔가 이상한 점이 있다고."

"그래 저자는 이상하지. 그가 예수는 아니잖아. 패트릭 스페인의 죄를 대속하기 위해 자기 생명을 바치려고 여기 온 건 아니잖아?"

리치가 말했다. "이상한 건 저 사람만이 아닙니다. 아기 모니터는요? 그건 선배님이 범인이라고 하는 코너가 한 일이 아니잖아요. 벽의 구멍은요? 그 집 안에선 뭔가 일어나고 있었어요."

나는 쿵 소리가 나도록 세게 벽에 기대면서 팔짱을 꼈다. 그저 피로 때문일지도 모르고 창문 틈으로 스며드는 노르스름한 회색빛 새벽 때문일지 모르지만 승리감의 거품은 한참 전에 다 꺼져버렸다. "말해봐. 어째서 패트릭 스페인을 그렇게 싫어하는 거지? 그가 이 사회의 훌륭하고 굳건한 기둥이었기 때문에 뭔가 미운털이라도 박혔나? 설마 그래서라면 지금 경고해두지. 집어치워, 당장. 범인으로 지목할 만한 건실한 중산층 남자를 항상 찾을 수는 없을 테니까."

리치는 손가락으로 나를 가리키며 빠르게 다가왔다. 순간 나는 그가 내 가슴에 주먹을 날리는 게 아닌가 싶었지만 그는 스스로 자제할 만큼의 분별력은 남아 있었다. "이건 계급과는 아무 상관 없어요. 아무 상관 없다고요. 저는 경찰입니다. 선배님과 다를 바가 없어요. 촌뜨기에게 직장 체험을 시켜줘야 해서 선배가 호의로 데려온 미련한 하층민이 아니란 말입니다."

그는 너무 가까이 붙어 있었고 너무나 많이 화가 나 있었다. 내가 말했다. "그럼 경찰처럼 행동해. 물러나, 형사. 정신 줄 잡으라고."

리치는 잠깐 나를 응시했다. 그런 뒤에는 슬슬 물러나며 다시 유리에 기대고 두 손을 주머니 속에 깊숙이 찔러 넣었다. "선배님이 말씀해보시죠. 어째서 패트릭 스페인이 범인이 아니라고 그처럼 강경하게 주장하는 겁니까? 어째서 그를 그렇게 옹호하는 거죠?"

우쭐대는 하찮은 신입에게 나 자신을 설명할 의무는 없었지만 그러고 싶었다. 말하고 싶었고 리치의 머릿속에 깊이 쑤셔 넣어주고 싶었다. "왜냐하면 말이지, 패트릭 스페인은 규칙을 따랐으니까. 그는 사람들이 해야 하는 모든 일을 했으니까. 살인자들은 그렇게 살지 않아. 처음부터 너한테 말하지 않았나. 이런 일들은 난데없이 나타나는 게 아니야. 가족들이 언론에 흘리는 헛소리들 있지. '오, 나는 그 사람이 그런 짓을 했다니 믿을 수 없어요. 훌륭한 보이스카우트였고 인생에서 나쁜 일은 해본 적이 없고 그 사람들은 세상에서 가장 행복한 부부였어요.' 죄다 쓰레기야. 매번 말이지, 리치, 한 번도 빼지 않고. 매번 그 남자는 보이스카우트였지만 봐도 봐도 끝이 없는 전과 기록이 있거나 세상에서 나쁜 일은 한 번도 한 적 없지만 아내를 죽도록 겁주는 하찮은 습관이 있었을 뿐이었지. 아니면 세상에서 가장 행복한 부부였지만 남편이 처제랑 떡을 쳤다든가 하는 사소한 사실이 있었을 뿐이야. 그런데 그중 어느 것도 패트릭에게 적용될 만한 실마리가 어디에도 없었어. 너야말로 그런 말을 한 사람이잖아. 스페인 가족은 최선을 다했다. 패트릭은 노력했다. 그는 그런 좋은 남자였다."

리치는 움직이지 않았다. "좋은 남자도 무너집니다."

"드물게 그러지. 아주아주 드물어. 그리고 그럴 땐 이유가 있어. 좋은 남자들은 상황이 힘들어질 때도 제자리를 지킬 만한 것들을 가지고 있어. 직업이 있고 가족이 있고 책임이 있지. 그들은 평생 따라왔던 규칙이 있어. 이런 것들이 너에게는 시시하게 들릴 게 분명하지만 그래도 여기에 사실이 있어. 그래도 그게 제대로 돌아간다는 것. 매일 그것 때문에 사람들이 선을 넘지 않는 거야."

"그러니까." 리치는 단조롭게 말했다. "패트릭은 건실한 중산층 청년이기 때문이라는 거군요. 공동체의 기둥이고. 그러니까 살인자가 될 수 없다는 말이네요."

이런 말다툼을 하고 싶지 않았다. 그것도 셔츠 안으로 등에 땀이

홍건히 맺힌 이런 이른 새벽에 바람 통하지 않는 관찰실에서라면.

"그는 사랑할 만한 것들이 있었기 때문이야. 집이 있었지. 좋아, 그건 정말 허허벌판에 덩그러니 있긴 하지만 그래도 한번 들여다보면 패트릭과 제니퍼가 그 집 구석구석을 사랑했다는 걸 알 수 있잖아. 그에겐 열여섯 살 때부터 사랑했던 여자가 있었어. '아직도 서로에게 미쳐 있었다', 코너 브레넌이 한 말이잖아. 그에게는 아빠에게 매달리는 아이가 둘 있었어. 그런 게 바로 좋은 남자들을 지탱해주는 거야, 리치. 그들에게는 마음을 쏟을 장소가 있다고. 자기가 돌보아야 할 사람들이 있고. 사랑해야 할 사람이 있어. 그래서 무게중심을 잃고 한없이 떨어질 것 같을 때에도 낭떠러지로 넘어가지 않는 거야. 그러니까 너는 패트릭이 어느 날 그냥 홱 돌아버려서 모든 걸 날려버렸다는 걸 내가 믿을 수 있도록 해야 할 거야. 아무런 이유 없이."

"아무런 이유가 없지 않습니다. 선배님이 직접 말씀하셨잖습니까. 그는 모든 걸 잃기 직전이었어요. 직장도 사라졌고 집도 무너지고 있었죠. 아내와 아이들도 마찬가지로 가버릴 수 있었습니다. 그런 일이 일어나요. 이 나라 전체에서 그런 일이 일어나고 있었습니다. 노력해봤자 아무 소용이 없을 때 먼저 뚝 부러졌던 사람들도 노력하는 사람들이었습니다."

갑자기 진이 빠졌다. 잠 못 이룬 이틀 밤이 나를 발톱으로 찍고 온 무게를 실어 끌어내리는 느낌이었다. "뚝 부러진 사람은 코너 브레넌이야. 이제 잃을 게 아무것도 없는 남자가 있어. 직장도 없고 집도 없고 가족도 없고 자기 정신도 없지. 네가 원하는 대로 돈을 걸어도 좋아. 우리가 코너의 인생을 들여다보기 시작해도 친한 친구나 사랑하는 사람들로 이루어진 끈끈한 무리는 찾지 못할 거야. 브레넌을 제자리에 붙들어주는 건 아무것도 없었어. 그는 사랑할 게 없었어. 스페인 가족 말고는. 그는 작년 내내 은자와 유나바머의 교차점 위에서 살아간 거나 다름없어. 모두가 그 가족을 스토킹하기 위해서였지. 심지어 너의 작은 이론조차도 코너가 피의 새벽 3시에 그들을 훔쳐보는 변태 망상 분자라는 사실에 달려 있잖아. 이 남자는 제대로 된 인간이 아니야, 리치. 멀쩡하지 않다고. 그걸 에둘러 돌아갈 길은 없어."

리치의 뒤 면담실의 거센 하얀 빛 속에서 코너는 펜을 내려놓고 손가락 끝으로 눈을 꾹꾹 누르며 우울하고 가차 없는 리듬으로 문지르고 있었다. 나는 그가 잠을 마지막으로 잔 게 얼마나 됐는지 궁금했다. "우리가 한 말 기억나? 가장 단순한 해결책에 대해? 그게 지금 네 뒤에 있어. 네가 만약 패트릭이 우크라이나 출신 란제리 모델에게 반해서 가족을 떠날 준비를 하는 동안 가족을 죽도록 패는 사악한 개새끼였다는 증거를 찾아내면 그때 나한테 다시 와. 그전까지 나는 저 사이코 스토커에게 내 돈을 걸 테니까."

리치가 말했다. "선배님이 저한테 직접 말씀하셨잖아요. '사이코'라는 건 동기가 될 수 없다고. 스페인 가족이 행복하지 않았기 때문에 화가 났다는 그런 헛소리는 아무것도 안 돼요. 그 가족에게 문제가 있었던 지는 몇 달 됐습니다. 그런데 그제 밤 저 자식이 난데없이 그런 결심을 했다는 겁니까. 자기 은신처를 치울 시간도 없이 그렇게 빨리요. '텔레비전에서 재미있는 걸 안 하네. 내가 뭘 해야 할지 알겠다. 스페인 가족에게로 내려가서 다 죽여버릴까?' 말도 안 돼요. 패트릭 스페인이 동기가 없다고 선배님은 그러셨죠. 그렇다면

이 남자의 동기는 대체 뭐란 말입니까? 대체 어째서 그들 모두가 죽길 바랐단 겁니까?"

살인이 특별한 범죄가 되는 이유는 많지만 그중 하나가 이것이다. 살인만이 우리가 왜, 라며 이유를 묻게 되는 유일한 범죄다. 강도, 강간, 사기, 마약 거래, 온갖 지저분하고 장황한 말들. 이런 범죄들에는 나름의 지저분한 이유가 이미 내재되어 있다. 우리는 오직 범인을 범인 모양의 구멍에 끼워 맞추기만 하면 된다. 하지만 살인은 설명이 필요하다.

어떤 형사들은 신경 쓰지 않는다. 공식적으로는 그들의 태도가 옳다. 누가 그 짓을 저질렀는지 증명할 수 있다면 어떤 법 조항도 이유를 증명할 필요가 있다고는 하지 않는다. 언젠가 무차별 차량 총격처럼 보이는 사건을 맡았을 때 우리가 총을 쏜 자를 체포한 후에도 그를 열 번은 끌어내릴 만한 충분한 증거를 확보한 후에, 나는 이 용의자의 똥통 같은 동네에서 경찰을 증오해서 단답식으로밖에 대답하지 않는 온갖 하층민들과 심층 대화를 하느라 몇 주를 허비했다. 마침내 누군가 희생자의 삼촌이 어떤 가게에서 일했는데 총을 쏜 범인의 열두 살 난 여동생에게 담배 한 갑을 파는 걸 거절했기 때문이라는 말을 흘렸다. 우리가 왜냐는 말을 묻기를 그만두는 날, 그냥이라는 이유가 한 사람의 삶을 끝낸 이유에 대한 대답으로 받아들일 만하다고 결정을 내리는 그날이, 우리가 동굴 입구에 쳐놓은 선에서 물러나 야성이 마음껏 소리치도록 안으로 불러들이는 날이 된다.

내가 말했다. "날 믿어. 나는 알아낼 거야. 우리는 브레넌의 동료들과 이야기를 나눌 거고 그의 집을 수색할 거고 스페인의 컴퓨터를, 그리고 브레넌도 컴퓨터가 있다면 찾아서 샅샅이 뒤질 거야. 분석 대기중에 있는 법의학적 증거들도 있지. 거기 어디에 동기가 있어, 형사. 내가 이 망할 사건을 받은 지 마흔여덟 시간 내에 모든 퍼즐을 다 끼워 맞추지 못해서 불만이라면, 미안한데 약속하지. 나는 찾아낼 거야. 그러니까 이 망할 진술서를 받아서 집에 가자고."

나는 문으로 향했지만 리치는 가만히 있었다. 그가 말했다. "파트너라고요. 오늘 아침에 파트너라고 하셨죠. 기억하십니까? 우리는 파트너라고."

"그래, 우리는 파트너야. 그래서?"

"그러면 우리 두 사람 몫으로 선배님이 결정을 내리셔서는 안 되죠. 우리는 함께 결정을 내리는 겁니다. 그리고 저는 우리가 계속 패트릭 스페인을 주시해야 한다고 생각합니다."

다리를 벌리고 어깨를 꼿꼿이 세운 자세를 보니 그는 싸움 없이는 꼼짝도 하지 않을 기세였다. 우리 둘 다 내가 리치를 상자 안으로 도로 밀어 넣고 머리 위로 뚜껑을 탁 닫아버릴 수 있다는 사실을 알았다. 내가 나쁜 보고를 한 번만 해도 리치는 살인수사과에서 떨려나 다시 몇 년간, 아니면 영원히 교통사고처리과나 성범죄약물수사과에서 구르게 될 것이었다. 나는 그걸 살짝 건드리면, 아주 미묘한 힌트 하나만 흘리면 그만이었고 리치는 물러설 것이다. 그러면 코너의 서류 작업을 마치고 패트릭 스페인을 평화롭게 쉬도록 놔둘 수 있었다. 그러면 스물네 시간쯤 전에 병원 주차장에서 시작되었던 그 잠정적인 감정도 끝낼 수 있었다.

나는 다시 문을 닫았다. "좋아." 나는 벽에 푹 기대면서 어깨에서 긴장을 빼려고 애썼다. "좋아. 여기서 내가 제안하는 건 이거야. 우리는 다음 주 중에는 코너 브레넌을 조사하면서 우리 사건을 물 샐

틈 없게 완벽히 막아야 할 필요가 있어. 그건 코너가 우리 범인이라고 추정하는 거지. 내 제안은 그동안에 너랑 내가 패트릭 스페인에 대한 병행 수사를 하는 거야. 오켈리 과장은 나보다도 그 생각을 더 안 좋아할 거야. 시간과 인력 낭비라고 하겠지. 그러니까 그에 대해서는 요란 떨지 말아야 해. 그리고 그게 부각되면 브레넌의 변호인 측에서 패트릭에 대한 얘기를 뭐든 꺼내서 법정에서 관심을 다른 데로 돌릴 구실로 삼지 않도록 조심해야 하고. 그러자면 근무를 많이도 해야겠지만 네가 감당할 수 있다면 나도 그 정도는 감당할 수 있어."

리치는 벌써 서서 잠들기 직전으로 보였지만 몇 시간 정도만 자면 다시 거뜬해질 만큼 젊었다. "저도 감당할 수 있습니다."

"나도 그렇게 생각했어. 패트릭에 대해 확고한 증거 같은 걸 찾아내면 그때 다시 모여서 검토해보자고. 이 정도면 네 마음에 들어?"

그는 고개를 끄덕였다. "좋습니다. 좋은 결론인 것 같습니다."

"이번 주의 핵심은 신중이야. 우리가 확고한 증거를 찾아낼 때까지는, 그리고 찾아내지 못하면 나는 패트릭 스페인의 그를 사랑했던 사람들에게 살인자였다고 하면서 그의 시체를 모욕하지는 않겠네. 네가 그러도록 가만히 두고 보지도 않을 거야. 네가 그들 중 누구에게라도 패트릭이 용의선상에 있다는 눈치를 흘리기라도 하면 우리는 끝장이야. 내 말 명확히 알아들었나?"

"네, 아주 분명히 알아들었습니다."

면담실에서는 뭔가 끼적거린 진술서 양식 위에 펜이 가만히 놓여 있었고 코너는 손바닥 두덩으로 두 눈을 누른 채 그 위에 웅크리고 있었다. 나는 말했다. "우리 모두 잠이 필요해. 저자는 이제 구속하도록 넘기고 진술서는 타자로 옮겨 치게 하고 시보들에게 지시를 남겨둔 후에 우리는 집으로 가서 몇 시간이라도 눈을 붙이자고. 정오에 여기서 다시 만나자. 지금은 저자가 우리를 위해 뭘 썼는지 볼까.

내가 의자에 벗어놓은 스웨터를 주워 다시 가방에 쑤셔 넣으려고 허리를 숙이려는 찰나 리치가 나를 막았다. "감사합니다."

그는 한 손을 내밀며 흔들림 없는 푸른 눈으로 내 얼굴을 똑바로 보았다. 악수를 나눌 때 리치의 손에 들어간 힘에 나는 놀라고 말았다.

"감사는 필요 없어." 나는 말했다. "파트너란 그런 거니까."

그 말이 우리 사이의 공기 중에 걸려서 불붙은 성냥처럼 환하게 파닥거렸다. 리치는 고개를 끄덕였다. "멋지군요."

나는 그의 어깨를 한 번 가볍게 치고 다시 짐을 싸기 시작했다. "됐어. 너는 모르겠지만 나는 자고 싶어서 죽을 지경이라고."

우리는 짐을 다 여행 가방 안에 던져 넣고 종이컵과 커피 막대를 쓰레기통에 넣은 후 전등을 끄고 관찰실의 문을 닫았다. 코너는 움직이지 않았다. 복도 끝에서 창문은 여전히 피곤한 도시의 새벽빛으로 흐릿했지만 이번에는 그 냉기가 내게 닿지 않았다. 어쩌면 내 옆에 있는 젊은 에너지 때문인지도 몰랐다. 승리감이 다시 혈관 속에서 보글보글 올랐고 나는 다시 정신이 맑아지고 등이 펴졌으며 강하고 돌처럼 단단해진 기분이었다. 앞으로 무슨 일이 다가와도 맞설 준비가 된 것처럼.

11

전화벨소리가 울려 나를 심해의 바닥처럼 깊은 잠에서 끌어 올렸다. 나는 숨을 헉 들이켜고 손을 마구 휘저으며 잠에서 깨어났다. 순간 비명을 지르는 소리가 화재 경보라고 생각했다. 점점 커져가는 불꽃 속에서 디나가 내 아파트에 갇혀 있는 줄 알았다. "케네디입니다." 정신이 제대로 들자 나는 말했다.

"이건 형사님 사건과 아무 관계가 없을 수도 있는데요, 다른 포럼 게시판 찾으면 전화하라고 해서서. 개인 메시지가 뭔진 아시죠?"

이름이 뭐더라, 컴퓨터 전문가, 키런. "약간은." 나는 말했다. 내 침실은 어두웠다. 낮일 수도 있고 밤일 수도 있었다. 나는 몸을 굴려 침대 옆 전등을 더듬더듬 찾았다. 갑작스레 켜진 환한 불빛이 눈을 찔렀다.

"좋아요. 어떤 게시판에서는 환경 설정을 해둘 수 있어요. 개인 메시지를 받으면 사본이 이메일로 오는 거죠. 패트릭 스페인이, 뭐 제니퍼일 수도 있지만 패트릭일 것 같은데요, 내 말이 무슨 뜻인지 아시게 될 겁니다. 적어도 게시판 하나에 그 설정을 활성화해두었더라고요. 우리 소프트웨어가 와일드워처Wildwatcher라고 하는 게시판에서 온 개인 메시지를 복구했어요. 비밀번호 파일에 WW라고 있던데 그게 '월드 오브 워크래프트'는 아닐 거 아니에요." 키런은 소리를 키운 하우스 음악의 리듬에 맞춰 작업하는 듯했다. 머리가 벌써 쿵쿵 울렸다. "마틴이라고 하는 사람이 6월 13일에 보낸 건데 이런 내용이에요. '논쟁에 끼어들려고 하는 건 아닌데 밍크라면 나는 분명 독을 칠 것임. 특히 새끼가 있으면 그런 놈들은 사나움' 철자가 좀 틀렸네요. '거침없이 애들을 공격할 것' 인용 끝. 사건이 밍크랑 관련이 있어요?"

알람 시계를 보니 10시 10분이었다. 아직도 목요일 아침이라고 하면 나는 고작 세 시간도 자지 못한 것이었다. "와일드워처 사이트를 확인해봤나?"

"아뇨, 대신 페디큐어 받으러 갔는데요. 네, 당연히 확인했죠. 사람들이 자기가 목격한 야생동물에 대해 이야기하는 사이트예요. 그러면 그렇게 야생은 아닌 셈이지만. 그게 영국 기반 사이트여서 우리가 주로 말하는 건, 뭐 도시 여우? 아니면 자기네 집 등나무 가지에 둥지를 튼 작은 갈색 새 친구가 무슨 종인지 물어보고 그러는 거죠. 그래서 '밍크'로 검색을 돌려봤더니 아니나 다를까 팻더래드Pat-the-lad라는 아이디를 쓰는 회원이 6월 12일에 만든 타래가 나오더라고요. 신입 회원이던데. 특별히 이 글을 올리기 위해서 가입한 것 같았어요. 읽어줘요?"

"나 지금 뭐 하는 중이라서." 누군가 내 눈에 모래를 문지른 것 같은 느낌이었다. 입도 깔깔했다. "나한테 링크를 이메일로 보내줄 수 있나?"

"문제없죠. 그럼 와일드워처는 어떻게 했으면 좋겠어요? 가볍게 확인해요, 아니면 깊이 파고들어요?"

"가볍게 확인해봐. 아무도 팻더래드와 다투지 않았으면 그만 넘어가도 좋아. 어쨌든 지금은. 그 가족이 밍크를 두고 살해당한 건 아니니까."

"저한테 유리한 얘기네요. 나중에 봐요, 케모사베." 키런이 전화를 끊기 직전 그가 음악 소리를 뼈를 진동시킬 정도로 키우는 게 들렸다.

나는 빨리 샤워를 하며 눈에 다시 초점이 돌아올 때까지 물 온도를 차갑게 더 차갑게 맞췄다. 거울에 비친 내 얼굴이 거슬렸다. 무슨 상이라도 타려고 노리는 사람처럼 음울하고 강렬해 보였다. 상이 이미 진열장 안에 고이 모셔져 있는 사람 같지가 않았다. 나는 노트북과 물이 담긴 큰 잔, 과일 몇 개를 가져왔다. 디나가 배를 한 입 베어 물었다가 마음이 바뀌었는지 도로 냉장고 안에 넣어둔 모양이었다. 나는 그것들을 들고 소파에 앉아 와일드워처를 확인했다.

팻더래드는 6월 12일 오전 9시 23분에 가입해서 9시 35분에 타래를 시작했다. 내가 그의 목소리를 들은 건 그때가 처음이었다. 그는 좋은 남자처럼 보였다. 잘난 척하지 않고 요점을 단도직입적으로 전달하며 어떻게 사실을 배치할지 알고 있었다.

안녕하세요, 회원 여러분. 질문이 있습니다. 아일랜드 동쪽 해안에

사는데요. 중요할지는 모르겠지만 바다 바로 옆입니다. 지난 몇 주
일 동안 다락에서 이상한 소음이 들려서요. 달리는 소리, 마구 긁
는 소리, 단단한 것이 구르는 소리, 톡톡이나 틱틱이라고 밖에 표
현할 수 없는 소리 같은 게 나요. 올라가봤는데 동물이 들어온 흔
적은 없습니다. 묘사하긴 어려운데 연기랄까 사향이랄까 하는 냄
새도 나지만 집이랑 관련 있는 걸 수도 있고요(파이프 과열?). 처
마 아래에 바깥으로 난 구멍을 하나 발견하긴 했는데 가로 13센티
미터 세로 8센티미터예요. 소리는 그것보다 더 큰 것 같았거든요.
마당을 확인해보았지만 굴의 흔적도 없고 뭔가 벽 아래로 파고 들
어갈 수 있는 구멍의 흔적도 없어요(1.5미터 높이입니다). 혹시 이
게 뭘지, 어떻게 하면 좋을지 아시는 분 있는지? 집에 어린 아이들
이 있어서 위험하면 알아야 할 거 같아서요. 감사합니다.

　와일드워처 게시판은 활발히 돌아가는 곳은 아니었지만 팻더래
드의 타래는 사람들의 관심을 끌었다. 백 개 넘는 댓글이 달렸다. 처
음 몇 명은 쥐나 다람쥐일 수 있으니 해충 구제 업자를 부르라고 했
다. 그는 두 시간 정도 후에 답을 달러 돌아왔다.

　고맙습니다. 제 생각에 동물은 한 마리인 거 같은데요, 한 번에 한
장소 이상에서는 소리가 난 적이 없어요. 쥐나 다람쥐 같진 않아
요. 처음엔 그런가 하고 땅콩버터 큰 덩어리를 넣어서 쥐덫을 놓았
지만 소용이 없어요. 그날 밤에도 많이 왔다 갔다 했는데 아침에
보니 덫은 건드리지도 않았더라고요. 그러니까 땅콩버터를 먹지
않는 무엇인 거죠!

누군가 그 동물이 하루 중 언제 가장 활동적이냐고 물었다. 그날 저녁 패트릭이 글을 올렸다.

처음에는 우리가 밤에 잠자리에 든 직후에 들렸는데 낮에는 귀를 기울이고 있지 않아서일 수도 있습니다. 일주일 전쯤부터 주의를 기울여보았더니 낮이건 밤이건 항상 소리가 나더라고요. 패턴이 없었어요. 지난 사흘 동안에는 아내가 요리하는 동안, 특히 고기를 굽는 동안 소리가 늘어나는 거 같습니다. 마치 그게 정신이 나간 것처럼요. 솔직히 말하면 좀 소름 끼칩니다. 오늘 밤에는 아내가 저녁(비프 캐서롤)을 차리고 저는 아이들과 함께 부엌 바로 위에 있는 애들 방에 있었어요. 그랬더니 그게 천장을 뚫고 나오려는 듯 득득 긁고 쿵쿵 치더라고요. 제 아들 침대 바로 위라서 약간 걱정이 됐습니다. 또 다른 생각 있으신지요?

사람들이 흥미를 보이기 시작했다. 회원들은 그게 북방족제비, 밍크, 쇠족제비라고 생각했다. 사진들도 올렸다. 가늘고 물결처럼 스르르 움직이며 섬세하고도 사악한 치아를 드러낼 만큼 입이 넓은 동물들. 어떤 사람들은 패트릭에게 다락에 밀가루를 뿌려서 동물의 발자국을 찾고 발자국이나 배설물 사진을 찍은 다음에 게시판에 올려보라고 했다. 그런 다음 누구는 뭣 때문에 난리인지를 알고 싶어 했다.

ㄴ 왜 아직도 여기 있음? 가서 쥐약을 사다 다락에 놓으면 말짱하게 해결될 텐데. 아니면 설마 해로운 동물을 죽이면 안 된다고 믿

는 동정심 강한 사람인가? 그렇다면 뭐 이런 일 당해도 쌈.

모두가 패트릭의 다락에 대해서는 잊고 서로 동물권에 관한 주장을 펼치기 시작했다. 토론이 과열되었고 모두가 모두를 살인자라고 욕했다. 하지만 다음 날 돌아왔을 때 패트릭은 냉철한 정신으로 그런 논쟁에서는 멀찍이 떨어졌다.

> 완전히 마지막 해결책이 아니라면 독은 쓰고 싶지 않네요. 다락 바닥에서 기둥 사이와 그 아래 있는 방의 천장 사이의 공간(깊이가 25센티미터 정도 되려나)으로 이어지는 틈이 있는데 위험한 건 보이지 않았지만 뭔가 거기서 기어 다니거나 죽는 건 원치 않아요. 그랬다간 악취가 엄청날 테고 꺼내려면 다락 바닥을 뜯어야 할 테니까요. 같은 이유로 처마 아래 구멍을 판자로 막고 싶지도 않아요. 실수라도 그게 거기 갇히면 안 되니까요. 똥 같은 건 보지 못했지만 늘 지켜보고 발자국을 찍어보란 충고는 그대로 해보겠습니다.

아무도 그에게는 관심을 기울이지 않았다. 누군가 필연적으로 다른 사람을 히틀러에 비교*했다. 그날 늦게 관리자가 타래를 잠가버렸다. 팻더래드는 다시는 글을 올리지 않았다.
이건 확실히 카메라와 벽에 구멍이 있는 이유를 설명해주었다. 하지만 그래도 아직 딱 맞아떨어지지 않는 면이 있었다. 나는 냉철한

---

* 고드윈의 법칙을 뜻한다. 온라인에서 논쟁이 벌어지면 결말에는 반드시 나치나 히틀러에 비교하는 현상.

정신을 가진 남자가 〈캐디쉑〉*에나 나올 법한 쇠망치를 들고 집 주위를 돌아다니며 북방족제비를 쫓는 모습을 그려볼 수도 없었고 그가 뭔가가 자기 집 벽을 갉아 먹고 있는데 뒤로 물러나 앉아 아기 모니터나 보고 있는 모습도 그려볼 수 없었다. 특히 아이들이 고작 몇 미터 떨어진 곳에 있는데.

어느 쪽이든 우리가 모니터와 구멍은 일단 제쳐둘 수 있다는 것을 의미했다. 키런에게 말한 대로 밍크 때문에 코너 브레넌이 대량 살인을 저지를 결심을 하진 않았을 테니까. 제니퍼나 그 부동산 대리인에게는 문제가 될 수 있겠지만 우리의 문제는 아니었다. 하지만 나는 리치에게 약속했다. 패트릭 스페인을 조사하겠다고. 그리고 그의 삶에 있는 기이한 점도 설명을 해야 할 필요가 있었다. 나는 낙관적인 점이 많다고 혼잣말을 했다. 우리가 풀린 매듭을 더 많이 묶을수록 변호인 측에서 법정에서 혼란을 일으킬 가능성이 줄어들기 때문이었다.

나는 차를 내리고 시리얼을 먹었다. 코너가 유치장에서 아침 식사를 먹는다는 생각을 하니 음울한 기쁨이 냉철하게 나를 쿵 치고 갔다. 그리고 나는 시간을 들여 타래를 다시 읽어보았다. 그런 유의 기록물들을 찾아다니는 살인수사과 형사들이 있다는 걸 안다. 희생자의 목소리가 밴 가는 실 같은 메아리, 살아 있는 얼굴이 물에 비친 반사상. 그런 형사들은 희생자가 그들을 위해 생생하게 살아 오길 바란다. 나는 아니다. 그런 찢겨 나간 조각은 내가 사건을 푸는 데 도움을 주지 않고 나는 그에 깔린 싸구려 감상에 쓸 시간이 없다. 누

---

* 1980년에 제작된 골프 클럽 배경의 영화로 골프장에 나타난 뒤쥐를 둘러싼 소동이 묘사된다.

군가가 행복하게 낭떠러지 가장자리로 향해 가는 광경을 구경하는, 편안하면서도 가슴 저미는 슬픔. 나는 죽은 자들은 죽은 채로 있게 놔둔다.

패트릭은 달랐다. 코너 브레넌은 그의 명예를 훼손하려고 무진장 애를 썼다. 그의 부서진 육신에 살인자의 가면을 영원히 용접시키려 했다. 패트릭 본인의 얼굴을 슬쩍 보는 건 천사들의 옆구리에 한 방 날려주는 기분이었다.

나는 래리의 전화에 메시지를 남겨서 야외 전문가인 부하를 시켜 와일드워처 타래를 확인해보고 즉시 브라이언스타운으로 가서 야생동물의 가능성에 대해 어떻게 생각하는지 알아봐달라고 했다. 그런 다음에는 키런에게 이메일 답장을 썼다. "알려줘서 고맙네. 그 메시지를 수신한 후에 패트릭 스페인이 이 야생동물 관련 문제를 다른 사이트로 옮겼을 수도 있을 것 같은데. 어디로 갔는지 알아내야 할 필요가 있어. 새로운 정보가 있으면 알려주길."

수사본부에 들어갔을 때는 정오가 되기 이십 분 전이었다. 모든 시보가 외근을 나갔거나 커피 한잔하러 나갔지만 리치만은 자기 자리에 앉아 있었다. 그는 십 대처럼 의자 다리를 자기 발목으로 감싸고 컴퓨터 화면에 코를 박고 있었다.

"안녕하세요." 그는 고개도 들지 않고 말했다. "애들은 선배님이 찍은 범인 차를 가지러 갔어요. 진청색 오펠 코르사 03D라네요."

"스타일을 아는 친구군." 나는 리치에게 커피가 담긴 종이컵을 건넸다. "아직 커피 마실 짬이 없었을까 봐. 차를 어디에 주차했다던 가?"

"고맙습니다. 만의 남쪽 끝이 내려다보이는 언덕 위에 했대요. 길에서 보이지 않게 나무들 사이에 숨겨둬서 아침 해가 뜰 때까진 애들이 못 본 것 같습니다."

단지에서 족히 1.5킬로미터 혹은 그 이상 떨어진 거리였다. 코너는 위험을 무릅쓰지 않았다. "멋지군. 그것도 래리에게 갔나?"

"지금 견인하고 있을걸요."

나는 컴퓨터를 향해 고개를 까닥했다. "뭐 쓸모 있는 거라도?"

리치는 고개를 저었다. "선배님의 범인은 체포된 적이 없네요. 어쨌든 코너 브레넌이라는 이름으로는요. 속도위반으로 딱지를 뗀 적이 두 번 정도 있지만 날짜와 장소가 제가 담당하던 곳과 일치하지 않습니다."

"아직도 어째서 저 친구 얼굴이 낯이 익은지 알아내려고 하는 거야?"

"네. 아주 한참 전인 것 같다는 생각이 드는데요. 제 머릿속에서 저 친구가 더 젊었던 것 같거든요. 어쩌면 스무 살 정도. 아무것도 아닐 순 있지만 그래도 알아내고 싶습니다."

나는 코트를 내 의자 등받이에 던져놓고 커피를 한 모금 쭉 들이켰다. "누구 다른 사람이 이전부터 코너를 알고 있지 않을까 싶은데. 곧 피오나 래퍼티를 데려와서 코너를 보고 어떻게 반응하는지 봐야겠어. 그가 스페인 가족의 집 열쇠를 얻었다고 하는데, 새벽에 돌아다니다가 발견했다고 하는 헛소리 따위는 못 믿겠고. 그렇다면 피오나가 열쇠를 가졌던 유일한 사람이잖아. 그걸 우연의 일치라고 보긴 어렵지."

그 시점에 퀴글리가 뒤에서 쓱 나타나 타블로이드 조간신문으로 어깨를 탁 쳤다. "나도 들었어." 그는 더러운 비밀이라도 되는 양 속삭였다. "네가 지난밤에 그 큰 사건과 관련된 누구를 잡았다며."

퀴글리를 보면 나는 늘 넥타이를 똑바로 하고 잇새에 낀 게 없나 확인해야 할 것 같은 충동이 들었다. 그에게선 패스트푸드 식당에서 막 아침을 먹은 냄새가 났고 그걸로 많은 것이 설명되었으며 윗입술은 기름으로 번들거렸다. "제대로 들었는데." 나는 그에게서 한 발짝 물러나며 말했다.

그는 축 늘어진 작은 눈을 휘둥그레 뜨며 나를 보았다. "꽤 빠른데. 그렇지 않나?"

"그러라고 우리가 월급 받는 거잖아, 친구. 나쁜 놈들 잡으라고. 너도 가끔은 노력해봐."

퀴글리의 입이 꽉 다물어졌다. "맙소사. 너무 방어적이네, 케네디. 지금 의심을 품고 있지 않아? 다른 사람을 잡아 온 거란 생각은 안 드나?"

"두고 보라고. 그런가 싶긴 한데 혹시 모르니까 가서 샴페인을 얼음 통에 넣어둬."

"끈질기게 버티서. 너의 불안감을 내게 쏟아놓지 말고. 난 너를 위해서 기뻐하고 있어. 정말이야."

그는 상처받은 분노에 잔뜩 취해서 신문으로 내 가슴을 가리켰다. 남에게 홀대당했다는 감정이 퀴글리가 굴러가는 원동력이었다. "참 다정하네." 나는 우리 대화가 끝났다는 걸 알리기 위해 책상 쪽으로 돌아서며 말했다. "조만간 심심하면 너를 큰 사건에 데려가서 어떻게 해결하는지 보여줄게."

"아, 그거 좋네. 이자를 잡아들였으니 이제 온갖 화려한 사건은 다

네 차지가 되겠지? 아, 그것참 멋지겠는데. 정말 그럴 거야. 우리 중 어떤 놈은……." 그는 리치를 향했다. "우리 중 어떤 놈은 그냥 살인 사건을 해결하기만 바랄 뿐이거든. 언론의 관심은 우리에게는 중요하지 않아. 하지만 우리의 케네디 님은 약간 다르시지. 스포트라이트를 받는 걸 좋아하거든." 퀴글리는 신문을 흔들었다. "천사들 침대에서 살해당하다"라는 헤드라인 아래 스페인 가족이 어느 해변에서 휴가를 즐기며 웃는 흐릿한 사진이 실려 있었다. "뭐, 그게 잘못은 아니겠지. 일을 하기만 한다면."

"살인 사건을 해결하길 바라는 겁니까?" 리치는 어안이 벙벙해서 물었다.

퀴글리는 그 말을 무시했다. 그는 나를 향했다. "네가 범인을 제대로 잡은 거라면 그것도 대단하지 않겠어? 그러면 모든 사람이 지난번 일을 뒷전으로 제칠 수 있을 테니까." 그는 실제로 한 손을 들어 내 팔을 토닥거리려 했으나 내가 노려보자 생각을 고쳐먹고 그만두었다. "운이 좋네, 그렇지? 이번에는 제대로 된 범인을 잡았길 우리 모두 바라네." 그는 내게 히죽거리는 웃음을 보내더니 손가락 두 개를 엇갈려 잠깐 흔들고는 다른 사람의 아침을 망치러 뒤뚱뒤뚱 가버렸다.

리치는 정신 없고 가식적인 웃음을 띤 얼굴로 손을 흔들면서 퀴글리가 문밖으로 나가는 모습을 보았다. 그가 말했다. "지난번 일이라는 건 뭡니까?"

내 책상 위에 쌓인 보고서와 증언 진술서 더미는 예쁘게 정리 되어 있었다. 나는 그것들을 넘겨보았다. "이 년 전쯤 내 사건 중 하나가 엉망진창이 된 적 있었어. 내가 범인이 아닌 사람에게 거는 바람에 결국에는 범인을 놓쳐버리고 말았지. 하지만 퀴글리는 헛소리하는 거야. 지금은 저 자식 말고 아무도 그 사건을 기억 못 해. 그때가 자기 인생 최고의 해였던 건지, 평생 거기 집착할걸."

리치는 고개를 끄덕였다. 조금도 놀라는 눈치가 아니었다. "선배님이 어떻게 사건 해결을 하는지 보여줘야겠다고 했을 때 퀴글리 얼굴을 보셨어야 하는 건데. 순전한 악의 그 자체였어요. 약간 과거사가 있나 봐요?"

시보 중 하나가 모든 글자를 대문자로 쳐놓는 끔찍한 습관이 있었다. 그 습관은 버려야 할 것 같았다. "과거사 같은 건 없어. 퀴글리는 자기 일을 지지리 못하고 그게 자기 아닌 다른 모두의 잘못이라고 생각해. 나는 그 자식이 절대 받지 못하는 사건을 배정받는데 그러니까 자기가 찌꺼기 같은 사건만 담당하게 되는 게 내 잘못이 되는 거지. 그리고 내가 그 사건들을 다 해결하니까 자기 꼴이 더 우스워지고 자기가 추리 보드게임의 문제 하나도 해결 못 하는 것도 내 잘못이 된다니까."

"뇌세포가 두 개만 더 있었으면 방울 양배추라도 됐을 텐데." 리치가 말했다. 그는 의자에 기대어 엄지손톱을 뜯으며 퀴글리가 나간 문을 여전히 바라보고 있었다. "좋은 일이기도 해요. 퀴글리는 선배님을 짓밟아줄 기회를 좋아할 뿐이니까요. 저 사람이 돼지 똥처럼 미련하지 않았더라면 선배님도 크게 곤란해졌을 테니."

나는 진술서를 내려놓았다. "퀴글리가 나에 대해 뭐라 말하던가?"

리치의 발이 의자 밑에서 소프트 탭댄스를 추듯이 분주하게 움직였다. "그냥 그거요. 거기서 들으신 얘기."

"그거 전에는 뭐였는데?" 리치는 아무 기억이 안 난다는 표정을

지으려 했으나 발은 여전히 꼼지락댔다. "리치, 이건 나의 연약한 감
정에 관한 게 아니야. 그 자식이 우리가 함께 일하는 관계를 해치려
고 한다면 난 알 필요가 있어."

"퀴글리가 그런 건 아닙니다. 전 그 사람이 뭐라고 했는지도 기억
못 해요. 확실히 꼬집어 말할 만한 건 없었어요."

"퀴글리가 하는 일이라면 절대로 그럴 리 없지. 뭐라고 말했나?"

그는 씰룩하듯 어깨를 으쓱했다. "그냥 벌거벗은 임금님이 어쩌
고 하는 헛소리랑 적을 얕보면 반드시 패한다나 뭐라나. 말도 안 되
는 말이었어요."

나는 퀴글리가 기회를 줬을 때 그 새끼를 더 세게 쳐줄걸 하는 생
각이 들었다. "그리고?"

"더는 아무것도 없었습니다. 제가 쫓아버렸거든요. 그때 퀴글리
가 '느리지만 꾸준한 사람이 해낸다'는 말을 하고 있었는데요. 제가
어째서 느리고 꾸준한데 형사님은 해내지 못하느냐고 물었거든요.
그 말을 좋아하지 않더라고요."

그 말에 나는 놀라기도 했지만 이 꼬마가 내 편을 들어 싸웠다는
생각을 하자 웃기지만 작은 온기가 마음을 찌르듯 울렸다. 나는 말
했다. "그래서 내가 코너 브레넌 건을 너무 섣불리 결정한 게 아닌가
걱정했던 건 아니겠지."

"아닙니다! 세상에, 그건 퀴글리와 상관없습니다. 전혀요."

"그러는 편이 나을 거야. 퀴글리가 네 편이라고 생각한다면 큰 충
격을 받게 될걸. 너는 젊고 유망하기 때문에 그가 중년의 패배자인
것도 네 잘못이 될 거야. 선택권이 있다면 그가 자기 좋자고 우리 둘
중 누구를 버스 밑으로 먼저 밀어버릴지 모르겠군."

"저도 압니다. 요전 날 저 뚱보 새끼가 저한테 교통사고처리과로 돌아가면 좀더 편하고 고향 같지 않겠느냐고 했어요. 내가 거기 잡혀 오는 용의자들과 지나치게 감정적인 관계를 맺고 있는 게 아니라면요. 저는 그자가 하는 말엔 귀를 기울이지 않습니다."

"좋아. 그렇게 해. 그는 블랙홀과 같아. 너무 가까이 가면 너를 같이 끌고 들어가버릴 거야. 언제나 부정적인 것과는 거리를 두라고."

"저는 쓸모없는 얼간이 새끼들과는 거리를 둡니다. 퀴글리는 절 어디로든 끌고 들어가지 못해요. 대체 어떻게 이 수사과에 있는 겁니까?"

나는 어깨를 으쓱했다. "세 가지 가능성이 있어. 누구 친척이거나, 누구랑 떡을 쳤거나, 누군가의 약점을 쥐고 있거나. 뭐든 맘대로 정해. 개인적으로는 그에게 연줄이 있다면 이 시점쯤엔 내가 알게 되었을 거고, 나한테는 저놈이 딱히 팜파탈처럼 보이지도 않거든. 그렇다면 협박밖에 남지 않지. 네가 퀴글리를 가만 놔둬야 할 또 하나의 좋은 이유가 돼."

리치의 눈썹이 치켜 올라갔다. "퀴글리가 위험하다고 생각하십니까? 진지하게? 저 미련한 개새끼가?"

"퀴글리를 과소평가하지 마. 물론 미련하지. 하지만 네가 생각하는 것만큼 미련하진 않아. 그렇다면 여기 있을 리가 없으니까. 그놈은 내겐 위험하지 않아. 혹은 그 문제로 따지면 네게도 위험하진 않겠지, 네가 멍청한 짓을 하지 않는다면. 그렇다고 퀴글리가 무해한 얼간이라는 건 아니야. 퀴글리는 장염이라고 생각해야 해. 네 인생이 꽤 고약한 냄새를 풍기도록 할 수 있고 언제까지나 떨치기 힘들거거든. 그러니까 너도 저 녀석을 피하려고 노력하도록 해. 그렇지만 네게 심각한 피해를 입힐 순 없을 거야. 네가 벌써 약해지지 않았다면. 하지만 이건 있어. 네가 약해지면, 그리고 퀴글리가 붙잡을 기회가 있으면, 그땐 뭐, 그가 위험해질 순 있지."

"선배님 말씀대로 하죠." 리치는 명랑하게 말했다. 딱히 확신이 있는 목소리는 여전히 아니었지만 그 모습을 그려보고 기분이 좋아진 느낌이었다. "설사남에게서는 멀어지도록 하죠."

나는 웃음을 억누르려고 하지도 않았다. "그리고 또 하나 있어. 괜히 쿡쿡 찔러 자극하진 마. 다른 형사들이 그렇게 하는 건 알고, 우리도 그래서는 안 되지만, 퀴글리와 나는 신입이 아니잖아. 퀴글리가 얼마나 나쁜 녀석이건 간에 그 녀석에게 망신을 주면 너도 건방진 꼬마처럼 보일 거야. 단지 그에게뿐만이 아니라 수사과의 나머지 형사에게도. 너는 바로 퀴글리의 손에 놀아나는 거야."

리치도 같이 웃었다. "맞는 말입니다. 하지만 퀴글리는 자업자득이잖습니까."

"자업자득이지. 대답할 필요도 없는 일이야."

리치는 한 손을 심장에 댔다. "저는 괜찮을 겁니다, 진짜로. 오늘 계획은 뭡니까?"

나는 서류더미로 돌아갔다. "오늘은 어째서 코너 브레넌이 그런 일을 저질렀는지 알아낼 거야. 그에게는 여덟 시간은 잘 권리가 있으니 앞으로 최소 두 시간 동안은 건드릴 수 없어. 나는 서두르진 않아. 이번에는 그가 우리를 기다리도록 하면 되지." 일단 용의자를 체포하면 적어도 그들을 기소하거나 놓아줄 때까지 사흘은 여유가 있다. 나는 우리가 필요한 만큼 그 기간을 쓸 계획이었다. 자백을 녹음하고 수갑을 찰칵 채우는 순간 이야기가 끝나는 건 텔레비전에서뿐이다. 실제 수사에서 찰칵 소리는 그저 시작이었다. 달라지는 건 이 뿐이다. 우리의 용의자는 우선 항목 목록의 맨 위에서 아래로 굴러 떨어진다는 것. 일단 용의자를 원하는 곳에 잡아 가두면 그다음부 터는 며칠 동안 그의 얼굴을 보지 않고 지낼 수 있다. 신경 쓸 것은 그를 가둘 벽을 쌓는 것뿐이다.

"우리는 지금 오켈리에게 가서 보고할 거야. 그런 후에 시보들과 얘기를 나누고, 그들이 코너의 인생과 스페인 가족의 인생을 파헤치 는 작업을 시작하도록 지시해야 해. 수사관들은 스페인 가족이 코 너의 시선을 끌었을 접점을 찾아내야만 하고. 그들 모두가 갔던 파 티나 패트릭이 인사 담당을 맡고 코너가 웹 디자인을 한 적이 있는 회사 같은 것. 코너 말로는 지금까지 일 년 남짓 스토킹했다고 하는 데, 그렇다면 시보들에게 2008년에 집중하라고 해야겠지. 그동안 너와 나는 코너의 집을 수색하면서 몇몇 틈을 메울 수 있는지 알아 봐야 하고. 뭐든 동기가 될 수 있는 것, 어떻게 그가 스페인 가족과 접촉했는지, 어떻게 열쇠를 얻었는지 가르쳐줄 수 있는 거면 뭐든 주워야지."

리치는 턱에 난 벤 자국을 만지작거렸다. 면도를 꼭 할 필요는 없 지만 적어도 태도가 바르다는 증거였다. 그는 어떻게 물어봐야 할 지 올바른 방식을 고심중이었다. 내가 말했다. "걱정 마. 패트릭 스 페인을 무시하는 건 아니니까. 너한테 보여줄 게 있어."

나는 컴퓨터의 전원을 켜고 와일드워처를 열었다. 리치는 의자를 옆으로 쭉 끌며 내 어깨 너머로 화면을 읽었다.

"허." 그는 다 읽고 나서 말했다. "이걸로 비디오 모니터는 설명될 수 있겠네요. 그런 사람들 있잖아요? 동물 관찰에 깊이 빠져 있는 사람들. 뒷마당에 나타난 여우를 관찰하겠다고 CCTV 시스템 전체를 갖추고."

"〈빅 브라더〉*를 보는 것 같겠지. 다만 출연자들이 좀더 영리할 뿐. 그런데 여기서 일어난 일이 뭔지는 모르겠어. 패트릭은 야생동물이 아이들과 접촉하게 될까 봐 걱정했던 건 분명해. 그저 재미로 토론을 부추기려고 한 건 아닐 거야. 그저 이걸 없애버리길 바란 것 같아."

"정말 그런 것 같습니다. 그것과 여섯 개의 카메라는 참 동떨어져 있지만." 리치가 타래를 다시 읽는 동안 침묵이 흘렀다. "벽에 난 구멍들." 그는 조심스럽게 말했다. "그런 구멍을 만들려면 꽤 덩치가 큰 동물이어야 할 겁니다."

"그럴 수도 있겠지, 아닐 수도 있고. 사람들을 시켜 조사하게 하고 있어. 누가 그 집을 들여다볼 건축 조사관을 데리고 왔나? 지반침하 등을 확인할 수 있는 사람?"

"보고서가 저 더미 속에 있습니다. 그레이엄이 작성했습니다." 그게 누군진 모르겠지만. "짧게 말하면 그 집은 아주 엉망이라고 합니다. 습기가 벽의 반쯤 스며들었고 금이 간 걸로 봐서는 지반침하도 있으며 배관에도 이상이 있답니다. 뭔지는 제가 알 수 없었습니다만 요점은 집 전체가 일이 년 안에 배관 공사를 다시 해야 할 것 같답니다. 시네이드 고건이 건설업자들에 대해 한 말은 틀리지 않았습니다. 망할 기회주의자 무리라고 했죠. 집들을 급히 지어서 팔아버린 후 누가 그들이 벌인 게임을 이해하기 전에 **빠진** 거죠. 하지만

---

* 영국의 리얼리티 관찰 쇼.

조사관 말로는 그중 무엇도 벽에 난 구멍은 설명해주지는 않는답니다. 처마에 난 구멍은 지반침하 때문일 수 있어요. 하지만 벽에 난 건 아니라고요." 리치의 눈과 내 눈이 마주쳤다. "만약 패트릭이 그 구멍을 직접 낸 거라면, 다람쥐를 쫓으려고…….."

"다람쥐가 아니었어. 그리고 그가 그랬는지 모르는 일이고. 지금은 누가 성급히 결론을 내리려 하고 있지?"

"그냥 만약이라면요. 자기 집 벽에 구멍을 낸다는 건…….."

"극단적인 행동이지. 맞아. 하지만 네가 말해봐. 수수께끼의 동물이 네 집 주변을 돌아다니고 그걸 없애버리고 싶은데 구제 업자를 부를 돈이 없어. 그러면 어떻게 하겠나?"

"처마 밑의 구멍을 판자로 막겠죠. 실수로 벽에 가두게 된다고 해도 이틀 정도 굶주리게 놔둔 다음에 도망가도록 판자를 떼어버리고 그다음에 다시 막으면 되니까요. 그래도 안 나가면 독을 쓰면 되고요. 그게 벽 안에서 죽어서 집 안에 악취가 진동을 한다면 그때야 망치를 꺼내겠죠. 그전에는 아닙니다." 그는 내 책상에서 멀어지며 다시 의자를 밀어 자기 자리로 돌아갔다. "패트릭이 그 구멍을 만들었다면 말이죠. 정신이 멀쩡하지 않은 사람은 코너만이 아니란 거죠."

"내가 말한 대로야. 곧 알아내겠지. 그때까지는…….."

"압니다. 주둥이 닥치고 있으란 거죠."

리치는 재킷을 걸치고 넥타이 매듭을 망가뜨리지 않으면서 제대로 됐는지 확인하려고 콕콕 찔렀다. 내가 말했다. "괜찮아 보여. 가서 과장을 만나자고."

그는 퀴글리에 대한 건 벌써 다 잊은 듯했다. 나는 잊지 않았다. 내가 리치에게 말하지 않은 부분이 있었다. 퀴글리는 정정당당한 싸움은 근처에도 가지 않는다. 그의 개인적인 재능은 약하거나 피 흘리는 것을 찾아내는 하이에나의 후각이었고 사람들을 무너뜨릴 수 있다고 확신하지 않으면 시비를 걸지 않았다. 퀴글리가 리치를 목표물로 삼은 이유는 분명했다. 신참, 여러 가지 다른 방식으로 자기를 향상해야 할 필요가 있는 노동계급 청년, 입에 재갈을 물고 가만히 있을 줄 모르는 똑똑한 척하는 젊은 놈. 리치를 들들 볶아서 스스로 입을 잘못 놀려 망하게 하는 건 간편하고 안전했다. 내가 답을 몰랐던 것, 내가 그렇게 좋은 기분으로 둥둥 떠 있지 않았더라면 걱정했을지도 모르는 일은 어째서 퀴글리가 나를 목표물로 삼았느냐는 것이었다.

오켈리는 아주 흐뭇한 상태였다. "기다리던 분들이 오셨구먼." 우리가 사무실 문을 두드리자 그는 의자를 빙그르르 돌려 우리를 마주 보았다. 그는 의자를 가리켰다. 우리는 자리에 앉기 전에 의자에 쌓여 있던 이메일 출력물과 휴가 신청서 더미를 치워야만 했다. 오켈리의 사무실은 늘 서류가 지배하기 직전인 상태처럼 보였다. 그는 우리 보고서 사본을 들어 보였다. "계속해. 내가 꿈꾸는 게 아니라고 말해달라고."

나는 그에게 상황 설명을 했다. "그 시시한 새끼가." 내 설명이 끝나자 오켈리는 이렇게 말했지만 마구 열을 뿜는 태도는 아니었다. 과장은 오랫동안 살인수사과에서 근무했고 온갖 일들을 다 보았다. "자백은 확인했나?"

내가 말했다. "우리가 받아낸 건 확인을 했습니다, 네. 그렇지만 우리가 자세한 점을 묻기 전에 용의자가 잠을 청하겠다고 하더군요. 나중에 혹은 내일 한 번 더 확인할 겁니다."

"이 새끼가 범인이야. 내가 언론에 발표할 만큼은 자네들이 받아
낸 것 같은데. 이제 브라이언스타운의 시민들에게 다시 안전하게
주무셔도 된다고 말할 수 있겠어. 자네들이 내게 할 말이 그거 맞
지?"

리치도 나를 보고 있었다. 내가 말했다. "거긴 안전하죠."

"내가 듣고 싶은 말이 그거야. 그간 기자들을 막대기로 때려가며
쫓아버리려고 얼마나 고생했다고. 이 새끼들 반은 범인이 다시 공
격해오길 바랐을걸. 그래야 자기 일거리가 계속 있을 테니까. 이걸
로 그들이 날뛰는 걸 막을 수 있겠지." 오켈리는 만족스러운 한숨을
내쉬며 의자에 기대 통통한 집게손가락으로 리치 쪽을 가리켰다.
"커런, 솔직히 고백하자면 나는 자네에게 이 일을 맡기고 싶지 않았
어. 케네디가 그 말 하던가?"

리치는 고개를 저었다. "아뇨, 하지 않았습니다."

"뭐, 나는 원치 않았거든. 너무 풋내기다 보니까 누가 화장지 들고
봐주지 않으면 자기 뒤도 제대로 닦지 못할 줄 알았지." 곁눈질로 보
니 리치의 입가가 씰룩였지만 그는 엄숙하게 고개를 끄덕였다. "내
가 틀렸네. 신입을 좀더 자주 활용해야겠어. 그래야 저 게으른 느림
보들에게 생각할 거리를 주지. 자네 잘해냈어."

"감사합니다."

"그리고 이 친구 말인데." 과장은 엄지손가락으로 나를 휙 가리켰
다. "이 친구를 이번 사건 근처에도 보내지 말라고 말할 친구들이 저
기 널리긴 했지. 알아서 만회하도록 하라고 말하더라고. 이 친구가
필요한 능력을 아직도 갖고 있는지 증명하게 하라고."

하루 전이었다면 나는 이 새끼들을 찾아서 내 능력의 증거를 목구멍에 처넣어주고 싶어서 안달이 났을 것이다. 지금은 6시 뉴스에 나는 걸로 충분했다. 오켈리는 날카로운 눈으로 나를 보고 있었다. "그럼 제가 잘해낸 것이길 바랍니다." 나는 무난하게 대답했다.

"자네라면 할 줄 알았어. 그게 아니라면 위험을 무릅쓰지 않았을 테니까. 그 친구들에게는 자기 자리나 잘 지키라고 말해줬고 내 생각이 맞았지. 돌아온 걸 환영하네."

"저도 돌아와서 기쁩니다."

"그럴 줄 알았어. 자네에 대한 내 생각이 옳았지, 케네디. 그리고 이 젊은 친구에 대해선 자네 생각이 옳았고. 이 수사과에는 가만히 좆 잡고 앉아서 자백이 자기 무릎에 저절로 떨어지길 기다리는 녀석들이 널렸어. 저 새끼는 언제 기소할 건가?"

"사흘을 제대로 다 쓰고 싶습니다. 이 사건에는 어떤 빈틈도 남기지 않았다는 걸 확인하고 싶으니까요."

"저거 봐." 오켈리가 리치에게 말했다. "저게 바로 우리 친구 케네디다운 말이지. 일단 누군가를 물면 그 새끼가 불쌍할 지경이라니까. 잘 보고 배우게. 가봐, 가봐." 그는 손을 너그럽게 내저었다. "필요한 대로 시간을 써. 자네들이 따낸 거니까. 연장 기간도 얻어주지. 작업하는 동안 또 필요한 게 있나? 인력이 더 필요해? 초과근무는? 말만 하라고."

"이 시점에는 다 괜찮습니다. 상황이 바뀌면 알려드리겠습니다."

"그렇게 하게." 오켈리는 말했다. 그는 우리를 향해 고개를 끄덕이고는 우리 보고서의 페이지를 보고 싸울 자세를 취하다가 도로 서류 더미 위에 던져버렸다. 대화는 끝났다. "이제 나가서 저 녀석들에게 일은 어떻게 하는 건지 똑똑히 보여줘."

복도로 나가 오켈리의 사무실 문에서 안전할 만큼 멀어지자 리치가 내 시선을 끌었다. 그가 말했다. "이제 제가 스스로 뒤를 닦아도 된다는 말입니까?"

많은 사람들이 과장을 두고 농담을 하지만 그는 내 상사이고 언제나 내 입장을 살펴주었다. 나는 이 두 가지 점을 진지하게 받아들이고 있다. "그건 그냥 은유야." 나는 말했다.

"저도 압니다. 그 화장지 어쩌고는 무슨 뜻입니까?"

"퀴글리?" 내가 대답했고 우리는 웃으며 수사본부실로 돌아갔다.

코너의 집은 창틀의 페인트가 다 벗겨져가는, 벽돌로 지은 높은 공동주택의 반지하였다. 집 뒤편의 녹슨 난간이 있는 좁은 계단을 내려가야 문이 나왔다. 침실과 작은 거실 겸 부엌, 그보다 더 작은 욕실이 있는 집 안으로 들어갔다. 코너는 오래전에 이 집을 까맣게 잊은 것 같았다. 그렇게까지 지저분하다고 할 수는 없었지만 구석에는 거미줄이 있고 부엌에는 음식물 찌꺼기가 남아 있었으며 리놀륨 바닥에는 물건이 어지러이 널려 있었다. 냉장고에는 반조리 식품과 스프라이트뿐이었다. 옷은 품질은 좋았지만 이 년 정도 된 것들이었고 깨끗했지만 개다 말고 옷장 바닥에 대충 쌓아놓았다. 서류는 거실 구석의 마분지 상자 안에 죄다 던져두었다. 청구서, 은행 명세서, 영수증. 몇몇 봉투는 심지어 뜯지도 않았다. 조금만 조사하면 그가 인생을 놓아버린 때가 언제인지 정확히 집어낼 수 있을 것 같았다.

확실히 피 묻은 옷도 없고, 세탁기 안에 옷도 없으며, 말리려고 널어놓은 옷도, 피 묻은 운동화도 없었다. 운동화 자체가 없었다. 하지만 옷장 안에 있는 구두 두 켤레는 280밀리미터였다. 나는 말했다. "그 나이대에 운동화가 한 켤레도 없는 남자는 본 적이 없는데."

"버렸겠죠." 리치가 말했다. 그는 코너의 매트리스를 뒤집어 벽에 세우고 장갑 낀 손으로 그 아래를 훑고 있었다. "월요일 밤 그가 가장 먼저 한 일이 그거 아니겠습니까. 깨끗한 옷으로 갈아입고 더러운 옷은 되도록 빨리 버렸겠죠."

"그렇다면 근처에 있다는 건데. 우리가 운이 좋다면 그렇겠지. 애들 몇 시켜서 동네 쓰레기통을 수색해보라고 해야겠군." 나는 옷 더미를 뒤지면서 주머니를 확인하고 축축한 부분이 없는지 시접을 만져보았다. 집 안은 추웠다. 난방은 전원 플러그를 꽂는 석유난로밖에 없었지만 그마저도 꺼져 있어서 냉기가 바닥에서부터 바로 올라왔다. "피 묻은 물건을 찾지 못한다고 해도 오히려 쓸모가 있을 수 있어. 만약 코너 녀석이 정신이상으로 변호를 한다고 해봐, 현실을 직시할 때 기본적으로 남아 있는 선택권은 그게 유일할 테니, 그러면 그가 자기가 한 짓을 덮으려 했다는 점을 지적할 수 있지. 그랬다는 건 잘못인 걸 알았다는 뜻이고 너나 나처럼 제정신이라는 뜻이니까. 어쨌든 법적으로는."

나는 몇몇 운 좋은 수색팀에게 전화를 넣어 쓰레기통 수색 작업을 맡겼다. 반지하라서 전화 신호를 잡기 위해 밖으로 나가야만 했다. 코너는 친구가 있었다고 한들 대화도 제대로 할 수 없을 것이다. 그런 후에 우리는 거실로 옮겨 갔다.

전등을 켜놓았지만 방 안은 침침했다. 머리 높이에 있는 창문은 편편한 회색 벽을 내다보고 있었다. 좁은 직사각형으로 보이는 하늘과 무거운 구름을 배경으로 빙글빙글 도는 새를 보려면 목을 쭉 빼야만 했다. 가장 유망한 물건, 키보드에 콘플레이크가 떨어져 있는 거대 컴퓨터와 우그러진 휴대전화가 코너의 책상 위에 놓여 있었다. 키런이 없으면 건드릴 수 없는 물건들이었다. 책상 옆에는 나무로 만든 오래된 과일 상자가 있었고 위쪽에 오렌지를 들고 웃는 검은 머리 여자의 상표가 너덜너덜하게 붙어 있었다. 뚜껑을 열어보았다. 안에는 코너가 모아둔 기념품들이 들어 있었다.

하도 빨아서 빛이 바랜 푸른 체크무늬 스카프는 올 사이에 긴 금발 머리카락이 끼여 있었다. 유리 단지 안에 든 반쯤 타다가 만 녹색 향초에서는 잘 익은 사과의 달콤하고 그리운 향기가 흘러 상자 안을 가득 채웠다. 손바닥만 한 메모장에서 찢어낸 페이지는 주름을 조심스럽게 잘 펴놓았다. 전화하면서 빠르고 강한 펜 선으로 팔꿈치에 공을 끼고 달리는 럭비 선수를 그린 낙서였다. 갈라진 금 사이로 차가 스며든 얼룩이 있는 양귀비 그림 머그잔. 보물인 양 깔끔히 정리해둔 고무줄. 금발인 네 사람, 파란 하늘, 머리 위로 날아가는 새와 꽃이 만발한 나무 위에 쭉 뻗어 있는 검은 고양이를 크레용으로 그린 아이 그림. 빛바래고 이로 씹은 자국이 있는 X자 모양의 녹색 플라스틱 자석. 황금색 필기체 글자가 찍힌 진청색 펜. "골든베이 리조트—낙원으로 향하는 문!"

나는 한 손가락을 뻗어 그림의 아래 모서리를 가린 스카프를 살짝 들춰보았다. "에마EMMA". 삐뚤빼뚤한 대문자로 쓰인 글자 옆에 날짜가 적혀 있었다. 하늘과 꽃에 묻은 녹슨 갈색의 얼룩은 물감이 아니었다. 에마는 그 그림을 월요일, 아마도 학교에서 그렸던 것 같았다. 그 애의 인생에서 시간이 얼마 남지 않았을 때.

긴 침묵이 흘렀다. 우리는 나무와 사과 냄새를 맡으며 바닥에 무릎을 꿇고 앉았다.

"그래." 내가 말했다. "우리 증거가 여기 있군. 코너는 그들이 죽던 날 밤 그 집에 있었어."

리치가 말했다. "저도 압니다."

다시 침묵이 흘렀다. 이번에는 더 팽팽하게 뻗어갔고 우리는 서로 상대방이 침묵을 깨기를 기다렸다. 위층에서 맨 바닥 위로 하이힐이 날카롭게 또각또각 울리는 소리가 들렸다. "좋아." 나는 뚜껑을 조용히 상자 위로 덮으며 말했다. "좋아. 이걸 싸서 이름표를 붙이고 이동하자."

케케묵은 주황색 소파는 스웨터와 DVD, 비어 있는 비닐봉지 아래에서 간신히 보일 뿐이었다. 우리는 핏자국을 찾아 물건들을 겹겹이 헤치고 흔들어보고 바닥에 던져놓았다. "맙소사." 나는 유월 첫째 주 《텔레비전 가이드》와 반쯤 먹다 만 소금 식초 맛 감자 칩 봉지를 발굴해내면서 말했다. "이거 봐."

리치는 쌉쌀한 웃음을 지으며 커피 같아 보이는 걸 닦으려고 했던 종이 타월 한 뭉치를 들어 보였다. "더 심한 경우도 봤는걸요."

"나도 마찬가지야. 하지만 그걸로는 핑계가 안 돼. 이 자식이 무일푼인지 아닌지는 상관 안 해. 자아 존중감은 공짜잖아. 스페인 가족도 애만큼이나 빈털터리였지만 그들 집은 티 하나 없이 깨끗했어." 로라와 갈라선 직후 내가 제일 가라앉아 있던 때에도 나는 음식물 덩어리가 싱크대에서 썩어가도록 놔둔 적은 없었다. "수세미 하나 들지 못할 정도로 바빴을 리도 없고."

리치는 소파 쿠션 검사에 착수했다. 그는 하나를 들어내고 온갖 부스러기 사이를 헤치며 손으로 소파 프레임 가장자리를 훑었다. "이런 곳에서 하루 온종일 시간을 보내다니요. 출근할 직장도 없고 외출할 돈도 없고. 그러면 머리가 녹아버릴 만하죠. 저라도 청소를 하기가 싫었을 것 같네요."

"코너는 여기 허구한 날 온종일 처박혀 있지 않았어, 기억해. 여전히 갈 곳이 있었잖아. 브라이언스타운에 다니느라고 바빴지."

리치는 쿠션 커버의 지퍼를 내리고 손을 안에 넣어보았다. "그렇긴 하죠." 그가 말했다. "그리고 아세요? 그게 이 장소가 쓰레기장인 이유예요. 여기는 이 친구의 집이 아니니까요. 단지 내의 은신처가 그 친구 집이죠. 거기는 선배님 마음에 들 만큼 깨끗했잖아요."

우리는 철저히 수색했다. 서랍 아랫부분, 책장의 뒤편, 냉장고 속 유효기간이 지난 쓰레기 가공식품 상자 안. 심지어 코너의 충전기를 리치의 전화에 연결해서 집 안에 있는 전기 콘센트에 다 꽂아보며 비밀 은닉처로 쓰는 공간은 아닌지 전부 확인했다. 서류 상자는 우리와 함께 경찰청으로 갈 것이다. 만에 하나 제니퍼가 자동 현금 입출금기를 쓰고 이 분 후에 코너가 그 기계를 썼거나 패트릭의 회사 웹 사이트를 디자인한 영수증을 보관했을 경우를 대비해서였다. 그의 은행 명세서는 패트릭과 제니퍼만큼이나 일반적인 불황 행태를 따라갔다. 괜찮은 수입과 확실한 예금, 그런 다음에 수입이 줄어들며 예금도 빠져나가고 마지막에는 빈털터리가 된다. 코너는 자영업자였기 때문에 패트릭 스페인보다는 급격히 망하지 않았다. 차츰 수표 액수가 작아지고 수표 사이의 차이가 점차 커졌다. 하지만 코너 쪽이 좀더 일찍 시작되었다. 하락은 2007년 후반부터였다. 2008년 중반쯤에는 예금을 빼 쓰기 시작했다. 돈이 그의 계좌로 들어간

건 몇 달 전 일이었다.

2시 반쯤 되었을 때 우리는 모든 작업을 끝내고 물건들을 원래 자리로 돌려놓았다. 이 경우에는 우리가 만든 초점이 있는 아수라장에서 코너가 원래 만든 초점 없는 아수라장으로 재배치했다는 뜻이었다. 우리 방식이 보기엔 훨씬 나았다.

내가 말했다. "이곳을 보고 무슨 생각이 들었는지 알아?"

리치는 양손 가득 책을 들고 책장에 도로 쑤셔 넣고 있었다. 먼지가 일어 작은 소용돌이가 되었다. "네?"

"여기에는 다른 사람의 흔적이 없다는 거야. 여자친구의 칫솔도 없고 코너가 동료와 함께 찍은 사진도 없고 생일 카드도 없고 달력에 '아빠에게 전화하기'나 '오후 8시 조와 술집 약속'이라고 쓰인 메모도 없어. 코너가 인생에서 다른 인간을 만났다는 걸 말해주는 건 아무것도 없다는 거야." 나는 DVD를 도로 선반에 밀어 넣었다. "그에게는 달리 사랑할 것이 없었다고 한 말 기억하나?"

"모두 디지털로 했을 순 있죠. 우리 나이 사람들 중 다수가 그런데요. 모든 건 전화나 컴퓨터에 저장해요. 사진이든 약속이든……."
책 한 권이 책장에서 둔탁하게 쿵 하는 소리와 함께 넘어지자 리치는 입을 벌리고 나를 휙 돌아보았다. 그는 두 손을 깍지 껴 뒤통수에 댔다. "망할." 그가 말했다. "사진요."

"그 문장의 나머지 부분은 뭐야?"

"망할. 코너 얼굴을 어디서 봤는지 알았다고요. 그 자식이 스페인 가족들에게 신경 쓴 것도 전혀 놀랄 일이 아니었어……."

"리치."

리치는 두 손으로 뺨을 문지르며 숨을 깊이 마셨다가 다시 내뱉었다. "지난밤에 선배님이 코너에게 스페인 가족 중 살아남은 사람이 누구냐고 생각하느냐고 물은 것 기억하세요? 그랬더니 그자가 에마라고 한 것도? 놀랄 일도 아니었어. 코너는 에마의 대부였어요."

에마의 책장 위에 있던 액자. 하얀 레이스 옷을 입은 특징 없는 아기, 잘 차려입은 피오나, 피오나의 어깨 옆에 있던 늘어진 머리카락의 남자. 미소 짓던 소년 같은 얼굴이 기억났다. 얼굴은 기억나지 않았다. "확실해?"

"확실해요, 네, 정말 확실합니다. 에마 방에 있던 사진 기억하세요? 더 젊었고, 그 이후에 살이 많이 빠진 것 같고, 머리카락을 짧게 잘랐지만 하늘에 맹세코 정말로 그 사람이에요."

그 사진은 스페인 가족을 알았던 사람들을 알아내기 위해 다른 물건들과 함께 경찰서로 보내졌다. "다시 확인을 하자고." 나는 말했다. 리치는 벌써 전화를 꺼내고 있었다. 우리는 거의 뛰다시피 계단을 올라갔다.

오 분 안에 제보 전화를 담당하던 시보가 사진을 찾아내 자기 휴대전화로 찍어서 리치에게 이메일로 보냈다. 사진은 작고 픽셀이 좀 깨졌다. 코너는 내가 그려볼 수 있는 어떤 모습보다 더 행복하고 생기 있는 모습이지만 어쨌든 그 사람이었다. 견실하게 어른의 정장을 입고서 에마가 수정으로 만들어지기라도 한 양 안고 있었으며 피오나는 그의 앞으로 손을 뻗어 자기 손가락을 에마의 작은 손 안에 넣었다.

"씨발." 리치는 화면을 내려다보며 부드럽게 말했다.

"그래." 나는 말했다. "그 말로 대충 요약되겠네."

"패트릭과 제니퍼의 관계를 모두 알고 있었던 것도 당연하네요."

"그래. 그 새끼가, 저기 앉아서 우리를 비웃고 있었겠지. 줄곧."

리치의 입가가 실룩였다. "저한테는 웃는 것처럼 보이진 않았는데."

"어쨌든 저 사진을 보면 더는 웃지 못하겠지. 하지만 우리가 완전히 준비될 때까지는 보여주지 않을 거야. 다시 코너에게 다가가기 전에 우리가 가진 증거들을 예쁘게 줄 세워놓고 싶어. 동기를 원했나? 흔적은 여기서부터 시작이라는 데 돈을 걸어도 좋아."

"그럼 한참 거슬러 올라갈 수 있겠네요." 리치는 화면을 톡톡 두드렸다. "여기부터라면 육 년 전이에요. 코너와 스페인 가족은 그때는 친한 친구였겠죠. 벌써 서로 한참 알고 지냈을 테니 적어도 대학, 아마도 학교 동창이겠죠. 동기는 그때 어느 지점에서 시작되었을 수 있겠네요. 뭔가 일어났겠죠. 모두가 잊어버리고 있었지만. 그때 코너의 인생이 엉망진창이 되면서 갑자기 십오 년 전 어떤 일이 다시 큰일처럼 여겨지기 시작한 거죠……."

그는 마침내 코너가 우리 범인이라는 것을 믿게 된 것처럼 말하고 있었다. 나는 미소를 감추려고 전화 위로 몸을 숙였다. "아니면 그보다는 훨씬 더 최근일 수도 있어. 지난 육 년 사이 어느 시점에 관계가 너무 나빠져서 코너가 그의 대녀를 볼 수 있는 방법은 쌍안경을 사용하는 것밖에 없었던 거지. 거기서 무슨 일이 있었는지 알고 싶은데."

"알아내겠죠. 피오나와 이야기해보고 그들의 옛날 친구 모두와 얘기를 해보면……."

"그래. 그럴 거야. 이젠 그 새끼를 잡아놨으니까." 나는 서로 팔을 꺾으면서 우정을 나누는 멍청한 십 대 짝패처럼 리치에게 헤드록을 걸고 싶었다. "리치, 내 친구. 자넨 지금 일 년 치 월급만큼 일을 해 낸 거야."

리치는 얼굴을 붉히며 웃었다. "아, 아닙니다. 어차피 조만간 알아 냈을 텐데요."

"그랬겠지. 하지만 빨리 알아낼수록 훨씬 더 좋아. 그 덕에 코너와 제니퍼가 2008년에 같은 주유소에서 기름을 넣었는지 알아보는 작 업을 하는 수사관 대여섯 명을 이제 그만두게 할 수 있잖아. 그러면 쓰레기차가 그 옷들을 가져가버리기 전에 찾아낼 기회를 대여섯 번 늘릴 수 있고……. 자네가 MVP야, 친구. 스스로 격려해주라고."

그는 홍조를 덮기 위해 코를 문지르며 어깨를 으쓱했다. "그냥 운 이죠."

"헛소리. 그런 일은 없어. 운은 오로지 훌륭하고 성실하게 탐정 수 사를 했을 때 쓸모 있는 거야. 그리고 자네가 저기서 한 게 바로 그 런 일이고. 말해봐. 다음엔 뭘 하고 싶은가?"

"피오나 래퍼티요. 되도록 빨리요."

"맞아. 네가 전화해. 그 여자가 나보다 너를 더 좋아하니까." 그 사 실을 인정한들 속이 쓰리지도 않았다. "그 여자를 얼마나 빨리 경찰 청으로 데려올 수 있는지 알아봐. 두 시간 안에 데려올 수 있으면 점 심은 내가 사지."

피오나는 병원에 있었다. 배경에서 기계들이 지속적으로 삑삑 울 리는 소리가 들렸다. 심지어 피오나의 "여보세요?"라는 소리도 너무 지쳐서 한계점에 다다른 듯했다.

리치가 말했다. "래퍼티 씨, 커런 형사입니다. 시간 좀 내주실 수 있을까요?"

일순간의 침묵. "잠깐만요." 피오나는 한 손을 전화에 대고 소리 죽여 말했다. "이 전화는 받아야 해. 그냥 밖에 있을 거야, 알겠지? 필요하면 불러." 문이 딸각 열리는 소리와 함께 삑삑 소리가 사라졌다. "여보세요?"

리치가 말했다. "언니분에게서 떼어놓아서 죄송합니다. 언니분 상태는 어떠십니까?"

다시 또 잠깐의 침묵. "그렇게 좋진 않아요. 어제와 똑같아요. 형사님들이 언니와 얘기했던 때죠? 우리가 심지어 면회를 허가받기도 전에요."

피오나의 목소리엔 날이 서 있었다. 리치는 차분하게 말했다. "몇 분 동안요, 네, 얘기했습니다. 언니분을 지나치게 피곤하게 하고 싶진 않았어요."

"다시 와서 언니에게 계속 질문을 할 건가요? 그런 짓은 하지 말라고 묻는 거예요. 언니는 경찰에 말할 게 없어요. 아무것도 기억 못해요. 심지어 얘기도 못 하는걸요. 그저 울기만 해요. 우리 모두 그저 울고만 있어요." 피오나의 목소리가 떨리고 있었다. "그냥…… 언니 좀 가만히 두시면 안 돼요? 제발?"

리치는 배운 걸 쓸 수 있었다. 그는 그 질문에는 대답하지 않았다. "제가 전화드린 건 알려드릴 뉴스가 있어서입니다. 나중에 텔레비전에 나오긴 하겠지만 저희에게 듣는 편이 나을 것 같아서요. 저희가 누군가를 체포했습니다."

침묵. 그리고 이어지는 말. "패트릭은 아니에요. 말했잖아요. 제가 말했잖아요."

리치의 눈이 잠깐 내 눈과 마주쳤다. "네, 말씀하셨죠."

"누구……. 오, 세상에. 누구예요? 왜 그랬대요? 왜?"

"아직도 그건 알아내는 중입니다. 어쩌면 래퍼티 씨가 저희에게 도움을 줄 수도 있을 것 같은데요. 더블린캐슬로 오셔서 잠깐 얘기를 나눌 수 있을까요? 거기서 자세한 말씀을 드리겠습니다."

다시 일 초간 말이 끊겼다. 그동안 피오나는 이 모든 상황을 파악하려고 애썼다 "네, 네, 당연하죠. 저, 그런데 제가, 잠깐 기다려주실 수 있을까요? 엄마가 집에 가셨는데 주무시고 계시거든요. 제니 언니를 홀로 두고 싶지는 않아서요. 엄마가 6시에 돌아오실 거예요. 그러면 거기 대략 7시까지는 갈 수 있을 거예요. 너무 늦나요?"

리치가 나를 보고 눈썹을 치켰다. 나는 고개를 끄덕였다. "아주 좋습니다." 그는 말했다. "그리고 잘 들으세요, 래퍼티 씨. 저희 일을 돕는 차원에서 언니분에게는 아직 말씀하지 마십시오. 어머님께도 말씀드리지 마시고요, 알겠습니까? 용의자가 기소되고 나면 우리가 직접 말씀드리겠지만 아직은 시기상조입니다. 뭔가 잘못되어 언니분을 동요시키고 싶진 않거든요. 약속해주실 수 있겠습니까?"

"네. 아무 말도 하지 않을게요." 빠르게 숨을 고르는 소리. "그 남자, 제발요, 누구예요?"

리치는 부드럽게 말했다. "나중에 얘기를 나누죠. 언니분을 잘 돌봐주십시오. 그리고 본인도요. 곧 뵙겠습니다." 그는 피오나가 계속 질문하기 전에 전화를 끊어버렸다.

나는 시계를 확인했다. 3시가 되어가는 시각이었다. 네 시간을 기다려야 했다. "공짜 점심은 날아갔군, 따뜻한 친구 같으니."

리치는 전화를 집어넣고 내게 빠르게 웃음을 지어 보였다. "바닷가재 요리를 주문하려 했더니만."

"참치 샐러드로 만족할 수 있겠어? 나는 브라이언스타운에 가서 수색팀을 확인할 테니 자네는 고건 가족의 아이를 다시 한번 만나 봐. 하지만 가는 길에 뭔가 먹을 걸 포장하자고. 네가 쫄쫄 굶다가 갑자기 쓰러져 죽으면 내 체면이 말이 아니니까."

"참치 샐러드 좋습니다. 그거라면 선배님 평판도 구기지 않겠지요."

그는 여전히 미소 짓고 있었다. 겸손인지 아닌지 모르겠지만 리치는 기분이 좋았다.

"배려 고맙네. 안에서 일 마무리해. 나는 래리에게 전화를 걸어서 부하들 데리고 여기 오라고 할 테니. 그럼 우리도 움직일 수 있을 거야."

리치는 계단을 한 걸음에 두 단씩 뛰어 내려갔다.

"스코처." 래리는 기쁘게 받았다. "최근에 내가 자네 사랑한다고 말했던가?"

"아무리 들어도 질리지 않는 말이군. 내가 이번엔 또 뭘 했기에?"

"그 차 말이야. 남자가 바라는 모든 것이지. 내 생일도 아닌데."

"정보 불어봐. 내가 자네에게 보낸 선물이라면 그 안에 뭐가 있는지 알 자격은 있잖아."

"음, 먼저 첫 번째 건 차 '안'에 있는 게 아니었어, 정확히는. 애들이 견인하러 갔을 때 열쇠고리가 바퀴 홈에 떨어져 있더라고. 우리는 자동차 열쇠를 얻었고 집 열쇠처럼 보이는 것도 두 개 얻었어. 하나는 처브 자물쇠 열쇠고 하나는 예일 자물쇠 열쇠. 그리고 두구두구두구! 스페인 가족의 뒷문 열쇠더란 말이지."

"그거 멋진데." 경보 장치 비밀번호에 이어서 열쇠까지. 우리가 필요한 건 코너가 어디서 열쇠를 얻었느냐는 것이었다. 그리고 확실한 대답 하나는 몇 시간 후에 나눌 이야기에서 나올 것이다. 그러면 접근 방식과 관련해서 복잡하게 얽혔던 모든 문제가 깔끔하게 하나로 묶이리라. 패트릭과 제니퍼의 멋지고 튼튼한 집의 안전 수준은 탁 트인 물가에 세운 텐트 정도였다.

"자네가 좋아할 거라고 생각했지. 그리고 실제로 차 안에 들어가자마자 맙소사, 그 차 내 마음에 쏙 들었어. 자기 작업을 끝낸 후에 순수 표백제로 목욕을 하는 거나 다름없는 범인들은 봐왔지만 자기 차를 청소하는 데까지 신경을 쓰는 놈들이 있겠어? 아니, 전혀 없지. 이 차는 완전히 머리카락과 섬유, 먼지, 그리고 멋진 물건들이 쌓여 있는 둥지더라고. 내가 내기를 좋아하는 사람이면 적어도 그 차와 범죄 현장 사이에 최소 한 가지 이상 일치하는 걸 찾아낼 수 있다는 데 돈을 걸겠어. 또 운전석 발 매트 위에 진흙 묻은 신발 자국이 있더라고. 얼마나 자세히 본을 뜰 수 있는지는 작업해봐야 알겠지만 남자 운동화 270밀리미터나 280밀리미터에서 나온 거야."

"더 멋지군."

"그리고 물론……." 래리는 점잔 빼며 말했다. "피도 있었지."

그 단계에 이르자 나는 놀라지도 않았다. 가끔은 이 일에서 이런 날도 있는 법이다. 모든 주사위가 내게 유리하게 굴러가는 날, 손만 뻗으면 토실토실하고 즙이 가득한 증거가 저절로 손안으로 굴러떨어지는 날. "얼마나?"

"사방팔방에 묻었던데. 얼룩 두 개는 손잡이와 운전대에만 있었어. 차에 올라탈 때 장갑을 벗은 모양이야. 하지만 운전석은 핏자국으로 덮였더군. 그건 모두 DNA를 채취하러 보냈지만 감히 짐작을 해보자면 자네의 피해자들과 정확히 일치할 거라고 생각하네. 내 말 듣고 행복해졌다면 그렇다고 말해."

"나는 세상에서 가장 행복한 사람이지. 그리고 그 대가로 자네한 테도 다른 선물을 주지. 리치와 나는 용의자의 연립주택에 와서 휙 둘러봤어. 시간 나는 대로 여기 와서 제대로 살펴봐줘. 우리가 보기엔 핏자국은 없어서 그건 미안한데 키런을 바쁘게 해줄 다른 컴퓨터와 다른 전화가 있어. 그리고 자네도 재미있어할 만한 물건을 찾을 수 있을 게 분명하고."

"내 잔이 철철 넘치겠어. 뜰 수 있는 대로 빨리 내려가지. 자네와 자네의 새 친구도 거기 있을 건가?"

"아마도 아닐 거야. 우리는 사건 현장으로 돌아가는 중이야. 자네 오소리 추적 전문가는 아직도 거기 있나?"

"거기 있고말고. 자네들을 기다리라고 말해놓지. 그리고 나중에 내가 자네 한번 꽉 껴안아주겠어. 차오 차오*." 래리는 전화를 끊었다.

사건이 짜 맞춰지고 있었다. 나는 느낄 수 있었다. 실제로 신체적 감각이었다. 내 척추가 작고 자신 있는 소리로 딱딱 맞춰지며 허리가 펴지고 며칠 만에 처음으로 배 속 깊이 숨을 쉴 수 있게 된 것 같았다. 킬레스터는 바다 가까운 곳이었고 순간 나는 짠내 나는 공기를 훅 들이마신 기분이었다. 선명하고도 야생적인 공기가 모든 도시의 냄새를 곧바로 가르고 다가와 나를 찾았다. 전화를 주머니에 넣고 계단을 내려가기 시작할 때 나는 회색 하늘과 빙 도는 새들을 바라보며 어느새 미소를 지었다.

---

* 전화를 끊을 때 사용하는 이탈리아어 인사.

리치는 소파에 쓰레기들을 도로 쌓고 있었다. 내가 말했다. "래리가 코너의 차를 싹 쓸면서 재미있게 놀았나 봐. 머리카락, 섬유, 발자국. 그리고 짠, 스페인 가족의 뒷문 열쇠까지. 리치, 내 친구. 오늘은 우리 행운의 날이군."

"대단한데요. 대단해요, 네." 리치는 올려다보지도 않았다.

나는 말했다. "뭔데?"

그는 자기를 빨아들이는 꿈에서 억지로 몸을 빼내듯이 돌아보았다. "아무것도 아닙니다. 전 괜찮습니다."

그의 얼굴은 일그러지고 집중한 표정이었으며 안쪽으로 오그라져 접힌 듯했다. 무슨 일이 벌어졌다.

"리치."

"그냥 샌드위치가 필요해서요. 갑작스레 아주 기분이 거지같아졌어요. 그런 거 아세요? 아마 혈당이 떨어졌나 봐요. 그리고 여기 공기란 그런 게 다……."

"리치. 무슨 일이 생겼으면 나한테 말해야 해."

리치가 눈을 들더니 나와 시선이 마주쳤다. 어려 보였고 갈 길을 잃은 표정이었다. 그가 입술을 벌렸을 때 나는 그가 도움을 청할 것이라 생각했다. 다음 순간 얼굴에서 뭔가가 딸깍 닫히더니 그가 말했다. "아무 일도 없어요. 진짜예요. 우리 갈까요?"

깊고 끝없이 이어지는 밤에 스페인 가족 사건을 떠올릴 때면 나는 바로 이 순간을 기억한다. 다른 모든 일, 그 길을 걸어오는 동안 있었던 다른 모든 실수와 넘어짐은 만회할 수도 있었을 것이다. 그러나 이 순간은 참으로 날카롭게 사무쳐서 꽉 붙잡고 놓을 수 없다. 차갑고 잔잔한 공기, 창문 밖 벽 위에서 번득이던 미약한 햇빛, 상한 빵과 사과의 냄새.

나는 리치가 내게 거짓말을 한다는 사실을 알았다. 그는 무언가를 보았고, 들었고, 조각을 끼워 넣다가 완전히 새로운 그림을 슬쩍 본 것이었다. 그가 실토할 때까지 밀어붙이는 것이 내 일이었다. 나는 그 사실을 안다. 그때도 알았다. 먼지가 내 손에 까끌까끌하게 잡히고 공기를 틀어막던 그 천장 낮은 연립 주택에서 나는 알았다. 아니, 내가 좀더 정신을 차렸다면 알았을 것이다. 너무나 피로했고 그 모든 다른 일이 있었다는 건 핑계가 되지 않는다. 리치는 내 책임 아래 있었다.

나는 코너가 우리 범인이라는 사실을 최종적으로 증명해주는 무언가를 리치가 불현듯 깨달았다고 생각했다. 그래서 자존심에 입은 작은 상처를 잠깐 동안 은밀히 달래고자 하는 것이라고 짐작했다. 무언가가 그에게 동기를 가리켰고 그는 확신이 들 때까지 그 길을 따라 몇 걸음 더 뗀 후에 나와 공유하려고 한다고 생각했다. 나는 수사과의 다른 파트너들을 떠올렸다. 대부분의 결혼보다도 더 오래, 강하게 지속되는 관계들. 서로의 주위를 도는 미묘한 균형, 코트나 머그잔처럼 단단하고 실용적인 신뢰. 늘 쓰이고 있대도 결코 입 밖으로 말하지 않는 것들.

나는 말했다. "그래. 아마도 커피를 좀더 들이부으면 괜찮겠지. 나도 그러면 괜찮을 것 같고. 여기서 나가자."

리치는 마지막으로 남은 코너의 쓰레기를 소파에 던져놓고 주황색 상자가 든 거대한 증거물 봉투를 들고는 이로 장갑을 벗으면서 내 옆을 스쳐 지나갔다. 나는 그가 상자를 안고 끙끙대며 계단을 올라가는 소리를 들었다.

전등을 끄기 전에 나는 마지막으로 돌아보며 난데없이 리치에게 불을 붙인 그 신비스러운 것을 찾아 꼼꼼히 살폈다. 집은 조용했고 침울했으며 벌써 스스로를 에워싸며 버려진 곳으로 다시 변해가고 있었다. 거기엔 아무것도 없었다.

12

리치는 브로큰하버로 향하는 차 안에서 꽤 열심히 노력했다. 잡담이 끊기지 않도록 재잘대며 자기가 정복 경관이었을 때 늙은 형제 둘이 양과 관련된 이유로 서로 죽도록 치고받은 사건을 다뤄야 했던 구슬픈 이야기를 길게 해주었다. 형제는 둘 다 귀가 멀었고, 리치는 그들의 고산지대 방언을 알아들을 수 없었으며, 그 누구도 무슨 일이 일어나는지 전혀 감을 잡지 못해서 이 이야기는 결국 형제가 갑자기 연합해 도시 청년에게 대항하여 지팡이를 휘둘러 리치의 엉덩이를 때려 내쫓았다는 결말로 끝났다. 그는 이야기를 익살스럽게 늘어놓았고 대화를 안전지대에서 유지하려고 애썼다. 나도 장단을 맞춰주었다. 나도 정복 경관이었을 때 저질렀던 사소한 허튼짓들, 어떤 친구와 내가 경찰학교에서 벌였던 장난들, 혹 꽂히는 대사가 있는 이야기들을 늘어놓았다. 즐거운 드라이브, 즐거운 웃음일 수 있었지만 우리 사이에는 가는 그늘이 드리워져 침묵을 남길 때마다 앞유리를 침침하게 가리고는 더욱더 짙어졌다.

수중수색팀은 한참 동안 항구 바닥에 있었던 낚싯배를 찾아냈다. 그들은 이보다 더 흥미로운 건 찾을 수 없으리라는 사실을 분명히 했다. 잠수복을 입은 그들은 얼굴이 없고 미끈했으며 항구의 풍경을 군대처럼 불길하게 바꾸었다. 우리는 그들에게 감사를 표하고 미끄러운 장갑을 낀 손과 악수를 나눈 후 집에 가라고 말했다. 단지 전체를 횡단하며 작업한 수색팀은 더러웠고 지쳤으며 짜증이 나 있었다. 그들은 다양한 모양과 크기의 칼 여덟 자루를 찾아냈으며 그 칼 모두는 자기들이 범인에게 죄를 뒤집어씌울 수 있는 재치 있는 천재라고 생각하는 십 대들이 밤새 심어놓은 게 분명했다. 하지만 전부 확인해봐야 했다. 나는 수색팀에게 코너가 차를 숨겨놓았던 언덕 위로 장소를 옮기라고 지시했다. 코너의 이야기에 따르면 흉기는 물속으로 사라져버렸지만 이에 대해서만은 리치가 옳았다. 코너는 우리와 게임을 하고 있었다. 정확히 무슨 게임인지, 왜인지 우리가 알아낼 때까지는 그가 말한 모든 것을 확인해야만 했다.

금발을 드레드록스로 땋고 먼지 낀 파카를 입은 호리호리한 남자가 스페인 가족의 뜰 벽 위에 앉아 있었다. 손으로 만 담배를 피우는 모습이 꽤 수상해 보였다. 나는 말했다. "뭘 도와드릴까?"

"안녕하세요." 그는 담배를 신발 밑창에 비벼 껐다. "형사님들이죠? 톰이에요. 래리 말로는 그쪽에서 저보고 기다리라고 했다던데."

실험실 가운과 사건 현장 작업복을 입고 대중을 상대하지 않는 감식반원들은 우리보다 복장에 대한 기준이 낮았지만 이 남자는 한층 더 특별했다. 내가 말했다. "케네디 형사와 커런 형사요. 다락의 동물 때문에 여기 왔나?"

"네. 안에 들어가고 싶어요? 무슨 일인지 볼래요?"

그는 약에 잔뜩 취한 사람처럼 보였지만 래리는 같이 일하는 사람에 대해서는 잔인할 정도로 까다롭기 때문에 나는 이 청년을 아직은 얕보지 않기로 했다. "해보자고. 당신네 팀 사람들이 뒷마당에서 죽은 울새를 발견했다는데. 살펴봤나?"

톰은 담배꽁초를 담뱃잎 주머니에 넣고 테이프 아래로 수그리고 들어가 차로를 어정어정 올라갔다. "네, 물론이죠. 하지만 별로 볼 건 없었어요. 래리 말로는 동물이 죽인 건지 인간의 짓인지 형사님이 알고 싶다고 했다던데. 하지만 상처 주위에 곤충들이 바글거려서 다 엉망이 됐거든요. 내가 말할 수 있는 건 그게 들쭉날쭉한 종류라는 거예요. 날카로운 칼로 한 건 아니란 거죠. 톱니 모양 칼일 수도 있고, 아마도 무딘 거요. 아니면 이빨일 수도 있어요. 분간할 도리가 없어요."

리치가 말했다. "무슨 종류의 이빨이죠?"

톰은 씩 웃었다. "인간의 건 아니란 거죠. 뭐 당신네 범인을 무슨 오지 오즈번*이라도 된다고 생각하는 거예요?"

리치도 같이 씩 웃었다. "맞아요. 즐거운 핼러윈 되십쇼. 나는 박쥐를 상대하기엔 너무 늙었고 여기 있는 건 울새지만."

"그것참 망할 노릇이네요." 톰이 명랑하게 말했다. 누군가 스페인 가족의 문을 나사 몇 개를 박고 자물쇠를 달아 대충이나마 고쳐놓았

---

* 메탈 밴드 블랙 사바스의 보컬 오지 오즈번은 레코드 회사와의 회의중 비둘기 두 마리의 머리를 물어뜯은 사건으로 악명이 높다. 또 1982년에는 아이오와의 드모인 공연중에 관객들 앞에서 박쥐 머리를 물어뜯기도 했다.

다. 악령들과 기자들을 쫓아내기 위한 것이었다. 남자는 주머니에 손을 넣어 열쇠를 찾았다. "아뇨. 동물 이빨이죠. 쥐나 여우를 찾아볼 수는 있지만 둘 다 창자 안까지 다 먹어치우지 머리만 떼진 않거든요. 그게 동물의 짓이면 아마도 족제빗과 동물이 아닌가 싶어요. 북방족제비나 밍크 알죠? 그런 종류요. 그것들은 먹이 아닌 것도 잡거든요."

나는 말했다. "그게 커런 형사의 추측이기도 해. 족제빗과 동물이라면 다락에 돌아다니던 것과 맞아떨어지나?"

맹꽁이자물쇠가 딱 소리를 냈고 톰이 문을 밀어 열었다. 집은 냉랭했다. 누군가 난방 스위치를 꺼놓았다. 공기 중에 희미하게 감돌던 톡 쏘는 레몬향은 사라지고 없었다. 대신에 땀, 감식반의 작업복에서 나는 플라스틱 화학 물질, 오래된 피의 냄새가 풍겼다. 사건 현장을 청소하는 건 우리의 업무가 아니었다. 우리는 잔해를 남겨둔다. 살인자의 것이든 우리의 것이든. 생존자들이 전문 청소반을 부르거나 스스로 청소할 때까지.

톰은 계단으로 향했다. "네, 당신네 피해자가 와일드워처에 남긴 타래를 읽었죠. 쥐와 다람쥐를 제외한 건 옳은 판단이었을걸요. 그런 것들은 땅콩버터에 미치거든요. 가장 먼저 든 생각은 이거예요. 어이, 이웃집에 혹시 고양이가 있나? 하지만 두어 가지가 맞아떨어지지 않아요. 고양이는 울새의 머리만 똑 떼어가지는 않았을 거거든요. 고양이라면 그렇게 들키지 않고 다락에서 오랜 시간 돌아다니지도 않고. 야옹 울었다면 그 소리가 다락 해치 같은 걸 통해서 내려갔을 거예요. 고양이는 야생동물들만큼 인간을 경계하진 않아요. 게다가 당신네 피해자 말로는 뭔가 사향 냄새 같은 걸 맡았다 하지 않았어요? 사향이랬나 연기랬나? 그건 제가 듣기에 고양이 냄새 같진 않았어요. 하지만 족제빗과는 대부분 그렇죠. 네, 그런 동물들은 사향 냄새를 풍겨요."

그는 어딘가에서 계단 사다리를 가지고 와서 계단참 위 해치 아래 놓았다. 나는 손전등을 찾았다. 침실 문은 여전히 반쯤 열려 있었다. 나는 침대보를 벗긴 잭의 침대를 슬쩍 보았다.

"조심해요." 톰은 해치로 훌쩍 올라가면서 말했다. 우리 위에서 그의 손전등에 불이 들어왔다. "왼쪽으로 올라와요, 알겠죠? 이거에 부딪치고 싶지 않으면."

덫은 다락 바닥, 해치에서 오른쪽으로 몇 센티미터 떨어진 자리에 있었다. 그런 건 사진에서만 보았다. 손전등의 불빛이 벌린 입으로 부드러운 호를 그리며 미끄러져 갈 때 견고한 덫은 사악한 이빨을 넓게 벌리고 있어 더 강력하고 음란하게 보였다. 일단 보면 소리가 들렸다. 광포하게 휙 불어오는 바람 소리, 뼈를 으스러뜨리는 쿵 소리. 누구도 더 가까이 다가가진 않았다.

덫에 연결된 긴 사슬이 바닥 위 먼지 낀 촛대와 이제는 갖고 놀지 않는 플라스틱 장난감 사이를 제멋대로 헤치고 나가 낮은 구석에 있는 금속 파이프에 묶여 있었다. 톰은 한 발가락으로 사슬을 밀면서 널찍이 거리를 두었다. "저건 발목 덫이에요. 고약한 녀석이죠. 돈을 조금만 더 쓰면 충전재가 있거나 오프셋 톱니가 있는 걸 살 수가 있어요. 그건 해를 덜 입히거든요. 하지만 이건 옛날식이라 그렇게 근사한 물건은 아니죠. 동물이 미끼를 물러 들어가면 동그란 판에 압력이 가해지고 덫의 입이 탁 물면서 빠지지 않는 거예요. 잠시 후 동물은 피를 너무 많이 흘리거나 스트레스와 피로로 죽게 되죠. 사람이 와서 빼내지 않으면요. 동물이 자기 다리를 물어뜯어버릴 수도 있겠지만 아마도 그전에 출혈로 먼저 죽겠죠. 이 덫의 입은 십팔 센티미터까지 벌어져요. 그러면 늑대 같은 동물까지도 처리할 수 있죠. 형사님 피해자가 자기가 뭘 쫓고 있는지 몰랐을진 몰라도 그걸 잡겠다는 마음 하나는 끝내주게 진심이었네요."

"자네 생각은 어때?" 내가 말했다. 나는 패트릭이 다락에 전등을 설치할 정도로 분별력이 있었다면 얼마나 좋았겠나 생각했다. 덫 위로 손전등 불빛을 비추고 싶지 않았다. 어둠 속에서는 빛이 더 가까이 미끄러져서 누군가 발을 헛디딜 것만 같았다. 그렇다고 보이지 않는 구석을 비춰보고 싶은 마음도 별로 들지 않았다. 지붕 타일과 단열재의 얇은 막을 뚫고 바닷소리가 요란하게 들렸다. "그가 뭘 쫓고 있었다고 생각하나?"

"좋아요. 첫 번째 질문은 어떻게 들어왔나 하는 거죠. 저기는 문제가 없어요." 톰은 턱을 위로 치켰다. 검은 벽 꼭대기, 내 짐작으로는 잭의 침실 위에 희미한 회색빛이 어렸다.

나는 건축 조사관이 한 말의 뜻을 알았다. 구멍은 벽이 그저 지붕에서 뜯겨나간 것처럼 들쑥날쑥한 모양의 빈틈이었다. 리치는 웃음과 비슷하지만 기쁜 기색이라고는 없는 작은 숨소리를 내뱉었다. "저거 보세요. 건축업자들이 고건 부인의 전화를 받지 않은 것도 당연하네요. 나한테 레고를 많이 주면 이보다도 더 괜찮은 단지를 지을 듯요."

톰이 말했다. "족제빗과 동물들은 대부분 민첩한 녀석들이에요. 빠져나오는 열기나 음식 냄새에 끌리기만 하면 정원 벽을 넘어서 저 위까지 올라가는 건 문제가 없죠. 내가 보기엔 실제로 동물이 구멍을 낸 건 아닌 거 같지만 동물이 구멍을 넓혔을 순 있죠. 알겠어요?"
구멍의 위쪽 가장자리는 들쭉날쭉했고 부스러기가 떨어지고 있었
다. 단열재가 뜯겨나갔다. "이빨과 발톱으로 그랬을 수 있죠. 아니
면 그냥 비바람에 닳은 걸 수도 있고요. 확실히 알 길은 없어요. 여
기도 비슷한 상황이 벌어지고 있네요."

　손전등에서 막대처럼 뻗어 나온 빛이 내 어깨 너머 위로 쑥 내려
왔다가 물러나자 나는 펄쩍 뛰며 돌아볼 뻔했지만 톰은 먼 구석의
서까래를 비추려 했을 뿐이었다. 그가 말했다. "끝내주죠?"

　나무 위에는 깊게 긁힌 자국이 세 개나 네 개씩 짝지어 어지럽게
나 있었다. 어떤 건 길이가 삼십 센티미터나 됐다. 서까래는 재규어
에게 공격당한 것만 같았다. 톰은 말했다. "이것도 발톱으로 그랬을
수 있고, 기계로 그랬을 수도, 칼이나 못이 박힌 나뭇조각으로 그랬
을 수도 있어요. 마음에 드는 걸 고르세요."

　이 애송이가 슬슬 짜증 나기 시작했다. 내가 개인적으로 가볍게
여기지 않는 일을 두고 '어이, 아저씨, 진정하시라고요'라는 투로 구
는 태도가 거슬렸다. 아니면 사실상 사건에 배정된 모두가 열네 살
정도밖에 되지 않았는데 우리가 어디 스케이트보드장에서 사람을
구해 왔다는 메모를 내가 놓친 건지도 몰랐다. "네가 여기 전문가잖
아. 여기 자기 생각을 말해주러 온 사람이라고. 네가 직접 고르는 게
어때."

　톰은 어깨를 으쓱했다. "제가 걸어야 한다면 동물 쪽에 걸죠. 실제
로 그게 저기 올라갔는지 어떤지는 말해줄 길은 없지만요. 저 자국
은 여기가 공사장이어서 서까래가 드러나 있었거나 바깥 땅에 놓여
있었을 때 생겼을 수도 있고요. 저 서까래 하나만 그런 거 보면 그게

더 말이 될지도요? 하지만 무엇 때문에 동물들이 저기까지 올라갔다면, 와, 자국 사이 공간 보이세요?"

그는 손전등 빛을 기울여 다시 둥글게 파인 홈을 가리켰다. "한 삼 센티미터 정도 되는 것 같은데요. 북방족제비나 밍크가 한 짓이 아니에요. 큰 앞발을 가진 녀석이 그런 거죠. 저게 바로 형사님네 희생자가 잡으려고 했던 거라면 저 덫 크기는 결국 과한 것도 아니네요."

대화는 필요 이상으로 내 신경을 거슬렀다. 다락의 숨겨진 구석들은 답답했고 들릴락 말락 한 똑딱 소리와 바늘구멍 같은 빨간 눈들로 들끓었다. 본능에 따라 등골이 오싹해졌으며 이를 드러내고 싸울 태세를 갖춰야 한다는 감각이 들었다. "우리가 여기 위에서 봐야 할 다른 게 있나? 아니면 육십 초마다 내 드라이클리닝비가 두 배로 뛸 것 같은데 여기서 이 얘기를 그만해도 될까?"

톰은 약간 놀란 눈치였다. 그는 먼지투성이와 씨름이라도 한 것처럼 보이는 자기 파카 앞자락을 살폈다. "아. 그러네요. 네, 쓸 만한 건 그게 다예요. 똥이나 털, 다른 둥지를 튼 활동의 흔적이 있나 살펴는 봤는데 별거 없더라고요. 아래로 내려가죠."

나는 가장 마지막까지 남아 손전등으로 덫을 비추었다. 리치와 나 둘 다 해치를 통해서 내려갈 때 자기도 모르게 덫으로부터 몸을 슬쩍 비켰다.

"그래." 나는 계단참에 서서 휴지를 꺼내 외투를 닦았다. 끈적끈적한 갈색 먼지들은 유독한 산업 부산물처럼 고약했다. "우리가 상대하는 게 뭔지 말해봐."

톰은 계단 사다리에 엉덩이를 편안하게 걸치더니 한 손을 들고 손가락으로 체크 표시를 했다. "좋아요. 그럼 우리는 족제빗과 동물로 가는 거죠? 아일랜드엔 쇠족제비는 없어요. 북방족제비는 있지만 작아서 230그램 정도밖에 안 돼요. 그걸로 그쪽 피해자가 말한 소리가 날진 모르겠네요. 소나무담비는 더 무겁고 나무를 꽤 잘 타죠. 하지만 만의 끝 부분에 있는 언덕 아래면 모를까 그보다 더 가까이에는 숲 지대가 없어요. 그러니 자기 땅을 벗어낸 셈인데 어쨌든 이 근처에서 소나무담비를 봤다는 목격담은 못 들었거든요. 하지만 밍크는, 밍크라면 말이 되죠. 밍크는 물 가까이 사는 걸 좋아해요. 그러니까……." 그는 턱으로 바다를 가리켰다. "매일이 행복하겠죠? 게다가 재미로 다른 동물을 죽이기도 하고 나무도 잘 타고 인간을 포함한 그 무엇도 무서워하지 않고 냄새도 나죠."

"그렇다면 밍크는 사악한 짐승이란 말이군. 물론 애들도 공격할 수 있겠지. 밍크가 집 안에 있다면 그걸 진심으로 없애버리고 싶었을 거야. 내 말이 맞나?"

톰은 어정쩡하게 고개를 움직였다. "제 생각엔 그래요. 밍크들은 미친 듯이 공격적이거든요. 밍크가 20킬로그램이 넘는 양에게 덤벼서 눈을 파 뇌까지 먹어버리고는 다음 놈에게 덤비고, 그런 식으로 하룻밤에 여섯 마리 정도 해치웠다는 얘기도 들은 적이 있어요. 그리고 밍크들은 구석에 몰리면 무엇에든 덤빌 거예요. 그러니까, 네, 그런 놈이 집에 들어오면 기분이 좋지야 않겠죠. 하지만 우리가 지금 상대하는 게 그건지는 완전히 확신할 수 없어요. 커다란 집고양이 크기이기도 하거든요, 최대로 치면. 고양이라면 출입구 구멍을 키울 필요가 있었나 하면 이유가 없긴 하지만요. 고양이가 그런 발톱 자국을 남길 리도 없고요. 고양이를 잡기 위해서 그만한 크기의 덫이 필요할 이유도 없죠."

"그걸로는 반박 요건이 안 돼. 네 말에 따르면 다락의 동물이 구멍이나 서까래 자국에 책임이 있다고만은 할 수 없으니까. 덧으로 말하자면 우리 피해자는 자기가 쫓는 동물이 뭔지 몰랐으니 주의하는 차원에서 실수했을 수도 있지. 밍크가 여전히 유력하지만."

톰은 살짝 놀란 듯 나를 찬찬히 살폈다. 나는 내 목소리에 가시가 있었다는 것을 깨달았다. 톰이 말했다. "뭐, 내 말은 그러니까 뭐가 여기 있었는지부터 확실히 말할 순 없으니까 아무것도 반박 요건은 아니라는 거죠. 전부 가설이잖아요? 나는 그저 어느 조각이 어디에 맞는지 말하는 것뿐이에요."

"좋아. 많은 조각이 밍크에 들어맞는다는 거지. 다른 가정은?"

"다른 짐작은 수달일 수도 있다는 거예요. 바다가 바로 저기 있고 수달은 영역이 넓으니까 그중 한 마리가 해변에 살다가 이 집을 자기 행동반경에 넣을 수도 있죠. 또 수달들은 덩치가 커서 60센티미터부터 90센티미터까지 되고 몸무게도 9킬로그램 가까이 되거든요. 수달이라면 서까래에 그런 자국을 남길 수 있고 들어가는 구멍을 키울 수도 있죠. 그리고 장난기가 많기도 해서 구르는 소리가 났대도 이해가 되죠. 촛대나 애들 장난감 같은 걸 가져가서 다락 바닥에 휘두르면서 다닌대도……."

"90센티미터에 9킬로그램이라." 나는 리치에게 말했다. "그런 게 집에 돌아다닌다고 생각해봐, 네 아이들 바로 위에. 합리적이고 제정신인 남자라면 크게 걱정할 만한 일같이 들리는데. 그렇지 않나?"

"워어." 톰은 두 손을 들고 차분하게 말했다. "앞서가지 마세요. 그렇다고 딱 맞아떨어지는 것도 아니거든요. 수달이 냄새로 영역을 표시하는 건 맞아요. 그렇지만 배설물로 하는 편인데 형사님이 말하는 남자는 아무것도 못 찾았다면서요. 나도 여기저기 쑤시고 다 녔는데 아무것도 못 봤고요. 다락엔 아무것도 없고, 다락 바닥 아래에도 아무것도 없고, 마당에도 아무것도 없고."

심지어 다락을 나왔어도 이 집은 불안하고 해충이 들끓는 느낌이 었다. 내 뒤의 벽, 그 석고가 얼마나 얇은지 생각하자 몸이 간지러워 졌다. "나도 아무 냄새도 안 나. 너희는?" 리치와 톰이 고개를 저었 다. "그러면 어쩌면 패트릭이 맡았다는 냄새는 배설물이 아닐지도 모르겠군. 수달 자체에서 나는 걸 수도 있잖아. 마지막으로 온 게 한 참이라서 냄새가 옅어진 거고."

"그럴 수도 있죠. 냄새야 그렇다고 쳐요. 하지만…… 난 잘 모르 겠네요." 톰은 드레드록스 사이로 한 손가락을 넣어 정수리를 긁으 며 눈을 가늘게 뜨고 먼 곳을 바라보았다. "그냥 냄새뿐만이 아니고 이 모든 게 수달의 행동이 아니에요. 얘기 끝이죠. 실제로 나무를 타 진 않거든요. 제 말은 수달이 나무를 탄단 말은 들었지만 그런 수달 이 있으면 뉴스 헤드라인 감이죠, 제 말 알겠어요? 설사 위로 올라 왔다고 해도 그런 크기의 동물이 집 옆을 타고 오르락내리락하면 눈 에 띄지 않을 리가 없죠. 게다가 야생이잖아요. 쥐나 여우처럼 도시 화되어서 인간 바로 옆에서 살아도 괜찮은 동물이 아니란 말이에 요. 수달은 인간과 거리를 둬요. 만약 여기 수달이 있었다면 미친 괴 짜 수달이겠죠. 다른 수달들이 새끼들에게 저 근처에는 가지 말라 고 할 만한 놈일 거예요."

리치는 턱으로 굽도리널 바로 위의 구멍을 가리켰다. "저것도 봤 겠죠?"

톰은 고개를 끄덕였다. "괴상하지 않아요? 피해자는 이 집을 예쁘게 꾸며놓고 각종 잡동사니를 다 맞춰놓았는데도 벽에 저런 큰 구멍이 나 있는 게 아무렇지 않다? 인간은 괴상하죠."

"수달이 저 구멍을 낼 수 있을까? 아니면 밍크라도?"

톰은 쭈그리고 앉아 일주일 내내 그러고 있을 것처럼 고개를 다양한 각도로 꺾으며 구멍을 관찰했다. "어쩌면요." 마침내 그가 말했다. "잔해가 남아 있으면 도움이 되었을 텐데. 그러면 구멍을 낸 게 벽 안쪽인지 바깥쪽인지 알 수 있었을 텐데 피해자들이 청소에 워낙 열심이어서. 누가 가장자리를 사포로 밀어냈더라고요. 거기 보이죠? 발톱 자국이나 이빨 자국이 있었대도 사라졌어요. 말한 대로죠. 괴상하다."

"다음 피해자들에게는 확실히 가축우리에 살라고 할게. 그동안은 있는 것 가지고 작업을 해야지."

"귀찮게 그럴 것까지야." 톰이 명랑하게 말했다. "밍크 걔들은 이렇게 못 한다고 할 수 있어요. 뭘 파는 걸 좋아하지 않거든요. 굳이 해야 할 일이 없다면 그 작은 발로……." 톰은 두 손을 내저었다. "석고가 아주 얇긴 하지만 그래도 밍크가 그런 정도의 피해를 입히려면 한참 걸렸을걸요. 수달은 파기도 하고 힘도 세긴 해요. 수달이라면 쉽게 했을 거예요. 하지만 그러는 도중에 벽 안에 갇히거나 아니면 전선을 씹다가 지지직 감전되어서 수달 바비큐가 될 수도 있죠. 그러니 맞을 수도, 아닐 수도 있어요. 이걸로 도움이 돼요?"

"아주 큰 도움이 됐어. 고마워. 뭔가 더 정보가 들어오면 알려주지."

"아, 그래요." 톰은 허리를 펴면서 내게 양손 엄지손가락을 들어 보이고 활짝 웃었다. "이거 정말 미친 난리네요, 그쵸? 좀더 보고 싶은데."

"우리 덕분에 하루가 즐거웠다니 내가 다 기쁘군. 이제 열쇠를 어떻게 할 계획이 없으면 내가 가져가고 싶은데."

나는 한 손을 내밀었다. 주머니에서 잡동사니를 잔뜩 꺼낸 톰은 그중에 열쇠를 끄집어내더니 내 손바닥 위에 떨어뜨렸다. "기쁜 건 제 쪽이죠." 그는 명랑하게 말하면서 머리카락을 팔랑거리며 계단을 통통 내려갔다.

문에 이르자 리치가 말했다. "정복 경관들에게 저 열쇠 사본을 경찰청에 남기라고 해도 되겠죠?"

우리는 톰이 자기 차로 어정어정 걸어가는 것을 보았다. 당연하게도 그의 차는 도색을 한시라도 빨리 해야 할 것 같은 녹색 폭스바겐 캠핑용 밴이었다. "이미 했을 거야." 내가 말했다. "저 멍청한 자식이 밍크를 봤다면서 친구들을 다 데려와서 현장 구경을 시켜주는 건 아니겠지. '있잖아, 친구. 정말 끝내주는 게 뭔지 알아?' 이러면서. 이건 망할 오락거리가 아니라고."

"감식반원들이란." 리치가 건성으로 말했다. "그 사람들이 어떤지 아시잖아요. 래리도 똑같을 텐데."

"그것과는 달라. 이 친구는 십 대 같잖아. 상식을 좀 갖추고 어른이 될 필요가 있어. 아니면 그냥 쟤들 보기에 내가 꼰대인지도 모르지."

"그렇다면." 리치는 주머니에 두 손을 깊숙이 묻었다. 그는 나를 보고 있지 않았다. "그 구멍들요. 지반침하가 아니란 거죠? 저 친구가 확실히 집어낼 수 있는 동물도 아니고."

"걔가 말한 건 그게 아닌데."

"대충 말하면요."

"'대충'이라는 말은 이 게임에서는 셈에 넣을 수 없어. 저기 있는 둘리틀 박사에 따르면 밍크와 수달 둘 다 아직 가능성이 있다는 거야."

리치가 말했다. "그런 짐승들이 이렇게 했다고 생각하세요? 솔직히 그렇게 생각하십니까?"

공기는 겨울의 첫 냄새를 담고 있었다. 길 건너에 있는 반쯤 짓다 만 집들에서는 죽고 싶어 안달 난 아이들이 패딩 재킷과 모직 모자를 쓰고 있었다. "난 모르겠어." 내가 말했다. "솔직히 말해서 나는 별로 신경 안 써. 설사 패트릭이 그 구멍을 냈다고 한들 그걸로 미친 살인마가 된다고는 보지 않거든. 안에서 너한테 말한 대로야. 네 집 다락에 9킬로그램짜리 수수께끼의 동물이 뛰어다닌다 쳐. 네 아들 침대 바로 위에 아일랜드에서 가장 공격적인 미친 육식동물이 돌아다닌다 치든지. 벽에 구멍을 내는 게 이걸 없애버리는 최선의 시도라고 생각한다면 구멍 두 개 정도는 기꺼이 내지 않을까? 그걸로 정신에 뭔가 이상이 있다고 할 수 있는 거야?"

"그걸로는 최선의 시도가 되지 않죠. 독을……."

"독을 이미 쳐봤다고 해봐. 그런데 이 동물이 너무 똑똑해서 약을 먹지 않았어. 아니면 좀더 가능성 있는 건 그거지. 독이 제대로 돌아 동물이 벽 안 어딘가에서 죽었는데 어딘지 정확히 알아낼 수 없었던 거야. 그러면 망치를 꺼내지 않겠어? 그게 가족을 죽일 만큼 정신이 망가졌다는 뜻이 될까?"

톰이 자기 밴의 시동을 걸자 자동차는 야생동물의 삶에 친화적이지 못한 연기구름을 쿨럭쿨럭 내뱉었다. 그는 창문 밖으로 우리에게 손을 흔들고 떠나갔다. 리치도 자동적으로 손을 흔들었고 나는 그의 여윈 어깨가 심호흡을 하느라 올라갔다 떨어지는 것을 보았다. 그는 시계를 확인하더니 말했다. "고건 가족과 얘기를 해볼 시간은 있겠죠?"

고건 가족이 사는 집의 앞 창문엔 플라스틱 박쥐가 한 무리 걸렸고, 내가 기대할 수 있는 수준의 취향에 맞는 인체 크기의 플라스틱 해골도 걸려 있었다. 문은 빠르게 열렸다. 누가 우리를 지켜보았던 것이다.

고건은 덩치가 큰 남자였고 고약한 운동복 바지 위로 뱃살이 삐져나와 흔들렸다. 대머리를 미리 예견한 양 머리를 빡빡 밀었다. 제이든이 어디서 그 생기 없는 눈빛을 물려받았는지 알 만했다. 그가 말했다. "뭐요?"

나는 말했다. "저는 케네디 형사입니다. 이쪽은 커런 형사고요. 성함이……?"

"고건이오. 원하는 게 뭐요?"

고건 씨의 이름은 나이얼 고건이었다. 서른두 살이었고 팔 년 전 동네 술집 창문 밖으로 병을 던져서 기소되었던 적이 있으며 성인이 된 이후로는 가끔 창고에서 지게차를 몰았지만 지금은 직업이 없었다. 어쨌든 공식적으로는 그랬다. 나는 말했다. "옆집에서 일어난 살인 사건을 조사하고 있습니다. 몇 분 동안 저희가 좀 들어가도 되겠습니까?"

"여기서 얘기해요."

리치가 말했다. "고건 부인께 상황을 계속 알려드리기로 약속해서요. 부인께서 걱정하고 계시잖습니까? 새로운 소식이 있거든요."

잠시 후 고건은 문간에서 물러났다. "빨리 해요. 우리 바쁘니까."

이번에는 온 가족을 만났다. 그들은 무슨 일일 드라마를 보면서 완숙 달걀과 케첩이 들어 있는 뭔가를 먹고 있었던 듯했다. 커피 탁자 위에 놓인 접시와 냄새로 짐작할 수 있었다. 제이든은 소파 하나에 뻗어 있었다. 다른 소파에는 시네이드가 앉아 있었고 구석에 앉혀 놓은 아기는 젖병을 빨고 있었다. 아이는 시네이드가 이제까지 쌓은 공덕의 산 증거였다. 아버지처럼 침 뱉는 습관, 숱 없는 머리, 옅은 눈빛까지 모든 면에서.

나는 옆으로 빠지면서 리치가 무대 중앙을 차지하도록 했다. "고건 부인." 그는 악수하려고 몸을 앞으로 숙이며 말했다. "아, 아닙니다. 일어나지 마십시오. 저녁을 방해해서 죄송합니다. 하지만 상황을 계속 알리겠다고 약속드렸으니까요. 그러지 않았습니까?"

시네이드는 열의가 넘쳐서 소파에서 굴러떨어질 뻔했다. "범인을 잡았군요?"

나는 구석의 팔걸이의자로 옮겨 가며 수첩을 꺼냈다. 제대로만 하면 메모하는 행위 자체가 내 모습을 보이지 않게 지울 수 있다. 리치는 다른 팔걸이의자로 향했고 소파 밖으로 나온 제이든의 다리를 치워버리는 일은 고건에게 맡겼다. 리치가 말했다. "용의자 한 명을 구류중이긴 합니다."

"맙소사." 시네이드는 숨을 내쉬었다. 탐욕스러운 표정에 눈이 확 밝아졌다. "사이코패스예요?"

리치가 고개를 저었다. "그에 관해선 많이 말씀드릴 순 없습니다. 수사가 아직 진행중이어서요."

시네이드는 입을 벌리고 혐오스럽다는 듯 그를 빤히 보았다. 얼굴에 떠오른 표정이 말해주고 있었다. 내가 이 얘길 듣자고 텔레비전 소리를 무음으로 바꿨단 말이야?

리치가 말했다. "이 남자가 이제 이 거리를 떠났다는 사실을 부인께서 아셔야 할 권리가 있다고 생각했습니다. 정보를 더 드릴 수 있는 대로 드리겠습니다. 하지만 당장은 이자를 그대로 잡아놓을 수 있도록 노력하는 중이라서요, 신중히 행동해야 할 필요가 있습니다."

고건이 말했다. "참 고맙군. 그래서 용건은 그게 다요?"

리치는 부끄러움을 타는 십 대 같은 표정을 지으면서 뒤통수를 문질렀다. "보자……. 좋습니다. 얘기는 이렇습니다. 제가 이 일을 한지가 얼마 되지 않아서요. 하지만 한 가지만은 확실한데요. 보통 가장 뛰어난 목격자는 영리한 아이들입니다. 어디든 가고 뭐든 보니까요. 아이들은 아무것도 어른들처럼 허투루 보아 넘기는 일이 없죠. 무슨 일이든 일어나면 눈치채고요. 그래서 이 댁 제이든을 만났을 때 무척 기뻤습니다."

시네이드는 손가락으로 리치를 가리키며 말을 시작했다. "제이든은 아무것도……." 하지만 리치는 두 손을 들어 여자의 말을 잘랐다.

"잠깐만요, 네? 그래야 생각의 흐름이 끊기지 않거든요. 보시죠. 물론 제이든은 자신이 아무것도 보지 못했다고 생각하는 걸 알고 있습니다. 지난번 우리가 여기 왔을 때 그렇게 말했지요. 하지만 제 생각에는 어쩌면 제이든이 지난 이틀 동안 기억을 좀 돌이켜보지 않았을까 싶거든요. 영리한 아이들에게는 또 그런 점이 있지요. 그게 모

두 여기 남아 있으니까요." 리치는 손가락으로 관자놀이를 톡톡 두
드렸다. "운이 좋다면 뭔가 제이든의 머릿속에 떠오르지 않았을까
싶습니다."

모두가 제이든을 보았다. 그 애가 말했다. "뭐요?"

"우리에게 도움이 될 만한 무언가가 기억나지 않니?"

제이든은 지나치게 뜸을 들이며 어깨를 으쓱했다. 리치 말이 맞았
다. 뭔가 알고 있었다.

"대답이 됐겠죠." 고건이 말했다.

"제이든." 리치가 말했다. "나한테도 남동생이 많아. 소년이 뭔가
마음에 혼자 담아두고 있으면 알 수 있지."

제이든의 눈이 쓱 옆으로 빠졌다가 다시 아버지를 올려다보며 묻
는 듯했다.

"보상이 있나?" 고건이 물었다.

공동체를 돕는 것이 보상이라는 설교를 늘어놓을 순간이 아니었
다. 리치가 말했다. "아직까지는 없습니다만 제공되면 알려드리지
요. 부모님께서 어린아이가 이런 일에 말려드는 걸 원치 않는다는
걸 압니다. 저라도 그럴 테니까요. 제가 드릴 수 있는 말씀은 이런
짓을 저지른 남자는 단독범이라는 겁니다. 목격자를 추정할 다른
동료 같은 건 없어요. 그가 이 거리를 떠나 있는 한 여기 가족들은
안전합니다."

고건은 턱 아래 난 까끌까끌한 수염을 긁더니 그 말과 하지 않은
말의 내용까지도 파악하려 했다. "미친 사람인가?"

리치의 요령이 다시 발휘된 순간이었다. 차츰 신문과 대화 사이의
경계가 느슨해지고 있었다. 리치는 두 손을 펼쳤다. "그 사람에 대해

서는 말할 수 없지요. 제가 할 수 있는 말은 이겁니다. 가끔 선생님도 집 밖에 나가야 할 거 아닙니까? 일하러 간다거나 면접이라거나 회의라거나. 저라면 말이죠, 저라면 이자가 완전히 치워졌다는 걸 알면 가족을 두고 나가기가 훨씬 편할 거 같아서요."

고건은 리치를 쳐다보면서 계속 긁어댔다. 시네이드가 톡 쏘는 투로 말했다. "내가 말했잖아. 미친 연쇄살인범이 돌아다니니까 술집에 갈 생각은 하지도 말라고. 여기 나 혼자 가만히 앉아 미치광이가 오기를……."

고건은 제이든을 슬쩍 넘겨다보았다. 아이는 이제 소파에 낮고 구부정하게 앉아 입을 벌리고 쳐다보고 있었다. 아버지는 머리로 리치 쪽을 슬쩍 가리켰다. "해. 이 사람에게 말하라고."

"뭘 말해?" 제이든이 물었다.

"미련한 척하지 말고. 이 사람이 물어본 거 말하란 말이야."

제이든은 소파에 더욱 깊숙이 기대앉으며 양탄자 속에 파묻힌 발가락을 바라보았다. "남자가 왔었어요. 아주 한참 전에."

리치가 말했다. "그래? 언제?"

"여름 전에요. 학교가 끝날 때쯤."

"봐, 그게 바로 내가 말한 거야. 이런 사소한 일을 기억해내는 거. 네가 영리한 아이일 줄 알았다니까. 유월이지?"

아이는 어깨만 으쓱했다. "아마도요."

"어디에 있었니?"

제이든의 눈이 다시 아버지를 향했다. 리치가 말했다. "너 지금 좋은 일을 하는 거야. 절대 말썽에 휘말릴 일 없어."

고건이 말했다. "말해줘라."

"난 11번지에 있었어요. 그러니까 저 살인이 일어난 집 옆에 붙은 집 있죠. 난……."

시네이드가 따져 물었다. "대체 거기서 뭘 하고 있었니? 엄마한테 한 대 맞아야 정신을……."

부인은 리치가 든 손가락을 보고 화를 죽였다. 턱을 내민 방향으로 봐서는 우리 모두 곤란해진 것이 분명했다. 리치가 물었다. "11번지에는 어떻게 들어갔어?"

제이든이 꼼지락거렸다. 그 애가 입은 트레이닝복이 인조 가죽 위에서 방귀 소리를 내자 제이든은 킬킬거렸지만 아무도 따라 웃지 않자 곧 그쳤다. 마침내 아이는 말했다. "그냥 장난 좀 치고 있었어요. 열쇠가 있었는데 그냥 한번 해봤더니, 알죠? 이게 맞나 알아보려고 했을 뿐이에요."

리치가 말했다. "네 열쇠로 다른 집들 문에 시험해봤다는 말이야?"

제이든이 어깨를 으쓱했다. "그런 거죠."

"잘했네. 참 영리하구나. 우리는 그런 건 생각도 못 해봤어." 해봤어야 했다. 비용 절감을 위해 하나의 열쇠로 모든 잠금장치에 다 맞게 만드는 짓은 이 건설업자들의 성격에 딱 맞아떨어졌으리라는 것을. "그 열쇠가 아무 집에나 다 맞았구나?"

제이든은 허리를 똑바로 펴서 앉고는 자신의 영리함을 과시하며 즐기기 시작했다. "그건 아니고요. 앞문에서는 쓸모가 없어요. 우리 집 열쇠는 다른 집에는 안 맞았어요. 여러 집 해봤거든요. 하지만 뒷문은 알죠? 열리더라고요. 반쯤은……."

고건이 말했다. "그 정도면 됐어. 입 다물어."

"고건 씨." 리치가 말했다. "제가 진지하게 약속드리죠. 아이가 곤란해지는 일은 없을 겁니다."

"나를 뭘 얼마나 미련하게 보는 거요? 애가 다른 집에 들어갔다고 하면, 안 그랬겠지만, 불법 침입이 되잖아."

"저는 그런 생각은 하지도 않습니다. 다른 사람들도 안 할 거고요. 지금 이 댁의 제이든이 저희에게 얼마나 도움이 되는 줄 아십니까? 살인범을 감옥에 집어넣는 걸 돕고 있다고요. 제이든이 그 열쇠를 가지고 이런저런 시험을 해봤다니 날아오를 듯한 기분이네요."

고건이 그를 빤히 응시했다. "나중에 다시 와서 죄를 씌우려고 하면 애가 한 말을 다 취소할 줄 알아요."

리치는 눈 하나 깜박하지 않았다. "그럴 리는 없을 겁니다. 제 말 믿으시죠. 다른 사람들도 그럴 리가 없고요. 이건 무척 중요한 일입니다."

고건은 툴툴대면서 제이든에게 고개를 끄덕였다. 제이든이 말했다. "진짜로요? 아저씨들도 정말로 그런 생각 안 해봤어요?"

리치는 고개를 저었다. "멍청하기는." 아이는 숨을 죽이고 말했.

"내 말이 바로 그거야. 너를 찾아서 참 운이 좋았다. 그래서 뒷문 열쇠로 어떻게 됐다고?"

"근처의 뒷문 중 반은 열리더라고요. 제 말은 사람이 사는 집은 아무데도 안 해봤다는 거지만." 제이든은 정직한 표정을 지으려고 했지만 아무도 넘어가지 않았다. "빈집들이 있잖아요. 저기 길 아래랑 오션뷰 프롬나드에 있는 집들은 많이 들어가봤어요. 쉽던데. 다른 사람들이 그 생각을 못 해봤다니 믿을 수가 없네요."

리치가 말했다. "그리고 11번지도 열리더란 말이지. 거기서 이 남자를 만난 거야?"

"네, 내가 거기 있는데, 그냥 거기서 서성거리고 있는데 그 남자가 뒷문을 열었어요. 마당 벽을 넘어왔나 그런 거 같았어요." 그가 은신처에서 나왔던 것이다. 기회를 엿봤으리라. "그래서 내가 그 사람에게 가봤어요. 좀 심심했거든요. 거기서 할 일도 없고."

시네이드가 잔소리했다. "너 엄마가 낯선 사람하고 얘기하지 말라고 했어, 안 했어? 그 사람이 너를 밴으로 납치해서 데려갔대도 싸다……."

제이든이 눈알을 굴렸다. "설마 내가 그렇게 멍청해 보여? 그 사람이 나를 잡으려고 했으면 도망쳤지. 여기까지 이 초면 오는데."

리치가 물었다. "무슨 얘기들을 했니?"

제이든이 어깨를 으쓱했다. "별로 안 했어요. 나한테 뭘 하느냐고 묻더라고요. 그저 서성거렸다고 했죠. 어떻게 들어왔느냐고 하길래 열쇠 설명을 해줬어요."

제이든은 자기가 영리하다는 인상을 주고 싶어서 낯선 사람에게 자랑을 했던 것이다. 리치에게 좋은 인상을 주려고 자랑한 것처럼. "그랬더니 그 사람이 뭐래?" 리치가 물었다.

"정말로 똑똑하다고 했어요. 자기도 그런 열쇠가 하나 있으면 좋겠다고. 자기는 단지 반대편에 사는데 집에 물이 넘쳤대요. 자기네 집에 파이프가 터졌다나 뭐라나. 그래서 집을 고칠 때까지 잘 수 있는 빈집을 찾고 있다고 했어요."

좋은 이야기였다. 코너는 뭔가 그럴듯한 이야기를 지어낼 만큼 이 단지를 잘 알았다. 제이든이 터진 파이프와 영원히 질질 끄는 수리 과정에 대한 이야기를 믿는 것도 당연했다. 게다가 일을 빨리도 처리했다. 빠르게 결단을 내리고 그럴듯한 거짓말을 한 후 손에 들어온 걸 이용했다. 남자는 유능했다. 자기가 뭔가 간절히 원할 때는.

"다만 모든 집이 문이나 창문 같은 게 없어서 얼어 죽도록 춥거나, 그게 아닌 집은 잠겨 있어서 들어갈 수 없다고 하더라고요. 그래서 내 열쇠를 빌려서 사본을 뜰 수 있냐고 물어봤어요. 그러면 어디 좋은 데 들어갈 수 있을 것 같다고. 그러면 나한테 오 유로 준다고 했어요. 그래서 나는 십 유로를 달라고 했죠."

시네이드가 폭발했다. "너 변태한테 우리 열쇠를 줬어? 멍청한 새끼가……."

"내일 잠금장치를 바꿀게." 고건이 퉁명스럽게 말했다. "입 다물어."

리치는 둘 다 무시하고 편하게 말했다. "말이 되네. 그래서 너한테 십 유로를 줘서 그 사람에게 열쇠를 빌려준 거구나?"

제이든은 한쪽 눈으로는 엄마 눈치를 보며 말했다. "네, 그래서요?"

"그다음엔 어떻게 됐어?"

"아무 일도 없었어요. 그 사람이 아무한테도 말하지 말라고 했어요. 건설업자들이 집주인이니까 자기가 걸리면 큰일 난다고. 난 알았다고 했죠." 또 한 번 영리한 판단이었다. 오션뷰에 사는 사람에게 건설업자들이 인기 있을 리가 없었다. 아이들이라고 해도 마찬가지였다. "그 사람이 열쇠를 바위 아래 놓겠다고 했어요. 어떤 바위인지 보여주더라고요. 그런 다음엔 가버렸어요. 고맙다고 했고. 나는 집에 와야만 해서."

"그 사람 다시 봤니?"

"아뇨."

"열쇠를 너한테 도로 줬어?"

"네. 바로 다음 날요. 말한 대로 바위 아래 있던데."

"너희 집 열쇠가 스페인네 집 문에 맞는지 아니?"

요령 있는 표현이었다. 제이든은 어깨를 으쓱했다. 거짓말이라고 하기엔 너무나 편안하고 그다지 격렬하지 않았다. "한 번도 안 해봤어요."

다른 말로 하면 자기가 어디 사는지 아는 사람에게 잡힐 위험은 무릅쓰고 싶지 않았다는 뜻이었다. "당신들이 잡은 범인이 뒷문으로 들어왔어요?" 시네이드가 궁금해했다. 눈이 휘둥그레졌다.

"모든 가능성을 탐색하고 있습니다." 리치가 말했다. "제이든, 그 남자가 어떻게 생겼니?"

제이든은 다시 어깨를 으쓱했다. "말랐어요."

"나보다 나이가 많았어? 아니면 어렸어?"

"비슷했던 것 같아요. 저 아저씨보다는 어려요." 나를 말하는 것이었다.

"키가 크니, 작니?"

어깨 으쓱. "보통요. 어쩌면 큰 편인가. 저 아저씨처럼." 다시 나였다.

"그 사람 다시 보면 알아볼 수 있겠어?"

"네. 어쩌면요."

나는 서류 가방으로 몸을 숙여 사진 배열판을 꺼냈다. 시보 중 한 명이 그날 아침 우리를 위해 제대로 사진을 모아두었다. 이십 대의 남자 여섯 명, 모두 말랐고 갈색 머리를 짧게 쳤으며 턱이 나왔다.

정식으로 용의자를 구분하려면 제이든이 경찰청에 와야겠지만 적어도 이 애가 관련 없는 괴짜에게 열쇠를 주어버렸을 가능성을 제거할 수는 있었다.

나는 사진 배열판을 리치에게 건넸고 리치는 제이든에게 들어 보였다. "그 남자가 여기 있어?"

제이든은 최대한 고심해서 한참을 보았다. 판을 다양한 각도로 기울여보기도 하고 눈높이로 들어보기도 하고 눈을 가늘게 뜨고 보기도 했다. 마침내 제이든이 말했다. "에, 이 남자."

제이든의 손가락은 아래 줄 가운데 사진을 가리켰다. 코너 브레넌. 리치의 눈이 나의 눈과 잠깐 마주쳤다.

"맙소사." 시네이드가 말했다. "얘가 살인자와 얘기를 나눈 거네요." 여자의 말에는 경외와 분노 사이의 어떤 감정이 있었다. 이 여자가 누구를 고소할지 궁리하고 있는 게 눈에 보였다.

리치가 말했다. "확실하니, 제이든?"

"네, 5번이에요." 리치는 배열판을 도로 받으려고 손을 뻗었지만 제이든은 여전히 배열판을 들여다보고 있었다. "이 남자가 그 집 사람들 다 죽인 사람이에요?"

리치의 눈꺼풀이 빠르게 깜박거리는 것이 보였다. "이 사람이 한 짓인지 결정하는 건 법원과 배심원에게 달렸어."

"내가 열쇠를 주지 않았다면 이 사람이 날 죽였을까요?"

아이의 목소리는 연약했다. 악귀 같은 기운은 사라지고 없었다. 갑작스레 제이든은 그저 겁먹은 꼬마가 되었다. 리치는 부드럽게 말했다. "내 생각엔 그랬을 것 같진 않아. 맹세할 순 없지만 너는 단 한 순간도 위험에 빠진 적은 없었다는 걸 장담한다. 하지만 어머님 말씀이 옳아. 낯선 사람하고는 얘기해선 안 돼, 알았지?"

"이 사람이 돌아올까요?"

"아니, 이 사람은 돌아오지 않아."

리치의 첫 번째 실수. 그런 약속은 해서는 안 된다. 적어도 아직 영향을 끼칠 수단이 필요할 때는. "절대 그렇게 되지 않게 하려고 우리가 노력하고 있지." 나는 배열판을 받으려고 한 손을 뻗으면서 말했다. "제이든, 네가 큰 도움을 주었고 이게 아주 중요할 거야. 고건 씨, 고건 부인. 두 분도 생각을 되짚거나 저희에게 도움이 될 뭔가를 볼 시간이 이틀 정도 있었는데요. 뭔가 떠오르는 게 있으십니까? 뭐든 보았거나 들었거나 평소와 달랐던 것요? 뭐든 없을까요?"

침묵이 흘렀다. 아기가 작게 칭얼거리는 콧소리를 내기 시작했다. 시네이드는 보지도 않고 한 손을 뻗어 칭얼거림을 멈출 때까지 쿠션을 흔들어주었다. 부인도, 그 남편도, 아무도 쳐다보지 않았다.

마침내 시네이드가 말했다. "아무것도 생각나지 않아요." 고건은 고개를 저었다.

우리는 침묵이 커져가도록 놔두었다. 아기는 몸을 뒤척였고 항의하듯이 높은 소리로 낑낑댔다. 시네이드가 아기를 안아서 얼렀다. 아기의 머리를 바라보는 부인의 눈은 차가웠고 남편의 눈처럼 생기가 없었으며 도전적이었다.

마침내 리치는 고개를 끄덕였다. "무슨 생각이라도 나면 제 명함이 여기 있습니다. 그동안은 저희 사정 좀 봐주시겠습니까? 제이든의 이야기에 관심을 보일 신문이 저기 몇 군데 있습니다. 몇 주 동안은 비밀로 해주실 수 있겠지요?"

시네이드는 분노로 입술을 깨물었다. 확실히 벌써 쇼핑 파티를 벌일 계획을 꾸미고 사진 촬영용으로 어디 가서 화장을 받아야 하나 따지던 모양이었다. "우리는 원하는 대로 누구한테든 얘기할 수 있어요. 우리를 못 막아요."

리치가 차분하게 말했다. "이 주일 뒤에도 신문은 여전히 저기 있을 겁니다. 우리가 이자와 정리를 하는 대로 제가 말씀을 드릴 테니 그때 기자들에게 전화를 해도 되죠. 그때까지는 저희 사정을 봐주셔서 수사를 방해하지 말아달라는 부탁을 드리고 싶습니다."

부인은 몰라도 고건은 위협을 알아들었다. "제이든은 아무하고도 말하지 않을 겁니다. 그러면 됐죠?"

그는 일어섰다. "마지막 하나만요." 리치가 말했다. "그후에는 저희도 사라지겠습니다. 뒷문 열쇠를 잠깐만 빌릴 수 있을까요?"

그 열쇠로는 스페인 가족의 집 뒷문이 기름을 바른 듯 매끄럽게 열렸다. 잠금장치는 딸깍하는 소리와 함께 열렸고 마지막 연결 고리가 맞아 들어갔다. 코너의 은신처에서 살인 사건이 일어난 부엌으로 바로 이어지는 팽팽하고 반짝거리는 실. 나는 한 손을 들어 리치와 하이파이브를 하려고 했으나 리치는 내가 아니라 마당 벽 너머를 내다보면서 은신처의 텅 빈 창문 구멍을 바라보고 있었다.

"그래서 핏자국이 자갈에 스며들었군." 나는 말했다. "그는 들어온 길로 나갔어."

리치는 또다시 불안하게 꿈지럭거렸다. 손가락 끝이 허벅지 옆을 빠르게 두드리며 문신처럼 무늬를 만들었다. 그의 마음에 걸린 것이 무엇인지는 몰라도 고건 가족들과의 면담으로 해결되진 못했다. 그가 말했다. "패트릭과 제니퍼. 그들은 어떻게 여기까지 오게 된 걸까요?"

"무슨 뜻이야?"

"새벽 3시. 둘 다 파자마 차림이었죠. 둘 다 잠자리에 들었고 코너가 그들을 습격했다면 그들이 어떻게 몸싸움을 하면서 여기까지 내려오게 됐을까요? 왜 침실이 아니고?"

"코너가 나가는 걸 잡았겠지."

"그렇다면 코너가 아이들을 노렸다는 말이 되는데요. 자백과는 맞지 않잖아요. 그는 패트릭과 제니퍼에 대해서만 말했어요. 그리고 패트릭과 제니퍼가 소음을 들었다면 아이들을 먼저 확인한 다음 아이들을 도우려고 그 자리에 남아 있지 않았을까요? 아이들이 위험에 처했는데 도망가는 침입자에게 신경을 쓸까요?"

"이 사건에는 아직도 설명이 필요한 점이 많아. 그건 부정하지 않겠어. 하지만 기억해봐. 이자는 그냥 침입자가 아니야. 가장 친한 친구였다고. 아니면 과거에 가장 친한 친구였겠지. 그건 이런 상황으로 흘러간 데 큰 차이를 일으켰을 수 있지. 기다리다가 피오나가 뭐라고 하는지 보자고."

"그렇죠." 리치가 문을 열자 차가운 바람이 부엌으로 휙 밀려들며 정체되었던 피와 화학약품 냄새가 쓸려 갔고 순식간에 방 안이 아침처럼 상쾌해지면서 마음을 흔들었다. "기다렸다가 보면 되죠."

나는 휴대전화를 찾아서 정복 경관들에게 전화를 걸었다. 고건 가족이 부업으로 팔 만한 근사한 기념품들을 준비하기 전에 누구든 맹꽁이자물쇠를 잘 다루는 사람을 내려보내야만 했다. 누군가 전화 받기를 기다리는 동안 리치에게 말을 걸었다. "신문 잘했어."

"감사합니다." 리치는 원래라면 기뻐했겠지만 전혀 그런 기색이 아니었다. "어째서 코너가 패트릭의 열쇠를 발견한 사연을 지어냈는지 알게 됐네요. 제이든이 곤란해질까 봐 그랬겠죠."

"다정도 하지. 수많은 살인범이 유기견을 키우기도 하고."

리치는 마당을 내다보았다. 뜰에는 벌써부터 버려진 느낌이 감돌기 시작했다. 잡초들이 풀 위로 자라나고 파란 비닐봉지가 어디선가 바람에 실려와 덤불 위에서 파닥이고 있었다. "네." 리치가 말했다. "아마도 그러겠죠." 그는 뒷문을 쿵 닫았다. 마지막으로 밀려온 차가운 공기에 종이 낱장들이 휙 날려서 떠돌다 바닥으로 떨어졌다. 그러고 나서 다시 열쇠를 돌렸다.

고건이 자기 현관문 앞에서 열쇠를 도로 받으려고 기다리는 중이었다. 제이든이 문손잡이에 매달려서 그 뒤에 서 있었다. 리치가 열쇠를 건네자 제이든은 자기 아버지의 겨드랑이 뒤에서 꿈틀꿈틀 기어나왔다. "아저씨." 아이는 리치에게 말했다.

"응?"

"내가 그 범인에게 열쇠를 안 줬다면요. 그러면 저 사람들 안 죽었을까요?"

아이는 옅은 눈에 진짜로 날카로운 공포심을 띠고 리치를 올려다보았다. 리치는 부드럽지만 무척 확고하게 말했다. "이건 네 잘못이 아니야, 제이든. 이 일을 저지른 사람의 잘못이지. 얘기는 여기서 끝."

제이든이 몸을 비틀었다. "하지만 열쇠가 없었다면 그 사람이 어떻게 그 안으로 들어가요?"

"어떻게든 방법을 찾았을 거야. 어떤 일들은 일어날 방법을 알아서 찾거든. 일단 일이 시작되면 무슨 짓을 해도 멈출 수가 없어. 네가 이 남자를 만나기 한참 전에 모든 일이 시작된 거야. 알겠니?"

그 말이 내 두개골을 타고 내려와 목덜미를 파고들었다. 나는 리치가 움직이게 하려고 자세를 슬쩍 바꿨지만 리치는 제이든에게 집중하고 있었다. 아이는 반신반의하는 눈치였다. 잠시 후 아이는 말했다. "그런가 봐요." 제이든은 다시 아버지의 겨드랑이 밑으로 스르르 들어가 침침한 현관 안으로 들어갔다. 고건이 문을 닫기 바로 직전 아이는 리치와 눈을 마주치더니 마지못해서 고개를 작게 끄덕였다.

이번엔 길 아래에 있는 이웃집 두 군데에 사람이 있었다. 그들은 사흘 전의 스페인 가족의 모습이었다. 젊은 부부와 어린 아이들. 깨끗한 바닥과 알뜰하지만 세련된 손길. 오지 않을 손님을 따뜻이 환영해주는 정리된 집. 그들 중 누구도 무엇을 보거나 들은 적이 없다고 했다. 우리는 신중하게 뒷문 잠금장치를 바꾸라고 말했다. 그저 예방 조치라고, 수사 도중에 우연히 알게 된 기능상 오류를 일으킬 가능성 때문이라고, 범죄와는 아무 상관 없다고 말했다.
각 부부 모두 한쪽만 직업이 있었다. 근무시간이 길고 통근 시간이 긴 일자리였다. 다른 집 남편은 일주일 전 인력 감축으로 해고되었고 부인은 칠월에 다시 직장을 얻었다고 했다. 그 여자는 제니퍼 스페인과 친해지려고 노력했다고 했다. "우리는 둘 다 종일 여기 처박혀 있었으니까요. 그래서 얘길 나눌 상대가 있으면 덜 외롭겠다 싶었지요……." 제니퍼는 예의는 발랐지만 거리는 두었다고 했다. 이런 식이었다. 차 한잔 정도는 늘 좋지요. 하지만 여유 없는 시간이 있고 언제 생길지도 확실히 모르겠네요. "저는 그저 그 여자가 수줍음을 많이 타는 성격이든가 아니면 우리가 친한 친구가 되어 매일 서로 들러도 된다고 생각하는 게 싫어서든가 해서 그랬다고, 어쩌면 내가 이전에는 친해지려고 하지 않았기 때문에 화가 난 걸 수도 있다고 생각했어요. 전에는 기회가 없었거든요. 집에 있는 시간이 거의 없었으니까…… 하지만 그 여자가 걱정했던 게…… 제 말은…… 그게…… 제가 물어봐도 될까요?"

여자는 당연히 패트릭이라고 여기는 것 같았다. 모든 사람이 그렇게 생각할 것이라고 내가 리치에게 말한 그대로였다. 나는 말했다. "지금 사건과 관련된 누군가를 구류중입니다."

"어머, 세상에." 여자가 부엌 탁자 위에 놓인 남편의 손을 잡았다. 여자는 예쁘고 날씬한데다 금발에 깔끔한 차림이었지만 우리가 오기 전에 울고 있었던 듯했다. "그러면 아니었다는 거죠. 그저…… 어떤 남자라는 거죠? 강도처럼?"

"구류중인 인물은 그 집의 거주자는 아니었습니다."

이 말에 여자의 눈물이 다시 새어 나오기 시작했다. "그러면……. 오, 맙소사……." 여자의 눈이 내 어깨 너머 부엌의 끝을 향했다. 네 살 정도 되어 보이는 그들의 딸이 바닥에 책상다리를 하고 앉아서 매끈한 금발을 호랑이 인형 위로 숙이고 무어라 옹알거리고 있었다. "그렇다면 우리 집일 수도 있었던 거잖아요. 우리가 당할 수도 있는 걸 막을 길이 없었던 거잖아요. 이렇게 말씀하고 싶으시겠죠. '주님의 은총이라고밖에요'. 하지만 그런 말씀은 못 하시겠죠? 그러면 주님이 그 사람들이 그렇게 되길 바랐다고 말하는 것 같잖아요……. 그건 신이 아니잖아요. 그건 그냥 사고예요. 그냥 운이죠. 오로지 요행으로……."

여자는 손가락 관절이 하얘지도록 주먹을 꼭 쥐어 남편의 손 위에 얹은 채로 오열을 참으려 애썼다. 그 모습에 내 턱이 다 아팠다.

여자에게 잘못된 생각이라고 말할 수 있기를 얼마나 바랐는지 모른다. 스페인 가족은 바닷바람 위로 신호를 보냈으며 코너가 그에 대답한 것이라고, 당신과 당신의 가족은 안전한 삶을 일구어왔다고.

나는 말했다. "용의자는 구류중입니다. 한동안 그럴 겁니다."

여자는 고개를 끄덕였지만 나를 보지는 않았다. 여자의 얼굴은 이해 못 하겠다는 말을 하고 있었다.

남편이 말했다. "우리는 이사 가고 싶었어요. 몇 달 전에 나갔어야 했는데 누가 이 집을 사겠어요? 이제……."

아내가 말했다. "우린 여기 머무르지 않을 거예요. 우리는 그러지 않을 거예요."

오열이 터져 나왔다. 아내의 목소리와 남편의 눈빛에는 똑같은 무력감의 조각이 담겨 있었다. 그들은 둘 다 자신들이 아무데도 갈 수 없다는 것을 알았다.

차로 돌아가는 길에 전화가 징 울리며 메시지가 왔다는 사실을 알렸다. 제리 누나가 5시 직후에 전화를 걸었던 것이다.

"믹……. 어떡하니, 널 방해하기 싫었는데. 네 코가 석자라는 걸 나도 알거든. 하지만 네가 알고 싶을 것 같아서. 어쩌면 네가 이미 알고 있는지도 모르겠지만. 그래, 하지만…… 디나가 우리 집에서 나갔어. 믹, 정말 미안해. 우리가 걔를 돌보기로 되어 있다는 건 아는데. 그리고 정말 돌봤거든. 내가 장을 보려고 십오 분 정도 실라와 잠깐 놔둔 사이에……. 걔가 너한테 갔니? 네가 나한테 화낼 수 있다는 건 알겠는데 그래도 네 탓은 안 하지만, 믹, 걔가 너랑 같이 있다면 전화 좀 해서 알려줄래? 정말 미안해, 솔직히 나도……."

"망할." 나는 중얼거렸다. 디나는 최소한 한 시간 동안은 사라진 상태였다. 리치와 내가 피오나와의 일을 마치기까지 적어도 앞으로 두 시간 동안은 내가 어떻게 할 도리가 없었다. 그 시간 동안에 디나에게 무슨 일이 생길 수도 있다고 생각하니 심장이 질척한 진흙 속에서 뛰려고 애쓰는 것만 같았다. "망할, 제기랄, 망할."

두 발짝 앞에서 걷던 리치가 돌아서서 볼 때까지 나는 내가 멈추었다는 사실도 깨닫지 못했다. 그가 말했다. "괜찮은 거죠?"

"다 괜찮아." 나는 말했다. "일 관련이 아니야. 상황 좀 정리하게 일 분만 줘." 리치는 무슨 말을 하려고 입을 열었으나 그가 말을 내뱉기도 전에 나는 그에게 등을 돌리고 따라오지 말라는 의미로 빠르게 길 아래로 도로 내려갔다.

제리 누나는 전화벨이 울리자마자 받았다. "믹? 걔 너랑 있어?"

"아니. 몇 시에 나갔는데?"

"오, 세상에. 난 그것만 바라고……."

"겁먹지 마. 우리 집에 있을 수도 있고 내 직장으로 갔을 수도 있어. 나는 오후 내내 현장에 있었거든. 몇 시에 나갔어?"

"4시 반쯤. 실라의 휴대전화가 울렸는데 걔 남자친구인 배리였대. 그래서 개인적인 얘기를 하러 자기 방에 갔다가 내려와보니 디나가 없더라는 거야. 아이라이너로 '고마워 안녕!'이라고 쓰고 그 아래 자기 손을 흔드는 것처럼 낙서를 냉장고에 그려놨다더라. 실라의 지갑을 가져갔는데 육십 유로 정도 들어 있었다고 하니까 어쨌든 돈은 있을 거야……. 내가 집에 오자마자 실라가 말해서 동네를 차로 돌면서 찾아봤어. 정말 온갖 데 다 가봤다고 맹세할 수도 있어. 상점들도 들어가보고 남의 집 마당도 들여다보고 했다니까. 그런데 애가 없는 거야. 달리 어디를 찾아봐야 할지도 모르겠고. 열 번 넘게 전화도 했는데 전화기가 꺼져 있어."

"오늘 오후엔 어때 보였어? 누나나 실라랑 있는 게 짜증 난 것 같았어?" 디나가 지루해졌다면……. 나는 그 애가 제저의 성을 언급한 적이 있는지 기억하려 했다.

"아니, 상태가 좋아졌어! 훨씬 좋았다고! 화도 내지 않고, 무서워하지도 않고, 흥분하지도 않았어. 심지어 대체로 논리적인 말만 했어. 약간 산만한 것 같긴 했는데 내가 말할 때 정말로 집중하지 않는다거나. 뭔가 마음속에 다른 생각이 있는 것 같았어. 그게 다였어." 제리 누나의 목소리가 점점 높아졌다. "사실상 괜찮았단 말이야, 믹. 하늘에 맹세코 디나는 괜찮았어. 나는 걔가 나아지는 중이라고 확신했어. 안 그랬다면 걔를 실라와 단둘이 놔뒀겠니, 절대로……."

"누나가 그러지 않았으리라는 거 알아. 디나는 분명히 멀쩡할 거야."

"걔는 멀쩡하지 않아, 믹. 아니야. 멀쩡하다는 건 걔하고는 제일 거리가 먼 말이야."

나는 어깨 너머를 흘긋 보았다. 리치는 내 사생활을 존중해주려고 공사장 쪽을 보면서 주머니에 손을 넣고 차에 기대어 서 있었다. "누나도 내 말 알잖아. 걔는 분명히 그냥 지루해져서 친구네 집에 갔을 거란 뜻이지. 내일 아침엔 누나한테 미안하다는 뜻으로 크루아상을 사 들고 갈 수도 있어."

"그렇다고 걔가 멀쩡한 게 되진 않아. 멀쩡한 사람은 조카딸이 애를 봐주고 번 돈을 훔치지 않아. 멀쩡한 사람은 우리 모두가 달걀 껍데기 위를 걷는 것처럼 불안하게 만들 필요가 없다고……."

"나도 알아, 제리 누나. 하지만 오늘 밤 우리가 처리할 일은 그게 아니잖아. 한 번에 하나씩만 집중하자. 알겠지?"

단지 벽 너머로 바다가 점점 어두워지고 부드럽게 흔들리며 밤을 향해 가고 있었다. 작은 새들이 다시 나와서 먹이를 찾아 해변을 뒤졌다. 제리 누나는 숨을 고르고 떨림을 섞어 내쉬었다. "이런 건 이제 정말 지긋지긋해."

이 말투를 이전에도 수백만 번 들었다. 누나의 목소리에서도 내 목소리에서도. 기진맥진, 좌절, 짜증을 가르는 순수한 공포. 아무리 여러 번 똑같이 길고 복잡한 상황을 헤쳐나갔다고 해도 이번만은 드디어 다르게 끝날 수도 있는 때라는 걸 잊지 못한다. 사과를 갈겨 쓴 카드나 훔쳐 온 꽃다발이 문간에 놓여 있는 게 아니라, 늦은 밤 전화가 오고 고지 기술을 연습하는 신입 경관이 나타나서 쿠퍼의 영안실로 신원 확인을 가야 할 수도 있다.

"제리 누나, 걱정하지 마. 면담 하나를 더 마쳐야 퇴근할 수 있긴 하지만 그다음에 내가 해결할게. 걔가 내 직장에서 기다리고 있으면 누나에게 바로 알려줄게. 누나는 걔 휴대전화로 계속 연락해봐. 연결이 되면 내 직장에서 만나자고 말하고 나한테 문자 해서 걔가 온다고 알려줘. 아니면 내가 일 끝나는 대로 걔를 찾으러 갈 테니까. 알겠지?"

"그래, 좋아." 제리 누나는 어떻게 할 건지 묻지 않았다. 누나는 그렇게 간단하다고 믿어야 할 필요가 있었다. 나도 마찬가지였다. "분명히 걔도 앞으로 한두 시간 정도는 혼자여도 멀쩡할 거야."

"잠 좀 자. 오늘 밤 디나는 우리 집에서 재울게. 하지만 내일은 다시 누나네 집으로 데려가야 할 수도 있어."

"물론 그렇게 해. 다들 괜찮아. 콤과 앤드리아는 장염이 옮지 않았어, 다행히. 그리고 이번엔 걔를 내 눈앞에서 놓치지 않을게. 약속할게. 믹, 이번 일은 정말로 미안해."

"내 말 진심이야. 걱정하지 마. 실라와 필에게도 빨리 낫길 바란다고 전해줘. 연락할게."

리치는 여전히 차 문에 기대고 서서 차가운 터키색 하늘 위로 날카롭게 엇갈리는 벽과 비계를 올려다보고 있었다. 내가 리모컨으로 차 문을 열자 그가 허리를 펴고 돌아보았다. "어때요."

"정리됐어." 나는 말했다. "가자."

내가 문을 열었지만 그는 움직이지 않았다. 스러져가는 빛 속에서 그의 얼굴은 창백하고 현명하며 서른한 살보다는 훨씬 나이 들어 보였다. "제가 할 일이 있을까요?"

내가 입을 열기 바로 직전에 그 감정이 내 안에서 솟구쳐올랐다. 홍수만큼이나 갑작스럽고 강력하게, 그리고 그만큼이나 위험하게. 리치에게 털어놓을까 하는 생각. 나는 서로를 속속들이 알았던 지난 십 년간의 파트너들을, 그들이 할 법한 말들을 떠올렸다. 요전 날 밤 그 여자 말이야, 기억해? 걔가 내 동생이야. 정신이 망가졌거든. 걔를 어떻게 구해야 할지 모르겠어……. 나는 술집에서 맥주잔을 들고 긴장이 어깨에서 빠져나가고 정신이 점점 흐려지고 있다는 것을 잊을 때까지 스포츠에 관한 말싸움을 하거나 더러운 농담, 반만 진실인 일화들을 던지던 파트너들을 보았다. 밤이 끝날 무렵 숙취와 함께 나를 집으로 보낼 때 등 뒤에서 바위 표면처럼 굳건하게 느껴지던 파트너의 느낌. 그 광경이 너무도 선명해서 거기 두 손을 대면 온기가 느껴질 것만 같았다.

다음 순간 나는 마음을 다잡았고 내가 사적인 가족사를 그의 앞에서 펼쳐놓고 내 머리를 쓰다듬으면서 모든 게 다 괜찮을 거라고 말해달라고 간청하려 했다는 생각에 속이 뒤집어졌다. 이 관계는 십년간 최고의 동료로 지낸 사이, 즉 의형제 같은 사이가 아니었다. 그가 코너 브레넌의 집에서 무엇을 보고 충격을 받았는지도 나눌 수 없는 낯선 사람이나 다름없는 사이였다.

"그럴 필요 없어." 나는 딱딱하게 말했다. 나는 잠깐 리치에게 피오나를 단독으로 면담하라고 할까 혹은 오늘은 보고서를 타자로 작성하고 피오나와의 면담은 내일 아침으로 미루자고 할까 생각해보았다. 코너는 어디로든 가지 못한다. 하지만 둘 다 혐오스러울 정도로 한심하게 느껴지는 생각이었다. "제안은 고마운데 내가 전부 통제하고 있어. 피오나가 우리에게 무슨 말을 할지 보러 가자고."

13

피오나는 경찰청 바깥 가로등에 힘없이 기대어 우리를 기다리고 있었다. 동그랗게 떨어지며 번져가는 노란빛 속에서 추위를 막으려고 빨간 더플코트의 후드를 뒤집어쓴 피오나는 난롯가 옆에서 듣는 동화 속 작고 길 잃은 존재 같았다. 나는 한 손으로 머리를 넘기며 디나를 내 마음속 뒤편에 두고 잠가버렸다. "기억해." 나는 리치에게 말했다. "저 여자도 아직 우리 레이더 안에 있어."

리치는 갑자기 피로에 눈이 침침한 듯 깊은 숨을 골랐다. 그가 말했다. "피오나가 코너에게 열쇠를 주진 않았잖아요."

"나도 알아. 하지만 코너와 아는 사이잖아. 거기 과거사가 있을 거야. 우리는 저 여자를 완전히 용의선상에서 제거하기 전에 과거사에 대해 좀더 알아낼 필요가 있어."

우리가 다가가자 피오나는 몸을 쭉 폈다. 지난 이틀 동안 살이 빠진 모습이었다. 종이 같은 회색으로 변해버린 피부 위로 광대뼈가 날카롭게 튀어나왔다. 나는 여자에게서 병원 냄새를 맡았다. 소독제 냄새가 공기를 물들였다.

"래퍼티 씨, 와주셔서 감사합니다."

"우리 그저…… 이걸 빨리 끝내도 괜찮을까요? 언니에게 돌아가고 싶어서요."

"이해합니다." 나는 피오나를 문 쪽으로 이끌려고 한 팔을 뻗었다. "되도록 빨리 하겠습니다."

피오나는 움직이지 않았다. 머리카락이 힘없는 갈색 물결처럼 얼굴 주변으로 늘어졌다. 병원 비누로 세면대에서 대충 감은 듯했다. "범인을 잡았다고 했죠. 이 짓을 저지른 남자를요."

피오나는 리치를 향해 말하고 있었다. 리치가 말했다. "범죄와 관련 있는 남자를 구류중입니다. 네."

"그 사람을 보고 싶어요."

리치는 이런 일은 예상 못 한 듯했다. 나는 매끄럽게 말했다. "그 자는 여기 없을 텐데요. 지금은 유치장에 있습니다."

"저 그 사람 봐야 해요. 저는……." 피오나는 생각의 흐름을 잃어버리고 고개를 젓더니 머리카락을 뒤로 넘겼다. "우리 거기 갈 수 있나요, 유치장에?"

"그런 식으로는 일이 되지 않습니다, 래퍼티 씨. 지금은 근무시간이 끝났고 서류를 작성해야 하기 때문에 그를 다시 여기로 데려오려면 몇 시간이 걸릴 수도 있습니다. 그것도 근무 가능한 요원이 있느냐에 달려 있죠. 언니분에게 돌아가고 싶으시면 그건 다른 때로 넘겨야 할 겁니다."

내가 논쟁의 여지를 남겼더라도 여자에게는 그럴 만한 에너지가 없었다. 잠시 후 피오나가 말했다. "다른 때요. 다른 때에는 볼 수 있나요?"

"우리가 방법을 알아낼 수 있을 겁니다." 나는 이렇게 말하고 다시 한번 팔을 내밀었다. 이번에는 피오나가 움직였다. 가로등 불빛의 동그라미 안에서 나와 그늘 속으로 들어가며 경찰청 문으로 향했다.

면담실 중 하나는 온화하게 꾸며졌다. 리놀륨 바닥 대신에 양탄자가 깔렸고 벽은 깨끗한 연노란색이었으며 의자는 엉덩이에 멍이 드는 기관용이 아니었다. 냉온수 정수기도 있고 전기포트와 차와 커피와 설탕이 든 바구니, 일회용 컵 대신에 진짜 머그잔도 있었다. 이곳은 피해자의 가족이나 연약한 목격자, 다른 면담실은 자신의 위엄에 대한 모욕이라고 생각해서 나가버릴 용의자들을 위한 방이었다. 리치가 피오나를 안정시키는 동안—불안정한 사람에게 신뢰받을 수 있는 파트너를 둔다는 건 좋은 일이었다—나는 수사본부실로 가서 증거물 몇 개를 마분지 상자 안에 던져 넣었다. 내가 다시 돌아왔을 때 피오나의 코트가 의자 등받이에 걸려 있고 여자는 온몸에 온기가 필요한 것처럼 김이 모락모락 나는 찻잔을 꼭 감싸고 웅크리고 있었다. 코트를 벗은 여자는 헐렁한 청바지와 커다란 크림색 카디건을 입었지만 아이처럼 가냘퍼 보였다. 리치가 반대편에 앉아서 탁자 위에 팔꿈치를 괴고 가상의 친척에 대한 긴 이야기를 늘어놓으며 여자를 안심시키는 중이었다. 그 친척도 극적인 복합 부상을 입고 제니퍼의 병원에 입원했는데 거기 의사들이 구해줬다는 이야기였다.

나는 방해가 되지 않게 상자를 아래로 밀어 넣고 리치 옆의 의자에 앉았다. 리치가 말했다. "래퍼티 씨에게 언니분은 유능한 분들이 봐주고 있다는 얘기를 하고 있던 참이었습니다."

피오나가 말했다. "의사 선생님은 이틀 후에 진통제의 복용량을 줄일 거라고 하셨어요. 언니가 어떻게 대처할지 모르겠네요. 아주 상태가 좋지 않은 것만은 분명한데, 진통제가 도움이 되긴 해서 언니는 깨어 있는 시간의 반은 그 일이 그저 나쁜 꿈이었다고 생각하거든요. 그런데 진통제를 끊으면 모든 일이 다시 언니를 강타할 텐데……. 의사 선생님들이 다른 약을 줄까요? 항우울제나 뭐 그런 거라도?"

"의사들은 뭘 해야 할지 잘 압니다." 리치가 부드럽게 말했다. "언니분이 극복할 수 있도록 도와줄 겁니다."

나는 말했다. "우리를 위해서 뭔가 해주실 수 있는지 부탁을 드리고 싶은데요, 래퍼티 씨. 여기 계시는 동안에는 가족분들에게 일어난 일들은 잊어주셔야 합니다. 그 일은 마음에서 몰아내세요. 그리고 우리의 질문에 대답하는 일에만 백 퍼센트 집중해주셨으면 합니다. 제 말 믿으세요. 불가능한 일처럼 들린다는 건 압니다. 하지만 그것만이 우리가 이자를 잡아 가둘 수 있도록 돕는 유일한 방법이에요. 언니가 동생에게 가장 필요로 하는 것이기도 하죠. 언니의 가족 모두가 필요로 하는 겁니다. 해주실 수 있겠습니까?"

이건 우리가 그들에게, 피해자를 사랑했던 사람들에게 주는 선물이었다. 휴식. 한두 시간 동안 그들은 가만히 앉아서 죄책감에서 벗어날 것이다. 우리가 그들에게 다른 선택을 주지 않았기 때문이다. 사건의 뾰족한 파편 위에 마음을 내던지는 일을 그만둘 수 있는 시간이었다. 나는 이 선물이 얼마나 거대하고 소중한지 이해한다. 나

438

는 이미 수백 명의 다른 사람들의 눈에서 보았던 여러 겹의 감정들을 피오나의 눈에서도 보았다. 안도감, 수치심, 그리고 감사.

피오나는 말했다. "네, 노력해볼게요."

이 여자는 계속 이야기할 당위를 스스로에게 주기 위해서 이제까지 말하고 싶지 않았던 것까지도 말하게 될 것이다. "감사합니다." 나는 말했다. "어렵다는 건 압니다만, 옳은 일을 하시는 겁니다."

피오나는 찻잔을 두 손으로 감싸서 가는 무릎 위에 떨어지지 않게 올려놓고 내게 완전히 집중했다. 벌써 등이 조금 더 펴졌다. 내가 말했다. "처음부터 시작하죠. 전혀 적절하지 않을 가능성도 높지만 우리는 되도록 모든 정보를 얻는 게 중요합니다. 래퍼티 씨 말로는 팻과 제니가 열여섯 살 때부터 사귀었다고 했죠. 맞습니까? 어떻게 만났는지 설명해줄 수 있습니까?"

"정확하진 않아요. 우리는 같은 동네에서 자랐고 어린아이였을 때, 가령 초등학교를 다닐 때부터 서로 알고는 지냈어요. 우리가 만난 정확한 시점은 기억나지 않아요. 열두 살인가 열세 살인가 되었을 때부터 우리는 무리로 함께 어울리기 시작했을 거예요. 해변에서 장난도 치고 롤러블레이드도 타고 던리어리에 가 부두에서 놀기도 했죠. 가끔은 시내에 가서 영화를 보고 버거킹에 가기도 하고 주말에는 학교 디스코가 괜찮은 게 있으면 거길 가기도 했어요. 그냥 애들 짓이긴 했지만 우리는 가깝게 지냈죠. 정말로 가까웠어요."

리치가 말했다. "십 대일 때 사귄 친구만 한 게 없죠. 무리엔 몇 명이나 있었습니까?"

"제니 언니와 나. 팻과 그 동생 이언. 쇼나 윌리엄스, 코너 브레넌. 로스 맥케나, 줄여서 맥. 그리고 가끔 우리와 함께 어울리던 다른 애가 둘 정도 있었는데 진짜 무리는 그 정도예요."

나는 마분지 상자를 뒤져서 사진 앨범을 찾아냈다. 분홍 표지에 스팽글로 꽃을 만들어 붙인 물건이었다. 나는 앨범을 넘겨 포스트 잇을 붙인 곳을 찾았다. 일곱 명의 십 대가 사진을 찍으려고 벽에 다 닥다닥 붙어 앉아 있었다. 환한 웃음, 손에 든 아이스크림콘, 밝은색 티셔츠. 피오나는 치아 교정기를 꼈고 제니의 머리카락은 좀더 어 두운 색이었다. 팻은 두 팔로 제니를 안고 있었다. 어깨가 벌써 성인 남성만큼 넓었지만 얼굴만은 소년의 얼굴이었다. 솔직한 붉은 얼 굴. 제니는 팻이 든 아이스크림을 크게 한 입 베어 먹는 척했다. 코 너는 팔다리가 호리호리했으며 얼빠진 침팬지 흉내를 내면서 벽에 서 뛰어내리려 하고 있었다. 내가 말했다. "이 무리입니까?"

피오나는 찻잔을 탁자 위에 내려놓았다. 너무 빠르게 움직인 탓에 차가 몇 방울 흘러넘쳤다. 피오나는 한 손을 앨범으로 뻗었다. "이건 언니 거잖아요."

"압니다." 나는 부드럽게 말했다. "잠깐 빌려야 했어요."

우리 손가락이 그들의 삶을 깊이 파고들었다는 기분이 갑작스레 들었는지 피오나의 어깨가 위로 솟았다. "맙소사." 피오나는 자기도 모르게 말했다.

"되도록 빨리 제니에게 돌려줄 겁니다."

"그러면…… 금방 일이 끝나면 언니에게는 가져갔다는 말은 하 지 않으면 안 될까요? 언니는 다른 일까지 감당하기엔 힘들어요. 이 건……." 피오나는 한 손을 사진 위에 펼쳤다. 그녀는 들리지 않을 정도로 무척 조용히 말했다. "우리는 정말로 행복했어요."

"최선을 다하겠습니다. 래퍼티 씨도 도우실 수 있어요. 우리에게 필요한 정보를 모두 주신다면, 제니에게 이런 질문을 하는 일을 피할 수 있습니다."

피오나는 올려다보지 않은 채로 고개를 끄덕였다. "좋습니다." 나는 말했다. "이건 이언이겠네요." 이언은 팻보다 두어 살 어렸고 더 마르고 머리카락은 갈색이었지만 닮았다는 건 역력히 보였다.

"네, 이 사람이 이언이에요. 세상에. 참 어리네요……. 그땐 부끄러움을 많이 탔어요."

나는 코너의 가슴을 가리켰다. "그러면 이 사람은 누구죠?"

"그 사람은 코너예요."

그 대답은 즉시, 그리고 편안하게 나왔으며 아무런 긴장감도 없었다. 내가 말했다. "이 사람이 에마의 세례식 사진에서 에마를 안고 있던 사람이죠? 에마의 방에 있던 사진요. 에마의 대부입니까?"

"네." 에마를 언급하자 피오나의 얼굴이 굳어졌다. 그녀는 자기 자신을 그 안에 밀어넣기라도 하려는 듯 사진 위를 손가락 끝으로 꾹 눌렀다.

나는 편안하게 옆의 얼굴로 넘어갔다. "그렇다면 이 남자가 맥이겠군요?" 통통하고 머리카락은 뻣뻣했으며, 눈처럼 하얀 새 나이키 운동화를 신고 두 팔을 벌리고 있었다. 옷차림만 봐도 아이들이 어떤 세대인지 맞힐 수 있었다. 모두 물려 입지도, 수선하지도 않은 새 옷이었으며 브랜드 제품이었다.

"그래요. 그리고 이 사람이 쇼나." 고데기로 한참 펴지 않으면 곱슬거릴 것 같은 빨간 머리, 인공적으로 태우고 공들여 화장을 했어도 주근깨를 숨길 수 없는 피부. 이상하지만 순간, 나는 이 아이들에게 안쓰러운 마음이 들었다. 내가 그 나이 때는 친구들과 나 모두 가

난했다. 딱히 추천할 일은 아니지만 적어도 그렇기에 노력은 덜 들었다. "쇼나와 맥. 둘이 항상 우리를 웃겼어요. 얘가 이렇게 생겼었는지는 잊고 있었네요. 지금은 금발이에요."

"그러면 모두 연락하고 지냅니까?" 나도 모르게 그렇다는 대답을 바란다는 것을 깨달았다. 단지 수사상의 이유뿐 아니라 바닷바람이 불어오는 춥고 버려진 섬에서 난파한 패트릭과 제니퍼를 위해서이기도 했다. 어떤 뿌리가 그들을 강하게 지탱해주었다는 사실을 알면 좋을 것 같았다.

"별로 그렇진 않아요. 다른 사람들 전화번호를 가지고 있긴 한데 연락한 진 한참 되어서. 전화해서 말을 해야겠죠. 하지만 전 그냥…… 할 수가 없네요."

피오나는 얼굴을 감추기 위해서 머그잔을 입에 갖다 댔다. "전화번호를 우리에게 남기시죠." 리치는 돕겠다는 투로 말했다. "우리가 하겠습니다. 래퍼티 씨가 소식을 전해야 할 이유는 없죠."

피오나는 리치를 보지 않고 고개를 끄덕이고는 주머니 속에 손을 넣어 전화기를 찾았다. 리치는 수첩에서 종이를 한 장 찢어 건넸다. 피오나가 전화번호를 쓰는 동안 나는 그 여자를 안전지대로 도로 데려오기 위해 물었다. "친구들 무리끼리 꽤 끈끈한 사이였던 것 같은데요. 어쩌다가 연락이 끊어졌습니까?"

"그저 살다 보니 그런 거죠, 주된 이유는. 팻과 제니 언니와 코너가 대학에 간 뒤로는……. 쇼나와 맥은 그들보다 한 살 어리고 저와 이언이 한 살 더 어려요. 그래서 우리는 이제 같이 재미를 즐길 수 없게 된 거죠. 그들은 술집이나 어엿한 클럽에 갈 수 있었고 대학에서 새 사람들을 만났어요. 그리고 그 셋 없이 우리 나머지는 그저…… 그냥 예전 같지 않았어요." 피오나는 종이와 펜을 도로 리치에게 건넸다. "우리 모두 노력했어요. 처음에는 모두 항상 같이 만났거든요. 기분이 이상하긴 했죠. 갑자기 며칠 전에 미리 일정을 정해야 했고 마지막 순간에는 누가 빠지는 일이 허다했으니까요. 그렇지만 우린 어울려 다녔어요. 하지만 점차 그런 일도 줄어들었어요. 이 년 전까지만 해도 몇 달에 한 번씩은 술 마시러 만났지만 그것도 그저…… 끝났어요."

피오나는 다시 두 손으로 머그잔을 감싸 안고 기울인 채로 돌리면서 차가 빙빙 도는 것을 바라보았다. 차 향기는 제 몫을 다해 이 낯선 공간에 포근하고 안전한 느낌을 주었다.

"사실 그 관계가 제대로 이루어지지 않은 건 그보다 한참 전이었어요. 사진을 보면 아시겠죠. 우리가 그 사진에서처럼 서로 딱 들어맞던 것도 이전이었고 대신에 팔꿈치와 무릎으로 서로를 쿡쿡 찌르게 됐죠. 모두 어색했던 거예요……. 우리는 그런 걸 보고 싶지 않았어요. 특히 팻은요. 우리 관계가 잘되지 않을수록 팻은 더 열심히 노력했어요. 우리가 부두나 이런 데 앉아 있을 때면 팻은 거의 스트레칭 운동을 하듯이 팔을 쭉 뻗어서 우리를 한데 모으려고 했어요. 우리가 다시 한 무리가 된 것처럼 느끼게요. 팻은 자랑스러워했던 것 같아요. 어렸을 때부터 함께했던 친구들과 여전히 어울려 다닌다는 사실을요. 그건 형부에게 큰 의미가 있었어요. 무리를 놓고 싶어 하지 않았어요."

이 여자는 남달랐다, 피오나는. 눈치가 빠르고 예리했으며 민감했다. 자신이 이해하지 못하는 일은 한참 동안 혼자 생각하며 엉킨 매듭이 풀릴 때까지 계속 풀어보는 유의 여자였다. 이런 기질 때문에 꽤 유용한 목격자였지만 나는 남다른 사람을 대하는 것을 좋아하지 않는다. "남자 넷 여자 셋이라. 셋은 커플이고 한 명은 깍두기였습니까? 아니면 그저 친구들 무리였나요?"

피오나는 사진을 내려다보며 미소를 지을 뻔했다. "친구들 무리였어요, 기본적으로는. 언니와 팻이 사귀기 시작했을 때도 생각만큼 상황이 많이 달라지진 않았어요. 어쨌든 모두가 언젠간 그렇게 되리라고 예상했으니까요."

"전에 래퍼티 씨가 팻이 제니를 사랑하듯이 누군가 본인을 그렇게 사랑해주길 꿈꿨다고 말한 게 기억납니다. 다른 청년들은 별로였나 보죠? 그들 중 누구와 시도해보지도 않았습니까?"

피오나는 얼굴을 붉혔다. 장밋빛 홍조가 얼굴에서 회색빛을 몰아내 그녀는 젊고 생생하게 보였다. 순간 나는 그게 팻 때문이라고 생각했다. 팻이 다른 남자들이 채울 수도 있었을 자리를 대신 채워버렸다고. 하지만 피오나는 말했다. "실제로 해봤어요. 코너와…… 우리는 사귀었어요, 잠깐이긴 하지만요. 네 달 동안. 제가 열여섯 살이었던 여름에요."

그 나이에 그 정도 기간이면 결혼이나 다름없다. 나는 리치의 발이 살짝 움직인 것을 감지했다. "코너가 잘 못 해줬군요."

홍조가 밝아졌다. "아뇨. 못 해주지 않았어요. 제 말은, 저한테 못되게 군 적이 없어요. 그런 거 아니에요."

"정말입니까? 그 나이 때 애들은 꽤 잔인해질 수도 있잖아요."

"코너는 절대 그런 적 없어요. 그 사람은…… 그 사람은 다정한 사람이에요. 친절하고."

나는 말했다. "하지만요……?"

"하지만……." 피오나는 홍조를 닦아내려는 것처럼 뺨을 문질렀다. "코너가 저한테 데이트 신청을 했을 땐 깜짝 놀라기까지 했어요. 전 늘 코너가 언니를 좋아하는 게 아닌가 했거든요. 코너가 뭐라고 한 건 아닌데 그냥…… 분위기로 감을 잡을 수 있는 거 있잖아요? 그리고 우리가 사귀기 시작했을 때 그는…… 마치…… 제 말은, 우리는 재미있는 시간을 보냈어요. 웃기도 하고. 하지만 코너는 언제나 팻과 제니 언니가 함께하길 바랐어요. 그들과 함께 영화를 보고, 그들과 함께 해변에 놀러 가고, 그런 거죠. 코너의 몸이, 모든 각도가, 늘 언니를 향해 있었어요. 그리고 코너가 언니를 볼 때면…… 얼굴이 밝아졌어요. 농담을 할 때면 가장 중요한 부분은 제가 아니라 언니를 보고 했죠……."

이제 우리의 동기가 나왔다. 세계에서 가장 오래된 동기. 이상한 방식으로 아주 처음부터 내가 옳았다는 걸 알게 되니 안심이 되었다. 사람을 죽이는 바람이 갑자기 너른 바다로부터 불어와 스페인 가족에게 우연히 들이닥친 것이 아니었다는 사실. 사건은 그들의 삶에서 자라난 것이었다.

내 옆에 앉은 리치가 움직이고 싶어서 다리를 달달 떨다시피 하는 것이 느껴졌다. 나는 그를 보지 않았다. "코너가 원한 건 제니라고 생각했군요. 제니에게 가까이 가고 싶어서 래퍼티 씨와 사귄 거라고."

부드럽게 돌려 말하려고 했으나 잔인하게 나와버렸다. 피오나는 움찔했다. "그런 것 같아요. 어떤 면에서는요. 한편으로는 그랬고, 다른 한편으로는 이런 걸 바랐을지도 몰라요. 우리가 사귀면 그들처럼 될지 모른다고. 제니 언니와 팻처럼. 두 사람은……."

친구들 사진을 마주 보는 페이지에는 팻과 제니의 사진이 있었다. 옷으로 봐서는 같은 날 찍은 것이었다. 두 사람은 나란히 벽에 앉아서 서로에게 기대 코가 스칠 정도로 얼굴을 가까이 맞대고 있었다. 제니는 팻을 올려다보면서 미소 지었다. 제니를 내려다보는 팻의 얼굴은 잔뜩 몰입해 있고 열렬했으며 행복해 보였다. 두 사람을 둘러싼 공기는 뜨겁고 달콤한 여름의 흰빛을 띠었다. 어깨 뒤편 저 멀리로 보이는 한 조각 바다는 꽃처럼 파랬다.

피오나의 손이 사진을 만지고 싶지만 차마 그럴 수 없다는 듯이 그 위를 맴돌았다. 피오나가 말했다. "내가 이 사진을 찍었어요."

"아주 좋네요."

"두 사람은 찍기가 쉬웠어요. 대부분 두 사람의 사진을 찍을 때는 둘 사이의 공간에 주의해야 해요. 그 공간이 어떻게 빛을 끊는지. 팻과 제니 언니를 찍을 때는 빛이 끊기지 않았어요. 그저 그 틈새로 곧장 뻗어갔죠……. 두 사람은 특별했어요. 둘 다 서로를 좋아할 만한 점이 많았죠. 둘 다 학교에서 정말로 인기가 많았어요. 팻은 럭비를 잘했고 제니를 쫓아다니는 남자도 많았고. 하지만 함께 있으면…… 정말 근사했어요. 난 두 사람을 종일 구경만 해도 좋았어요. 그들을 보면 이런 생각이 들죠. 저거야. 바로 저렇게 되어야만 했던 거야."

피오나의 손가락 끝이 두 사람의 맞잡은 손을 쓸다가 스르르 미끄러져갔다. "코너……. 그 사람 부모님은 헤어졌고 아버지는 영국인가 어딘가로 가셨어요. 확실하진 않아요. 코너가 아버지 얘기는 전혀 하지 않았거든요. 팻과 제니는 그가 아는 가장 행복한 한 쌍이었겠죠. 그는 두 사람처럼 되고 싶어 하는 것 같았어요. 그래서 우리가 사귀면 우리도 어쩌면……. 이 모든 일을 당시엔 말로 설명하지 못했지만 나중에는 저는 어쩌면……."

"코너에게 이 얘기를 했습니까?"

"아뇨. 너무 창피했거든요. 제 말은 제 언니가……." 피오나는 한 손으로 머리카락을 훑으면서 뺨을 가리도록 앞으로 잡아당겼다. "제가 그냥 끝냈어요. 그렇게 큰일도 아니었어요. 제가 그 사람하고 사랑에 빠졌던 것도 아니고. 우리는 그냥 애들이었어요."

그래도 큰일이기는 했을 것이다. 제 언니가……. 리치는 의자를 뒤로 밀고 일어나 방 저편으로 가서 전기 포트의 스위치를 켰다. 그는 어깨 너머로 편안하게 말을 건넸다. "팻이 제니를 짝사랑하는 다른 남자들을 질투했다는 말을 하셨던 게 기억나는데요. 다들 십 대였을 때요. 그게 코너였군요?"

이 말에 피오나는 고개를 위로 들었지만 리치는 커피 봉지를 흔들면서 피오나를 단순히 관심 있는 양 바라보고 있었다. 피오나는 말했다. "말씀하신 뜻으로 질투했던 건 아니에요. 팻은 그냥…… 그냥 알아차렸던 거죠. 그래서 제가 코너와 헤어졌을 때 팻은 저 혼자 이틀 정도 놔둔 후에 이유를 물었어요. 저는 팻에게는 말하고 싶지 않았죠. 하지만 팻은……. 정말로 얘기하기 편안한 사람이거든요. 늘 이런저런 얘기를 했고요. 저한테는 마치 오빠 같았어요. 그래서 결국 얘기를 했죠."

리치가 휘파람을 불었다. "제가 어렸을 땐 말이죠." 그가 말했다. "내 친구가 내 여자친구를 노린다는 걸 알면 불같이 화를 냈을걸요. 전 폭력적인 유형은 아니지만 그 녀석 아가리를 날렸을 겁니다."

"팻도 그 생각은 했을 거예요. 제 말은……." 갑작스레 경계심이

스쳤다. "형부도 물론 폭력적인 유형은 아니에요. 한 번도 그런 적 없고. 하지만 형사님 말씀대로…… 팻도 꽤 화가 났어요. 나를 보러 우리 집에 들렀는데 그때 제니는 쇼핑하러 가고 없었죠. 내가 그 얘기를 하자 팻은 그냥 나가버렸어요. 얼굴이 하얗게 질렸죠. 단단한 무언가로 만든 것처럼 보였어요. 나는 정말로 겁이 났어요. 팻이 코너를 어떻게 할까 봐서는 아니었죠. 팻이 그런 짓을 하지 않으리라는 건 알았거든요. 그래도 그냥…… 모두가 알기라도 하면 무리가 깨지고 전부 끔찍해지겠다는 생각은 했죠. 제가 차라리…….." 피오나는 머리를 움츠렸다. 좀더 조용히 자신의 머그잔을 내려다보았다. "제가 차라리 멍청한 입을 다물었으면 좋았겠다 싶었죠. 아니면 처음부터 코너 근처에 가지 않았던가."

나는 말했다. "그건 래퍼티 씨 잘못이라고 할 수 없습니다. 알 수가 없었을 테죠. 아니, 알고 있었습니까?"

피오나는 어깨를 으쓱했다. "몰랐을 거예요. 하지만 알 수도 있었을 것 같은 기분이 들었어요. 제니가 옆에 있는데 어째서 나 같은 걸 좋아하겠어요?" 머리가 더욱 아래로 움츠러들었다.

다시 한번 깊고 복잡하게 얽힌 실타래가 피오나와 제니퍼 사이에 뻗어 있는 것이 언뜻 드러나는 순간이었다. "꽤 모욕적이었을 수도 있겠군요."

"그래도 전 잘 살아남았어요. 열여섯 살이었잖아요. 모든 게 모욕적이었죠."

피오나는 이 말을 농담처럼 들리게 할 생각이었으나 실패하고 말았다. 리치는 피오나의 어깨 너머로 피오나의 머그잔을 쥐려고 손을 뻗으며 씩 웃었으나 그녀는 그와 눈도 마주치지 않고 잔을 건넸

다. 내가 말했다. "화를 낼 권리가 있는 사람은 팻만이 아니었잖아
요. 피오나 씨는 화나지 않았습니까? 제니나 코너나 혹은 두 사람
모두에게?"

"저는 그런 유의 아이는 아니었어요. 그게 내 잘못이라고 느꼈죠.
그런 멍청이였어요."

"그러면 팻이 결국 코너에게 몸싸움을 건 건 아니란 거죠?"

"그런 것 같진 않아요. 둘 다 멍이 들거나 하지도 않았거든요. 제
가 보진 못했어요. 정확히 무슨 일이 있었는지는 몰라요. 팻이 다음
날 저한테 전화해서 걱정하지 말라고 우리가 그런 대화를 나누었다
는 것도 잊자고 했어요. 나는 팻에게 무슨 일이 있었느냐고 물었지
만 그가 한 말이라고는 더는 문제가 없을 거라는 것뿐이었어요."

다른 말로 하면 팻은 자제력을 유지하며 고약한 상황을 깔끔히 처
리했고 극적인 소동은 최소한으로 줄였다는 뜻이었다. 그동안 코너는
팻에게 호되게 혼나고 피오나보다는 모욕을 더 극심히 느꼈으며 다
시는 제니퍼에게 접근할 기회가 없어졌다는 데 어떤 의심도 남지 않
았다. 이번에 나는 리치를 보았다. 그는 티백을 만지작대고 있었다.

"그후에 이게 문제가 됐습니까?"

"아뇨. 전혀요. 아무도 그에 대해선 말하지 않았어요. 코너는 잠
시 동안 내게 특히 친절히 대했어요. 잘못된 일에 대해 보상이라도
하려는 것처럼요. 다만 그는 어쨌든 나한테는 늘 다정했기 때문에,
그래서…… 그리고 나는 코너가 제니에게 거리를 둔다는 느낌을
받았어요. 분명히 티가 나진 않았지만 둘만 어디 간다거나 하는 일
은 절대로 없을 거라는 걸 확실히 했어요. 하지만 기본적으로는 모
든 게 정상으로 돌아갔죠."

피오나는 머리를 수그린 채로 카디건 소매에서 보풀을 뜯어냈다. 아직도 홍조의 흔적이 뺨에 남아 있었다. "제니가 알아냈습니까?"

"제가 코너와 헤어진 거요? 그건 놓칠 수가 없죠."

"코너가 자기에게 관심이 있었다는 사실요."

붉은빛이 다시 깊어졌다. "사실 언니가 알았다고 생각해요. 제 말은, 언니는 줄곧 알고 있었을지도 모른다고 생각한다는 거예요. 제가 언니한테 말한 적도 없고 코너가 말했을 리 없고 팻도 하지 않았죠. 팻은 정말로 언니를 보호해야 한다는 의식이 강했고 걱정시키고 싶진 않았을 테니까요. 하지만 어느 날 밤, 팻과의 일이 있고서 이 주일쯤 지난 후에 언니가 제 방으로 왔어요. 우리는 잠자리에 들 준비를 하고 있었고 언니도 파자마 차림이었죠. 언니는 그저 거기 서서 내 머리 집게를 만지작거리면서 손가락 끝에 꽂아보고 그랬어요. 마침내 내가 물었죠. '뭔데?' 언니가 이렇게 말하더군요. '너랑 코너 일은 정말 안됐어.' 나는 이런 비슷한 말을 했어요. '나는 괜찮아. 신경 안 써.' 제 말뜻은 벌써 몇 주나 지난 일이고 언니가 그런 말을 한 것도 여러 번이었으니까요. 언니가 무슨 말을 하려는지 몰랐어요. 그런데 이러더군요. '아니, 진심이야. 그게 내 잘못이면, 내가 뭐 다르게 행동했더라면……. 내 말은, 그러니까, 너무 미안해. 그게 다야.'"

피오나는 작고 비꼬는 듯한 숨소리를 뱉으며 웃었다. "세상에 우리 둘 다 부끄러워 죽을 뻔했죠. 제가 이랬어요. '아니야, 언니 잘못 아니야. 어째서 언니 잘못이겠어. 나는 괜찮아, 잘 자…….' 나는 그냥 언니가 가줬으면 했어요. 언니가 뭔가 다른 말을 하려는 것 같아서 나는 옷장에 머리를 집어넣고 옷을 여기저기 던지기 시작했죠. 다음 날 입을 옷을 꺼내놓으려는 것처럼. 돌아보니까 언니는 가고 없었어요. 우리가 그 일에 대해서 다시 얘기한 적은 없지만 그래서 언니는 알고 있었다고 생각해요, 코너에 대해서."

"그러면 언니는 자기가 코너를 꼬드겼다고 동생이 생각할까 봐 걱정했던 거군요. 그렇게 생각한 건가요?"

"나는 한 번도 그렇게 생각한 적 없어요." 피오나는 의문을 품은 내 눈썹을 보자 시선을 슬쩍 피했다. "뭐 생각은 해봤지만 그렇다고 언니를 탓한 적은 없어요……. 제니는 남자애들과 장난치는 것을 좋아했죠. 남자들에게 관심받는 걸 좋아했어요. 열여덟 살이니 물론 그럴 만했죠. 정확히 말하면 언니가 코너를 부추겼다고는 생각하지 않아요. 하지만 코너가 자기에게 반한 건 알았겠죠. 그걸 즐겼다고 생각해요. 그게 다예요."

"언니가 거기에 대해 뭔가 했다고 생각하십니까?"

피오나는 고개를 딱 쳐들면서 나를 응시했다. "가령 뭐요? 물러나라고 말한다든가? 아니면 뭐 사귀었다든가?"

나는 감정 없이 말했다. "어느 쪽이든지요."

"언니는 팻하고 사귀고 있었어요! 애들 놀음이 아니라 진지하게 사귀었다고요. 두 사람은 사랑에 빠졌어요. 그리고 제니 언니는 양다리를 걸치는 사람이 아니에요. 형사님이 지금 말하는 사람은 제 언니예요."

나는 두 손을 들었다. "두 사람이 사랑했다는 사실은 조금도 의심하지 않습니다. 하지만 십 대 소녀로서 자신이 같은 남자와 인생을 계속 보내게 된다는 의미를 깨닫게 되었는지도 모르죠. 그러면 겁에 질려서 정착하기 전에 다른 남자를 잠깐 만나볼 필요가 있겠다 생각할 수도 있지 않겠습니까. 그렇다고 해서 헤픈 사람이 되는 것도 아니니까요.”

피오나는 머리가 날리도록 고개를 세게 흔들었다. “이해 못 하시네요. 제니 언니는 무슨 일을 하면 제대로 해요. 설사 팻을 미친 듯이 좋아한 건 아니라고 해도, 그렇게 좋아한 게 맞지만요, 바람피울 사람은 아니에요. 키스 한 번이라고 해도요.”

피오나는 사실을 말하는 것이겠지만 그렇다고 이 말이 맞는다는 뜻은 아니었다. 코너의 마음이 묶였다가 풀려나기 시작했다면 옛날에 단 한 번 나눈 키스가 수백만 개의 달콤한 상상으로 커져가며 걷잡을 수 없는 곳까지 흔들렸을 수도 있다. “지당한 말입니다만. 코너를 직접 대면해서 따졌다면요? 그렇게는 했을 것 같습니까?”

“그랬다고 생각하지는 않아요. 제 말은, 무엇 때문에 그러겠어요? 그래봤자 무슨 이득이 있다고. 모두 당혹스럽기만 할 따름이고 팻과 코너의 관계만 망가졌겠죠. 언니는 그런 일을 원하진 않았을 거예요. 언니는 관심 끌려고 소동을 피우는 사람이 아니에요.”

리치가 끓인 물을 따랐다. “팻과 코너의 사이는 벌써 망가졌다고 할 수 있지 않을까요? 팻이 그날 코너를 몇 대 때렸다고 해도 코너가 이유 없이 박해받은 건 아니잖습니까. 아무 일도 일어나지 않은 것처럼 친구 사이로 계속 지낼 수는 없었을 텐데요.”

“안 될 이유는 뭐죠? 코너가 무슨 짓을 한 것도 아니잖아요. 두 사람은 제일 친한 친구였어요. 그런 일로 모든 게 망가지게 놔두진 않았을 거예요. 그런데 이 일이 무슨……? 왜죠……? 이건 십일 년 전의 일이잖아요.”

피오나는 서서히 경계심 어린 표정을 띠었다. 리치는 어깨를 으쓱하며 티백을 쓰레기통에 던져 넣었다. “그냥 하는 말입니다. 두 사람이 그런 일도 넘겨버릴 수 있다니 꽤나 가까웠나 봅니다. 저도 좋은 친구가 많이 있었지만 그런 소동을 벌였다면 멀리 쫓아버렸을 거라고 말할 수밖에 없네요."

"두 사람은 정말 그랬어요. 가까웠죠. 우리 모두 그랬어요. 하지만 팻과 코너는, 두 사람은 달랐어요. 제 생각엔⋯⋯." 리치가 새로 우린 차를 건넸다. 피오나는 멍하니 찻잔을 수저로 휘저었다. 그녀는 적당한 말을 찾으려 집중했다. "나는 늘 두 사람의 아버지 때문일 거라고 생각했어요. 코너의 아버지는 말씀드린 대로 집에 있지 않았고 팻의 아버지는 여덟 살 때 돌아가셨으니까⋯⋯. 그건 중요한 의미가 있죠. 남자들에겐 특히요. 소년 가장이 되어야만 했던 남자들에겐 뭔가가 있죠. 너무 일찍 많은 책임을 진 남자들요. 그런 건 분명히 드러나죠."

피오나는 시선을 휙 들었다. 나와 눈이 마주쳤다. 그녀는 무슨 이유엔가 후다닥 눈을 피했다. "어쩌면요." 피오나는 말했다. "그런 공통점이 있을 수 있어요. 두 사람에게는 자신을 이해하는 사람이 옆에 있다는 것이 큰 의미였을 거예요. 가끔 둘은 산책도 나갔어요. 자기들끼리만요. 해안이나 이런 데로요. 저는 두 사람을 바라보곤 했죠. 심지어 말할 필요도 없었어요. 그저 어깨가 닿을 정도로 가까이 붙어서 걷기만 했어요. 발을 맞춰서. 두 사람은 더 차분해진 모습으로, 후련해진 모습으로 돌아왔어요. 서로에게 좋은 친구였죠. 형사님에게도 그런 친구가 있었다면 그와 관계를 유지하기 위해 많은 일을 했을 거예요."

갑작스레 고통스러운 시기의 불길이 덮쳐와 나도 놀랐다. 학창 시절 마지막 몇 년 동안 나는 외톨이였다. 그런 친구가 있었다면 좋았을 것이다.

리치가 말했다. "그러시겠죠, 맞습니다. 아까 대학이 방해가 됐다고 말씀하셨는데요. 하지만 여러분 무리가 서로 멀어지기까지는 그것 이상 걸렸겠네요."

피오나는 예기치 못하게 말했다. "네, 그랬어요. 어렸을 때는 뭐랄까…… 모양이 덜 잡혔달까요? 나이가 들고 어떤 사람이 되고 싶은지 정하게 되면 늘 친구들의 변해버린 모습과 어울리진 않지요."

"무슨 말씀인지는 압니다. 저랑 제 학교 친구들도 아직 만나긴 하는데 우리 중 반은 공연이나 엑스박스 얘기를 하고 싶어 하면 나머지 반은 애기 똥 색깔 얘기를 하고 싶어 하죠. 요새는 한참 할 말이 없는 경우가 많아요." 리치는 자기 자리에 도로 앉으며 내게 커피잔을 건네고 자기도 한 모금 꿀꺽 마셨다. "그래서 그쪽 무리에서는 누가 무슨 길로 갔습니까?"

"처음에는 주로 맥과 이언이었어요. 두 사람은 사교계의 부자처럼 되고 싶어 했다고나 할까. 맥은 부동산 중개인으로 일하고 이언은 무슨 은행에 다닌다고 했어요. 저도 확실히 뭔지는 몰라요. 두 사람은 온갖 최신 유행인 곳들을 다녔어요. 카페 앙 센에서 커피를 마시다가 릴리스 같은 클럽에 간다든가. 우리가 모두 만날 때면 자기가 걸친 옷 하나하나가 얼마인지 말하곤 했고 맥은 전날 밤에 어떤 여자가 자기한테 반했는데 아무리 해도 떨어지려 하지 않았지만 자선을 베풀 기분이 좀 들어서 여자에게 한번 해줬다느니 하는 얘기를 떠들다시피 했어요. 걔들은 내가 이런 사진 업계에 뛰어들다니 멍청이라고 생각했죠. 특히 맥이요. 저한테 계속 너는 멍청이고 큰돈을 벌 수 없을 거라느니 어른이 되어야 한다느니 제대로 된 옷을 사입어야 나를 돌봐줄 남자를 낚을 기회가 생길 거라느니 하는 말을 했어요. 그런 후에 회사에서 이언을 시카고로 전근을 보냈고 맥은 주로 리트림*에 있는 큰 개발 단지에서 아파트를 파느라 연락이 끊겼죠. 제 짐작으로는⋯⋯."

피오나는 앨범의 페이지를 넘기며 네 청년이 입술을 내밀고 갱스터인 척 손 모양을 한 사진을 보고 살짝 쓸쓸한 미소를 지었다. "제 말뜻은 경기 호황기에 너무나 많은 사람이 그렇게 되어버렸다는 거예요. 맥과 이언이 그런 기분 나쁜 사람들이 되려고 작정한 건 아니었다는 거죠. 그냥 다른 사람들이 하는 대로 했을 뿐이에요. 제 짐작으로는 이제 나이가 들면서 그만두었을 것 같아요. 그때쯤엔 같이 다니기엔 재미없어졌지만 아직도 속마음은 착한 친구들이었어요. 우리가 십 대일 때 알던 사람들, 내가 가장 멍청하게 머리를 잘랐던 모습을 알고 내가 인생에서 저지른 가장 창피한 짓을 아는 사람들은, 그 모든 일 후에도 여전히 나를 신경 쓰잖아요. 그런 사람들은 대체할 수 없지 않을까요? 나는 늘 우리가 언젠가는 제자리를 찾을 거라고 생각했어요. 이제 이 일 이후에는⋯⋯ 알 수 없지만요."

미소가 사라졌다. 내가 물었다. "코너는 그들과 함께 릴리스에 가지 않았습니까?"

순간적으로 미소에 그림자가 다시 휙 스쳐갔다. "세상에, 아뇨. 그 사람 스타일이 아니에요."

"외톨이에 더 가까웠습니까?"

"외톨이는 아니었어요. 제 말은 술집에 가서는 다른 사람들만큼

---

* 아일랜드 북부의 주.

웃고 그랬지만 그 술집이 릴리스 같은 클럽은 아니었다는 거죠. 코너는 진지한 사람이라서. 유행을 따를 시간이 없었어요. 코너는 그건 다른 사람이 나 대신에 결정하도록 놔두는 일이라고 했고 자기는 이제 충분히 나이 들었으니 스스로 결정을 내릴 수 있다고 했죠. 그리고 내 신용카드 한도가 네 신용카드 한도보다 크거든, 같은 유의 자랑은 멍청하다고 생각했어요. 코너는 이언과 맥에게 그렇게 말했고 그러면 둘 다 뇌라고는 없이 남을 따라하는 겁쟁이가 되었죠. 그 말을 순순히 받아들이려고 하지 않았어요."

"사회제도에 반항하는 성난 젊은이로군요."

피오나는 고개를 저었다. "성난 게 아니에요. 그냥…… 아까 말한 대로예요. 그들은 이젠 더이상 어울리지 않는 거죠. 그게 세 사람의 신경에 다 거슬린 거죠. 서로 분풀이하면서 큰 소리를 냈죠."

내가 코너 얘기를 더 길게 물고 늘어지면 피오나가 슬슬 의문을 품을 것이다. "쇼나는 어땠습니까? 쇼나가 어울리지 않게 된 사람은 누구죠?"

"쇼나라……." 피오나는 감정을 실어 어깨를 으쓱했다. "쇼나는 어딘가에서 맥과 이언의 여자 버전이 되었어요. 인공 선탠을 많이 하고, 브랜드 옷을 많이 사 입고, 인공 선탠을 하고 브랜드 옷을 입는 친구들을 많이 사귀고. 다 못된 여자애들이었죠. 모두가 그렇듯이, 가끔은 아니기도 했지만 결국은 그런 애들. 우리가 만날 때면 코너의 머리 모양이나 내 옷을 슬쩍 흉보는 말을 해서 맥과 이언을 웃기기도 했어요. 쇼나는 언제나 웃긴 사람이었지만 이전에는 심술궂게 웃기진 않았으니까요. 그러다가 몇 년 전 한번 술 마시러 가지 않겠느냐고 내가 평상시처럼 문자를 보냈더니 자기가 약혼했다는 답장을 보내더라고요. 우리는 심지어 쇼나의 남자친구를 만난 적도 없었고 우리가 아는 건 그 사람이 돈이 많다는 것뿐이었어요. 그리고 약혼자가 나 같은 사람이 자기랑 같이 있는 걸 보기라도 하면 부끄러워서 죽어버릴 것 같으니 자기 결혼사진을 찾아보려면 신문의 사교란을 지켜보라는 말을 남겼어요. 그걸로 안녕이죠!" 피오나는 다시 한번 건조하게 어깨를 살짝 으쓱했다. "쇼나는 나이가 들어도 달라질지 모르겠네요."

"팻과 제니는 어떻습니까? 그들도 시내의 멋진 젊은이들로 살고 싶어 하지 않았습니까?"

고통이 피오나의 얼굴에 호를 그리며 지나갔지만 그녀는 머리를 재빨리 움직여 떨쳐버리고 머그잔을 집었다. "어떤 면에서는요. 이언과 맥 같지는 않았지만, 네, 언니랑 형부도 제대로 된 옷을 입고 잘나가는 곳에 가는 걸 좋아했어요. 하지만 두 사람에게 중요한 건 늘 서로였죠. 결혼하고 집을 사고 아이를 갖는 일요."

"저번에 말했을 때 피오나 씨와 제니 씨는 매일 이야기를 나누지만 서로 얼굴 본 지는 한참 되었다고 하셨는데요. 피오나 씨도 멀어졌던 거죠. 왜죠? 제니와 팻이 자기들 가정의 재미를 즐기게 되자 그게 피오나 씨와는 맞지 않았습니까?"

피오나는 주춤했다. "좀 끔찍하게 들리네요. 하지만 네, 바로 그랬던 것 같아요. 그들이 그 길로 갈수록 우리 나머지와는 점점 더 멀어졌죠. 일단 에마가 태어나자 그들은 잠자리 시간을 지키고 아이 이름을 학교 대기 명단에 올리는 얘기만 했고 우리 나머지는 그런 일들에 대해선 몰랐으니까요."

"내 친구들 같네요." 리치가 말했다. "애기 똥이나 커튼 같은 애기."

"그래요. 처음에는 아기 보는 사람이 있어서 언니네도 몇 번 술을 마시러 왔기 때문에 적어도 그때는 만날 수 있었죠. 그렇지만 일단 브라이언스타운으로 이사 간 뒤로는……. 어쨌든 두 사람이 정말로 나오고 싶었는지도 확실히 모르겠어요. 둘은 가족을 돌보느라 바빴고 그 일을 제대로 하려 했거든요. 술집에서 진탕 마신다거나 새벽 3시에 집에 간다거나 하는 일엔 더는 관심이 없었죠. 늘 우리를 자기들 집으로 초대하긴 했는데 거리도 거리고 모두 늦게까지 근무해서……."

"아무도 시간을 맞출 수 없었겠죠. 저도 겪어봐서 압니다. 언니분 가족이 마지막으로 초대한 게 언제였는지 기억이 납니까?"

"몇 달 전이었어요. 오월, 유월. 제가 매번 시간을 맞추지 못하니까 언니도 손을 든 셈이죠." 피오나의 손이 머그잔을 움켜쥐기 시작했다. "제가 좀더 노력을 했어야만 했어요."

리치는 고개를 편안히 저었다. "래퍼티 씨가 그랬어야 할 이유는 없습니다. 당신은 자기 일을 한 거고 그분들도 자기 일을 한 거죠. 모두가 잘 지내고 행복했어요. 그분들이 행복했던 것 맞죠?"

"네, 지난 몇 달 동안은 돈 걱정을 하기는 했는데 결국에는 괜찮아질 것을 알고 있었어요. 언니가 그 얘기를 두어 번 하면서 너무 예민해지지 않으려고 한다고 했어요. 어쨌든 잘될 거라는 사실을 알고 있었으니까요."

"래퍼티 씨는 언니가 괜찮다고 생각했습니까?"

"저는 정말로 그렇게 생각했어요, 네. 언니의 실제 상태가 그랬는걸요. 세상 모든 일이 언니에겐 괜찮게 돌아갔어요. 어떤 사람들은

인생을 살아가는 숨씨가 있어요. 깊이 생각하지 않아도 제대로 해
내죠. 언니에게는 늘 그런 요령이 있었어요."

　번쩍 스치는 한순간, 나는 제리 누나가 맛있는 냄새가 풍기는 부
엌에서 콤의 숙제를 봐주고 필의 농담에 웃고 앤드리아가 여기저기
쳐 내는 공을 지켜보는 광경을 보았다. 그리고 머리가 미친 듯 헝클
어지고 손톱을 뾰족하게 세운 디나가 자기도 말할 수 없는 이유로
내게 덤비는 광경도. 나는 시계를 보고 싶은 마음을 간신히 참았다.
"무슨 말인지 압니다." 나는 말했다. "저라면 부러웠을 것 같은데요.
그러셨습니까?"

　피오나는 손가락에 머리카락을 감으며 잠시 그 말을 생각했다.
"우리가 좀더 어렸을 때는 그랬던 것 같아요, 어쩌면요. 십 대였을
때는 자기가 뭔 일을 하는지 전혀 모르기도 하잖아요? 제니와 팻은
늘 자기들이 뭘 하는지 잘 알았어요. 어쩌면 그게 제가 코너와 사귄
이유 중 하나이기도 할 거예요. 나도 제니가 한 일을 똑같이 하면 그
렇게 될지 모른다고 생각했던 거예요. 그런 일들에 대해서 확신할
수만 있다면. 나도 그걸 좋아했겠죠." 피오나는 얽힌 머리카락을 도
로 풀어서 찬찬히 살폈고 빛에 비추었다 말았다 하면서 머리카락을
다시 꼬았다. 손톱은 물어뜯어 속살이 다 보였다. "하지만 크고 나서
는…… 아니에요. 나는 제니 언니의 인생을 원하지 않았어요. 홍보
업계에서 일하고 일찍 결혼하고 바로 아이를 갖고, 그런 건 하나도
원치 않았죠. 하지만 가끔은 나도 그런 걸 원했다면, 하고 바라긴 한
것 같아요. 그랬다면 인생이 훨씬 더 단순했을 테니까요. 이해가 되
세요?"

　"이해하고말고요." 사실은 십 대의 징징대는 소리 같기는 했다.

나도 평범한 일을 할 수 있었다면 얼마나 좋았을까, 하지만 나는 너무 특별하거든. 나는 마음속에 치미는 언짢은 기분을 드러내지 않고 감췄다. "명품 의상은 어떻습니까? 비싼 휴가는요? 피오나 씨는 다른 사람들과 주택을 공유하고 돈을 하나하나 세면서 사는데 제니가 그런 것들을 즐기는 모습을 보면 마음이 따끔했을 것 같은데요."

피오나는 고개를 저었다. "저는 명품 옷을 입어봤자 멍청하게 보이기만 할 뿐인걸요. 그렇게까지 돈에 관심도 없고요."

"왜 이러세요, 래퍼티 씨. 모든 사람이 돈을 원합니다. 부끄러워할 일이 아니에요."

"뭐, 저도 빈털터리가 되고 싶진 않아요. 하지만 그게 내 우주에서 제일 중요한 일은 아니잖아요. 제가 원하는 건 정말로 훌륭한 사진 작가가 되는 거예요. 팻과 제니에 대해서 혹은 팻과 코너에 대해서 설명하려고 노력할 필요가 없을 만큼 훌륭한 작가요. 제가 배우는 동안에 하찮은 푼돈을 벌자고 피에르의 스튜디오에서 몇 년 일해야 한다면 그건 괜찮아요. 당연히 괜찮죠. 제 집도 괜찮고 차도 잘 굴러가고 주말이면 외출도 해요. 어째서 제가 더 많은 돈을 원하겠어요?"

리치가 말했다. "하지만 무리의 다른 사람들은 그렇게 생각하지 않았죠."

"코너는 같은 생각이었어요, 대충. 그 사람도 돈에 대해서는 그렇게까지 신경 쓰지 않아요. 코너는 웹 디자인을 하고 정말로 그 일을 좋아해요. 그는 백 년이 지나면 웹 디자인이 가장 위대한 예술 형태가 될 거라고 해요. 그래서 재미있다고 생각하는 일은 공짜로도 하고요. 하지만 다른 사람들은…… 아니죠, 절대로 이해하지 못해요. 그 친구들은, 제니도 그렇게 생각했을 것 같은데, 내가 그저 미성숙하다고 생각했고 조만간 철이 들 거라고 생각했어요."

나는 말했다. "꽤 격분할 만한 일인데요. 가장 오래 알고 지낸 친구들이, 심지어 친언니까지도 당신이 원하는 모든 것이 무가치하다고 생각했다니요."

피오나는 숨을 내쉬면서 손가락으로 머리카락 사이를 누르며 제대로 된 말을 찾으려 했다. "딱히 그렇진 않아요. 제 말은, 저를 이해해주는 친구들도 많아요. 옛날 친구들은……. 그래요, 우리가 주파수가 잘 맞았다면 좋았겠지만 그렇다고 친구들을 탓하진 않았어요. 신문이나 잡지 뉴스에 나는 모든 것은……. 그저 편히 살고 싶고 자기가 좋아하는 일을 하면 얼간이나 미친 사람이라고 하는 것 같죠. 그런 생각을 해서는 안 된다고요. 그저 부자가 되고 부동산을 사는 일이나 생각해야만 하는 것처럼 굴어요. 다른 사람들이 자기가 해야 한다고 생각하는 일을 정확히 해내는 것 가지고 제가 짜증을 부릴 순 없는 거죠."

피오나는 한 손으로 앨범을 훑었다. "그래서 우리가 멀어진 거예요. 나이 차이 때문이 아니죠. 팻과 제니, 이언과 맥, 쇼나. 그들은 모두 자기들이 해야 한다고 생각하는 일을 하고 있었어요. 다른 방식으로. 그래서 서로 멀어진 거죠. 모두 자기가 원해야 한다고 생각하는 것들을 원했어요. 코너와 나는, 우리는 다른 걸 원했죠. 다른 사람들은 이해 못 해요. 그리고 우리도 그들을 정말로는 이해하지 못하고요. 그래서 모든 게 끝난 거죠."

피오나는 앨범의 페이지를 도로 넘겨서 일곱 사람이 벽에 앉은 사진으로 돌아왔다. 목소리에 심술은 담겨 있지 않았다. 인생이란 얼마나 이상할 수 있는지, 얼마나 최종적일 수 있는지에 대한 슬프고 혼란스러운 경이감만이 담겨 있을 뿐이었다.

내가 말했다. "하지만 팻과 코너는 그래도 가까이 지낼 수 있었던 것 같은데요. 팻이 코너를 에마의 대부로 선택한 거라면요. 아니면 제니의 요구였습니까?"

"아니에요! 팻의 요구였어요. 말씀드렸잖아요. 두 사람은 제일 친한 친구였다고요. 코너는 팻의 신랑 들러리였어요. 두 사람은 가깝게 지냈어요."

뭔가 변하기 직전까지는 그랬겠지. 그리고 그 이후에 두 사람은 더는 가깝지 않았다. "코너는 좋은 대부였습니까?"

"네, 훌륭했어요." 피오나는 사진 속 호리호리한 소년을 내려다보며 미소 지었다. 피오나에게 사실을 말해야 한다는 생각에 나는 잠깐 흠칫했다. "우리는 애들을 데리고 동물원에 함께 갔었어요. 코너와 제가. 그리고 코너는 동물원이 밤에 문을 닫으면 동물들은 터무니없는 모험을 떠난다는 이야기를 에마에게 해주기도 했죠……. 한번은 에마가 곰 인형을 잃어버렸어요. 밤에 침대에 두고 자던 것 있잖아요? 에마가 너무 실망했어요. 코너는 에마에게 곰 인형이 세계 일주 여행에 당첨되었다고 말해주었고 수리남이나 모리셔스, 알래스카 같은 곳의 엽서를 얻어 왔어요. 어디서 그런 걸 얻었는지 참 알 수도 없다니까요. 아마 온라인으로 샀겠죠. 그리고 코너는 에마의 인형과 같은 곰 인형 사진을 오려서 카드에 붙이고 곰 인형이 보내는 메시지를 썼어요. '오늘 산에서 스키를 타고 뜨거운 초콜릿을 마셨어. 오늘도 너를 꽉 안아주고 싶어. 사랑해, 벤지.' 그러고는 에마에게 부쳤죠. 에마가 새 인형에 빠져서 더는 곰 인형을 두고 슬퍼하지 않을 때까지 매일 에마는 엽서를 받았어요."

"그게 언제였죠?"

"삼 년 전쯤요? 잭은 아직 아기여서······."

고통의 물결이 다시 피오나의 얼굴을 쏜살같이 지나갔다. 피오나가 다른 생각을 하기 전에 나는 물었다. "마지막으로 코너를 본 게 언제입니까?"

피오나의 눈에 갑작스레 경계심이 번득였다. 집중의 안전한 껍질이 얇아지기 시작했다. 피오나는 무슨 일인지는 몰라도 뭔가 일어났다는 사실을 알았다. 그녀는 의자에 기대며 두 팔로 허리를 감쌌다. "확실히 모르겠어요. 한참 됐어요. 이 년 정도 된 것 같네요."

"올해 사월 에마의 생일 파티에 오진 않았죠?"

피오나의 어깨에 들어간 긴장이 한 단계 높아졌다. "안 왔어요."

"왜 안 왔죠?"

"시간이 안 됐던 것 같은데요."

나는 말했다. "방금 저희에게 코너가 대녀를 위해서라면 온갖 수고를 기꺼이 무릅쓸 사람이라고 했잖습니까. 어째서 에마의 생일 파티에 오지도 않았을까요?"

피오나는 어깨를 으쓱했다. "그 사람에게 물어보세요. 전 몰라요."

피오나는 다시 스웨터의 소맷자락을 뜯으면서 우리를 바라보지 않았다. 나는 몸을 뒤로 빼고 편안히 앉아서 기다렸다.

몇 분이 걸렸다. 피오나는 손목시계를 흘끔 보고 보풀을 뜯어내다가 우리가 언제까지나 기다릴 수 있다는 것을 깨달았다. 마침내 그녀는 말했다. "뭔가 말다툼을 했을지도 모르겠어요."

나는 고개를 끄덕였다. "무슨 말다툼요?"

피오나는 불편하게 어깨를 으쓱했다. "제니와 팻이 그 집을 샀을 때 코너는 그들이 미쳤다고 생각했어요. 저도 그랬고요. 하지만 언니네는 들으려 하지 않았어요. 그래서 저도 두어 번 시도해보고 입을 다물었죠. 그게 잘될 거라고 내가 확신하지 못했어도 언니네가 만족하면 나도 언니네를 위해서 만족하고 싶었던 거죠."

"하지만 코너는 그러지 않았군요. 어째서죠?"

"코너는 입을 다물고 가만히 고개를 끄덕이며 미소만 띠는 일을 잘 못해요. 그게 자기가 할 수 있는 최선인데도. 그건 위선적이라고 생각해요. 뭔가 허튼 생각이면 그걸 허튼 생각이라고 말해버려요."

"그래서 팻이나 제니의 심기를 건드렸군요? 아니면 두 사람 모두든가?"

"둘 다예요. 팻과 제니는 이랬어요. '부동산 계단을 오르려면 우리가 달리 어떻게 해야 해? 아이들을 위한 뜰이 있는 괜찮은 크기의 집을 사려면 달리 어떻게 하겠어? 이거 정말 좋은 투자야. 몇 년 안에 이 집을 팔면 더블린 안에 있는 집을 살 만큼 가격이 오를 거라고. 하지만 지금은……. 우리가 백만장자라면 몽크스타운에 바로 큰 집을 살 수 있겠지. 하지만 아니잖아. 그러니 코너가 우리에게 몇십만 유로를 빌려주지 않으면 이게 우리가 얻을 수 있는 집이야.' 두 사람은 코너가 지지해주지 않는다는 데 정말로 화가 났어요. 제니는 계속 이렇게 말했어요. '나는 그런 부정적인 얘기는 듣고 싶지 않아. 모두가 그런 식으로 말하면 시골은 망할 거잖아. 우리는 긍정적인 쪽에 서고 싶다고…….' 언니는 진짜로 기분 나빠했어요. 제니는 긍정적인 정신과 태도를 굳게 믿는 사람이었고 그들이 코너의 말을 계속 듣다간 코너가 모든 걸 다 무너뜨릴 거라고 느꼈어요. 저도 자세한 건 모르지만 결국엔 큰 다툼이 있었나 봐요. 그후로 코너는 모습을 보이지 않았고 언니 부부도 코너를 언급하지 않았어요. 왜요? 그게 중요한가요?"

나는 물었다. "코너가 여전히 언니에게 감정이 있었습니까?"

백만 달러짜리 질문이었지만 피오나는 그저 자기가 한 말을 듣지 못했느냐는 눈빛을 보냈다. "그건 한참 전이라고 말씀드렸잖아요. 애들 놀음이었다고요, 세상에."

"애들 놀음도 꽤 강력할 수 있습니다. 첫사랑을 절대로 잊지 못하는 사람들이 세상엔 많죠. 코너가 그런 사람 중 하나라고 생각합니까?"

"대체 영문을 모르겠네요. 코너에게 물어보면 되잖아요."

"래퍼티 씨는요? 아직도 그에게 감정이 있습니까?"

나는 피오나가 그 질문에 바로 쏘아붙이리라고 기대했으나 그녀는 머리를 앨범 속의 코너 얼굴 위로 숙이고 손가락으로 머리카락을 다시 꼬면서 한참 생각했다. "감정이란 말이 무슨 뜻이냐에 달려 있죠." 피오나는 말했다. "코너가 그리워요, 네. 가끔은 생각해요. 내가 열한 살 때부터 친구였으니까요. 그건 중요하죠. 하지만 떠나간 사람에 대해서 아쉬워하고 갈망하고 그러는 건 아니에요. 다시 사귀고 싶은 건 아니에요. 그게 형사님들이 알고 싶은 거라면요."

"팻과 제니와 다툰 뒤에 그와 다시 연락해봐야겠다는 생각은 들지 않았습니까? 말만 들으면 래퍼티 씨가 그 두 사람보다는 코너와 더 공통점이 많았던 것 같은데요, 결국엔."

"생각은 해보았죠, 네. 코너가 화를 식힐 시간이 필요할지 몰라서 잠깐 놔두었어요. 중간에 끼어들고 싶진 않았으니까요. 그다음에 두어 번 전화를 했어요. 답이 오지 않아서 저도 밀어붙이지 않았죠. 말한 대로 코너가 내 세계의 중심이었다거나 한 건 아니니까요. 저는 맥이나 이언과 마찬가지로 언젠가 살다 보면 서로 찾게 될 것이라고 생각했어요."

이건 피오나가 그려왔던 재결합에 걸맞은 장소도 방식도 아니었다. "고맙습니다. 꽤 도움이 되겠군요."

나는 앨범을 가져가려고 손을 뻗었다. 하지만 피오나가 손을 내밀어 나를 막았다. "제가 잠깐…… 괜찮을까요?"

나는 물러서며 앨범을 피오나에게 넘겼다. 그녀는 앨범을 더 가까이 끌어당기며 한쪽 팔로 둥글게 감쌌다. 방 안은 고요했다. 중앙난방에서 나오는 열기가 벽 속을 타고 움직이며 희미하게 식식대는 소리까지 들렸다.

"그해 여름…… ." 피오나는 말했다. 딱히 우리를 향한 건 아니었다. 머리를 사진 위로 숙이고 있어서 머리카락이 흘러내렸다. "참 많이 웃었어요. 아이스크림…… 해변 근처에 작은 아이스크림 가판대가 있었거든요. 우리가 어렸을 때 부모님이 거기 가곤 했어요. 그해 여름에는 땅 주인이 임대료를 천문학적으로 올려서 이젠 주인이 임대료를 낼 도리가 없었어요. 사실 땅 주인은 그를 몰아내고 싶었던 거죠. 그 땅을 사무실인지 아파트인지로 팔려고요. 우리 주위의 모든 사람들이 분개했어요. 그 장소는 하나의 관습 같은 거였거든요, 아시겠어요? 아이들은 첫 번째 아이스크림을 거기서 사고, 첫 번째 데이트를 거기서 하고…… . 팻과 코너는 이렇게 말했어요. '저 아저씨가 계속 장사를 하게 할 방법은 하나뿐이야. 아이스크림을 얼마나 우리 배 속으로 집어넣을 수 있는지 보자.' 우리는 그해 여름 매일 아이스크림을 먹었어요. 임무와도 같았죠. 우리가 하나를 막 끝낼라 치면 팻과 코너가 사라졌다가 다시 두 손에 콘을 잔뜩 들고 돌아왔어요. 우리는 걔들에게 그것 좀 치우라면서 비명을 질렀죠. 두 사람은 마구 웃으면서 우리에게 말했어요. '왜 이래, 너희 이거 해야 해. 대의명분을 위한 거야. 기계에 대항하는 분노인 거지⋯⋯.' 제니는 거대한 지방 덩어리로 변해버릴 거라고 계속 말했고 팻은 미안하다고 했지만 어쨌든 제니도 다 먹었어요. 우리 모두 먹었죠."

피오나의 손가락 끝이 사진 위를 쓸며 팻의 어깨와 제니의 머리카락 주위를 맴돌다 코너의 티셔츠에서 멈췄다. 피오나는 슬픈 속삭임 같은 웃음을 띠며 말했다. "나는 조조스에 간다."

순간 리치와 나는 숨을 쉴 수 없었다. 그런 다음 리치가 편안하게 말했다. "조조스가 아이스크림 가게였나 보죠?"

"네. 주인아저씨가 그해 여름 우리에게 그 작은 배지를 줬어요. 그걸 달면 우리가 아저씨를 지지한다는 걸 보여줄 수 있죠. '나는 조조스에 간다.' 그리고 아이스크림 콘 그림. 몽크스타운의 반이 그걸 달고 다녔어요. 나이 든 여자들이랑 모두가요. 신부님이 달고 있는 걸 본 적도 있다니까요." 피오나는 손가락을 바꾸어 코너의 티셔츠에 있는 희미한 점 위로 움직였다. 작고 흐릿해서 우리는 두 번 확인하지 않았었다. 밝은 티셔츠와 웃옷마다 어딘가에 하나씩 달려 있었다. 가슴, 옷깃, 소매.

나는 마분지 상자 위로 몸을 숙여 안을 뒤져서 작은 증거물 봉투를 꺼냈다. 봉투 안에는 제니퍼의 서랍에 숨겨져 있다가 우리가 찾아낸 녹슨 핀이 들어 있었다. "이게 그 배지입니까?"

피오나는 부드럽게 말했다. "어머, 세상에. 저것 좀 봐⋯⋯." 그녀는 배지를 빛에 비춰 보면서 닳아 없어진 프린트 속에서 그림을 찾아보았다. "네, 이거예요. 팻이나 제니의 것인가요?"

"우리는 모릅니다. 둘 중 누가 이걸 갖고 있을 만한 사람이었습니까?"

"확실하진 않아요. 실제로는 둘 중 누구도 아니라고 할 수밖에 없어요. 제니는 잡동사니를 두는 걸 좋아하지 않고 팻은 정말로는 그렇게 감상적이지 않거든요. 좀더 실용적인 성격이죠. 아이스크림 가게 살리기 운동 같은 행동은 하지만 단지 그것을 위해 배지를 보관할 사람은 아니에요. 다른 물건들과 함께 넣어두고 잊어버렸는지 모르죠……. 어디에 있었어요?"

"집 안에 있었습니다." 나는 말했다. 봉투를 집으려고 손을 뻗었지만 피오나가 두꺼운 비닐 위로 배지를 꽉 누르면서 놓아주지 않았다.

"뭐가……. 왜 이게 필요한가요? 이게 관련이라도 있는 건지……?"

"초기 단계에는 모두 관련이 있다는 추정하에 수사해야 합니다."

피오나가 더 세게 압박하기 전에 리치가 물었다. "캠페인이 효과가 있었나요? 여러분이 땅 주인을 조조스에서 떼어놓았습니까?"

피오나는 고개를 저었다. "아니요. 땅 주인은 호우스인가 어딘가에 살았어요. 몽크스타운 사람 전부가 자기 부두 인형에 핀을 꽂았대도 신경도 쓰지 않았어요. 그리고 우리 모두가 심장마비를 일으켜서 죽을 때까지 아이스크림을 먹었대도 조조는 땅 주인이 요구한 액수를 낼 수 없었을 거예요. 우리도 그걸 줄곧 알고 있었다고는 생각해요. 그가 지고 말 것이라는 사실을. 우리가 바란 건 그래도……." 피오나는 봉투를 두 손 안에서 뒤집어보았다. "팻과 제니와 코너가 대학에 가기 전 여름이었어요. 우리도 마음속 깊은 곳에

선 알았죠. 그들이 가버리고 나면 모든 게 바뀌기 시작할 거라는 사실을요. 팻과 코너는 그 여름을 특별하게 보내고 싶어서 그 모든 일을 시작했다고 생각해요. 마지막 여름이었으니까요. 두 사람은 우리 모두가 돌아보면 좋을 만한 일을 만들어주고 싶었던 것 같아요. 몇 년 뒤에 얘기해보면 우스꽝스럽게 느껴지는 이야기들. 그래서 우리가 '너 그거 기억해?'라고 말할 수 있는 것들요."

피오나는 이제 다시 그 여름에 대해서 말하지 않을 것이었다. 나는 물었다. "아직도 조조스 배지를 갖고 계십니까?"

"모르겠어요. 어딘가에 있겠죠. 엄마 집 다락에 둔 상자 속에 물건들을 넣어놨어요. 물건을 버리는 걸 싫어하거든요. 그렇지만 몇 년 뒤에 그걸 다시 보진 않아요. 영원히요." 피오나는 잠시 배지 위로 비닐을 펴더니 내게 내밀었다. "형사님, 수사가 끝나고 언니가 원치 않으면 제가 가져도 될까요?"

"분명 그렇게 할 방법을 찾을 수 있을 겁니다."

"고맙습니다. 그래주시면 좋겠어요." 피오나는 숨을 내쉬며 따뜻한 햇볕과 어쩔 수 없이 터졌던 웃음 속에 싸인 장소로부터 빠져나와 시계를 보았다. "저는 가야 해요. 이게 끝인가요? 다른 게 또 있나요?"

질문을 담은 리치의 눈이 내 눈과 마주쳤다.

우리는 피오나와 다시 이야기를 해야 할 것이다. 그러자면 리치가 좋은 사람으로 남아 있어야 했다. 피오나의 명을 건드리지 않은 안전한 사람. "래퍼티 씨." 나는 팔꿈치를 괴고 몸을 앞으로 숙이며 조용히 말했다. "드릴 말씀이 있습니다."

피오나는 얼어붙었다. 눈에 어린 표정이 끔찍했다. 오, 하느님. 더는 안 돼.

"우리가 체포한 남자는…… 코너 브레넌입니다."

피오나는 나를 빤히 보았다. 그녀는 입을 열 수 있게 되자 헐떡이면서 말했다. "아뇨. 잠깐만. 코너요? 무슨……. 무슨 명목으로 체포해요?"

"우리는 그를 언니분을 공격하고 그 가족을 살해한 혐의로 체포했습니다."

피오나가 두 손을 펄쩍 들었다. 순간 나는 그 여자가 자기 귀를 꽉 막으려는 줄 알았다. 하지만 피오나는 다시 두 손으로 탁자를 짚었다. 그녀는 돌을 내려치는 벽돌처럼 단호하고 단단하게 말했다. "아뇨. 코너는 그러지 않았어요."

피오나는 팻이 하지 않았다고 말할 때만큼이나 확신이 있었다. 그녀는 그래야만 했다. 둘 중 한 사람이 이런 짓을 저질렀다면 피오나의 현재만큼이나 과거도 훼손되고 피 흘리는 폐허가 된다. 아이스크림과 친한 사람들끼리만 알아듣는 농담, 벽 위에 앉아서 내지르던 웃음소리, 그녀의 첫 번째 댄스, 첫 번째 술, 첫 키스가 핵폭탄을 맞아 방사능을 퍼뜨리며 손도 댈 수 없게 된다.

"그가 모두 자백했습니다."

"저는 상관 안 해요. 당신들은…… 무슨 허튼짓거리예요? 어째서 나한테 말하지 않았죠? 그냥 내가 여기 앉아서 그에 대해서 말하게 해놓고 내가 시끄럽게 떠들게 놔두면서 그에게 불리하게 작용할 뭔가를 얘기하길 바란 거예요? 정말 쓰레기 같네요. 코너가 실제로 자백을 했대도 당신들이 내 머리를 혼란하게 한 것처럼 그 사람 머리를 혼란하게 한 거겠죠. 코너는 그런 짓을 하지 않았어요. 이건 미친 짓이에요."

착하게 자란 중산층 아가씨는 형사에게 그런 식으로 말하지 않지만 피오나는 경고를 주겠다고 격하게 노력했다. 두 손은 꽉 쥐어 탁자 위에 놓았고 얼굴은 백사장 위에 말린 조개처럼 창백해져서 부서질 것만 같았다. 여자의 모습을 보니 나는 뭔가 하고 싶어졌다. 아무거라도. 멍청한 짓일수록 더 좋았다. 모든 말을 물리고 여자를 문 밖으로 밀어내고 내가 여자의 눈을 볼 필요가 없도록 의자를 벽 쪽으로 돌려놓는 것 같은 짓.

"그저 자백뿐만이 아닙니다. 우리는 이를 뒷받침해주는 증거도 있습니다. 정말 안타깝습니다."

"무슨 증거요?"

"그 얘기를 할 수는 없을 것 같은데요. 다만 쉽게 설명해버릴 수 있는 작은 우연을 말하는 것이 아닙니다. 견고하고 논쟁의 여지가 없으며 유죄를 입증하는 증거를 말하는 겁니다. 확실한 증거요."

피오나의 얼굴이 닫혀버렸다. 그녀의 마음이 점점 더 빨리 도는 것을 알 수 있었다. "알았어요." 피오나는 잠시 후 말했다. 피오나는 머그잔을 탁자 위로 밀어버리고 일어섰다. "언니에게 돌아가봐야 해요."

"브레넌 씨가 기소될 때까지 언론에 이름을 알리지 않을 작정입니다. 피오나 씨도 누구에게도 언급하지 않아주셨으면 합니다. 언니분을 포함해서요."

"그럴 계획도 없었어요." 피오나는 등받이에서 코트를 집어 걸쳤다. "여기서 어떻게 나가죠?"

나는 문을 열어주었다. "연락드리겠습니다." 내가 말했지만 피오나는 올려다보지 않았다. 그녀는 턱을 코트 옷깃 속에 파묻고 복도를 따라 빨리 걸어갔다. 벌써부터 추위로부터 자기를 지키고자 하는 듯했다.

14

수사본부실은 텅 비어 있었고 제보 전화를 담당한 젊은 친구와 늦게까지 근무하는 경관 두 명이 있을 뿐이었다. 그들은 나를 보더니 갑자기 서류를 후다닥 넘기는 척했다. 우리가 자리로 갔을 때 리치가 무뚝뚝하게 말했다. "피오나는 그 일과 아무런 상관이 없는 것 같아요."

리치는 자기 코너에서 싸울 태세를 다 갖추었다. 나는 그를 향해 빨리 씩 웃어 보였다. "그래, 그것참 안심이 되는군. 적어도 이 문제에 대해선 같은 의견이니 말이야." 그는 같이 웃지 않았다. "긴장 풀어, 리치. 나도 피오나가 관련 있다고는 생각 안 해. 제니퍼를 부러워했겠지, 맞아. 그렇지만 제니퍼에게 벌컥 화를 낼 거라면 한참 전 제니퍼가 완벽한 울타리 속에서 살고 있었을 때 했겠지. 전부 폐허가 되고 피오나가 '내가 뭐랬어'라고 말할 수 있는 이 시점에 하진 않았을 거야. 피오나의 통화 기록에서 코너와 연락한 흔적이 잔뜩 나오거나 재정 기록에 큰 부채가 있다고 나오지 않는다면 피오나는 우리 목록에서 지워버려도 될 거야."

리치가 말했다. "피오나가 무일푼이라고 나온들 마찬가지입니다. 나는 그 여자를 믿어요. 돈에는 그렇게 관심이 없습니다. 그리고 우리에게 자기가 줄 수 있는 정보를 다 주려고 최선을 다했어요. 그게 마음 아플 때도요. 누구든 이 짓을 한 사람을 잡아넣고 싶어 하는 거죠."

"뭐, 정말 그러긴 했지. 그게 코너 브레넌이라는 것을 알아내기 전까지는. 우리가 그 여자와 다시 얘기할 필요가 있다면 이제는 그만큼 도움이 되진 않을걸." 나는 의자를 책상으로 끌고 가 과장에게 낼 보고서 양식을 찾았다. "그리고 피오나가 무죄라는 또 다른 표시가 있어. 우리가 말해줬을 때 그 여자의 반응은 진짜였다는 데 큰돈 걸어도 좋아. 마른하늘에 날벼락을 맞은 것 같더라고. 이 여자가 이 모든 일의 배후라면 우리가 코너를 구류했다는 걸 안 이후로는 코너에 관한 얘기를 할 때 허둥거렸을 거야. 그리고 그에게 동기를 줘서 우리의 시선을 그에게로 향하게 하는 짓도 절대로 하지 않았을 거야."

리치는 피오나가 준 전화번호를 수첩에 받아 적었다. 그가 말했다. "딱히 대단한 동기는 아니었죠."

"아, 왜 그래. 퇴짜 맞은 사랑인데 거기에 모욕감을 던져 넣었다? 카탈로그를 보고 주문해도 이보다 더 나은 동기는 없을걸."

"전 찾을 수 있을 거 같은데요. 피오나는 어쩌면 코너가 십 년 전에 제니퍼를 짝사랑했을지도 모른다고 했죠. 제 사전에서 그건 그렇게 대단한 동기가 못 됩니다."

"코너는 지금까지 쭉 제니퍼를 짝사랑했어. 조조스 배지가 그것 말고 뭘 뜻한다고 생각하나? 제니퍼가 자기 걸 간직했을 리 없고 패트릭도 아니라며. 하지만 난 그럴 만한 사람이 누군지 알고도 남아. 어느 날 그가 스페인 가족의 집 주변을 어슬렁거리다가 제니퍼에게 작은 선물을 남기기로 한 거지. 소름 끼치는 자식. '나를 기억하니? 모든 게 사랑스러웠고 너의 인생이 거지같이 망하지 않았던 그때를? 우리가 함께했던 행복했던 때를 기억해? 내가 그립지 않니?' 이렇게."

리치는 수첩을 주머니에 넣고 책상 위에 있는 파일을 후르르 넘겼으나 실제로 읽지는 않았다. "그래도 그게 코너가 제니퍼를 죽였다는 사실을 가리키진 않습니다. 패트릭은 질투가 많은 타입이고 벌써 코너에게 제니퍼에게서 떨어지라고 한 번 경고한 적이 있죠. 그리고 지금은 기분이 불안정해져가는 때였고요. 그런데 코너가 제니퍼에게 선물을 남긴 걸 발견했다면…….'

나는 목소리를 낮췄다. "하지만 패트릭이 발견하진 않았잖아, 안 그래? 이 배지는 부엌에 아무렇게나 내던져져 있거나 제니퍼의 목구멍에 쑤셔 넣은 게 아니었어. 제니퍼의 서랍 속에 안전하고 온전하게 숨겨져 있었다고."

"배지야 그랬죠. 우리는 코너가 달리 뭘 남겼을지 모르잖아요."

"그 말도 맞아. 하지만 코너가 제니퍼에게 작은 기념품을 더 많이 남길수록 그건 코너가 여전히 제니퍼에게 미쳐 있었다는 걸 가리키는 사실을 더 확고히 하는 것밖에 안 돼. 그건 코너에게 불리한 증거야. 패트릭에게 불리한 게 아니라."

"누가 배지를 남겼는지 제니퍼가 알았다면 다르죠. 알았을 거예요. 얼마나 많은 사람이 조조스 배지를 가지고 있다가 제니퍼를 위해 남길 줄 알겠어요? 그리고 제니퍼는 그걸 보관했잖아요. 코너가 제니퍼에 대해 품은 감정이 무엇이든 일방적인 건 아니었어요. 제니퍼가 코너의 선물을 쓰레기통에 버려서 그가 눈이 휙 뒤집힌 게 아니라고요. 패트릭이야말로 무슨 일인지 알고 눈이 뒤집혔을 사람이죠."

"의사가 진통제를 줄이는 대로 제니퍼와 다시 얘기를 해보고 정확히 무슨 사연인지 알아봐야 할 필요가 있겠어. 제니퍼가 그날 밤 일을 기억하지 못할 순 있지만 배지를 잊어버렸을 리는 없겠지." 나는 칼로 베인 제니퍼의 얼굴과 무너진 눈을 떠올리고 피오나가 의사들을 설득해서 제니퍼가 충분히 긴 시간 동안 약에 취해 있기를 바랐다.

리치는 종이를 더 빠르게 넘겼다. 그가 물었다. "코너는 어때요? 오늘 밤 다시 신문해볼 계획이십니까?"

나는 시계를 확인했다. 8시가 넘은 시각이었다. "아니, 잠깐 더 마음 졸이게 놔둬. 내일 우리가 가진 모든 걸로 치고 들어간다."

이 말에 리치의 무릎이 책상 아래서 덜덜 떨리기 시작했다. 그가 말했다. "가기 전에 키런에게 전화 한번 해보겠습니다. 그가 패트릭의 웹 사이트에서 뭔가 새로운 걸 찾아냈나 보게요."

그는 벌써 전화를 꺼내려 하고 있었다. "내가 할게." 나는 말했다. "자네는 과장에게 낼 보고서를 써." 나는 리치가 뭐라 반박하기 전에 보고서를 그의 책상 위로 밀었다.

그 시간에도 키런은 내게서 연락을 받고 기쁜 목소리였다. "케모 사베! 그러잖아도 마침 형사님 생각중이었죠. 질문 하나만요. 내가 잘난 놈인가요, 아니면 완전히 잘난 놈인가요?"

순간 나는 의기양양한 말투에 맞추려면 내게 남은 힘 이상이 들겠다고 생각했다. "나는 지금 위태위태한 줄타기를 하러 나가야 하니 자네가 완전히 잘난 놈이라고 해주지. 내게 줄 게 뭔가?"

"형사님 말이 맞고 남겠더라고요. 솔직히 형사님 이메일 받았을 때 나는 이랬어요. '뭐 그래, 이 남자가 족제비 건을 가지고 다른 웹사이트로 갔다고 해도 웹이 얼마나 넓은데. 대체 나보고 이 사람을 어떻게 찾으라는 거야. 구글에 '족제비'라도 쳐 넣으란 거야?' 그런데 복구 프로그램이 던져준 쪼가리 URL들 기억하세요? 가정과 정원 가꾸기 포럼?"

"그래." 나는 리치에게 엄지손가락을 들어 보였다. 그는 서류 양식을 책상에 두고 의자를 내 쪽으로 쭉 밀며 다가왔다.

"처음 언급했을 때 그걸 확인해보긴 했거든요. 지난 두 달 치 게시물을 쭉 훑었죠. 우리가 접근한 것 중 극적인 사건에 가장 가까운 건 DIY 게시판에서 두 남자가 석고판 세우기를 두고 누구 팔뚝이 더 굵네 싸우는 거였어요. 대체 그게 뭔지도 모르겠고 솔직히 관심도 없거든요? 누굴 괴롭힌 사람도 없고. 여기는 가장 지루한 게시판일 확률이 꽤 높을걸요. 그쪽 피해자와 일치하는 사람도 없고 스파클리제니라고 할 만한 사람도 없고 그래서 우리는 다른 데로 옮겨 갔었어요. 그런데 형사님 이메일을 받고 뇌파가 찌르르 왔죠. 틀린 기간에 틀린 걸 찾고 있었을지 모른다."

"거기 글을 올린 건 제니퍼가 아니었어. 패트릭이었지."

"딩동댕. 그리고 역시 지난 두 달간이 아니었어요. 그게 지난 유월이었잖아요. 패트릭이 와일드워처에 글을 올린 게 13일이었죠? 다음 두 주간은 다른 데서 물어보려고 한 건지는 아직도 못 찾았지만 6월 29일에 가정과 정원 가꾸기 포럼의 자연 및 야생동물 게시판에 나타난 거예요. 다시 팻더래드 아이디로. 일 년 반 전쯤에도 그 사이트에 글을 올린 적이 있었더라고요. 화장실이 막혔다나 하는 일이었어요. 그래서 이때도 생각났던 거겠죠. 링크를 포워드해드릴까요?"

"부탁해. 되도록이면 지금."

"감정 실어서 한 번만 더 말해주세요, 케모사베. 내가 잘난 놈 맞죠?"

"너는 완전히 잘난 놈이야." 리치의 입가가 실룩였다. 나는 그에게 가운뎃손가락을 들어 보였다. 놀림을 피하지 못할 줄은 알았으나 상관없었다.

"아주 듣기 좋네요." 키런이 말했다. "링크 대령합니다." 그런 후에 전화를 끊었다.

가정과 정원 가꾸기 포럼에 패트릭이 올린 글 타래는 와일드워처에 올린 타래와 같은 식으로 시작했다. 빠르고 깔끔한 사실 설명. 내 시보들에게 받으면 기뻐할 만한 유의 설명이었다. 하지만 와일드워처에 올린 글이 끝난 부분 뒤에 이 글이 이어져 있었다.

몇 번 동물 똥을 찾아봤는데 별 소득은 없었으니 이 짐승은 바깥에서 일을 보는 게 분명합니다. 발자국을 잡으려고 밀가루를 뿌려봤는데 역시 소용은 없었고요. 밀가루를 확인하러 올라가보니 여기저기 문지르고 쓸어낸 자국은 있었지만 (필요하면 사진 올리겠습니다.) 발자국은 없었습니다. 유일하게 본 물리적 흔적은 열흘쯤 전 이 짐승이 너무 미쳐 돌아가서 제가 다락에 올라가봤더니 바로 그 구멍 아래에 이파리가 달린 긴 줄기 네 개가 있더라고요. 이파리는 아직 녹색이고요. (??? 해변 옆에 있는 식물에서 꺾어 온 것 같았는데요? 저도 도시 사람이라서 확실히는 모르겠습니다.) 가로세로 십 센티미터 되는 나뭇조각 하나가 있었어요. 낡고 녹색 페인트가 벗겨진 흔적이 있는 걸로 봐서는 보트 판자에서 떼어낸 조각 같은데. (1) 동물이 왜 그런 걸 갖고 왔는지 (2) 어떻게 그게 다락에 들어왔는지 전혀 알 수 없습니다. 처마 밑의 구멍은 그렇게 크지 않거든요. 다시 한번 도움이 된다면 사진 올리겠습니다.

"우리가 봤잖아요." 리치가 조용히 말했다. "패트릭의 옷장에서. 기억나십니까?"

패트릭의 옷장 선반 위에 쑤셔 박혀 있던 비스킷 깡통. 나는 당연히 아이들이 보낸 선물이라고, 아이들의 다정함을 기억해두기 위해서 모아둔 것이라고 여겼다. "그래." 나는 말했다. "기억나."

그날 밤에 닭고기 조각을 끼워서 또 다른 덫을 놓았는데 소용이 없었어요. 사람들이 밍크나 소나무담비 아니냐 북방족제비 아니냐 하고 말해주긴 했는데 그런 동물이면 닭고기를 좋아하지 않습니까? 게다가 어째서 이파리 달린 나무를 들고 왔을까요? 천장 위에 뭐가 있는 건지 정말 알고 싶습니다.

그는 와일드워처에서처럼 바로 게시판의 관심을 사로잡았다. 몇 분 안에 댓글이 여러 개 달렸다. 누군가는 그 동물이 이사 오며 온 가족을 데리고 올 거라고 했다.

　└, 이파리와 나뭇조각을 쌓아놓는 건 집을 짓는 행위죠. 일 년 중
유월이면 좀 늦긴 한데…… 하지만 모르는 일이니까요. 그 이후에
집 짓기 재료가 더 들어왔는지 확인해봤나요?

　다른 사람은 아무것도 아닌 일로 소란을 피운다고 생각했다.

　└, 내가 글쓴이라면 걱정 안 할 것임. 그게 육식동물이라면 (다른
말로 위험한 거라면) 공짜 고기를 멀리할 만큼 영리한 동물이어야
함. 그렇게 할 만한 동물은 생각할 수 없음. 다람쥐를 생각해봤는
지??? 쥐는??? 아니면 새일 수도? 까치? 어쩌면 집이 바다 근처
라고 했으니까 바다갈매기 같은 거 아님?

　다음 날 다시 게시판에 들어왔을 때 패트릭은 자신 없는 말투였
다.

　안녕하세요, 네, 다람쥐일 수도 있는데요, 하지만 소리로 봐서는
훨씬 더 큰 것 같았어요. 이걸로 확정 지을 수는 없는데 이 집의 음
향이 아주 이상해요. (누군가 집 반대편에 있어도 바로 옆에 있
는 것처럼 들을 수 있어요.) 그렇지만 저 위에서 쿵쿵대고 돌아다
닐 땐 솔직히 적어도 오소리 정도 크기는 되어 보입니다. 오소리가
저기 올라갈 리가 없다는 건 아는데 확실히 다람쥐나 까치보다는
크고 쥐보다는 훨씬 커요. 덫에 넘어가지 않을 만큼 영리한 육식동

물이 집에 있다는 생각은 별로 기분 좋지 않은데요. 거기 위에 집을 짓는다는 생각도 기분 좋진 않고 최근에는 올라가보지 않았는데 다시 확인해봐야겠습니다.

쥐일지도 모른다고 주장한 사람은 여전히 설득되지 않았다.

└ 글쓴이 본인 입으로 직접 음향이 이상하다고 하잖음. 아마도 쥐두 마리나 이런 것들이 낸 소음이 증폭됐을 수도 있음. 집이 아프리카 이런 데도 아닌데 표범 같은 걸 리는 없음. 진짜로 계속 쥐덫을 놔두고 다양한 미끼를 시험해보면서 잊어버리면 맘 편함.

패트릭은 아직도 접속중이었다.

네, 제 아내 생각도 바로 그겁니다. 실제로 아내는 새 종류가 아닐까 생각해요. (산비둘기?) 새가 쪼는 거면 톡톡 두드리는 소리가 설명되니까요. 문제는 아내가 소리를 실제로 듣지는 못했다는 건데요. 소리는 늘 (1) 아내가 잠든 밤늦게나 (지난번부터 저는 잠을 잘 자지 못해서 새벽 시간에도 깨어 있곤 합니다.) (2) 아내가 요리하고 제가 애들을 데리고 방해하지 않으려고 2층에 있을 때만 나거든요. 그래서 아내는 그 소리가 얼마나 크고 기본적으로 대단한지를 깨닫지를 못해요. 저도 아내를 겁주고 싶지는 않아서 지나치게 자주 언급하거나 큰 소란을 피우지는 않으려고 하는데 이제 솔직히 말하면 저도 신경에 거슬립니다. 아뇨, 그렇다고 그 짐승이 우리를 갈가리 찢어버릴 거라는 걱정을 하는 건 아닌데요. 그래도

그게 뭔지 알면 크게 안심할 수 있을 것 같아요. 다락을 확인해보
고 되는대로 빨리 소식 전하겠습니다. 어떤 말이든 모든 조언 감사
드립니다.

시보들은 자기들이 얼마나 늦게까지 남아 있었는지 내가 확실히
알 수 있도록 일부러 큰 소리를 내며 짐을 싸는 중이었다. "먼저 들
어가보겠습니다, 형사님들." 그들 중 한 명이 문간에서 어정거리다
가 말했다. 리치가 자동적으로 말했다. "조심해서 들어들 가요. 내
일 보고." 나는 한 손을 들어주고 계속 스크롤을 내렸다.
　다음 날 밤늦게, 자정이 다 되어가는 시각에서야 패트릭은 게시판
에 돌아왔다.

좋아요, 다락에 올라가서 확인해봤는데 집 짓기 재료 같은 건 없었
어요. 유일하게 달라진 건 지붕 서까래 하나를 발톱 자국처럼 보이
는 게 가득 덮고 있었어요. 까놓고 말해 겁이 좀 났는데요, 발톱 자
국은 꽤 커다란 짐승이 낸 것처럼 보였거든요. 하지만 문제는 제가
이전에는 서까래를 확인해본 적이 없기 때문에 확실하진 않다는
겁니다. (뒤쪽 한참 구석에 있는 자리라서요.) 그래서 이전에도, 심
지어 저희가 이사 오기 전부터 그 자국이 있었을 수 있어요. 차라
리 그러면 좋겠네요.

집 짓기 의견을 낸 사람이 타래를 지켜보고 있었다. 패트릭이 글
을 올리자마자 몇 분만에 그는 다른 의견을 제시했다.

ㄴ, 다락으로 올라가려면 해치가 있을 것 같은데요. 내가 글쓴이 같은 상황이라면 해치 문을 열어두고 캠코더를 문 쪽으로 세워놓은 다음에 잠자기 직전이나 아내가 요리하기 직전에 녹화 버튼을 눌러볼 거 같습니다. 조만간 그 동물이 호기심이 생기면…… 그때 영상을 얻을 수 있겠죠. 그게 집 안으로 내려와 갇혀서 위험할까 걱정되면 입구 위에 철조망을 박아놓으세요. 도움이 됐으면 좋겠습니다.

패트릭은 금방 들떠서 돌아왔다. 동물의 모습을 잡아낼 수 있다는 생각만 해도 기분이 한결 달아오른 것이었다.

멋진 생각입니다. 정말 감사합니다! 이 단계에서는, 그 동물은 한 달 반 정도 집 안팎에 있었으니까 이 시점에 갑자기 공격할 거라는 걱정은 많이 하진 않아요. 실제로 그런다고 해도 신경은 쓰지 않습니다. 동물에게 뜨거운 맛을 보여줄 테니까요. 내가 끌어내리지 못한다면 그게 나한테 덤벼든들 당해도 싸지 않겠습니까?

그는 그다음에 앞뒤로 구르는 웃는 이모티콘 세 개를 붙여놓았다.

저는 그냥 그걸 제대로 보고 싶을 뿐이에요. 방법은 뭐라도 좋으니까 그냥 내가 상대하는 게 뭔지 보고 싶어요. 아내에게 보라고 하고 싶기도 해요. 그게 그냥 새가 아니란 걸 아내가 보면 우리 둘 의견이 같아질 거고 둘이서 어떻게 해야 할지 결정 내릴 수도 있으니까요. 또 내가 제정신을 잃어가는 게 아닌가 하는 걱정을 아내가 그만둘 수 있다면 그것도 좋겠죠! 캠코더는, 지금 현재로서는 우리 예산을 벗어나지만 아기 모니터가 있으니까 설치해볼 수 있을 것 같아요. 전에는 그 생각을 못 했다니 믿을 수가 없네요. 실제로 그게 캠코더보다는 좋을 거 같아요. 적외선 촬영이 되어서 해치를 열어놓을 필요도 없거든요. 다락에 설치하고 나와버리면 그만이죠. 저녁 먹는 동안에는 아내에게 보라고 수신기를 주고 행운을 빌어봐야죠. 아내가 이번만은 저한테 요리를 맡길지도 몰라요! 행운을 빌어주십시오!

그리고 작은 노란 이모티콘 얼굴이 손을 흔들었다.

"제정신을 잃어간다." 리치가 말했다.

"비유적 표현이야. 이 사람은 자기 제일 친한 친구가 미래의 아내에게 반했을 때도 이성을 지켰어. 상황을 처리하고 극적인 소동을 일으키지 않고 냉철하게 반응했지. 그런데 이런 사람이 밍크 한 마리 때문에 신경쇠약을 일으킬 것 같아?" 리치는 펜 끄트머리를 잘근잘근 씹으면서 대답하지 않았다.

그리고 두 주 동안 패트릭이 쓴 게시물은 그게 마지막이었다. 몇몇 고정 회원들이 후기를 알고 싶어 했고 몇몇은 도움만 구해놓고 고맙다는 말 한마디 없는 뜨내기 회원을 비웃기도 했으며 그 이후에 타래는 점점 줄어들다 끊겼다.

하지만 7월 14일 패트릭은 돌아왔고 상황은 한 단계 심각해졌다.

안녕하세요, 여러분. 제가 다시 왔습니다. 정말로 여기 도움이 필요해요. 근황을 말씀드리자면 비디오 모니터를 설치했는데 아무 소용 없었어요. 다락의 여러 부분을 잡으려고 카메라를 설정해보았는데 여전히 아무 결과가 없습니다. 동물이 가버린 게 아니란 건 알아요. 아직도 매일 밤/낮 소리가 들리거든요. 소리가 점점 커져요. 더 자신감이 붙은 게 아니면 더 커진 거 같아요. 아내는 그런데도 그 소리를 아직도 "한 번도!" 못 들었다는 거 있죠! 제가 정말 뭣모르는 사람이었다면 그 짐승은 아내가 옆을 떠날 때까지 고의로 기다린다고 장담했을 겁니다.

어쨌든 여기 근황을 말씀드리면 오늘 오후 혹시 더 이파리/나무/뭐든 있나 다락에 올라가봤더니 한쪽 구석에 동물 뼈 네 구가 있는 걸 발견했어요. 제가 이런 분야 전문가는 아니지만 쥐나 다람쥐 같아 보입니다. 머리는 사라지고 없습니다. 가장 열 받는 노릇은 죽은 동물들이 정말 깔끔히 줄지어 있었어요. 누가 나 보란 듯 줄지어놓은 것처럼. 미친 소리처럼 들릴 건 아는데 정말로 그렇게 보였습니다. 아내가 겁먹을까 봐 아무 말 하진 않았는데 이건 육식동물이고 저는 무슨 종류인지 '알아내야' 합니다.

이번에 고정 회원들은 모두 만장일치였다. 패트릭의 깜냥을 넘는 문제다. 빨리 전문가를 불러야 한다. 사람들은 해충 구제 업체 링크를 올려주고, 별로 도움이 되지 않게는 꼬마 아이들이 예상치 못한 야생동물의 습격으로 불구가 되거나 살해당한 선정적인 뉴스 기사들을 올렸다. 패트릭은 약간 내키지 않아 하는 듯했다. ("저는 이 일을 직접 처리하고 싶었는데요. 내가 정리할 수 있는 일을 사람들을 불러서 해결하게 하고 싶진 않아요.") 그렇지만 결국에는 그도 고맙다는 인사를 돌리고 전문가에게 전화를 하겠다며 가버렸다.

"저기선 냉철하지 못한데요." 리치가 말했다. 나는 그의 말을 무시했다.

사흘 후 패트릭은 돌아왔다.

좋아요. 해충 구제 업자가 오늘 왔었어요. 데리고 가서 뼈를 보여 줬더니 자기는 도와줄 수 없다는 겁니다. 자기가 다뤄본 가장 큰 동물은 쥐라면서. 그런데 이건 쥐일 리가 없다고 쥐들은 시체를 저렇게 줄지어 놓지 않는다고. 그리고 쥐는 다람쥐 머리를 떼고 나머지를 남길 수 없대요. 전문가는 뼈 네 개 다 다람쥐라면서. 이런 건 본 적이 없다고 말하더군요. 어쩌면 밍크나 어떤 멍청이가 유기해서 야생에 풀려난 외국종 반려동물일 수도 있다고 했어요. 어쩌면 미국산 붉은 스라소니나 울버린일 수도 있다고. 이런 동물들이 얼마나 작은 공간도 스르르 빠져나갈 수 있는지 보면 놀랄 거라고 했습니다. 그 사람은 이런 걸 다루는 전문가들이 있다고 하는데 저는 큰돈 써서 다른 사람을 또 불렀는데 또 자기 전문 분야가 아니라고 말할까 봐 별로 내키지는 않습니다. 그리고 이 단계가 되니까 너무 개인적이라는 생각이 들기 시작합니다. 이 집은 우리 둘이 같이 있을 만큼 그렇게 크지 않다고!!!

다시 데굴데굴 구르며 웃는 얼굴 이모티콘이 있었다.

그래서 그걸 어떻게 덫으로 잡을 것인가, 물로 흘려버릴 것인가, 무엇을 미끼로 쓸 것인가, 아내에게 그게 존재한다는 증거를 어떻게 잡아서 보여줄 것인가에 대한 생각을 구하고 싶습니다. 그제 밤에 그 소리를 들었다고 생각했거든요. 아들을 목욕시키고 있었는데 그것이 미쳐서 바로 우리 머리 위에서 날뛰기 시작했어요. 처음에는 몇 번 득득 긁다가 점점 커지더니 천장에 구멍을 내려는지 빙글빙글 도는 소리가 났어요. 아들도 그 소리를 듣고 뭐냐고 묻더라고요. 애한테는 생쥐라고 했죠. 보통은 애한테 거짓말을 안 하지만 애가 겁을 내는데 아빠가 뭐라고 하겠습니까? 아래층으로 뛰어가서 아내를 데려와 들어보라고 했는데 우리가 다시 위층에 왔을 때는 소리가 완전히 멈췄더라고요. 그 새끼는 밤새 다시 나오지 않았어요. 하늘에 맹세코 그게 아는 거예요. 회원님들 제가 정말 도움이 필요합니다. 그것이 자기 집에 사는 내 아들을 겁주고 있어요. 아내는 저를 무슨 미친놈 보듯 하고요. 저는 이 새끼를 꼭 잡아야 합니다.

가차 없는 햇볕 속에서 연기를 뿜는 타르처럼 뜨거운 가스를 뿜으며 절박감이 화면에서 솟아올랐다. 그 냄새가 게시판을 휘저으며 회원들을 안절부절못하고 공격적이 되도록 만들었다. 그들은 패트릭을 들쑤시기 시작했다. 뼈를 아내에게 보여줬는지? 아내는 그 동물에 대해 지금 뭐라고 생각하는지? 울버린에 대해 얼마나 알고 있는지? 전문가를 부를 건지? 독을 칠 건지? 처마 밑의 구멍을 막아버릴 건지? 다음에는 뭘 할 건지?
그들이, 아니, 좀더 그럴듯하게는, 그의 인생에 북적이는 온갖 다른 일들이 패트릭의 심기를 거스르고 있었다. 침착하고 느긋한 태도가 가장자리에서부터 너덜너덜해지고 있었다.

회원님들 질문에 대답하자면, 아니요, 아내는 뼈에 대해선 모릅니다. 저는 아내가 애들 데리고 장 보러 갔을 때 해충 구제 업자와 약속을 잡았고 그 사람이 뼈는 가져갔어요. 회원님들에 대해선 잘 모르겠습니다만 저는 아내에게 겁을 주지 않고 보살피는 게 제 일이라고 믿습니다. 아내에게 긁는 소리를 들려주는 것과 머리 없는 뼈를 보여주는 건 완전히 별개예요. 일단 제가 이걸 제 손으로 잡으면 그때 아내에게 모든 걸 말할 겁니다. 그동안에 아내가 제가 미쳤다고 생각하는 게 딱히 마음에 들진 않지만 그래도 아내가 자기 집에 있을 때 매번 무서워서 꼼짝도 못하게 되는 것보다는 그 편이 나아요. 이 대답이 회원님들 마음에 드시면 좋겠는데 아니라고 하면 안됐지만 저보고 어쩌라고요.

또 전문가 어쩌고 하는 말들도 하시는데, 아직 결정은 못 했지만요. 그리고 아뇨, 구멍을 판자로 막을 계획은 없습니다. 독을 쓸 계획도 없고. 여러분이 충고한 대로가 아니라서 죄송한데 마찬가지로 알아서들 하세요. 이거랑 같이 사는 사람은 저고 이게 뭔지 제가 알아낼 거고 내 가족을 건드리면 어떻게 되는지 똑똑히 보여줄 테니, 그렇게 되면 그것도 꺼져버려서 어디든 자기가 원하는 데 가서 죽겠죠. 하지만 그때까지는 그걸 놓칠 위험을 무릅쓰고 싶지 않아요. 실제로 도움이 되는 생각이 있으시면 기탄없이 의견 더해주십시오. 기꺼이 듣겠습니다. 하지만 그냥 이걸 통제하지 못한다고 저를 괴롭힐 목적으로 여기 계신 거면 꺼지세요. 개소리 하지 않는 분들에게는 다시 한번 감사드리고 계속 후기 올리겠습니다.

이 시점이 되자 자기 아이디로 이천 개 정도 게시물을 올린 전적이 있는 누군가가 글을 썼다.

여러분. 어그로에게 먹이를 주지 마시오.

리치가 물었다. "어그로가 뭐예요?"

"정말이야? 세상에, 인터넷 한 번도 안 해봤어? 너는 인터넷 세대라고 생각했는데."

그가 어깨를 으쓱했다. "온라인으로 음원은 구매해요. 몇 번 검색도 해보고. 그런데 게시판 활동은 하지 않아요. 전혀. 현실 생활이 더 행복하니까."

"인터넷도 현실 생활이야, 친구. 여기 있는 모든 사람은 너랑 나처럼 실제라고. 어그로는 극적인 상황을 만들어 휘젓기 위해서 조작글을 올리는 사람이야. 이 사람은 패트릭이 장난질 친다고 생각하는 거고."

일단 의심이 일자 글 작성자들 누구도 호구처럼 보이고 싶어 하지 않았다. 모두들 이제까지 팻더레드가 영감을 찾는 작가 지망생으로 어그로를 끌려고 한 것인지 ("작년에 건축구조 문제 게시판에 벽으로 막힌 방과 인간 해골에 대한 글 올린 사람 기억나요? 한 달 뒤에 자기 블로그에 단편소설 올라온 거? 꺼지라고 어그로야.") 돈을 노리고 사연을 쌓아가는 사기꾼인지 궁금해했다. 두 시간 안에 일반적인 여론은 패트릭이 진짜라면 그가 한참 전에 독을 놓았을 것이고 언제라도 돌아와서 이 신비의 동물이 가상의 아이들을 먹어치웠으니 장례식 비용을 보태달라고 부탁할 거라는 것이었다.

"맙소사." 리치가 말했다. "이 사람들 좀 가혹하네요."

"이게? 그 정도는 아니지. 네가 인터넷을 좀더 접해봤다면 이건 아무것도 아니라는 걸 알 거야. 거기는 야생이야. 정상적인 규칙은 적용되지 않지. 한 해가 넘어가는 순간에도 목소리를 높이지 않는 점잖고 예의 바른 사람들이, 모뎀을 사면 테킬라 슬래머를 마신 멜 깁슨*이 되어버려. 네가 본 것들에 비하면 이 사람들은 정말 다정하게 구는 거야."

하지만 패트릭은 리치처럼 상황을 바라봤다. 다시 돌아왔을 때 그는 격분했다.

이 재수 없는 새끼들아! 나는 어그로가 아니라고. 알겠어??? 너희
는 이 게시판에 죽치고 있는 것밖에 할 일이 없나 본데, 나는 망할
현실이 있다고. 내가 여기서 사람들 속이면서 시간 낭비나 할 거라
면 너희 같은 실패자들한테 하겠냐. 그냥 내 다락에 있는 걸 처리
하려고 하는 거니까 쓸모없는 자식들 나한테 도움이 안 될 거면 그
냥 꺼져.

그런 후에 그는 사라져버렸다.

리치는 부드럽게 휘파람을 불었다. "저거, 저거, 그냥 인터넷 대화가 아니네요. 선배님 말대로 패트릭은 침착한 남자였어요. 저렇게 되어버리다니." 리치는 고갯짓으로 모니터 화면을 가리켰다. "꽤나 흥분했나 본데요."

"그럴 만한 이유가 있지. 뭔가 고약한 것이 집에 나타나 가족을 겁

---

* 1988년 영화 〈테킬라 선라이즈〉에서 멜 깁슨은 전직 마약상으로 나온다.

주고 있잖아. 그리고 어디를 가든 사람들은 그를 도우려 하지 않고. 와일드워처, 해충 구제 업자, 그리고 여기 게시판까지. 모두가 기본 적으로 패트릭한테 꺼지라고 하고 있잖아. 그거야 그들의 문제가 아니니까. 그는 혼자였어. 네가 그 사람 처지라면 너도 꽤나 흥분했 을걸."

"네, 어쩌면요." 리치는 키보드로 손을 뻗으며 내 허락을 구하듯이 흘끔 올려다보고는 다시 읽기 위해 스크롤을 위로 올렸다. 그는 다 읽은 후에 조심스레 말했다. "그러면. 패트릭 말고는 실제로 이것의 소리를 들은 사람은 없네요."

"패트릭과 잭이 들었지."

"잭은 세 살이에요. 그 나이대의 애들은 뭐가 실제이고 뭐가 아닌 지 아주 잘 구분한다곤 할 수 없죠."

"그럼 너는 제니퍼의 의견에 동의한다는 거군. 패트릭이 그걸 상 상했다고 생각하는 거야."

"아까 데려왔던 톰 있잖아요. 그 사람도 다락에 동물이 있었다는 사실 자체를 확정할 수 없다고 말했잖습니까."

8시 반이 지난 시각이었다. 복도 아래에서는 청소부 아주머니가 라디오로 최신 인기 음악 차트를 틀어놓고 따라 부르고 있었다. 수 사본부실 창문 밖으로 보이는 하늘은 순수한 검정색이었다. 디나는 네 시간 동안 연락도 없이 사라졌다. 이럴 시간이 없었다. "그렇다 고 아무것도 없었다고 확정하지도 않았잖아. 하지만 이게 패트릭이 자기 가족들을 살해했다는 자네 이론을 뒷받침한다고 느끼는 거지? 내 말이 맞나?"

리치는 단어를 고르며 말했다. "우리는 그가 꽤 큰 스트레스를 받고 있다는 걸 알았어요. 거기엔 이견의 여지가 없죠. 그가 여기서 말한 걸로 미루어 보면 결혼 생활도 원만하지 않았던 것 같아요. 그가 없는 걸 상상할 정도로 상태가 나빴다면……. 네, 그랬다면 그가 버럭 화를 냈을 가능성이 더 높아지죠."

"다락에 나타났다는 이파리와 나뭇조각은 상상한 게 아니었잖아. 우리가 상상한 게 아닌 이상. 나도 내 개인적인 문제가 있지만 그렇다고 내가 환각을 봤다고 믿고 싶진 않은데."

"게시판에 있는 사람들이 그랬듯이 새가 그랬을 수도 있어요. 그렇다고 미친 동물이 있다는 뜻이라고는 할 수 없잖아요. 스트레스를 죽도록 받는 사람이 아니라면 그건 쓰레기통에 던져버리고 잊어버렸을 거예요."

"그러면 다람쥐 뼈는? 그것도 새 짓인가? 나도 패트릭만큼이나 야생동물 전문가는 아니지만 그래도 이 말은 해야겠어. 다람쥐 머리를 잘라서 살만 파먹고 남은 사체는 줄지어놓는 새가 이 나라에 있대도 아무도 나한테 그런 말 하지 않던걸."

리치는 목덜미를 문지르며 내 스크린 세이버 화면이 천천히 기하학적 패턴으로 돌아가는 것을 보았다. 그가 말했다. "우리가 그 뼈를 본 건 아니잖아요. 패트릭도 그걸 보관하진 않았어요. 이파리는, 뭐 봤죠. 뼈는, 실제로 위에 뭔가 위험한 게 있었다는 걸 증명해주지는 않아요."

언짢은 느낌이 순간 치밀어 나는 잠시 입을 꽉 다물었다. "이봐, 젊은이. 네가 네 총각 숙소에 뭘 두고 사는진 모르지만 내가 이건 약속할 수 있어. 아내에게 옷장에 다람쥐 뼈를 보관하고 싶다고 말하는 유부남은 순식간에 따끔한 맛을 보고 며칠 밤을 소파에서 자는 신세가 될 거라는 거야. 그리고 애들은 어쩌고? 애들이 그걸 발견하기를 패트릭이 원했다고 생각하나?"

"그 남자가 뭘 원했는지 저는 모릅니다. 그 사람은 아내에게 이것이 존재한다는 걸 보여주고 싶어서 열심이었어요. 하지만 확실한 증거를 얻었을 땐 바로 물러났죠. '아, 아니에요, 그건 못 해요, 아내를 겁주고 싶진 않아요.' 그걸 한번 보고 싶어서 죽을 지경이었으면서도 해충 구제 업자가 전문가를 불러야 한다고 하니까 아, 안 돼요, 돈 낭비예요, 그랬죠. 그는 이 게시판에 거기 뭐가 있는지 알아낼 수 있게 도와달라고 빌었고 다락의 밀가루 사진, 이파리 사진은 올리겠다고 했지만 뼈를 발견했을 땐 거기 잇자국이 있었을 수도 있는데 사진에 대해선 말 한마디 하지 않았어요. 그의 행동은 마치……." 리치는 나를 곁눈질로 보았다. "제 생각이 틀릴 수도 있습니다. 하지만 그의 행동은 마치 마음 깊은 곳에서는 거기 아무것도 없다는 걸 아는 것 같잖아요."

그 순간 나는 그의 멱살을 잡고 컴퓨터에서 떼어내면서 다시 교통사고처리과로 가버리라고, 이 건은 내가 해결하겠다고 말하고 싶은 욕구가 강렬하게 치밀었다. 시보들의 보고서에 따르면 패트릭의 동생 이언은 동물에 대해선 한 번도 들어본 적이 없다고 했다. 그의 옛 동료들, 에마의 생일 파티에 왔던 몇몇 사람, 그가 여태껏 이메일을 주고받았던 이들도 마찬가지였다. 이걸로 이유가 설명되었다. 패트릭은 그 이야기를 꺼낼 수가 없었던 것이다. 그들이 게시판의 모르는 사람들부터 자기 아내에 이르기까지 다른 모든 사람처럼 반응할까 봐. 그들이 리치처럼 반응할까 봐.

"그럼 그냥 묻는 건데, 대체 뼈가 어디서 나타났다고 생각하나?

해충 구제 업자가 그걸 봤다는 걸 기억해. 그 사람들이 모두 패트릭의 마음속에 있는 건 아니라고. 네가 패트릭이 완전히 정신 나갔다고 생각하는 건 알겠는데 진심으로 그가 다람쥐 머리를 물어뜯었다고 믿는 건 아니지?"

"전 그렇게 말하지 않았습니다. 하지만 패트릭 말고 해충 구제 업자를 본 사람도 없잖습니까. 그가 사람을 불렀다고 말한 건 그 게시물뿐이었잖아요. 선배님도 직접 말씀하시지 않았습니까. 인터넷에서 사람들은 거짓말을 한다고."

"그러면 해충 구제 업자를 찾으면 되겠네. 시보 한 명을 시켜서 업자를 찾게 해봐. 먼저 패트릭이 게시판에서 받은 전화번호부터 확인하라고 해. 그들 중 누구도 맞지 않으면 반경 150킬로미터 이내의 회사는 다 확인하라고 해." 시보가 이 각도로 접근한다는 생각, 또 다른 냉정한 눈이 이런 게시물을 읽고 또 다른 얼굴이 천천히 리치의 표정과 같은 표정을 짓는다는 생각을 하니 다시 목이 조여왔다. "아니면 우리가 직접 하는 편이 더 나을지도. 내일 아침 첫 번째로 해보자고."

리치는 한 손가락으로 내 마우스를 톡 쳐서 패트릭의 게시물이 다시 탁 뜨는 것을 보았다. 그는 말했다. "알아내는 건 쉬울 수도 있습니다."

"뭘 알아내?"

"그 동물이 존재했는지 아닌지를요. 비디오카메라 두 대 정도를……."

"패트릭에게 그게 소용이 있었던가?"

"패트릭은 비디오카메라가 없었습니다. 아기 모니터뿐이었죠. 그건 녹화가 안 됩니다. 그는 실시간으로 일어나는 일을 포착할 수 있었습니다. 계속 지켜보고 있을 기회가 있을 때만요. 카메라를 가져와서 다락을 스물네 시간 내내 녹화하도록 설정하는 거죠……. 며칠 내에 뭔가 있다면 그걸 볼 수 있을 겁니다."

무슨 이유에선가 이 얘기를 들으니 그에게 고함치고 싶은 기분이 들었다. "그러면 신청서가 꽤나 멋있게 보이겠는데? '우리 사건과 좆나 관련 없는, 존재하는지 아닌지 모르는 어떤 동물의 모습을 잡기 위해서 부서의 소중한 장비와 엄청나게 초과근무를 할 기술자 한 명을 요청하고 싶습니다'라고 써야겠네."

"오켈리가 말했잖습니까. 우리가 필요한 게 있으면 뭐든……."

"나도 알아. 신청서는 승인될 거야. 그게 요점이 아니잖아. 너나 나나 지금 과장에게 꽤 점수를 많이 땄는데, 개인적으로 나는 밍크 한 마리 살펴보겠다고 그 점수를 날려버리고 싶진 않다고. 그럴 거면 망할 동물원에 가."

리치는 의자를 뒤로 밀어놓고 초조하게 수사본부실 안을 빙빙 돌기 시작했다. "제가 신청서를 작성하겠습니다. 그러면 점수 잃는 건 저뿐이겠죠."

"아니, 망할. 너는 그렇게 하면 안 돼. 네가 그러면 패트릭은 부엌에서 분홍색 고릴라를 보고 허튼소리를 지껄이는 미친놈으로 보일 테니까. 우리 거래했잖아. 네게 증거가 생길 때까지는, 그리고 증거가 없다면 패트릭을 지목하지 않겠다고."

리치는 나를 휙 지나쳐 두 손으로 누군가의 책상을 내려쳤다. 종이들이 바람에 날렸다. "어떻게 증거를 얻습니까? 제가 어딘가와 이어질 수 있는 뭔가를 시작하려고 할 때마다 선배님이 브레이크를 거는데⋯⋯."

"진정해, 형사. 그리고 목소리 낮춰. 퀴글리가 무슨 일인지 알아보려고 들어오길 바라?"

"거래는 우리가 패트릭도 수사한다는 거였잖아요. 제가 패트릭을 수사하자고 할 때마다 선배님이 묵살해버리는 게 아니라. 증거가 저기 있다고 해도 제가 무슨 수로 거기 다다릅니까? 말해보세요. 말씀 좀 해보시라고요. 어떻게요?"

나는 내 모니터를 가리켰다. "지금 우리가 하는 일이 뭘로 보여? 망할 패트릭 스페인을 수사하는 거잖아. 아니, 우리는 그 사람이 용의자라고 밝힐 수는 없어. 그게 거래였지. 이게 공정하지 않다고 느낀다면⋯⋯."

"아니에요. 저한테 공정하든 말든 됐습니다. 저야 상관 안 해요. 코너 브레넌에게 공정하지 않다는 겁니다."

그의 목소리는 계속 높아지고 있었다. 나는 평탄한 목소리를 유지했다. "아니라고? 나는 대체 비디오카메라가 코너에게 뭘 해줄 수 있는지 모르겠는데. 우리가 카메라를 설치하고 아무것도 못 잡는다고 쳐. 수달이 없다는 사실이 코너 브레넌의 자백을 어떻게 무효로 만든다는 거지?"

"말씀해보십시오. 선배님이 패트릭을 믿는다면 어째서 카메라에 찬성하지 않는다는 겁니까? 밍크나 다람쥐, 심지어 쥐라고 해도 한 장만 찍으면 저한테 꺼지라고 할 수 있잖아요. 선배님 말도 패트릭이 하는 말하고 똑같잖아요. 거기 아무것도 없다는 걸 아시는 것 같단 말입니다."

"아니, 나는 몰라. 내가 하는 말은 뭐가 있든 없든 신경도 쓰지 않는다는 거야. 우리가 아무것도 못 잡으면 그게 뭘 증명하는 건데? 그 동물은 놀라서 도망갔을 수도 있고 육식동물에게 죽임을 당했을 수도 있고 겨울잠을 잘 수도 있어. 설사 동물이 전혀 존재하지 않는다고 해도 이게 패트릭의 잘못이라고 할 수도 없잖아. 어쩌면 그 소음은 지반침하나 배관 때문일 수도 있고 그가 과잉 반응해서 동물 탓이라고 너무 지나친 해석을 했을 수도 있어. 그렇다면 그는 스트레스를 많이 받은 남자였다는 뜻이지만 그건 우리가 이미 아는 사실이잖아. 그렇다고 그 사람이 살인자가 되진 않는다고."

리치는 이 말에 반박하진 않았다. 그는 책상에서 뒤로 몸을 빼며 손가락으로 두 눈을 눌렀다. 잠시 후 그는 더 조용히 말했다. "그걸로 뭔가 알 수는 있을 겁니다. 제가 부탁하는 건 그뿐입니다."

논쟁 때문인지 피로 때문인지 아니면 디나 때문인지 역류성 식도염이 도지며 가슴이 타는 듯한 통증이 목구멍 속으로 밀려 올라왔다. 나는 얼굴을 찡그리지 않고 삼켜 내려보내려고 애썼다. "좋아. 네가 신청서를 작성해. 나는 가봐야 하지만 떠나기 전에 서명은 해줄게. 우리 이름 둘 다 양식에 적는 편이 좋을 거야. 괜히 스트리퍼 같은 것 요청하진 마라."

"여기서 최선을 다하겠습니다." 리치는 두 손에 대고 말했다. 그의 어조는 내 마음에 와닿는 면이 있었다. 날것, 잃어버린 것, 도움을 구하는 야생의 외침 같은 것. "제대로 해내도록 노력하겠습니다. 하늘에 맹세코 노력할 겁니다."

모든 신참은 자기 첫 사건에 전 세계가 지탱하거나 무너질 것 같은 기분을 느낀다. 나는 리치가 그걸 헤치고 나아가도록 손을 잡아줄 시간이 없었다. 디나가 저기 바깥에서 돌아다니며 균열된 스트로보 조명 같은 매력을 발산하면서 수 킬로미터 이내에 있는 포식자들을 다 끌어들이는 동안에는. "네가 그럴 거라는 거 알아. 너는 괜찮을 거야. 철자만 두 번 확인하도록 해. 과장이 그건 까다롭거든."

"네, 알겠습니다."

"그동안 우리는 이 링크를, 그 이름이 뭐더라, 아무튼 둘리틀 박사에게 포워드할 거야. 그 친구라면 거기서 뭔가 볼지 모르지. 그리고 키런에게 이 게시판에서 패트릭의 계정을 확인해보라고 해야겠어. 그가 개인 메시지를 보내거나 받은 적이 있는지 봐달라고. 회원 중 두어 명은 정말로 이 얘기에 과하게 몰입한 것 같으니까. 어쩌면 한 명 정도는 패트릭과 연락을 주고받게 되었을 수도 있고, 패트릭이 그 사람에게 더 자세한 얘기를 했을 수도 있어. 그리고 우리는 그가 다음으로 갔던 토론 게시판도 찾아봐야 해."

"다음 게시판은 없었을지도 모릅니다. 그는 게시판 두 개에 시도를 해봤고 둘 다 아무 쓸모가 없었습니다……. 포기했을 수도 있죠."

"그는 포기하지 않았어." 내가 말했다. 내 모니터에서 원뿔과 포물선이 우아하게 서로 들어갔다 나왔다 하면서 겹쳐졌다가 사라지고 다시 한번 펼쳐졌다가 느릿한 춤을 시작했다. "이 남자는 절박했어. 그 사실을 네가 원하는 어떤 방식으로도 받아들여도 되고 그가 제정신을 잃어가고 있기 때문이라고 말해도 돼. 그게 네가 믿고 싶은 거라면 말이지. 하지만 사실은 남아 있어. 그는 도움이 필요했다는 것. 계속 온라인을 찾아봤을 거야. 다른 데는 볼 데가 없었으니까."

나는 신청서를 쓰는 리치를 남겨두고 나왔다. 이미 어디 가서 디나를 찾아봐야 할지 머릿속으로 목록을 만들어두었다. 지난번에 남은 곳들과 그 이전에 남은 곳들, 그리고 그보다 더 이전에 남은 곳들. 이전 남자친구들의 집, 바텐더가 걔를 좋아했다고 하는 술집, 육십 유로만 있으면 잠시나마 약에 흠뻑 취할 수 있는 수많은 방법이 있는 오래되고 지저분한 클럽들. 나는 이 모든 일이 무의미하다는 것을 알았다. 디나는 어떤 다큐멘터리에 예쁘게 나왔다는 이유로 골웨이로 가는 버스를 집어탔을 가능성도 있고, 어떤 남자를 홀렸고 그의 동판화를 구경한다는 이유로 그 집에 따라갔을 가능성도 얼마든지 있었다. 하지만 나는 선택권이 없었다. 여전히 내 서류 가방에는 잠복근무를 대비해 넣어둔 카페인 알약이 있었다. 그거 몇 알 집어먹고 샤워를 하고 샌드위치를 하나 먹고 나면 나갈 만한 힘이 생길 것이다. 이런 일을 하기에는 너무 늙었고 지나치게 피곤하지 않느냐고 말하는 차갑고 조용한 목소리가 들려왔지만 나는 그걸 홱 쳐서 가라앉혔다.

내 아파트의 문에 열쇠를 집어넣을 때에도 머릿속으로 주소들을 굴리면서 가장 빠른 경로를 계산하고 있었다. 뭔가 잘못되었다는 것을 깨닫기까지는 잠깐의 시간이 걸렸다. 문이 잠겨 있지 않았다.

길게 느껴지는 일 분 동안 나는 복도에 가만히 서서 귀를 기울였다. 아무 소리도 나지 않았다. 그런 후에 서류 가방을 내려놓고 총집에서 재빨리 총을 꺼낸 뒤 문을 쾅 열었다.

드뷔시의 〈가라앉은 대성당〉이 침침한 거실에서 부드럽게 울렸다. 촛불이 유리잔의 곡선에 어리며 진한 와인이 풍부한 붉은색으로 빛났다. 숨을 앗아갈 듯한 믿기지 않는 한 순간, 나는 생각했다.

로라가 왔구나. 다음 순간 디나는 소파에서 동그랗게 말았던 몸을 펴더니 와인잔을 집으려 앞으로 숙였다.

"안녕." 디나는 나를 향해 유리잔을 들어 보였다. "일찍 좀 다녀."

심장이 목 뒤에서 쿵쿵댔다. "씨발, 이거 다 뭐야?"

"세상에, 마이키 오빠. 진정제라도 먹어. 그거 총이야?"

총을 다시 끼우려고 두어 번 헛손질을 해야 했다. "너 여긴 어떻게 들어왔어?"

"오빠 뭐야, 람보? 과잉 반응 아니야?"

"제길, 디나. 너 때문에 놀라죽는 줄 알았어."

"자기 여동생에게 총을 겨누다니. 나는 오빠가 나를 보면 좋아할 줄 알았지."

삐친 척하는 건 가짜였지만 촛불에 비친 눈의 반짝임을 보고 나는 조심해야 한다는 걸 알았다. "좋아." 나는 목소리를 낮추면서 말했다. "그냥 기대하지 않은 것뿐이지. 너는 어떻게 들어왔어?"

디나는 뻐기는 웃음을 살짝 지으면서 카디건 주머니를 흔들었다. 주머니에서는 명랑하게 짤랑 소리가 났다. "제리 언니가 오빠네 집 여벌 열쇠를 갖고 있더라? 솔직히 이거 알아야 해. 제리 언닌 더블린 전체의 여벌 열쇠가 있을걸. 신용 아가씨, 아니지 신용 부인이라고 해야지. 언니는 바로 내가 휴가를 가거나 할 때 우리 집에 도둑이 들지나 않았는지 확인해달라고 믿고 맡기고 싶은 사람 아니겠어? 모든 사람의 여벌 열쇠를 가진 사람을 지어내고 싶으면 딱 제리 언니 같은 사람으로 만들겠지? 세상에 오빠도 봤어야 했는데, 그거 보면 웃었을걸. 도구실에다 열쇠들을 나란히 보관했어. 모두 예쁜 글씨체로 이름표까지 붙여서 말이야. 내가 맘만 먹으면 언니 동네에 있는 집 반은 털 수 있겠더라."

"제리 누나는 너 걱정하느라고 정신이 나갔어. 우리 둘 다 그랬다고."

"뭐, 흥, 그래서 내가 여기 온 거야. 그리고 오빠 기 좀 살려주려고. 저번 날에 보니까 오빠 너무 스트레스 받은 것 같더라. 내가 신용카드가 있었으면 오빠에게 여자라도 예약해주었을 텐데." 디나는 탁자 위로 몸을 숙이면서 다른 와인잔을 내밀었다. "여기. 대신에 이걸 가져왔지."

실라가 다른 집 아기 봐주고 번 용돈으로 샀거나 가게에서 슬쩍했을 것이다. 디나는 나를 속여 훔친 와인을 마시게 하거나 해시시를 넣은 브라우니를 먹게 하거나 최근에 만나는 남자친구의 세금도 내지 않은 차로 나를 데리러 오는 일에 매력을 느낀다. "고마워."

"그러니까 앉아서 마셔. 오빠가 거기 그렇게 어정거리고 있으면 내가 초조해진다고."

아드레날린이 치솟고 희망과 안도감에 다리가 여전히 떨렸다. 나는 서류 가방을 들고 들어와서 문을 닫았다. "왜 제리 누나네 있지 않고?"

"제리 언니는 진짜 사람을 더럽게 지겹게 하니까. 있잖아, 내가 거기 단 하루 있는데도 실라랑 콤, 그리고 그…… 이름 뭐야, 걔들이 살면서 뭘 했는지 시시콜콜 다 들었다니까. 언니 얘기 듣고 있으면 내 수정관을 묶고 싶어져. 앉아."

디나를 제리 누나네 빨리 돌려보낼수록 나는 더 많이 잘 수 있을 것이다. 하지만 내가 이 작은 난동을 조금 즐기는 척이라도 하지 않으면 디나는 정신이 나가서 새벽 몇 시까지 분통을 터뜨릴 것이다.

나는 팔걸이의자에 주저앉았다. 의자가 어찌나 다정하게 나를 감싸주는지 다시는 일어날 수 없을 것 같은 기분이 들었다. 디나는 커피 테이블 위로 몸을 숙이고 한 손으로 균형을 잡으면서 내게 와인잔을 건넸다. "여기. 제리 언니는 내가 어디서 개죽음당한 줄 알걸."

"그랬대도 누나 탓을 할 순 없지."

"내가 빠져나올 수도 없을 만큼 상태가 거지 같았으면 나오지 않았겠지. 세상에, 실라가 안됐더라, 안 그래? 걔는 친구네 집에 갈 때면 삼십 분마다 집에 전화해야 할걸. 안 그러면 제리 언니는 어디 인신매매단에 잡혀간 줄 알 테니까."

디나는 늘 내가 절대 웃지 않으려고 다짐을 했어도 웃게 만드는 재주가 있었다. "그럼 이건 경의를 표하는 거냐? 제리 누나와 하루 지내보니까 별안간 내 가치를 인정하게 됐어?"

디나는 다시 소파 구석에 몸을 동그랗게 말고 누워 어깨를 으쓱했다. "나는 오빠에게 잘해주고 싶었을 뿐이야. 경의를 표하고 싶은 건 그거고. 오빠는 로라와 갈라선 이후에는 충분한 보살핌을 받지 못했잖아."

"디나, 나는 괜찮아."

"모두에게 자기를 돌봐줄 사람은 필요해. 오빠에게 마지막으로 친절을 베푼 사람은 누구야?"

나는 리치를 떠올렸다. 커피를 내밀고 퀴글리가 나를 험담할 때 납작하게 밟아준 모습. "내 파트너." 나는 말했다.

디나의 눈썹이 솟았다. "그 사람? 난 그 사람이 두 손으로 자기 엉덩이도 찾지 못하는 쪼끄만 신참인 줄 알았는데. 그냥 오빠한테 잘 보이려고 하는 거겠지."

"아니야. 걘 좋은 파트너야." 내 입에서 나오는 말을 귀로 듣자마자 온기의 파도가 빠르게 몸속으로 퍼져 나갔다. 내가 훈련시킨 다른 신참들은 카메라를 두고 나와 다투지 않았다. 일단 내가 안 된다고 하면 그걸로 얘기는 끝이었다. 갑자기 논쟁이, 이십 년 동안 파트너끼리 매주 벌일 수 있는 대치 상황이 선물처럼 여겨졌다.

"흠. 그 사람한텐 잘됐네." 디나는 와인병을 집어 자기 잔을 가득 채웠다.

"이거 좋네." 나는 반쯤 건성으로 말했다. "고마워, 디나."

"그럴 줄 알았지. 그런데 왜 오빠는 그거 안 마셔? 내가 오빠를 독살이라도 할까 봐 겁나?" 디나는 고양이처럼 작고 하얀 이를 내게 드러내며 생글생글 웃었다. "내가 그걸 와인에 넣을 만큼 뻔한 줄 알아. 나 좀 믿어보라고."

나도 도로 웃어 보였다. "네가 아주 독창적일 거라곤 확신했다. 하지만 오늘은 그럴 기분이 아니야. 새벽에 일하러 가야 하거든."

디나는 눈알을 굴렸다. "오, 맙소사. 또 그러네. 일, 일, 일. 차라리 나를 쏘고 가. 그냥 병가 내."

"그럴 수 있으면야 나도 좋겠지만."

"그럼 그렇게 해. 우리 재미있는 일 할 수 있잖아. 밀랍인형 박물관이 다시 열었대. 오빠는 내가 평생 밀랍인형 박물관에 한 번도 가본 적 없는 거 알아?"

끝이 좋을 것 같지 않았다. "나도 그러고 싶지만 다음 주나 되어야 해. 내일은 아침 일찍 나가야 하고 하루가 길 것 같다." 나는 와인을 한 모금 마시고 잔을 들었다. "멋지네. 이거 다 마신 다음에 내가 너를 제리 누나네 데려다줄 거야. 누나가 지루한 건 알지만 누나도 최선을 다하잖아. 누나 좀 봐주라, 괜찮지?"

디나는 그 말을 무시했다. "왜 내일 병가를 내면 안 돼? 오빠 휴가를 일 년 치는 모아놨을 거잖아. 평생 병가 한번 안 써봤을걸. 휴가 쓰면 뭐 그 사람들이 오빠를 자르기라도 한대?"

따뜻한 느낌이 빠르게 사라지고 있었다. "지금 어떤 사람을 구류 중이고 일요일 아침까지 기소하든지 석방하든지 해야 해. 내 사건을 해결하기 위해선 일분일초가 필요할 거야. 미안하다. 밀랍인형 박물관은 나중에 가자."

"오빠 사건 말이지." 디나의 얼굴이 날카로워졌다. "브로큰하버 사건이지?"

부인해봤자 소용없었다. "그래."

"난 오빠가 다른 사람이랑 바꿀 줄 알았어."

"그럴 수 없었어."

"어째서?"

"일이 그런 식으로 되진 않으니까. 내가 상황을 마무리하는 대로 밀랍인형 박물관에 가자, 괜찮지?"

"밀랍인형 박물관은 집어치워. 로넌 키팅*을 본따 만든 멍청한 인형을 보느니 두 눈을 찔러버리고 말지."

"그럼 다른 걸 하자. 네가 골라."

디나는 부츠 코끝으로 와인병을 내 쪽으로 가까이 밀었다. "좀더 마셔."

내 잔은 여전히 가득 차 있었다. "널 제리 누나네 데려다주려면 운

_____

* 아일랜드의 유명한 가수이자 토크쇼 진행자.

전해야 해. 지금 있는 걸로 됐다. 고마워."

디나는 잔의 가장자리를 튕기며 앞머리 아래로 나를 바라보았다. 날카롭고 단조로운 핑 소리가 났다. "제리 언니는 매일 아침 신문을 받아. 당연도 하겠지만. 그래서 나도 신문을 읽어."

"좋아." 나는 부글부글 끓어오르는 화를 눌러앉혔다. 제리 누나는 좀더 주의를 기울였어야 했다. 하지만 누나는 바쁜 사람이고 디나는 슬쩍 잘 빠져나가는 사람이다.

"지금 브로큰하버는 어때? 사진으로 보니까 거지 같던데."

"정말 그런 편이야. 누가 멋진 단지를 지으려고 시작은 했는데 마무리는 되지 않았어. 이 단계에서는 절대로 마무리되진 않을 거야. 거기 사는 사람은 행복하지 않아."

디나는 한 손가락을 와인 속에 넣고 휘저었다. "망할. 완전히 엿같이 일을 했네."

"개발업자들도 일이 이렇게 될 줄은 몰랐을 거야."

"알고도 남았을걸. 신경 쓰지 않았거나. 하지만 내 말은 그런 게 아니야. 내가 엿같이 일을 했다는 건 사람들을 브로큰하버까지 나가서 살게 한 게 그랬다는 뜻이었어. 차라리 쓰레기매립장에서 살고 말지."

나는 말했다. "나는 브로큰하버에 대해 좋은 기억이 많아."

디나는 퐁 소리를 내며 손가락을 깨끗하게 빨았다. "오빠는 늘 모든 게 사랑스럽다고 생각해야 하기 때문에 그렇게 생각하는 것뿐이야. 신사 숙녀 여러분, 여기 제 오빠 폴리아나*가 있습니다."

---

* 엘리너 H. 포터가 1913년에 발표한 소설로 매일 하루에는 좋은 일이 기다린다고 믿는 낙관적인 소녀 폴리아나가 주인공이다.

"긍정적인 면에 초점을 두어서 나쁜 꼴을 본 적은 없는데. 너한테는 별로 멋지지 않을지 모르지만……."

"긍정적인 건 뭔데? 오빠와 제리 언니한텐 괜찮았겠지. 친구들하고 어울려 나갔잖아. 나는 엄마와 아빠랑 같이 앉아서 모래 장난이나 하고 물장구치면서 노는 게 재미있는 척했지만 실제로는 동상 걸려 죽을 뻔했어."

"뭐." 나는 아주 조심스럽게 말했다. "우리가 마지막으로 거기 갔을 때 너는 다섯 살이었어. 그걸 얼마나 잘 기억하는데?"

앞머리 아래에서 푸른 눈빛이 번득였다. "거지 같았다는 걸 알 만큼은 기억하지. 그곳은 소름 끼쳤어. 언덕들, 언제나 그게 나를 노려보는 것 같았지. 뭔가 내 목덜미 위를 기어오는 것 같았고. 나는 계속 바랐어……." 디나는 뒷덜미를 탁 쳤다. 사납게 반사적으로 탁 치는 손짓에 나는 움찔했다. "그리고 망할 소음들. 바다, 바람, 갈매기, 뭐가 뭔지 분간할 수도 없는 이상한 소음들 말이야……. 나는 매일 밤 바다 괴물이 캠핑카 창문으로 촉수를 뻗어서 내 목을 조르는 꿈을 꿨다고. 내가 장담하는데 그 거지 같은 단지를 짓다가 누가 죽었을걸. 〈타이타닉〉처럼 말이야."

"나는 네가 브로큰하버를 좋아하는 줄 알았는데. 늘 거기서 재미있게 지내는 것처럼 보였거든."

"아니, 아니었어. 오빠가 그냥 그렇게 생각하고 싶었을 뿐이었지." 순간 디나는 얼굴이 추하게 보일 정도로 입술을 비틀었다. "유일하게 좋았던 점은 엄마가 거기서 행복했다는 것뿐이야. 그런데 결국엔 어떻게 됐는지 봐."

피부도 가를 듯한 날카로운 침묵이 한순간 흘렀다. 나는 모든 걸 놓아버릴 뻔했다. 와인을 마셔버리고 디나에게 참 맛있더라고 말할 뻔했다. 어쩌면 그래야 했을지도 모르겠다. 하지만 그럴 수가 없었다. "이미 문제가 있었던 것처럼 말하네."

"이미 미쳤던 것처럼. 오빠 말뜻은 그런 거잖아."

"그렇게 표현하고 싶으면 그런 거겠지. 우리가 브로큰하버에 갔을 때 넌 행복하고 안정적인 아이였어. 평생 기억에 남을 휴가를 보낸 건 아니었는지 모르지만 대체로 넌 멀쩡했어."

나는 디나가 하는 말을 들을 필요가 있었다. 디나는 말했다. "난 한 번도 멀쩡한 적 없어. 한번은 모래에 작은 양동이와 삽 그리고 온갖 귀여운 것들을 가지고 구멍을 파는데 구멍 바닥에 얼굴이 있었어. 온통 짓눌렀고 이상한 표정을 짓는 남자의 얼굴이었어. 눈과 입에 들어간 모래를 빼내려고 하는 것처럼. 나는 비명을 질렀고 엄마가 왔어. 하지만 그때는 사라지고 없었지. 브로큰하버에서만이 아니었어. 한번은 내 방에 있었을 때……."

더는 듣고 있을 수 없었다. "너는 상상력이 대단한 거야. 두 가지는 같은 게 아니야. 아이들은 다 상상을 해. 엄마가 죽은 이후에야……."

"그전부터 그랬어, 오빠가 몰랐던 건 내가 어렸을 때 오빠가 그저 '아, 애들은 그냥 상상을 하지'라고 표현해버렸기 때문이야. 하지만 늘 그랬어. 엄마가 죽은 거랑은 상관없어."

"뭐." 내 마음은 지진을 일으킨 도시처럼 크게 요동쳤다. "그래, 정확히 엄마가 죽은 거랑은 상관없을지 몰라. 엄마는 너의 인생 내내 때때로 우울했으니까. 우리는 그로부터 너를 떼어놓으려고 최선을 다했지만 아이들은 느낌으로 감지하잖아. 우리가 노력하지 않았더라면 실제로 더 나았을지도……."

"그래, 다들 최선을 다했지만 이거 알아? 다들 너무 잘해냈어. 나는 엄마에 대해서 걱정한 기억도 거의 안 나. 엄마가 가끔은 아팠다는 것 혹은 슬펐다는 것을 알지만 큰일이라고는 전혀 감도 잡지 못했어. 내가 이렇게 된 건 그것 때문이 아니야. 오빠는 나를 정리하려고 하잖아. 깔끔하고 이해 가능하게 파일로 정리해서 치워버리려고 하지. 내가 오빠의 사건이라도 되는 것처럼. 나는 망할 오빠의 사건이 아니야."

"나는 너를 정리하려는 게 아니야." 내 목소리는 어딘가 인공적으로 생성된 것처럼 무시무시하게 차분했다. 작은 기억들이 내 마음속으로 떨어지며 불티처럼 꽃피었다. 디나는 네 살 때 목욕하다 말고 살인이라도 난 것처럼 난데없이 비명을 지르며 엄마에게 매달렸다. 샴푸병이 자기에게 식식댄다는 이유였다. 나는 디나가 머리 감기 싫어서 잔꾀 부리는 거라고 생각했다. 한번은 차 뒷좌석에서 나와 제리 누나 옆에 앉아 안전벨트와 싸운답시고 걱정스럽고 무서운 소리를 내면서 손가락을 깨물어서 손가락이 모두 자주색으로 부어오르고 피를 흘린 적이 있었다. 그때는 이유가 무엇이었는지도 기억할 수 없다. "물론 그것도 엄마 때문이라고 할 수밖에 없어. 달리 뭐가 있겠어? 너는 평생 학대당한 적 없어. 내 목숨 걸고 맹세할 수 없어. 얻어맞거나 밥을 굶은 적도 없어. 심지어 등짝 한 대도 얻어맞지 않았을걸. 우리 모두 너를 사랑했어. 엄마가 아니라면 왜 그러겠어?"

"왜라는 건 없어. 그게 내가 하려는 말이야, 나를 정리하려 한다는 거. 나는 무엇 때문에 미친 게 아니야. 그냥 미친 거야."

목소리는 맑고 흔들림 없었으며 사실을 전달하는 투였다. 디나는 동정일 수도 있는 무언가를 품고 나를 똑바로 바라보았다. 나는 디나가 현실에 매달린 수준은 기껏해야 한 손가락을 걸친 정도라고 자신에게 일렀다. 자기가 왜 미쳤는지 이해하고 있다면 애초에 미치지 않았을 거라고. 디나는 말했다. "오빠는 그렇게 생각하고 싶지 않은 거 알아."

가슴이 헬륨을 채운 풍선처럼 느껴지며 나를 위험하게 흔들었다. 나는 의자의 팔걸이가 나를 땅에 붙들어주기라도 할 것처럼 손으로 꽉 쥐었다. 나는 말했다. "네가 그렇게 믿고 싶으면 그렇겠지. 이건 아무 이유 없이 일어난 일이라고. 이제 그 일을 떠안고 어떻게 살 거야?"

디나는 어깨를 으쓱했다. "그냥 사는 거지. 오빠는 상태 안 좋은 날엔 그걸 떠안고 어떻게 살아?"

디나는 다시 소파 구석에 웅크리고 앉아 자기 와인을 마셨다. 흥미를 잃어버린 것 같았다. 나는 숨을 내쉬었다. "어째서 그날 내가 상태가 좋지 않은지 이해하려고 하겠지. 그래야 고칠 수 있으니까. 나는 긍정적인 면에 집중해."

"맞아. 그러면 브로큰하버가 그렇게 좋았고 이 모든 멋진 기억이 있고 모든 것이 그렇게 긍정적이었으면 어째서 거기 돌아간 걸로 골치를 썩는 건데?"

"난 그렇다고 말한 적 없어."

"그렇게 말할 필요도 없어. 오빤 이 사건을 맡지 말았어야 했어."

익숙한 지대로 돌아가서 이전과 똑같이 다툰다는 게 구원처럼 느껴졌다. 디나의 눈에 갸우뚱한 빛이 다시 떠올랐다. "디나, 이건 살인 사건이야. 내가 이제까지 맡은 수십 건의 다른 사건이나 다름없어. 특별할 게 없다고. 장소만 빼고는."

"장소, 장소, 장소, 오빠 뭐야, 부동산 중개인이라도 돼? 그 장소가 오빠에게 나쁘다고. 지난밤에 오빠를 보자마자 알 수 있었어. 오빠 완전히 잘못됐어. 오빠한테서 뭔가 타는 것처럼 이상한 냄새가 났어. 지금 오빠를 봐. 거울에 가서 비춰보라고. 뭔가 오빠 머리에 똥을 싸고 오빠한테 불을 붙인 것 같은 꼬락서니야. 이 사건이 오빠를 망치고 있어. 내일 당장 일터에 전화해서 오빠는 못 한다고 하란 말이야."

그 순간 나는 디나에게 꺼져버리라고 말할 뻔했다. 그 바람에 놀라고 말했다. 얼마나 갑자기, 얼마나 거칠게 그 단어가 내 입술에 부딪쳐왔는지. 나는 어른이 되고는 한 번도 디나에게 그런 식으로 말한 적이 없었다.

목소리에서 분노의 흔적이 다 쓸려갔다는 것을 확신하고 입을 열었다. "난 이 사건을 포기하지 않을 거야. 내 꼴은 물론 개판이겠지. 하지만 그건 내가 피곤해서야. 네가 어떻게 해주고 싶으면 제리 누나네 집에 가서 가만히 있어."

"그럴 수 없어. 난 오빠가 걱정되니까. 오빠가 저기서 그 장소를 생각하고 있는 일분일초마다 오빠의 머리가 돌아버리고 있다는 걸 느낄 수 있어. 그래서 내가 여기 돌아온 거야."

그 말의 역설에 누구라도 박장대소하겠지만 디나는 끔찍하게 진지했다. 소파에 똑바로 몸을 세우고 다리를 접고 앉아서 나와 전면으로 싸울 준비를 했다. "나는 멀쩡해. 나를 지켜줘서 고마운데 그럴 필요 없어. 진심으로."

"아니야, 있어. 오빠도 나만큼이나 엉망진창인걸. 다만 더 잘 숨길 뿐이지."

"어쩌면. 하지만 그간 충분히 공을 들여서 이 시점에서는 딱히 엉망진창은 아니라고 생각하고 싶은데. 그래도 누가, 아니 네 말이 맞을지도. 어느 쪽이든 간에 결과는 내가 이 사건을 아주 잘 다룰 수 있다는 거야."

"아니야, 전혀 그렇지 않아. 오빠는 자기가 강한 사람이라고 생각하고 싶고, 그래서 내가 궤도를 벗어날 때를 좋아하는 걸 수도 있어. 그래야 자신이 완벽하게 느껴질 테니까. 하지만 모두 개소리야. 가끔 오빠가 상태 안 좋은 날에는 내가 오빠 집 앞에 나타나 헛소리를 지껄여주길 바랄걸. 그래야 오빠가 자기를 더 나은 사람처럼 느낄 테니까."

디나의 끔찍한 점은 그 말이 헛소리라는 것을 알아도, 심지어 그 말을 하는 건 그 아이의 마음속에 있는 어둡고 좀먹은 점들이라는 사실을 알아도 여전히 따끔하다는 것이다. "그게 사실이 아니라는 걸 네가 알았으면 좋겠다. 내 팔 한쪽을 잘라서 네가 나아질 수 있다면 나는 당장 그렇게 할 거야."

디나는 다시 발을 내리고 앉아서 그 말에 대해서 생각했다. "그래?"

"그래, 그럴 거야."

"와아아." 디나는 냉소라기보다는 감탄에 가까운 말투로 말했다. 그 애는 소파에 벌러덩 누워 팔걸이 위에 다리를 올리고 나를 보았다. 디나가 말했다. "나 기분이 좋지 않아. 그 신문을 읽은 후에 사물들이 갑자기 이상한 소리를 내. 오빠네 집 화장실 물을 내리면 팝콘 같은 소리가 나."

"나한텐 놀랍지도 않아. 그래서 너를 제리 누나의 집으로 데려가려는 거야. 네가 이상한 기분이 들 때 누군가가 주변에 있어야 하니까."

"나도 누군가가 옆에 있으면 좋겠어. 그게 오빠였으면 좋겠어. 제리 언니 옆이라면 벽돌을 가져와서 내 머리를 치고 싶어. 언니네 집에 하루만 더 있으면 그렇게 할 것 같아."

디나와 함께 있으면 모든 것이 과장법이겠거니 여기는 사치는 누릴 수 없다. "그러면 누나를 무시하는 방법을 찾아. 심호흡을 해. 책을 읽어. 내 아이팟을 빌려줄 테니 그걸로도 제리 누나를 막아낼 수 있을 거야. 내 취향이 별로 유행에 맞지 않는 것 같으면 네가 좋아하는 음악이면 뭐든 저장할 수 있어."

"난 이어폰 못 써. 이어폰을 꽂으면 사물들이 얘기하는 소리가 들리고 그게 음악인지 내 귓속에서 들리는 건지 분간 못 해."

디나가 한쪽 발꿈치로 소파 옆을 가차없이 짜증 나는 리듬으로 치자 드뷔시의 물 같은 흐름에 어긋나고 거슬리는 소리가 났다. 나는 말했다. "그러면 좋은 책을 빌려줄게. 마음대로 골라."

"나는 좋은 책 필요 없어. DVD 박스 세트도 필요 없고, 빌어먹을 좋은 차 한 잔이나, 스도쿠 잡지도 필요 없어. 내가 필요한 건 오빠야."

나는 책상에 앉아서 엄지손톱을 씹으며 신청서의 철자를 확인하고 있을 리치를, 그의 목소리에 어린 절박한 도움의 외침을 떠올렸다. 영원히 끝나지 않을 악몽에 휩싸여 병원 침대에 앉아 있을 제니퍼를, 노획된 동물처럼 목이 잘린 채 쿠퍼의 영안실 서랍 속에 누워 수백만 명의 마음속에 '살인자'라는 낙인이 찍히지 않도록 내가 일 해주기를 기다리고 있을 패트릭을, 그리고 죽음이 뭔지도 모를 어린 나이에 죽은 그의 아이들을 떠올렸다. 나는 말했다. "알아. 지금 당 장은 다른 사람들이 나를 더 필요로 해."

"오빠는 브로큰하버 사건이 자기 가족보다 더 중요하다는 거네. 그게 오빠 말의 의미잖아. 그게 얼마나 엉망진창으로 망가진 건지 오빠는 알지도 못해. 이 세상의 정상적인 남자라면 그렇게 말하지 않을 거라는 사실을 알지도 못해. 자기 머리에 헛소리를 쑤셔 넣는 지옥 같은 장소에 강박적으로 집착하는 사람 말고는 세상 그 누구도 그렇게 말하지 않는다고. 오빠는 나를 다시 제리 언니네로 돌려보 내면 언니가 나를 지루하게 해서 내가 돌아버리고, 그래서 나는 또 가출하고 언니는 걱정으로 미쳐버린다는 것을 아주 똑똑히 잘 알면 서도 신경도 안 쓰지? 그래도 나를 돌려보낼 거니까."

"디나, 나는 이런 헛소리를 들어줄 시간이 없어. 내겐 뭐냐, 이자 를 기소할 시간이 오십 시간밖에 남지 않았어. 오십 시간이 지나면 네가 필요한 건 뭐든 해줄게. 동이 트자마자 제리 누나네 가서 너를 데려오고 네가 원하는 박물관은 어디든 갈 테니까 그때까지는 네 말 이 맞아. 너는 내 우주의 중심이 아니야. 그럴 수도 없어."

디나는 팔꿈치로 몸을 지탱한 채로 응시했다. 그 애는 내 목소리 에서 그런 회초리 같은 기운을 느껴본 적이 없었다. 그 애 얼굴에 한 대 맞은 듯한 표정이 떠올라 내 가슴속의 풍선이 부풀었다. 무시무 시한 한 순간, 나는 웃어버릴 것 같은 기분이 들었다.

"솔직히 말해봐." 디나가 말했다. 눈이 가늘어졌다. 전투를 벌일 태세였다. "가끔은 내가 죽었으면 좋겠지? 지금처럼 내가 타이밍을 거지같이 못 맞출 땐 말이야. 그냥 죽었으면 좋겠지? 아침에 누가 전화해서 '죄송합니다, 선생님. 전차가 동생을 치고 갔습니다'라고 말하길 바라는 거 아니야?"

"나는 네가 죽길 바라지 않아. 네가 아침에 전화해서 '이거 알아, 믹 오빠 말이 맞았어. 제리 언니는 제네바협약에 따라 금지된 고문 같진 않아, 어쨌든 나는 살아남았어'라고 말하길 바라."

"그러면 왜 내가 죽길 바라는 사람처럼 행동하는 거야? 실제로 오빠는 전차를 원하진 않을 거야. 전부 말끔했으면 싶을 테니까, 안 그래? 깨끗하고 말끔하게. 어떻게 해주길 바라? 목을 매달까? 그게 오빠가 원하는 거야? 아니면 약물 과용⋯⋯."

이제 더는 웃고 싶은 기분이 들지 않았다. 와인잔을 어찌나 꽉 쥐었는지 깨질까 두려웠다. "바보 같은 소리 하지 마. 나는 네가 좀더 자제력이 있는 사람처럼 행동하길 바랄 뿐이야. 네가 망할 이틀만 더 제리 누나를 참아줬으면 할 뿐이라고. 정말 그것도 너무 과한 부탁이라고 생각하는 거야?"

"내가 왜 그래야 해? 이거 무슨 멍청한 종결 의식 같은 거야? 엄마에게 일어난 일에 대한 보상으로 이 사건을 해결하면 돼? 정말 그런 거라면 토 나온다. 진짜 못 참아주겠네. 바로 여기 오빠 소파 위에다 토해버릴 거야⋯⋯."

"엄마랑은 눈곱만큼도 상관없거든. 내가 들어본 말 중에 제일 멍청하다. 좀더 상식 있는 말을 지어낼 수 없거든 커다란 입 좀 닥치고 있지 그래."

나는 십 대 이후로 이성을 잃어버린 적이 없었다. 그것도 이처럼 확정적으로 디나를 향해서는 그런 적이 없었다. 보드카 여섯 잔을 스트레이트로 마신 뒤 고속도로를 시속 160킬로미터로 달리는 기분이었다. 거대하고 치명적이며 달콤했다. 디나는 일어나 앉으며 커피 탁자 위로 몸을 숙이고 내게 손가락질을 했다. "봤지? 이게 바로 내가 말하는 거야. 이게 바로 그 사건이 오빠에게 저지른 짓이야. 오빠는 나한테 화낸 적이 없어. 그런데 지금 봐. 그냥 보라고, 오빠 상태를. 오빠가 나를 한 대 칠 것 같잖아. 말해봐, 해보라고, 얼마나 심하게 때리고 싶은데?"

디나 말이 맞았다. 정말 그랬다. 나는 그 애의 얼굴을, 정통으로 따귀를 한 대 날리고 싶었다. 내 일부분은 디나를 친다면 그 애 옆에 머무를 것이라는 사실을 알았고 그 애도 그 사실을 안다는 것을 알았다. 나는 커피 탁자 위에 잔을 내려놓고 아주 부드럽게 말했다. "나는 너를 때리지 않을 거야."

"왜, 해봐. 때려도 당연하잖아. 뭐가 차이가 있어? 나를 지옥 같은 제리 언니네 던져 넣으면 나는 도망칠 거고, 그다음에는 오빠네 집에 오지 못하니까 제정신을 못 차리다가 결국엔 강물에 뛰어들 텐데. 그게 어떻게 더 나아?" 디나는 커피 탁자 위에 거의 올라앉아 내가 팔을 뻗으면 닿을 곳까지 얼굴을 들이밀었다. "오빠는 나를 살짝 한 대 때린 적도 없어. 맙소사, 그런 짓을 하기엔 너무 착하니까. 씨발, 딱 한 번이라도 그러면 자기가 나쁜 사람처럼 느껴질까 봐 그러는 거잖아. 하지만 내가 다리 위에서 뛰어내리는 건 괜찮다 이거지. 좋아, 그건 좋다는 거야, 그건 그냥……."

웃음과 고함 사이의 소리가 내게서 터져 나왔다. "맙소사! 이제 그런 소리 듣는 게 얼마나 지겨운지 말도 못 하겠다. 네가 토할 것 같다고? 나는 어떨 것 같아? 네가 반대할 때마다 이런 똥이 목구멍에 처넣어지는 난? '오빠 나를 밀랍 박물관에 데려가지 않을 거잖아, 나 자살해버릴 것 같아. 오빠는 새벽 4시에 내가 물건을 아파트에서 빼 간다는 데 도와주지 않을 거잖아, 나 자살해버릴 것 같아. 오빠는 자기 결혼을 구하려고 마지막 시도를 해보는 대신에 저녁 내내 내 문제를 들어주지 않을 거잖아, 나 자살해버릴 것 같아'. 내 잘못인 거 알아. 네가 이런 헛소리를 갈길 때마다 내가 다 받아주었다는 거 알아. 하지만 이젠 됐어. 안 돼. 자살하고 싶어? 해. 하고 싶지 않아? 그러면 하지 마. 그건 네게 달렸어. 내가 하는 일은 어쨌든 아무런 차이가 없잖아. 그러니까 씨발, 개소리를 내 무릎 위에 던져놓지 말라고."

디나는 입을 벌리고 나를 응시했다. 내 심장이 터져서 늑골 바깥으로 사방팔방 튀어나올 것 같았다. 나는 숨도 거의 쉴 수 없었다. 잠시 후 디나는 와인잔을 바닥 위로 내던졌다. 잔은 양탄자 위에 퉁겼고 붉은 방울이 피처럼 호를 그리며 튀었다. 그러더니 디나는 일어서서 문으로 향하며 자기 가방을 집었다. 그 애는 일부러 자기 허리가 내 어깨를 스치도록 내 옆을 가까이 지나갔다. 내가 자기를 잡으리라 기대하고 있었다. 여기 머무르게 하려고 자기와 싸울 것을 예상했다. 나는 움직이지 않았다.

문간에 서서 디나는 말했다. "직장에 가서 다들 꺼지라고 말할 방법을 찾는 게 좋을 거야. 내일 저녁까지 나를 찾으러 오지 않으면 후회할 일이 생길 테니까."

나는 돌아보지 않았다. 잠시 후 디나의 등 뒤로 문이 쾅 닫히더니 그 애가 문을 발로 한 대 차고 복도를 뛰어가버렸다. 나는 한참 동안 떨리는 손을 진정하려고 의자의 팔걸이를 꽉 부여잡고 가만히 앉아 있었다. 귓속에서 울리는 심장 소리와 드뷔시 음악이 다 돌아간 후에 스피커가 식식대는 소리를 들으며 디나의 발소리가 돌아오지 않나 귀를 기울였다.

어머니는 디나를 데리고 갈 뻔했다. 브로큰하버에서 우리가 지낸 마지막 밤 새벽 1시가 지났을 때 어머니가 디나를 깨우더니 캠핑카에서 슬쩍 나가 해변으로 향했다. 나는 한밤에 들어왔기 때문에 안다. 별들이 가득 찬 거대한 검은 그릇 같은 하늘 아래 모래언덕에서 어밀리아와 함께 뒹굴다가 황홀한 머리로 숨이 턱에 차서 돌아왔다. 내가 슬쩍 캠핑카 문을 열었을 때 한 줄기 막대 같은 빛이 네 식구를 비추었다. 모두 좁은 침대에 따뜻하게 바짝 붙어서 웅크리고 있었다. 제리 누나는 부드럽게 코를 골았다. 내가 옷을 입은 채로 내 침대로 슬쩍 들어갈 때 디나는 몸을 돌리며 뭔가를 중얼거렸다. 나는 더 나이가 많은 남자애 중 한 명에게 뇌물을 줘서 사과주 한 병을 사서 마셨기에 반쯤 취해 있었다. 하지만 한 시간도 되지 않아서 멍한 기쁨은 피부에서 웅웅거리다 말았고 나는 잠에 빠져들었다.

몇 시간 후 나는 잠에서 깼고 모든 것이 여전히 사실임을 확인할 수 있었다. 문이 활짝 열려 있었다. 달빛과 바닷소리가 밀려 들어와 캠핑카를 채웠고 침대 두 개는 비어 있었다. 쪽지는 탁자 위에 있었다. 뭐라 적혀 있었는지 기억나지 않는다. 아마도 경찰이 가져갔던 것 같다. 어쩌면 경찰 기록에서 찾아볼 수 있겠지만 그러지 않을 것이다. 내가 기억하는 건 추신뿐이었다. 거기엔 이렇게 적혀 있었다. "디나는 너무 어려서 엄마 없인 살 수 없을 거야."

우리는 어디를 찾아봐야 할지 알았다. 어머니는 늘 바다를 사랑했다. 내가 갔다 온 지 몇 시간밖에 흐르지 않았지만 해변은 완전히 뒤집혀서 어둡고 울부짖는 무언가로 변모해 있었다. 점점 높이 이는 바람에 살이 아렸고 구름이 달 위로 휙휙 지났으며 날카로운 조개에 모래 위를 뛰는 맨발이 베였지만 아픔도 느껴지지 않았다. 제리 누나는 내 옆에서 헐떡였다. 아버지는 달빛 속에서 파자마 자락을 펄럭이고 팔을 휘두르며 바다로 뛰어들었다. 그로테스크하고 창백한 허수아비. 아버지는 소리쳤다. "애니! 애니! 애니!" 하지만 바람과 파도가 그 소리를 삼켜서 허공 속으로 스러져버렸다. 우리는 아버지의 소맷자락에 아이처럼 매달렸다. 나는 아버지의 귀에 대고 소리쳤다. "아빠! 아빠, 내가 사람을 데려올게!"

아빠는 내 팔을 잡고 비틀었다. 아빠는 우리를 아프게 한 적이 없었다. 아빠는 고함쳤다. "안 돼! 아무도 데려오면 안 돼! 그러기만 해봐!" 아빠의 눈은 하얗게 보였다. 몇 년이 흐른 뒤에야 나는 깨달았다. 아빠가 그때까지도 살아 있는 엄마와 디나를 찾으리라 생각했다는 것을. 사람들이 알면 어머니를 데려가버릴까 봐 구하려 했던 것이었다.

그리하여 우리는 우리 힘으로 그들을 찾았다. 우리가 고함치는 것을 들은 사람은 아무도 없었다. 엄마, 애니, 디나, 엄마, 엄마, 엄마, 외침은 바람 소리와 바닷소리를 뚫을 수 없었다. 제럴딘은 육지에 남아 해변 위아래를 돌아다니며 모래언덕 사이를 뒤지고 풀 더미를 뜯었다. 나는 아버지와 함께 허벅지 깊이 물속까지 들어갔다. 다리에 감각이 없어지니까 더 쉽게 계속 움직일 수 있었다.

나는 그 밤이 얼마나 길었는지 알 수도 없었다. 우리가 생존할 수 있는 것보다는 길었으리라. 그날 밤 남은 시간 내내 똑바로 서 있으려고 파도와 싸웠고 물결이 솟아올라 지나칠 때 앞도 보지 못하는 채로 뭔가 잡으려고 허우적댔다. 한번은 손가락에 무언가에 걸렸고 나는 머리카락을 잡은 줄 알고 소리를 질렀지만 물에서 나온 건 잘려나간 머리처럼 보인 거대한 덩어리였고 손목에 감긴 건 그저 해초였다. 떨쳐내려고 흔들었지만 해초는 그대로 매달려 있었다. 나중에야 나는 차가운 해초 한 가닥이 여전히 내 목에 감겨 있었다는 것을 깨달았다.

새벽이 시작되어 세계가 황량하게 표백된 회색으로 변해갈 때 제럴딘 누나가 디나를 찾았다. 물대 덤불 사이로 굴을 파고 들어간 디나는 토끼처럼 머리부터 집어넣었고 팔은 모래 속에 팔꿈치까지 묻혀 있었다. 제리 누나는 긴 풀잎을 하나하나 꺾으며 깨질 수 있는 무언가를 자유롭게 풀어주듯 모래를 한 줌씩 퍼냈다. 마침내 디나가 모래 위에 떨면서 일어나 앉았다. 그 애의 눈이 제럴딘을 찾았다. "제리 언니." 디나가 말했다. "무서운 꿈 꿨어." 그런 다음 디나는 자기가 어디 있는지 깨닫고 비명을 지르기 시작했다.

아버지는 해변을 떠나려 하지 않았다. 결국 내가 티셔츠로 디나를 감싸 안았다. 티셔츠는 해수에 젖고 무거워서 디나의 떨림이 더 심해졌다. 디나를 내 어깨에 둘러메고 도로 캠핑카로 데려갔다. 제럴딘 누나는 내가 놓치지 않도록 옆에서 디나를 받치면서 비틀비틀 따라왔다.

우리는 디나의 잠옷을 벗겼다. 그 애는 물고기처럼 차가웠고 온통 까끌까끌한 모래투성이였다. 우리가 찾을 수 있는 것이면 뭐든 따뜻한 천으로 그 애를 감쌌다. 엄마의 카디건에서는 엄마 냄새가 났다. 그래서 디나가 발길에 차인 강아지처럼 낑낑거렸는지 몰랐다. 어쩌면 우리의 서툰 손길에 아팠는지도 몰랐다. 제럴딘 누나는 내가 거기 없는 것처럼 옷을 벗고 디나의 침대 속으로 들어가서 두 사람 머리 위로 담요를 뒤집어썼다. 나는 둘을 거기 두고 사람을 찾으러 갔다.

빛이 노란색으로 변해가고 다른 캠핑카들도 깨어나고 있었다. 여름 드레스를 입은 여자가 수돗가에서 주전자에 물을 받았고 어린아이 두 명이 그 옆에서 춤을 추며 서로에게 물을 튀기고 깔깔 웃으면서 소리쳤다. 아빠는 해안선 옆 모래사장에 주저앉아 있었다. 두 손을 힘없이 옆으로 내리고 바다 위로 오르는 태양을 응시했다.

제리 누나와 나는 머리부터 발끝까지 베이고 긁힌 자국으로 가득했다. 구급대원들이 심한 상처들을 소독했다. 그들 중 하나는 내 발을 보고 낮게 휘파람을 불었다. 나는 그 이유를 나중에야 알았다. 디나는 병원으로 실려갔다. 병원에서는 디나가 가벼운 저체온증을 빼고는 신체적으로는 무사하다고 말했다. 제리 누나와 나는 디나를 집으로 데려가 돌보아도 괜찮다는 허락을 받았다. 병원에서는 아버지가 '멍청한 행동을 하려는' 계획을 세우지 않는다는 결정을 내린 후에야 아버지를 퇴원시켜줄 수 있다고 했다. 우리는 이모들에게 연락했고 의사들에게 그들이 돌보아줄 거라고 했다.

이 주일 후 어머니의 원피스가 콘월 낚싯배의 그물에 걸렸다. 내가 신원 확인을 했다. 아버지는 침대에서 일어날 수 없었고 제리 누나에게 그 일을 시킬 수는 없었기 때문에 나에게 맡겨졌다. 엄마의 가장 좋은 여름 원피스였다. 푸른 꽃무늬가 있는 크림색 실크 원피스로 엄마가 아껴 입던 옷이었다. 엄마는 예배에 갈 때나 그 옷을 입었고 우리가 브로큰하버에 있을 때나 린치 식당에서 일요일 점심 식사를 하고 거리를 산책할 때 그 옷을 입었다. 그 옷을 입으면 엄마는 발레리나처럼, 옛날 엽서에서 보았듯이 웃음을 지으며 발끝으로 살금살금 걷는 여자처럼 보였다. 옷이 경찰서 탁자에 펼쳐져 있는 것을 보았을 땐 물속에서 주위를 누비며 만지작거리고 어루만지고 옷이 긴 여행을 떠날 수 있도록 도와주었던 모든 이름 없는 것의 흔적이 갈색과 녹색의 선으로 남아 있었다. 옷을 알아보지도 못할 뻔했다. 다만 나는 무엇을 찾아봐야 할지 알았다. 제리 누나와 나는 캠핑카를 떠나기 위해 엄마의 물건을 챙길 때 이미 그 옷이 없어졌다는 사실을 알아챘다.

이게 바로 디나가 라디오에서 들은 말이었다. 내가 이 사건을 배정받던 날, 그 주위를 감돌던 나의 목소리와 함께. 사망, 브로큰하버, 시체 발견, 법의학자가 현장에 있다. 그 애가 그건 거의 불가능하다는 생각을 했을 리가 없다. 확률과 논리의 모든 법칙, 날씨가 거칠 때 다른 사람들이 길에 머무를 수 있도록 해주는 중앙선과 반사장치 같은 건 그 애에게 아무 의미가 없었다. 그 애의 마음은 아직도 연기가 오르는 모닥불에서 나는 소음의 잔해와 온갖 횡설수설 헛소리의 주변을 빙글빙글 돌다가 내게 온 것이었다.

디나는 그날 밤 무슨 일이 있었는지 우리에게 한 번도 말한 적이 없었다. 제리 누나와 나는 그 애의 경계심을 벗기려고 수천 번은 노력했다. 그 애가 텔레비전에 앞에서 반쯤 잠들었을 때 혹은 차창 밖을 내다보며 백일몽에 빠져 있을 때 갑자기 물었다. 우리가 얻은 대답은 단호한 "나쁜 꿈을 꿨어"뿐이었고 그 애의 푸른 눈은 스르르 미끄러지며 그 무엇도 바라보지 않았다.

디나가 열세 살이나 열네 살쯤 되었을 때 우리는 차츰, 그리고 정말로 놀라지도 않고, 깨닫게 되었다. 뭔가 잘못되었다. 밤이면 디나는 내 침대나 제리 누나의 침대에 앉아서 새벽까지 전속력으로 무언가에 대한 얘기를 쏟아놓다가 갑자기 우리가 말로 옮길 수도 없는 무언가에 대해 광란을 일으켰고 우리가 제대로 이해할 만큼 신경 쓰지 않는다며 분노를 퍼부었다. 낮에는 학교에서 전화가 걸려 와 디나가 갑자기 반 친구들이나 교사들이 손짓을 하며 지껄여대는 무의미한 형체들로 변하기라도 한 것처럼 빤히 처다보고 눈을 게슴츠레 뜨면서 두려워한다는 말을 전했다. 그 애의 팔에는 손톱자국이 쭉 나 있었다. 나는 늘 그날 밤의 기억이 디나의 정신 밑바닥 속에 파묻혀 마음을 좀먹고 있다는 사실을 늘 당연히 여겼다. 달리 무슨 이유가 있을 수 있을까?

왜라는 건 없어. 어지러움이 다시 나를 사로잡았다. 나는 묶어놓은 끈이 풀려 높이 솟구치다가 대기가 열어지면 자신의 팽창을 견디지 못하고 폭발해버리는 풍선들을 떠올렸다.

복도에서는 발소리가 오고 갔으나 그중 어느 것도 내 집 문 밖에서 멈추지 않았다. 제리 누나가 두 번 전화했다. 나는 받지 않았다. 일어설 수 있게 되자 나는 키친 타월을 가지고 와서 양탄자를 두드리며 할 수 있는 한 와인 자국을 지웠다. 얼룩 위에 소금을 뿌려놓고 효과가 있도록 놔두었다. 나머지 와인은 싱크대에 쏟아붓고 병은 재활용 쓰레기통에 던져 넣은 후 와인잔을 씻었다. 그런 다음 셀로판테이프와 손톱 가위를 찾아서 거실 바닥에 앉아 찢어진 페이지를 도로 책에 붙여 넣고 머리카락 한 올도 끼지 않을 만큼 정확히 맞춰서 테이프로 종이를 둘렀다. 아무렇게나 던져두었다 망가진 책들이 수선된 책들로 바뀌어 차곡차곡 쌓일 때까지 계속 일했다. 그런 다음 책들을 도로 알파벳 순서로 책장에 꽂아두었다.

15

나는 열쇠 구멍에서 아무리 작게라도 열쇠가 돌아가는 소리가 나면 깨어날 수 있도록 소파에서 잤다. 그날 밤 네댓 번 디나를 보았다. 아버지 집 문 앞에서 웅크리고 잠들어 있는 모습, 누군가가 미친 드럼 소리에 맞춰서 맨발로 춤추는 파티에서 웃음을 터뜨리며 소리치는 모습, 목욕물의 유리 같은 막 아래에서 눈을 크게 뜨고 입을 느슨히 벌리고 머리카락은 부채처럼 퍼져 있는 모습. 매번 나는 벌떡 깨어나 일어서서 문으로 향하려 했다.

디나와 나는 이전에도 그 애가 심한 발작을 일으켰을 때 싸운 적이 있었다. 이번 같지는 않았지만, 가끔 내가 생각할 땐 무해한 것도 그 애를 미친 듯이 돌게 만들 수 있었고 보통 그 애는 문 밖으로 나가면서 나한테 무언가를 던지곤 했다. 늘 나는 디나를 따라갔다. 대부분은 나를 기다리며 밖에서 어정거리는 그 애를 몇 초 만에 잡을 수 있었다. 심지어 몇 번은 나를 따돌리고 빠져나가거나 반항하고 소리를 질러대는 통에 누가 경찰에 신고해 결국 그 애가 감금 병동에 갇히게 될까 봐 그저 물러서기도 했지만, 곧 뒤따라가 수색하고 전화하고 문자를 해서 그 애를 잡고 다시 달래서 우리 집이나 제리 누나의 집으로 데려왔다. 마음속 깊은 곳에서 디나가 원하는 건 그게 전부였다. 발견되어서 집으로 데려가게 하는 것.

나는 일찍 일어나서 샤워와 면도를 하고 아침을 만들면서 커피를 많이 내렸다. 디나에게 전화하지는 않았다. 네 번 정도 문자를 치다 삭제했다. 출근하는 길에 그 애의 아파트에 들르기 위해 돌아가지도 않았고 날씬한 검은 머리 여성을 지나칠 때마다 혹시 그 애일까 봐 목을 빼고 쳐다보느라고 교통사고를 낼 위험을 무릅쓰지도 않았다. 그 애는 나를 만나고 싶으면 어디서 만나야 할지 알았다. 내 대담한 행동에 나도 숨을 쉬지 못할 정도였다. 두 손이 떨리는 느낌이 들었지만 운전대를 잡은 손을 바라보니 흔들림 없이 굳건했다.

리치는 벌써 자기 책상에 앉아서 전화기를 귀에 낀 채로 의자를 앞뒤로 흔들고 있었다. 생기 넘치는 컬러링 음악이 시끄럽게 나와 나한테까지 들릴 정도였다. "해충 구제 회사들에 전화하고 있습니다." 그는 자기 앞에 놓인 출력물을 고갯짓으로 가리켰다. "패트릭이 토론 게시판에서 받은 전화번호는 모두 해봤는데 소용이 없네요. 여기 있는 게 레인스터에 있는 해충 구제 회사 전부니까 뭐가 나올지 한번 보죠."

나는 자리에 앉아서 내 전화를 들었다. "네가 아무것도 못 찾는대도 아무것도 찾을 게 없다는 뜻으로 추정해서는 안 돼. 요새는 많은 사람들이 임시직이거든. 누군가 자기 직업을 국세청에 신고하지 않는데 우리한테 신고하겠나?"

리치는 무어라고 말하려 했으나 컬러링 음악이 끊기자 다시 책상으로 휙 돌아갔다. "안녕하십니까, 리처드 커런 형사라고 합니다. 정보를 좀 찾고 있는데요……." 디나에게는 아무런 연락이 없었다. 연락을 기대했던 것도 아니고 그 애는 내 직장 전화번호도 모르지만 내 마음 일부에서는 그러길 바라고 있었다. 드레드록스로 땋은 둘리틀 박사에게서 음성 메시지가 하나 왔다. "가정과 정원 가꾸기 포럼을 확인해봤는데 와 저 미친 헛소리들은 다 뭐래요?" 그의 말에 따르면 줄지어놓은 뼈들은 밍크가 좋아할 만한 일이긴 하지만 유기된 외국종 반려동물 설도 꽤 매력이 있고 울버린을 밀수해놓고 어떻게 관리할지는 나중에 고려하는 인간들도 있기는 하다고 했다. 그는 주말 동안 브라이언스타운을 돌아다니면서 "재미있는 것이" 있는지 흔적을 찾아보겠다고 했다. 그리고 금요일 아침 8시부터 자기 세계에 드럼과 베이스를 크게 틀어놓기 시작한 키런에게도 음성 메시지가 와서 자기에게 전화하라고 했다.

리치는 전화를 끊고 나를 향해 고개를 젓더니 다시 전화를 시작했다. 나는 키런에게 전화를 걸었다.

"케모사베! 잠깐 기다려봐요." 음악이 간신히 소리를 지르지 않아도 될 정도까지 줄어드는 동안 잠깐 말이 끊겼다. "그쪽 피해자 팻 더레드의 계정을 가정과 정원 가꾸기 포럼에서 확인해봤어요. 개인 메시지는 없더라고요. 받은 것도 보낸 것도. 삭제했을 수는 있는데 그것까지 확인하려면 사이트 운영자에게 영장 보내야 해요. 기본적으로 얘길 하려고 전화한 건데요. 여기서 길이 끊겼어요. 복구 프로그램은 그 역할을 다했고 거기서 나온 건 다 확인했어요. 족제비인지 뭔지에 대한 게시물도 더 없고 컴퓨터 검색 기록에 있는 건 그게 다고. 말 그대로 우리가 가진 것 중 가장 흥미로운 건 어떤 얼간이가 제니퍼 스페인에게 포워드해준 이메일인데 외국 이민자가 쇼핑센 터에서 아이 하나를 납치해서 화장실에서 머리카락을 잘랐다는 내 용이에요. 이게 재미있는 유일한 이유는 세계에서 제일 오래된 도 시 전설이라서인데 사람들이 실제로 아직도 이런 데 넘어가는지 믿 을 수가 없더라고요? 그쪽 피해자의 다락에 뭐가 살고 있는지 정말 로 알고 싶고 그가 인터넷에 말했을 거라고 생각하면, 다음으로 할 단계는 피해자의 인터넷 사업자에 요청서를 보내고 운 좋게 그들이 방문한 사이트 정보를 보관하고 있기를 빌어야 할걸요."

리치가 다시 전화를 끊었다. 그는 한 손을 전화기에 댔지만 다시 번호를 누르는 대신 나를 보면서 기다렸다. "우린 그럴 시간이 없 어." 나는 말했다. "코너 브레넌을 기소할 건지 놓아줄 건지 결정하 기까지 이틀도 남지 않았어. 그의 컴퓨터에는 내가 알아야 할 만한 게 없나?"

"아직까지는요. 피해자와의 연결 고리는 없더라고요. 같은 웹 사 이트를 이용한 적도 없고 주고받은 이메일도 없고. 그리고 지난 며 칠 동안은 삭제한 흔적도 보이진 않아요. 그러니까 우리가 올 줄 알 고 쓸 만한 걸 지운 건 아니란 거죠. 너무 잘 지워서 내가 볼 수 없는 거면 모를까. 그리고 이 말이 거만하게 들리면 죄송한데 난 그렇게 생각하진 않거든요? 기본적으로 그자는 지난 여섯 달 동안 자기 컴 퓨터를 건드리지도 않았어요. 이따금 이메일을 확인하고 웹 사이트 두어 개에서 디자인 관리를 좀 해주고 온라인에서 〈내셔널 지오그 래픽〉 동물 다큐멘터리를 좀 보고. 하지만 그게 다예요. 참 스릴 있게 사는 사람이었네요, 이 친구."

"맞아. 스페인 가족의 컴퓨터를 계속 훑어봐. 나한테 보고해주고."

키런의 목소리에서 뭐가 됐든 모르겠다는 느낌이 묻어났다. "물론이죠, 케모사베. 건초 더미에서 바늘 하나만 나와도요. 나중에 연락할게요."

위험한 한순간, 나는 이 건을 그냥 놔둘까 생각했다. 패트릭이 자신의 야생동물 문제에 대해서 사이버공간에서 더 뭐라고 말했든 무슨 차이가 있을까? 그래봤자 사람들에게 그를 어떤 미친놈으로 일축해버릴 또 다른 핑계만 줄 뿐이었다. 그러나 리치는 목줄을 바라보는 강아지처럼 희망을 품고 나를 보고 있었고 나는 이미 약속을 해버렸다. "계속해줘." 나는 해충 구제 회사 목록을 보고 고개를 끄덕였다. "나한테 무슨 생각이 났어."

스트레스를 받는 상황에서도 패트릭은 정리를 잘하는 효율적인 사람이었다. 그의 입장이라면 나는 게시판을 바꿀 때마다 내 전체 모험담을 다시 치는 수고는 하지 않을 것이었다. 패트릭은 키런의 기준에서는 컴퓨터 천재가 아니었을지 모르지만 적어도 복사와 붙여 넣기 하는 법은 알고 있으리라고 기꺼이 장담할 수 있었다.

나는 와일드워처와 가정과 정원 가꾸기 포럼에 썼던 그의 원래 게시물을 불러와서 문장을 구글에 붙여 넣기 시작했다. 네 번 시도 만에 팻더래드가 쓴 게시물이 나왔다.

"리치." 내가 말했다. 그는 벌써 의자를 내 책상으로 쭉 끌고 왔다.

웹 사이트는 미국에 있는 것으로 사냥꾼들을 위한 포럼이었다. 패트릭은 칠월 말일에 가정과 정원 가꾸기 포럼에서 분란을 일으키고 나서 거의 두 주 후에 나타났다. 그 시간 동안 자신의 상처를 핥거나 적당한 곳을 찾아 헤맨 것 같았다. 그저 자기가 무시할 수 없을 정도로 크게 도움이 필요해지는 데 그만한 시간이 걸렸을 수도 있었다.

별로 많이 변하지는 않았다.

오랫동안 들어봤는데 정말로 일정한 패턴은 없어요. 가끔은 하루 낮/밤에 네 번/다섯 번 정도고 가끔은 스물네 시간 동안 아무것도 없습니다. 비디오 아기 모니터를 잠시 동안 다락에 설치했는데 아무 소용 없었고요, 동물이 실제로 다락의 바닥과 천장 사이에 있는 게 아닌가 하는 생각이 들어요. 손전등으로 확인해보려고 했는데 아무것도 보이지 않았어요. 그래서 다락 해치를 열어두고 다른 비디오 모니터를 구멍을 향하게 해두고 이것이 배짱이 커져서 탐험하러 돌아다니기로 하는지 볼 계획입니다. (해치 위에는 철조망을 설치해서 우리 애들 베개 위로 떨어지지 않도록 했어요. 걱정은 마십시오. 제가 아주 정신이 나간 건 아니니까요…… 어쨌든 아직은요!)

리치가 말했다. "잠깐요. 가정과 정원 가꾸기 포럼으로 돌아가면 패트릭은 제니퍼가 이 일을 알게 하고 싶지 않다고 개소리를 늘어놓았었잖아요. 제니퍼를 겁주고 싶지 않다고요. 기억하세요? 그런데 이제 모니터를 계단참에 설치해놓았다고 하네요. 그걸 어떻게 제니퍼에게 숨길 계획이었을까요?"

"그럴 계획이 아니었는지도 모르지. 결혼한 부부는 이따금 이야기도 한다고, 젊은이. 패트릭과 제니퍼는 이 과정중에 서로 마음을 터놓고, 이제 제니퍼는 다락에서 일어나는 일에 대해 다 알게 되었을 수도 있지."

"네." 리치의 무릎 한쪽이 덜덜 떨리기 시작했다. "어쩌면요."

하지만 첫 번째 모니터가 큰 성공을 거두지 못했으니 누구라도 다른 생각이 있으신지요? 이게 어떤 종일 것 같은지 어떤 미끼를 물 것 같은지? 제발 부탁인데 저한테 독을 쓰라거나 해충 구제 업자를 부르라거나 그런 쓸데없는 소리는 하지 말아주십시오. 그런 것들은 다 논외니까요. 얘기 끝입니다. 그거 말고 아무 생각이나 환영합니다!!!

사냥꾼들은 그에게 평범한 용의자 목록을 주었고 이번에는 밍크로 의견이 강하게 쏠렸다. 그들은 줄지어놓은 뼈에 대해선 둘리틀 박사와 의견을 같이했다. 하지만 해결 방책에 대해서는 다른 게시판보다 훨씬 더 강경했다. 몇 시간 만에 한 남자가 패트릭에게 말했다.

⌐ 좋아요. 그러면 쥐덫 같은 허튼짓은 집어치워요. 용기를 내서 진지한 무기를 꺼내라고요. 당신에게 필요한 건 진짜 덫이에요. 이거 확인하쇼.

링크는 덫 사냥꾼들의 사탕 가게 같은 사이트로 이어졌다. 쥐부터 곰까지 동물 애호가부터 전격적인 가학 성향자에 이르기까지 모두를 겨냥한 온갖 덫들의 페이지가 계속 이어졌고 각각 사랑이 넘치면서도 반밖에 이해할 수 없는 전문용어로 묘사되어 있었다. "세 가지 선택 1. 생포 덫을 고를 수 있습니다. 철사 우리처럼 보이는 것들입니다. 목표물이 다치지 않습니다. 2. 발목 덫을 고를 수 있습니다. 영화에서 봤을 만한 것들입니다. 사냥꾼이 다시 돌아갈 때까지 목표물을 잡아놓습니다. 하지만 주의하세요. 무엇을 잡느냐에 따라서 동물이 큰 소리를 낼 수 있습니다. 그 때문에 아내와 아이들이 괴로워한다면 잊어버리는 편이 좋습니다. 3. 코니베어 덫*을 고를 수 있습니다. 목표물의 목을 부러뜨리고 바로 죽여버립니다. 무엇을 고르든 입이 십 센티미터는 벌어지는 것을 골라야 합니다. 행운을 빕니다. 손가락 조심하세요."

패트릭은 훨씬 더 기분 좋은 상태로 돌아왔다. 다시 한번 전망이 있어 보이는 계획에 모든 게 달라졌다.

여러분, 정말 고맙습니다. 여러분 덕에 제가 쪽팔리지 않았네요. 크게 신세 졌습니다. 발목 덫을 써볼까 생각중인데요. 이상하게 들리겠지만 이 짐승을 죽이고 싶진 않아요. 적어도 자세히 볼 때까지는요. 이런 일들을 겪었으니 적어도 맞대면할 권리는 있잖습니까. 동시에 그 때문에 제가 온갖 괴로움을 겪었지만 그렇다고 적극적으로 나서서 그 소중한 작은 머리의 털끝 하나도 건드리긴 싫어요! 솔직히 말해서 끝장내고 싶긴 하지만, 이것 때문에 한참 동안 더러운 꼴을 봤으니까요, 이제 기분 전환으로 제가 그렇게 더러운 꼴을 보여줄 차례 아닙니까. 기회를 낭비하면 안 되겠죠?

---

* 직사각형의 꽉 죄는 덫.

리치의 눈썹이 올라갔다. "멋지네요."

나는 이 모든 일을 키런에게 넘기고 싶은 유혹에 굴복해버릴걸 하고 후회했다. 나는 말했다. "덫 사냥꾼들은 항상 발목 덫을 써. 그렇다고 그 사람들이 사이코 가학 성향자가 되는 건 아니라고."

"톰이 한 말 기억하시죠? 별로 해를 입히고 싶지 않을 때 쓰는 덫이 있다고요. 동물을 그렇게까지 해치고 싶지 않을 때. 그런데 팻은 그런 걸 고르지 않았어요. 톰은 돈이 조금 더 든다고 말했죠. 저는 그 때문인 줄 알았죠. 이제……." 리치는 혀를 차면서 고개를 저었다. "제가 잘못 생각한 거 같아요. 돈 때문이 아니었어요. 패트릭은 해를 끼치고 싶었던 거예요."

나는 스크롤을 내렸다. 어떤 사람은 확신이 없었다.

> └ 발목 덫을 실내에서 쓰는 건 멍청한 생각이에요. 제대로 생각해봐요. 잡은들 어떻게 할 겁니까? 그게 뭐든 간에 잡아서 본다는 건 좋아요, 하지만 그다음엔 어쩌려고? 그걸 그냥 들어서 밖으로 가져갈 순 없어요. 그랬다가는 손을 콱 물어버릴걸요. 바깥 숲에서라면 그냥 총으로 쏴버리면 되지만 다락에서는 추천하지 않습니다. 당신네 마누라가 얼마나 좋은 사람인지와는 상관없어요. 여자들은 예쁜 천장에 총알구멍 뚫리는 걸 좋아하지 않아요.

이 말에 패트릭은 당황하지 않았다.

> 솔직히 당신 말이 맞네요. 일단 그걸 잡으면 어떻게 할지 생각도 하지 않았어요! 그냥 내가 거기 올라가서 덫에 그게 잡힌 걸 보면

어떤 기분일까에만 초점을 두었죠. 마지막으로 뭔가를 이처럼 기대해본 적이 언제였는지도 기억이 나지 않네요. 산타클로스를 기다리는 어린아이가 된 것 같아요!! 잡고 나서 어떻게 할지 확실하진 않습니다. 그걸 죽이기로 하면 뭔가 단단한 걸로 머리를 치면 되겠죠?

"단단한 걸로 머리를 친다'니." 리치가 말했다. "누군가 제니퍼에게 한 짓이죠."
나는 계속 읽었다.

그러지 않고 놔주기로 한다면, 그게 너무 힘이 빠져서 나를 공격할 수 없을 때까지 기다린 뒤에 담요나 뭐 그런 걸로 싸서 언덕으로 데리고 간 다음 거기서 풀어줘야겠죠? 그게 해를 끼칠 수 없을 만큼 힘이 빠지려면 얼마나 걸릴까요? 몇 시간이면 될까요, 아니면 며칠?

등골이 오싹했다. 나를 바라보는 리치의 눈길을 느꼈다. 패트릭, 사회의 견실한 기둥은 그의 가족 머리에 있는 무언가가 사흘에 걸쳐 죽어가기를 꿈꾸었다. 나는 올려다보지 않았다.
발목 덫에 대해 의구심을 품은 남자는 여전히 확신이 없는 듯했다.

ㄴ 확실히 알 길이 없어요. 너무 많은 변수가 있죠. 잡힌 동물이 뭐냐, 그게 마지막으로 먹이를 먹고 물을 마신 때가 언제냐, 그 덫이

얼마나 상처를 입혔느냐, 달아나려고 자기 앞발을 물어뜯으려고 했는가에 달려 있죠. 그리고 안전하게 보인다고 쳐도 당신이 놓아주려고 하는 순간 마지막으로 기운을 내서 당신을 물어뜯을 수 있다는 거죠. 진지하게 말하는 겁니다, 형씨……. 나는 이 일을 오래 해왔고 이건 정말 거지 같은 생각이라고 말할 수 있어요. 다른 걸 찾아요. 발목 덫 말고.

이틀이 지나서 패트릭은 이 게시물에 대답했다.

너무 늦었어요, 벌써 주문해버렸습니다! 여러분이 추천한 것보다 약간 큰 걸로 골랐어요. 뭐 무슨 상관 있겠습니까, 나중에 후회하는 것보다야 안전하게 가는 게 낫지 않겠습니까?

작은 얼굴들이 웃으면서 굴러갔다.

그 동물을 잡을 때까지 기다리기만 하면 됩니다. 그걸 어떻게 할지는 그때 생각하죠. 잠시 구경하면서 영감이 떠오르나 볼까 해요.

이번에 리치는 올려다보지 않았다. 아까 의심을 보였던 사람이 이건 관람용 스포츠 목적이 아니라는 것을 지적했다.

└ 보세요. 덫은 고문용이 아닙니다. 괜찮은 덫 사냥꾼들은 잡자마자 포획물을 꺼내요. 형씨, 안됐지만 진짜 엉망진창이 된 거 같은데. 당신 벽에 뭐가 있든 간에 당신에겐 훨씬 더 큰 문제가 있어요.

패트릭은 상관하지 않았다.

네, 장난 아니죠. 그렇지만 이제 제가 하는 일이 이거거든요, 알겠어요? 누가 압니까, 제가 거기 잡힌 동물을 보고 불쌍해할지. 하지만 진지하게 진짜 그럴까 싶긴 하죠. 내 아들은 세 살이고 걔도 그 소리를 몇 번 들었어요. 꼬마치고는 겁이 없어서 쉽게 겁먹지 않는데 걔도 두려워했다고요. 오늘은 나한테 저거 총으로 죽일 거죠, 아빠? 라고 하더라고요. 그럼 제가 애한테 뭐라고 해야겠습니까. 아니 미안하다, 아들아. 나는 심지어 저 새끼 보지도 못했어, 이래요? 나는 그래, 물론이지, 그럴 거다, 라고 했어요. 그래요, 이 동물이 뭐든지 간에 제가 크게 불쌍해하는 모습을 그려보긴 조금 힘드네요. 저는 살면서 고의적으로 무언가를 다치게 한 적은 없지만 (뭐 어렸을 때 남동생은 조금 패줬지만 안 그런 사람은 없잖아요?) 이건 달라요. 이해 못 하면 안됐지만 제 일 아닙니다.

덫이 오기까지는 한참 걸렸고 기다림의 시간이 패트릭의 심기를 건드렸다. 8월 25일에 그는 돌아왔다.

좋습니다. 저는 문제가 있어요. (뭐 문제가 많다 해야겠죠.) 이 짐승이 다락에서 나왔어요. 벽 안을 타고 내려오고 있어요. 거실에 앉아 있다가 그 소리가 들리기 시작했어요. 늘 소파 옆 특정한 지점에서 나더라고요. 그래서 바로 거기 구멍을 뚫고 모니터를 설치했죠. 아무것도 없었어요. 이 짐승이 복도 벽으로 옮겨 간 거예요.

그래서 거기다 모니터를 하나 더 설치했더니 부엌으로 옮겼더라고요. 이렇게 옮겨 다녀요. 장담하건대 이게 고의적으로 내 머리가 돌아버리라고 장난치는 거 같다니까요. 그럴 리가 없다는 건 알지만 느낌이 그래요. 어느 쪽이든 이게 확실히 점점 용감해지고 있어요. 어떤 면에서 그건 좋다고 생각하는 편인데요. 그게 벽보다는 탁 트인 데로 나오면 제가 볼 가능성이 높지 않겠어요? 하지만 우리를 공격할까 봐 걱정해야 할까요?

덫 판매 웹 사이트를 제안했던 남자는 깊은 인상을 받았다.

ㄴ 맙소사! 벽에 구멍을 뚫었다고요? 당신 마누라 정말 대단한 분이네요. 내가 우리 집 여자에게 벽에 구멍 뚫자고 말하면, 젠장! 난 길바닥으로 쫓겨날걸요.

패트릭은 기뻐했다. 활짝 웃는 녹색 얼굴을 쭉 나열했다.

예, 우리 아내는 정말 보석 같은 여자죠. 백만 명 중에 하나나 될까. 아내가 그렇게 기뻐한 건 아니에요. 특히 아내는 아직도 진짜로 심각한 소리는 전혀 못 들었거든요. 그저 생쥐나 까치일 수도 있는 게 이상하게 긁는 소리뿐. 하지만 아내는 괜찮다고 했어요. 당신이 필요하다면 그렇게 하라고. 이제 내가 왜 이 짐승을 잡아야 하는지 알겠죠? 그럴 만한 가치가 있어요. 실제로 우리 아내는 반죽은 밍크 같은 게 아니라 밍크코트를 가질 자격이 있죠. 하지만 이게 내가 아내에게 가져다줄 수 있는 최선이라면 젠장, 아내에게 그걸 갖게 해줘야죠!

"시간을 보세요." 리치가 조용히 말했다. 그의 손가락 끝이 모니터 화면 위를 떠돌다가 게시물 옆에 찍힌 시간으로 내려갔다. "패트릭은 꽤 늦은 시간까지 자지 않고 있는데요?" 이 게시판은 미국 서부 시간으로 맞춰져 있었다. 나는 산수를 해보았다. 패트릭은 새벽 4시에 글을 올렸다.

의심을 보였던 사람은 궁금해했다.

> ↳ 대체 이 아기 모니터로 뭘 한다고 이 난리예요? 내 말 믿어요.
> 나는 그런 물건에 전문가는 아니지만 그거 녹화는 안 되는 거 아니
> 에요? 그러니까 그 동물이 다락에서 폴카 춤을 춘다고 해도 물 빼
> 러 가거나 거기 실제로 없어서 그걸 보지 못하면 안됐지만 헛짓거
> 리 아뇨. 어째서 비디오카메라를 사서 실제 영상을 찍지 않는 거
> 지?

패트릭은 답글에 불쾌해했다.

> "실제 영상"은 원하지 않으니까요. 알겠어요? 나는 실제 동물을 실
> 제 집에서 실제로 잡기를 원하는 거라고요. 나의 실제 아내에게 실
> 제로 보여주길 원하는 거고. 동물 영상을 얻고 싶으면 유튜브에 넘
> 치잖아요. 나는 그 동물이 필요해요. 어쨌든 나는 내 기술력에 대
> 해서 충고해달라고 부탁한 게 아닙니다, 알겠어요? 그냥 벽에 있
> 는 이 동물을 어떻게 할지 충고해달란 거지. 나를 도와주고 싶지

않으면 괜찮아요. 그것도 당신 특권이니까. 당신의 천재적인 머리를 쓸 수 있는 다른 타래가 널렸을 것 같은데요.

덫을 추천해준 회원은 그를 달래려 했다.

⌐ 이봐요, 그게 벽에 들어가는 건 걱정할 필요가 없어요. 그냥 구멍을 때우고 덫을 살 때까지 모든 일을 잊어버려요. 그때까지 당신이 할 수 있는 일은 발 씻고 잠이나 자는 거요. 그냥 느긋하게 기다려요.

패트릭은 확신하는 것 같지 않았다.

네, 어쩌면요. 계속 소식 알려주죠. 감사합니다.

리치는 말했다. "하지만 그는 구멍을 때우지 않았잖습니까? 그가 그 위에 철조망을 걸쳤더라면 우리가 그 흔적을 봤을 텐데요. 패트릭은 그냥 뻥 뚫린 채로 놔뒀어요." 그는 나머지 말은 하지 않고 놔두었다. 그 과정 어딘가에서 패트릭의 우선순위가 바뀌었다.

나는 말했다. "어쩌면 그가 구멍 앞으로 가구를 움직였을지도 모르지." 리치는 아무 말 하지 않았다.

팔월 말일에 패트릭의 덫이 마침내 도착했다.

오늘 받았어요!! 정말 아름답군요. 저는 이빨이 달린 옛날 스타일을 찾았는데, 어렸을 때 영화에서 본 것 같은 걸 갖지 못한다면 덫을 살 이유가 뭐겠어요? 나는 무슨 제임스 본드 영화의 악당처럼 그걸 쓰다듬고 싶네요.

웃는 얼굴 이모티콘이 좀더 붙었다.

하지만 아내가 오기 전에 설치하는 편이 좋겠죠. 아내는 이 생각을 벌써 미심쩍어하는 것 같고 덫이 꽤 무시무시하게 보여서 나는 좋지만 아내는 같은 기분이 아닐 수도 있으니까요! 조언해주실 분?

두어 명의 사람이 그런 덫을 쓰다가 걸리지 말라고 말했다. 실로 그런 물건들은 대부분의 문명 세계에서는 불법인 듯했다. 나는 어떻게 그 물건이 세관을 통과했는지 궁금했다. 어쩌면 판매자가 거기에 "골동품 장식품"이라고 표시를 해놓고 운이 좋기만을 바랐을 것이다.
패트릭은 걱정하지 않는 듯했다.

네, 뭐. 운을 걸어봐야죠. 여긴 여전히 제 집이고 (은행에서 와서 빼앗기 전까지는요) 지금은 제가 지키고 있으니 원하는 대로 아무 덫이나 놓을 수 있죠. 어떻게 되는지 알려드리겠습니다. 시험해보고 싶어서 좀이 쑤시네요.

나는 너무 피곤해서 감각이 혼선을 빚고 있는 것 같았다. 단어가 목소리처럼 모니터에서 튀어나와 내 귀에 울렸다. 젊고 열심이고 과하게 흥분한 목소리. 나는 자신을 다잡고 좀더 몸을 숙여 귀를 기울였다.

그는 일주일 후 돌아왔지만 이번에는 훨씬 더 가라앉은 말투였다.

네, 미끼로 다진 날고기를 썼는데 효과가 없었어요. 심지어 다진 통고기가 좀더 피가 많으니까 그게 도움이 되지 않을까 싶어서 써봤는데 역시 소용이 없었죠. 사흘 동안 놔뒀더니 상한 냄새가 풀풀 풍겼는데 아무것도 잡히지 않더라고요. 점점 걱정이 되기 시작합니다. 이게 먹히지 않으면 대체 뭘 해야 할지 모르겠네요. 다음에는 산 미끼를 써봐야 하나. 진지하게 말씀드리는데 회원 여러분 이게 잘되기를 기원해주십쇼.

좋아요, 그리고 다른 이상한 일도 있어요. 오늘 아침에 스테이크를 치우러 (아내가 냄새를 맡을 정도로 상해서 아래로 내려오기 전에 치워야 하니까요) 올라가봤더니 다락 구석에 작은 물건 더미가 있는 거예요. 바다에서 온 것처럼 매끈한 조약돌 여섯 개랑 오래되어서 하얗게 말라버린 조개 세 개요. 이전에는 거기 없었다고 백 퍼센트 확신합니다. 대체 이게 뭐람?!

게시판의 누구도 관심은 없는 것 같았다. 그들의 일반적 의견은 패트릭이 이 일에 너무 많은 시간과 생각을 쏟고 있으며 대체 돌멩이 몇 개가 다락에 있은들 누가 신경이나 쓰겠냐는 것이었다. 의심 많은 사람은 어째서 이 모든 모험담이 아직도 계속되고 있는지 궁금해했다.

└, 진지하게 형씨, 어째서 이 일을 무슨 일일 드라마처럼 키우려고 하는 거죠? 그냥 약 좀 치고 맥주 두 병 정도 마신 다음에 다 잊어버리면 그만인데. 이미 몇 달 전에 그렇게 했어야죠. 그러지 않는 무슨 큰 비밀스러운 이유라도 있어요?

다음 날 새벽 2시에 돌아온 패트릭은 뚜껑이 열렸다.

좋아요, 내가 왜 약을 치지 않는지 이유를 알고 싶다고 했죠. 여기 이유가 있어요. 내 아내는 내가 미쳤다고 생각해요. 알겠어요? 아내가 계속 이래요. '나는 모르겠어, 당신은 그냥 스트레스를 받은 거야, 당신은 괜찮은 거야.' 하지만 나는 아내를 잘 알고 속마음을 맞힐 수 있어요. 아내는 이해를 못 하는 거예요. 노력은 하죠. 하지만 내가 이 모든 일을 상상했다고 생각하는 거예요. 나는 아내에게 이 동물을 보여주어야 해요. 그냥 소리를 듣는 것만으로 이 단계에서는 충분할 거 같지 않아요. 살아 있는 그걸 봐야 내가 (1) 이 모든 걸 망상한 게 아니거나 (2) 쥐나 뭐든 다른 멍청한 걸 가지고 과장한 게 아니라는 걸 안단 말입니다. 그러지 않으면 아내는 애들을 데리고 나를 떠나버릴걸요. 절대 그런 일이 일어나도록 놔두진 않을 겁니다. 아내랑 애들은 내가 가진 전부입니다. 내가 독을 놓고 그 동물이 어디 다른 데 가서 죽으면 아내는 그 동물이 실제로 존재했다는 사실을 절대 모를 거 아니에요. 아내는 내가 미쳤다가 나아졌다고 생각해버릴 거고 다음엔 언제 정상에서 벗어나는지 늘 지켜보겠죠. 뭐 다른 말 하실 분이 있어서 미리 말하자면 그래요.

독을 놓기 전에 구멍을 판자로 막아버릴 생각도 했어요. 하지만 내가 들어오게 하는 대신에 밖에서 막아버려서 그게 영원히 도망가버리면요?????? 그러니까 왜 독을 쓰지 않느냐고 묻는다면 내가 가족을 사랑하기 때문인 거죠. 이제 꺼져요.

내 뒤에서 몸을 가까이 기울인 리치가 작게 쌕쌕거리는 숨소리를 냈지만 우리 둘 다 올려다보지 않았다. 의심 많은 사람은 눈알을 굴리는 이모티콘을 올렸다. 다른 사람은 자기 관자놀이를 톡톡 두드리는 이모티콘을 올렸다. 또 다른 사람은 패트릭에게 빨간 알약을 먹기 전에 파란 알약부터 먹으라고 했다. 덫을 소개한 남자는 모두 물러나라고 했다.

ㄴ 다른 사람들은 빠지세요. 나도 이 사람 집에 있는 게 뭔지 알고 싶다고. 여러분이 이 사람 열 받게 해서 다시 안 오면 어쩔 겁니까? 팻더래드, 멍청한 헛소리들은 다 무시하세요. 가정교육들이 글렀구먼. 만약 밍크라면 그걸 무사히 통과할 순 없을 겁니다. 그럼 다시 와서 우리한테 뭘 잡았는지 말해줘요.

패트릭은 사라졌다. 다음 며칠 동안은 덫을 추천한 회원이 직접 아일랜드로 가서 잡아야 한다느니 하는 농담이나 패트릭의 정신과 결혼 상태에 대한 동정 어린 추측(저 꼴이라서 내가 비혼인 것)이 나돌다가 모두 다른 데로 관심이 옮아 갔다. 피로 때문에 그 모든 일은 내 마음속에서 옆으로 미끄러져 갔다. 시간이 뒤죽박죽된 찰나의 순간 나는 패트릭이 이제 글을 올리지 않으면 어떻게 하나 걱정하며 우리가 브로큰하버에 가서 그 사람 상태를 확인해봐야 하나 생각하고 있었다. 나는 물병을 찾아서 차가운 쪽을 목에 갖다댔다.

두 주 후 9월 22일에 패트릭이 돌아왔고 상태가 훨씬 심각해졌다.

제발 읽어주세요!!!! 산 미끼를 구하는 데 어려움이 있었어요. 마침내 애완동물 가게에 가서 쥐를 한 마리 사 왔어요. 그걸 끈끈이 판에 붙여서 덫 안에 놓았죠. 불쌍한 새끼가 미친 듯 찍찍거리면서 죽겠다고 난리를 쳤지만 남자가 자기 할 일은 제대로 해야 하는 거 아닙니까????? 나는 밤새 일분일초 쉼 없이 모니터를 들여다봤어요, 저희 어머니 무덤에 대고 맹세하는데 새벽 5시경에 이십 분 정도 잠깐 눈을 붙이긴 했지만 그렇다고 완전히 정신을 놓은 건 아니고 그냥 존 것뿐이죠. 깨어나 보니 그게 사라졌어요. 쥐랑 끈끈이 판이 사라졌다고요. 발목 덫은 여전히 완전히 펼쳐져 있는 채로 작동되지 않았어요. 아내가 애들 데리고 학교 가자마자 위에 올라가서 확인해봤는데 덫은 벌려져 있고 쥐랑 끈끈이 판은 다락 어디에도 없더라고요. 대체 이게 무슨 개 같은 일이죠???!!!! 대체 어떻게 그럴 수 있어요? 그리고 난 이제 대체 뭘 하면 됩니까? 아내에겐 말할 수 없어요, 이해하지 못할 테니까요. 내가 이 얘기를 하면 아내는 내가 미친놈이라고 생각할 거예요. 저 어떻게 하죠???

갑자기 고작 사흘 전을 향한 미칠 듯한 그리움이 마음속에 넘쳐흘렀다. 그 집을 처음으로 걸어다니며 점검하던 때, 패트릭이 벽에 마약을 숨겨놓은 실패자이며 디나는 양복쟁이들에게 안전하게 샌드위치를 만들어주고 있으리라 생각하던 그날. 나처럼 이 직업에 유능하다면, 살인 사건에서 발걸음을 뗄 때마다 한 방향으로 움직이게 된다. 질서를 향해 간다. 우리는 내던져진 무의미한 잔해의 깨진 조각들을 받아 한데 맞추어서 어둠에서 그림을 끄집어내 대낮의 하얀 빛 위로 들어 보여야 한다. 견고하고 완전하고 선명한 그림. 이 모든 서류 작업과 조직 내 정치 아래에서 이를 해내는 것이 이 직업이다. 이것이 멋지게 빛나는 이 일의 핵심이고 나는 온몸의 근섬유가 떨리도록 이를 사랑한다. 이번 사건은 달랐다. 사건은 뒤로 흐르며 우리를 격한 썰물로 끌고 가버린다. 한 발짝 뗄 때마다 더 깊고 검은 혼란 속으로 빠져들고 광기의 덩굴에 단단히 감겨 아래로 끌려간다.

둘리틀 박사와 컴퓨터 기술자 키런은 멋진 시간을 보내고 있었다. 멋지고 안전하고 제정신인 자신의 집에서 여기저기 살짝 손가락 끝만 갖다 대고, 아수라장을 입만 벌리고 구경하고, 남은 잔여물은 물로 씻어내버린 뒤에 술집에 가서 친구들에게 재미있는 이야기라고 늘어놓는 데서 끝날 수 있다면 광기는 커다란 모험에 지나지 않는다. 나는 그들만큼 재미를 느낄 수가 없었다. 디나가 이 사건에 대해 한 말이 일리가 있을지 모른다는 생각이 불편하게 마음을 슬며시 옥죄며 스쳐 지나갔다. 그 애가 생각한 방식과는 다를지라도.

대부분의 사냥꾼들은 패트릭과 그의 모험담에 손을 들었다. 머리를 톡톡 두드리는 이모티콘이 더 나타났고 어떤 사람은 아일랜드에 무슨 보름달이라도 뜬 건가 궁금해했다. 몇몇은 슬슬 약 올리기 시작했다.

    ┗ 오, 망할, 당신네 집에 있는 거 이 중에 하나 아님??? 뭐가 있든 간에 물 근처에 가게 두지 말아요!!!!

링크를 눌러보면 으르렁거리는 그렘린* 사진이 떴다.

덫을 추천한 남자는 여전히 안심시키려 애쓰고 있었다.

> ∟, 버텨봐요, 팻더래드. 그저 위쪽만 생각해요. 적어도 이제 그게
> 어떤 유의 미끼를 좋아하는지는 알게 됐잖아요. 다음번에는 좀더
> 단단히 붙여봐요. 성공에 가까워졌어요.
> 한 가지 더 생각할 점이 있는데. 딱히 누구도 비난하려는 건 아니
> 지만 여기서 그냥 생각해봤거든요. 당신네 아이들이 몇 살이죠?
> 애들이 혹시 아빠를 혼란스럽게 만드는 걸 재미있는 장난이라고
> 생각할 만큼 나이가 들었나요?

다음 날 새벽 4시 45분에 패트릭이 말했다.

> 신경 쓰지 마십시오. 고맙습니다, 회원님들. 도와주시려고 한 건
> 아는데 이 덫은 별로 소용이 없어요. 다음엔 뭘 해봐야 할지 전혀
> 알 수가 없네요. 기본적으로 저는 망했습니다.

그리고 그걸로 끝이었다. 고정 회원들은 "팻더래드의 다락에는
뭐가 있을까?" 놀이를 잠깐 동안 했다. 사스콰치**, 레프리콘***, 애슈

---

* 영화 〈그렘린〉에 따르면 귀여운 동물 모구아이는 물이 묻으면 늘어나고 밤에 먹을 것을 주면
괴물이 된다.

** 북미의 산속에 산다는 전설의 커다란 짐승.

*** 아일랜드 전설 속 작은 난쟁이 요정.

턴 쿠처*의 사진에 이어 필연적으로 릭롤**까지 이어졌다.

리치는 컴퓨터에서 몸을 빼고 목에 일어난 경련을 문지르며 나를 곁눈질로 보았다. 나는 말했다. "그래서."

"네."

"넌 여기서 뭘 알 수 있는데?"

그는 주먹 쥔 손을 이로 깨물며 모니터 화면을 응시했지만 읽고 있진 않았다. 열심히 생각중이었다. 잠시 후 그는 긴 숨을 내쉬었다. "제가 알아낼 수 있는 건…… 패트릭이 길을 잃었다는 거죠. 실제로 무언가가 그의 집에 있었는지 없었는지는 더는 중요하지 않아요. 어느 쪽이든 그는 정상 궤도에서 완전히 벗어나버렸어요."

리치의 목소리는 단순하고 엄숙했으며 슬프기까지 했다. 나는 말했다. "그는 스트레스를 많이 받고 있었어. 그게 반드시 같은 걸 의미하진 않아."

나는 일부러 반대 입장을 변호하고 있었다. 속마음 아래에서는 나도 알았다. 리치는 고개를 흔들었다. "아니에요, 아니에요. 저기 저건." 그는 손가락 끝으로 내 모니터 가장자리를 휙 튕겼다. "이번 여름의 그 남자와 같은 사람이 아닙니다. 칠월에 올린 가정과 정원 가꾸기 포럼에서만 해도 패트릭은 제니퍼와 아이들을 지키려고 진심이었어요. 그런데 이 물건을 사게 될 때쯤 되자 제니퍼가 두려워하든지 말든지 조금도 신경 쓰지 않습니다. 짐승이 아이들에게 덤빌

---

* 미국의 영화배우.

** 2007년경부터 시작된 인터넷 밈으로, 사람들이 뭔가 예상치 않은 결과를 나타내려고 할 때 뜬금없이 호주 가수 릭 애슐리의 〈절대 포기하지 마Never Gonna Give You Up〉의 뮤직비디오 링크를 하는 것에서 유래됐다.

수도 있다는 것도 신경 쓰지 않아요. 자기가 이걸 손안에 넣을 수만 있다면. 그리고 이걸 덫에 그저 놔두려 했어요. 특히 되도록 심하게 상처 입히려고 특별히 고른 덫에요. 그리고 짐승이 죽어가는 걸 지켜보려 했죠. 의사들이 이런 걸 뭐라고 부르는진 모르겠지만요, 이 사람은 정상이 아니에요. 아닙니다."

이 말이 내 머릿속에 메아리처럼 울렸다. 그 이유를 기억하는 데 잠시 시간이 걸렸다. 내가 바로 리치에게 한 말이었다. 바로 이틀 전 밤에 코너 브레넌에 대해서. 내 눈에 초점이 잡히지 않았다. 모니터가 비스듬하게 보이며 고장난 듯했다. 대단히 무거운 조밀한 덩어리가 이 사건을 위험한 각도로 흔드는 것 같았다. "아니지." 나는 말했다. "나도 알아." 나는 물을 한 모금 꿀꺽 삼켰다. 냉기가 도움이 되었지만 혀에 악취 나는 녹 맛이 남았다. "하지만 너도 명심해야 할 필요가 있어. 그렇다고 반드시 이 사람이 살인자가 되는 건 아니란 사실을. 거기엔 아내와 아이들을 해친다는 말은 없고 오히려 얼마나 그들을 사랑하는지에 대한 얘기만 많잖아. 그래서 이 동물을 잡는 데 집념을 보인 걸 수도 있어. 그게 가족을 구할 유일한 길이라고 생각해서."

"'아내를 보살피는 것이 내 일이다.' 그가 가정과 정원 가꾸기 포럼에서 한 말이죠. 그가 더는 그렇게 할 수 없다고 느꼈다면……."

"'그럼 대체 이제 뭘 합니까?'" 나는 그다음에 올 것이 무엇인지 알았다. 그 생각이 내 배 속을 굴러다니며 둔탁하게 들었다 놓는 기분이었다. 마셨던 물이 오염되기라도 한 것처럼. 나는 브라우저를 닫았고 화면이 팟 꺼지며 밋밋하고 무해한 푸른색으로 바뀌었다. "전화 수사는 나중에 끝내. 제니퍼 스페인하고 이야기를 해봐야겠어."

제니퍼는 혼자 있었다. 방 안에서는 여름 느낌이 났다. 환한 낮이었고 누군가 창문을 살짝 열어놓아 산들바람이 블라인드를 날리고 소독제 냄새 나는 탁한 공기를 지워서 희미하게 깨끗한 향만 톡 쏘는 듯이 감돌았다. 제니퍼는 베개로 몸을 지탱하고 앉아서 벽에 어리는 햇빛과 그림자의 변화하는 모양만 응시하고 있었다. 푸른 담요 위에 느슨히 얹은 두 손은 움직이지 않았다. 화장하지 않은 제니퍼는 결혼사진에서 볼 때보다 훨씬 더 어리고 수수해 보였지만 어떤 면에서는 특징 없는 느낌이 덜했다. 이제는 사소한 개성이 보였기 때문이다.

붕대 감지 않은 뺨에 있는 애교점, 웃을 준비가 되어 있는 것처럼 고르지 못한 윗입술. 어쨌든 특별히 눈에 띄는 얼굴은 아니었지만 선이 깨끗한 다정한 분위기가 있어 여름의 바비큐, 골든리트리버, 새로 깎은 잔디밭에서 열리는 축구 경기를 떠올리게 했다. 나는 늘 눈에 띄지 않는 평범함의 매력에 사로잡히곤 했다. 일상적인 것들이 지닌, 놓치기 쉽지만 무한히 자양분을 주는 아름다움.

"스페인 부인." 나는 말했다. "저희를 기억하실지는 모르겠습니다. 마이클 케네디 형사와 리처드 커런 형사입니다. 저희가 잠시 들어가도 괜찮을까요?"

"오……." 가장자리가 붉게 물들고 푸석푸석해진 제니퍼의 눈이 우리의 얼굴 위로 옮겨 왔다. 나는 흠칫하지 않으려 애썼다. "네. 기억해요. 제 생각엔…… 네, 들어오세요."

"오늘은 여기 아무도 안 계십니까?"

"피오나는 출근했어요. 어머니는 혈압 때문에 병원 예약이 있대요. 잠시 후에 돌아오실 거예요. 전 괜찮아요."

목소리는 여전히 쉬고 탁했지만 우리가 들어가자 제니퍼는 재빨리 올려다보긴 했다. 천만다행으로 머리가 맑아지고 있는 것 같았다. 제니퍼는 차분해 보였지만 나는 그게 충격으로 인한 마비 때문인지 피로로 깨어지기 쉬운 투명 막이 한 겹 덮인 것인지 분간할 순 없었다. "좀 어떠십니까?"

대답이 없었다. 제니퍼의 어깨가 으쓱하듯이 살짝 움직였다. "머리가 아파요. 얼굴하고. 병원에선 진통제를 줬어요. 그게 도움이 된 것 같아요. 혹시 뭔가 알아내셨는지…… 무슨 일이 있었는지요."

피오나는 입을 다물어주었다. 그것은 잘한 일이지만 재미있기도 했다. 나는 리치에게 경고하는 눈길을 보냈다. 제니퍼가 대답이 느리고 흐려서 반응을 보아도 가치가 없는 동안에는 코너의 이야기를 꺼내고 싶진 않았다. 하지만 리치는 블라인드 사이로 스며드는 햇빛에 집중했고 긴장했는지 턱이 굳어 있었다. "저희는 확실한 수사 방향을 따라가고 있습니다." 내가 말했다.

"방향요. 어떤 방향이죠?"

"곧 알려드리겠습니다." 침대 옆에는 의자 두 개가 있었다. 피오나와 래퍼티 부인이 자려고 했던 각도대로 쿠션이 눌려 있었다. 나는 제니퍼 쪽에 가까운 의자에 앉고 다른 의자를 리치 쪽으로 밀어주었다. "월요일 밤에 대해서 뭔가 더 해주실 수 있는 이야기가 있습니까? 아주 작은 거라도요?"

제니퍼는 고개를 저었다. "기억이 나지 않아요. 노력은 해보았어요. 계속 노력은 하고 있는데……. 하지만 깨어 있는 시간의 반은 약 때문에 생각할 수 없고 반은 머리가 너무 아파요. 일단 진통제를 끊고 병원에서 퇴원시켜주면, 일단 집에 가면……. 혹시 알고 계세요? 언제쯤…….”

제니퍼가 그 집 안으로 들어간다는 생각을 하니 몸이 움찔했다. 청소업체를 고용하거나, 제니퍼를 피오나의 집에 머물게 하거나, 아니면 두 가지 모두를 취하는 방안에 대해 피오나와 얘기를 해야 할 것이다. “죄송합니다. 그것에 관해서 저희는 아무것도 모릅니다. 월요일 밤은 어떻습니까? 최근에 평소와 다르게 일어난 일이 생각나십니까? 걱정하셨던 일이라도?”

다시 한번 제니퍼는 고개를 저었다. 붕대에 가려 얼굴의 일부분만 보였기에 더욱 속마음을 읽기 어려웠다. “마지막으로 이야기를 나누었을 때…….” 나는 말했다. “지난 몇 달 동안 집 안에서 일어난 침입 사건에 대해 의논을 시작했는데요.”

제니퍼의 얼굴이 나를 향했고 나는 거기서 경계의 빛을 보았다. 제니퍼는 뭔가 이상하다는 것을 알았다. 그 얘기는 오로지 피오나에게만 했을 테니까. 하지만 제니퍼는 그게 뭔지 알 수 없었다. “그거요? 어째서 그게 중요한데요?”

“침입이 습격 사건과 연관되었을 가능성을 점검해야 합니다.”

제니퍼의 눈썹이 한데 모였다. 정신이 다른 데로 흘러갈 수도 있었지만 꼼짝도 하지 않는 것으로 봐서 뿌연 안개 속에서도 뭔가 생각해내려고 열심히 애쓰고 있었다. 한참 시간이 흐른 후에 제니퍼는 일축해버리듯이 말했다. “말씀드렸잖아요. 큰일 아니었다고. 솔직히 침입 사건이 있었는지도 확실하지 않아요. 그저 애들이 물건을 이리저리 옮겼을지도 몰라요.”

나는 말했다. “저희에게 자세하게 말씀해주실 수 있겠습니까? 날

짜나 횟수, 잃어버렸다는 걸 알게 된 물건이나요?" 리치가 수첩을 꺼냈다.

제니퍼의 머리가 베개 위에서 불안하게 움직였다. "참, 기억이 나지 않아요. 그때가 잘 모르겠지만 칠월이었나? 집 안 정리를 하던 중이었는데 펜 하나와 햄 조각이 없어졌더라고요. 아니면 그랬다고 생각한 거겠지요, 어쨌든. 우리는 그날 종일 외출하고 돌아왔고 그래서 잊어버리고 문을 잠그지 않아 누가 들어왔던 것일까 봐 신경이 쓰였어요. 빈집에 불법 점거자들이 있고 가끔은 그 사람들이 여기저기 쑤시고 다니니까. 그게 다예요."

"피오나 씨 말로는 부인이 피오나 씨의 열쇠가 침입에 이용되었다고 따졌다던데요."

제니퍼의 눈이 천장으로 향했다. "전에 말씀드렸잖아요. 피오나는 별일 아닌 걸 부풀린다고요. 저는 걔한테 아무것도 따지지 않았어요. 그저 우리 집에 왔었느냐고 물은 것뿐이에요. 열쇠를 가진 건 걔뿐이니까요. 걔는 아니라고 했고요. 그걸로 얘기 끝이에요. 그렇게 대단한 드라마 같은 게 아니었어요."

"경찰에 신고하지는 않으셨습니까?"

제니퍼는 어깨를 으쓱했다. "신고해서 뭐라고 하나요? '펜을 못 찾겠는데요. 그리고 누가 우리 냉장고에서 햄 조각을 꺼내서 먹었어요'라고 해요? 경찰들은 웃어넘겼을 거예요. 누구든 웃어넘겼겠죠."

"잠금장치를 바꾸셨습니까?"

"경보 장치 비밀번호를 바꿨어요, 만약의 경우를 대비해서. 무슨 일이 일어난 건지조차 확실히 모르는데 잠금장치를 다 바꿀 순 없잖아요."

"하지만 경보 장치의 비밀번호를 바꾼 후에도 다른 사건이 있었지요."

제니퍼는 작게 웃으려고 했으나 너무 연약해서 공기에 부딪쳐 깨지고 말았다. "오, 세상에, 사건요? 이게 무슨 전쟁 지대는 아니었잖아요. 누가 우리 거실에 폭탄을 던지기라도 했다는 것처럼 말씀하시네요."

"자세한 부분은 틀렸을 수도 있습니다." 나는 매끄럽게 받아넘겼다. "실제로 무슨 일이 있었습니까?"

"기억도 안 나요. 큰일은 아니었겠죠. 나중에 할 수도 있나요? 머리가 너무 아파서요."

"몇 분만 더 하면 됩니다, 스페인 부인. 자세한 부분에 대해서 제 생각을 바로잡아주시겠습니까?"

제니퍼는 손가락 끝을 조심스럽게 뒤통수로 가져다댔다가 움찔했다. 나는 리치가 발을 바꾸면서 나를 흘끔 보며 떠날 준비를 하는 것을 느꼈으나 움직이지 않았다. 피해자에게 쥐락펴락당하는 건 이상한 감각이다. 우리가 도와야 할 상처 입은 존재를 보면서 우리가 재치로 눌러야 하는 적으로 여기는 건 신경에 거슬린다. 나는 그를 환영한다. 언제라도 껍질 벗긴 날것의 고통을 두고 내게 도전을 해 보아도 좋다.

잠시 후 제니퍼가 한 손을 다시 무릎 위로 떨어뜨렸다. 그녀가 말했다. "똑같은 유의 일이에요. 더 사소하죠. 두어 번 거실의 커튼이 다르게 젖혀져 있다든가. 저는 늘 커튼을 고리에 걸 때 쭉 펴서 넣거든요. 그래야 제대로 떨어지니까. 하지만 두어 번 모두 꼬여 있는 걸 본 적이 있어요. 제 말뜻 아시겠어요? 어쩌면 애들이 커튼 뒤에서 숨바꼭질을 하고 놀았을 수도 있죠. 혹은…….”

아이들 얘기를 꺼내자 제니퍼는 숨을 멈췄다. 나는 재빨리 물었다. “다른 건요?”

제니퍼는 숨을 천천히 내쉬며 다시 진정했다. “그저…… 그런 일들이에요. 저는 계속 초를 켜놓는데, 그래야 집에서 늘 좋은 냄새가 나니까요, 부엌 찬장에 여러 개를 넣어두었어요. 모두 다른 향으로. 그리고 며칠에 한 번씩 바꾸죠. 한번은 여름에, 팔월인가 그랬을 텐데요, 사과 향초를 꺼내러 갔더니 없었어요. 바로 일주일 전까지만 해도 있었거든요. 그걸 본 기억이 나요. 하지만 에마가 그 향초를 좋아해요. 사과향을요. 그 애가 마당인지 어딘지 가져가서 놀다가 잊어버렸을 수도 있어요.”

“에마에게 물어봤습니까?”

“기억나지 않아요. 몇 달 전의 일이에요. 큰일이 아니었으니까요.”

“실로 꽤 심란한 일처럼 들리는데요. 무섭진 않으셨습니까?”

“아뇨, 무섭지 않았어요. 제 말은, 실제로 이상한 강도가 있다고 쳐도 오로지 초나 햄 같은 것만 노리잖아요. 그건 그렇게까지 무섭지는 않지 않나요? 누가 있다고 해도 이 단지에 있는 애들 중 한 명이겠죠. 애들 몇 명은 완전히 거치니까요. 차를 타고 지날 때면 유인원처럼 소리 지르고 물건을 던져요. 그런 애들 중 하나가 담력 내기를 하다가 저지른 거라고 생각해요. 어쩌면 그것조차 아닐 수 있어요. 집에서 물건은 그냥 없어지기도 하잖아요. 양말이 세탁기 속에서 없어질 때마다 경찰에 신고하나요?”

“그 사건들이 계속 일어났지만 잠금장치를 바꾸지도 않으셨다는 거군요."

"네, 바꾸지 않았어요. 만약 뭔가 집에 들어온다면, 그냥 만약이지 만요, 그 사람을 잡고 싶었어요. 그 사람을 놓쳐서 다른 사람을 괴롭히러 가게 놔두고 싶지 않았어요. 나는 그 사람들을 말리고 싶었어요." 그 기억을 떠올리며 제니퍼는 턱을 치켜들었고 입이 굳어지며 냉정하고 싸울 태세를 갖춘 열정적인 눈빛이 떠올랐다. 특징 없다고 생각했던 모습이 사라지면서 제니퍼는 생생하고 강해졌다. 제니퍼와 패트릭은 천생연분이었을 것이다. 투사들이었다. "조금 지나서는 가끔 우리가 외출할 때 일부러 경보 장치를 켜두지 않기도 했어요. 누가 들어온다면 내가 돌아올 때까지 머물러 있다가 잡힐 수도 있잖아요. 아시겠어요? 저는 무섭지 않았어요."

"이해합니다. 어느 시점에 팻에게 이 사실을 말했습니까?"

제니퍼는 어깨를 으쓱했다. "말하지 않았어요."

나는 기다렸다. 잠시후 제니퍼가 말했다. "그냥 말하지 않았어요. 남편을 방해하고 싶지 않았어요."

나는 부드럽게 말했다. "제가 뒤늦게 비판하려는 건 아닙니다만, 스페인 부인. 하지만 그건 꽤 기이한 결정 같습니다. 팻이 알면 더 안전해질 거라고 느끼지 않았나요? 사실상 남편이 안다면 더 안전해지지 않았을까요?"

어깨를 으쓱하다가 제니퍼는 몸을 움찔했다. "남편은 그렇지 않아도 신경 쓸 일이 많았어요."

"예를 들면요?"

"남편은 정리해고를 당했어요. 다른 일자리를 얻기 위해 최선을 다하고 있었지만 그렇게 되진 않았죠. 우리는…… 우리는 돈이 별로 없었어요. 팻은 스트레스를 약간 받고 있었어요."

"다른 건요?"

다시 한번 어깨만 으쓱했다. "그걸로 충분하지 않나요?"

나는 다시 기다렸지만 이번에는 제니퍼도 꿈쩍하지 않았다. 나는 말했다. "다락에서 덫을 찾았습니다. 동물 덫이던데요."

"오, 세상에. 그거요." 다시 그 웃음이 터졌지만 나는 뭔가 선명한 것이 휙 나타나며 제니퍼의 얼굴에 순간 활기가 돌았다고 느꼈다. 공포, 어쩌면 분노. "팻은 우리 집에 북방족제비인지 여우인지 하는 것이 드나든다고 생각했어요. 남편은 그걸 보고 싶어서 죽을 지경이었어요. 우리는 도시 출신이거든요. 처음에 이사 왔을 때는 모래 언덕에 있는 토끼만 봐도 흥분했지요. 진짜 살아 있는 여우를 잡는 일은 세상에서 가장 멋진 일처럼 여겨졌을 거예요."

"그래서 남편분이 뭔가 잡았습니까?"

"오, 아뇨. 팻은 어떤 유의 미끼를 써야 할지도 몰랐는걸요. 제가 말한 대로 도시 출신이라."

제니퍼의 목소리는 칵테일파티에라도 온 것처럼 가벼웠지만 손가락은 담요를 붙들고 있었다. "그럼 벽에 구멍은요? 셀프 인테리어라고 말씀하셨는데요. 북방족제비랑은 관계가 없습니까?"

"아뇨, 제 말은, 약간은 관계가 있었지만 정말로는 아니었어요." 제니퍼는 침대 옆 탁자에 놓인 물잔을 들어 한참을 마셨다. 그녀가 머리를 빨리 굴리려 싸우는 것이 보였다. "구멍은 그냥 생겼어요. 아시죠? 구멍들은…… 집 기초가 뭔가 잘못됐거든요. 구멍은 그저 나타난 것 같아요. 팻이 고치려고 했지만 먼저 뭔가 작업을 하고 싶어 했어요. 배선이었나? 기억은 나지 않아요. 저는 그런 걸 잘 몰라서."

제니퍼는 자기비하적인 눈길을 보내며 무력하고 연약한 여자 같은 표정을 지었다. 나는 나무처럼 굳은 표정을 고수했다. "남편은 북방족제비인지 뭔지가 벽을 타고 내려올 수도 있고 우리가 그런 방식으로 잡을 수 있을지도 모른다고 생각했어요. 그게 다예요."

"그 때문에 신경 쓰이진 않으셨습니까? 벽 수리가 늦어지고 집에 야생동물이 있을 수도 있는데도요?"

"별로 그렇진 않았어요. 솔직히 저는 한 순간도 북방족제비 같은 큰 짐승이 있다고는 믿지 않았고, 있다고 해도 그게 아이들 가까이 다가가게 놔두진 않았을 테니까요. 새나 다람쥐일 수도 있다고는 생각했어요. 아이들은 다람쥐를 보면 좋아했을 거예요. 제 말은 확실히 팻이 벽을 가지고 이리저리 소동을 피우기 전에 마당에 우리 같은 걸 짓기로 했다면 더 나았을 거란 거죠." 다시 그 웃음이 터졌다. 얼마나 힘들게 노력했는지 듣는 게 마음 아팠다. "하지만 남편이 마음을 쏟을 만한 게 필요했어요. 그렇지 않겠어요? 그래서 저는 생각했죠. 좋아, 뭐가 됐든. 그보다 더 나쁜 취미는 많으니까."

이 말은 사실일 수 있었다. 패트릭이 인터넷에 쏟아놓은 똑같은 이야기의 굴절된 버전이었다. 수많은 것이 막고 있어서 나는 제니퍼의 속마음을 읽을 수 없었다. 리치는 의자에 앉은 채로 몸을 움직였다. 그는 단어를 고르며 말했다. "우리는 팻이 다람쥐인지 여우인지 뭔지에 대해서 심기가 꽤 불편했다는 것을 말해주는 정보를 입수했습니다. 부인께서 그에 대해 말씀해주시겠습니까?"

다시 한번 선명한 감정의 변화가 제니퍼의 얼굴에 휙 스쳤다. 너무나 빨라서 잡을 수도 없었다. "무슨 정보요? 누구에게서요?"

"자세한 건 말씀드릴 수 없습니다." 나는 매끄럽게 받아넘겼다.

"뭐 죄송한데요, 형사님이 얻으신 정보는 틀렸어요. 이게 또 피오나가 한 말이라면 이번에는 피오나가 그냥 자기가 주인공인 양 관심을 끌고 싶은 것뿐만 아니라 모든 이야기를 지어냈다고 할 수밖에 없네요. 팻은 뭐가 들어왔는지조차 확신하지 못했어요. 혹은 그저 쥐일 뿐일 수도 있다고 생각했죠. 성인 남성이 쥐 때문에 언짢아하고 그러진 않잖아요. 제 말뜻은 형사님이라면 그러겠느냐고요?"

"아니죠." 리치는 미소를 옅게 띠며 인정했다. "그저 확인하는 겁니다. 제가 여쭤보고자 했던 게 하나 더 있는데요. 팻이 마음을 쏟을 만한 게 필요했다고 하셨죠. 남편분은 정리해고 후에 종일 무엇을 했습니까? 셀프 인테리어 말고요?"

제니퍼는 어깨를 으쓱했다. "새 일자리를 구하려 했죠. 아이들과 놀아주고. 달리기를 많이 했어요. 날씨가 바뀐 이후로는 그렇게까지 많이 하진 않았지만 이번 여름에는요. 오션뷰에는 바깥 풍경이 아름다운 곳이 있거든요. 남편은 우리가 대학 졸업을 한 뒤로 미친 듯이 일하고 있었어요. 잠깐 쉬는 것도 좋은 일이었죠."

그 대답은 이전에도 읊어본 듯 너무나 술술 흘러나왔다. "아까 남편이 그에 대해서 스트레스를 받았다고 하셨는데요." 리치가 말했다. "얼마나 스트레스를 받았습니까?"

"남편은 일자리가 없는 걸 좋아하지 않았어요. 분명히요. 제 말은, 일이 없는 것을 좋아하는 사람도 있다는 건 알지만 팻은 그렇지 않다는 거죠. 남편은 자기가 새 일자리를 언제 얻을 수 있는지 알기만 했어도 훨씬 행복했을 거예요. 그렇지만 어떻게든 극복하려 했죠. 우리는 긍정적인 마음가짐을 믿어요. 긍정적 마음을 쭉 가졌죠."

"그래요? 요새는 일자리를 잃으면 적응하는 데 고생하는 남자들이 많죠. 부끄러워할 일은 아닙니다. 어떤 사람들은 우울해하기도 하고 짜증을 내기도 하죠. 어쩌면 술을 과하게 마시거나 쉽게 이성을 잃죠. 자연스러운 겁니다. 그렇다고 약하거나 정신이 이상하다고 할 순 없죠. 팻에게도 그런 문제가 있었습니까?"

리치는 코너나 고건 가족의 경계심도 뚫고 들어간 편안한 친밀감을 보이려고 애썼지만 이번에는 제대로 되지 않았다. 리듬이 어긋났고 목소리에는 억지로 꾸며낸 기색이 있었으며 제니퍼는 긴장을 푸는 대신에 똑바로 일어나 앉았다. 제니퍼의 눈에서는 격노한 푸른빛이 타올랐다. "오 세상에, 아니에요. 남편은 신경쇠약을 겪거나 그런 게 아니에요. 그런 말을 한 사람이 누구든 간에……."

리치는 두 손을 들었다. "그랬다고 해도 당연하다는 말을 하려던 겁니다. 우리 중 가장 훌륭한 사람들에게도 일어날 수 있는 일이니까요."

"팻은 멀쩡했어요. 새 직업이 필요했죠. 미치지 않았어요. 됐나요, 형사님? 이러면 됐어요?"

"저는 남편분이 미쳤다는 말을 하는 게 아닙니다. 그저 물어보는 겁니다. 부인은 남편분에 대해서 걱정하지 않았나요? 남편이 스스로 상처를 입힐까 봐? 어쩌면 부인을 상처 입힐까 봐? 스트레스가 있으면……."

"아니에요! 팻은 절대 그러지 않았을 거예요. 백만 년이 지나도 그럴 리가 없었어요. 그는, 팻은……. 지금 뭐 하는 거예요? 혹시 하시려는 게……." 제니퍼는 베개에 다시 기대며 얕은 숨을 헐떡였다. 그녀는 말했다. "우리 그저…… 이 문제는 나중으로 미뤄두면 안 될까요? 부탁합니다."

제니퍼는 얼굴이 갑작스레 회색으로 변하며 풀이 죽었고 두 손은 담요 위에 힘없이 늘어졌다. 이번에는 연기하는 것이 아니었다. 나는 리치를 힐끔 보았지만 그는 수첩 위에 고개를 숙이고 다시 눈을 들지 않았다.

"그럼요." 나는 말했다. "시간 내주셔서 감사합니다, 스페인 부인. 다시 한번 심심한 위로의 말씀을 전합니다. 고통이 심하지 않기를 바랍니다."

제니퍼는 대답하지 않았다. 눈빛이 탁해졌다. 이제 제니퍼는 우리 곁에 있지 않았다. 우리는 의자에서 쓱 일어나 되도록 조용히 병실 밖으로 나갔다. 내가 문을 닫을 때 제니퍼가 울음을 터뜨리는 소리가 들렸다.

바깥에 나오자 하늘은 군데군데만 보였고 햇볕은 따뜻하다고 착각할 만큼 내리쬤다. 언덕 위에는 빛과 그림자가 어른거리며 얼룩무늬를 만들었다. 나는 말했다. "저 안에선 어떻게 된 거지?"

리치는 수첩을 다시 주머니 안에 쑤셔 넣었다. 그가 말했다. "제가 망쳐버렸죠."

"어째서?"

"그 여자요. 여자의 상태요. 제 평소 집중력이 흐트러졌습니다."

"수요일에는 잘해냈잖아."

그는 한쪽 어깨를 움찔 움직였다. "네, 어쩌면요. 이 사건을 낯선 사람이 저지른 일이라고 생각했을 때와는 다르지 않겠습니까? 남편이 자기와 아이들에게 그랬다는 이야기를 해야만 한다면…… 제니퍼가 이미 알고 있겠다는 생각이 들었던 것 같습니다."

"팻이 했다면 그렇겠지. 한 번에 한 가지만 걱정하자고."

"압니다. 저는 그냥…… 제가 망쳤네요. 죄송합니다."

리치는 여전히 수첩과 씨름하고 있었다. 그는 꾸중을 기대한 것처럼 창백하고 위축되어 보였다. 하루 전만 해도 꾸짖었을지 모르지만 그날 아침에는 어째서 이런 데 에너지를 쏟아야 하는지도 기억할 수 없었다. "실제로 해를 끼친 건 아니니까. 지금 제니퍼가 말하는 건 어쨌든 유효하지 않아. 진통제를 많이 먹은 상태라 무슨 진술을 해도 순식간에 날아가버릴 거야. 떠나기에 적당한 순간이었어."

나는 이 말이 그를 안심시킬 거라 생각했으나 그는 얼굴이 여전히 굳어 있었다. "언제 다시 시도하죠?"

"의사들이 약 복용량을 줄이면. 피오나가 말한 대로 오래 걸리지는 않아야겠지. 내일 확인해보자고."

"제니퍼가 말할 만큼 괜찮은 상태가 되려면 한참 걸릴 수도 있는데요. 선배님도 보셨잖습니까. 실제적으로 의식을 잃은 거나 마찬가지였어요."

"자기가 이해하는 것보다는 더 괜찮은 상태야. 물론 끝에는 빠르게 힘이 빠졌지만 그전까지는……. 머릿속이 흐릿하고 아프긴 하겠지만 저번 날보다는 훨씬 나아졌어."

"저한테는 엉망으로 보이던데요."

그는 차로 향하고 있었다. "기다려." 나는 말했다. 그는 신선한 공기를 좀 쐴 필요가 있었고 나도 마찬가지였다. 나는 너무 피곤해서 이 대화를 하면서 동시에 안전히 운전할 수가 없었다. "오 분만 쉬자."

나는 우리가 사후 부검하던 날 아침에 앉았던 벽으로 향했다. 십 년 전의 일처럼 여겨졌다. 여름의 환영은 오래가지 않았다. 햇볕이 옅어지고 약간 떨렸으며 공기에는 내 외투를 파고드는 날카로운 기운이 있었다. 리치는 내 옆에 앉아서 재킷 지퍼를 올렸다 내렸다.

나는 말했다. "제니퍼는 뭔가 숨기고 있어."

"어쩌면요. 확신할 순 없죠. 약물을 그렇게나 많이 투여했으니."

"나는 확신해. 제니퍼는 월요일 밤까지는 인생이 완벽했던 것처럼 행동하려고 지나치게 애를 썼어. 침입도 대단한 일이 아니다, 패트릭의 동물도 대단한 일이 아니다, 모든 일이 괜찮았다. 마치 우리가 커피 한잔하려고 만난 사람처럼 잡담으로 넘겼잖아."

"어떤 사람들은, 그들한테는 세상 일이 그렇게 돌아가요. 모든 게 늘 괜찮죠. 뭐가 잘못되었는지 중요하지 않아요. 절대로 인정하지 않을 테니까요. 그냥 이를 악물고 계속 모든 게 좋다고 말하면서 그렇게 실현되길 바라는 거죠."

그의 눈이 내게 꽂혀 있었다. 나는 비웃음을 억누를 수 없었다. "맞는 말이지. 습관은 쉽게 사라지지 않아. 그리고 자네 말이 맞아. 제니퍼에게는 어울리는 얘기야. 하지만 이런 때에는 제니퍼가 알고 있는 모든 걸 흘릴 수도 있다고 생각하게 되지 않나. 그러지 않을 아주 좋은 이유가 있지 않는 한."

리치가 잠시 후 말했다. "확실한 건 제니퍼가 월요일 밤을 기억한다는 겁니다. 그렇다면 패트릭이 범인이라는 뜻이죠. 자기 남편을 위해서는 입을 다물 수도 있죠. 몇 년간 보지도 못한 사람을 위해서라면 그럴 리가 없죠."

"그러면 어째서 침입 문제는 깎아내리는 거지? 제니퍼가 겁을 내지 않았다는 게 정말이면, 어째서 겁이 나지 않았을까? 여자는 자신과 아기들이 사는 집에 누군가 들어왔을지도 모른다고 의심하면 뭐라도 하게 마련이야. 드나든 사람이 누군지 아주 잘 알고 그에 대해서 어떤 문제도 없는 게 아니라면."

리치는 손톱의 거스러미를 뜯으면서 약한 햇빛 속에서 눈을 가늘게 뜨고 곰곰이 생각에 잠겼다. 뺨에 약간의 색깔이 돌아왔으나 등은 여전히 긴장으로 굽어 있었다. "그러면 어째서 피오나에게 얘기를 한 걸까요?"

"처음에는 몰랐을 테니까. 하지만 제니퍼의 말 들었잖아. 그 남자를 잡으려고 했다고. 만약에 잡았다면. 혹은 코너가 대담해져서 제니퍼에게 쪽지를 남기기로 했다면? 거기엔 두 사람의 과거사가 있다는 걸 기억해. 피오나는 두 사람 사이에 연애 감정 같은 건 없었다고 생각하지. 아니, 그렇게 생각한다고 말했지, 어쨌든. 하지만 나는 뭐가 있었다는 걸 피오나가 알고 있었을지도 모른다는 의심이 들어. 최소한 두 사람은 친구였잖아. 오랫동안 가까운 친구. 코너가 주변을 어정거리고 있다는 것을 제니퍼가 알아냈다면 우정에 다시 불을 붙이기로 결정했을 수도 있어."

"패트릭에게 말도 하지 않고서요?"

"패트릭이 버럭 화를 내며 핸들을 돌려 코너를 죽도록 패줄까 봐 두려웠을 수도 있어. 패트릭도 과거에 질투를 했던 전력이 있다는 걸 기억해. 제니퍼는 패트릭이 질투할 만한 점이 있다는 걸 알았을 수도 있고." 그 생각을 소리 내어 말하는 순간 내 몸에 전류가 뚫고 지나갔다. 벽에서 벌떡 일어날 정도의 전기가. 마침내, 좀더 일찍 그랬어야 했지만, 이 사건이 하나의 판에 맞아 들어가기 시작했다. 역사상 가장 오래되고 닳아빠진 그림이 맞춰졌다.

리치가 말했다. "패트릭과 제니퍼는 서로에게 미쳐 있었어요. 모두의 말이 일치하는 한 가지가 있다면 그겁니다."

"너야말로 패트릭이 제니퍼를 죽이려고 했다고 말했잖아."

"같은 게 아니에요. 사람들은 서로 미쳐 있는 사람을 죽이기도 해요. 그런 일은 항상 일어나죠. 그렇지만 미쳐 있는 사람을 두고 바람을 피우진 않아요."

"인간 본성은 인간 본성인 거야. 제니퍼는 허허벌판에 친구도 없이 직장도 없이 처박혀 있었어. 돈 걱정에 귀까지 파묻혀 있었고 패트릭은 다락에 있는 동물에 집착하고 있었지. 그런데 갑자기 제니퍼가 가장 필요로 할 때 코너가 나타난 거야. 제니퍼가 완벽한 삶을 살았던 멋진 소녀였을 때를 아는 사람. 제니퍼를 반생 가까이 사모해온 사람. 그런 상황에서 유혹당하지 않으려면 성인聖人이어야 할 걸."

"어쩌면요." 리치가 말했다. 그는 여전히 거스러미를 뜯고 있었다. "하지만 선배님 말이 맞는다고 해봐요. 그래도 코너의 동기에는 더 가까이 가지 않잖습니까."

"제니퍼가 불륜 관계를 끊으려고 한 거지."

"그건 그냥 제니퍼를 죽일 동기는 될 수 있어요. 아니면 그저 패트릭만요. 코너가 그렇게 하면 제니퍼가 돌아올 수 있다고 생각했다 해도 온 가족을 죽일 이유는 되지 않습니다."

해는 사라졌다. 언덕은 회색으로 바랬고 바람에 얻어맞은 낙엽이 어지럽게 빙글빙글 돌다가 축축한 땅바닥에 찰싹 내려앉았다. 내가 말했다. "얼마나 제니퍼를 벌주고 싶었느냐에 달려 있겠지."

"좋습니다." 리치는 입에서 손톱을 꺼내고 두 손을 주머니에 넣은 후 재킷을 좀더 몸 가까이 끌어당겼다. "어쩌면요. 그런데 제니퍼는 왜 아무 말도 하지 않는 거죠?"

"기억하지 못하니까."

"월요일 밤은 기억하지 못할 수도 있습니다. 어쩌면요. 하지만 지난 몇 달은 아니잖아요. 그건 정말로 대단히 잘 기억해요. 코너와 불륜 관계였다면, 혹은 그냥 어울려 다니기라도 했다면 기억할 거예요. 제니퍼가 코너를 차버릴 계획이었다면 알았을 거고요."

"너는 제니퍼가 무슨 뉴스 헤드라인에 대서특필되고 싶을 거라고 생각해? 살해당한 아이들의 어머니, 범인과 불륜 관계라고 법원에서 말하다. 제니퍼가 언론의 '이번 주의 헤픈 여자'로 선정되고 싶어서 자원이라도 할 것 같아?"

"네, 제 생각엔 그래요. 선배님의 말로는 코너가 제니퍼의 아이들을 죽였다는 거잖아요. 그걸 덮어줄 리가 없습니다."

"자기도 충분히 죄책감을 느끼고 있을지 모르지. 불륜으로 코너를 그들의 삶에 끌어들였으니 자기 잘못이라고. 그가 저지른 일은 자기 잘못이 되는 거잖아. 많은 사람이 그런 일을 자기 머리로만 해결하려고 끙끙 앓으면서도 절대로 경찰에겐 털어놓지 않을 거야. 죄책감의 힘을 과소평가하지 말라고."

리치는 머리를 저었다. "불륜에 대해서 선배님의 말이 맞는다고 쳐도 코너를 설명해주진 않아요, 패트릭을 설명해주지. 패트릭은 진작부터 일을 처리할 방법을 모르고 있었어요. 선배님이 직접 말했잖습니까. 그러다가 아내가 예전 죽마고우와 몰래 딴짓을 하고 있었다는 것을 알게 되면 한순간에 딱 무너지는 거죠. 별로 제니퍼의 목숨을 끊고, 아이들은 부모 없이는 살아갈 수 없으니까 목숨을 끊고, 역시 자기는 이제 살아갈 이유가 남아 있지 않으니까 스스로 끝장내려 한 거죠. 그가 게시판에 쓴 글 보셨잖아요. '아내와 아이들은 제가 가진 전부입니다.'"

흡연이 나쁘다는 것 정도는 알아야 할 의대생 두 명이 눈 밑에 축 늘어진 다크서클과 면도하지 않은 수염을 달고 담배를 피우러 밖에 나왔다. 나는 갑작스레 짜증이 치미는 것을 느꼈다. 얼마나 격한 감정인지 주변의 모든 것과 함께 피로조차도 부수어버릴 것 같았다. 쓸모없는 담배 연기의 고약한 냄새, 우리와 면담할 때 교묘하게 댄스 스텝을 밟던 제니퍼, 내 마음 한구석을 끈질기게 잡아당기는 디나의 이미지. 리치와 그가 고집스레 주장하는 복잡하게 얽힌 반대 가설들. "뭐." 나는 일어서며 외투의 먼지를 털었다. "불륜에 대한 내 생각이 맞는지부터 확인하자고. 갈까?"

"코너요?"

"아니." 나는 코너의 냄새를 맡을 만큼 그를 강하게 만나고 싶었다. 그에게서 풍기는 날카로운 합성수지 냄새. 그러나 이건 통제가 유용하게 작용할 사안이었다. "그는 나중으로 아껴두자고. 나는 내가 총알을 완전히 장전할 때까지는 코너 브레넌 가까이 가고 싶지 않아. 다시 고건 가족에게로 간다. 이번에는 내가 이야기를 맡도록 하지."

오션뷰는 갈 때마다 더욱 나쁘게 보였다. 화요일에는 지치고 여윈 채로 구조자를 기다리는 조난자같이 보였다. 이 단지가 필요한 건 현금과 척척 일어나 움직일 패기를 두둑이 갖춘 부동산 개발업자뿐인 듯했다. 그때는 그들이 성큼성큼 걸어 들어와 원래 하기로 했던

대로 단지를 온갖 밝은 모양으로 다시 살려내기만 하면 될 것 같았
다. 그러나 이제는 세상의 끝처럼 보였다. 나는 차를 세웠을 때 들개
들이 차 주변으로 살금살금 다가오고 최후의 생존자들이 골조만 남
은 집에서 신음하며 비틀비틀 걸어 나오지 않을까 기대했다. 버려
진 땅을 조깅하며 한 바퀴 돌면서 마음속에서 벽을 긁던 잡음을 몰
아내려고 했던 패트릭의 모습을 떠올렸다. 창문을 돌고 가는 바람
의 휘파람 소리에 귀를 기울이며 긍정적인 마음가짐을 유지하기 위
해 분홍색 표지의 책을 읽으며 자신의 해피엔드는 어디로 가버렸을
까 궁금해하던 제니퍼를 떠올렸다.

시네이드 고건은 물론 집에 있었다. "뭘 바라는 거예요?" 그녀는
문간에서 따져 물었다. 여자는 화요일에 입었던 것과 똑같은 회색
레깅스를 입었다. 나는 후들거리는 허벅지에 기름 얼룩이 묻은 것
을 알아챘다.

"부인과 남편분과 몇 마디 나누고 싶습니다."

"남편은 나갔는데."

짜증 나는 일이었다. 고건은 그나마 이 무리에서는 머리 좋은 편
으로 분류할 수 있었다. 그러면 우리와 이야기를 할 필요가 있다는
걸 이해할 수 있으리라 믿고 기대하고 있었다. "괜찮습니다. 필요하
면 다시 와서 남편분과 이야기를 나누면 되니까요. 지금 당장은 부
인이 저희를 얼마나 도와줄 수 있는지 보고 싶습니다."

"제이든이 벌써 말했잖아요……."

"네, 그랬죠." 나는 시네이드를 지나쳐 거실로 향했고 리치가 내
뒤를 따랐다. "이번에 우리가 관심이 있는 건 제이든이 아닙니다. 부
인이죠."

"왜요?"

제이든은 바닥에 앉아서 좀비를 쏘고 있었다. 아이는 즉시 말했다. "오늘 아파서 결석했어요."

"그거 꺼라." 나는 아이에게 말하고는 팔걸이 하나를 잡고 편안하게 앉았다. 리치가 다른 팔걸이의자에 앉았다. 제이든은 역겹다는 표정을 지었지만 내가 컨트롤러를 가리키며 손가락을 팅기자 시킨 대로 했다. "네 어머니가 우리에게 하실 얘기가 있을 거야."

시네이드는 여전히 문간에 있었다. "없어요."

"있고말고요. 우리가 처음 여기 들어온 이래로 계속 뭔가 숨기고 계시잖습니까. 오늘이 바로 속 시원히 다 털어놓을 때입니다. 그게 뭐죠, 고건 부인? 뭔가 보신 건가요? 들었나요? 뭐죠?"

"그 남자에 대해선 난 아무것도 몰라요. 본 적도 없는데."

"제가 물은 건 그게 아닙니다. 그 남자와, 혹은 어떤 남자라고 해도 관계가 있는지는 관심 없어요. 저는 어쨌든 듣고 싶습니다. 자리에 앉으시죠."

시네이드가 내 집에서 나한테 명령하지 말아요, 라고 뻗대는 습관을 다시 한번 발휘해볼까 궁리하는 것을 알 수 있었다. 나는 여자에게 그건 좋지 않은 생각이라는 것을 알리는 눈길을 한번 보냈다. 마침내 시네이드는 눈알을 굴리며 소파에 주저앉았고 소파는 풀썩 소리를 냈다. "금방 아기를 보러 가봐야 해요. 그리고 뭐랑 상관있는 얘기는 아무것도 몰라요. 알겠어요?"

"부인이 결정할 일은 아닙니다. 일이 되려면 부인은 아시는 얘기를 해주시기만 하면 됩니다. 얼마나 적절한지는 우리가 알아내면 되니까요. 그래서 우리가 바로 배지를 달고 있는 쪽인 거죠. 그러면 가볼까요."

시네이드는 요란하게 한숨지었다. "나는. 아무. 것도. 몰라요. 내가 무슨 말을 해야 하죠?"

나는 말했다. "부인이 얼마나 멍청한지?"

여자의 얼굴이 추하게 변하더니 존중에 대한 케케묵은 말로 나를 한 대 쳐주려고 입을 열었지만 나는 여자가 다시 입을 다물 때까지 계속 몰아쳤다. "부인을 보면 토하고 싶어져요. 대체 우리가 뭘 수사한다고 생각하는 거지? 상점 좀도둑? 쓰레기 투기? 이건 살인 사건입니다. 그것도 다중 살인이라고요. 그게 아직도 아둔한 머리에 접수가 안 됐어요?"

"나한테 감히 그런 말을……."

"얘기 좀 해봐요, 고건 부인. 정말 궁금하네. 대체 어떤 인간쓰레기가 경찰을 좋아하지 않는다는 이유로 아동 살인범이 도망가게 놔둔답니까? 그게 괜찮다고 생각하다니 대체 어떤 저질스러운 인간이 되려고 그래요?"

시네이드는 매섭게 대들었다. "저 남자가 나한테 저렇게 말하게 놔둘 거예요?"

여자는 리치를 향해 말하고 있었다. 그는 두 손을 펼쳤다. "우리는 엄청난 압박을 받고 있습니다, 고건 부인. 신문 보셨잖아요? 전 국민이 우리가 이 문제를 해결하는지 지켜보고 있어요. 그러자면 필요한 건 뭐든 해야 한다고요."

"허튼 수작 집어치워요." 나는 말했다. "왜 우리가 자꾸 돌아온다고 생각했습니까? 그냥 당신의 예쁜 얼굴에서 떨어질 수가 없어서? 우리는 한 남자를 잡아놓았는데 그를 계속 붙들어놓을 증거가 필요해서 그래요. 머리가 돌아가면 열심히 생각 좀 해요. 그가 풀려나면 무슨 일이 일어날 것 같아요?"

시네이드는 늘어진 살 위로 팔짱을 끼고 분노로 비틀린 입술을 꽉 다물었다. 나는 기다리지 않았다. "먼저, 나는 무척 짜증이 났고 부인도 경찰을 짜증 나게 하는 건 나쁜 생각이라는 정도는 알아야죠. 남편이 현금 벌어오려고 일용직으로 가끔 일하죠, 고건 부인? 실업 수당 사기로 형을 얼마나 받을 수 있는지 알아요? 제이든이 나한텐 별로 아파 보이지 않는데? 아이가 얼마나 학교를 자주 빠지죠? 내가 조금만 노력하면, 그리고 내 말 믿어요, 얼마든지 할 테니까, 내가 부인을 얼마나 곤란하게 만들 수 있는지 알아요?"

"우리는 점잖은 가족……."

"넣어둬요. 내가 부인 말을 믿는다고 해도 내가 부인의 가장 큰 문제는 아닐 테니. 두 번째로는, 이런 일이 생긴다 이겁니다. 우리를 계속 따돌리고 장난치면 이 남자가 풀려난단 겁니다. 부인이 정의나 사회의 공동선 같은 데 신경 쓰기를 기대하지도 않지만 적어도 자기 가족을 돌볼 머리는 있어야 할 거 아니에요. 남자는 제이든이 우리에게 열쇠 얘기를 했을지도 모른다는 걸 알아요. 그가 제이든이 어디 사는지 모를 거 같습니까? 누군가 그자에 대해서 좋은 정보를 알고 있어서 언제든지 말할 거라고 내가 흘리면 그의 마음속에 무슨 생각이 튀어오를 거 같은데?"

"엄마." 제이든이 작은 목소리로 말했다. 아이는 엉덩이를 질질 끌며 소파에 기대앉아서 나를 빤히 응시했다. 리치도 내게로 고개를 돌리는 것을 느꼈으나 그는 입을 다물고 있을 정도로는 분별력이 있었다.

"이 모든 일이 부인에게는 충분히 명확하지 않아요? 더 간단하게 설명해줘요? 부인이 말 그대로 너무 멍청해서 목숨을 부지할 수 없을 정도가 아니라면 그간 숨기고 있었던 게 뭐든 털어놔야죠."

시네이드는 입을 벌리고 소파에 딱 붙어서 앉아 있었다. 제이든이 엄마의 레깅스 자락을 붙들었다. 그들의 얼굴에 어린 공포를 보니 지난밤처럼 어지럽고 뭔가 기울어진 느낌이 다시 밀려와 이름 없는 약물처럼 내 핏속을 빠르게 흘러갔다.

나는 증인들에게 이런 식으로 말하지 않는다. 환자를 대하는 내 태도가 최상은 아니고, 차갑거나 무뚝뚝하거나 사람들이 뭐라고 부르든 그러한 평판이 있을지 모르지만, 일을 할 때는 절대로 이런 식으로 하지 않았다. 내가 원하지 않았기 때문이다. 자신을 속이지 말자. 우리 모두에게는 잔인한 기질이 있다. 우리는 그걸 안전히 잘 감춰두고 있다. 처벌이 두렵거나 이렇게 하는 편이 차이를 만들어 세계를 더 나은 곳으로 만든다고 믿기 때문이다. 그 누구도 형사가 증인을 살짝 겁준다고 처벌하진 않는다. 나는 많은 형사가 더 심한 짓을 한다고 들었지만 아무 일도 일어나지 않았다.

나는 말했다. "얘기해요."

"엄마."

시네이드가 말했다. "저기 저 물건 얘기예요." 여자는 커피 탁자 위에 놓인 아기 모니터를 고갯짓으로 가리켰다.

"뭐였습니까?"

"가끔 혼선이 일어나거든요. 뭐 달리 용어가 있는진 모르지만."

"주파수요." 제이든이 말했다. 아이는 이제 어머니가 말을 시작하니 훨씬 행복해 보였다. "선이 아니라."

"넌 입 다물어. 이게 다 네 잘못이야. 네가 그 망할 십 유로를 받아오는 바람에." 제이든은 엄마에게서 떨어져서 마룻바닥에 다시 부루퉁하게 주저앉았다. "아무튼 뭐라고 하는지 모르지만 그게 얽혔어요. 항상은 아니지만 가끔은, 아마도 이 주일에 한 번쯤은 저 물건이 우리 것 대신에 그 사람들의 모니터를 잡았다는 거죠. 그래서 우리는 그 안에서 무슨 일이 일어나는지 들을 수 있었어요. 뭐 일부러 그런 건 전혀 아니고요, 내가 남들 말 엿듣고 그러는 사람도 아니고." 시네이드는 어울리지도 않게 의로운 척해 보였다. "하지만 들리는 건 어쩔 수 없잖아요."

"맞죠." 나는 말했다. "그래서 뭘 들었습니까?"

"말했잖아요. 나는 다른 사람들 대화에 귀를 쫑긋 세우지 않는다고. 나는 주의를 기울이지 않았어요. 그저 모니터를 껐다 켜서 재설정했을 뿐이지. 그저 몇 초 정도만 들었을 뿐이에요."

"한참 들어놓고." 제이든이 말했다. "나한테 더 잘 들리게 게임도 끄라고 했잖아."

시네이드는 우리가 나가는 대로 큰일 날 줄 알라는 듯이 아들을 쏘아보았다. 이 때문에 여자는 살인자가 자유롭게 풀려나 돌아다니도록 놔두려했던 것이다. 그래야 자기가 남의 일에 참견하고 쩨쩨하고 몰래 훔쳐보는 나쁜 년이 아니라 점잖은 주부처럼 보일 수 있을 테니까. 우리에게는 아니더라도 자기 자신에게만이라도. 나는 그런 일들을 백 번은 보았지만 이 여자의 흉한 얼굴에서 닳고 닳은 도덕적인 표정을 떼어내버리고 싶었다. "부인이 스페인 가족의 창문 아래 귀를 갖다 대고 몇 날 며칠 있었다고 해도 나는 아무 상관없어요. 뭘 들었는지 알고 싶을 뿐이지."

리치가 사실을 전달하는 목소리로 말했다. "물론 누구든 들을 수 있습니다. 인간 본성이죠. 처음에는 아무 선택권이 없었잖습니까. 부인의 모니터에 무슨 일이 일어나는지 알아내야 했을 테니까요." 리치의 목소리에는 다시 편안한 기운이 서렸다. 그는 본모습을 되찾았다.

시네이드는 기운차게 고개를 끄덕였다. "네, 바로 그거예요. 처음에 그런 일이 일어났을 때는 심장마비를 일으킬 뻔했다니까요. 한밤중에 갑자기 애가 부르는 소리가 바로 내 귓가에서 들리는 거예요. '마마, 마마, 이리 와봐.' 처음에는 제이든인 줄 알았지만 목소리가 너무 어렸고 애는 나를 마마라고 하지 않죠. 우리 아기는 갓 태어났고. 놀라서 죽는 줄 알았지."

"엄마 비명 질렀어요." 제이든은 히죽 웃으면서 말했다. 아이는 기력을 회복한 듯했다. "유령이라고 생각했거든요."

"그랬어요, 네. 그래서요? 남편이 그때 깨어나서 무슨 일인지 알아냈지만 누구라도 무서워할 만하죠. 그래서 뭐요?"

"엄마는 점쟁이를 불러오려고 했대요. 아니면 퇴마사든가."

"넌 입 닥쳐."

"그게 언제였습니까?"

"아기가 열 달쯤 됐을 때니까, 일월인가 이월인가."

"그러면 그후에도 이 주일에 한 번 정도 들었으면 도합 스무 번은 됐겠네요. 뭘 들었습니까?"

시네이드는 여전히 술잔으로 내 얼굴을 치고 싶을 만큼 격분해 있었지만 거만한 옆집에 대한 이야기는 저항하기 불가능했다. "대부분은 지루한 개⋯⋯ 얘기뿐이었어요. 처음 몇 번은 그 집 남자가 애들 중 하나를 재우려고 이야기책을 읽어주거나 아들이 자기 침대 위로 뛰어오르거나 어린 딸애가 인형에게 얘기하거나 하는 소리뿐이었어요. 하지만 여름이 끝날 때쯤에는 모니터를 아래층으로 옮겼는지 뭔지 다른 소리가 들리기 시작했어요. 그 집 식구들이 텔레비전을 본다든가 여자가 딸애한테 초콜릿 칩 쿠키를 만드는 법을 알려준다든가. 다른 사람들처럼 가게에서 사면 될걸 그렇게 하기에는 너무 고상하셨겠죠. 그런데 한번은 다시 한밤중에 여자가 말하는 소리를 들었어요. '그냥 침대로 와, 제발.' 애원하는 거 같았는데 남자가 이러더라고요. '조금 있다가.' 남자 탓을 할 순 없죠. 감자 자루 껴안는 거나 마찬가지일 테니까." 시네이드는 히죽대는 웃음을 함께 하려고 리치와 눈을 맞추려 했지만 리치는 여전히 무표정으로 있었다. "말한 대로예요. 지루하죠."

"그러면 지루하지 않은 건요?"

"딱 한 번뿐이었어요."

"그걸 들어보죠."

"어느 오후였는데. 여자가 막 집에 들어오고 있었죠. 딸애를 학교에서 데려오던 길이었나. 우리도 집에 있었고요. 우리 아기가 낮잠을 자고 있어서 모니터를 끄려고 했는데 갑작스레 그 여자가 시끄럽게 떠드는 거예요. 나는 정말로 스위치를 끌 뻔했어요. 그 여자 소리가 정말 역겨웠기 때문에요. 하지만⋯⋯."

시네이드는 도전적으로 어깨를 살짝 으쓱했다. 나는 말했다. "제니퍼 스페인이 뭐라고 했습니까?"

"쉴 새 없이 지껄이는 거예요. 이러더라고요. '이제 준비를 하자! 아빠가 언제라도 조깅 갔다가 집에 올 수 있으니까. 그리고 아빠가 오면 우리 모두 행복해하는 거야. 아주아주 행복해하는 거야.' 아주 활기가 넘치더라니까요." 시네이드의 입술이 비뚤어졌다. "무슨 미국 치어리더처럼. 대체 활기 넘칠 일이 뭔진 모르겠지만. 아이들을 배치하는 것 같았어요. 여자애에게는 여기 앉아서 인형으로 소풍놀이를 해라, 남자애한테는 저기 앉아서 레고를 던지지 말고 도와줄 수 있냐고 착하게 부탁해라. 여자가 이랬어요. '모든 게 사랑스러워야 해. 아빠가 들어오면 아주 행복해질 거야. 너희가 원하는 게 그거지? 아빠가 불행한 거 원하지 않잖아?'"

"마마와 아빠.'" 제이든은 숨을 죽이고 코웃음을 쳤다.

"여자가 모니터가 꺼질 때까지 한참을 그러더라고요. 내가 그 여자에 대해 하려는 말이 뭔지 말겠죠? 〈위기의 주부들〉에 나오는 여자 같았다는 거예요. 있잖아요, 모든 게 완벽해야 하는데 나중에 돌아버린 여자. 세상에 긴장 좀 풀어, 이런 느낌이 들었어요. 우리 남편이 그랬다니까요. '저 여자한테 필요한 게 뭔지 알아? 저 여자는 좋은……'"

시네이드는 자기가 얘기하는 상대가 누군지를 기억해내고 우리를 두려워하지 않는다는 것을 보여주는 눈길로 말을 끊었다. 제이든이 낄낄댔다.

"형사님들이니까 솔직히 말하면……." 여자가 말했다. "그 여자 정신이상 같았어요."

"그게 언제였습니까?"

"한 달 전쯤요. 구월 중순. 내 말 알겠죠? 아무거랑도 상관없다니까요." 〈위기의 주부들〉에 나오는 사람 같지 않았다. 피해자 같았을 뿐이다. 옛날 가정폭력과에서 내가 상대했던 무너진 여자와 남자들. 그런 피해자들 모두는 자기들이 제대로만 할 수 있으면 배우자가 행복해할 것이고 정원의 모든 것이 장밋빛이라고 확신했다. 그들 모두는 히스테리와 마비 사이의 어느 지점에 이를 만큼 겁을 냈고, 제대로 하지 못해서 아빠를 행복하게 하지 못할까 봐 두려워했다.

리치는 이제 더는 다리를 떨지 않고 가만히 있었다. 그도 눈치챘던 것이다. 리치가 말했다. "그래서 우리가 부인 댁 바깥에 서 있는 것을 보았을 때 제일 먼저 그 생각부터 하셨군요. 패트릭 스페인이 아내를 죽였다고."

"그래요. 나는 그 여자가 집을 깨끗하게 청소 못 해서 아니면 아이들이 대들어서 남자가 여자의 뺨을 때렸을지도 모른다고 생각했어요. 그저 본때를 보여주려고요, 그렇지 않은가요? 온갖 옷을 차려입고 상류층 억양을 쓰는 여자가 있는데 남편이 늘 여자를 죽도록 패는구나." 시네이드는 입가에 어린 히죽대는 웃음을 억누르지 못했다. 그 생각이 마음이 든 모양이었다. "그래서 형사들이 나타났을 땐 그렇게 된 거라고 생각한 거죠. 여자가 저녁을 태워먹거나 해서 남자가 분통을 터뜨렸다고."

리치가 물었다. "남자가 여자를 때릴 수도 있었겠다고 생각한 다른 점도 있었습니까? 들으신 거나 보신 거나?"

"모니터가 1층에 있었던 거요. 이상하잖아요. 내 말뜻 아시죠? 처음에는 어째서 그게 아이들 침실이 아니라 다른 데 있는지 이유를 생각할 수 없었어요. 하지만 여자가 그러는 걸 들으니까 남자가 모니터를 사방팔방에 놓았겠다 싶더라고요. 그래야 여자를 감시하지. 남자가 위층에 있을 때나 뜰에 나갔을 때도 수신기만 가지고 가면 여자가 하는 말을 다 들을 수 있잖아요." 시네이드는 만족스럽게 살짝 고개를 끄덕였다. 자신의 천재적인 수사 능력에 흐뭇해하는 듯했다. "소름 끼치지 않아요?"

"다른 건 없었고요?"

여자는 어깨만 으쓱했다. "멍 같은 건 없었어요. 고함 지르거나 하는 걸 들은 적도 없고. 하지만 내가 그 여자를 밖에서 볼 때마다 그런 표정을 짓고 있긴 하더라고요. 이전에는 아주 명랑했거든요. 심지어 애들이 말을 안 듣고 그럴 때에도 가짜로 꾸민 미소를 활짝 짓고 있었어요. 그런데 마지막 얼마 동안에는 창문 밖으로 보면 늘 의기소침해서 고개를 숙이고 있더라고요. 그 멍한 표정요. 아시죠. 나는 여자가 신경안정제 같은 걸 먹는지도 모르겠다 생각했어요. 처음에는 남자가 직장에서 잘려서 그런 줄 알았어요. 그 여자는 우리처럼 사는 건 싫을 테니까요. SUV도 못 타고 브랜드 옷도 못 사고. 하지만 남자가 여자를 때렸다면 그럴 만하죠."

"혹시 스페인 가족 네 명 말고 다른 사람이 그 집에 들어가는 소리를 들은 적이 있습니까? 손님이나 가족이나 잡상인이나."

이 말에 시네이드의 창백한 얼굴이 확 밝아졌다. "세상에! 그 여자 바람 피웠구나, 그렇죠? 남편이 나간 사이에 다른 남자를 들였어요? 그러면 남편이 감시를 한 것도 당연하지. 참 뻔뻔하네. 우리가 뭐라도 되는 것처럼 신발의 흙을 털더니……."

"그런 사실을 가리킬 만한 일을 듣거나 봤어요?"

시네이드는 생각해보았다. "아뇨." 여자는 아쉽다는 듯 말했다. "그 네 식구 소리만 들었어요."

제이든은 컨트롤러를 가지고 장난을 쳤지만 차마 전원 스위치를 다시 켤 엄두는 내지 못하고 이런저런 버튼만 눌러댔다. "휘파람요." 아이가 말했다.

"그건 다른 집이었어."

"아니야. 너무 멀었거든."

나는 말했다. "어느 쪽이든 그 얘기 듣고 싶은데."

시네이드는 소파 위에서 자세를 바꾸었다. "딱 한 번뿐이었어요. 팔월이었나, 그전이었을 수도 있고. 매일 아침, 우리는 누가 휘파람을 부는 소리를 들었어요. 노래 같은 건 아니고 그냥 남자가 무슨 다른 일을 하면서 혼자 부는 것 같은 소리."

제이든은 낮게 음조 없이 멍한 휘파람을 불어 시범을 보여주었다. 시네이드는 아이의 어깨를 밀었다. "그만둬. 너 때문에 내 머리가 지끈거린다. 9번지 사람들은 늘 집에 없어서, 여자도 마찬가지고. 그러니까 여자 쪽은 아니죠. 나는 저기 길 끝 아래에 있는 집에서 나오는 소리라고 생각했는데. 거기에는 두 가족이 살고 둘 다 애가 있으니 거기도 모니터가 있겠죠."

"아니, 엄마, 그런 생각 안 했잖아." 제이든이 말했다. "또 유령이라고 생각했잖아."

시네이드가 톡 쏘았다. 나에게든 리치에게든 둘 다에게든. "나는 내 맘대로 생각할 자격이 있어요. 내가 무슨 미련한 여자라도 되는 양 여기고 싶으면 맘대로 해요. 당신들은 여기 살 필요가 없잖아요. 잠깐만 살아봐요, 그러고 나서 나한테 다시 와요."

여자의 목소리는 싸움을 거는 것 같았으나 눈에는 진짜 공포가 어렸다. "우리도 우리의 고스트버스터즈를 데리고 올 거니까요." 나는 말했다. "월요일 밤 말인데, 모니터로 뭔가 들었습니까? 아무것도 못 들었어요?"

"아무것도요. 말한 대로 그건 몇 주에 한 번씩밖에 일어나지 않는 일이에요."

"확실하게 말하는 편이 좋을 텐데요."

"확실해요. 확신한다고요."

"남편분은요?"

"남편도 마찬가지예요. 들었으면 말했겠죠."

"그게 전부예요? 달리 우리가 들어야 할 얘기라도?"

시네이드는 고개를 저었다. "그게 다예요."

"내가 그걸 어떻게 압니까?"

"왜냐하면 그러니까요. 나는 당신들이 여기 다시 와서 내 아들 앞에서 내 욕을 하는 걸 원하지 않아요. 나는 다 말했어요. 그러니까 당신들은 좀 가고 우리는 가만히 놔둬요. 알겠죠?"

"그러면 제가 더 기쁘죠." 나는 일어서면서 말했다. "정말입니다." 팔걸이에서 손에 뭔가 끈적끈적한 것이 묻었다. 나는 불쾌한 표정을 숨기려고도 하지 않았다.

우리가 나갈 때 시네이드는 우리 뒤의 문간에 꼼짝도 없이 서서 뭔가 위엄 있는 눈길 같은 것을 보내려고 했으나 그저 감전사한 퍼그처럼 보일 뿐이었다. 우리가 차로를 내려와 안전할 만큼 그 집에서 멀어지자 여자는 우리 뒤에서 소리 질렀다. "나한테 그런 식으로 말하면 안 되죠! 나 민원 넣을 거예요!"

나는 멈추지도 않고 주머니에서 명함을 꺼내 머리 위로 흔들며 여자가 주울 수 있도록 차로에 떨어뜨렸다. "그때 봅시다." 나는 어깨 너머로 외쳤다. "손꼽아 기다리죠."

나는 리치가 나의 새 신문 기술에 대해 뭐라고 할 것이라 기대했다. 증인을 쓰레기 얼간이라고 부르다니 어떤 규정집에도 없는 방식이었다. 하지만 그는 자기 마음속 어딘가로 깊숙이 가라앉아 있었다. 두 손을 주머니 속에 깊게 찔러 넣고 바람 속에서 고개를 숙인 채로 차를 향해 터벅터벅 걸어갔다. 휴대전화에는 부재중 전화가 세 통, 문자메시지가 하나 와 있었다. 모두 제리 누나가 보낸 것이었다. 문자는 이렇게 시작했다. "미안해, 믹. 혹시 소식이 있나……" 나는 모두 삭제해버렸다.

고속도로에 올라섰을 때 리치가 다시 말할 수 있을 정도로 수면 위로 올라왔다. 그는 앞유리를 보며 조심스럽게 말을 꺼냈다. "패트릭이 제니퍼를 때렸다면……."

"우리 이모에게 불알이 있었다면 내 삼촌이겠지. 고건 여편네가 스페인 가족에 대해 모든 것을 알 수는 없어. 그 여자가 어떻게 생각하려 하든 간에. 우리에게는 운 좋게도 그걸 아는 남자가 하나 있고 이제 우리는 정확히 어디 가면 그를 찾을 수 있는지 알지."

리치는 대답하지 않았다. 나는 한 손을 운전대에서 떼고 그의 어깨를 토닥거렸다. "걱정 말게, 친구. 우리는 코너에게서 숨은 정보를 빼낼 수 있을 거야. 누가 아나, 심지어 재미있을지도."

나는 리치를 곁눈질로 보았다. 시네이드 고건이 우리에게 전한 사실을 들은 후에 이렇게 긍정적이어서는 안 되었을 것이다. 나는 그렇게 좋은 기분인 것은 아니라고, 그가 생각하는 그런 방식으로는 아니라고 말할 방법을 몰랐다. 여전히 내 혈관 속을 달리는 거친 흥분 때문이었다. 시네이드의 얼굴에 떠오른 공포와 운전의 끝에 기다리고 있는 코너 때문이었다. 나는 한 발을 액셀 위에 올려 속도계의 바늘이 오르는 것을 보며 계속 밟았다. BMW는 어느 때보다도 잘 움직였고 먹이를 노리는 매처럼, 이 속도를 줄곧 간절히 원했던 것처럼 세차게 날아갔다.

16

　코너를 불러오기 전에 우리는 수사본부를 덮치고 간 파도가 남긴 것을 전부 훑어보았다. 보고서, 전화 메시지, 진술서, 제보 등등. 대부분은 아무짝에도 소용없었다. 코너의 친구들과 가족들을 찾으러 간 시보들은 사촌 두어 명 말고는 아무도 만나지 못하고 돌아왔다. 제보 전화에서는 평소처럼 『요한계시록』과 복잡한 계산, 부정한 여인에 대해서 늘어놓고자 하는 미친놈들만 우글우글 모였다고 했다. 하지만 거기에 보석이 두 개 정도 있었다.

　피오나의 옛 친구 쇼나는 이번 주에는 두바이에 있었고 이번 난장판과 관련해서 자기 이름이 신문에 나기라도 하면 우리 모두를 개인적으로 고소하겠다고 했지만, 코너가 어렸을 때부터 제니퍼에게 미쳐 있었고 그 이후로 아무것도 변하지 않았다는 의견에는 동의했다. 그게 아니라면 어째서 연애를 시작해도 한 번도 육 개월을 넘기지 못하는지? 그리고 래리의 부하들은 돌돌 말린 외투와 스웨터, 청바지 한 벌, 가죽 장갑과 280밀리미터짜리 운동화가 코너의 연립주택에서 1.6킬로미터 떨어진 아파트 단지 쓰레기통에 쑤셔 박혀 있는 것을 찾아냈다. 모두 피투성이였다. 혈액형은 패트릭과 제니퍼 스페인의 것과 일치했다. 왼쪽 운동화는 코너의 차에 있던 발자국과 일치했고 스페인 가족의 집 부엌에 있던 것과도 완전하게 맞아떨어졌다.

우리는 면담실에서 정복 경관들이 코너를 데려오기를 기다렸다. 관찰실도 딸려 있지 않고 움직일 만큼 충분한 공간도 없는 작고 비좁은 방이었다. 누군가가 쓰다가 나간 것 같았다. 탁자 위에는 샌드위치 포장지와 일회용 컵이 널려 있고 시트러스 향 애프터셰이브와 땀, 양파의 희미한 냄새가 공기 중에 떠돌았다. 가만히 있을 수가 없었다. 나는 방 안을 돌아다니며 쓰레기를 뭉쳐서 휴지통에 던져 넣었다.

리치가 말했다. "그 친구 지금쯤은 꽤 초조해졌을 거예요. 그 안에 하루 반 정도 앉아서 우리가 뭘 기다리는지 생각했을 테니까……."

"우리가 무엇을 찾는지 아주 분명하게 할 필요가 있어. 나는 동기를 원해."

리치는 빈 설탕 봉지를 일회용 컵 속에 쑤셔 넣었다. "얻지 못할 수도 있습니다."

"그래, 나도 알아." 그 말을 하자마자 현기증이 다시 한번 파도처럼 밀려들어서 나를 덮쳤다. 순간 나는 균형을 찾을 때까지 탁자 위에 엎드려야 하는 게 아닐까 생각했다. "동기가 없을 수도 있어. 네 말이 맞아. 가끔은 쓰레기 같은 일이 그냥 일어나. 하지만 그렇다고 해도 최선을 다하는 걸 그만둘 순 없지."

리치는 바닥에서 주워 올린 비닐 포장지를 찬찬히 살피면서 그 말을 생각했다. "우리가 동기를 얻지 못하면……. 달리 뭘 찾는 거죠?"

"대답이지. 코너와 스페인 부부가 몇 년 전에 무엇 때문에 다투었는지. 그와 제니퍼는 무슨 관계였는지. 어째서 그는 컴퓨터를 삭제했는지." 방은 그럭저럭 깨끗해졌다. 나는 벽에 기대고 가만히 있었다. "나는 확신하고 싶어. 너와 내가 이 방을 나갈 땐 우리 둘 다 의견의 일치를 보고 우리 둘 다 누구를 쫓아야 할지 확신하게 되고 싶다고. 그게 다야. 그 정도까지만 달성해도 나머지는 제자리에 맞아 떨어질 거야."

리치는 나를 보았다. 그의 얼굴은 읽을 수 없었다. 그가 말했다. "선배님은 확신하고 계신 줄 알았는데요."

눈이 피로로 뻑뻑했다. 나는 점심 먹으러 들렀을 때 커피를 한 잔 더 마실걸 후회했다. 나는 말했다. "그랬지."

리치는 고개를 끄덕였다. 그는 컵을 휴지통으로 던져 넣고 내 옆에 기댔다. 잠시 후 주머니에서 민트 통을 꺼내서 내밀었다. 나는 하나를 가져갔고 우리는 그대로 어깨를 맞대고 민트를 빨면서 서 있었다. 마침내 면담실 문이 열리고 정복 경관이 코너를 안으로 들였다.

그는 상태가 좋지 않았다. 이번에는 더플코트를 입고 있지 않아서인지는 모르지만 한층 더 마른 것 같았다. 의사에게 데려가 검진을 받게 해야 하는 게 아닐까 싶을 정도로 말라서 붉은 수염 사이로 뼈가 고통스럽게 튀어나와 보였다. 다시 울었던 모양이었다.

그는 탁자 위에 웅크리고 앉아서 앞에 가만히 놓아둔 주먹을 응시하며 중앙난방이 땡땡거리며 들어오는데도 움직이지 않았다. 어떤 면에서는 그 모습에 안도했다. 무죄인 사람들은 꼼지락거리며 덜덜 떨고 작은 소리 하나에도 자리에서 벌떡 뛰어오를 듯 놀란다. 그들은 말을 걸어서 모든 일을 바로잡고 싶어 안달복달한다. 유죄인 사람들은 집중하며 그들의 모든 힘을 내면의 성채 주위로 단단히 배치하고 전투 준비를 한다.

리치는 몸을 뻗어서 비디오카메라의 스위치를 켜고 거기에 대고 말했다. "케네디 형사와 커런 형사가 코너 브레넌을 신문합니다. 신문은 오후 4시 43분 시작합니다." 나는 권리 양식을 읽어주었다. 코너는 쳐다보지도 않고 서명하고 의자에 기대어 팔짱을 꼈다. 그에게 우리는 이제 끝난 일이었다.

"아, 코너." 나는 의자에 기대어 내 머리를 슬프게 흔들었다. "코너, 코너, 코너. 그리고 여기서 우리는 지난번 밤에 꽤 사이좋게 지낸 것 같은데."

그는 나를 바라보았지만 입은 계속 다물었다.

"우리한테 솔직하지 않았더라고, 친구."

이 말에 공포가 빠르게 그의 얼굴을 가로질렀다. 너무 날카로워서 숨길 수도 없었다. "그랬는데요."

"아니, 안 그랬어. 우리가 진실을 듣기는 했나? 전체 진실을, 그리고 오로지 진실만을? 적어도 그중 하나에서는 우리를 실망시켰잖아. 이제 와서 왜 그런 거야?"

코너가 말했다. "무슨 말 하는지 모르겠는데요." 그의 입은 강하게 일자로 꽉 닫혔지만 눈은 여전히 내게 박혀 있었다. 그는 두려워했다.

리치는 카메라 아래의 벽에 기대어 느긋하게 서서 비난하듯 혀를 찼다. "이것부터 시작합시다. 당신은 지난 월요일 밤까지는 스페인 가족에게 가장 가까이 접근한 게 쌍안경을 통해서였다는 인상을 주었어요. 어렸을 때부터 가장 친구였다는 얘기를 언급한다는 게 좋은 생각은 아니겠다 싶었던 거죠?"

희미한 홍조가 광대뼈 위로 솟아올랐지만 그는 눈도 깜박이지 않았다. 그가 두려워하던 건 이게 아니었다. "당신들이 상관할 일이 아닙니다."

나는 한숨을 쉬고 그를 향해 한 손가락을 흔들었다. "코너, 그보다는 분별 있는 사람이잖아. 당신이 지금 말한 대로 이게 이제 우리가 상관할 일이거든."

"그랬다고 뭐 큰 차이가 있는 줄 알아요?" 리치가 지적했다. "패트릭과 제니퍼가 사진을 갖고 있다는 걸 알았을 거잖아요. 당신이 한 일은 우리를 두 시간 정도 지체시키고 짜증 나게 한 것뿐이라고."

"내 동료가 진실을 말했네." 나는 말했다. "그 말 기억해? 다음에 우리를 좆같이 휘두르고 시간 끌려고 하면 어떻게 된다고?"

코너가 말했다. "제니퍼는 어떻습니까?"

나는 코웃음 쳤다. "그게 자네랑 무슨 상관이야. 그 여자의 건강 상태에 그렇게 관심이 있었다면 모르겠지만, 그 불쌍한 여자를 칼로 찌르지 말았어야지. 아니면 그 여자가 당신을 위해 그 일을 끝내주길 바랐나?"

턱이 굳어졌지만 그는 냉정을 유지했다. "제니퍼 상태가 어떤지 알고 싶습니다."

"당신이 뭘 원하는지는 관심 없는데. 하지만 말해보시지. 우리가 당신에게 할 몇 가지 질문이 있거든. 더는 장난질하지 않고 질문에 전부 착한 어린이처럼 대답해주면 내가 기분이 좋아져서 정보를 공유하고 싶어질지도 모르지. 그 정도면 공정한가?"

"뭘 알고 싶은데요?"

"쉬운 것부터 시작해볼까. 패트릭과 제니퍼에 대해서 얘기해봐. 당신들이 함께 자란 어린 시절부터. 패트릭은 어떤 사람이었나?"

코너가 말했다. "열네 살 때부터 가장 친한 친구였어요. 그 사실은 이미 알고 계실 것 같은데." 우리 중 누구도 대답하지 않았다. "멋졌어요. 그게 다예요. 내가 아는 사람 중에 가장 멋졌죠. 럭비를 좋아했고, 웃는 걸 좋아했고, 친구들과 어울리는 걸 좋아했고, 대부분의 사람을 좋아했고, 모두가 걔를 좋아했어요. 그 나이대는 인기 있는 남자애들 대부분이 재수 없는 새끼들이죠. 하지만 나는 팻이 누구에게 못되게 구는 건 못 봤어요. 어쩌면 이 모든 게 당신들에게는 특별하게 들리지 않을지 모르지만. 하지만 특별한 거죠."

리치는 설탕 봉지를 허공에 던졌다가 다시 받았다. "둘이 가까운 사이였죠?"

코너의 턱이 리치를 가리켰다가 내게로 옮겨 왔다. "두 사람 파트너잖아요. 그렇다는 건 목숨을 다해 서로를 신뢰할 준비가 되었다는 뜻 아닌가요?"

설탕 봉지를 받은 리치는 가만히 서서 내가 대답하도록 놔두었다. "좋은 파트너들은 그렇지. 그래."

"그러면 팻과 내가 어땠는지 알겠네요. 내가 그 친구에게 말한 얘기가 있어요. 다른 사람이 알아내느니 자살하는 게 낫다고 생각한 얘기입니다. 어쨌든 나는 그 친구에게는 말했어요."

코너는 거기 있는 역설을 놓치고 있었다. 불편한 감정이 스쳐 나는 하마터면 의자에서 일어나 방 안을 다시 빙빙 돌 뻔했다. "무슨 종류의 얘기?"

"농담합니까, 가족 얘기 말입니다."

나는 리치를 슬쩍 건너다보았다. 필요하면 다른 데서 알아낼 수 있을 것이었다. 하지만 리치의 눈은 코너에게 박혀 있었다. 나는 말했다. "제니퍼 얘기를 해보자고. 그때 제니퍼는 어땠지?"

코너의 얼굴이 부드러워졌다. "제니요." 그는 부드럽게 말했다. "특별한 사람이었지요."

"그래, 우리도 사진 봤어. 사춘기 때 못난 시절도 겪지 않았더라고."

"내 말뜻은 그런 게 아닙니다. 제니가 방 안에 들어오면 세상이 나아졌어요. 제니는 늘 모든 것이 사랑스럽기를 바랐고, 모든 사람이 행복하기를 바랐고, 일을 제대로 하는 법을 알고 있었어요. 제니에게는 이런 손길이 있었고 나는 다른 데선 그런 것을 본 적이 없었어요. 그리고 언젠가 맥이, 우리가 이전에 같이 어울려 다니던 친구인데, 맥이 어떤 여자애 주위를 어정거리고 그 주변에서 춤추면서 여자애랑 춤추고 싶어 했어요. 그랬더니 그 여자애가 걔를 향해 어떤 표정을 지으면서 무슨 말을 했어요. 뭐라고 했는지 모르지만 그 말에 여자애와 친구들이 모두 웃음을 터뜨려버렸죠. 맥은 얼굴이 빨개져서 우리에게 돌아왔어요. 아주 실망해서요. 여자애들이 모두 손가락질하며 킬킬대고 있었어요. 맥이 쥐구멍으로 사라져버리고 싶어 한다는 것을 알 수 있었죠. 그랬더니 제니가 맥에게로 돌아서 두 손을 내밀면서 말했어요. '나 이 노래 좋아하는데 팻은 싫어해. 나랑 춤춰주지 않을래? 부탁해.' 그렇게 두 사람은 가버렸고 다음 순간 보니까 맥이 미소 짓고 있었지요. 제니는 맥이 한 말에 웃음을 터뜨렸고 둘은 신나게 즐겼어요. 그 모습에 그 여자애들이 입을 다 물게 됐죠. 제니는 모든 여자애보다 언제라도 열 배는 예뻤거든요."

나는 말했다. "그 모습에 팻이 거슬려 하진 않고?"

"제니가 맥과 춤춘 것 가지고요?" 코너는 웃음을 터뜨릴 뻔했다. "아뇨. 맥이 한 살 어려요. 머리카락이 거칠고 뚱뚱한 애죠. 어쨌든 팻은 제니가 무슨 일을 하는지 알았어요. 제니가 그랬기 때문에 팻이 그 애를 더 사랑했다고 할 수 있죠."

부드러움이 그의 목소리에 스며들었다. 연인처럼 들리는 목소리였다. 은은한 조명과 떠도는 음악, 그리고 오직 한 사람의 청자를 위한 목소리. 피오나와 쇼나의 말이 맞았다.

"좋은 관계였던 것처럼 들리는군."

코너는 단순하게 말했다. "두 사람은 아름다웠어요. 그에 어울리는 말은 그뿐이죠. 십 대일 때 대부분의 시간이 거지같이 느껴지는 거 아시잖아요. 두 사람의 모습은 희망을 주었죠."

"그것참 사랑스럽네." 나는 말했다. "정말로, 그래."

리치가 다시 설탕 봉지로 장난을 하기 시작했다. "제니의 여동생 피오나랑 사귀었죠? 열여덟 살 때던가?"

"네, 몇 달 동안뿐이지만."

"왜 깨졌어요?"

코너가 어깨를 으쓱했다. "잘되지 않았어요."

"왜 안 됐어요? 피오나가 폭탄이어서? 공통점이 없어서? 피오나가 그걸 안 해주겠다고 해서?"

"아뇨. 헤어지자고 한 건 피오나 쪽이었어요. 우리는 잘 지냈어요. 그냥 잘 안 되었을 뿐이지."

"아, 그래요." 리치는 설탕을 잡으면서 건조하게 말했다. "어디서 잘 안 되었는지 알겠네요. 당신이 피오나의 언니를 좋아했으니까."

코너는 몸이 굳었다. "누가 그래요?"

"무슨 상관이죠?"

"나한텐 상관있어요. 완전히 거짓말이니까."

"코너." 나는 경고조로 말했다. "우리 거래 기억하나?"

그는 우리 둘 다 결판내고 싶은 것 같았지만 잠시 후 말했다. "당신들처럼 그런 식으로 말할 일이 아니었어요."

최소한 그게 동기는 아니라고 해도 바로 한 발짝 앞까지 다가왔다. 나는 리치를 흘끔 쳐다보지 않을 수 없었지만 그는 설탕을 너무 멀리 던져서 받느라 몸을 날려야 했다. "그래요?" 리치는 궁금해했다. "내 말이 어떻게 들렸는데요?"

"내가 무슨 두 사람 사이를 갈라놓으려고 했던 쓰레기 새끼인 것처럼 말했잖아요. 그런 게 아니었어요. 내가 버튼 하나만 눌러서 두 사람 사이를 갈라놓을 수 있다고 해도 그러지 않았을 거예요. 내가 느낀 건 다른 감정이었어요. 그건 나만 상관할 일이었고."

"어쩌면 그렇지." 나는 말했다. 내 말투가 마음에 들었다. 나른하고 재미있어하는 투로 들렸다. "제니가 알아내기 전까지는 그랬겠지. 제니가 알아내지 않았나?"

코너의 얼굴이 붉어졌다. 이렇게 오랜 시간이 흘렀다면 상처가 다 나았어야만 했다. "나는 그 애에게 한마디도 하지 않았어요."

"그럴 필요가 없었겠지. 제니가 짐작했으니까. 여자들은 그래, 친구. 그에 대해 제니는 어떻게 느꼈지?"

"알 길이 없죠."

"당신을 싹 무시해버렸어? 아니면 관심을 즐기면서 유도했나? 팻이 보지 않을 때 살짝 키스라도 하면서 가볍게 안을 순 있잖아?"

테이블 위에 놓인 코너의 손이 꽉 쥐어졌다. "아뇨. 말했잖아요. 팻은 나의 가장 친한 친구라고. 두 사람이 함께 어떤 모습이었는지도 말했잖아요. 우리 둘 중 하나가, 나나 제니가 그런 짓을 했을 거라고 생각합니까?"

나는 큰 소리로 웃었다. "오 세상에, 그래, 나도 십 대 소년이었던 때가 있었거든. 여자 가슴 한번 만질 수 있다면 우리 어머니를 모른 척할 수도 있었을 거야."

"당신은 그럴 수도 있었겠죠. 나는 안 그래요."

"아주 명예로운데." 나는 살짝 히죽거리며 말했다. "하지만 당신이 멀리서 고상하게 숭배만 한다고 해도 팻이 이해하지 못했을 텐데? 제니 일로 따졌잖아. 무슨 일이 있었는지 당신 관점에서 얘기하고 싶지 않나?"

코너가 따져 물었다. "뭘 원하는 겁니까? 내가 그 사람들을 죽였다고 말했잖아요. 이 모든 일, 우리가 아이였을 때 일어난 일들은 그것과 상관이 없어요."

꼭 쥔 주먹이 하얗게 변했다. 나는 시원하게 말했다. "내가 한 말 기억 나? 뭐가 적절한지는 우리가 직접 결정하고 싶다고 했잖아. 그러면 이제 당신과 팻 사이에 무슨 일이 벌어졌는지 들어보자고."

그는 턱을 벌렸지만 자제력을 유지했다. "아무 일도 벌어지지 않았어요. 피오나가 헤어지자고 하고 며칠 뒤 오후에 집에 있었는데 팻이 들러서 이러더군요. '산책 좀 나가자.' 나는 무슨 일이 벌어졌다는 걸 알았죠. 엄숙한 얼굴을 하고 나를 보려 하지 않았으니까요. 우리는 해변을 걸었고 팻은 나한테 피오나가 나를 찬 건 내가 제니에게 반했기 때문이냐고 물었어요."

"저런." 리치가 민망하다는 표정을 지었다. "어색하네요."

"그렇게 생각해요? 팻은 마음이 불편했어요. 나도 그랬죠."

내가 말했다. "자제력이 있는 친구네, 팻은. 안 그래? 나라면 당신이를 날렸을 텐데."

"나도 걔가 그럴 줄 알았습니다. 그래도 괜찮았어요. 그런 일을 당해도 싸다고 생각했고. 하지만 팻은 절대로 이성을 잃는 타입이 아니었어요. 그냥 이러기만 했죠. '많은 남자가 제니를 짝사랑하는 거 알아. 걔들 탓을 할 순 없지. 거리만 둔다면 큰 문제도 아니고. 하지만 너는…… . 맙소사. 너에 관해 걱정해야 한다는 건 생각도 해보지 않았어.'"

"그래서 뭐라고 했지?"

"말한 대로예요. 두 사람 사이에 끼어드느니 차라리 죽겠다고. 제니에게 절대 알리지 않겠다고. 내가 원하는 건 다른 여자를 찾아서 두 사람처럼 사귀면서 이런 기분을 느꼈던 사실 자체를 잊는 거라고."

그의 목소리에 어린 옛 정열의 그림자로 봐서 그게 진심이었다는 것을 알 수 있었다. 그래봤자 무슨 도움이 될진 모르겠지만. 나는 한쪽 눈썹을 치켜올렸다. "그럼 그게 다였단 말이야? 정말로?"

"몇 시간 걸렸습니다. 해변을 오르락내리락하면서 이야기를 나누느라. 하지만 중요 뼈대는 그거예요."

"팻은 당신 말을 믿었고?"

"팻은 날 알았어요. 나는 진실을 말했습니다. 내 말을 믿었죠."

"그런 후에는?"

"그런 후에는 술집에 갔어요. 잔뜩 취해서 결국은 서로 부축해서 집까지 비틀비틀 걸어갔죠. 남자들이 그런 날 밤에 할 수 있는 온갖 헛소리를 지껄이면서요."

나는 널 사랑한다, 친구. 동성애 같은 건 아니지만 사랑해. 너도 알잖아. 나는 너를 위해서는 뭐든 할 수 있어 뭐든……. 불편한 감정이 내 마음속에서 타올랐다. 이번에는 더 강렬했다. "그리고 뜰에 있는 모든 것이 다시는 장밋빛이지 않았겠네."

코너가 말했다. "아닙니다. 다 장밋빛이고말고요. 나는 몇 년 뒤 팻의 신랑 들러리도 섰습니다. 에마의 대부였죠. 내 말 못 믿겠으면 서류를 찾아보세요. 팻이 내가 자기 아내를 노렸다고 생각하면 나를 골랐을 거 같아요?"

"사람들은 이상한 짓도 하는 법이야, 친구. 그게 아니라면 나와 내 친구는 일자리를 잃게 되겠지. 하지만 그 문제에 관해선 당신 말을 믿겠어. 다시 좋은 친구가 되었다, 전우. 듣기 좋은 얘기를 믿어주지. 몇 년 뒤에 우정이 깨졌다던데. 무슨 일이 있었는지 당신 관점의 이야기를 듣고 싶군."

"우정이 깨졌다고 누가 그래요?"

나는 그를 보고 씩 웃었다. "당신 꽤 예측하기가 쉬워졌어. 일, 우리가 질문을 한다. 이, 우리는 정보원을 밝히지 않는다. 그러면 삼, 당신은 다른 사람들 중의 누구냐고 말한다. 당신이 아직도 스페인 가족과 친구로 지냈다면 얼어 죽게 추운 날 그들이 어떻게 지내는지 알아보려고 공사장으로 들어갈 필요는 없었겠지."

잠시 후 코너가 말했다. "거긴 진짜 빌어먹을 곳이었어요. 오션뷰는. 걔들이 그곳 얘기를 처음부터 듣지 않았으면 얼마나 좋았을까."

그의 목소리에 흉포한 저류가 새롭게 흘렀다. "나는 바로 알았어요. 처음부터 바로. 삼 년 전쯤 됐나, 잭이 태어나고 얼마 되지 않았을 때 어느 날 밤 팻과 제니의 집에 저녁을 먹으러 갔죠. 그때는 인치코어에 있는 작은 연립주택에 세 들어 살고 있었죠. 나는 십 분 정도 떨어진 곳에 살아서 언제든 자주 놀러갔어요. 거기 가 보니까 두 사람이 아주 들떠 있더군요. 내가 문 안으로 들어가기 전부터 그 집의 홍보물을 내게 들이밀었어요. '봐! 이거 보라고! 우리 오늘 아침에 계약금을 넣었어. 우리가 밤새 부동산 밖에서 줄 서 있는 동안 제니의 엄마가 애들을 봐주셨지. 우리가 대기 번호 10번이었고 우리가 원한 바로 그 집에 당첨됐어!' 두 사람은 약혼한 이후로 어딘가에 집을 사고 싶어서 안달이었고 나는 그들을 위해서 기뻐할 준비가 되어 있었어요. 그렇지만 홍보물을 보자 이 단지가 브라이언스타운에 있더라고요. 한 번도 들어본 적이 없었어요. 개발업자가 황제 노릇을 하며 자기 애나 자기 이름을 따서 지었을 법한 허허벌판에 있는 동네 같았죠. 거기엔 '더블린에서 고작 사십 분 거리'라고 씌어 있었지만 지도를 한번 보기만 해도 헬리콥터를 타야 그렇다는 걸 알겠더라고요."

나는 말했다. "인치코어에서도 먼 거리지. 이젠 며칠에 한 번씩 저녁 먹으러 들르지도 못할 거고."

"그건 문제가 아니었어요. 걔들이 골웨이 어디에 집을 산다고 했대도 나는 기뻐해줬을 겁니다. 그게 그 애들을 행복하게 할 수만 있다면."

"그들은 그 장소가 그럴 거라고 생각한 거지."

"거긴 장소라고도 할 수 없었어요. 내가 홍보물을 자세히 들여다보니까 집이 아니었어요. 모델하우스였죠. 내가 이랬죠. '이 단지가 지어지긴 했어?' 그랬더니 팻이 이러더군요. '우리가 이사 가면 지어질 거야.'"

코너는 입꼬리를 비틀면서 고개를 흔들었다. 뭔가 변했다. 브로큰하버가 몰아치는 바람처럼 대화 속으로 쿵쿵 들어오면서 우리 모두 긴장하고 열중했다. 리치는 설탕 봉지를 치워버렸다. "허허벌판 한가운데에 그들의 인생 몇 년을 거는 거였죠."

나는 말했다. "그들은 낙관주의자였잖아. 그건 좋은 일이지."

"그런가요? 낙관이 있는 곳에 단순히 미친 짓도 있죠."

"두 사람이 결정을 스스로 내릴 수 있을 만큼 어른이라고 생각하진 않았나?"

"물론 생각했죠. 그래서 입을 다물고 있었고. 축하한다고 했어요. 기쁘다고. 빨리 그 집을 보고 싶다고. 걔들이 무슨 말을 하든 고개를 끄덕이면서 웃어줬어요. 제니가 내게 커튼 천을 보여줬을 때도 에마가 자기 방을 어떻게 꾸밀지 그림을 그렸을 때도. 나는 그게 멋지길 바랐어요. 그들이 원한 모든 것이길 기도했죠."

"하지만 아니었지."

"두 사람은 집이 준비가 됐을 때 그곳을 보자면서 나를 데려갔어요. 일요일이었죠. 최종 계약서에 서명하기 전날. 이 년 전쯤, 그보다 좀더 됐어요. 그땐 여름이었으니까요. 더운 날이었죠. 끈적거릴 만큼 더웠고 구름이 끼어 있었어요. 구름이 내 머리 위로 공기를 내리눌렀죠. 그 장소는……." 그는 웃음인지 모를 음울한 소리를 냈다. "직접 보셨잖아요. 그때는 그나마 나았어요. 잡초도 자라지 않았고. 공사가 한창 진행중이라 적어도 묘지처럼 여겨지진 않았죠. 그래도, 누군가 살고 싶어 할 만한 곳 같진 않았어요. 우리가 차에서 내렸을 때 제니가 이러더군요. '봐, 저기 바다도 보여! 정말 멋지지 않아?' 나는 이랬죠. '그래, 전망이 근사하네.' 하지만 그렇지 않았어요. 물은 더럽고 기름이 둥둥 떴죠. 산들바람이 불어와 우리 땀을 식혀야 했지만 공기도 죽어버린 것 같았어요. 집은 꽤 예뻤죠. 스텝퍼드 마을을 좋아한다면. 하지만 길 바로 건너편은 불모지이고 불도저가 있었어요. 온 마을이 빌어먹게 참혹했죠. 나는 바로 몸을 돌려서 될 수 있으면 빨리 팻과 제니를 끌고 탈출하고 싶었죠."

리치가 말했다. "그들은 어땠습니까? 꽤 행복해하지 않았나요?"

코너는 어깨를 으쓱했다. "말은 그렇게 들렸죠. 제니가 이러더군요. '두 달만 있으면 길 건너편 공사가 끝날 거야.' 나한테는 그렇게 보이지 않았지만 입을 다물고 있었어요. 또 제니가 말했어요. '참 멋질 거야. 대출 쪽 사람들이 우리한테 110퍼센트를 내줘서 집에 가구를 넣을 수 있어. 부엌은 바다와 어울리게 해양 콘셉트로 꾸밀까 생각중이야. 해양 콘셉트가 멋있을 것 같아?'

나는 말했죠. '그냥 백 퍼센트를 받고 그에 맞춰서 집을 꾸미는 게 더 안전할지도 모르겠다.' 제니가 웃었어요. 거짓 웃음 같았지만 공기가 모든 것을 납작하게 눌러버려서 그랬을 수도 있겠죠. 그러더니 제니가 말하더군요. '오, 코너, 마음 편히 가져. 우리 그 정도는 여유 있어. 그리고 우린 이제 외식을 자주 하지 않을 거야. 어쨌든 근

처에 아무것도 없으니까. 나는 모든 게 멋졌으면 좋겠어.'

그래서 나는 말했습니다. '그냥 하는 말이야. 그게 더 안전할 거라고. 만약의 경우에.' 아무 말도 하지 말았어야 했는지 모르지만 그곳은…… 나를 바라보는 커다란 개처럼 느껴졌어요. 점점 거리를 좁혀 오기 시작하는 개. 그래서 지금 당장 거기서 도망쳐야 할 때라는 걸 아는 거죠. 팻은 그저 웃으면서 말하더군요. '야, 너 부동산이 얼마나 빠르게 오르는 줄 알아? 우리가 아직 이사 들어가지도 않았는데 집값이 벌써 우리가 내는 값을 넘어섰다. 언제든지 팔기로 하면 이익을 남기고 나갈 수 있어.'"

내 목소리에 깔린 거만한 기색을 나조차도 느꼈다. "그들이 미쳤다고 한다면 나라 전체가 미쳤던 거겠지. 부동산 폭락을 예상한 사람은 아무도 없었으니까."

코너의 눈썹이 꿈틀했다. "그렇게 생각합니까?"

"누구라도 예상했으면 나라 꼴이 이 모양은 아니었겠지."

그는 어깨를 으쓱했다. "저는 경제 문제는 아무것도 몰라요. 그저 웹 디자이너죠. 하지만 허허벌판에 있는 집 수천 채를 원하는 사람은 아무도 없다는 건 알아요. 사람들이 그 집을 산 이유는 오 년 뒤에 팔면 낸 값의 두 배를 받을 수 있어서 더 점잖은 집으로 이사할 수 있다는 얘기를 들었기 때문이겠죠. 내가 말한 대로 나는 그냥 얼간이일 뿐이지만요, 피라미드 계획이 결국에는 호구들을 탈탈 털 거라는 것 정도는 압니다."

"아이고, 여기 앨런 그린스펀*이 납셨네." 나는 말했다. 코너는 슬

---

* 미국의 경제학자로 전 미국 연방준비제도 이사회 의장.

슬 내 부아를 돋웠다. 그의 말이 맞았기 때문에, 팻과 제니는 그의 말이 틀렸다고 믿고도 남을 만했기 때문에. "뒤늦게 깨닫고 그 말이 맞았다고 하는 거야 쉽지. 친구들을 위해서 좀더 긍정적이 된다고 해서 죽는 건 아니잖아."

"그러면 걔들에게 헛소리를 더 안겼어야 한다는 겁니까? 걔들은 이미 그런 소리를 많이도 들었어요. 은행에서, 개발업자에게서 정부에게서, 자자, 사세요, 인생 최고의 투자입니다⋯⋯."

리치는 설탕 봉지를 돌돌 뭉쳐서 날카로운 바스락 소리와 함께 휴지통에 넣었다. 그가 말했다. "내 친구가 낭떠러지로 질주하는 모습을 보았다면 나라도 무슨 말을 했을 겁니다. 그들을 말릴 수는 없다고 해도 추락의 충격을 조금이라도 줄일 수 있다면요."

두 사람은 한편이 되어 외부자라도 되는 것처럼 나를 바라보고 있었다. 리치는 그저 코너를 꾹꾹 찔러 경제 폭락으로 패트릭이 어떻게 됐는지 이야기를 끌어내려는 것이었지만 그래도 내 신경을 긁는 건 매한가지였다. 나는 말했다. "계속 말해봐. 다음에는 어떻게 됐지?"

코너의 턱이 움직였다. 기억이 그를 점점 더 팽팽하게 조이고 있었다. "제니는 싸움을 싫어해서 이렇게 말했죠. '뒷마당 크기를 봐야 해! 우리는 거기 애들을 위한 미끄럼틀을 놓을 거야. 여름에는 바비큐도 할 거야. 너는 그후에 자고 가도 돼. 그러면 맥주 몇 캔 마신들 걱정할 필요 없잖아.' 그때 길 건너에서 크게 쿵 소리가 났어요. 전체 슬레이트 덩어리가 건물 비계 꼭대기에서 떨어지기라도 한 것처럼요. 우리는 모두 일 킬로미터는 펄쩍 뛰었죠. 우리 심장이 다시 뛰기 시작했을 때 나는 말했어요. '이런 것에도 긍정적일 수 있어?' 팻이 이러더군요. '그래, 우리는 긍정적이야. 그런 편이 낫지. 계약금은 환불되지 않으니까.'"

코너는 고개를 저었다. "팻은 그 말을 농담처럼 하려고 했어요. 나는 말했죠. '계약금 따위는 집어치워. 아직 마음을 바꿀 수 있어.' 그랬더니 팻이 제게 화를 버럭 내더군요. 그는 소리쳤어요. '씨발! 그냥 우리를 위해서 행복한 척해주면 안 돼?' 그건 팻답지 않았어요. 전혀 그렇지 않았죠. 말한 대로 그는 이성을 잃은 적이 없었어요. 그래서 나는 팻이 자기 결정을 다시 생각해보고 있다는 것을 알았어요. 중대하게요. 나는 말했죠. '너 정말로 이 집을 원해? 그냥 나한테 말해봐.'

팻은 이러더군요. '그래, 원해. 늘 원했어. 너도 알잖아. 네가 독신 남성으로 평생 월세로 살면서 행복하다고 해서…….' 나는 말했어요. '아니, 어떤 집이 아니라. 이 집을 말하는 거야. 이 집을 원해? 정말로 좋아해? 아니면 사야 한다고 생각해서 그냥 사는 거야?'

팻은 대답했죠. '그래, 이 집이 완벽하진 않지. 나도 그건 이미 잘 안다고. 젠장, 우리가 뭘 어떻게 하길 바라냐? 우리한텐 애들이 있어. 너도 가족이 있으면 가족이 살 집이 필요하다고. 거기에 뭐 문제 있어?'"

코너는 한 손으로 턱을 세게 훑었다. 그 바람에 주위에 빨간 자국이 남았다. "우리는 서로 고함을 질렀어요. 우리가 자란 동네였다면 그때쯤 노인네 예닐곱이 문밖으로 코를 내밀었겠죠. 하지만 거기에선 아무것도 움직이지 않았어요. 나는 말했어요. '네가 실제로 원하는 집을 살 수 없으면 그렇게 될 때까지 계속 세를 살면 되잖아.' 팻이 말하더군요. '세상에 코너, 세상일은 그렇게 돌아가지 않아! 우리는 부동산 사다리를 타야 한다고!' 나는 말했어요. '이런 게? 살기에 괜찮은 집이 될 수 없는 이런 음침한 곳을 위해 빚더미 속에 생각도 없이 뛰어드는 게? 만약 흐름이 바뀌어서 오도 가도 못하면 어떻게 하려고?'

제니가 내 팔꿈치에 자기 손을 얹으며 말했어요. '코너, 괜찮아. 하늘에 맹세코. 네가 우리를 생각해서 지켜주려는 거 아는데 솔직히 너는 너무 구식으로 살고 있어. 요새는 다들 이렇게 해. 다들.'"

코너는 웃었다. 단발성의 건조한 긁는 소리였다. "제니는 그게 무슨 큰 의미라도 되는 것처럼 말했어요. 그걸로 논쟁은 끝이라고, 얘기는 여기서 끝났다고. 나는 내가 들은 말을 믿을 수가 없었어요."

리치가 조용히 말했다. "제니 말이 맞잖아요. 우리 세대에선 수많은 사람이 정확히 똑같은 일을 하잖아요. 수천수만 명의 사람이."

"그래서요? 다른 사람들이 뭘 하든 무슨 상관이나 한대요? 걔들은 집을 사는 거잖아요, 티셔츠가 아니라. 투자가 아니라고요. 가정을 꾸리는 거지. 그런 것에 대해 어떻게 생각해야 하는지 다른 사람이 결정하게 놔두면, 그냥 유행이랍시고 따라하게 되면 당신은 누구죠? 그 무리가 다음 날 방향을 바꾸면, 이제까지 생각한 걸 모두 내던지고 다시 생각해요? 다른 사람들이 그렇게 말했다는 이유로? 그 아래 있는 당신은 뭐냔 말이에요? 아무것도 아니에요. 그 누구도 아니라고요."

분노는 돌처럼 조밀하고 차가웠다. 나는 짓뭉개지고 피에 젖은 부엌을 떠올렸다. "제니에게 그렇게 말했나?"

"나는 아무 말도 할 수 없었어요. 팻은 내 얼굴에서 읽었겠죠. 팻은 이랬어요. '사실이야. 이 나라 사람 아무나 잡고 물어봐. 구십구 퍼센트의 사람이 우리가 맞는 일을 하는 거라고 할걸.'"

다시 한번 날것의 긁는 웃음소리가 났다. "나는 거기 서서 입을 벌리고 응시했죠. 나는 차마……. 팻은 한 번도 그런 적이 없었어요. 한 번도. 우리가 열여섯 살일 때에도. 그래요. 가끔은 담배나 대마초도 피우고 그랬죠. 파티에선 모두가 하니까요. 하지만 항상 속마음으론 그 친군 자기가 누군지 알았어요. 완전히 머리가 망가진 사람 같은 행동을 한 적이 없었죠. 누가 압박을 준다는 이유만으로 술 취한 사람이 모는 차에 탄 적도 없어요. 그런데 여기서 그러고 있는 겁니다. 다 큰 성인 남자 새끼가 '다른 사람들 모두 하고 있으니까'라고 푸념하고 있었다고요."

"그래서 당신은 뭐라고 했는데?"

코너는 고개를 저었다. "할 말이 없었어요. 나도 이미 알았으니까요. 두 사람……. 나는 그 둘이 누군지 알 수가 없었어요. 더이상은요. 걔들은 내가 관계를 맺고 싶었던 사람들이 아니었어요. 어쨌든 노력은 했어요. 망할 얼간이처럼. 나는 이랬죠. '너희 진짜 어떻게 된 거야?'

팻이 말했죠. '우린 어른이 된 거야. 우리한테 생긴 일은 그거야. 성인이 된다는 건 이런 거야. 규칙에 따라서 행동해야 하지.'

나는 말했어요. '아니, 그건 절대 아니야. 너희가 성인이면 혼자 머리로 생각해야지. 미쳤어? 좀비야? 너 뭐야?'

우리는 서로를 죽도록 때려줄 것처럼 맞섰어요. 정말 그럴 거라고 생각했죠. 언제라도 팻이 나한테 한 대 날릴 거라고 생각했어요. 그런데 그때 제니가 다시 내 팔꿈치를 잡더니 돌려 세우면서 소리쳤어요. '너 입 좀 닥쳐! 그냥 닥치라고! 네가 모든 걸 망칠 거야. 난 못

참겠다고, 그 부정적인 생각 전부. 나는 그런 게 우리 애들 가까이에 다가오는 게 싫어. 우리 가까이에 오는 것도 싫어. 그런 거 싫다고! 역겨워. 모두가 너처럼 생각하면 온 나라가 망하고 전부 곤란해질 거야. 그러면 행복하겠니?'"

코너는 한 손으로 다시 입을 훑었다. 나는 그가 손바닥 살을 깨무는 것을 보았다. "제니는 울고 있었어요. 나는 무슨 말을 하려고 했지만 그게 뭐였는진 지금도 모르겠네요. 제니가 두 손으로 귀를 막고 걸어가버렸어요. 빨리, 저 길 아래로. 팻은 내가 먼지라도 되는 양 쳐다봤죠. 걔가 그러더군요. '고맙다 친구. 대단했어.' 그런 뒤에 팻도 제니를 쫓아갔죠."

"그래서 당신은 어떻게 했고?"

"나는 그 자리를 떠났어요. 시궁창 같은 단지를 두 시간 정도 돌면서 나중에 팻에서 전화해서 '미안해, 친구. 내 생각이 틀렸어. 이곳은 낙원이 될 거야'라고 말할 만한 점이 있나 찾아보려고 했어요. 하지만 내가 발견한 건 더한 시궁창뿐이었어요. 마침내 나는 다른 친구에게 전화해서 나 좀 데리러 오라고 했죠. 그 이후로 두 사람에게는 아무 연락이 없었어요. 나도 연락하려 하지 않았고."

"흠." 나는 의자에 기대면서 펜으로 내 치아를 톡톡 치며 생각해보았다. "별별 이상한 걸로 우정이 깨진 이야기들은 들어봤지만. 부동산 가격으로? 정말인가?"

"결국엔 내 말이 맞지 않았습니까?"

"그래서 흐뭇했나?"

"아뇨. 나는 차라리 틀리길 바랐어요."

"팻에게 신경이 쓰였으니까. 제니는 말할 것도 없고. 제니에게 신경이 쓰였겠지."

"네 식구 모두에게 신경이 쓰였습니다."

"특히 제니 아닌가. 아니, 기다려. 내 말 아직 안 끝났어. 나는 단순한 사람이야, 코너. 여기 내 파트너에게 물어보면 말해줄 거야. 나는 늘 가장 단순한 해결책을 선호하지. 그리고 보통은 그게 맞는 답이고. 그래서 나는 당신이 스페인 부부와 집의 선택이나 담보 규모, 그것들이 부부의 세계관에 대해서 의미하는 바 그 외 뭐가 됐든 지금 한 얘기를 두고 다툴 수도 있다고는 생각해. 일부분은 듣다가 놓쳐버렸으니 나중에 다시 기억을 되살려주면 되겠지. 하지만 배경을 생각하면 훨씬 더 단순한 답이 있어. 두 남자가 싸운 이유는 아직도 당신이 제니퍼 스페인을 사랑하기 때문이라는 것."

"그 얘기는 나오지도 않았어요. 피오나가 나와 헤어진 그때 한 번 이후로 우리는 그 주제를 언급한 적도 없다고요."

"당신은 아직도 제니를 사랑하긴 하는군."

잠시 후 코너는 조용히 고통스럽게 말했다. "나는 이제껏 제니와 같은 사람을 본 적이 없어요."

"그래서 여자친구를 사귀어도 오래가지 않았던 거지. 맞나?"

"난 인생의 몇 년을 내가 원하지 않는 것에 던지진 않아요. 그래야 한다고 누가 말하든 간에. 나는 팻과 제니를 봤어요. 진짜 관계라면 어떤 것인지를 압니다. 그런데 어째서 다른 걸 추구해야 하죠?"

"하지만 말다툼이 그것 때문은 아니라는 말을 하려는 거잖아."

혐오감으로 가늘게 뜬 회색 눈에서 빛이 번득였다. "아니었습니다. 내가 그들이 짐작하게 행동했다고 생각하는 겁니까? 둘 중 하나라도?"

"이전에는 짐작했으니까."

"그때는 더 어렸어요. 그땐 마음을 숨기는 데 서툴렀죠."

나는 큰 소리로 웃었다. "책을 펼쳐놓듯이 속마음이 훤히 보였다고? 자라면서 변한 건 팻과 제니만은 아니었나 보군."

"나도 분별력이 더 생겼죠. 자제력도 더 생겼고. 그렇다고 다른 사람이 된 것은 아니죠."

"그렇다는 건 아직도 제니를 사랑하고 있다는 뜻인가?"

"제니와는 몇 년 동안 말도 해보지 않았습니다."

그건 완전히 다른 질문이었지만 우리는 둘 다 기다릴 수 있었다. "그랬겠지. 하지만 많이 보기는 했잖아. 당신의 작은 은신처에서. 그 얘기를 해보자고. 어떻게 시작됐나?"

나는 코너가 그 얘기를 피하지 않고 빙 둘러갈 것이라 예상했으나 그는 반기듯이 빠르고 쉽게 대답했다. 제니퍼 스페인에 대한 감정이 아니면 어떤 주제라도 괜찮은 것이었다. "우연히 시작됐습니다. 작년 말부터 일이 잘되어가지 않았죠. 일거리가 말랐습니다. 경제 폭락의 시작이었죠. 아무도 그렇게 말하진 않았어요. 그때는요. 그걸 알고 티 냈다가는 매국노라고 하겠지만 난 알았어요. 나 같은 프리랜서들은 그런 걸 가장 먼저 느끼는 사람들이죠. 나는 꽤 쪼들렸어요. 아파트에서도 이사를 나가야 했고 거지 같은 단칸 셋방으로 옮겼어요. 당신들도 봤을 텐데요?"

우리 중 누구도 대답하지 않았다. 리치는 그가 있던 구석에 가만히 머물러 배경 속에 녹아들어서 내가 제대로 겨냥할 수 있도록 자리를 비워두었다. 코너의 입가가 일그러졌다. "당신들 마음에 들었으면 좋겠네요. 내가 가급적이면 왜 거기 있지 않았는지 알았을 테니까."

"아까 말을 들으니 오션뷰에 열광한 것 같지도 않던데. 어쩌다가 거기서 어슬렁거리게 됐지?"

그는 어깨를 으쓱했다. "시간이 남아돌았고 의기소침했고…… 팻과 제니를 계속 생각했죠. 두 사람은 내가 힘들 때면 언제나 이야기를 들어주던 상대였어요. 두 사람이 그리웠죠. 나는 그냥…… 걔들이 어떻게 지내는지 보고 싶었어요. 그냥 궁금해졌어요."

"뭐 그 정도는 나도 이해할 수 있어. 하지만 평범한 남자라면 옛 친구와 다시 연결되고 싶다고 해서 그 집 뒤 창문 바깥에서 야영하진 않거든. 전화를 하겠지. 바보 같은 질문이라면 미안한데 그런 생각은 들지 않던가?"

"두 사람이 나와 얘기하고 싶은지 모르니까요. 우리가 여전히 잘 지낼 수 있을 만큼 공통점이 있는지도 알 수 없었고. 우리가 그렇지 않다는 걸 알아내고 싶지 않았어요." 순간 그는 연약하고 꾸밈없는 십 대처럼 들렸다. "그래요. 피오나에게 전화해서 두 사람 안부를 물어도 됐지만 걔들이 피오나에게 얼마나 얘기했는지 몰랐고 피오나를 가운데에 끼게 하기도 싫었어요. 어느 주말에 그냥 브라이언스타운에 가서 한번 보고 집에 와야겠다고 생각했어요. 그게 답니다."

"그리고 잘 봤지."

"네. 당신들이 나를 발견한 그 집에 올라갔어요. 그때는 그들이 뒷마당 같은 데 나오면 볼 수 있겠구나 생각했지만 부엌 창문이…….
거기선 다 보이더라고요. 네 사람이 식탁이 둘러앉은 모습. 제니가 에마의 머리카락이 점심 식사에 빠지지 않도록 고무줄로 묶어주는 모습. 팻이 이야기를 해주는 모습. 잭이 얼굴에 온통 음식을 묻히고 웃는 모습."

"거기 얼마나 오래 머물렀지?"

"한 시간 정도요. 좋았어요. 내가 본 것 중에서 가장 좋은 광경이라서 얼마나 오래 있었는지도 모르겠네요." 그 기억에 코너의 목소리에서 긴장감이 매끄럽게 펴지면서 부드러워졌다. "평화로웠죠. 나는 평화로운 마음으로 집으로 돌아갔습니다."

"약을 한 방 더 맞고 싶어서 돌아갔군."

"그래요. 이 주일쯤 후에. 에마가 마당에 인형을 늘어놓고 춤추는 법을 가르치면서 하나하나 교대로 춤을 추게 하고 있었어요. 제니는 빨래를 널고 있었고요. 잭은 비행기 놀이를 하고 있었습니다."

"그것도 평화로웠겠네. 그래서 계속 돌아간 거군."

"네. 달리 종일 뭘 하겠어요? 그 단칸 셋방에 앉아서 텔레비전이나 보라고요?"

"다음으로는 침낭이랑 쌍안경을 다 챙겨서 간 거고."

"미친 소리처럼 들리는 건 압니다. 나한테 말할 필요 없어요."

"정말 그래. 하지만 지금까지는 또한 그렇게까지 해롭지 않게 들리는 것도 사실이야. 그게 완전히 미친 짓이 된 건 네가 그 집에 침입하기 시작하는 대목에서부터지. 그 부분에 대해서도 네 관점으로 말하고 싶나?"

그는 아직도 망설이지 않았다. 심지어 불법 침입도 제니에 대한 얘기보다는 안전지대였다. "말한 대로 뒷문 열쇠를 찾았어요. 그걸로 뭘 할 계획은 아니었죠. 그저 갖고 있고만 싶었어요. 그러다 어느 날 아침 그들이 모두 나간 사이 나는 거기서 밤을 새웠고요. 축축하고 얼어 죽게 추웠어요. 그때는 괜찮은 침낭을 사기 전이라서. 그래서 생각했죠, 뭐 어때. 그저 오 분이라면, 잠깐 몸만 녹이고……. 하지만 안에 들어가니 좋았어요. 다림질, 차와 갓 구운 빵의 냄새와 온갖 꽃의 향기가 났어요. 모든 것이 깨끗하고 반짝거렸죠. 그런 곳에 가본 지도 오래되었어요. 집이라고 할 만한 곳요."

"언제였지?"

"봄요. 날짜는 기억나지 않네요."

"그러면 그때 이후로 계속 돌아간 거군. 유혹을 거부하는 데는 능하지 않은가 보네?"

"나는 아무런 해도 끼치지 않았습니다."

"해가 아니라고? 그럼 그 안에 들어가서 뭘 한 건가?"

그는 어깨만 으쓱했다. 코너는 팔짱을 끼고 시선을 우리에게서 돌려버렸다. 그는 이제 부끄러워했다. "별거 하지 않았습니다. 차 한 잔 마시고 비스킷 하나를 먹었죠. 가끔은 샌드위치를." 제니의 없어진 햄 조각. "가끔은 뭐……." 뺨 위로 홍조가 피어올랐다. "옆집의 못된 이웃이 보지 못하도록 거실 커튼을 치고 텔레비전을 보았습니다. 그런 거요."

"거기 사는 흉내를 낸 거군."

코너는 대답하지 않았다.

"위층도 올라갔나? 침실에도?"

다시 침묵.

"코너."

"두어 번요."

"뭘 했지?"

"그저 에마와 잭의 방을 좀 들여다봤습니다. 문간에 서서 봤어요.

아이들을 그려볼 수 있길 바랐을 뿐입니다."

"그리고 팻과 제니의 방도? 거기도 들어갔지?"

"네."

"그리고?"

"당신들이 생각하는 짓은 안 했어요. 걔들 침대에 누워보긴 했죠. 신발부터 벗었습니다. 잠깐요. 눈을 감아봤죠. 그게 다예요."

그는 우리를 보고 있지 않았다. 그는 기억 속으로 서서히 사라지고 있었다. 얼음에서 냉기가 피어오르듯 그에게서 슬픔이 피어오르는 것을 느낄 수 있었다. 나는 날카롭게 말했다. "스페인 가족의 생활에 겁을 줄 수 있다는 생각은 들지 않았나 보지? 아니, 그런 생각은 오히려 보너스인가?"

이 말에 그는 다시 현실로 돌아왔다. "나는 그들을 겁주지 않았어요. 반드시 그들이 돌아오기로 한 시각 전에 나갔습니다. 모든 건 원래 본 그대로 해놓았고요. 컵도 씻어서 말려 치웠어요. 먼지를 흘렸을까 봐 바닥도 닦았고요. 내가 가져간 물건은 아주 사소한 것뿐이었어요. 고무줄 두어 개 없어졌다고 아쉬워할 사람은 없잖아요. 내가 거기 갔었는지 아무도 몰랐을 겁니다."

"다만 우리는 알았지. 그걸 명심해. 말해봐, 코너. 그리고 기억해. 거짓말은 안 돼. 너 미친 듯 질투했지? 안 그랬어? 스페인 가족을 말이야. 팻을?"

코너는 고개를 저었다. 파리를 쫓아버리듯 짜증스럽게 홱 휘두르는 움직임이었다. "아닙니다. 당신은 이해를 못 할걸요. 우리가 열여덟 살 때와 같은 거예요. 당신이 말하는 그런 방식이 아니었습니다."

"그러면 어떤 방식이었는데?"

"나는 그 어떤 나쁜 일도 그들에게 일어나길 바라지 않았어요. 나는 그냥…… 다른 사람들이 다 하는 일을 걔들이 했다는 이유로 제가 지랄을 했다는 건 알아요. 하지만 그들의 삶을 보고 있으려니……."

길게 내쉰 숨. 난방이 다시 끊겼다. 웅웅대는 소리가 사라지니 방안이 진공처럼 고요해졌다. 우리의 가는 숨소리가 고요 속으로 빨려 들어가 녹아서 아무것도 없이 사라졌다.

"밖에서 보면 그들의 삶은 다른 사람들의 삶과 정확히 똑같았어요. 악몽 같은 복제 인간 영화 속에서 나온 것 같았죠. 하지만 일단 안에서 보이는 건……. 가령 제니는 모든 여자가 쓰는 멍청한 인공 선탠 화장품 쓰레기를 바르곤 했어요. 다른 여자들과 똑같이 보이려고요. 하지만 그후에는 그 병을 부엌으로 가져갔고 제니와 아이들은 작은 붓을 가지고 손에 그림을 그렸어요. 별이나 웃는 얼굴, 머리글자를. 한번은 잭의 팔에 호랑이 줄무늬를 그렸죠. 잭은 일주일 내내 호랑이가 되어 신나했죠. 혹은 아이들이 침대에 든 뒤에 제니는 평소대로, 그리고 세상의 주부들이 하는 대로 아이들이 어지른 난장판을 정리했지만 가끔은 팻이 도와주러 와서 둘이 함께 장난감을 가지고 놀기도 했어요. 헝겊 인형을 가지고 싸우는 척하고 웃다가 피곤해지면 함께 바닥에 누워서 창밖의 달을 내다봤죠. 거기 위에서 보면 그들은 여전히 똑같은 그 애들이었어요. 우리가 열여섯살 때 모습 그대로였어요."

코너는 팔짱을 풀었다. 두 손은 둥글게 오므려 손바닥을 뒤집어서 탁자 위에 올려놓았고 입술은 벌어져 있었다. 그는 불 켜진 창문 너머로 천천히 지나가는 영상을 바라보고 있었다. 저 멀리 손 닿을 수 없는 곳에서 에나멜과 황금으로 풍성하게 반짝이는 이미지.

"집 밖에서 밤을 지새우면 더 길어지죠. 이상한 생각들을 하게 돼요. 나는 단지 건너편 집들에서 다른 불빛들도 볼 수 있었어요. 가끔은 음악 소리도 들었어요. 누군가 오래된 록큰롤 음악의 볼륨을 최대치까지 틀곤 했죠. 다른 사람은 플루트가 있어서 연습하곤 했어요. 나는 거기 사는 사람들에 대해 생각하기 시작했죠. 그 모든 다른 삶을요. 모두가 그저 저녁 준비를 하고 있을 뿐이지만 한 남자는 아이가 학교에서 힘든 하루를 보내고 오면 기운을 내게 하려고 가장 좋아하는 요리를 할 수도 있죠. 어떤 부부는 아내가 임신한 걸 알고 축하할 수도 있고……. 그들 모두가 저기서 저녁을 짓고 자기만의 무엇을 생각하고 있었어요. 모두 자기만의 사랑하는 사람이 있었어요. 내가 거기 갈 때마다 그 생각이 점점 강해졌죠. 그런 유의 삶. 결국에는 아름답잖아요."

코너는 다시 한번 숨을 깊이 고르며 두 손을 펴고 손바닥을 아래로 해서 탁자를 짚었다. 그는 말했다. "그게 답니다. 질투한 건 아니에요. 그저…… 그거예요."

리치는 구석에 서서 말했다. "하지만 스페인 가족의 삶은 아름답게 남아 있지 못했네요. 팻이 직업을 잃은 후에는."

"그들은 잘 지냈어요."

패트릭을 즉시 변호하고자 바로 날을 세우는 코너의 목소리를 들으니 내 마음속에서 다시 그 불편한 기분이 튀어 날아다녔다. 리치가 벽에서 떨어져 나와 엉덩이를 탁자에 기대고 코너에게 지나치게 가까이 몸을 숙였다. "지난번에 우리가 얘기할 때 그게 팻의 머리를 망가뜨렸다고 했잖아요. 정확히 무슨 뜻이었죠?"

"아무것도 아니에요. 나는 팻을 알아요. 걔는 직장에서 잘리기 싫었다는 걸 알았죠. 그게 답니다."

"세상에, 그 불쌍한 자식은 너덜너덜해졌잖아요. 그렇죠? 우리가 아직 모르는 걸 털어놓지 않으려는 거죠? 그래, 뭘 봤습니까? 그가 이상하게 행동하는 거? 우는 거? 제니랑 싸우는 거?"

"아니에요." 짧고 긴장된 대답. 코너는 우리에게 무엇을 줘야 할지 가늠하는 듯했다. 그는 다시 가슴으로 팔을 올려 팔짱을 꼈다. "처음에는 그 친구도 괜찮았어요. 몇 달 후 여름이 지나고 나서는 늦게까지 남아 있다가 자더군요. 외출을 많이 하지 않았어요. 그전에는 매일 달리기를 했는데 그것도 그만두었고요. 어떤 날에는 옷도 제대로 입지 않고 면도도 하지 않았어요."

"우울증처럼 들리는데요."

"기분은 저조했죠. 그래서요? 그렇다고 걔를 비난할 겁니까?"

리치가 말했다. "그래도 실제로 연락할 생각은 하지 않았군요? 당신도 상황이 나쁘게 흘러갔을 때 팻과 제니가 보고 싶었잖아요. 그들도 상황이 힘들어졌을 때 당신을 보고 싶어 했을 거란 생각은 전혀 해보지 않았습니까?"

"네, 했어요. 많이 해봤죠. 내가 도울 수 있겠다 생각도 했어요. 팻하고 술 한잔하러 나가서 웃고 부부가 둘만의 시간을 보내는 동안에 애들도 봐주고……. 하지만 나는 할 수 없었어요. '하하, 거봐라! 내가 다 망할 거라고 했잖아'라고 말하는 것만 같아서요. 그러면 상황이 나빠지지 좋아지진 않을 테니까요."

"맙소사. 그래봤자 팻이 얼마나 더 나빠질 수 있다고요?"

"많이 나빠질 수 있죠. 팻은 운동도 충분히 하지 않았거든요. 그건 큰일이에요. 그렇다고 무너지고 있었다는 뜻은 아니지만."

방어적인 기운도 아직 남아 있었다. 내가 말했다. "팻이 외출을 하지 않아서 행복할 수가 없었겠네. 그가 집에 있다면 차와 샌드위치도 먹을 수 없으니. 지난 두 달 동안 그 집에서 시간을 보낼 기회가 여전히 있었나?"

그는 내가 구해주기라도 한 양 재빨리 나를 돌아보며 리치를 어깨로 살짝 밀었다. "더 적긴 했습니다. 하지만 일주일에 한 번 정도는 식구들이 모두 외출을 했죠. 에마를 학교에 데리러 가서 장을 보러 간다거나 할 때. 팻은 문밖에 나서는 걸 무서워했던 게 아닙니다. 그냥 안에 있고 싶었던 거예요. 밍크인지 뭔지를 지켜보고 싶어서. 그는 그런 유의 공포증은 없었어요."

나는 리치를 보지 않았지만 그가 얼어붙은 건 느낄 수 있었다. 코너가 패트릭의 동물에 관해서 알 리가 없었다.

나는 그가 알아차리기 전에 편안하게 물었다. "그 동물을 본 적 있나?"

"말한 대로예요. 나는 그 집에 간 적이 별로 없어요."

"물론 그러셨겠지. 지난 두 달간을 말한 게 아니야. 거기 들고 난 시간 전체를 말하는 거지. 동물을 본 적이 있나? 봤어?"

코너는 왜인지는 확실히 모르지만 경계를 높이기 시작했다. "득득 긁는 소리는 두어 번 들었어요. 나는 쥐라고 생각했죠. 혹은 다락에 들어온 새든가."

"밤에는 어때? 밤은 동물이 사냥을 하거나 교미를 하거나 뭐든 좋아할 만한 일을 할 때잖아. 그리고 넌 귀여운 쌍안경을 들고 바로 밖에 있었지. 여행하는 도중에 밍크를 봤나? 수달? 쥐라도?"

"거기 밖에 사는 동물들이 있긴 해요. 밤에는 많은 동물이 돌아다니는 소리를 들었죠. 어떤 건 컸어요. 뭔진 몰라요. 직접 본 적은 없으니까. 어두웠으니까요."

"걱정은 되지 않았나? 허허벌판 한가운데 보이지도 않는 야생동물들에 둘러싸여 자신을 보호할 장비 하나 없이?"

코너는 어깨를 으쓱했다. "동물은 신경 쓰이지 않았어요."

"용감한 친구네." 나는 칭찬하듯이 말했다.

리치는 혼란스러워하며 머리를 문질렀다. 상황을 바로잡으려고 하는 당혹스러운 신입 행세였다. "잠깐만요. 내가 뭘 놓친 것 같은데. 팻이 동물을 찾고 있다는 걸 당신이 어떻게 알았죠?"

코너의 입이 한순간 벌어졌다가 생각을 빨리 하더니 다시 닫혔다.

"그게 뭐 큰일이라고?" 나는 따져 물었다. "복잡한 질문도 아니잖아. 우리에게 말하고 싶지 않은 이유라도 있나?"

"아뇨. 그냥 어떻게 알아냈는지 기억이 나지 않아서."

리치와 나는 서로 얼굴을 마주 보고 웃음을 터뜨렸다. 내가 말했다. "참 대단하시군. 솔직히, 내가 이 일을 아무리 오래해왔어도 이건 참 질리지도 않는단 말이야." 코너의 턱이 단단하게 굳었다. 그는 비웃음당하는 것을 좋아하지 않았다. "미안하네, 친구. 하지만 자네도 이해해야지. 우리는 여기서 기억상실증을 끔찍히도 많이 보거든. 가끔은 정부가 수돗물에 뭘 탄 게 아닌가 걱정이 될 정도야. 다시 말해보고 싶어?"

그의 정신이 속도를 올려 빙빙 도는 중이었다. 리치는 여전히 목소리에 웃음기를 띠고 말했다. "아, 얘기해보라고요. 손해 볼 거 없잖아요?"

코너가 말했다. "어느 날 밤 부엌 창문에 귀를 기울이고 있었는데, 팻과 제니가 그 얘기를 하는 걸 들었어요."

가로등도 없고 스페인의 마당에는 야외 전등도 없었다. 일단 어두워지면 그는 벽으로 다가와서 저녁 내내 창문에 붙어 귀를 기울였으리라. 사생활은 스페인 가족이 가진 문제 중에서는 가장 사소했을 것이다. 돌무더기, 덩굴식물과 바닷소리 사이에 있으니까. 그들에게 신경 쓸 사람으로부터 고속도로를 타고 한참 와야 하는 이곳. 하지만 어느 것 하나 그들만의 것이 아니었다. 집 주변을 돌아다니며, 그들이 늦은 밤 와인을 마시고 포옹하는 집 바깥의 벽에 바짝 붙어 있는 코너, 두 사람의 말다툼을 함부로 건드리고, 그들 결혼 사이에 살짝 생긴 틈을 파고드는 고건 부부의 기름진 손가락. 그들의 집 벽은 화장지처럼 얇았고 찢어져 아무것도 남지 않고 녹아버렸다.

"흥미롭네. 그 대화가 너한텐 어떻게 들렸지?"

"무슨 뜻입니까?"

"누가 무슨 말을 했는지? 그들이 걱정하고 있었는지? 화가 났는지? 말다툼을 했는지? 소리나 비명을 질렀는지, 그런 거?"

코너의 얼굴은 이미 멍해졌다. 그는 이에 대비하진 못했다. "다 듣진 못했어요. 팻은 덫이 작동하지 않는다는 말을 했어요. 그랬더니 제니가 뭔가 다른 미끼를 써보라고 한 것 같아요. 팻은 그 동물을 보려면 뭘 써야 할지 안다고 했어요. 두 사람은 화난 것 같진 않았어요. 전혀 그렇지 않았죠. 약간 걱정스러웠는지도 모르겠지만 누군들 아니겠어요. 확실히 말다툼은 아니었어요. 큰일 같지도 않았고."

"좋아. 그게 언제였지?"

"기억나지 않아요. 아마도 이번 여름쯤. 더 나중일 수도 있고."

"흥미로운 얘기군." 나는 탁자에서 의자를 뒤로 뺐다. "그 생각은 잠깐 접어둬, 친구. 우리는 잠깐 밖에 나가서 너에 대한 얘기를 하고 올 테니까. 신문 중지입니다. 케네디 형사와 커런 형사가 면담실을 나갑니다."

코너가 말했다. "잠깐요. 제니는 어때요? 제니가……." 그는 말을 끝맺지 못했다.

"아." 나는 재킷을 어깨 위로 걸치며 말했다. "그 질문을 기다리고 있었지. 너는 잘해냈어, 코너. 그 질문을 하기 전까지 오래 기다렸지. 육십 초 내로 빌 줄 알았더니만. 너를 과소평가했어."

"당신들이 물어본 질문에 다 대답했잖아요."

"했지, 했나? 주고받는 거지, 착한 친구야." 나는 질문하듯 리치를 향해 눈썹을 치켜떴고 리치는 어깨를 으쓱하며 탁자에서 스르르 내려왔다. "안 될 것도 없지. 제니는 살아 있어, 친구. 위험은 벗어났어. 며칠만 있으면 병원에서 퇴원할 거야."

나는 안도 혹은 공포, 어쩌면 분노를 기대했다. 대신에 그는 빠르게 씩씩거리는 숨소리를 내쉬고 간결하게 고개를 한 번 끄덕이면서 그 소식을 받아들이고는 아무 말 하지 않았다.

"제니가 우리에게 아주 흥미로운 정보를 줬지."

"뭐라고 했죠?"

"이봐, 친구. 우리가 그 정보를 공유할 수 없다는 건 알잖아. 그냥 이렇게만 말해두자고. 제니 스페인이 반박할 수 있는 거짓말을 하려면 아주 주의해야 할 거야. 우리가 나가 있는 동안 그 생각을 해봐. 열심히 잘 생각해."

나는 리치를 위해 문을 잡아주면서 마지막으로 코너에게 눈길을 주었다. 그는 허공을 쳐다보면서 잇새로 숨을 내쉬었다. 내가 방금 말한 대로 그는 열심히 생각중이었다.

복도에 나오자 내가 말했다. "저 말 들었어? 저기 어딘가에 동기가 있어. 결국 저기 있잖아. 하늘에 감사해야겠군. 내가 저 미친놈을 때려서라도 알아내고 말 거야."

심장이 쿵쿵 요동쳤다. 나는 리치를 껴안고 싶었다. 코너가 펄쩍 뛰도록 세게 문을 치고 싶었다. 뭔지 모를 기분이었다. 리치가 벽에서 벗겨지는 녹색 페인트를 손톱으로 왔다 갔다 훑으면서 문을 바라보았다. 그는 말했다. "중요하다고 생각하시는 거죠?"

"중요하고말고. 저자가 그 동물 얘기를 실수로 꺼내는 순간 우리한테 다시 거짓말을 늘어놓기 시작했어. 덫과 미끼에 대해 나눴다는 대화는 한 적 없을걸. 서로 소리치며 싸웠고 코너가 창문에 진짜 귀를 대고 있었다면 그 대화를 많이 들었을 수도 있지. 하지만 스페인 가족의 집은 이중유리 문이었어, 기억하지? 바닷소리까지 덤으로 붙이면 아무리 가까이 붙어 있었대도 코너가 평범한 대화 소리를 들었을 리가 없어. 어쩌면 말투에 대해선 거짓말을 했을지 몰라. 두 사람이 소리를 지르며 다퉜겠지. 하지만 어떤 이유에선가 우리에게 말하고 싶지 않았어. 그게 아니라면 어떻게 동물에 대해 알아냈겠어? 어떻게?"

리치가 말했다. "언젠가 침입했을 때 컴퓨터가 켜져 있고 돌아가는 상황을 봤겠죠. 게시물을 읽은 겁니다."

"그럴 수도 있어. 그게 저자가 우리에게 처먹인 개소리보다는 더 말이 되지. 하지만 어째서 말해버리지 않는 거지?"

"저자는 우리가 컴퓨터에서 뭔가 복구했다는 사실을 모릅니다. 패트릭이 상황을 어떻게 처리해야 할지 모르게 됐다는 걸 알리고 싶지 않았던 거죠. 자기가 패트릭을 덮어주고 있다는 사실을 우리가 발견하게 될까 봐."

"만약에 덮어주고 있다면 말이지. 만약에." 나는 리치가 아직 넘어오지 않았다는 것을 알았지만, 그 말을 입 밖에 내는 것을 듣자 복도 안에서 좁은 원을 그리며 빙글빙글 걸었다. 저 안의 탁자 앞에 오래 가만히 앉아 있었더니 온몸의 근육이 경련을 일으켰다. "그 밖에 저 친구가 알아냈을 방법으로 떠오르는 게 없나?"

"저자와 제니퍼가 불륜을 저질렀을 경우도 있습니다. 제니퍼가 동물에 대해서 얘기했겠죠."

"그래, 어쩌면. 그럴 수 있어. 그걸 알아내야지. 하지만 내가 염두에 둔 건 아니야. '제정신을 잃어간다'고 네가 말했지. 패트릭이 제정신을 잃어가게 됐다고. 패트릭도 그렇게 생각할 수밖에 없게 된 거라면 어떨까?"

리치는 다시 벽에 몸을 붙이고 두 손을 주머니에 넣었다. "계속 말씀해보시죠."

"인터넷의 사냥꾼이 말한 것 기억해? 덫을 추천한 사람? 그 사람은 혹시나 패트릭의 아이들이 장난친 건 아니냐고 물었지. 우린 아이들이 그런 짓을 하기엔 너무 어리다는 걸 알아. 하지만 그렇지 않은 다른 사람이 있었어. 접근할 수 있는 사람."

"코너가 동물을 덫에서 풀어줬다고 생각하는 겁니까? 미끼로 쓴

쥐를 보냈다고?"

나는 빙빙 돌다가 멈췄다. 여기 관찰실이 있다면 얼마나 좋을까 생각했다. 빨리 움직이면서도 목소리를 낮출 필요가 없는 곳이. "어쩌면 그럴지도 몰라. 심지어 그 이상일지도 모르지. 여기서 사실. 적어도 코너는 제니퍼의 머릿속을 흩뜨려놓았어. 제니퍼의 햄을 먹고 자잘한 물건들을 슬쩍하고. 코너는 한참 동안 자기는 제니퍼를 겁주고 싶지 않았다는 말을 계속할 수 있겠지. 하지만 사실상 그게 바로 그가 한 짓이야. 제니퍼를 죽도록 겁줬다고. 피오나에게 제니퍼가 제정신을 잃고 있다고 생각하게 했잖아. 어쩌면 제니퍼도 똑같은 생각을 하도록 했을 수도 있어. 그가 이런 짓을 패트릭에게 했다면?"

"가령 어떻게요?"

"그 이름 뭐시기 있지, 둘리틀 박사. 그 친구는 처음부터 다락에 동물이 있었는지도 확신할 수 없다고 했잖아. 너는 그 말을 패트릭 스페인이 모든 일을 상상했다는 뜻으로 받아들였지. 코너가 한 짓이라서 동물이 없었던 거라면?"

리치의 얼굴에 생생한 감정들이 쓱 지나갔다. 회의, 방어, 뭔지 알 수 없었다. 나는 말했다. "패트릭이 말했던 모든 징조, 우리가 보았던 모든 것은 그 집에 접근할 수 있었던 누구라도 꾸밀 수 있는 거야. 둘리틀 박사 얘기 들었지. 그가 울새에 대해서 한 얘기도. 동물 이빨이 머리를 물어뜯었을 수도 있지만 칼로 할 수도 있었을 거라고. 다락 서까래에 난 홈. 발톱 자국일 수도 있지만 칼자국이나 손톱 자국일 수도 있지. 뼈. 동물만이 다람쥐 가죽을 벗겨서 뼈만 남길 수 있는 건 아니야."

"소리는요?"

"아, 그래. 소리도 잊지 말아야지. 패트릭이 와일드워처 게시판에 옛날에 썼던 게시물 기억나? 다락 바닥과 그 아래 천장 사이에는 이십 센티미터 정도 공간이 있어. 거기에 리모컨으로 조절되는 MP3 플레이어와 좋은 스피커를 숨겨놓고 패트릭이 위층에 올 때마다 긁고 쿵쿵 치는 소리 파일을 켜는 게 어려운 일일까? 단열재 뒤에 숨겨놓으면 패트릭이 손전등으로 둘러봐도 아무것도 못 보겠지. 실제로 그랬잖아. 그가 전자제품을 찾고 있었던 건 아니니까. 그는 털이나 배설물, 동물을 찾고 있었으니 기기를 알아차릴 걱정은 없었을 거야. 좀더 추가로 재미를 보고 싶으면 제니가 있을 때마다 소리 파일을 끄는 거지. 그러면 패트릭이 정신이 나가버린 건가 생각하기 시작할 테니까. 침입할 때마다 배터리는 바꾸면 되지. 아니면 집 안 전력을 끌어오는 방법을 알아내든가. 그러면 이 작은 게임은 필요한 만큼 오래 돌아갈 수 있을 거야."

리치가 지적했다. "하지만 그게 다락에 가만히 있는 건 아니었죠. 그 동물, 동물이 있었다면 말이지만요. 그게 벽을 타고 내려왔다고 했잖아요. 패트릭은 그 소리를 거의 모든 방에서 들었다고 했어요."

"들었다고 생각한 거지. 또 뭐라고 게시판에 올렸는지 기억나? 동물이 어디에 있는지는 확신할 수 없다고 했어. 코너가 가끔씩 스피커를 옮겼다고 쳐봐. 패트릭이 계속 방심하지 않게 하려고 동물이 다락에서 움직이는 것 같은 소리를 내는 거지. 그러다 어느 날 스피커 위치를 잘 맞추면 소리가 벽의 공동을 타고 내려가서 아래층에서 나는 것처럼 할 수 있다는 걸 깨닫게 된다……. 심지어 이 집 전체가 바로 코너의 손아귀에서 놀아나는 거야."

리치는 손톱을 씹으며 생각에 빠졌다. "은신처에서 다락까지는 거리가 한참인데. 어떻게 리모컨이 작동하죠?"

나는 지체할 수 없었다. "작동하는 걸 찾으면 되지. 그게 안 되면 은신처에서 나오면 되잖아. 어두워진 후에는 스페인 집 뜰에 앉아 버튼을 누르면 되지. 낮에는 옆집 다락에서 리모컨을 조작하고. 제니퍼가 밖에 나갔을 때나 요리할 때만 소리를 틀면 되니까. 스페인 가족을 볼 수 없으니까 정확도는 좀 떨어지겠지만 결국에 일을 해내기는 할 거야."

"꽤 수고스럽겠는데요."

"그렇긴 하겠지. 하지만 은신처를 차린 것 자체가 수고 아닌가."

"감식반 친구들이 그 비슷한 건 찾지 못했어요. MP3 플레이어도 없고 스피커도 없고 아무것도."

"코너가 장비를 치우고 어딘가 쓰레기통에 버렸나 보지. 스페인 가족을 죽이기 전에. 죽인 다음이라면 피 얼룩을 남겼을 거야. 그렇다면 살인은 계획된 거란 뜻이지. 세심하게 계획된 거라고."

"끔찍하네요." 리치는 건성으로 말했다. 그는 여전히 손톱을 뜯고 있었다. "그렇지만 왜죠? 어째서 동물을 지어낸 거죠?"

"여전히 제니퍼에게 미쳐 있으니까. 그리고 패트릭이 정신이 나가면 자기와 도망칠 가능성이 더 높다고 생각했겠지. 브라이언스타운에 집을 사다니 참 바보였다는 걸 보여주고 싶었는지도 몰라, 달리 할 만한 더 나은 일이 없었을 수도 있고."

"하지만 문제는 이겁니다. 코너는 제니퍼만큼이나 패트릭에게도 마음 썼어요. 그건 처음부터 선배님도 말씀하시지 않았습니까. 그가 패트릭을 미치도록 몰고 가려고 했다고 생각하세요?"

"그들에게 마음을 쓴다고 해서 죽이지 않은 것도 아니잖아."

리치의 눈이 내 눈과 순간 마주쳤다가 휙 돌아갔다. 하지만 그는 아무 말도 하지 않았다. 나는 말했다. "아직도 코너가 범인이라고 생각하진 않는군."

"저는 코너가 그들을 사랑했다고 생각합니다. 제가 할 말은 그뿐입니다."

"'사랑했다'는 말은 코너에게는 너와 내게 의미하는 것과 같은 뜻이 아니야. 안에서 너도 그의 말을 들었잖아. 그는 패트릭 스페인이 되고 싶었어. 십 대 때부터 그렇게 되고 싶었지. 그래서 패트릭이 자기가 마음에 안 드는 결정을 내리기 시작했을 때 성질을 부린 거야. 그는 패트릭의 삶을 자기 것처럼 느꼈지. 자기가 소유한 것처럼." 나는 면담실 문을 지나치며 내 의도보다도 더 세게 걸어찼다. "작년에 코너 본인의 삶이 거지같이 되자 그는 마침내 그걸 직면하기로 했어. 그가 스페인 가족을 보면 볼수록, 아무리 스텝퍼드니 좀비니 지랄했어도 그게 바로 자기가 원한 것이라는 사실이 머리를 정통으로 강타한 거지. 귀여운 아이들, 멋진 집, 안정적인 직업, 제니퍼, 패트릭의 아내." 그 생각에 내 움직임이 점점 빨라졌다. "저기 위, 그만의 작은 세계에서 코너는 패트릭 스페인이었어. 그리고 패트릭의 삶이 엉망진창이 되자 코너는 자기가 모든 걸 강탈당했다고 느낀 거지."

"그게 동기란 말입니까? 복수가?"

"그보다는 더 복잡한 거야. 패트릭은 코너가 맡긴 일을 더는 하지 않고 있었어. 코너는 간접적 해피엔드를 수혈받지 못하게 되자 절박해졌어. 그래서 자기가 끼어들어 상황을 제자리로 돌려놓기로 결심하지. 제니퍼와 아이들을 위해 상황을 바로잡는 건 그에게 달려 있었어. 패트릭을 위해서는 아닐지 모르지. 그건 중요하지 않아. 코너의 마음속에서 패트릭은 계약을 깬 거야. 그는 자기 일을 하고 있지 않았지. 그는 이제 완벽할 삶을 누릴 자격이 없었어. 그걸 최대로 잘 이용할 수 있는 누군가에게 돌아가야만 했어."

"그럼 복수는 아니란 거군요." 리치는 말했다. 그의 목소리는 중립적이었다. 귀를 기울이고는 있었지만 확신은 얻지 못했다. "구조라는 겁니까."

"구조지. 아마도 코너는 제니퍼와 아이들을 데리고 캘리포니아나 호주 어디든 웹 디자이너가 좋은 일감을 얻어서 햇볕 속에서 아름다운 가족을 스타일 좋게 꾸밀 수 있는 곳으로 도망쳐야겠다는 정교한 환상을 품게 되었을 거야. 하지만 끼어들려면 패트릭을 치워버릴 필요가 있었지. 결혼을 깨야 했어. 그것만은 인정해야겠군. 그 일 하나는 영리하게 했다는 것. 패트릭과 제니퍼는 벌써부터 압박을 받고 금이 보이기 시작했지. 그래서 코너는 쉽게 손닿는 곳에 있는 걸 이용해. 압박을 한 단계 높이는 거야. 둘 다 편집증을 일으킬 방법을 찾지. 그들의 집에 대해서, 서로에 대해서, 그들 자신에 대해서. 그는 요령이 있었어, 이 자식은. 그는 천천히 시간을 들여서 일을 단계적으로 조금씩 높여갔어. 그리고 알아차리기도 전에 패트릭과 제니퍼가 안전하게 느낄 수 있는 곳은 남지 않은 거야. 둘이 같이 있어도 안전하지 않고, 자기 집에 있어도 안전하지 않고, 자기들 마음속도 안전하지 않지."

나는 내 손이 떨리고 있다는 사실에 남 일 같은 놀라움을 느꼈다. 나는 두 손을 주머니에 쑤셔 넣었다. "그는 영리했어, 그래. 그는 잘해냈어."

리치는 입에서 손톱을 꺼냈다. "제 마음에 걸리는 점을 말씀드리겠습니다. 가장 단순한 해결책에 무슨 일이 일어난 거죠?"

"무슨 말을 하려는 거야?"

"추가 설명이 가장 적게 필요한 해답을 고수하라면서요. 그렇게 말씀하셨잖아요. MP3 플레이어니 스피커니 리모콘이니. 그것들을 옮겨놓느라고 몇 번 더 침입해야 하고, 제니퍼가 그 소음을 절대 듣지 못하는 행운도 엄청 필요하고…… 정말 많은 추가 설명이 필요하지 않습니까."

"패트릭이 정신병자라고 추정하는 편이 더 쉽다는 건가."

"쉬운 게 아닙니다. 더 단순한 거죠. 그가 이 모든 걸 상상했다고 추정하는 게 더 단순합니다."

"그래? 패트릭이 분별력 있는 남자에서 미치광이로 변해버리는 바로 그 시점에 그들을 스토킹하고 그들 집을 돌아다니면서 햄 조각을 먹은 남자가 있는데 그게 그냥 우연이야? 그 정도 우연엔 정말 엄청난 추가 설명이 필요하다고, 친구."

리치는 고개를 저었다. "불황이 둘 다에게 미친 거죠. 거기엔 큰 우연이 없습니다. 하지만 MP3 같은 건 말이죠. 백만분의 일 확률 아닙니까. 패트릭은 소음을 듣고 제니퍼는 듣지 못하게 하려요. 선배님은 낮과 밤에 바꿀 거라고 하셨죠. 몇 달 동안이나요. 그리고 그 집은 사람들이 몇 킬로미터나 떨어져 있는 거대 저택도 아닙니다. 아무리 조심을 한다고 해도 제니퍼가 조만간 뭔가 듣게 될 겁니다."

"그래. 네 말이 아마 맞겠지." 나는 한참 전에 동작을 멈추었다는 것을 깨달았다. "어쩌면 제니퍼도 들었겠지."

"무슨 뜻입니까?"

"둘이 공모했을 수도 있다는 거야. 코너와 제니퍼가. 그러면 모든 게 훨씬 더 단순하지 않겠나? 코너가 제니퍼에게 소음을 감추려고 걱정할 필요도 없겠지. 패트릭이 제니퍼에게 '저 소리 들었어?'라고 물어도 제니퍼는 그저 멍한 얼굴로 '무슨 소리를 들어?'라고만 말하면 되니까. 마찬가지로 아이들이 들을까 걱정할 필요도 없는 거야. 제니퍼는 아이들에게 그저 상상일 뿐이라고 확신시키면서 아빠 앞에서는 말하면 안 된다고 타이를 테니까. 그리고 코너가 침입해서 돌아다니면서 장비를 움직일 필요도 없지. 제니퍼가 다 알아서 할 테니."

하얀 형광등 불빛 아래서 리치의 얼굴은 영안실 바깥에 환히 드러난 새벽빛 속에서 보았던 것과 같은 표정이었다. 뼈까지 침식된 듯 표백한 하얀색. 그는 이 추리가 마음이 들지 않았다.

나는 말했다. "그건 어째서 제니퍼가 패트릭의 정신 상태를 가볍게 취급했는지 설명하지. 어째서 그에게나 지역 경관들에게 침입 건을 말하지 않았는지도 설명해주고. 어째서 코너가 컴퓨터에서 동물 관련한 링크를 다 삭제했는지도 설명이 돼. 어째서 자백했는지도 설명이 되지. 자기 여자친구를 지키기 위해서. 어째서 제니퍼가 코너를 밀고하지 않는지도 설명할 수 있어. 죄책감 때문이겠지. 사실상 그걸로 모든 게 설명된다고 말할 수 있겠군." 나는 조각들이 내 주위에서 제자리로 맞아떨어지는 소리를 들을 수 있었다. 부드러운 빗방울처럼 작고 깔끔하게 탁탁 부딪치는 소리. 나는 그 빗속으로 얼굴을 들어 깨끗이 씻고 들이마시고 싶었다.

리치는 움직이지 않았다. 잠깐 동안 나는 리치도 같은 기분을 느끼고 있다고 생각했으나 다음 순간 그는 재빨리 숨을 고르더니 고개를 저었다. "전 그렇게 보이지 않네요."

"대낮처럼 자명한 얘기야. 아름답지. 네가 그렇게 보지 않는 건 그러고 싶지 않기 때문이지."

"그런 게 아닙니다. 거기서 어떻게 살인까지 연결되죠? 코너가 패트릭을 미치게 하는 게 목적이었다면 아주 잘됐습니다. 그 불쌍한 남자의 머리가 녹아버렸으니까요. 어째서 코너는 계획을 모두 던져버리고 그를 죽였죠? 제니퍼와 아이들을 찾고자 했다면 어째서 그들도 죽여버린 거죠?"

"잠깐." 나는 뛰지 않으면서도 되도록 빨리 복도를 성큼성큼 걸어 내려가고 있었다. 리치는 속도를 맞추기 위해 총총 뛰어야만 했다. "조조스 배지 기억해?"

"네."

"그 망할 것이." 나는 증거보관실까지 계단 두 단을 한 번에 뛰어 내려갔다.

코너는 여전히 의자에 앉아 있었지만 엄지손가락 한쪽을 물어뜯었는지 붉은 자국이 남아 있었다. 그는 자기가 어떻게 뭘 잘못했는지는 모르지만 망쳐버렸다는 것은 알았다. 마침내, 더 일찍 그랬어야 했지만, 그는 미친 듯이 초조해했다.

우린 둘 다 앉으려고 하지도 않았다. 리치는 카메라에 대고 말했다. "케네디 형사와 커런 형사가 코너 브레넌 신문을 재개합니다." 그리고 그는 코너의 시야 가장자리 구석에 등을 기대고 팔짱을 낀 채로 한쪽 발꿈치를 벽에 대고 느리고 성가신 리듬으로 딱딱 부딪쳤다. 나는 가만히 있으려는 노력도 하지 않았다. 빠르게 방 안을 빙 돌면서 거치적거리는 의자들을 밀어버렸다. 코너는 우리 둘을 동시에 보려고 애썼다.

"코너." 나는 말했다. "우리 얘기 좀 해야겠어."

코너는 말했다. "나는 감방으로 돌아가고 싶습니다."

"그리고 나는 안나 쿠르니코바*와 데이트를 하고 싶지. 인생은 빌어먹을 거야. 내가 또 하고 싶은 게 뭔지 알아, 코너?"

코너는 고개를 저었다.

"나는 이 사건이 왜 벌어졌는지 알고 싶어. 나는 왜 제니퍼 스페인은 병원에 있고 그 여자의 가족은 영안실에 있는지 알고 싶다고. 쉽게 가고 싶다면 그냥 나한테 지금 말하는 게 어때?"

"필요한 건 다 얻었잖아요. 내가 했다고 말했고. 왜를 누가 신경 쓰죠?"

"내가 신경 써. 커런 형사도 마찬가지고. 수많은 다른 사람도 신경 쓸 거야. 하지만 지금 당장 네가 걱정해야 할 사람은 우리들이지."

그는 어깨를 으쓱했다. 나는 그의 뒤로 지나가면서 주머니에서 증거물 봉투를 꺼내 탁자 위 그의 앞으로 내던졌다. 어찌나 세게 던졌는지 봉투가 튀어올랐다. "이거 설명해봐."

코너는 꼼짝도 하지 않았다. 이미 각오를 하고 있었다. "배지네요."

"아니, 아인슈타인. 이건 그냥 배지가 아니야. 이 배지지." 나는 그의 어깨 너머로 몸을 숙이면서 여름 아이스크림 사진을 탁 내려놓고, 거의 그와 뺨이 닿도록 그대로 가만히 있었다. 그에게서는 거친

---

* 2000년대 초반 뛰어난 실력과 아름다운 외모로 유명했던 여성 테니스 선수.

감방 비누 냄새가 났다. "여기 있는 배지는 바로 이 사진에서 네가 달고 있는 거야. 우리는 이걸 제니의 물건들 속에서 발견했어. 어디에 두고 있었게?"

그는 턱으로 사진을 가리켰다. "저기요. 제니도 달고 있잖아요. 우리 모두 있었어요."

"이걸 단 사람은 너뿐이야. 사진 분석을 하면 너의 배지의 그림은 약간 중앙에서 벗어나 있다는 걸 알 수가 있어. 정확히 여기 있는 이 배지의 그림과 같은 각도지. 다른 배지와는 일치하지 않아. 그러면 다시 해볼까. 어떻게 이 배지가 제니 스페인의 물건 속으로 들어갔지?"

나는 드라마 〈CSI〉를 좋아했다. 우리의 감식반원들은 요새는 기적을 일으키기 위해 일할 필요가 없다. 모든 민간인이 그저 그들이 할 수 있다고 생각하기 때문이다. 잠시 후 코너는 내게서 슬쩍 떨어졌다. 그는 말했다. "내가 그 집에 놔뒀습니다."

"어디에?"

"부엌 카운터에요."

나는 다시 밀고 들어갔다. "네가 스페인 가족을 겁주려고 하지 않았다고 말한 줄 알았는데. 네가 그 집에 있는 걸 그 누구도 몰랐을 거라고 말했다고 생각했어. 그런데 대체 이게 뭐지? 그저 허공에서 짠 나타났다고 그들이 생각할 줄 알았나? 뭐야?"

코너는 손을 뻗어 배지를 덮었다. 사적인 일이라는 듯. "나는 제니가 발견할 거라고 생각했습니다. 제니는 늘 아침에 제일 먼저 일어나는 사람이니까요."

"증거품에서 손 떼. 그걸 찾으면 뭐? 요정들이 놓고 간 거라고 생각할까?"

"아뇨." 그의 손은 움직이지 않았다. "제니가 나라고 생각할 거라는 사실을 알았어요. 그러길 바랐죠."

"왜?"

"제니가 거기서 혼자가 아니라는 사실을 알기를 바랐으니까. 내가 아직도 주변에 있다는 걸 알기를. 아직도 제니에게 마음 쓰고 있다는 사실을 알았으면 해서."

"오, 맙소사. 그러면 제니가 팻을 차버리고 너의 품 안으로 뛰어들어 그후로 행복하게 살 줄 알았어? 뭐 약이라도 한 거야, 친구?"

혐오스럽다는 눈빛이 재빨리 사납게 번득이더니 코너는 슬쩍 내 눈을 피했다. "그런 거 아니에요. 그걸로 제니가 행복해질 거라고 생각했을 뿐입니다. 알겠어요?"

"이걸로 어떻게 제니가 행복해진다는 거야?" 나는 그의 손을 쳐서 증거품 봉투를 손이 닿지 않는 탁자 반대편으로 밀어 보냈다. "우편함에 넣은 엽서도 아니고 '안녕, 너를 생각하고 있어'라고 쓴 이메일도 아니고. 제니의 집에 침입해서 제니는 완전히 잊어버렸을지도 모르는 녹슨 쓰레기를 놓고 오는 게. 네가 아직 독신인 것도 놀랍지 않네, 젊은이."

코너는 절대적인 확신을 갖고 말했다. "제니는 잊지 않았어요. 그해 여름 이 사진 속에서 우리는 행복했어요. 우리 모두요. 제 인생에서 가장 행복했던 때였다고 생각해요. 그런 일은 잊지 않죠. 이건 제니에게 행복한 일을 떠올리게 하려는 거였어요."

리치가 구석에서 말했다. "어째서요?"

"무슨 말이에요, 어째서라니?"

"어째서 제니가 떠올려야 하는 거죠? 어째서 누가 자기에게 마음 쓰고 있다는 걸 알아야 하는 거죠? 제니에게는 팻이 있잖아요. 그렇지 않나?"

"팻은 약간 기분이 저조했어요. 말했잖아요."

"우리한테 팻이 몇 달 동안이나 기분이 약간 저조했다고 말했지만 오히려 상황이 악화될 경우를 생각해서 연락은 하고 싶지 않았다고 했잖아요. 뭐가 바뀌었죠?"

코너는 긴장했다. 그는 우리가 원한 지점에 이르렀다. 춤을 추면서 스텝을 뗼 때마다 부비트랩을 밟지 않도록 미리 잘 따져봐야 했다. "아무것도 아닙니다. 그저 마음을 바꾼 거죠."

나는 코너의 앞으로 몸을 숙이고 증거물 봉투를 휙 쳐서 낚아챈 후 다시 방 안을 빙글 돌며 그 봉투를 손에서 손으로 던졌다. "그 집에 끔찍하게 많은 아기 모니터가 설치되어 있다는 건 공교롭게도 알아차리지 못했나 봐? 거기서 차도 마시고 샌드위치도 먹는 동안에?"

"그게 그런 거였습니까?" 코너의 얼굴이 다시 조심스럽게 멍한 표정으로 바뀌었다. 그는 이 질문도 각오를 해놓았다. "저는 그게 워키토키 같은 거라고 생각했어요. 팻과 잭이 하는 게임 같은 걸지 모른다고."

"아니었어. 어째서 팻과 제니가 아기 모니터를 예닐곱 개나 집 안에 깔아놨다고 생각하는지 말해줄 수 있겠나?"

그는 어깨만 으쓱했다. "내가 알 길은 없죠."

"좋아. 벽에 구멍은 어떻지? 그걸 알아챘나?"

"네, 봤어요. 나는 그 집이 거지같이 지어졌다는 걸 쭉 알고 있었죠. 그런 걸 지은 쓰레기 새끼를 고소해야 했는데. 다만 그 새끼는 파산을 선언하고 은퇴한 후 해외 계좌를 가지고 코스타델솔로 가서 여생을 보내겠지만."

"건설업자들 탓을 할 순 없어, 친구. 팻이 자기 벽에 구멍을 낸 거야. 팻은 밍크인지 뭔지를 잡으려다가 화가 버럭 났거든. 그는 집을 비디오 모니터로 덮어버렸어. 자기 머리 위에서 탭댄스를 추는 짐승을 보고 싶다는 강박관념에 사로잡혀서. 그렇게 오랜 시간 동안 그 집을 훔쳐보았으면서도 알아차리지 못했다는 말을 하려는 건가?"

"동물에 대해선 알았어요. 말했잖아요."

"너무 맞는 말이야. 알지. 하지만 어째서 팻이 정신을 놓아버렸는지 그 부분은 빼먹었어." 나는 봉투를 떨어뜨렸다가 발끝으로 차올려 손으로 받았다. "어이쿠."

리치는 코너의 반대편에 있는 의자를 하나 빼 자리에 앉았다. "저기요, 우리는 컴퓨터에서 모든 정보를 복구했어요. 우리는 그가 어떤 상태에 있었는지 압니다. '우울했다'는 말로는 덮으려고 할 수도 없어요."

코너는 콧구멍을 벌름거리며 숨을 빨리 몰아쉬었다. "컴퓨터요?"

나는 말했다. "멍청한 척하는 놀이는 뛰어넘자고. 지루하니까. 그건 소용도 없고 내 기분을 지랄 맞게 하거든." 나는 증거물 봉투를 다시 한번 벽에 세게 튕겼다. "괜찮겠지?"

코너는 여전히 입을 다물고 있었다. 리치가 말했다. "그럼 다시 갈까요? 뭔가 바뀌었어요. 당신이 제니를 위해 물건을 남기게 할 만큼." 나는 봉투를 던지는 와중에 코너에게 흔들어 보였다. "팻 때문이지 않았나? 그의 상태가 악화되어서."

"벌써 알고 있다면 뭐 하러 나에게 묻는 겁니까?"

리치가 편안하게 말했다. "표준 절차예요. 우리는 그저 당신 이야기가 우리가 다른 출처에서 얻은 이야기와 일치하는지 확인하는 겁니다. 모두 맞아떨어지면 행복한 거고 우리는 당신 말을 믿죠. 그런데 당신은 이렇게 말하는데 증거는 다른 얘기를 한다……." 리치는 어깨를 으쓱했다. "그러면 문제가 생기는 거고 우리는 그걸 정리할 수 있을 때까지 파고들어야 하죠. 내 말 알겠습니까?"

잠시 후 코너가 말했다. "그래요. 팻의 상태가 악화됐어요. 미쳤다고는 할 수 없어요. 동물에게 나와서 싸우자고 소리치고 그런 건 아니에요. 그저 힘든 시간을 보낸 거죠, 됐어요?"

"무슨 일이 일어났던 거잖아요. 뭐가 생겨서 당신이 갑자기 제니에게 연락을 취하게 된 거죠."

코너는 간단하게 말했다. "제니는 외로워 보였어요. 팻은 어떨 땐 이틀 동안이나 제니에게 한마디도 하지 않을 때도 있었죠. 내가 봤다는 건 아니지만. 팻은 부엌 식탁 위에 모니터들을 줄 세워놓고 쳐다보면서 종일 시간을 보냈어요. 제니가 두어 번 말을 걸려고 했지만 올려다보지도 않았죠. 그렇다고 밤에 서로 이야기를 나누는 것도 아니었어요. 전날 밤에 팻은 부엌 빈백에서 잤으니까요."

코너는 끝에는 거의 매일 은신처에서 스물네 시간을 보냈다. 나는 증거물 봉투로 장난치던 걸 멈추고 그의 뒤에 가만히 섰다.

"제니……. 나는 그 애가 부엌에서 주전자가 끓기를 기다리는 모습을 봤어요. 곧 무너져 내릴 듯이 카운터 위에 두 손을 얹고 서 있는 것도 힘들어 보였죠. 허공만 응시했어요. 잭이 제니의 다리를 잡아당기면서 뭔가 보여주려고 했는데 제니는 알아차리지도 못했어요. 마흔 살, 그 이상처럼 보였죠. 갈 길을 잃은 것 같았어요. 나는 곧장 그 집에서 뛰어내리고 벽을 넘어가 그 애를 안아주고 싶었습니다."

나는 무표정을 유지하려고 애쓰며 말했다. "인생이 이렇게 힘든 때에 제니에게 정말로 필요한 건 스토커가 있다는 사실을 알아내는 거라고 결론을 내린 건가."

"그냥 도우려고 했을 뿐이에요. 방문을 할까 생각도 해보고, 전화를 할까, 이메일을 할까도 싶었지만 제니는……." 그는 머리를 세차게 흔들었다. "상황이 좋지 않을 때 제니는 그 얘기를 하고 싶어 하지 않아요. 제니는 잡담을 나누고 싶지 않았을 거예요. 팻하고도 전혀……. 그래서 생각했죠, 내가 거기 있다는 걸 그 애에게 알려줄 물건을. 나는 집에 가서 배지를 가져왔어요. 어쩌면 내가 잘못 생각했는지도 모르죠. 나를 고소하시죠. 그때는 좋은 생각처럼 보였어요."

나는 물었다. "정확히 언제지?"

"뭐요?"

"이걸 스페인 가족의 집에 놔둔 게 언제냐고?"

코너가 대답하기 위해 숨을 들이마셨으나 뭔가 그를 붙들었다. 나는 그의 어깨가 갑작스레 굳어지는 것을 보았다. 그는 말했다. "기억이 안 납니다."

"그런 건 시도도 하지 마, 친구. 더는 재미있지도 않으니까. 언제 이 배지를 남겼지?"

잠시 후 코너가 말했다. "일요일 밤에요."

내 눈이 코너의 머리 너머 리치의 눈과 마주쳤다. 나는 말했다.

"막 지나간 일요일 밤 말이지."

"그래요."

"몇 시에?"

"아마도 새벽 5시쯤."

"스페인 가족이 모두 집에서 겨우 몇 미터 떨어진 곳에 잠들어 있는데. 이 말만은 너에게 해야겠어. 확실히 배짱은 있군."

"그냥 뒷문으로 들어가서 카운터에 놓고 나왔을 뿐입니다. 팻이 잠자리에 들 때까지 기다렸어요. 그 밤에는 아래층에 내려오지 않았어요. 별로 대단한 일도 아니었습니다."

"경보 장치는?"

"비밀번호를 알고 있었어요. 팻이 누르는 것을 봤으니까."

놀람의 연속이었다. "그래도, 위험했을 텐데. 이걸 해치우기 위해서 꽤 절박했군. 내 말 맞나?"

"나는 제니가 그걸 갖길 바랐습니다."

"물론 그랬겠지. 그리고 스물네 시간 후 제니는 죽어가고 그 가족은 죽었어. 그게 우연이라고 말할 생각은 하지 마, 코너."

"당신에게 무슨 말이든 할 생각 없습니다."

"그럼 무슨 일이 있었나? 제니가 너의 작은 선물에 기뻐하지 않던가? 충분히 감사하지 않았어? 그걸 다는 대신 서랍에 쑤셔 넣어버렸어?"

"제니는 그걸 주머니에 넣었어요. 그후에 어떻게 했는지는 모르고 신경도 쓰지 않습니다. 그저 제니가 갖길 바랐을 뿐이니까."

나는 두 손을 코너의 의자 등받이에 얹고, 냉혹한 목소리로 나직하게 그의 귀에 대고 말했다. "네 말은 더러운 거짓말투성이라 네 머리를 화장실 변기에 넣고 내려버리고 싶을 지경이야. 제니가 배지를 어떻게 생각할지 너무 잘 알았잖아. 그게 제니를 겁주지 않는다는 건 알았겠지. 네가 직접 그녀의 손에 넣어주었으니까. 그런 식으로 작업한 거 아니었어? 당신들 둘이? 제니가 밤늦게 자는 팻을 두고 아래층으로 슬쩍 내려왔고 둘이 아이들 빈백 위에서 떡을 치지 않았어?"

그는 휙 돌아 나를 보았다. 눈이 얼음 조각 같았다. 그는 이번에는 내게서 떨어질 생각을 하지 않았다. 우리의 얼굴은 거의 닿기 직전이었다. "당신 때문에 토할 거 같아. 그렇게 생각하면, 신에게 맹세코 그런 생각을 하면, 당신은 무언가 잘못된 거야."

그는 두려워하지 않았다. 그건 충격으로 다가왔다. 우리는 사람들이 우리를 두려워하는 데 익숙하다. 유죄든, 무죄든. 우리가 인정하든 아니든 우리 모두가 그걸 좋아한다. 코너에겐 나를 두려워할 이유가 남아 있지 않았다.

나는 말했다. "좋아. 그러면 빈백 위에서 하진 않았겠지. 그럼 네 은신처에서? 우리가 네 침낭에 남은 흔적을 수집하면 뭘 발견하게 될까?"

"맘대로 수집해보십쇼. 깜짝 놀라게 될 테니까. 그 앤 거기 온 적이 없어요."

"그럼 어디지, 코너? 해변에서? 팻의 침대에서? 어디에서 너와 제니가 몸을 맞댔나?"

그는 나를 한 대 치고 싶은 걸 참느라고 청바지 주름 위에 놓은 주먹을 꽉 쥐었다. 오래갈 수 없었고 나도 기다릴 수 없었다. "나는 그 애에게 손가락 한번 댄 적 없습니다. 걔도 내게 손 한번 댄 적 없고요. 한 번도요. 머리가 아둔해서 그것도 이해 못 합니까?"

나는 그의 면전에 대고 웃었다. "물론 했을 거야. 아, 불쌍하고 연약하고 외로운 제니. 그 망할 단지에 틀어박혀서. 제니는 그저 누군가가 자기에게 마음 쓴다는 걸 알 필요가 있었어. 그게 네가 한 말 아니었나? 너는 그 남자가 되고 싶어 안달이었잖아. 제니가 너무나 외로웠네 어쨌네 헛소리를 늘어놓은 건, 팻에게 죄책감을 느끼지 않고 제니와 한판 뜨기 위한 손쉬운 핑계였지. 언제부터 시작한 거야?"

"전혀. 당신이 그러는 건 당신 문제겠죠. 당신은 한 번도 진정한 친구가 있던 적도, 사랑에 빠진 적도 없을 테니까. 그리고 그건 당신 문제고."

"참도 진정한 친구네. 팻을 낭떠러지로 밀고 간 동물 말이야. 그것도 너였잖아. 줄곧."

얼음 같고 못 믿겠다는 눈빛이 다시 떠올랐다. "당신 무슨……"

"어떻게 한 거야? 소음은 상관없어. 우리는 조만간 네가 어디에서 음향 기기를 샀는지 추적할 거니까. 하지만 네가 어떻게 다람쥐 살을 벗겨냈는지는 알고 싶은데. 칼로? 물에 삶았나? 네 치아로?"

"당신이 무슨 얘기를 하는지 전혀 모르겠네요."

"좋아. 다람쥐에 대한 정보는 우리 감식반에서 채우도록 하지. 내가 정말로 알고 싶은 건 이거야. 그건 너만 했나? 이 동물은? 제니도 합세했나?"

코너가 뒤로 세게 미는 바람에 의자가 하마터면 바닥을 구를 뻔했다. 그는 방 저편으로 성큼성큼 걸어갔다. 나는 스스로 움직였다는 걸 인식도 못 할 정도로 빨리 그를 쫓았다. 나는 그를 벽으로 세차게 밀어붙였다. "너는 씨발, 나한테서 도망 못 가. 내가 말하잖아. 내가 말할 땐 얌전히 들으라고."

그의 얼굴은 단단한 나무로 새긴 가면처럼 굳어졌다. 그는 눈을 가늘게 뜨고 그 무엇에도 초점을 맞추지 않은 채로 내 너머를 응시했다.

"제니가 너를 도왔지, 아니야? 너희 둘이, 네 작은 은신처에서 그걸 가지고 웃어댔을 거 아니야? 저 얼간이 팻, 저 호구, 네가 그에게 먹인 쓰레기 하나하나에 빠져서……."

"제니는 아무것도 안 했어."

"모든 일이 잘되어갔겠지, 아니야? 팻은 매일 점점 미쳐가고 제니는 너에게 더 바짝 붙고. 그리고 이런 일이 일어난 거야." 나는 증거물 봉투를 그에게 들이밀었다. 어찌나 가까이 갖다 댔는지 봉투가 그의 뺨을 스치는 게 느껴졌다. 나는 그걸로 그의 얼굴을 문대버리지 않으려고 간신히 자제했다. "나중에 보니 큰 실수가 되었던 거 아니겠어? 너는 그게 사랑스럽고 낭만적인 행위라고 생각했지만 제니가 거대한 죄책감을 느끼는 결과만 불러왔겠지. 네 말대로 그해 여름 제니는 행복했거든. 팻과 행복했지. 그런데 네가 움직여서 제니에게 그걸 떠올리게 한 거야. 갑자기 제니는 남편을 두고 놀아난 것에 대해 기분이 나빠진 거야. 그래서 그만두기로 결심했어."

"제니는 놀아나지……."

"제니가 어떻게 말했어? 은신처에 쪽지를 남겼나? 굳이 직접 만나서 헤어질 수고도 들이지 않았겠지?"

"헤어질 것도 없어. 제니는 내가 거기 있다는 것도 몰랐으니까……."

나는 증거물 봉투를 던져버리고 두 손으로 코너 머리의 양쪽을 쾅 쳐서 그를 꼼짝 못하게 했다. 목소리가 커졌지만 나는 신경 쓰지 않았다. "바로 그때 전부를 죽여버리겠다고 결심한 거 아니야? 아니면 그저 제니만 처치하려고 했는데, 그다음에 젠장, 뭐야, 차라리 화끈하게 해치워버리자고 생각한 건가? 아니면 처음부터 이렇게 계획한 건가? 팻과 애들은 죽이고 제니는 살려서 지옥 속에 던져 넣고?"

아무 대답도 없었다. 나는 두 손으로 벽을 쾅 쳤다. 그는 펄쩍 뛰지도 않았다.

"이 모든 일은 말이지, 코너. 이 모든 건, 네가 네 여자를 찾는 대신에 팻의 아내를 원했기 때문에 생겼어. 그럴 가치가 있었어? 그 여자랑 하니까 참 좋던가?"

"나는 절대로……."

"입 닥쳐, 씨발. 나는 네가 그 여자랑 떡 친 거 알아. 나는 안다고. 나는 그게 사실이란 걸 알아. 나는 알아. 그게 이 모든 빌어먹을 악몽이 말이 되는 유일한 방법이니까."

"나한테서 떨어져요."

"그렇게 해봐. 자, 코너. 나를 쳐봐. 나를 밀어보라고. 그냥 한번 밀어." 나는 그의 얼굴에 대고 소리를 지르고 있었다. 내 손바닥이 또다시 벽을 치면서 진동이 뼈를 타고 흘렀지만 고통이 있었대도 나는 느끼지 못했다. 나는 이전에는 이렇게 한 적이 한 번도 없었다. 왜 안 했는지도 기억할 수 없었다. 놀랄 만큼 기분이 좋았기 때문이다. 순수하고 잔혹한 기쁨이 느껴졌다. "너같이 다 큰 남자가 가장 친한 친구의 아내와 바람을 피웠어. 다 큰 남자가 세 살짜리를 질식시켜 죽였고. 다 큰 남자라면 자기랑 크기가 맞는 상대와 싸워야 하는 거 아닌가? 자, 다 큰 남자니까 이제 네가 뭘 가졌는지 보여봐."

코너는 근육 하나 꿈쩍하지 않았다. 그의 가는 눈은 여전히 내 어깨 너머 허공에 박혔다. 우리는 얼굴부터 신발까지 닿을 정도로 몇 센티미터 간격을 두고 바짝 붙어 서 있었다. 나는 비디오카메라가 절대 잡지 못하리라는 것을 알았다. 그저 배에 한 대만 먹이면, 무릎을 한 번만 들면, 리치도 나를 뒷받침해줄 것이었다. "자, 이 씨발 새끼야, 이 더러운 놈아, 날 쳐봐. 내가 이렇게 빌 테니까 내게 핑계를……."

그건 따뜻하고 견고했다. 내 어깨에 닿은 무엇. 나를 제자리에 붙들어놓고 내 발이 다시 땅에 닿도록 끌어내린 무엇. 나는 떨쳐버리려다가 그게 리치의 손임을 깨달았다. "케네디 형사님." 그의 목소리가 내 귀에 온화하게 울렸다. "이 친구는 자기와 제니 사이에 아무 일도 없었다고 확고히 말했어요. 저는 그 정도면 됐다고 생각합니다. 형사님도 그렇지 않습니까?"

나는 얼간이처럼 입을 벌리고 리치를 응시했다. 이 자식에게 주먹을 한 대 날려야 할지 죽어라고 꽉 잡고 매달려야 할지 알지 못했다.

리치는 사실을 전하듯 말했다.

"코너와 잠깐 얘기 좀 나누고 싶습니다. 코너, 괜찮습니까?"

나는 여전히 말할 수 없었다. 나는 고개를 끄덕이고 물러났다. 벽의 울퉁불퉁한 무늬가 손바닥에 깊이 찍혔다.

리치는 탁자에서 의자 두 개를 돌려 육십 센티미터 떨어진 자리에 마주 보게 놓았다. "코너." 리치는 그중 하나를 손짓으로 가리켰다. "와서 앉아요."

코너는 움직이지 않았다. 그의 얼굴은 여전히 굳어 있었다. 나는 그가 말을 들은 건지도 알 수 없었다.

"자요. 나는 당신의 동기에 대해선 묻지 않을 겁니다. 당신과 제니가 그렇게 대담한 짓을 했다고도 생각하지 않아요. 신에게 맹세코. 그저 두어 가지 사소한 일을 분명히 하고 싶습니다. 나 자신을 위해서. 괜찮죠?"

잠시 후 코너가 의자로 가서 주저앉았다. 다리가 사라져버린 듯 움직임이 갑작스레 느슨해졌다. 그 동작에 있는 어떤 점을 보고 나는 깨달았다. 결국 내가 그의 마음을 흔들기는 한 것이었다. 그는 무너지기 직전이었다. 내게 고함을 지르고 나를 치고. 나는 그가 무엇을 했을지 절대 알 수 없게 되었다. 대답을 얻어내기 직전에.

나는 포효하고 리치를 날려버리고 코너의 목을 잡아 졸라버리고 싶었다. 하지만 거기 서서 두 손을 옆에 늘어뜨리고 입을 벌린 채로 하릴없이 멍하게 두 사람을 바라보았다. 잠시 후 나는 구석에 구겨진 채로 떨어진 증거물 봉투를 보고 주우려고 허리를 숙였다. 그 동작에 다시 목구멍으로 위액이 역류했다. 뜨겁고 목구멍을 부식시키는 고통.

리치가 코너에게 물었다. "괜찮아요?"

코너는 무릎으로 팔꿈치를 받치고 두 손을 꽉 깍지 끼워 맞잡았다. "난 괜찮아요."

"차 한잔 마실래요? 커피나 물이라도?"

"괜찮아요."

"좋습니다." 리치는 평화롭게 말하더니 다른 의자를 잡아 안고 편안하게 자세를 바꾸었다. "그저 몇 가지 분명히 하고 싶은 것뿐이에요. 괜찮죠?"

"뭐든."

"아주 좋아요. 그럼 먼저. 팻은 정확히 얼마나 나빠졌죠?"

"팻은 우울했어요. 발광한 것까지는 아니지만 그래도 기분이 저조했죠. 그건 말했잖아요."

리치는 바지 무릎의 무언가를 긁으며 머리를 살짝 기울이고 실눈을 떠서 바라보았다. "내가 눈치챈 걸 얘기해줄까요. 우리가 팻에 대해서 이야기하려고 할 때마다 당신은 곧바로 우리에게 팻이 미치지 않았다고 말하려고 하죠. 눈치챘어요?"

"걔는 미치지 않았으니까요."

리치는 고개를 끄덕이면서 여전히 자기 바지를 검사했다. 그는 말했다. "월요일 밤 그 집에 들어갔을 때 말이죠. 컴퓨터는 켜져 있었어요?"

코너는 그 질문을 여러 각도에서 살펴보고 나서 대답했다. "아뇨, 꺼져 있었어요."

"비밀번호가 있었을 텐데. 어떻게 뚫었어요?"

"추측했어요. 옛날에 잭이 태어났을 때 팻에게 'Emma'를 비밀번호로 사용하는 걸 가지고 한번 지랄한 적이 있어서. 걔는 그냥 웃어넘기면서 괜찮다고 했거든요. 그 이후로 잭이 태어났으니까 비밀번호가 'EmmaJack'이 되었을 가능성이 높다고 짐작했죠."

"잘했네요. 컴퓨터를 켜고 모든 인터넷 방문 기록을 삭제했죠. 왜죠?"

"그건 당신이 상관할 바 아니에요."

"거기서 동물에 관한 얘기를 알아냈죠? 컴퓨터에서?"

경계심을 제외하고는 텅 빈 코너의 눈이 리치의 눈과 마주쳤다.

리치는 눈 깜짝하지 않았다. 그는 흔들림 없이 말했다. "우리도 그거 읽었어요. 벌써 압니다."

코너가 말했다. "내가 어느 날 들어갔을 때요. 두 달 전쯤인가. 컴퓨터가 켜져 있었어요. 사냥꾼들이 득시글거리는 게시판이었는데 모두 팻과 제니의 집에 있는 게 뭔지 알아내려고 했어요. 나는 방문 기록을 살펴봤죠. 같은 것들이 더 있었어요."

"어째서 처음부터 우리한테 그렇게 말하지 않았죠?"

"당신들이 잘못된 생각을 하는 걸 원치 않았어요."

리치가 말했다. "우리가 팻이 정신이 나가서 가족을 죽였다고 생각하기를 원치 않았다는 뜻이겠죠. 내 말 맞습니까?"

"걔가 한 일이 아니니까요. 내가 했으니까."

"좋아요. 하지만 컴퓨터에 있는 글을 보고 팻이 상태가 좋지 않다는 걸 알았겠죠. 그렇지 않습니까?"

코너의 머리가 움직였다. "그건 인터넷이에요. 거기서 사람들이 하는 말로 판단할 순 없어요."

"그래도요. 내 친구라면 나는 걱정했을 것 같은데."

"나도 그랬죠."

"그럴 줄 알았어요, 좋습니다. 팻이 우는 모습을 본 적 있어요?"

"네. 두 번."

"제니와 말다툼하는 것도?"

"네."

"제니의 뺨을 때린 것도?" 코너는 성나서 턱을 홱 쳐들었지만 리치는 그를 조용히 시키기 위해 한 손을 들었다. "잠깐요. 그냥 아무렇게나 나오는 대로 지껄이는 말이 아닙니다. 우린 그가 제니를 때렸다는 증거가 있어요."

"진짜 이 개……."

"잠깐만요, 네? 나는 이 말만은 제대로 하고 싶어요. 팻은 항상 규
칙을 잘 따르고, 하라는 일을 했죠. 그런데 이 규칙이 그를 망하게
한 겁니다. 그것도 크게. 당신도 직접 말했잖아요. 그 일이 일어난
후의 팻은 어떤 사람이었죠? 자기가 누군지 모르는 사람들은 참 위
험한 겁니다. 무슨 짓이든 할 수 있어요. 팻이 이따금 자제력을 놓아
버렸대도 충격받을 사람은 없을걸요. 그걸 봐주자는 건 절대 아닙
니다. 그냥 어떻게 그런 일이 좋은 사람에게도 일어날 수 있는지를
말하는 거죠."

코너가 말했다. "이제 대답해도 됩니까?"

"말해봐요."

"팻은 절대로 제니를 아프게 하지 않았어요. 애들도 마찬가지고
요. 그래요, 팻은 너덜너덜해진 상태였죠. 그래요, 걔가 벽을 두어
번 치는 걸 봤어요. 마지막에 봤을 땐 며칠 동안 그 손을 쓸 수 없었
죠. 병원에 갔어야 할 만큼 심각했을 수도 있어요. 하지만 제니는 그
리고 애들은…… 절대 그러지 않았어요."

"어째서 팻과 연락하지 않았죠?" 리치는 순수하게 궁금해하는 말
투였다.

"하고 싶었어요. 늘 그럴까 생각했죠. 하지만 팻은 고집 센 자식이
에요. 상황이 자기에게 좋았으면 내 연락을 기뻐했겠죠. 하지만 모
든 게 엉망진창이 됐는데 내 말이 맞았다……. 팻은 내 앞에서 문을
쾅 닫아버렸을 겁니다."

"시도해볼 순 있었잖아요."

"네, 해볼 순 있었죠."

그의 목소리에 담긴 쓸쓸함이 타올랐다. 리치는 몸을 앞으로 내밀고 머리를 코너의 머리 가까이 숙였다. "그래서 기분이 좋지 않은 거죠? 시도도 해보지 않은 것 때문에."

"네, 기분이 거지 같군요."

"나도 그래요, 참. 어떻게 해서 그걸 벌충하려고 했습니까?"

"뭐든요. 뭐라도."

리치의 깍지 낀 손은 거의 코너의 손에 닿아 있었다. 그는 아주 부드럽게 말했다. "당신은 팻을 위해서 잘했어요. 아주 좋은 친구였죠. 그를 돌봐주었잖아요. 우리가 죽은 후에도 갈 곳이 있다면 팻은 지금 당신에게 감사할 겁니다."

코너는 바닥을 바라보면서 입술을 세게 깨물었다. 울지 않으려고 참고 있었다.

"팻은 죽었잖아요. 그가 지금 있는 곳에는 그를 아프게 할 것이 없습니다. 사람들이 그에 대해서 뭘 알게 되든, 사람들이 그를 뭐라고 생각하든. 이제 그에겐 중요하지 않아요."

코너는 숨을 고르고 크게 한 번 몸을 들썩였다가 다시 입술을 깨물었다.

"이젠 나한테 말할 땝니다. 저기 은신처 위에 있다가 팻이 제니를 덮치는 걸 봤죠. 그래서 거기까지 달려갔지만 너무 늦었어요. 그렇게 된 일이죠, 아닙니까?"

다시 한번 몸이 들썩이며 오열하듯 비틀렸다.

"당신이 좀더 잘할걸 하고 후회한다는 걸 알아요. 하지만 이젠 벌충은 그만둬야 할 때죠. 더는 팻을 보호할 필요 없어요. 팻은 안전합니다. 괜찮아요."

좋은 친구 같은 말투였다. 형제처럼. 이 세계에서 유일하게 마음 써주는 사람처럼. 코너는 입을 벌리고 헐떡이며 고개를 간신히 들었다. 그 순간 나는 리치가 코너의 마음을 잡았다고 확신했다. 나는 내 안의 어느 감정이 가장 강한지 알 수 없었다. 안도감인지 수치심인지 분노인지.

다음 순간 코너는 다시 의자에 기대더니 손을 얼굴 위로 가져갔다. 그는 손가락 사이로 말했다. "팻은 가족들에게 절대로 손대지 않았어요."

잠시 후 리치도 편하게 몸을 뒤로 뺐다. "좋습니다." 그는 고개를 끄덕이며 말했다. "좋아요. 괜찮습니다. 한 가지 질문만 더 하죠. 그런 다음엔 나는 꺼지고 당신을 혼자 놔둘게요. 이것만 대답하면 팻은 깨끗해집니다. 당신은 애들에겐 무슨 짓을 했습니까?"

"당신네 의사들한테 대답해달라고 해요."

"벌써 해줬습니다. 아까 말한 대로 교차 확인하는 겁니다."

피의 난장판이 벌어진 후에 부엌에서 2층으로 올라간 사람은 없었다. 코너가 다툼을 보고 뛰어갔다면 뒷문을 통해 부엌으로 갔을 것이고 위층에는 올라가지 않은 채 떠났을 것이었다. 그가 에마와 잭이 어떻게 죽었는지 안다면 우리 범인이기 때문이었다.

코너는 팔짱을 끼고 한 발을 탁자에 대고 버티며 의자를 휙 돌려 나를 보면서 리치를 등졌다. 눈이 붉었다. 그는 내게 말했다. "내가 한 일입니다. 내가 제니에게 미쳐 있었는데 제니가 내게 가까이 오려 하지 않았기 때문에. 그게 동기예요. 그걸 진술서에 써요. 내가 서명할 테니."

복도는 폐허처럼 추웠다. 우리는 코너의 진술서를 받고, 그를 다시 감방으로 보내고, 과장에게 새로 알아낸 사실을 알리고, 시보에게 우리 보고서를 쓰라고 해야만 했다. 우린 둘 다 면담실 문에서 움직이려 하지 않았다.

리치가 말했다. "괜찮으십니까?"

"그래."

"괜찮았습니까? 제가 한 일요. 저는 확신이 없었지만……."

그는 말꼬리를 흐렸다. 나는 그를 올려다보지 않고 말했다. "고마워. 그 일에 감사하네."

"아무것도 아닙니다."

"너는 잘했어. 저기 안에서. 난 네가 코너의 마음을 잡았다고 생각했어."

리치가 말했다. "저도 그랬습니다." 그의 목소리는 낯설게 들렸다. 우리 둘 다 힘이 다 빠진 상태였다.

나는 빗을 찾아서 머리카락을 원래대로 빗어 넘기려 했으나 거울이 없었고 집중할 수도 없었다. 나는 말했다. "그가 내놓은 동기는 쓰레기야. 여전히 우리한테 거짓말을 하고 있어."

"네."

"아직도 우리가 놓친 게 있어. 우리한테는 내일 하루가 있고 필요하면 내일 밤의 대부분을 쓸 수 있지." 그 생각에 나는 눈을 감아버렸다.

리치가 말했다. "선배님은 확신하고 싶어 하셨죠."

"그래."

"확신하셨습니까?"

나는 그 느낌을 더듬어 찾으려고 했다. 모든 것이 제자리에 착착 들어맞는 것 같았던 달콤한 소리. 이젠 아무데도 없었다. 봉제 인형이 어둠 속에서 괴물과 싸운다고 상상하는 어린아이들의 이야기만큼 한심한 환상처럼 느껴졌다. "아니." 나는 말했다. 눈은 여전히 감은 채였다. "확신이 들지 않아."

그날 밤 나는 바닷소리를 들으며 깨달았다. 브로큰하버의 불안하고 끈질기게 밀고 당기는 파도가 아니었다. 커다란 손이 내 머리카락을 쓰다듬는 소리, 어딘가 온화한 태평양 해변에서 몇 킬로미터 너비의 파도가 밀려와 부서지는 소리였다. 내 창문 밖에서 들려오고 있었다.

디나. 나는 입천장에서 심장박동을 느끼면서 혼잣말했다. 디나가 잠을 청하려고 텔레비전에서 뭔가 보고 있는 거야. 안도감이 나의 숨을 앗아 갔다. 다음 순간 떠올랐다. 디나는 다른 곳에 있었다. 제저의 벼룩 들끓는 소파, 악취 풍기는 뒷골목. 한순간 나의 위장이 순전한 공포로 획 뒤틀렸다. 내 마음의 야생을 억눌러줄 사람 하나 없이 혼자인 것처럼, 디나가 나를 보호해왔던 사람인 것처럼.

나는 문에 눈을 고정하고 침대 옆 탁자의 서랍을 슥 열었다. 총의 차가운 무게가 확고한 안도감을 주었다. 문 밖에서는 파도가 흐트러짐 없이 계속 마음을 달랬다.

나는 침대 문을 열어두고 등을 벽에 대고는 단번에 총을 쳐들어 준비 태세를 갖췄다. 거실은 텅 비고 어두웠고 창문엔 창백한 직사각형 모양으로 거무스름한 빛이 어렸으며 내 코트는 소파 팔걸이에 걸쳐져 있었다. 부엌문 주위에는 가늘고 흰 빛 한 줄기가 보였다. 파도 소리는 점점 커져갔다. 부엌에서 나는 소리였다.

나는 피 맛이 나도록 뺨 안쪽을 깨물었다. 그런 후에는 거실을 가로질러 갔다. 발바닥 아래로 양탄자가 쓸렸다. 나는 부엌문을 발로 차 열었다.

찬장 아래 기다란 형광등이 켜져 있어서 칼 한 자루와 내가 먹다가 잊어버린 사과 반쪽 위에 낯선 빛이 어렸다. 바다의 포효 소리가 높아지며 내게로 굴러왔다. 피처럼 따뜻하고 살갗처럼 부드러워서 나는 총을 떨어뜨리고 그쪽을 향해 떨어질 수도 있을 것만 같았다. 넋을 잃고 쓸려가버릴 수 있을 것만 같았다.

라디오는 꺼져 있었다. 모든 가전제품도 꺼져 있었다. 오로지 냉장고만이 음울하게 웅웅거렸다. 나는 파도 아래 그 소리를 들으려고 몸을 더 가까이 내밀어야 했다. 냉장고 소리와 내 손가락을 튕기는 소리가 들리자 청력에는 아무 이상이 없다는 것을 알았다. 나는 이웃집과 연결된 벽에 귀를 댔다. 아무 소리도 들리지 않았다. 중얼거리는 목소리나 띄엄띄엄 나는 텔레비전 요동치는 장소로 소리라도 들리길 바라며 더 바짝 갖다 댔다. 내 아파트가 무게 없이 요동치는 장소로 변모하지 않았다는 사실을 증명해줄 무엇, 내가 여전히 굳건한 건물 안에 닻을 내리고 따뜻한 삶에 둘러싸여 있다는 것을 확인시켜줄 무엇. 고요뿐이었다.

나는 그 소리가 스러져가기를 한참 기다렸다. 소리가 사라지지 않을 거라는 사실을 알게 되자 형광등을 끄고 부엌문을 닫고 침실로 돌아왔다. 나는 침대 가장자리에 앉아 총신으로 손바닥에 동그라미를 연신 찍으며 그걸로 쏠 수 있는 게 있기를 바랐다. 잠이 든 거대

한 짐승 같은 파도의 한숨에 귀를 기울이며 내가 형광등을 켰던 건
지 기억해내려 애썼다.

17

나는 알람이 울리는데도 아랑곳하지 않고 잤다. 처음 시계를 보았을 땐 9시가 다 된 시각이었고 쿵쿵 울리는 심장으로 침대에서 뛰쳐나갔다. 아무리 무너진 상태였대도 마지막으로 그렇게 잔 게 언제인지 기억도 할 수 없었다. 나는 알람이 울리면 바로 일어나 앉을 수 있도록 훈련을 해왔다. 옷을 걸쳐 입고 샤워도 면도도 아침 식사도 하지 않고 나왔다. 꿈이었는지 뭔지 모를 것이 내 마음 한구석에 걸려서 보이지 않는 곳에서 일어난 끔찍한 일처럼 허우적거리며 나를 찾으려 했다. 비가 세차게 내려 길에 차가 밀리자 차를 그 자리에 두고 남은 길을 달려가고 싶은 충동과 싸워야 했다. 주차장에서 경찰청까지 뛰어가느라 흠뻑 젖었다.

퀴글리가 첫 번째 계단 난간 위에 다리를 벌리고 앉아 있었다. 끔찍한 체크무늬 재킷을 입은 그는 손가락 사이에 갈색 종이 증거물 봉투를 끼고 바스락거리고 있었다. 토요일이라면 퀴글리로부터 안전해야만 했다. 그가 일주일 스물네 시간 관심이 필요한 거대한 사건을 맡았을 것 같지는 않으니까. 하지만 그는 늘 서류 작업이 밀려 있었다. 어쩌면 그저 내 시보 중 한 명을 못살게 굴면서 자기 대신 그 일을 시키려고 왔는지도 몰랐다. "케네디 형사." 그는 말했다. "잠깐 얘기 좀 나눌 수 있을까."

그는 나를 기다리고 있었다. 그 사실을 나의 첫 번째 경고로 삼았어야만 했다. "나 좀 급한데." 나는 말했다.

"이건 내가 너에게 호의를 베푸는 거야, 형사. 반대가 아니고."

그는 소리를 낮췄지만 목소리가 울리며 계단 위로 빙빙 돌았다. 끈적거리고 숨 죽인 말투를 내 두 번째 경고로 삼았어야 했다. 하지만 나는 비에 젖었고 서두르고 있었고 내 마음속에는 퀴글리보다 더 중요한 일들이 있었다. 나는 그냥 지나쳐버리려고 했다. 하지만 발길을 멈춘 건 증거물 봉투 때문이었다. 봉투는 작은 종류로 내 손바닥만 했다. 비닐 구멍은 보이지 않아서 안에 뭐라도 들어 있을 수 있었다. 퀴글리가 뭔가 사건과 관련이 있는 걸 손에 넣었다면 내가 그의 끈적끈적한 작은 자아를 망치지 않더라도 그가 반드시 봉투가 몇 주 동안 내 손에 들어오지 않도록 번거로운 보관 문제를 일으킬 수도 있었다. "말해." 나는 이 잡담에 길게 쓸 시간이 없다는 것을 그가 알 수 있도록 한쪽 어깨는 여전히 다음 계단을 향해 돌렸다.

"좋은 선택이야, 형사. 혹시나 이 젊은 여자 아나? 나이는 스물다섯에서 서른다섯 사이, 신장은 162~163센티미터에 아주 날씬한 체격, 턱까지 오는 검은 단발머리의 여자? 약간 꾀죄죄한 타입도 괜찮다면 아주 매력적이라고 말할 수 있을 것 같은데."

순간 나는 난간을 붙잡아야 할 것만 같단 생각이 들었다. 퀴글리의 잽이 나를 정통으로 맞혔다. 내 머릿속에 떠오르는 건 휴대전화에 내 번호가 저장된 신원 모를 여자의 시체였다. 차가운 손가락에서 반지를 빼내어 신원 확인을 위해 증거물 봉투에 던져 넣은 것이다. "그 여자가 어떻게 됐는데?"

"그럼 그 여자를 알긴 하네?"

"그래, 알아. 무슨 일인데?"

퀴글리는 눈썹을 둥글게 치키고 불가사의한 표정을 지으려 하며 봉투를 내밀었다. 내가 그 녀석을 벽에 박아버리기 바로 일 초 전이었다. "이 여자가 오늘 아침 일찍 여기 슬슬 들어오는 거야. 괜찮으면 마이키 케네디 형사를 당장 만나고 싶다나. 안 된다고 해도 받아들이지 않을 기세더라고. 마이키라니? 나는 네가 좀더 깔끔하고 점잖은 여자를 좋아할 줄 알았는데. 그렇지만 개인 취향은 설명할 수 없는 거니까."

그는 나를 보고 히죽히죽 웃었다. 나는 대답할 수 없었다. 안도감이 배 안쪽을 다 빨아들이는 것처럼 느껴졌다.

"버너뎃이 그 여자에게 네가 없으니까 잠깐 앉아서 기다리라고 하더라고. 하지만 긴급 용건 아가씨에게는 그걸로는 충분하지 않았나 봐. 목소리를 높이고 끔찍하게 난리를 피우더라. 충격적인 추태였어. 어떤 사람들은 그렇게 극적인 소동을 피우는 여자들을 좋아하는 걸 아는데 여긴 경찰청이잖아. 나이트클럽이 아니라고."

"그 여자 지금 어디 있어?"

"네 여자친구는 내 책임이 아니야, 케네디 형사. 나는 그저 출근하던 길에 마주쳐서 그 여자가 일으키는 소동을 본 것뿐이야. 내가 자네에게 도움의 손길을 줄까 해서 젊은 여성에게 시바의 여왕처럼 이것저것 요구하면서 들어오면 안 된다는 걸 보여주려고 했지. 그래서 그 여자에게 자네의 친구라고 하고 너에게 하고 싶은 말이 있으면 나한테 얘기해도 된다고 했어."

나는 움켜쥔 주먹을 감추려고 외투 주머니에 집어넣었다. 나는 말했다. "여자에게 으름장을 놓아서 너에게 털어놓게 했단 뜻이군."

퀴글리의 입술이 사라졌다. "나한테 그런 어조로 말하면 안 될 텐데, 형사. 내가 여자에게 으름장을 놓은 게 아니야. 그저 면담실로 데려가서 간단하게 잡담을 나눈 거지. 여자를 설득하는 데 약간 힘은 들었지만 결국에는 여자도 경찰 명령을 따르는 게 신상에 좋다는 걸 깨달았어."

나는 목소리를 평정하게 유지하며 말했다. "체포하겠다고 협박했군." 갇힌다는 생각만 해도 디나는 동물적인 공포를 느꼈을 것이다. 그 애의 마음속에 솟아오르는 미친 지껄임이 내 귀에도 들리는 듯했다. 나는 주먹을 그 자리에 가만히 두고 퀴글리의 늘어진 엉덩이를 걷어차줄 온갖 고발장을 작성하는 생각에만 집중했다. 나는 퀴글리가 경찰청장을 제 손바닥 위에 두고 있대도 신경도 쓰지 않을 것이고 똥 덩어리 새끼를 나와 함께 끌어내릴 수 있기만 하다면 남은 내 인생을 평생 리트림 주에서 양 도둑이나 수사하며 살게 된다고 해도 상관없었다.

퀴글리가 젠체하며 말했다. "그 여자가 훔친 경찰 자산을 갖고 있더라고. 나는 그걸 무시할 수 없었지. 그럴 수 있었겠나? 여자가 그걸 건네려 하지 않는다면 여자를 체포하는 게 나의 의무였지."

"무슨 얘기를 하는 거야? 무슨 훔친 경찰 자산?" 나는 내가 무엇을 집에 가져갔을지 생각하려고 했다. 서류철, 사진, 지금까지 놓친 게 있을 리 없었다. 퀴글리는 토 나올 것 같은 미소를 띠면서 증거물 봉투를 들어 보였다.

나는 계단 창문으로 들어오는 옅은 진줏빛 속으로 그걸 잠깐 기울여보았다. 그는 놔주려 하지 않았다. 한 순간 나는 내가 본 게 뭔지 이해할 수 없었다. 여성의 손톱이었다. 깨끗하게 다듬어서 매끈하게 분홍색 도는 베이지색 매니큐어를 바른 손톱. 속살 바로 위에서 부러진 것이었다. 손톱 틈에는 장밋빛 모직 섬유 한 올이 걸려 있었다.

퀴글리가 어디에서 무슨 말인가 하고 있었지만 나에게는 그의 말이 들리지 않았다. 공기가 빽빽하고 가혹하게 바뀌면서 두개골 안에서 쿵쿵댔고 수천 개의 아무 생각 없는 목소리로 지껄여댔다. 나는 얼굴을 돌려야만 했다. 퀴글리를 바닥에 밀어버리고 뛰어가야 했다. 나는 움직일 수 없었다. 눈이 휘둥그레 떠진 채로 못 박힌 듯이 느껴졌다.

증거물 봉투에 쓰인 손 글씨는 익숙했다. 평평하고 앞으로 기울어진 글씨체는 퀴글리의 무식하게 휘갈겨 쓴 글씨와는 달랐다. "코너 브레넌, 거주지 거실에서 습득." 차가운 공기. 사과 향. 리치의 핼쑥한 얼굴.

다시 소리가 들렸을 땐 퀴글리가 여전히 지껄이는 중이었다. 계단에 울리는 목소리는 식식 거슬렸고 몸에서 분리된 것만 같았다. "처음에 난 생각했지. 야, 이거 참. 위대하신 스코처 케네디가 증거물을 아무데나 놔둬서 자기 깔이 나가면서 주워 가게 해? 누가 그런 걸 생각이나 했겠어?" 그는 낄낄 웃었다. 그 웃음이 상한 기름 덩어리처럼 내 얼굴에서 흘러내리는 느낌이 들 정도였다. "우리의 영예로운 시간을 위해 너를 기다리는 동안 사건 파일을 조금 읽어봤거든. 뭐 참견하려던 건 아니지만 이 물건이 어디 맞아 들어가나 확인을 해야 했다는 건 알 거 아니야. 그래야 뭘 제대로 할지 결정할 수 있지 않겠어. 그런데 내가 흥미로운 걸 알아채지 않았겠어? 손 글씨가 있더라고. 분명 네 게 아니지. 난 네 글씨를 알잖아. 이렇게 오랜 시간 함께 보냈으니. 그렇지만 이 글씨가 파일에 참 많이도 나오더라고." 그는 자기 관자놀이를 톡톡 두드렸다. "사람들이 나를 괜히 형사라고 하는 게 아니지 않아?"

나는 손에 든 봉투가 먼지로 부서져 사라질 때까지 쥐고 으스러뜨리고 싶었다. 이미지조차도 내 마음속에서 짓눌려 없어질 때까지. 퀴글리가 말했다. "너희가 한패거리처럼 끈끈한 거야 알았지. 너랑 애송이 커런이랑. 하지만 그렇다고 그 정도까지 공유할지는 몰랐어." 다시 그 낄낄 웃음이 나타났다. "그래서 나는 지금은 이게 궁금하더라고. 그 아가씨가 이걸 너에게서 째볐을까, 커런에게서 째볐을까?"

내 마음 깊은 곳 한구석이 다시 기계처럼 질서정연하게 움직이기 시작했다. 자제력을 익히려고 이십오 년 동안 죽어라 노력했다. 친구들은 그 때문에 나를 흉봤고 신입들은 내가 그들에게 설교를 하면 눈알을 굴렸다. 다 꺼지라지. 그건 가치가 있었다. 바람 들어오는 계단참 위에서 그 대화를 들으면서도 나는 마음을 가다듬을 수 있었으니까. 이 사건이 두개골 안쪽에서 앞발을 조여오며 허우적허우적 뒤지기 시작할 때 내가 나 자신에게 타이를 수 있는 유일한 말은 더 나쁜 일이 생길 수도 있었다는 것이었다.

퀴글리는 이 순간 일분일초를 즐기고 있었고 나는 그 점을 이용할 수 있었다. 나는 얼음처럼 차갑게 말하는 나 자신의 목소리를 들었다. "여자에게 까먹고 물어보지 않았다는 말은 할 생각 마."

내 생각이 맞았다. 그는 저항할 수 없었다. "맙소사, 무슨 드라마인 줄 알았지. 여자가 이름도 안 대고 어디서 어떻게 이걸 손에 넣어서 여기까지 가지고 왔는지 아무런 정보를 주지 않으려 하더라니까. 내가 그저 부드럽게 압박을 좀 했을 뿐인데 여자가 히스테리를 부리더라고. 농담이 아니야. 여자가 자기 머리카락을 뿌리째 뽑더니 내가 그랬다고 너한테 이르겠다며 비명을 지르는 거야. 뭐 나는 그런 건 걱정하지 않았지. 제정신이 박힌 사람이라면 그런 여자애가 하는 말보다야 경찰이 하는 말을 더 믿을 테니까. 하지만 여자애가 완전히 미쳤더라고. 개한테 술술 불게 할 수도 있었지만 그래봤자 무슨 소용이 있겠어. 그 여자 말은 하나도 믿을 수 없는데. 내가 이 말만은 해두고 싶은데, 개가 얼마나 맛있는 여자든 간에 구속복을 입혀서 정신병원 보내야 해."

나는 말했다. "네 옆에 하나 없었다니 안타깝네."

"너한테 호의를 베풀어주고 있었잖아. 그러니까 있으면 그랬겠지."

살인수사과 사무실 문이 우리 위에서 쿵 열리더니 형사 세 명이 복도를 내려와 매점으로 향했다. 그들은 갑자기 기억상실증을 일으킨 증인을 원색적으로 욕하고 있었다. 퀴글리와 나는 공모자처럼 벽에 바짝 기대어 그들의 목소리가 사라질 때까지 기다렸다. 나는 말했다. "대신에 여자를 어떻게 했어?"

"여자에게 정신 좀 차리고 가도 좋다고 말했어. 그랬더니 통통 튀어 나가던데. 나가는 길에 버너뎃에게 손가락으로 욕도 하고. 참 귀여운 애야." 가슴에 팔짱을 끼고 턱을 심술 맞게 목 안으로 집어넣은 퀴글리는 현대의 방종한 젊은이들을 헐뜯는 뚱뚱한 노파 같았다. 내 마음속, 얼음처럼 차갑고 모든 것에서 초연해진 한 부분은 미소를 띠고 싶은 기분까지 들었다. 디나가 퀴글리를 죽도록 겁주긴 한 모양이었다. 이따금 광기도 쓸모가 있다. "네 여자친구지? 아니면 네가 잠깐 즐기려고 돈 주고 산 건가? 여자가 너를 오늘 만났다면 이거 주고 얼마나 바랐을 거 같아?"

나는 퀴글리를 향해 한 손가락을 흔들어 보였다. "점잖게 굴어, 친구. 걔는 귀여운 애야."

"내가 절도죄로 체포하지 않은 것만도 아주 운 좋은 애지. 너한테 호의를 베풀려고 한 거라고. 그러면 나한테 공손히 고맙다는 인사 정도는 할 만한데."

"그 애가 지루한 아침을 환히 밝혀준 것 같은 말투인데. 고마워해야 할 사람은 너 아닌가."

이 대화는 퀴글리가 계획한 대로 흘러가지 않았다. "그래서." 그는 흐름을 자기 쪽으로 끌어오려고 애썼다. 그는 증거물 봉투를 들어 보이며 뚱뚱한 하얀 손가락으로 윗부분을 살짝 쥐었다. "말해봐, 형사. 여기 이 물건. 얼마나 간절히 필요한데?"

퀴글리는 알아내지 못했다. 안도감이 거대한 흰 파도처럼 나에게 밀려와 부서졌다. 나는 소매에 묻은 빗방울을 쓸며 어깨를 으쓱했다. "누가 알겠어? 여자애를 떨쳐내준 건 고마워, 그게 다야. 하지만 그게 성패를 좌우할 만한 물건인지는 모르겠는데."

"확실히 하고 싶은 거 아니었어? 이 얘기가 기록에 남아서 퍼지면 너에게 좋을 게 없을걸."

우리는 가끔이지만 깜박 잊고 증거물을 제출하지 못하기도 한다. 일어나서는 안 될 일이지만 일어난다. 밤에 양복을 벗다가 주머니가 불룩한 걸 보고 손을 넣어서 어떤 목격자가 말을 걸었을 때 쑤셔 넣은 봉투를 발견하기도 한다. 혹은 차 트렁크를 열어보니 지난밤에 제출하려고 했던 가방이 나오기도 한다. 주머니와 차 열쇠에 접근하려고 했던 사람이 없는 한 이건 세상의 끝이 아니다. 하지만 디나는 이 물건을 자기 품 안에 몇 시간 혹은 며칠 동안 가지고 있었다. 우리가 이 증거를 법원에 제출하려고 하면 피고 측 변호인은 디나가 증거를 훼손했다는 것부터 그걸 완전히 다른 물건으로 바꿔치기하려고 했다는 것까지 뭐든 주장할 수 있었다.

증거가 늘 사건 현장에서 원형 그대로 우리에게 오는 것은 아니었다. 목격자들은 증거물을 몇 주 뒤에 제출하기도 하고 어떤 개가 냄새를 맡아 찾아낼 때까지 몇 달 동안 비를 맞으며 들판에 널려 있을 수도 있었다. 우리는 얻은 것만을 가지고 피고 측 주장을 저지할 방법을 찾아낸다. 이 건은 달랐다. 우리가 증거물을 스스로 더럽혔기 때문에 우리가 손댄 다른 모든 것까지 더럽혀졌다. 우리가 이걸 끼워 넣으려 하면 우리가 이번 수사에서 해왔던 모든 행동 또한 아무 손에나 넘어갈 수 있다. 증거를 심었을 수도 있고 목격자를 겁줬을 수도 있고 우리 목적에 맞게 만들어냈다고도 할 수 있다. 우리는 한 번 규칙을 깨버렸다. 사람들이 그게 딱 한 번뿐이었다고 믿어주겠는가?

나는 한 손가락으로 봉투를 필요 없다는 듯 쓱 밀어 냈다. 손을 대기만 했는데도 등골이 오싹했다. "이게 우리 용의자와 사건 현장을 연결해준다는 사실이 밝혀지면 있으면 좋기야 하겠지. 어쨌든 그렇게 할 수 있는 게 많이 있으니까. 우린 살아남을 수 있을 거야."

퀴글리의 날카로운 작은 눈이 내 얼굴 위를 확인하듯 기어갔다. "어느 쪽이든 맘대로." 그는 결국에는 말했다. 짜증 나는 기색을 감추려고 애쓰고 있었다. 내 말에 넘어가버린 것이다. "이게 네 사건을 망가뜨리진 않더라도 그럴 수 있었어. 과장은 자기의 드림팀이 증거를 사탕처럼 넘겼다는 얘길 들으면 펄쩍 뛸걸. 특히 세상 모든 사건 중에서도 이번 사건의 증거라니. 불쌍한 애들이 죽었는데." 퀴글리는 비난하듯 혀를 차며 고개를 흔들었다. "넌 커런 애송이를 좋아하지? 그 친구가 심지어 출발선에서 뛰기도 전에 다시 정복 경관으로 돌아가는 꼴은 보고 싶지 않을 거 아니야. 둘이 나눈 모든 약속, 함께한 위대한 동료 관계 모두가 헛되게 낭비되겠지. 그거 참 안타까운 일 아니겠어?"

"커런은 다 큰 남자야. 자기 앞가림은 알아서 하겠지."

"아하." 퀴글리는 내가 말실수를 해서 큰 비밀이라도 누설한 양 잘난 체하며 내게 손가락질을 했다. "그건 결국 걔가 이 대담한 짓을 벌인 녀석이라는 뜻으로 받아들여도 되겠지?"

"네가 좋은 대로 받아들이도록 해, 친구. 그리고 마음에 들면 다시 또 그렇게 받아들여."

"물론 중요하지 않겠지. 이런 짓을 벌인 사람이 커런이라고 해도 근신 정도 받을 거야. 걔를 신경 써줘야 하는 사람은 너니까. 누가 이 일에 대해 알아내게 되면…… 참 끔찍한 타이밍이지. 온 길로 돌아가야 할 테니까?" 퀴글리는 내가 그의 입술에서 번들거리는 침, 재킷 옷깃에 스며든 먼지와 기름때를 알아볼 정도로 가까이 다가와 있었다. "아무도 그러길 바라진 않을 거야. 우리가 합의에 이를 수 있을 것 같은데."

순간 나는 그가 돈을 의미한다고 생각했다. 그보다 더 짧고 불명예스러운 한 조각의 시간 동안 나는 알겠다고 해버릴까 생각했다. 나는 내게 무슨 일이 생겨서 디나가 보살핌이 필요할 때를 생각해 저축을 해두었다. 많지는 않지만 퀴글리의 입을 막고 리치를 구하고 나를 구하고 튕겨나온 세계를 다시 제 궤도에 돌려놓고 아무 일도 일어나지 않은 듯 우리 모두가 계속 돌아갈 수 있을 만큼은 되었다.

다음 순간 나는 알아차렸다. 그가 원하는 건 나였다. 그리고 다시 안전하게 돌아갈 길은 없었다. 그는 내가 맡는 좋은 사건에서 함께 일하고 내가 얻은 점수를 모두 가져가고 가망 없는 사건은 내게 떠넘겨버리기를 바라는 것이었다. 내가 자기 칭찬을 오켈리에게 떠벌리는 동안 한껏 누리고 성에 차지 않으면 내게 의미 깊게 눈썹을 치켜세워 경고하고 자기 뜻대로 좌지우지되는 스코처 케네디의 모습을 즐기길 바라는 것이었다. 그건 결코 끝나지 않을 일이었다.

나는 퀴글리를 거절하는 이유가 그게 아니라고 믿고 싶었다. 수많은 사람이 당연하게 그렇게 단순한 이유라고 여기리라는 것도 알았다. 자존심 때문에 내 형사 인생의 남은 기간을 퀴글리의 휘파람에 맞춰서 뛰어다니고 그의 커피를 제대로 타 오도록 조심하며 보낼 수는 없었으리라고 생각할 것이다. 나는 내가 안 된다고 말하는 이유는 그것이 옳은 일이기 때문이라고 여전히 믿고 싶었다.

"네가 내 가슴에 폭탄을 매달아도 너와는 합의 안 해."

그 말에 퀴글리가 내 얼굴에서 떨어져 한 발 물러섰다. 그러나 그는 그렇게 쉽게 포기하려 하지 않았다. 그가 노리는 포상이 바로 가까이에 있고 그는 침을 흘리다시피 했다. "후회할 말은 하지 말라고,

케네디 형사. 이게 어젯밤 어디 있었는지 아무도 알 필요는 없어. 네 깔은 네가 정리해. 그 여자는 한마디도 안 할 것 아니야. 커런도 머리에 상식이 들어 있으면 아무 말도 하지 않겠지. 이건 아무 일도 일어나지 않은 것처럼 곧장 증거보관실로 갈 거야." 그는 봉투를 흔들었다. 손톱이 종이에 부딪쳐 마르게 서걱서걱 흔들리는 소리가 들렸다. "이건 우리만의 작은 비밀이 될 거야. 나를 망신 주려고 하기 전에 그거 잘 생각해봐."

"생각할 일 따위 없어."

잠시 후 퀴글리가 다시 난간에 기댔다. "내가 공짜로 이것만 말해줄게, 케네디." 그의 어조가 바뀌어 있었다. 친구라도 된 듯이 굴었던 달콤한 크림 막은 걷어내고 없었다. "나는 네가 이 사건을 망쳐버릴 거라는 사실을 알아. 네가 화요일에 과장을 만나고 돌아오는 순간부터 알았지. 너는 늘 네가 특별하다고 생각하지, 안 그래? 완벽남, 너는 발가락 하나도 선을 벗어나지 않지. 그런데 지금 네 꼴을 봐." 다시 그 히죽 웃음이 돌아왔다. 이번에는 반쯤은 으르렁거림에 가까웠다. 이제는 숨기려고도 하지 않는 악의가 생생했다. "나는 그저 알고 싶을 뿐이야. 뭣 때문에 이번 건에서는 선을 넘었지? 그렇게 오랫동안 성자인 척했기 때문인가? 그래서 무슨 짓을 해도 네 맘대로 빠져나갈 수 있을 거라고 생각한 거야? 위대하신 스코처 케네디를 아무도 의심하지 않을 거라고?"

서류 작업 때문에 온 것이 아니었다. 내 시보 중 하나를 빌릴까 해서 온 것이 아니었다. 퀴글리가 토요일 아침에도 출근한 것은 내가 거꾸로 떨어지는 꼴을 절대로 놓칠 수 없었기 때문이었다. 나는 말했다. "나 때문에 오늘 좋은 날 되었길 바라네, 친구. 내가 성공한 것 같으니."

"넌 늘 나를 바보 취급했지. 우리 모두 퀴글리 약 좀 올리자. 저 아둔한 얼간이를. 쟤는 알아차리지 못할 거니까. 자, 자, 어서 말해봐. 네가 영웅이고 내가 바보라면 어째서 너는 이렇게 똥 속에 깊이 빠졌고 나는 네가 이렇게 될 줄 알았던 걸까?"

그의 말은 틀렸다. 나는 한 번도 그를 과소평가한 적이 없었다. 나는 늘 퀴글리의 한 가지 재주만은 잘 알았다. 하이에나 같은 코로 킁킁 냄새 맡고 질질 침을 흘리며, 불안에 떠는 용의자, 겁먹은 목격자, 다리가 후들거리는 신입, 약점이 드러나거나 피 냄새를 풍기는 것이면 뭐든 그쪽으로 향하는 본능. 내가 잘못한 게 있다면 약한 존재가 나를 의미하지는 않는다고 믿었던 점이었다. 끝없이 이어지는 괴로운 진료 상담, 모든 행동과 말과 생각을 두고 밤새 경계했던 그 오랜 세월들을 거쳤기에 나는 내가 고쳐졌다고 확신했다. 모든 고장이 다 나았다고, 모든 피가 씻겨 나갔다고. 나는 안전으로 향하는 길을 얻어냈다고 알았다. 의심 한 점 없이 내가 안전하다는 뜻이라고 믿고 있었다.

내가 브로큰하버라는 단어를 오켈리에게 말했던 순간 내 마음속 흐려졌던 모든 흉터가 횃불처럼 환히 빛났다. 그 순간부터 곧바로 지금에 이르기까지 나는 그 흉터들의 반짝이는 선 위를 가축처럼 고분고분 걸어왔다. 코너 브레넌의 모습이 어두운 길 위에서 빛났듯이 나 또한 빛을 발하며 이 사건을 헤치고 걸어왔다. 저 멀리 저 널리 포식자들과 시체를 뜯는 동물들에게는 눈부시게 빛나는 신호가 되었으리라.

"너는 바보가 아니야, 퀴글리. 수치 덩어리지. 지금부터 내가 은퇴

할 때까지 매 시간 나는 일을 망칠 수 있어. 그런데도 네가 될 수 있는 것보다 나는 여전히 더 좋은 경찰일 거야. 나는 너와 같은 살인수사과라는 게 부끄럽다."

"그럼 넌 운이 좋군? 이제는 나를 더는 참아줄 필요가 없을지도 모르니까. 일단 과장이 이걸 보면 그렇게 되겠지."

"그건 내가 여기서 받아가야겠어."

나는 봉투를 받으려고 한 손을 내밀었지만 쿼글리는 손이 닿지 않게 휙 뺐다. 그는 점잖은 척 입을 다물고 봉투를 손가락으로 집어 흔들면서 신중하게 생각했다. "내가 이걸 지금 너에게 줘야 할지 확실하지 않은데. 이게 어디로 갈지 어떻게 알고?"

나는 숨을 도로 삼키며 말했다. "너 때문에 진짜 토할 것 같아."

쿼글리의 얼굴이 순간 굳었지만 그는 내 얼굴에 떠오른 무언가를 보고 입을 다물 수밖에 없었다. 그는 무슨 더러운 거라도 되는 양 봉투를 내 손 위로 떨어뜨렸다. "속속들이 보고할 거야." 그가 내게 알렸다. "되도록 빨리."

"그렇게 해. 그냥 내 앞에서 비켜." 나는 증거물 봉투를 주머니에 넣고 그를 거기 두고 떠났다.

나는 맨 위층으로 올라가 남자 화장실 한 칸에 들어가서는 축축한 플라스틱 문에 이마를 기대고 섰다. 마음이 빙판처럼 미끄럽고 위험하게 돌았고 나는 발 디딜 곳을 찾지 못했다. 모든 생각이 나를 얼음 낀 물 위로 돌진하도록 밀어버리는 것 같았다. 단단한 땅을 잡으려고 손을 뻗었지만 아무것도 찾지 못했다. 손이 마침내 떨리지 않게 되었을 때 나는 문을 열고 아래층 사건 수사본부실로 내려갔다.

방 안에는 열기와 소음이 넘쳤다. 시보들은 전화를 받고 화이트보드에 근황 보고를 하고 커피를 마시고 더러운 농담에 웃고 혈흔 패턴에 관해 논쟁을 하고 있었다. 그 모든 에너지에 머리가 어지러웠다. 언제라도 다리가 꺾일 것만 같았지만 나는 그 속을 뚫고 조심조심 나아갔다.

리치는 자기 책상에 앉아 있었다. 셔츠 소매를 걷고 보고서 종이를 이리저리 뒤적이고 있었지만 보고 있지는 않았다. 나는 젖은 외투를 의자 등받이에 던져놓고 그에게 몸을 숙여 조용히 말했다. "각각 서류 몇 개를 챙겨서 이 방을 나갈 거야. 마치 급한 일이 있는 것처럼. 그렇지만 요란하게 하면 안 돼. 이제 가자."

그는 잠시 응시했다. 눈은 충혈되어 있었다. 꼴이 말이 아니었다. 그러더니 고개를 끄덕이며 보고서 몇 개를 집은 뒤 의자를 뒤로 밀었다.

꼭대기 층 복도 맨 끝에 면담실이 있었다. 급한 필요가 없다면 굳이 쓰지 않는 방이었다. 난방이 들어오지 않았다. 한여름에도 이 방은 서늘하고 지하 같은 느낌을 주었다. 그리고 전기 배선이 뭐가 잘못되었는지 형광등에서는 눈 아프게 쨍한 빛이 발산되어 일이 주에 한 번씩 나가버리곤 했다. 우리는 그리로 들어갔다.

리치가 등 뒤로 문을 닫았다. 그는 문 옆에 그대로 남아 있었다. 쓸모없는 종이 낱장이 한 손에 잊힌 듯 들렸고 눈은 거리의 부랑아처럼 이리저리 잽싸게 움직였다. 그게 바로 그의 모습이었다. 마약 한 대와 교환하는 대가로 시시한 마약상을 위해 망을 보면서 낙서 가득한 벽에 구부정하게 기댄, 영양불량의 더러운 아이. 나는 이 남자를 내 파트너로 여기기 시작하던 참이었다. 내 어깨를 받치는 그의 마른 어깨가 소속감 같은 걸 주기 시작하던 참이었다. 그 느낌은 좋았다. 따뜻했다. 이젠 둘 다 토할 것 같았다.

나는 증거물 봉투를 주머니에서 꺼내 탁자 위에 놓았다.

리치는 위아래 입술을 동시에 깨물었지만 움찔하거나 놀라지 않았다. 마지막 남은 희망까지 부서져 내게서 날아갔다. 리치는 이를 예상하고 있었다.

침묵은 영원히 계속되었다. 아마도 리치는 내가 그를 찍어 누르기 위해 그 방식을 쓰리라 생각하고 있을 것이다. 내가 용의자에게 썼던 방식대로. 방 안의 공기가 결정화되어 깨질 것만 같았고 내가 입을 열면 말이 수백 개의 면도칼 같은 조각으로 부서져서 우리 머리 위에 비처럼 쏟아지면서 우리를 갈기갈기 잘라버릴 것만 같았다.

마침내 내가 말했다. "어떤 여자가 아침에 이걸 제출했어. 묘사가 내 여동생과 일치하더군."

이 말이 리치를 강타했다. 리치는 고개를 바짝 처들고 토할 것 같은 얼굴로 숨도 쉬지 못하고 나를 응시했다. 나는 말했다. "대체 어떻게 걔가 여기 손을 댔는지 알아야겠어."

"선배님 여동생이라고요?"

"화요일 밤에 여기 바깥에서 나를 기다리는 여자 봤잖아."

"여동생인 줄은 몰랐습니다. 말씀 안 하셨잖아요."

"나는 그게 네가 상관할 일인 줄은 몰랐지. 어떻게 걔가 이걸 손에 넣은 거야?"

리치는 다시 문에 푹 기대면서 한 손으로 입을 훑었다. "그 여자가 제 집에 나타났어요." 그는 나를 보지 않고 말했다. "어젯밤에."

"네가 어디 사는지 걔가 어떻게 알았는데?"

"모르겠습니다. 어제 집에 걸어갔어요. 생각할 시간이 필요해서."
리치는 재빨리 탁자 위로 눈길을 주었다. 그 눈길이 아프게라도 할
것처럼. "아마 여기 바깥에서 기다리고 있었던 게 아닌가 싶어요. 저
를 혹은 선배님을. 제가 나온 걸 보고 집까지 따라온 것 같아요. 제
가 문 안에 들어오자마자 오 분 만에 초인종 소리가 들렸으니까."

"그래서 걔를 차 한잔하면서 잡담이나 나누자고 안으로 초대했
어? 너는 낯선 여자가 네 집 문 앞에 나타나면 보통 그러나 보지?"

"그 사람이 들어갈 수 있는지 물었어요. 몸이 꽝꽝 얼어 있었고요.
바들바들 떠는 게 보이더라고요. 그저 아무 여자가 아니잖아요. 화
요일 밤에 본 게 기억이 났죠." 물론 기억났을 것이다. 특히 남자들
은 디나를 금방 잊진 않는다. "저는 선배님 친구를 제 문간에서 얼어
죽게 놔둘 순 없었어요."

"성자 납셨네. 나한테 전화를 해서 걔가 거기 있다고 말해줄 생각
은 들지 않았나 보지?"

"정말로 그런 생각을 했습니다. 물론 전화하려고도 했고. 하지만
그 여자가…… 그 사람 상태가 좋지 않았어요. 제 팔을 붙들면서 반
복해서 이러더라고요. '마이키한텐 내가 여기 있다고 말하지 마요.
마이키에게 말했다간 마이키가 미친 듯 흥분해서…….' 저는 어쨌
든 했을 겁니다. 그 사람이 기회만 주었다면. 그렇지만 제가 화장실
에 갈 때도 전화기는 자기에게 맡기고 가라고 했어요. 룸메이트들
은 술집에 갔기 때문에 제가 걔네들에게 말을 슬쩍 흘리거나 그 사
람이 걔들하고 말하는 동안 문자를 할 수도 없었어요. 결국엔 저는
생각했죠. 해 될 건 없잖아. 오늘 밤은 안전한 곳에서 지새울 수 있
으니까. 선배님하고는 아침에 얘기하면 되겠다."

"해 될 게 없다.'" 나는 말했다. "너 이걸 그렇게 말할 수 있어?"

짧게 비틀린 침묵이 흘렀다. 나는 말했다. "걔가 뭘 원하던가?"

"그 사람은 선배님을 걱정했습니다."

나는 우리 둘 다 놀랄 만큼 큰 소리로 웃었다. "아, 걔가, 걔가 그래? 참 망할 개판이군. 이 단계쯤 됐으면 너도 디나를 잘 알겠지. 누가 걱정해야 할 필요가 있는 사람은 바로 걔라는 사실을 눈치챌 만큼은 됐을 거 아냐. 너 형사잖아. 그런 뻔한 건 알아차려야 한다는 뜻이잖아. 내 동생은 완전히 미쳤어. 걔는 상식이 빠진 애야. 벽을 타고 올라가 샹들리에로 그네를 탈 애라고. 네가 그걸 놓쳤다는 말은 하지 마."

"저한테는 그렇게 미친 것처럼 보이지 않았습니다. 언짢았달까, 거의 터지기 직전 같긴 했지만 선배님을 걱정해서 그런 거였어요. 제대로 걱정하고 있었어요. 흥분할 만큼 걱정했달까."

"그게 바로 내가 하는 말이야. 그게 미친 거라고. 대체 뭘 걱정했다는 거야?"

"이 사건 말입니다. 이 사건이 선배님에게 미치는 영향. 그 사람 말로는……."

"디나가 이 사건에 대해 아는 유일한 사실은 이 사건이 존재한다는 거야. 그게 다야. 그 정도 가지고도 걔는 발광을 한다고." 나는 그 누구에게도 디나가 미쳤다는 말을 한 적이 없었다. 가끔은 사람들이 내 눈에 그 가능성을 제기하기도 했다. 그들 누구도 그런 실수를 두 번 하지 않았다. "내가 화요일 밤을 어떻게 보냈는지 알아? 걔가 자기 집 샤워 커튼이 할아버지 괘종시계처럼 똑딱거린다면서 자기 집에서 잘 수가 없다고 미친 듯 악 쓰는 소리를 들어줬어. 수요일 저

녁은 어떻게 보냈는지 알고 싶어? 걔가 내 책에서 찢은 종이 더미에
불을 붙이지 못하게 말리면서 보냈지."

리치는 문에 기댄 채로 불편하게 자세를 바꾸었다. "그런 건 아무
것도 몰랐습니다. 그 사람이 제 집에서는 그러지 않았어요."

내 배 속의 뭔가가 단단히 조여왔다. "물론 절대 안 그랬겠지. 네
가 나에게 금방 전화할 테고, 그러면 걔 계획에 맞지 않는다는 걸 알
았을 테니까. 걔는 미쳤지만 멍청하진 않으니까. 그리고 진짜 의지
력도 있지. 자기가 그러고 싶을 땐."

"지난 며칠은 선배님 댁에 묵으면서 이야기를 했다고 했습니다.
이 사건 때문에 선배님 머리가 녹아버렸다고 하더군요. 그 사람
은⋯⋯." 리치는 나를 흘끔 보았다. 단어를 조심스레 고르고 있었
다. "선배님이 괜찮지 않다고 했어요. 늘 자기에게 잘해주고 자기가
그런 대접 받을 자격이 없을 때에도 상냥하지 않은 적이 없었다고.
바로 그렇게 말했습니다. 그런데 요전 날 밤 자기가 나타나서 놀라
게 했더니 선배님이 총을 빼들었다고 하더군요. 그러고는 선배님이
자살이나 해버리라고 해서 나왔다고 말했습니다."

"너는 그 말을 믿었고."

"저는 그 사람이 과장한다고 생각했습니다. 하지만 그래도⋯⋯
선배님이 스트레스를 받고 있다는 말은 지어낸 것 같지는 않았어
요. 그 사람은 선배님이 무너지고 있다고, 이번 사건이 선배님을 부
서뜨리고 있다고, 그런데도 선배님이 그걸 놓을 리가 없다고 말했습
니다."

어둡게 뒤얽힌 아수라장 속에서, 나는 이것이 실제든 걔의 상상이
든 자기에게 한 짓에 대한 디나의 복수인 건지, 아니면 정말로 디나

가 내가 놓친 것을 보았는지 알 수 없었다. 무엇 때문에 디나는 창문에 와서 부딪치는 겁에 질린 새처럼 리치의 문을 두드렸던 것인가. 나는 어느 쪽이 더 나쁜지도 알 수 없었다.

"그 사람이 제게 말했습니다. '당신은 파트너잖아요. 마이키는 당신을 신뢰해요. 당신이 그를 돌봐야죠. 나한텐 그렇게 하게 두지 않아요. 자기 가족에게는 그렇게 하게 두지 않는다고. 어쩌면 당신에겐 허락할지도 몰라요.'"

"그 애랑 잤어?"

나는 묻지 않으려고 이제까지 애썼다. 리치가 입을 벌린 뒤 아주 찰나의 침묵이 흐르자 나는 필요한 모든 것을 알게 되었다. "굳이 대답 안 해도 돼."

"들어보십시오. 선배님, 들어보세요. 그 사람이 선배님 여동생이라는 말을 안 해주셨잖아요. 그 여자도 안 했어요. 신에게 맹세코 제가 알았다면……."

나는 그에게 말하기 바로 직전까지 갔었다. 나는 그 말을 삼키고 말았다. 왜냐하면, 세상에나, 그러면 내가 연약해질 것만 같았기 때문이다. "걔가 뭐라고 생각했어? 내 여자친구? 전처? 내 딸? 그중 뭐였으면 정확히 상황이 더 나아졌겠어?"

"그 사람은 선배님의 옛 친구라고 했습니다. 아이 때부터 알고 지내던 사이라고만 했어요. 선배님 가족이랑 자기 가족이 브로큰하버에서 같이 여름에 캠핑카를 빌리던 사이라고. 그게 제게 한 말입니다. 어째서 제가 그 사람이 거짓말을 할 거라고 생각하겠습니까?"

"걔가 씨발, 미치광이라서 그랬다면 어때? 걔는 너희 집에 와서 자기는 전혀 알지도 못하는 사건에 대해서 옹알옹알 늘어놓고 내가 신경쇠약에 걸렸다고 하는 거짓말에 너를 빠뜨렸어. 걔가 하는 말 중 구 할은 허튼소리야. 다른 일 할도 정직한 건 아닐지 모른다는 생각은 들지 않던가?"

"허튼소리가 아니었습니다, 하지만. 그 사람 말은 딱 맞았어요. 이 사건이 선배님을 괴롭히고 있습니다. 처음부터 그랬다고 생각해요, 거의."

숨을 들이쉴 때마다 아팠다. "참 다정도 하다. 감동했어. 그래서 그에 대한 적절한 대응이 내 여동생이랑 섹스하는 거라고 생각했나 보군."

리치는 이 대화를 집어치울 수만 있다면 팔 한 짝을 잘라도 좋겠다는 얼굴이었다. "그런 게 아니었습니다."

"세상에, 대체 어떻게 그런 게 아닐 수가 있어? 걔가 너한테 약이라도 먹였나? 침대 기둥에 수갑이라도 채워서 묶었어?"

"저는 미리 그걸 계획한 게 아니었습니다……. 그 사람도 그런 건 아니었다고 생각합니다."

"진심으로 내 여동생이 어떻게 생각하는지를 나한테 말해주려는 거야? 고작 하룻밤 같이 보내고?"

"아닙니다. 제 말은……."

"나는 너보다 걔를 훨씬 잘 알거든. 그런데도 걔 머릿속에서 무슨 일이 일어나는지 알아내려고 무진장 발버둥을 쳐야 해. 걔는 정확히 그런 짓을 하려고 계획하고 네 집에 가고도 남아. 이건 네 생각이 아니라 걔 생각이라는 걸 백 퍼센트 확신한다. 그렇다고 해서 네가 맞장구를 쳐줘야 했다는 뜻은 아니야. 대체 무슨 생각으로 그런 거야?"

"정말 솔직히 말씀드려서 그저 하나의 일이 다른 일로 이어진 것 뿐입니다. 그 사람은 이 사건이 선배님을 망쳐놓을까 봐 두려워했고 제 거실을 빙빙 돌면서 울었어요. 자리에 앉으려 하지 않았어요. 그만큼 동요하고 있었습니다. 저는 진정시키려고 그저 안아주었는데……."

"거기서 입 닥쳐. 생생한 묘사는 필요 없으니까." 내겐 필요 없었다. 일이 어떻게 된 건지 정확히 알 수 있었다. 디나의 광기로 끌려들어가는 것은 그렇게, 그렇게 치명적으로 쉬웠다. 한순간 디나의 손을 잡고 끌어 올리려고 가장자리에 발가락만 담근다. 다음 순간 십 미터 아래 깊은 물속으로 빠져들어 숨을 쉬려고 허우적거리게 된다.

"그저 말씀드리는 겁니다. 그렇게 일어났을 뿐이라고."

"네 파트너의 여동생이랑." 나는 말했다. 갑자기 진이 빠졌다. 진이 빠져서 위장까지 뒤집어졌고 목구멍으로 뭔가 솟아올라 타고 있었다. 나는 벽에 머리를 기대고 손가락으로 눈을 눌렀다. "네 파트너의 미친 여동생이랑. 그게 어떻게 좋아 보일 수 있겠어?"

리치는 조용히 말했다. "그럴 리 없겠죠."

손가락 뒤 어둠은 깊고 평안했다. 나는 눈을 다시 떠서 눈을 찌르는 거친 빛을 보고 싶지 않았다. "그리고 네가 오늘 아침에 일어나보니 디나는 가고 없었겠지. 증거물 봉투도 마찬가지고. 그게 어디 있었나?"

잠시 침묵. "제 침대 옆 탁자 위에 있었습니다."

"들어오는 사람 누구나 훤히 볼 수 있도록 놔뒀다고. 룸메이트, 강도, 하룻밤 상대. 너 참 영리하다."

"제 침실 문은 자물쇠로 잠겨 있습니다. 그리고 낮에는 열쇠를 제가 갖고 다닙니다. 재킷 주머니 속에요."

우리가 나눴던 모든 논쟁, 코너 대 패트릭, 실존하는지 아닌지 모를 동물, 오래된 사랑 이야기. 리치 쪽은 거짓말투성이였다. 그는 대답을 내내 혼자 가지고 있었다. 내가 손을 뻗으면 닿을 만큼 가까운 곳에. 나는 말했다. "그런데 그렇게 잘 안 됐다?"

"그 사람이 그걸 가져갈 건 생각도 하지 못했습니다. 그 사람은……."

"너는 생각을 아예 안 했어. 걔가 네 방에 들어올 때까지는."

"그 사람은 선배님 친구였으니까요. 아니, 그렇게 생각했습니다. 저는 그 여자가 물건을 훔쳐 갈 거란 생각은 하지 않았습니다. 특히 그건요. 그 사람은 선배님에게 마음을 쓰고 있었어요. 많이요. 그건 분명했습니다. 어째서 그 여자가 선배님 사건을 망치려 한 겁니까?"

"아, 아니야, 아니야. 사건을 망친 건 걔가 아니야." 나는 두 손을 얼굴에서 뗐다. 리치의 얼굴이 벌겠다. "걔는 이 봉투를 슬쩍했지. 너에 대한 걔의 마음이 바뀌었으니까. 그리고 마음이 바뀐 건 걔만이 아닐걸. 일단 걔가 이걸 봤을 때 너는 걔가 그렸던 것처럼 훌륭하고 믿을 만하고 든든한 남자가 아니라는 생각이 들었을 거야. 즉 너는 사실상 나를 돌봐줄 만큼 최고의 인간이 아니라는 뜻이지. 그래서 걔는 유일한 선택지는 자기가 직접 하는 거라고 생각한 거야. 내 파트너가 들고 튀기로 한 증거물을 내게 직접 가져다주기로. 일석이조지. 나는 사건을 도로 찾고 내가 상대하는 사람에 대한 진실도 알아내게 되고. 미쳤든 아니든 내가 보기에 걔는 뭔가 대단한 걸 발견했지."

리치는 자기 구두에만 집중하면서 아무 말 하지 않았다. 나는 물었다. "나한테 말할 계획은 있었고?"

그 말에 그는 바로 몸을 세웠다. "네, 그랬습니다. 처음에 그 물건을 찾았을 때는 실질적으로 확실히 그럴 계획이었습니다. 그래서 봉투에 넣고 이름표를 붙인 겁니다. 말씀드릴 계획이 없었다면 그냥 화장실 변기에 넣고 물을 내려버렸을 겁니다."

"뭐 축하하네, 젊은이. 뭘 원해, 훈장이라도 줘?" 나는 증거물 봉투를 향해 고갯짓했다. 차마 볼 수가 없었다. 내 눈 한구석에선 그 안에 생생히 살아 있는 맹렬한 무엇이 꽉 들어차 있는 것처럼 보였다. 얇은 종이와 비닐에 거대한 곤충이 툭툭 부딪치며 시접을 가르고 나와 공격할 것만 같았다. "'코너 브레넌 거주지 거실에서 습득.' 내가 래리와 통화하려고 바깥에 있는 동안이었군. 맞아?"

리치는 한 손에 든 종이가 뭐였는지 기억할 수 없다는 듯 멍하니 응시했다. 그가 손을 펴자 종이가 바닥에 떨어져 흩어졌다. "그렇습니다."

"어디에 있었어?"

"양탄자 위에 있었던 게 분명합니다. 소파에 있던 물건들을 다 도로 올려놓는데 이게 스웨터 소매에 걸려 있었어요. 우리가 소파에서 옷을 끌어내릴 때는 거기 없었습니다. 기억하시죠, 피가 묻었을까 봐 옷은 모두 제대로 살펴보았잖아요. 스웨터가 바닥에 있던 걸 끌어온 게 분명해요."

나는 물었다. "무슨 색깔 스웨터?" 코너 브레넌의 옷장에 분홍색 스웨터가 있었다면 기억하고 있으리라는 사실은 이미 알았다.

"녹색 카키 같은 거요."

양탄자는 더러운 녹색과 노란색이 빙빙 도는 크림색이었다. 래리의 부하들이 분홍색 실오라기에 맞는 것을 찾으려고 확대경을 가지고 아파트를 다 뒤질 순 있겠지만 아무것도 찾지 못할 것이었다. 나는 어디에 그에 일치하는 물건이 있는지 알았다. 그 손톱을 보자마자 바로.

나는 물었다. "그럼 이 발견물을 어떻게 해석했나?"

침묵이 흘렀다. 리치는 허공만 바라보았다. 나는 말했다. "커런 형사."

그가 말했다. "손톱은 모양과 매니큐어로 봐서 제니퍼 스페인의 것과 일치합니다. 거기 끼어 있는 모직 섬유는……." 그의 입꼬리가 경련을 일으켰다. "저한테는 에마의 숨을 막았던 베개의 자수 섬유와 일치하는 것으로 보입니다."

쿠퍼가 에마의 연약한 입을 벌리고 손가락을 넣어 목구멍에서 꺼냈던 젖은 실. "그러면 넌 그걸 무슨 의미로 받아들였지?"

리치는 차분하게, 아주 조용하게 말했다. "저는 그게 제니퍼 스페인이 우리 범인일 수도 있다는 뜻으로 받아들였습니다."

"일 수도 있다가 아니야. 범인이지."

문에 기댄 그의 어깨가 가만히 있지 못하고 움직였다. "확정적이진 않습니다. 다른 방식으로 모직 섬유가 끼었을 수도 있잖습니까. 그전에 에마를 침대에 눕힐 때……."

"제니퍼는 항상 깔끔하게 치장을 하는 여자였어. 머리카락 하나 흐트러지지 않았다고. 그런 여자가 저녁 내내 부러진 손톱이 온갖 것에 걸리게 놔두고 여전히 울퉁불퉁한 채로 침대로 갔겠나? 몇 시간 동안 모직 섬유가 손톱에 낀 채로?"

"아니면 패트릭에게서 옮은 걸 수도 있습니다. 그가 베개를 에마에게 댔을 때 파자마 윗도리에 실이 묻었을 수도 있잖습니까. 그다음에 제니퍼와 몸싸움을 벌일 때 제니퍼의 손톱이 부러져서 섬유가 그 사이에 끼었다면⋯⋯."

"그의 파자마 속, 그의 파자마 위, 제니퍼 본인의 파자마 속, 그리고 부엌 전체에 널려 있을 수천 수만 개의 섬유 중에서도 오직 이 특정한 섬유 하나만? 그럴 확률이 얼마나 되지?"

"그럴 수도 있죠. 모든 혐의를 제니퍼에게만 씌울 순 없어요. 쿠퍼가 확신한 것 기억하십니까? 제니퍼의 부상은 자해한 것이 아니었어요."

"나도 알아. 내가 그 여자와 얘기하겠어." 이 방 바깥의 세계와 상대해야 한다는 생각을 하니 오금을 곤봉으로 한 대 얻어맞은 기분이었다. 나는 탁자 앞에 털썩 주저앉았다. 더는 서 있을 수 없었다.

리치도 말뜻을 간파했다. '내가 그 여자와 얘기하겠어.' 우리가 아니었다. 그는 입을 벌렸지만 적절한 질문을 찾으려고 다시 다물었다.

나는 말했다. "왜 나한테 말하지 않았지?" 내 목소리에서 고통이 그대로 묻어났으나 나는 상관하지 않았다.

리치의 눈이 내게서 멀어졌다. 그는 바닥에 무릎을 꿇고 자기가 떨어뜨린 종이를 줍기 시작했다. 그가 말했다. "선배님이 어떻게 하고 싶어 하실지 알았으니까요."

"뭐? 제니퍼를 체포하는 것? 코너를 자기가 저지르지도 않은 삼중 살인으로 기소하지 않는 것? 뭐야, 리치? 거기서 어떤 부분이 자네가 일어나지 못하게 막고 싶을 만큼 끔찍했어?"

"끔찍한 게 아닙니다. 그저…… 제니퍼를 체포한다는 거요. 저는 모르겠습니다. 저는 그게 여기서 해야 할 옳은 일인지 확신이 없어요."

"그게 우리가 하는 일이야. 우리는 살인자들을 체포한다고. 네가 그런 직무 요건에 문제가 있다면 나가서 망할 다른 일을 찾으라고."

이 말에 리치가 몸을 일으켜 바로 섰다. "바로 그겁니다. 그래서 제가 말씀드리지 않은 겁니다. 선배님이 그렇게 말하리라는 것을 알았으니까요. 알았죠. 선배님에게는 모든 게 흑백입니다. 질문은 없죠. 그저 규칙을 준수하고 집으로 가는 거죠. 저는 생각할 시간이 필요했습니다. 제가 말하는 순간에는 너무 늦으리라는 걸 알았으니까요."

"흑백이고말고. 네가 네 가족을 살해하면 감옥에 가는 거야. 씨발, 거기 어디에 회색 지대가 있는데?"

"제니퍼는 지옥에 있어요. 인생의 모든 순간 제니퍼는 제가 생각도 하고 싶지 않은 고통 속에서 살게 될 겁니다. 감옥이 제니퍼 본인의 머릿속보다 더 심한 벌이 될 거라고 생각하십니까? 제니퍼가 한 일을 바로잡기 위해서 그 사람이 할 수 있는, 혹은 우리가 할 수 있는 일은 없어요. 우리가 그 여자가 그런 짓을 다시 저지르지 못하게 하기 위해서 가둬야 할 필요가 있는 것도 아니잖아요. 여기서 종신형이 무슨 쓸모가 있겠습니까?"

나는 그게 바로 리치의 요령, 특별한 재능이라고 생각했었다. 참으로 황당하고 불가능한 사실이지만 목격자들과 용의자들을 달래서 리치가 그들을 인간으로 보고 있다고 믿게 하는 능력. 나는 리치가 고건 가족들에게 그들이 자기에게는 무작위의 짜증 나는 쓰레기가 아니라 그 이상의 인간이라는 확신을 주는 방식에 깊은 인상을 받았다. 코너 브레넌에게 그가 단순히 우리가 거리에서 치워버려야 하는 또 한 마리의 야생동물보다 더 나은 존재라는 확신을 주는 방식에도 깊은 인상을 받았다. 그때 알았어야 했다. 은신처에서 새웠던 그 밤 우리가 남자들끼리의 이야기를 하게 됐을 때. 나는 그때 알았어야 했고 그때 위험을 봤어야 했다. 그게 연기가 아니라는 사실을 깨달았어야 했다.

"그래서 네가 그렇게 패트릭 스페인이라고 우겼던 거군. 그런데 여기서 나는 그게 모두 진실과 정의의 이름으로 행한 일이라고 생각했어. 나도 멍청했지."

리치는 참 명예롭게도 얼굴을 붉혔다. "그런 건 아니었습니다. 처음에는 솔직히 패트릭일 거라고 생각했습니다. 코너는 저한테는 말이 되지 않았고 다른 사람이 있는 것 같지도 않았으니까요. 그리고 그후에 저 물건을 거기서 보자 제 생각에는……."

그는 말꼬리를 흐렸다. 내가 말했다. "제니퍼를 체포한다는 생각을 하니 너의 섬세한 감수성이 상했겠지. 하지만 코너가 하지도 않은 일을 뒤집어씌워서 평생 감옥에 보낸다는 것도 그만큼 나쁜 생각이라고 생각했어. 그렇게까지 마음을 쓰다니 참 자상해. 그래서 이 모든 아수라장을 패트릭에게 던져버릴 방법을 찾기로 한 거야. 어제 코너와 벌인 그 사랑스러운 연기는 또 뭐고. 거기서 바로 너는 그의 마음을 잡으려고 했잖아. 그도 거의 넘어갈 뻔했고. 그가 미끼를 물지 않으려고 했을 때 너의 하루가 망해버렸겠어."

"패트릭은 죽었습니다. 그렇게 한다고 패트릭을 상처 입히진 않잖아요. 모두가 그를 살인자라고 생각한다는 것에 대해서 선배님이 하셨던 말 저도 압니다. 하지만 그가 게시판에서 했던 말도 기억하시잖아요. 그저 제니퍼를 보살피고 싶다고 했던 말. 그에게 선택권이 있었다면 뭘 골랐을 거라고 생각하십니까? 자기가 비난을 받을까요, 아니면 제니퍼가 평생 감옥에서 썩도록 할까요? 그는 우리에게 자기를 살인자라고 불러달라고 빌 겁니다. 우리에게 무릎을 꿇고 빌 거라고요."

"그래서 네가 고건 부인과 있을 때도 그렇게 한 거였어. 제니퍼와 있을 때도. 패트릭이 이성을 더욱 잃어가지 않았는지 하는 그 모든 헛소리 말이야. 패트릭이 신경쇠약을 일으키지 않았느냐 그가 당신을 상처 입힐까 봐 두려워하지 않았느냐……. 너는 제니퍼가 패트릭에게 등 돌리고 배신하게 하려 했던 거야. 다만 삼중 살인범이 너보다는 명예에 대한 감각이 더 있었을 뿐이지."

리치의 얼굴이 더 밝게 불타올랐다. 그는 대답하지 않았다. 나는 말했다. "잠깐 우리가 너의 방식대로 했다고 해보자. 저걸 분쇄기에 던져버리고 죄는 패트릭에게 밀어버리고 사건을 종결하고 제니퍼가 퇴원하게 놔두자고. 그다음에는 무슨 일이 생길 것 같아? 그날 밤 무슨 일이 생겼든 제니퍼는 아이들을 사랑했어. 제니퍼는 남편을 사랑했다고. 그녀가 충분히 기력을 회복하자마자 뭘 할 것 같은가?"

리치는 보고서를 탁자 위 봉투로부터 안전할 만큼 떨어진 자리에 놓고는 네 귀퉁이를 잘 맞췄다. 그는 말했다. "자기 손으로 일을 마무리하려고 하겠죠."

"그래." 나는 말했다. 빛이 공기를 태우며 방 안에 하얀 안개가 피어났다. 공기 중에 백열 빛이 남긴 윤곽들이 뒤섞여 걸렸다. "그게 바로 그 여자가 할 일이야. 그리고 이번에는 망치지 않을걸. 우리가 퇴원하게 놔두자마자 사십팔 시간 안에 그 여자는 죽을 거야."

"네, 아마도요."

"대체 어떻게 그게 괜찮을 수 있어?" 그의 한쪽 어깨가 으쓱하듯이 살짝 올라갔다. "복수인가? 그 여자는 죽어도 싸고 우리는 사형제도가 없으니까 뭐 자기 손으로 하게 하자 이거야? 그게 네가 하는 생각이야?"

리치가 눈을 들어 내 눈을 마주 보았다. "그 여자에게 생길 수 있는 일 중에서 남은 건 그게 최선이에요."

나는 거의 의자에서 일어나 리치의 멱살을 잡을 뻔했다. "넌 그런 말을 해서는 안 돼. 제니퍼의 인생이 앞으로 몇 년 더 남았을 것 같아? 오십 년? 육십 년? 그런데 그 여자가 그걸로 할 수 있는 것 중 최선이 욕조에 들어가 자기 손목을 긋는 거라고?"

"육십 년, 네, 어쩌면요. 그중 반은 감옥에서 보내겠지만."

"거기가 그 여자에겐 최선의 장소야. 이 여자는 치료가 필요해. 상담과 약물, 나는 뭐가 뭔진 모르겠지만 그래도 그걸 아는 의사가 있어. 그 여자가 안에 들어가면 그 모든 것을 받을 수 있어. 자기가 사회에 진 빚을 갚을 수 있고 머리를 고칠 수 있고 나와서는 앞으로 남은 삶을 살 수 있다고."

리치는 고개를 흔들었다, 세차게. "아뇨, 없어요. 없을 겁니다. 미친 거예요? 그 여자 앞에는 남은 게 아무것도 없어요. 그 여자는 자기 아이들을 죽였어요. 아이들이 저항을 멈췄다고 느낄 때까지 쿠션으로 내리눌렀어요. 남편을 칼로 찔렀고 그가 피를 흘리는 동안 그 옆에 누웠어요. 이 세상에 어떤 의사도 그걸 고칠 순 없습니다.

선배님도 그 여자 상태 보셨잖아요. 이미 가버렸어요. 그냥 가게 두세요. 자비심을 보여주십시오."

"자비심에 대해 얘기하고 싶어? 이 얘기에 있는 사람은 제니퍼 스페인만이 아니야. 피오나 래퍼티 기억해? 그들 어머니는? 그들에겐 어떤 자비심도 보이고 싶지 않아? 그들이 이미 잃어버린 것을 생각해봐. 그리고 나를 보고 그들이 제니퍼도 잃어도 싸다고 말해봐."

"그들은 이 가운데 어떤 일도 당해도 싼 사람들이 아니었죠. 그들이 제니퍼가 한 일을 아는 게 더 편할 거라고 생각하십니까? 어느 쪽이든 그들은 제니퍼를 잃어요. 적어도 이 방식은 완전한 끝이 있기라도 하죠."

"이건 끝나지 않을 거야." 나는 말했다. 그 말을 하는 것만으로 내 숨을 빨아들이고 내 가슴이 저절로 접혀 들어간 것처럼 텅 비어버렸다. "그들에게는 절대 끝나지 않아."

그 말에 리치는 입을 다물었다. 그는 내 반대편에 앉아 보고서의 네 귀퉁이를 자꾸만 맞추는 자기 손가락만 바라보았다. 잠시 후 그가 말했다. "제니퍼가 사회에 진 빚이라. 그게 무슨 뜻인지 모르겠네요. 제니퍼가 이십오 년 동안 감옥에 들어가 앉아 있다고 해서 삶이 더 나아지는 사람이 한 명이라도 있으면 말해주십시오."

"개소리 하지 마. 너는 그런 질문조차 하면 안 돼. 형은 판사가 내리는 거지 우리가 하는 일이 아니야. 이게 바로 이 망할 전체 제도가 존재하는 이유라고. 너같이 건방진 꼬마 새끼가 하느님 놀이를 하면서 내킬 때마다 사형선고를 내리는 건 그만둬. 너는 그저 망할 규칙을 고수하고 망할 증거를 내고 망할 제도가 자기 일을 하게 두면 돼. 너는 제니퍼 스페인을 내버릴 수 없어."

"제니퍼를 내버리는 게 아닙니다. 그 여자가 이런 고통 속에서 몇 년 살게 놔둔다는 건…… 그건 고문이에요. 잘못된 일이라고요."

"아니, 네가 잘못된 일이라고 생각하는 거지. 왜 네가 그렇게 생각하는지 누가 알겠어? 너는 옳기 때문에, 이 사건이 네 마음을 아프게 하기 때문에, 네가 엄청나게 죄책감을 느끼기 때문에, 제니퍼를 보면 네가 다섯 살 때의 켈리 선생님이 생각나기 때문에? 이것이 우리에게 처음부터 규칙이 있는 이유야, 리치. 무엇이 옳고 틀린지 말해주는 너의 정신을 믿을 수 없기 때문이야. 이것과 같은 일에는 아니지. 네가 만약에 실수를 하면 그 결과는 생각도 할 수 없을 만큼 너무 크고 끔찍해서 그걸 안고는 살 수가 없어. 규칙은 우리에게 제니퍼를 감옥에 보내라고 해. 그 외의 모든 건 다 허튼소리야."

리치는 고개를 흔들고 있었다. "그래도 잘못됐어요. 저는 이 일에서만은 제 정신을 믿습니다."

나는 웃어버릴 것 같았다. 아니 울부짖을 것 같았다. "그래? 그래서 어디까지 왔나 봐. 0번 규칙, 리치, 이건 다른 모든 규칙을 끝내는 규칙이야. 너의 정신은 쓰레기야. 약하고 깨어졌고 망해버린 아수라장인 네 정신은 최악의 순간마다 너를 끌어내릴 거야. 내 여동생의 정신도 걔가 네 집까지 따라갔을 때 올바른 일을 하고 있다고 말하지 않았을 것 같아? 제니퍼도 월요일 밤에 올바른 일을 하고 있다고 믿지 않았을 것 같아? 네가 네 정신을 신뢰한다면 너는 망할 거야, 크게 망할 거라고. 내가 내 인생에서 했던 모든 옳은 일은 내가 내 정신을 믿지 않았기 때문에 그랬던 거야."

리치는 머리를 들어 나를 보았다. 그러자면 노력이 들었다. 그는 말했다. "선배님 여동생이 어머님에 대해서 말해줬어요."

그 순간 나는 그의 얼굴에 주먹을 날릴 뻔했다. 그가 그런 결과를 각오하는 것을 보았고 그에게 몰아치는 공포 혹은 희망을 보았다. 내 주먹이 풀어지고 다시 숨을 쉴 수 있게 될 때까지 침묵이 길게 흘렀다.

"정확히 걔가 무슨 얘기를 했어?"

"선배님 어머님이 익사했다고요. 선배님이 열다섯 살이던 여름에. 식구들이 브로큰하버에 내려갔을 때."

"어떻게 죽었는지도 말해줬나?"

그는 더는 나를 보고 있지 않았다. "네, 그 사람이 선배님 어머님이 물속으로 직접 걸어 들어갔다고 말해줬습니다. 고의로 그런 것처럼요."

나는 기다렸지만 그는 말을 마쳤다. 나는 말했다. "그래서 네 말뜻은 내가 정신병원 구속복 신세에서 그저 약간 떨어져 있다는 뜻이야? 맞아?"

"저는 그런 뜻이 아니라⋯⋯."

"아니 친구, 나는 궁금해서 그래. 어서 말해봐. 너를 그런 결론에 이르게 한 생각의 흐름이 뭐야? 내가 인생에 너무 큰 상처가 남아서 브로큰하버 근방에서 일어나는 일 때문에 무슨 정신병 발작이라도 일으키고 있다고 짐작한 거야? 광기는 유전이라 옷을 벗고 옥상에 파충류 인간이 있다며 비명을 지르려는 충동이라도 느낄지 모른다고 생각한 거야? 내가 너랑 근무할 때 머리에 총이라도 쏴서 죽을까봐 걱정돼? 나는 그 정도는 알 자격이 있다고 생각하는데."

"저는 선배님이 미쳤다고 생각해본 적은 없습니다. 한 번도 그런 생각은 해본 적 없어요. 하지만 선배님이 브레넌을 대하는 방식은…… 그게 걱정됐어요. 심지어 이전에도…… 어젯밤 전에도요. 물론 그렇게 말씀드렸죠. 선배님이 너무 과하다고 생각했습니다."

나는 의자를 뒤로 밀치고 방 안을 빙글빙글 돌고 싶어서 몸이 근질거렸지만 리치에게 더 가까이 갔다가는 그를 쳐버릴 거라는 사실을 알았다. 이유를 기억하기는 힘들었지만 그러면 상황이 더 나빠질 거라는 것도 알았다. 나는 가만히 있었다. "좋아. 그렇게 말했지. 그리고 디나와 얘기를 하고서 너는 이유를 알았다고 짐작했겠지. 단지 그것만이 아니야. 너는 증거에 마음대로 장난질 쳐도 된다고 짐작했겠지. 저 호구, 이렇게 생각했을 거야. 과로에 지친 미치광이 꼰대, 절대로 이걸 스스로 알아낼 수는 없을 거야. 자기 베개를 껴안고 죽은 엄마를 생각하며 훌쩍거리느라 바쁘니까. 그게 맞아, 리치? 상황이 그렇게 된 건가?"

"아니, 아닙니다. 제 생각에는……." 그는 재빨리 숨을 깊이 다듬었다. "제 생각엔 어쩌면 우리가 한참 동안 파트너가 될 수도 있다고 생각했어요. 그게 어떻게 들리는지는 압니다. 제가 뭐라고. 하지만 저는 그냥…… 저는 잘되어간다는 느낌을 받았어요. 제가 바랐던 건……." 내가 그를 빤히 응시하자 그는 마지막 문장을 맺지 못하고 놔두었다. 대신에 이렇게 말했다. "이번 주에 어쨌든 우리는 파트너였으니까요. 그리고 파트너란 선배님이 문제가 있다면 저도 문제가 있다는 뜻입니다."

"그것참 사랑스럽네. 다만 나한텐 빌어먹을 문제라고는 없어. 아니 적어도 없었지. 네가 증거를 가지고 건방지게 굴기까지는. 내 어머니는 이것과는 아무런 상관이 없어. 이해하나? 이제 좀 접수가 돼?"

그의 어깨가 뒤틀렸다. "저는 그저 말하는 겁니다. 제 생각에는 어쩌면…… 어째서 제니퍼가 그 일을 마무리한다는 생각을 선배님이 좋아하시지 않는지 이유를 알 것 같다고 생각했습니다."

"나는 사람들이 죽는다는 생각 자체를 좋아하지 않아. 스스로 목숨을 끊든 남의 손에 죽든. 그게 내가 여기서 하는 일이야. 그건 깊은 심리학적 설명을 요구하지 않아. 좋은 심리 상담사가 간절히 필요한 부분은 네가 거기 앉아서 제니퍼 스페인이 높은 빌딩에서 뛰어내리도록 우리가 도와야 한다고 주장하는 부분이야."

"그만하십시오. 그건 멍청한 얘기죠. 누가 그 여자를 도우라는 말이 아닙니다. 저는 그냥…… 자연에 되는대로 맡겨두자는 겁니다."

어떤 면에서는 안도감이었다. 작고 쓰라리지만 어쨌든 안도감이었다. 그는 절대로 형사가 되지 못했을 것이다. 이런 일이 없었더라도 내가 그렇게 멍청하고 약하고 한심해서 보고 싶어 하는 것만 보고 나머지는 스쳐가게 두지 않았더라도 조만간 다른 일이 생겼을 것이다. 나는 말했다. "내가 무슨 데이비드 아텐버러*인 줄 알아? 나는 가만히 옆으로 빠져 앉아서 자연에 되는대로 맡겨두고 구경만 하진 않아. 내가 어쩌다 그런 식으로 생각했다면 나야말로 높은 빌딩에 올라가야지." 나는 내 목소리에서 악의 서린 혐오감이 휙 튀어오르는 것을 느꼈고 리치가 움찔하는 모습을 보았지만 내가 느낀 감정이라고는 차가운 쾌감뿐이었다. "살인이 자연이야. 아직도 그걸 눈치채지 못했나? 사람들은 서로 상대를 불구로 만들고 서로 강간하고 서로 죽이고 동물들이 하는 모든 일을 하지. 그게 자연이 작용하

---

* 영국의 유명 배우로 자연 다큐멘터리의 내레이션을 많이 맡았다.

는 방식이야. 자연은 내가 싸워야 하는 악마야. 자연이 나의 최대의 적이라고. 네가 자연을 적으로 삼지 않는다면, 너는 젠장, 직업 잘못 고른 거야."

리치는 대답하지 않았다. 머리를 숙인 채 손톱 하나로 탁자 위에 조밀하고 보이지 않는 기하학적 무늬를 따라 그렸다. 나는 그가 관찰실 창문에 낙서하던 모습을 기억했다. 그 일이 오래전, 아주 오래 전 일처럼 여겨졌다. 잠시 후 그가 물었다. "그러면 선배님은 어떻게 하실 계획이십니까? 아무 일 없었던 것처럼, 거기서 가져온 것처럼 저 봉투를 증거보관실에 그저 제출하실 겁니까?"

그는 '선배님은'이라고 했다. 우리가 아니라. 나는 말했다. "그게 내가 일을 처리하는 방식이라고 해도 이젠 선택권이 없어. 디나가 오늘 아침 여기 왔을 때 나는 아직 출근하지 않았어. 디나는 이걸 대신 퀴글리에게 줬어."

리치는 나를 빤히 쳐다보았다. 그는 배를 한 대 얻어맞고 숨을 토하듯이 말했다. "아, 씨발."

"그래, 씨발이지. 내가 장담하지. 퀴글리는 이걸 그냥 흘려보낼 의도가 조금도 없어. 내가 이틀 전에 뭐라고 했어? 퀴글리는 우리 둘 다 버스 밑으로 밀어버릴 기회를 좋아할 거라고. 그의 손에 놀아나지 말라고."

리치는 더욱 창백해졌다. 나의 가학적인 면모 일부가 어두운 창고에서 기어나와 그의 모습을 즐겼다. 이제 그것을 가둬둘 에너지가 더는 남아 있지 않았기 때문이다. 그는 물었다. "우리는 어쩌죠?"

그의 목소리가 흔들렸다. 그는 내가 이 흉측한 아수라장을 해결하고 모두 쓸어버릴 빛나는 영웅이라도 되는 양 두 손바닥을 위로 뒤집어 내게 내밀고 있었다. 나는 말했다. "우리는 아무것도 안 해. 너는 집에 가."

리치는 내가 말한 뜻을 이해하려고 애쓰며 자신 없이 나를 바라보았다. 방이 차가워서 셔츠 바람인 그는 떨고 있었지만 그조차도 눈치채지 못한 것 같았다. 내가 말했다. "네 짐을 챙겨서 집으로 가. 내가 다시 돌아오라고 할 때까지 거기 가만히 있어. 네가 그럴 마음이 있다면 그 시간을 이용해서 어떻게 너의 행동을 과장에게 정당화할지 생각해보면 좋겠군. 그렇게 한들 별 차이가 있을진 의심스럽지만."

"선배님은 어떻게 하실 작정입니까?"

나는 일어서서 노인처럼 탁자에 몸을 기댔다. "그건 네가 상관할 문제가 아니야."

잠시 후 리치가 물었다. "저는 어떻게 되는 겁니까?"

그에게 인정해줄 만한 사소한 좋은 점이 하나 있다면 이걸 물은 게 이번이 처음이라는 것이었다. "다시 정복 경관으로 강등되겠지. 거기 계속 있게 될 거야."

나는 여전히 탁자 위에 놓아둔 내 두 손을 내려다보고 있었지만 나의 주변 시야에서 그가 그 말이 의미하는 모든 것을 받아들이려 애쓰며 고개를 끄덕이는 게 보였다. 반복적이며 의미 없는 끄덕임이었다. "네 말이 맞아. 우리는 함께 잘 일했어. 우리는 좋은 파트너가 될 수도 있었을 거야."

"네." 그의 목소리에 어린 슬픔의 파도가 나를 흔들 뻔했다. "우리는 그랬을 겁니다."

그는 보고서 낱장들을 집어서 일어섰지만 문으로 향하지는 않았다. 나는 올려다보지도 않았다. 잠시 후 그가 말했다. "사과드리고 싶습니다. 이 단계에서는 그래봤자 아무짝에도 소용없다는 걸 알지만요 그래도요. 정말로 정말로 죄송합니다. 모든 일에."

나는 말했다. "집에 가."

나는 내 두 손을 여전히 바라보고 있었다. 그것이 초점을 잃고 탁자 위에 웅크린 낯설고 하얀 존재가 될 때까지. 기형으로 일그러지고 구더기같이 변해 덮치기만을 기다리는 무엇. 나는 마침내 문이 닫히는 소리를 들었다. 빛이 모든 방향에서 나를 겨냥해 훑다가 봉투의 비닐 구멍에 반사되어 내 눈을 찔렀다. 이처럼 참혹할 정도로 밝고 텅 빈 방은 처음이었다.

18

이제껏 많은 방이 있었다. 곰팡이와 발 냄새가 나는 작은 산간 지방 경찰서의 황폐한 방들, 꽃무늬 천과 히죽히죽 웃는 성인의 초상, 온갖 반짝이는 표창장이 꽉꽉 들어찬 응접실들, 아기가 코카콜라 병을 들고 칭얼거리고 시리얼 부스러기가 떨어진 탁자 위에는 꽁초가 넘쳐흐르는 재떨이가 놓인 공영 아파트의 부엌들, 여전히 성역 같기는 해도 너무나 익숙해서 눈을 가리고도 한 손을 벽의 낙서와 갈라진 금에 댈 수 있을 것 같은 우리 면담실들. 이곳들은 이제까지 내가 살인자와 눈을 맞추며 당신이지, 당신이 이런 짓을 했지라고 말했던 방들이었다.

나는 그 모든 방을 기억한다. 모두 저장해두었다. 벨벳 천에 고이 싸서 보관하는 다채로운 수집가용 카드처럼 낮이 잠을 자기에 너무 길 때는 그 방의 모습들을 하나하나 넘겨보았다. 피부에 닿는 공기가 차가웠는지 따뜻했는지, 빛이 어떻게 낡은 노란 페인트 사이로 스며들고 머그잔의 파란색을 타오르게 했는지, 내 목소리가 높은 구석까지 메아리쳐 울렸는지 아니면 무거운 커튼과 충격받은 도자기 장식품들로 먹먹해졌는지 다 기억한다. 나는 나무 의자의 거친 결도 떠다니던 거미줄도 수도에서 부드럽게 똑똑 떨어지던 물방울도 내 발 아래 밟히던 양탄자의 탄력도 안다. 내 아버지 집에 거할 곳이 많도다.* 언젠가 내게도 그런 집이 생긴다면 이런 방들로 지은 집이 될 것이다.

나는 늘 단순성을 사랑했다. 선배님에게는 모든 것이 흑백이죠. 리치는 무슨 비난처럼 말했다. 하지만 진실은 이것이다. 거의 모든 살인 사건은 단순하진 않더라도 단순성을 담을 능력이 있으며, 이는 필수적일 뿐만 아니라 숨을 앗아 갈 정도로 경이롭다. 그리고 기적이 있다면 이게 바로 기적이다. 이 방들 안에선 세계 속에서 식식대는 소리를 내며 서로 광대하게 얽혔던 그림자들은 타 없어지고 모든 기만적인 회색은 날카롭게 벼려져 칼집 없는 칼의 강렬한 순수함으로 바뀐다. 이런 칼들은 늘 양날이다. 원인과 결과, 선과 악. 내게는 이런 방들이 아름답다. 나는 권투 선수가 링에 오르듯이 이 방 안으로 들어간다. 집중하여 불굴의 모습으로 집처럼 편안하게.

제니퍼 스페인의 병실은 내가 이제껏 두려워한 유일한 방이었다. 그 안의 어둠이 내가 손대본 그 어떤 것보다 날카롭게 벼려져 있기 때문일 수도 있다. 무언가 내게 그것이 전혀 벼려진 적이 없다고, 그림자들은 여전히 서로 교차하며 증식하고 있으며, 그리고 이번에는

---

* 『요한복음』 14장 2절.

더는 막을 방법이 없다고 말하고 있기 때문일 수도 있다.

두 사람 다 거기 있었다. 제니퍼와 피오나. 내가 문을 열자 두 사람의 고개가 돌아갔으나 중간에 대화가 끊기거나 하지는 않았다. 두 사람은 말도 나누지 않고 그저 거기 앉아 있었다. 피오나는 침대 옆의 너무 작은 플라스틱 의자에 앉아 있었고 올이 너덜너덜한 담요 위로 제니퍼의 손을 깍지 껴 잡고 있었다. 두 사람은 나를 응시했다. 기운이 다 빠지며 파인 홈 속에 고통이 자리 잡아 떠나지 않는 야윈 얼굴, 텅 빈 푸른 눈. 누군가 방법을 찾아 제니퍼의 머리를 감긴 모양이었다. 고데기로 펴지 않은 머리카락은 어린 소녀의 머리카락처럼 부드럽고 나풀거렸다. 인공 선탠도 다 사라져서 제니퍼는 이제 피오나보다도 더 창백해 보였다. 처음으로 나는 두 사람이 닮았다고 생각했다.

"방해해서 죄송합니다." 나는 말했다. "래퍼티 씨, 제가 스페인 부인과 몇 마디 나눠야 할 것 같은데요."

피오나의 손이 제니퍼의 손을 더 꽉 감싸쥐었다. "저는 있을 거예요."

피오나는 사실을 아는 것이었다. "안타깝지만 선택권이 없습니다."

"그러면 언니는 형사님과 얘기하고 싶지 않을 거예요. 어쨌든 지금 얘기할 상태도 아니고. 형사님이 언니를 괴롭히도록 가만 놔두지 않을 거예요."

"저는 누구도 괴롭힐 계획이 없습니다. 스페인 부인이 면담에 변호사가 동석하길 원하시면 요청하실 수 있습니다. 하지만 전 그 말고 다른 사람은 이 방에 들일 수 없습니다. 래퍼티 씨도 이해하시리라고 믿습니다."

제니퍼가 부드럽게 손을 풀어서 피오나의 손을 의자 팔걸이에 올려두었다. "괜찮아." 제니퍼는 말했다. "나는 괜찮아."

"아니, 언니 안 괜찮아."

"나는 괜찮아. 솔직히 그래." 의사들이 진통제 복용량을 줄여주었다. 제니퍼의 동작은 여전히 물 아래 잠긴 느낌이었으나 얼굴은 부자연스러울 정도로 고요해서 주요 근육이 절단된 듯 약간 늘어진 느낌이었다. 하지만 눈만은 초점이 또렷했고 말은 느리고 가냘프게 들렸지만 분명했다. 제니퍼는 진술을 할 만큼 정신이 맑았다. 내가 거기까지 끌고 갈 수만 있다면. "가, 파이(피오나). 조금 있다가 와."

나는 피오나가 일어날 때까지 문을 잡아주었고 피오나는 마지못해 일어서면서 의자에 걸쳐놓은 외투를 집었다. 피오나가 코트를 입을 때 내가 말했다. "나중에 돌아와주십시오. 래퍼티 씨에게도 드리고 싶은 말씀이 있습니다. 일단 언니분과 제가 여기서 이야기를 끝내면요. 중요한 얘깁니다."

피오나는 대답하지 않았다. 눈은 여전히 제니퍼에게 박혀 있었다. 제니퍼가 고개를 끄덕이자 피오나가 나를 스쳐 지나면서 복도 아래로 내려갔다. 나는 피오나가 확실히 가버릴 때까지 기다렸다가 문을 닫았다.

나는 서류 가방을 침대 옆에 내려놓은 후 코트를 벗어서 문 뒤에 잘 걸어놓고 의자를 끌어다 내 무릎이 담요를 찌를 만큼 제니퍼에게 가까이 붙어서 앉았다. 제니퍼는 호기심이라고는 없이 지친 얼굴로 나를 보았다. 내가 삑삑대고 번쩍번쩍하고 아픈 기구들을 가지고 와서 자기 주변에서 법석을 떠는 또 한 명의 의사라도 된다는 듯한 눈길이었다. 뺨에 두툼하게 붙여놓았던 붕대는 얇고 깔끔한 한 겹으로 바뀌어 있었다. 티셔츠인지 파자마 윗도리인지 부드럽고 파란 옷을 입고 긴 소매로 두 손을 감싸놓았다. 수액 병에 연결된 가는 고무 튜브가 한쪽 소매 속으로 들어갔다. 창밖에서는 가늘게 뻗은 푸른 하늘 아래 커다란 나무에서 반짝이는 나뭇잎들이 떨어지면서 바람개비처럼 빙빙 돌아 흩날렸다.

"스페인 부인." 나는 말했다. "우리 얘기를 나눠야 할 필요가 있을 것 같습니다."

제니퍼는 베개 위에 머리를 기댄 채로 나를 보았다. 내가 빨리 일을 마치고 가기만을 참을성 있게 기다렸다. 저 움직이는 이파리들과 함께 최면에 빠질 수 있도록. 마침내 그 속으로 녹아 들어가 가볍게 떨어지는 빛의 깜박임이 되었다가 한 줄기 산들바람이 되었다가 사라져버릴 때까지.

"상태는 어떠십니까?"

"더 나아졌어요. 감사합니다."

제니퍼는 나아진 모습이었다. 병원 공기 때문에 입술이 갈라지긴 했으나 탁하게 쉬었던 목소리는 이제 그 기운이 스러져 소녀처럼 높고 다정한 음색으로 바뀌었고 눈도 더는 붉지 않았다. 이제는 더는 울지 않는 모양이었다. 제니퍼가 흥분해서 정신을 잃고 울부짖었다면 나는 차라리 덜 무서웠을 것이다. "좋은 소식이군요. 의사들은 언제쯤 퇴원시킬 계획이라고 합니까?"

"모레쯤 가능하대요. 어쩌면 그다음 날."

내게는 마흔여덟 시간도 남아 있지 않았다. 흘러가는 시간, 가까이에 있는 제니퍼의 존재가 나를 쿵쿵 치며 재촉했다. "스페인 부인.

제가 부인께 온 건 저희 수사에 조금 진전이 있었기 때문입니다. 우리는 부인과 부인 가족을 공격한 혐의로 누군가를 체포했습니다."

그 말이 불씨가 되어 제니퍼의 눈에 살짝 놀란 듯한 생기가 탁탁 일었다. 나는 말했다. "동생분이 말하지 않았습니까?"

제니는 고개를 저었다. "그러셨어요? 체포라니 누구를……?"

"이 말이 약간 충격일 수도 있겠습니다, 스페인 부인. 아는 사람입니다. 오랫동안 아주 가까이 지냈던 사람." 작은 불씨는 이제 불꽃이 되어 공포로 번져갔다. "어째서 코너 브레넌이 부인의 가족을 해치려 했는지 그 이유를 말씀해주시겠습니까?"

"코너요?"

"우리는 그를 범죄 용의자로 체포했습니다. 이번 주말에 기소될 겁니다. 유감입니다."

"세상에……. 아니에요, 아니에요, 아니라고요. 모두 잘못 아신 거예요. 코너가 절대 우리를 해칠 리 없어요. 그는 절대 누구를 해칠 사람이 아니에요." 제니는 베개에서 일어나 앉으려고 애썼다. 늙은 여자처럼 힘줄이 일어선 한 팔을 내 손으로 뻗자 나는 깨진 손톱을 보았다. "그 사람 내보내주셔야 해요."

"안 믿으셔도 좋지만, 저는 이 건에서는 부인과 의견이 같습니다. 저도 코너가 살인범이라고 생각하진 않습니다. 하지만 불행하게도 모든 증거가 그를 가리키고 있고 그는 범죄를 자백했습니다."

"자백했다고요?"

"저는 그걸 무시할 수 없습니다. 누군가 코너가 부인의 가족을 죽이지 않았다는 구체적인 증거를 제시해줄 때까지는 그에게 불리한 기소를 하는 것 외에 다른 선택권이 없습니다. 그리고 제 말 믿어주십시오. 이 건은 법정에서 유효할 겁니다. 그는 아주 오랫동안 감옥에 갇히게 되겠지요."

"제가 그 자리에 있었어요. 코너가 아니에요. 그걸로는 충분히 구체적이지 않나요?"

나는 부드럽게 말했다. "부인이 그날 밤 일을 기억하시지 못하는 줄 알았는데요."

이 말에도 제니퍼는 아주 잠깐만 주춤했을 뿐이었다. "기억은 나지 않아요. 하지만 코너였다면 기억했을 거예요. 그러니까 아니에요."

"우리 이제 이런 게임은 넘어선 단계인 것 같습니다, 스페인 부인. 저는 그날 밤 무슨 일이 일어났는지 알아냈다고 거의 확신하고 있습니다. 부인도 알고 있다는 걸 아주 확신하고 있죠. 그리고 코너 외에 살아 있는 다른 사람은 아무도 모른다는 것도 무척 확신합니다. 그렇다면 코너의 혐의를 벗겨줄 수 있는 유일한 사람은 부인뿐이죠. 그가 살인으로 형을 선고받길 원하지 않으시면 지금 무슨 일이 있었는지 말씀하셔야 합니다."

제니퍼의 눈에 눈물이 고였다. 그녀는 눈을 깜박여 눈물을 삼켰다. "전 기억나지 않아요."

"부인께서 계속 그런 주장을 유지하신다면 코너에게 무슨 짓을 하게 되는 건지 잠깐 시간을 두고 생각해보시겠습니까? 그는 부인께 마음을 썼습니다. 아주 오랫동안 부인과 패트릭을 사랑했습니다. 부인께서도 그가 얼마나 부인을 사랑했는지 아실 거라고 생각합니다. 자기가 저지르지도 않은 죄로 남은 인생을 평생 감옥에서 보내도록 부인이 기꺼이 놔두었다는 것을 그가 안다면 어떤 기분일까요?"

제니퍼의 입이 떨렸다. 순간 나는 제니퍼의 마음을 잡았다고 생각했지만 다음 순간 입은 굳게 다물렸다. "그는 감옥에 가지 않을 거예요. 그는 아무런 잘못을 하지 않았으니까요. 알게 되실 거예요."

나는 기다렸지만 제니퍼의 말은 그걸로 끝났다. 리치와 내 생각이 맞았다. 제니퍼는 유서를 준비해두고 있었다. 그녀는 코너에 대해 마음을 썼지만 죽을 수 있는 기회가 살아서 남은 그 어떤 사람보다도 제니퍼에게는 더 의미가 있었다.

나는 서류 가방 위로 몸을 숙여 잠금장치를 젖혀 열고 에마의 그림을 꺼냈다. 코너의 집에 감춰져 있었지만 우리가 찾아낸 그림이었다. 나는 그림을 제니퍼의 무릎을 덮은 담요 위에 두었다. 순간 갓 거둬들인 나무와 사과의 시원하고 달콤한 향기가 풍긴 기분이었다.

제니퍼는 눈을 꼭 감았다. 눈을 떴을 때, 제니퍼는 다시 창밖을 내다보았다. 그림이 자신에게 튀어오르기라도 할 것처럼 몸을 비틀었다.

나는 말했다. "에마는 이 그림을 죽기 전날에 그렸지요."

경련이 다시 일어 제니퍼의 눈이 순간 감겼다. 그런 다음에는 아무 반응이 없었다. 제니퍼는 내가 그 자리에 없는 것처럼 빛으로 변하는 이파리들을 응시했다.

"나무에 있는 이 동물 말인데요. 이건 뭡니까?"

이번에도 아무 반응이 없었다. 제니퍼가 남긴 건 모두 나를 밀어내고 문을 닫으려 했다. 곧 여자는 내 말을 듣지 않게 될 것이다.

나는 몸을 가까이 내밀었다. 얼마나 가까웠는지 제니퍼의 샴푸에서 풍기는 화학적 꽃향기를 맡을 수 있을 정도였다. 제니퍼와 가까이 있는 것만으로도 목덜미의 털이 느리고 차가운 물결처럼 일어섰다. 유령과 뺨을 맞대고 기댄 느낌이었다. "스페인 부인." 나는 말했다. 나는 한 손가락을 비닐 증거물 봉투 위에 댔다. 나뭇가지를 감고 있는 구불구불한 검은 물체 위에. 주황색 눈이 달린 그것은 하얀 삼각형 이빨이 드러나도록 활짝 웃으며 나를 보았다. "이 그림을 보세요, 스페인 부인. 이게 뭔지 말씀해주십시오."

뺨에 닿은 내 숨결 때문에 제니퍼의 속눈썹이 깜박였다. "고양이예요."

나도 그렇게 생각했었다. 그처럼 부드럽고 무해한 것을 본 적이 있었던가, 믿을 수가 없었다. "부인 댁에는 고양이가 없습니다. 이웃 누구도 고양이를 기르지 않죠."

"에마는 한 마리 키우고 싶어 했어요. 그래서 그린 거예요."

"이건 저한테는 집에서 껴안고 키울 수 있는 애완동물처럼 보이지 않습니다. 야생동물에 가깝지요. 야생적인 것. 꼬마 소녀가 침대에 껴안고 같이 자고 싶은 그런 동물이 아니에요. 이게 뭐죠, 스페인 부인? 밍크인가요? 울버린? 뭐죠?"

"난 모르겠어요. 에마가 지어낸 것인가 보죠. 그게 뭐가 중요하죠?"

"중요합니다. 제가 에마에 대해서 들은 모든 얘기로는 에마는 예쁜 것들을 좋아했어요. 부드럽고 폭신폭신한 분홍색 물건들. 그러면 에마가 어디서 이런 걸 보고 지어냈을까요?"

"나는 전혀 모르겠네요. 아마 학교에서겠죠. 텔레비전에서 봤거나."

"아뇨, 스페인 부인. 에마는 이걸 집에서 봤습니다."

"아니, 그럴 리가 없어요. 나는 우리 애들이 야생동물 가까이 가게 놔두지 않았어요. 가서 보세요. 우리 집을 찾아보라고요. 그런 건 전혀 찾지 못하실 거예요."

"저는 벌써 찾았습니다. 패트릭이 인터넷 게시판에 글을 올렸다는 걸 아십니까?"

제니퍼의 머리가 너무 빨리 휙 돌아오는 바람에 나는 움찔했다. 제니퍼는 얼어붙은 눈을 크게 뜨고 나를 응시했다. "아니, 남편은 그러지 않았어요."

"우리가 팻의 게시물을 찾았습니다."

"아뇨, 아니에요. 그건 인터넷이잖아요. 누구든 다른 사람인 척 글을 올릴 수 있어요. 팻은 인터넷을 안 해요. 자기 동생에게 이메일을 할 때나 일자리를 찾을 때만 하죠."

제니퍼는 떨기 시작했다. 멈출 수 없는 작은 떨림에 머리와 손이 덜덜 흔들렸다. "우리는 부인 댁 컴퓨터를 통해서 게시물을 찾았습니다. 누군가 인터넷 사용 기록을 삭제하려 했지만 잘해내지 못했어요. 우리 형사들이 즉시 그 정보를 복구했습니다. 팻은 죽기 전에 몇 달 동안 벽 안에 살고 있는 포식 동물을 잡으려고, 적어도 뭔지 알아내려고 여러 가지 방법을 찾았습니다."

"그건 농담이었어요. 팻은 심심했고 남는 시간이 많았어요. 그냥 인터넷 사람들이 뭐라고 하는지 보려고 장난 좀 친 거예요. 그게 다죠."

"그럼 다락의 늑대 덫은요? 벽의 구멍은요? 비디오 모니터는요? 그것도 농담입니까?"

"모르겠어요. 기억나지 않아요. 벽의 구멍은 그냥 생긴 거겠죠.

그 집들은 엉망으로 지어졌으니까. 모두 군데군데 무너지고 있어요. 모니터는 그냥 팻과 아이들이 장난한 거예요. 혹시나 어떤가 보려고…….”

“스페인 부인. 제 말 들으세요. 여긴 오직 우리뿐입니다. 전 아무것도 녹음하고 있지 않아요. 진술 주의도 주지 않았습니다. 부인이 하는 어떤 말도 증언으로 사용되지 않습니다.”

수많은 형사가 이런 도박을 주기적으로 한다. 용의자들이 한 번 입을 열면 두 번째는 더 쉽게 나온다는 데 걸어보는 것이다. 쓸 수 없는 자백이 쓸 만한 것을 가리켜 보여주기도 한다. 나는 도박을 좋아하지 않지만 지금은 아무것도 없었고 낭비할 시간도 없었다. 제니퍼는 진술 주의를 주면 절대 내게 자백하지 않을 것이다. 백 년이 지나도. 지금 달콤하게 차가운 면도날과 타는 듯 모든 것을 깨끗이 씻어내릴 개미 농약, 자기를 부르는 바다를 원하는 제니퍼에게 내가 그 이상 줄 수 있는 것도 없었고 이 땅에서 육십 년을 살아간다는 생각보다 더 무시무시하게 휘두를 만한 무기도 없었다.

제니퍼의 마음속에 아주 작더라도 미래를 향한 가능성이 담겨 있다면 그 때문에 감옥에 가든 아니든 내게 어떤 얘기도 할 이유가 없을 것이었다. 그렇지만 나는 자기 자신의 인생 낭떠러지에서 뛰어내릴 준비를 하는 사람들에게는 이런 모습이 있다는 것을 안다. 그들은 자기들이 어떻게 거기까지 이르게 되었는지 누군가 알아주길 바란다. 그들이 이 땅과 물속으로 녹아 들어갈 때 마지막 파편 하나는 건져져서 누군가의 마음 한구석에 담기리라는 것을 알고 싶어 한다. 어쩌면 그들이 원하는 건 여전히 피 묻은 채로 살아 고동치는 파편을 다른 사람의 손안으로 내던질 기회일 수도 있다. 그렇다면 떠나는 길에 무겁게 내리누르는 짐을 벗을 수 있을 테니까. 그들은 자기 이야기를 뒤에 남기고 싶어 한다. 이 세상의 그 누구도 나보다 이걸 잘 이해하는 사람은 없다.

이것이 내가 제니퍼 스페인에게 줄 수 있는 딱 한 가지였다. 이야기를 내려놓을 수 있는 장소. 나는 푸른 하늘이 침침히 어두워져 밤이 되는 동안 그 자리에 앉아 있을 것이며 브로큰하버의 언덕 위 웃음 짓는 핼러윈 호박이 꺼지고 크리스마스 전구가 반항적으로 반짝이며 축하하는 동안에도 앉아 있을 것이다. 제니퍼가 내게 그 얘기를 할 때까지 아무리 오래 걸린다 해도 그럴 것이다. 제니퍼는 얘기하는 동안에는 살아 있을 테니까.

제니퍼가 그 생각을 마음속에서 굴려보는 동안 침묵이 흘렀다. 떨림은 멈췄다. 천천히 두 손이 부드러운 소매에서 뻗어 나와 무릎에 놓인 그림을 향했다. 손가락은 눈 먼 여자처럼 움직이며 네 개의 노란 머리, 네 명의 웃는 얼굴을 지나 종이 아래쪽 가운데에 '에마EMMA'라고 대문자로 적힌 글자 위를 떠돌았다.

제니퍼는 고요한 공기 속으로 속삭임의 가는 실을 천천히 뽑아내듯 말했다. "그게 밖으로 퍼졌어요."

천천히, 제니퍼를 무섭게 하지 않으려고 나는 의자에 도로 기대며 그녀에게 공간을 주었다. 뒤로 몸을 뺐을 때야 비로소 나는 제니퍼 주위에서 숨을 내쉬지 않으려고 무진장 애를 쓰고 있었다는 것을 깨달았다. 그래서 머리가 어지러워졌다는 것도. "처음부터 할까요." 나는 말했다. "어떻게 시작된 일입니까?"

베개 위에 얹힌 제니퍼의 머리가 무겁게 옆에서 옆으로 움직였다. "내가 알았더라면 막을 수 있었겠죠. 나는 여기 누워서 생각하고 또 생각해보았지만 딱 집어서 얘기할 수가 없어요."

"뭔가 팻의 마음을 괴롭힌다는 것을 언제 처음으로 눈치채셨습니까?"

"한참 전에요. 아주 오래전에. 오월쯤? 유월 초쯤? 내가 팻에게 말을 걸었는데 그는 대답하지 않았어요. 쳐다보니까 남편은 허공을 빤히 보면서 있었어요. 무슨 소리에 귀를 기울이는 것처럼요. 아이들이 조금 시끄럽게 떠들려고 하면 팻은 휙 돌아보며 '조용히 해!'라고 했죠. 내가 그에게 무슨 문제냐고 물어봤어요. 너무나 그 사람답지 않았거든요. 그는 이러더군요. '아무것도 아니야. 그냥 내 집에서만은 제발 평화와 고요 속에서 지낼 수 있어야 하는 거 아니야? 그게 유일한 문제야.' 그렇게 사소한 일이었어요. 그 외 다른 사람들은 알아차리지도 못했어요. 팻은 자기가 괜찮다고 했고. 하지만 나는 팻을 알았어요. 그를 속속들이 알았죠. 뭔가 잘못된 점이 있다는 것을 알았어요."

"하지만 그게 뭔진 몰랐군요."

"제가 어떻게 알 수 있겠어요?" 제니퍼의 목소리는 갑작스럽게 방어적으로 날카로워졌다. "남편은 다락에서 득득 긁는 소리를 몇 번 들었다고 말했지만 나는 한 번도 듣지 못했어요. 아마도 새가 드나드는 거라고 생각했죠. 큰일이라고 생각하지도 않았어요. 아니, 왜 큰일이겠어요? 저는 팻이 직장을 그만두고 우울해하는 거라고 여겼죠."

그동안 패트릭은 자기가 헛소리를 듣는다고 아내가 생각할까 봐서 천천히 점점 더 두려워하고 있었다. 그는 이 동물이 아내의 정신까지도 먹어치우고 있다는 것을 당연히 여겼다. 나는 말했다. "실업이 남편에게 영향을 끼치기 시작했습니까?"

"네, 많이요. 우리는……." 제니퍼는 침대에서 불안하게 들썩이며 상처가 당기는지 날카롭게 숨을 골랐다. "우리는 그 때문에 계속 문제가 있었어요. 한 번도 싸운 적은 없었죠. 하지만 팻은 우리 모두를 부양한다는 생각을 좋아했어요. 내가 직장을 그만둘 땐 뛸 듯이 기뻐했죠. 내가 그럴 정도로 자기가 여유 있게 번다는 걸 무척 자랑스러워했어요. 그런 사람이 직장을 잃었을 때……. 처음에는 그 사람도 아주 긍정적이었어요. 아주. '걱정하지 마, 여보. 당신이 알아차리기도 전에 다른 일을 얻을 거야. 당신은 가서 사고 싶어 했던 새 블라우스를 사고 일 초도 걱정하지 마.' 나도 남편이 다른 일자리를 얻을 거라고 생각했어요. 제 말은 남편은 자기 일을 잘하고 미친 사람처럼 일하니까 물론 그러지 않겠어요?"

제니퍼는 여전히 몸을 꼼지락거리며 한 손으로 머리카락을 훑으며 엉킨 타래를 점점 더 세게 잡아당겼다. "세상이 돌아가는 방식이 그런 거잖아요. 모두가 알죠. 일자리가 없다는 건 자기 일에 너무나 서투르거나 실제로 일하고 싶지 않기 때문인 거죠. 얘기는 거기서 끝이죠."

"불황이 계속되는 중이니까요. 불황중에는 대부분의 규칙에 예외가 생깁니다."

"그냥 남편이 뭔가 일자리를 찾는 게 상식적으로 말이 됐다는 거예요, 아시겠어요? 하지만 상황이 더는 상식적이지 않았죠. 팻이 어떤 자격이 있는 사람인지는 중요하지 않았어요. 그저 일자리가 전혀 없었어요. 하지만 그 사실이 실감될 때쯤에 우리는 완전히 빈털터리였죠."

그 말을 하면서 제니퍼의 목에 뜨겁고 시뻘건 기운이 오르기 시작했다. "그게 두 분 모두에게 중압감을 주었군요."

"네, 돈이 없다는 건…… 끔찍한 거예요. 한번은 피오나에게 말했는데 그 애는 이해하지 못했어요. 그저 이러더라고요. '그게 뭐? 조만간 둘 중 한 사람이 다른 일자리를 얻을 거잖아. 그전까지 굶어 죽진 않잖아. 입을 옷도 많고 아이들은 달라진 것도 모를 거야. 언니네는 괜찮을 거야.' 걔랑 걔의 예술적 친구들에게는 돈이 큰 문제가 아니겠죠. 하지만 여기 진짜 세상에 살아가는 대부분의 우리에게는 실제로 큰 차이예요. 실제 현실적인 것들에서는."

제니퍼는 꼰대가 이해하기를 바라지 않는다는 듯 도전적인 눈빛을 내게 보냈다. 나는 물었다. "어떤 종류의 것들이죠?"

"모든 것요. 모든 것. 가령 이전에 우리는 사람들을 저녁 식사에 초대하거나 여름에는 바비큐를 했어요. 하지만 그들에게 내놓을 수 있는 게 차와 알디 비스킷밖에 없는 처지라면 초대는 못 해요. 어쩌면 피오나는 하겠지만 저는 그렇게 창피한 짓을 하느니 죽고 말 거예요. 우리가 아는 사람 중 몇 명은 아주 못되게 굴 수 있는 사람들이에요. 그 사람들이 이랬겠죠. '어머나, 세상에나 와인의 저 라벨 봤어? SUV 없앤 거 봤어? 걔가 작년 유행하던 옷 입은 거 봤니? 다음에 놀러 가면 반짝이는 트레이닝복에 맥도날드 햄버거나 먹고 있겠네.' 그런 말을 하지 않을 사람들도 우리를 안타깝게 여기겠죠. 나는 그런 건 받아들일 수 없어요. 제대로 할 수 없다면 아예 안 하는 편이 나아요. 우리는 더는 사람들을 초대하지 않았어요."

뜨거운 붉은 기운이 제니퍼의 얼굴을 채우자 얼굴이 부어오르며 말랑해졌다. "또 우리가 외출할 여유가 있는 것도 아니었어요. 그래서 우리는 기본적으로 사람들에게 연락하지 않게 되었어요. 그런 것도 굴욕적이에요. 사람들이랑 평상시처럼 다정하게 잡담을 나누다가 그쪽에서 '그럼 언제 만날까?'라고 물으면 잭이 독감에 걸렸다든가 하는 핑계를 지어내는 것도요. 그렇게 핑계를 몇 번 더 대고 나면 사람들도 전화하지 않게 돼요. 그건 사실 기뻤죠. 상황이 더 편해졌으니까요. 하지만 그렇대도 마찬가지예요……."

"외로웠겠군요."

외로움도 수치스러운 일인 양 홍조가 깊어졌다. 제니퍼가 고개를 안으로 수그리자 머리카락이 안개처럼 펼쳐져 얼굴을 가렸다. "그랬어요, 네. 정말 외로웠죠. 우리가 시내에 살 때는 다른 엄마들을 공원에서 만나거나 할 수도 있었죠. 하지만 거기에서는…… 가끔 일주일 내내 팻 말고는 다른 성인과 말 한마디 나눈 적 없을 때도 있었어요. 고작 가게에서 '감사합니다'라는 인사를 하는 정도였죠. 우리가 처음 결혼했을 때만 해도 일주일에 서너 번씩 밤에 외출했어요. 주말에는 늘 약속이 있었죠. 우리는 인기가 있었어요. 그런데 여기에서는 친구 하나 없는 실패자 한 쌍처럼 서로의 얼굴이나 보고 있었어요."

제니퍼의 목소리가 빨라졌다. "우리는 사소한 일들, 멍청한 일들을 두고 서로에게 짜증을 내고 심술궂은 말을 했어요. 내가 빨래를 어떻게 갰다느니 팻이 텔레비전을 너무 크게 켰다느니. 그리고 매번 모든 일이 결국은 돈에 관한 다툼으로 번졌어요. 어떻게 그렇게 됐는지는 모르겠지만 늘 그랬죠. 그래서 나는 그게 팻의 마음을 어지럽혔을 거라고 생각했어요. 모든 일이."

"남편에게 물어보진 않았습니까?"

"팻을 밀어붙이고 싶진 않았어요. 벌써 큰일이 있는 걸요. 일을 더 크게 만들고 싶진 않았어요. 그래서 이렇게 한 거예요. 좋아. 괜찮다. 나는 남편을 위해서 모든 걸 멋지게 만들 거야. 우리가 괜찮다는 것을 남편에게 보여줘야지. 제니퍼는 그 기억을 떠올리며 턱을 치켰고 나는 강철 같은 눈빛을 다시 보았다. "나는 늘 집을 깔끔하게 꾸몄지만 이제는 완벽하게 유지하기 시작했어요. 어디에든 부스러기 하나 떨어져 있지 않도록. 심지어 내가 무너지고 싶게 피곤할 때도 잠자리에 들기 전에는 꼭 온 부엌을 청소했어요. 그래서 팻이 아침 식사를 하러 내려올 때는 티끌 하나 없었죠. 아이들을 데려가서 야생화를 꺾었고요. 꽃병에 꽂을 게 있어야 하니까요. 아이들이 옷이 필요할 때는 이베이에서 중고를 사서 입혔어요. 멋진 옷들이었지만, 하느님, 이 년 전이라면 아이들에게 중고 옷을 입히느니 차라리 내가 죽었을 거예요. 그렇지만 그러면 팻이 좋아할 만한 괜찮은 요리를 만들 돈이 남으니까요. 가끔은 저녁 식사로 스테이크도 먹을 수 있고. 이런 거예요. 봐, 모든 게 괜찮아, 알겠지? 우리 이 상황을 완전히 잘 처리하고 있어. 우리가 하룻밤 만에 허름한 하층민이 되는 게 아니라고. 우리는 여전히 우리야."

아마도 리치는 제니퍼에게서 자아 감각이 너무 얕아서 페스토 샐러드나 명품 구두 없이는 살아갈 수 없는 버릇없는 중산층 공주의 모습을 보았을지 모른다. 그러나 내게 보인 것은 마음이 아플 만큼 연약하고 불안한 사람의 용맹이었다. 나는 거친 바다 위에 요새를 짓고서 물이 가득 스며드는 동안에도 온갖 하찮은 무기들로 문을 지탱하며 전력을 다해 싸운다고 생각했던 한 여자를 보았다.

"하지만 괜찮지 않았죠."

"네, 그랬어요. 그게 칠월 초쯤에는…… 팻이 점점 더 조마조마한 성격이 되었죠. 그리고 더욱이……. 그렇다고 남편이 나나 아이들을 무시했다는 게 아니에요. 우리가 존재한다는 것을 잊은 듯했어요. 뭔가 커다란 일이 마음에 있는 사람처럼. 그는 다락에서 나는 소음에 대해서 여러 번 얘기했어요. 심지어 옛날에 쓰던 아기 모니터를 설치하기까지 했죠. 하지만 난 그래도 그걸 연결하지 못했어요. 나는 그저…… 남자들은 기기를 좋아하잖아요? 나는 팻이 남는 시간을 때울 방법을 찾았나 보다 했어요. 그 단계쯤 됐을 때는 남편을 괴롭히는 게 일에서 잘린 것만이 아니라는 걸 알았죠. 하지만……. 남편은 점점 더 컴퓨터 앞에서 시간을 많이 보내거나 내가 아이들을 데리고 아래층에 있을 때 위층을 어슬렁거리기 시작했어요. 나는 남편이 무슨 이상한 포르노에 중독되었거나 온라인으로 불륜을 하거나 전화로 누군가에게 야한 문자를 보내거나 하는 게 아닐까 겁이 났죠."

제니퍼는 웃음과 울음 사이의 중간 지점에 있는 소리를 냈다. 거칠고 신랄해서 내가 퍼뜩 놀랄 정도였다. "세상에 차라리 그랬다면. 어쩌면 그 모니터를 두고 법석을 떠는 걸 이해했어야 했는데. 그래도…… 모르겠네요. 내 마음속의 고민만으로도 벅찼으니까."

"침입 사건 말이군요."

제니퍼의 어깨가 불안하게 움직였다. "네, 그게 뭐였든 간에요. 그 일도 대략 그때 시작됐어요. 눈치를 챈 게 그때부터였는지, 아무튼. 그래서 똑바로 생각하기가 힘들었어요. 항상 잃어버린 거나 움직인 게 없나 찾아봤지만 실제로 뭔가 알아채면 내가 편집광이 되어가는 게 아닌가 걱정이 되었죠. 그리고 그다음에는 내가 팻에 대해서도 편집광적이 되지 않았나 걱정되었고…….”

그리고 피오나의 의심도 도움이 되지 않았다. 나는 피오나가 마음 속 깊은 곳에서는 자기가 제니퍼를 부추겨 균형을 흩뜨려버렸다는 걸 감지하고 있었을지 그저 순수하게 솔직한 행동이었을지 궁금했다. 가족 간에 일어나는 어떤 일이 완전히 순수할 수 있는 것일지.

“나는 이 모든 일을 무시하고 계속 나아가려 했어요. 달리 뭘 해야 할지 몰랐으니까요. 집을 더 열심히 청소했죠. 아이들이 뭔가 어지럽히는 순간 그걸 정리해버리거나 닦았어요. 나는 하루에 세 번씩 부엌 바닥을 대걸레로 닦았죠. 더는 팻을 기운 차리게 해주기 위해서가 아니었어요. 모든 것을 완벽하게 유지해야 할 필요가 있었어요. 그래야 뭔가 제자리에서 벗어난 게 있으면 바로 알아챌 테니까요. 내 말은…….” 경계심이 순간 스쳤다. “그건 큰일이 아니었어요. 아니, 아무 일도 아니었죠. 전에 형사님에게 말한 대로 그냥 팻이 물건을 옮겨놓고 잊어버린 걸 수도 있다는 걸 알았어요. 그저 확실히 하려고 한 거죠.”

나는 이전에 여기서 제니퍼가 코너를 비호해주고 있다고 생각했다. 그러나 제니퍼는 코너가 관련되었다는 생각은 한 번도 하지 않았던 것이다. 제니퍼는 헛것이 보였다고 강하게 확신했다. 의사가 자기가 미쳤다는 걸 알아내면 여기 붙잡아놓지 않을까 하는 악몽 같은 가능성만 생각했다. 제니퍼가 보호하는 건 그녀에게 남은 가장 소중한 것이었다. 계획.

“이해합니다.” 나는 말했다. 자세를 바꾸는 척하면서 나는 시계를 확인했다. 우리는 이십 분가량 이야기를 나누었다. 조만간 피오나가, 특히 내가 그 여자를 올바르게 판단했다면 더는 기다리지 못하고 돌아올 것이다. "그런 후에는요? 뭐가 변했죠?"

"그후에는……." 방은 답답하고 더욱 괴로워졌지만 제니퍼는 추운 것처럼 두 팔로 몸을 감쌌다. "그러다 어느 날 밤늦게 부엌에 가봤더니 팻이 컴퓨터를 쳐서 책상에서 떨어뜨릴 뻔하더군요. 무슨 일을 하고 있었는지 스위치를 끄려고 하면서요. 그래서 나는 그의 옆에 앉아서 이렇게 말했어요. '좋아, 무슨 일인지 나한테 말해야 해. 나는 그게 뭔지 상관없으니까. 우리는 함께 헤쳐나갈 수 있어. 무슨 일인지 알아야겠어.' 처음에 남편은 이러기만 했어요. '아, 다 괜찮아. 내가 다 처리해서 통제하고 있어. 걱정 마.' 그 말에 나는 완전히 두려움에 사로잡혔죠. 나는 이랬어요. '아, 세상에, 뭐야? 뭔데 그래? 나한테 무슨 일이 일어나는지 말해줄 때까지는 우리 둘 다 이 책상에서 일어날 수 없어.' 그랬더니 팻이 내가 너무도 놀라서 무서워하는 걸 보고 그저 말을 입에서 쏟아내더군요. '당신을 무섭게 하고 싶지 않았어. 내가 잡을 수 있을 거라고 생각했고 그러면 넌 알 필요도 없을 거라고 생각했는데…….' 그리고 밍크니 긴털족제비니 다락의 뼈니 사람들이 인터넷에서 이런 생각을 한다느니 하는 얘기들을 털어놓았어요…….."

웃음인지 아닌지 모를 날것의 소리가 다시 들렸다. "형사님, 이거 아시겠어요? 나는 뛸 듯이 기뻤어요. 나는 이랬죠. '잠깐, 그게 다야? 잘못된 건 그것뿐이야?' 나는 그때까지는 불륜 같은 거나 죽을 병 같은 걸 걱정하고 있었는데, 팻은 우리 집에 쥐 같은 게 들어왔을지 모른다는 말을 하는 거예요. 나는 진짜로 눈물을 흘리다시피 했어요. 무척 안도했거든요. 나는 말했죠. '그러면 내일 해충 구제 업자에게 연락하자. 은행 대출을 받아야 하는진 모르겠지만 그럴 만

한 가치가 있을 거야.'

그런데 팻이 이러는 거예요. '아니야. 들어봐. 당신은 이해 못 해.' 팻은 벌써 구제 업자를 불렀다고 했어요. 하지만 그 남자가 우리 집에 있는 게 뭐든 그의 능력 바깥이라고 했다는 거예요. 나는 이랬죠. '아, 세상에, 팻, 그럼 계속 우리 이렇게 살게 둘 거야? 미쳤어?' 팻은 나를 어린아이 보듯 바라봤어요. 자기가 그린 새 그림을 가져왔는데 내가 휴지통에 내던지기라도 한 것처럼요. 팻이 말했어요. '당신은 내가 너랑 아이들을 안전하지도 않은 데 계속 머무르게 할 거라고 생각해? 내가 감당해. 우리는 독이나 뿌리고 다니면서 우리한테 몇천 유로 청구할 구제 업자는 필요 없어. 내가 이 짐승을 잡을 거야.'"

제니퍼는 고개를 저었다. "나는 이렇게 말했어요. '음, 저기? 이제까지는 아직 그거 본 적도 없다면서.' 그랬더니 팻이 대답했어요. '뭐, 그래. 하지만 그건 내가 당신에게 들킬 일을 할 수가 없었기 때문이야. 이제 당신도 알았으니까 내가 할 수 있는 일이 다양하지. 세상에, 제니. 이거 정말 크게 안심된다.'

팻은 웃고 있었어요. 의자에서 몸을 뒤로 젖히고 머리카락이 온통 헝클어지도록 머리를 문지르면서 웃었어요. 개인적으로는 저는 뭐가 그렇게 웃을 일인가 싶었지만 그래도……" 슬픔이 좀 덜어졌다면 미소라고 할 수도 있을 표정이 떠올랐다. "남편의 그런 모습을 보는 건 좋았어요, 아시겠어요? 정말로 좋았어요. 그래서 나는 이랬죠. '무슨 일?'

팻은 책상 위에 팔꿈치를 올려놓고 우리가 휴가 계획이라도 짤 때 그랬던 것처럼 자리를 잡고 앉아서 말했어요. '뭐 다락에 놓은 모니터가 소용없는 건 분명하잖아? 이 동물은 그걸 싹싹 피해 다녀. 어쩌면 적외선을 좋아하지 않는지도 모르지. 그러면 우리가 할 일은 이 동물처럼 생각하는 거야. 내 말 알겠어?'

나는 이랬어요. '완전히는 모르겠어.' 그랬더니 남편이 다시 웃었어요. 그는 말했죠. '좋아, 이게 뭘 원하는 걸까? 우리는 확실히 몰라. 먹이일 수도 있고 온기일 수도 있고 심지어 친구를 찾고 있을 수도 있지. 하지만 뭐가 되었든 이 동물은 그걸 이 집에서 찾을 거라고 생각하는 거야. 그게 아니면 여기 오지 않겠지? 우리에게서 얻을 수 있다고 생각하는 걸 원하는 거야. 그러니까 우리는 그것에게 더 가까이 올 기회를 주어야 해.'

나는 말했어요. '어, 세상에, 안 돼.' 하지만 팻은 말했어요. '아니야, 아니야, 아냐. 걱정할 거 없어. 그렇게 가까이는 말고! 나는 통제된 기회를 말하는 거야. 우리가 계속 통제하니까. 나는 계단 위에 다락 해치를 향하도록 모니터를 설치해뒀어, 알았지? 그리고 해치를 열어둘 거야. 하지만 철망을 위에 쳐놓을 거니까 동물이 집 안으로 내려올 수는 없어. 우리는 계단 전등을 계속 켜놓을 거고 그러면 굳이 적외선을 쓰지 않고도 그걸 볼 수 있을 만큼 환하겠지. 혹여나 적외선 때문에 동물을 쫓을 수도 있으니까. 그런 다음에는 그냥 기다리기만 하면 돼. 조만간 그건 유혹을 느끼게 될 거야. 우리에게 더 가까이 올 필요를 느끼겠지. 해치로 향하게 되지. 그럼 짜잔, 카메라에 걸리는 거야. 어때, 완벽하지!'"

제니퍼는 손바닥을 무력하게 뒤집었다. "나한테는 별로 완벽하게 느껴지지 않았어요. 하지만 내 말은…… 나는 남편을 지지해줘야 하잖아요? 그리고 말한 대로 남편은 몇 달 만에 제일 행복해 보였어요. 그래서 나는 이랬죠. '좋아, 괜찮아. 해봐.'"

이 이야기는 울음 사이에 헐떡이며 튀어나오는 장황한 소리, 일관성 없는 파편이어야 했다. 하지만, 이야기는 아주 분명했다. 제니퍼는 밤마다 잠들기 전에 집을 완벽하게 정리했던 가차 없는 태도와 강철 같은 의지로 정확하게 말하고 있었다. 어쩌면 나는 그녀의 자제력에 감탄해야 했는지도 모른다. 아니면 적어도 감사해야 했다. 첫 번째 면담 전에는 제니퍼가 슬픔에 빠져 울부짖는다면 내게는 최악의 악몽 같은 상황이 될 거라고 생각했다. 그러나 이 단조롭고 잔잔한 목소리는 한밤중에 계속해서 내 귀에 속삭이며 깊은 잠에서 나를 깨우던 육체 없는 존재처럼 훨씬 더 나빴다.

나는 말했다. 말이 나오기 전에 헛기침을 해야만 했다. "이 대화가 언제였습니까?"

"칠월 말쯤요? 세상에……." 나는 제니퍼가 침을 삼키는 것을 보았다. "세 달도 안 됐네요. 믿을 수가 없어요……. 몇 년은 된 것 같은데."

칠월 말이면 패트릭의 토론 게시판 게시물과 일치했다. 나는 말했다. "그 동물이 존재했다고 생각하셨습니까? 아니면 그저 가능성이긴 합니다만, 남편분이 상상할 수도 있다는 생각을 하셨습니까?"

제니퍼는 날카롭게 즉시 말했다. "팻은 미치지 않았어요."

"저도 남편분이 그랬다고는 생각하지 않습니다. 하지만 방금 부인도 남편분이 스트레스를 많이 받고 있었다고 말하지 않으셨습니까. 그런 환경에서는 사람의 상상력이 과도해지기 마련이죠."

제니퍼는 불안하게 몸을 살짝 흔들었다. "나는 모르겠어요. 어쩌면 약간은 그런 생각을 했을지도요. 내 말은 나한텐 아무것도 들리지 않았으니까 그래서……." 그녀는 어깨를 으쓱했다. "하지만 나는 정말로 신경 쓰지 않았어요. 내가 신경을 쓴 건 다시 정상으로 돌아가는 것뿐이었죠. 나는 일단 팻이 카메라를 설치하면 상황이 나아질 거라고 생각했죠. 팻이 동물을 보든, 거기 없다는 걸 알아내든 간에요. 그게 어디론가 가버렸기 때문이든, 처음부터 거기 없었기 때문이든요. 어느 쪽이든 남편은 뭔가 하고 있기 때문에, 내게 말을 했기 때문에 기분이 더 나아졌죠. 나는 여전히 그게 말은 된다고 생각해요. 그런 생각을 한다고 미친 건 아니잖아요? 그렇죠? 누구라도 그렇게 생각할 거예요, 맞죠?"

애원하는 빛을 담은 커다란 눈이 나를 보고 있었다. "저라도 그렇게 생각할 법합니다." 내가 대답했다. "하지만 실제 일어난 일은 그게 아니었죠?"

"상황은 더 나빠졌어요. 팻은 여전히 아무것도 보지 못했지만 포기하는 대신에 그 동물이 모니터가 거기 있다는 사실을 알고 있다는 결론을 내렸어요. 저는 이랬죠. '아, 이봐, 어떻게?' 남편은 이렇게 대답했어요. '그게 뭐든 간에 멍청하지 않아. 멍청한 것과는 아주 거리가 멀어.' 팻은 거실에서 텔레비전 보고 있을 때 긁는 소리가 계속 들린다고 했어요. 그래서 그 동물이 카메라 때문에 무서워서 벽을 타고 내려왔다고 생각했죠. 남편은 이랬어요. '그 해치는 너무 노출됐어. 내가 무슨 생각을 했던 건지 모르겠네. 야생동물은 그렇게 트인 구멍으로는 나오지 않아. 물론 벽 속으로는 움직이지. 내가 정말로 필요한 건 카메라로 거실 벽 안을 비추는 거야.'

나는 말했어요. '안 돼, 절대 안 돼.' 하지만 팻은 우겼어요. '아, 그러지 마. 제니. 그냥 아주 작은 구멍 하나 내자는 거야. 보이지 않도록 소파 뒤쪽에 넣게. 당신은 거기 구멍이 있는지도 모를 거야. 며칠 동안만, 기껏해야 일주일이야. 우리가 이 짐승을 볼 수 있을 때까지만. 우리가 지금 해결하지 못하면 이 동물이 벽에 처박혀서 거기서 죽을 수도 있어. 그러면 그걸 꺼내려고 이 집 반은 뜯어야 해. 그걸 원하는 건 아니지?'"

제니퍼의 손가락이 침대보 가장자리를 잡아당기며 작은 주름을 접었다. "솔직히 나는 그것도 그렇게까지 걱정하진 않았어요. 형사님 말이 맞아요. 어쩌면 마음속 깊은 곳에서 나는 거기 아무것도 없다고 생각했는지도 모르죠. 하지만 만에 하나…… 그리고 그게 남편에게 큰 의미가 있다면요. 그래서 나는 좋다고 말했어요." 제니퍼의 손가락이 더 빨리 움직였다. "어쩌면 그게 나의 실수였겠죠. 거기서부터 내가 잘못되었을지도요. 내가 그때 확고하게 반대했으면 남편은 잊고 넘겼을지도 몰라요. 그렇게 생각하세요?"

절박한 애원이 내가 절대로 떨쳐버릴 수 없는 무엇처럼 피부 속을 태우며 파고들었다. "남편분이 잊고 넘겼을지 그건 의심스럽습니다."

"그렇게 생각하세요? 내가 그때 그냥 아니라고 했다면 모든 게 괜찮아졌을 거란 생각은 하지 않으세요?"

나는 제니퍼의 눈을 견딜 수 없었다. "그래서 팻이 벽에 구멍을 냈습니까?"

"네, 우리의 멋진 집에. 우리는 그 집을 사서 멋지게 꾸미려고 미친 듯 일했는데. 우리가 사랑하던 집이었는데. 이젠 남편이 그걸 쳐서 부수고 있었어요. 나는 울고 싶었죠. 팻은 내 얼굴을 보고 이랬어요. 정말로 음울하게요. '뭐가 중요해? 어차피 두어 달만 더 있으면 은행 게 될 건데.' 남편은 이전엔 절대로 그런 말을 하지 않았어요. 그전에 우리는 늘 언제나 이랬어요. '우리는 길을 찾아낼 거야, 괜찮을 거야…….' 그런데 남편 얼굴에 떠오른 표정은……. 나는 할 말이 없었어요. 그저 몸을 돌려 나왔어요. 거기서 벽에 망치질을 하는 남편을 두고. 벽은 아무것도 아닌 걸로 지어진 듯 쉽게 떨어져 나가더군요."

나는 다시 곁눈질로 시계를 확인했다. 내가 아는 한 피오나는 벌써 귀에 문을 대고 언제 쳐들어올지 가늠하고 있을 것이다. 나는 제니퍼가 목소리를 높이지 않아도 되도록 의자를 좀더 가까이 끌고 갔다. 제니퍼에게 가까이 다가갈 때에 내 정수리의 머리카락이 위로 들렸다.

"그리고 새 카메라도 아무것도 잡지 못했죠. 일주일 뒤 아이들과 내가 장을 보고 돌아왔을 때 현관에 구멍이 하나 더 나 있었어요. '이거 뭐야?' 하고 물었더니 팻이 이랬어요. '차 열쇠 좀 줘. 또 다른 모니터가 필요해, 빨리. 그게 거실과 현관 사이를 왔다 갔다 하고 있어. 맹세코 이게 정말로 나를 고의로 엿 먹이고 있다니까. 모니터 한 대만 더 있으면 그 새끼를 잡을 수 있어!' 어쩌면 그때 반대할 수도 있었어요. 그때가 바로 그렇게 했어야 할 때였는지도요. 하지만 에마가 이랬어요. '뭐, 뭐야? 뭐가 움직이는 거야, 아빠?' 그리고 잭이 고함을 질렀어요. '새끼! 새끼! 새끼!' 그래서 나는 팻이 그냥 거기서 나가길 바랐어요. 제가 아이들을 챙길 수 있게. 나는 남편에게 열쇠를 줬고 그 사람은 문밖으로 뛰다시피 나갔어요."

씁쓸하고 삐뚜름한 미소가 살짝 어렸다. "몇 달 만에 그렇게 신난 걸 처음 봤죠. 나는 아이들에게 말했어요. 너희 아빠는 우리 집에 쥐가 있다고 생각해, 걱정 마." 그리고 팻이 돌아왔죠. 만일을 대비해서 비디오 모니터를 세 개나 들고. 잭이 중고 청바지를 입고 있는데도요. 나는 팻에게 말했어요. '이거 애들 있는 데서는 말할 필요 없잖아. 애들이 나쁜 꿈이라도 꾸면 어떡해. 나 진심이야.' 남편은 이랬어요. '그래 물론이지. 평소처럼 당신 말이 다 맞아. 문제 없어.' 그리고 그게 얼마나 갔지, 두 시간? 바로 같은 날 저녁, 내가 놀이방에서 애들에게 이야기를 읽어주고 있을 때 팻이 그 망할 모니터 하나를 들고 뛰어 올라오면서 이랬어요. '제니, 들어봐! 그게 그 안에서 미친 씩씩 소리를 내고 있어. 들어보라고!' 나는 화가 나서 남편을 노려보았지만 남편은 알아차리지도 못해서 결국 나는 말했죠. '우리 나중에 얘기해.' 그때서야 남편은 정말로 열 받은 것 같더군요."

제니퍼의 목소리가 높아지고 있었다. 나는 밖에서 문을 지킬 아무도, 그 누구도 데려오지 않은 나 자신을 발로 차주고 싶었다. 심지어 리치라도. "다음 날 오후 남편은 컴퓨터 앞에 앉아 있었고 아이들도 바로 그 앞에 있었어요. 나는 아이들 간식을 만들고 있었고. 그때 팻이 이랬어요. '와우, 제니. 이 얘기 좀 들어봐. 슬로베니아에 사는 어떤 사람이 그러는데 개만 한 크기의 거대 밍크를 키웠대. 이런 게 탈출한 게 아닐지 궁금하네…….' 아이들이 있어서 나는 갈 수밖에 없었어요. '정말로 흥미롭네. 나중에 말하면 어떨까.' 그때 내 마음속에서는 이런 말을 외치고 있었죠. 난 신경 안 써! 눈곱만큼도 신경 쓰지 않는단 말이야! 내가 원하는 건 당신이 애들이 옆에 있을 때는 입을 닥치는 거야!"

제니퍼는 심호흡을 하려고 했으나 근육이 너무 긴장되어서 할 수 없었다. "그리고 물론 아이들도 알게 됐어요. 어쨌든 에마는 알았죠. 이틀 후 우리가 에마와 나와 잭만 차에 있을 때 에마가 말했어요. '엄마, 밍크가 뭐야?' 나는 말했죠. '그건 동물이야.' 그랬더니 에마가 계속 이러더군요. '그게 우리 집 벽 안에 있어?'

　나는 전혀 아무렇지 않게 말했어요. '아, 엄만 그렇게 생각 안 해. 하지만 만약에 있다고 해도 아빠가 없애줄 거야.' 아이들은 그걸로 괜찮은 것 같았지만 나는 팻을 한 대 칠 수도 있을 것 같았어요. 나는 집에 가서 팻에게 말했죠. 애들은 듣지 못하게 마당으로 내보내고 소리쳤어요. 그랬더니 팻은 그저 이러기만 하더군요. '어이쿠, 젠장. 미안. 하지만 이거 있잖아. 이제 애들이 알았으니까 도와줄 수도 있겠네. 내가 한 번에 이 모니터를 다 지켜볼 수 없어서 뭔가 놓친 게 아닐까 계속 걱정이 되거든. 어쩌면 애들이 각각 하나씩 맡아서 붙어 있을 수 있지 않을까?' 이제 너무나 잘못되어버려서 나는 말도 할 수 없었어요. 나는 그저 이러기만 했죠. '아니, 안 돼. 절대 안 돼. 그런 얘기 다시 꺼내지도 마.' 그리고 남편은 말을 다시 꺼내진 않았지만 그래도요. 물론 남편은 모니터를 잔뜩 뒀다고 했지만 복도에서도 아무것도 건지지 못했고, 그래서 구멍을 더 내고 모니터를 더 설치했어요. 그래서 내가 둘러볼 때마다 우리 집에 구멍이 하나씩 더 나 있는 거예요!"

　나는 의미 없이 안심시켜주려는 소리를 냈다. 제니퍼는 알아차리는 것 같지 않았다. "그리고 남편이 하는 일은 그뿐이었어요. 그 모니터를 들여다보는 거요. 덫을 구해 왔죠. 그냥 쥐덫이 아니라 이빨이 달린 거대한 끔찍한 물건을 다락에 놓는 거예요. 형사님도 봤잖아요. 남편은 그게 무슨 커다란 불가사의인 양 행동했어요. 팻이 이러더군요. '걱정하지 마, 여보. 뭔진 몰라도 당신을 해치진 않아." 하지만 남편은 이게 무슨 새 포르셰나 우리 문제를 영원히 해결해줄 마술봉이라도 되는 양 엄청 신이 나 있더군요. 할 수 있다면 그 덫을 일주일 스물네 시간 지켜봤을 거예요. 이제 팻은 더이상 아이들과 놀지도 않았어요. 내가 에마를 학교에 데려다줄 때 잭을 맡길 수도 없었죠. 그랬다가는 집에 왔을 때 잭이 부엌 바닥에서 토마토소스를 칠갑하고 있는데도 팻은 고작 일 미터 떨어진 자리에 앉아 입을 벌리고 작은 화면만 들여다보고 있을 테니까요. 나는 남편한테 아이들 앞에서만이라도 끄라고 했어요. 대부분 그렇게 하긴 했죠. 하지만 그렇다는 건 아이들이 침대에 들어가자마자 팻은 저녁 내내 그것들 앞에 앉아 있어야 한다는 거예요. 두어 번 나는 근사한 저녁을 차리기도 했어요. 데이트하는 밤처럼 촛불을 켜고 꽃을 장식하고 멋진 은식기를 놓고 옷을 차려입었죠. 아시죠? 하지만 남편은 접시 앞에 모니터를 쭉 줄지어 세워놓고 우리가 먹는 동안에도 그걸 바라보기만 했어요. 남편 말로는 그게 중요하다고 했어요. 그리고 그게 음식 냄새를 맡으면 더 흥분할 테니 준비를 해야 한다고. 제 말은, 나는 우리도 중요하다고 생각했어요. 하지만 아니었어요. 그렇게 보이지 않았어요."

나는 게시판의 광적인 게시물을 떠올렸다. 아내는 이해를 못 하는 거예요. 아내는 알지 못해요······. 나는 물었다. "남편분께 부인의 기분을 얘기하려고 해보았습니까?"

제니퍼가 두 손을 번쩍 들더니 밖으로 내뻗었다. 커다란 자주색 멍에 연결된 주사 줄이 흔들렸다. "어떻게요? 남편은 말 그대로 대화를 하려 하지 않았어요. 그 망할 모니터에 나오는 뭐라도 놓칠까봐. 내가 무슨 말이라도 걸려고 하면 그저 선반에서 뭘 내려달라고 부탁하는 건데도, 쉿, 조용히 하라고 했어요. 이전에는 그런 적이 없었죠. 나는 불만을 말해야 하는 건지, 그러면 팻이 분통을 터뜨리고 더 멀어지게 될지 알 수가 없었어요. 그리고 어째서 말할 수 없는지도 알 수가 없었어요. 너무 스트레스를 받아서 제대로 생각할 수가 없게 된 건지, 아니면 그저 맞는 대답이 없어서인 건지…….”

나는 달래듯 말했다. “이해합니다. 제가 무슨 속뜻을 담아서 말하려던 건…….” 제니퍼는 멈추지 않았다.

“우리는 이제 서로 보지 않는 거나 다름없었어요. 팻은 그 짐승이 밤에는 ‘좀더 활발하다’면서 밤은 지새우고 낮에는 반쯤 잠만 잤어요. 우리는 이전에는 늘 잠자리에 함께 들고는 했죠. 언제나요. 하지만 아이들이 일찍 깨기 때문에 나는 이제 남편과 같이 밤을 새울 수 없었어요. 남편은 그렇게 하길 바랐죠. 계속 이랬어요. ‘그러지 말고 오늘 밤엔 그거 볼 수 있을 거야. 감이 와.’ 남편은 늘 머리를 짜서 생각을 해냈어요. 새 미끼를 놓는다거나 구멍과 카메라 위에 천막 같은 걸 덮으면 동물이 안전하게 느껴서 확실히 잡을 수 있다는 둥. 그리고 이런 말도 했죠. ‘제발, 제니, 제발. 내가 이렇게 부탁하잖아. 필요한 건 딱 한 번만 보는 거야. 그러면 당신도 훨씬 더 행복할걸. 나에 대해서 걱정할 필요가 없잖아. 당신이 내 말 안 믿는 건 알지만 오늘 밤만 같이 새우면 보게 될 거야…….’”

“그래서 그렇게 했습니까?” 나는 목소리를 낮추고 제니퍼가 그 말에 깔린 암시를 받아들이길 바랐지만 제니퍼의 목소리는 점점 더 높아졌다.

“노력은 했어요! 그 구멍을 보는 것도 싫었죠. 너무나 싫었지만 팻의 말이 맞는다면 나는 남편에게 빚을 지는 거고 남편이 틀렸다면 나도 확실히 알아두는 게 좋겠다고 생각했어요. 그리고 어느 쪽이든 적어도 우리가 뭔가를 함께하는 거잖아요. 그게 딱히 낭만적인 저녁 식사는 아니지만요. 하지만 나는 점점 너무 지쳐서 두어 번은 운전하다가 졸 뻔도 했어요. 더는 할 수가 없었죠. 그래서 자정에는 잠자리에 들었고 팻은 언제든 너무 피곤해져서 눈을 뜨고 있을 수 없게 되면 올라왔어요. 처음에는 2시였지만 나중에는 3시, 4시, 5시, 가끔은 그때도 올라오지 않았어요. 아침에는 남편이 소파에 나가떨어진 것을 보곤 했죠. 모니터들을 커피 탁자 위에 쭉 늘어세워놓고요. 혹은 컴퓨터 앞에서 잠들어 있었죠. 밤새 인터넷에서 동물들에 관한 글을 읽어서요."

"'팻의 말이 맞는다면.' 이 시점에 부인은 이미 의심했군요."

제니퍼가 숨을 고르는 순간 나는 그녀가 매섭게 대꾸할 거라고 생각했다. 하지만 다음 순간 등이 축 늘어지더니 제니퍼는 다시 베개에 기댔다.

그녀는 조용히 말했다. "아뇨. 그때는 이미 알았어요. 거기 아무것도 없다는 것을. 뭐가 있었다면 어떻게 나는 아무것도 못 들었겠어요? 그 많은 카메라를 설치했는데 어째서 한 번도 아무것도 못 봤겠어요? 그래도 뭔가 진짜 있을지 모른다고 나 자신을 타일렀지만 나는 알았어요. 하지만 그때는 너무 늦었어요. 우리 집은 부서져가고 있고 나와 팻은 더는 말도 하지 않았죠. 언제 마지막으로 키스했는지도 기억할 수 없었어요. 제대로 된 키스요. 아이들은 늘 긴장했거나 과하게 들떠 있었죠. 이유를 모르면서도요."

눈 감은 채로 제니퍼는 머리를 옆으로 돌렸다. "나는 뭐든 해야 한다는 것을 알았어요. 모든 일을 멈추게 해야 한다는 것을 알았죠. 난 아둔하지 않아요. 미치지도 않았죠. 나도 그 단계쯤 되니까 알았어요. 하지만 뭘 해야 할지는 몰랐죠. 이런 걸 알려주는 자기계발서는 없더라고요. 인터넷 커뮤니티도 없고. 결혼 상담 과정에서도 이런 문제에 관해서 뭘 어떻게 해야 할지 알려주지 않았어요."

"누군가에게 말할 생각은 해보지 않았습니까?"

강철 눈빛이 또 떠올랐다. "아뇨, 절대로 못 하죠. 농담하세요?"

"어려운 상황이었잖습니까. 많은 사람이 누군가에게 말하면 도움이 된다고 느끼기도 합니다."

"누구한테 말하죠?"

"어쩌면 동생분에게."

"피오나라⋯⋯." 제니퍼의 입꼬리가 비꼬듯 비틀어졌다. "음, 그렇게 생각은 안 해요. 나는 파이를 사랑해요. 하지만 아까 말한 대로 걔가 이해하지 못하는 일이 있어요. 그리고 걔는 늘⋯⋯ 자매끼리는 질투하잖아요. 파이는 언제나 내가 쉽게 차지한다고 느꼈어요. 자기는 모든 걸 뼈 빠져라 일해서 얻는데 나한테는 무릎에 그냥 굴러떨어진다고. 내가 걔에게 뭔가 말하면 그 애의 한 부분은 이랬을걸요. 하하, 이제 그런 기분이 어떤지 알겠군. 그 애가 말로는 하지 않겠지만 나는 알았어요. 그런 게 어떻게 도움이 됐겠어요?"

"친구들은요?"

"나는 그런 유의 친구가 없어요. 더는요. 그리고 뭐라고 말하죠? '안녕, 남편이 어떤 동물이 우리 집 벽에 산다고 환각을 보고 있어. 내 생각엔 남편의 머리가 빙그르르 돌아버린 거 같아'라고요? 네, 맞아요. 나는 어리석진 않아요. 한 사람에게 말하면 퍼져나가죠. 형사님에게 말했잖아요. 나는 절대로 사람들이 나를 비웃게 놔두지 않아요. 안타깝게 여기는 건 택도 없어요." 그 생각을 하며 제니퍼는 싸울 준비를 하듯 턱을 내밀었다. "나는 늘 쇼나라는 친구에 대해서 생각했어요. 우리는 어릴 때 함께 어울려 다녔거든요. 지금 걔는 아주 나쁜 년이 됐어요. 우리는 더는 연락하지 않아요. 하지만 걔가 이 소식을 들으면 아마 득달같이 전화를 했을 거예요. 내가 파이든 누구에게든 얘기를 할까 싶으면 그 목소리가 들렸어요. 쇼나의 목소리. 제니퍼! 안녕! 어머나! 팻이 완전히 정신 나갔다는 얘기 들었어. 천장에서 분홍 코끼리가 보이는 거 같다며? 모두가 그러더라. 와, 누가 생각이나 했겠니? 우리 모두 너네 둘이 완벽한 한 쌍이라고 생각했던 거 기억나. 지루한 부부지만 그 이후에도 계속 행복하게……. 봐, 근데 우리 생각이 완전히 틀렸나? 이제 끊어야겠다. 핫스톤 마사지 받으러 갈 시간이라. 그냥 너희가 쫄딱 망했다는 소식을 들으니 너무 안타깝다고 말하려고 전화했어! 안녕!"

제니퍼는 침대 속에서 굳은 자세로 앉아 손바닥으로 담요를 내리눌렀다. 손가락이 담요를 파고들었다. "그건 우리가 아직도 우리 상황에서 좋아할 만한 딱 한 가지 점이었어요. 아무도 모른다는 것. 나는 혼자 계속 반복해서 말했죠. 적어도 우리에겐 그 점이 남아 있어. 우리가 잘 지낸다고 사람들이 생각하는 한 우리는 돌아가서 다시 잘 살아갈 기회가 있었어요. 사람들이 미친 패배자라고 생각하면 미친 패배자로 대접할 것이고 그러면 망하는 거예요. 완전히 망하죠."

모두가 너를 그렇게 대하면, 나는 리치에게 이렇게 말했었다. 그런 기분이 들게 마련이지. 그게 어떻게 달라? 나는 말했다. "전문가들이 있습니다. 상담사나 치료사. 무슨 얘기를 해도 비밀로 해줄 사람들요."

"그리고 그 사람에게 팻이 미쳤으니 정신병원에 보내버리라는 말이나 들으라고요? 거기 가면 팻은 실제로 미쳐버릴 텐데? 안 되죠. 팻은 치료사가 필요 없어요. 팻에게 필요한 건 일이었어요. 그랬다면 줄곧 아무것도 아닌 걸 가지고 흥분하지도 않고 제대로 된 시간에 잠자리에 들었겠죠. 밤새……." 제니퍼는 그림을 밀어버렸다. 어찌나 격하게 밀쳤는지 그림은 침대에서 듣기 싫게 거슬리는 소리를 내며 떨어져서 내 발 밑으로 미끄러졌다. "나는 남편이 다시 직업을 얻을 때까지 상황을 수습해야만 했어요. 그게 다였어요. 모든 사람이 알면 그렇게 할 수가 없어요. 에마를 학교에서 데려올 때 선생님이 나를 보고 미소 지으면서 '에마의 읽기 실력이 참 좋아졌어요'라고 하면 그때만큼은 나도 정상적이라고 느낄 수 있었죠. 내가 정상적인 집으로 귀가하는 정상적인 엄마처럼요. 나는 그게 필요했어요. 그게 내가 이 상황을 뚫고 나가게 하는 유일한 힘이었어요. 그런데 선생님이 에마의 아빠가 정신병원에 갔다는 걸 알아냈기 때문에 내게 끔찍하게 동정 어린 미소를 짓고 팔을 토닥거리기라도 한다면 나는 바로 교실 바닥에서 웅크리고 죽어버렸을 거예요."

공기는 열기로 단단해진 느낌이었다. 찰나의 순간, 나는 나와 디나를 보았다. 아마도 내가 열네 살이고 디나가 다섯 살이던 때였을 것이다. 나는 학교 문 앞에서 디나의 등 뒤로 팔을 홱 잡아당겼다. 입 닥쳐, 너 입 닥쳐야 해. 집 밖에서는 엄마에 대해서 누구에게도 말하면 안 돼. 안 그러면 네 팔을 부러뜨릴거야. 높은 기적汽笛 소리 같은 디나의 비명 소리. 걔의 손목을 높이 잡아당겼을 때 속이 뒤집힐 것 같은 자유낙하의 쾌감. 나는 얼굴을 가릴 수 있도록 몸을 숙여 그림을 집었다.

제니퍼가 말했다. "나는 많은 걸 원한 적이 없어요. 나는 팝 스타가 되거나 사장이 되거나 인기인이 되고 싶어 하는 야심찬 타입이 아니었어요. 내가 원한 건 정상적으로 사는 것뿐이었어요."

모든 힘이 썰물처럼 쓸려 나가며 제니퍼의 목소리는 희미해졌다. 나는 그림을 다시 침대 위에 두었다. 제니퍼는 알아차리지도 못하는 것 같았다. "그래서 잭을 다시 어린이집에 보내지 않은 거군요?" 내가 말했다. "돈 때문이 아니었어요. 아이가 동물 소리를 들었다고 말하고 다니니까. 어린이집에서도 말할까 두려웠겠죠."

제니퍼는 내가 자기에게 한 손을 들기라도 한 것처럼 움찔했다. "잭은 얘기하고 또 했어요! 여름이 시작할 무렵에는 가끔뿐이었죠. 팻이 아이를 부추겼거든요. 아이들이 아래층에 내려오면 팻은 이렇게 말하곤 했어요. '봐, 제니. 나는 돌아버린 게 아니야. 잭도 지금 들었다잖아. 그러지 않았니? 꼬마 잭?' 물론 잭은 말했죠. '응, 맘마. 나 천장에서 동물 소리 들었어!' 어른이 세 살 아이에게 너 무슨 소리를 들었다고 말하면, 아이가 그 소리를 들었기를 어른이 바란다는 걸 안다면, 당연히 아이는 확신을 하고 자기도 들었다고 말하겠죠. 그때 나는 그게 큰일이라는 생각도 못 했어요. 그냥 이랬죠. '걱정하지 마. 그냥 새야. 곧 다시 나갈 거야.' 하지만 그다음에는……."

무언가 제니퍼의 몸을 세게 잡아당긴 것 같았고 나는 제니퍼가 토할 것 같다고 생각했다. 한순간이 지나서야 나는 그게 떨림이었다는 것을 알아차렸다. "그다음에는 아이가 점점 더 많이 말하기 시작했어요. '엄마, 동물이 내 벽을 득득득 긁어! 엄마, 동물이 이렇게 위아래로 쿵쾅쿵쾅 해! 엄마, 동물이, 동물이…….' 그러다가 어느 날 오후, 내 생각엔 팔월이었던 것 같아요. 팔월 말쯤 나는 잭을 친구

칼네 집에서 놀게 데려다줬어요. 내가 다시 애를 데리러 돌아갔을 때 두 아이가 마당에서 소리 지르면서 막대기로 뭘 때리는 척 놀고 있었죠. 아일링, 그러니까 칼의 엄마가 나한테 말했어요. '잭이 으르 렁거리는 큰 동물 얘기를 해서 칼이 그걸 죽여야 한다고 하던데. 그래서 지금 저런 놀이를 하고 있는 거예요. 저거 괜찮아요? 신경 쓰지 않죠?"

다시 심한 떨림이 찾아왔다. "아, 세상에. 나는 기절하는 줄 알았어요. 천만다행으로 아일링은 그걸 당연히도 잭이 지어낸 얘기라고 여겼어요. 그냥 아이들이 동물에게 잔인하게 구는 놀이를 자기가 부추겼다고 내가 생각할까 봐 걱정했던 거죠. 그 집에서 어떻게 나왔는지도 모르겠네요. 나는 잭을 집에 데려가 소파에 앉아서 무릎에 앉혔어요. 우리가 진지한 얘기를 할 때는 그랬거든요. 나는 말했어요. '잭, 엄마 봐. 우리가 큰 늑대가 진짜가 아니라는 얘기 했던 거 기억나? 네가 칼에게 말한 것도 큰 늑대랑 똑같은 거야. 다 지어낸 거야. 너 진짜 동물 없다는 거 알지? 그냥 있는 척한 거 알지? 몰라?'

잭은 나를 보려고 하지 않았어요. 내려가려고 계속 몸을 꿈틀거렸어요. 잭은 늘 가만히 있는 걸 싫어했지만 이건 그것만은 아니었어요. 나는 아이의 팔을 더 세게 잡았죠. 정말로 아이를 아프게 할까 봐 겁이 났지만 그래도 아이가 알겠다고 하는 말을 들어야 했죠. 그래야만 했어요. 마침내 아이가 말했어요. '아니야! 그거 벽 안에서 으르렁했단 말이야! 엄마 미워!' 그러고는 아이는 내 배를 걷어차고 몸을 빼내서 뛰어갔어요."

제니퍼는 무릎 위에 놓인 담요를 조심스레 폈다. "그래서……." 제니퍼는 말했다. "나는 어린이집에 전화해서 잭은 다시 가지 않는다고 말했죠. 거기서 돈 때문이라고 생각하는 건 알 수 있었어요. 기분 좋진 않았지만 달리 더 좋은 방법을 생각할 수 없었어요. 아일링이 그후에 전화했을 때 나는 전화를 받지 않았어요. 아일링이 메시지를 남겼지만 그냥 삭제했어요. 얼마 지나자 아일링도 더는 전화하지 않았죠."

"그럼 잭은……." 나는 말했다. "계속 그 동물 얘기를 했습니까?"

"그후로는 하지 않았어요. 한두 번 잠깐 언급하긴 했지만 발루나 엘모* 얘기를 하는 거나 다름없었어요. 자기 실제 생활에 있는 것처럼 말하지 않았다는 거죠. 그냥 내가 들으려 하지 않는다는 걸 아이도 알아서였다는 사실을 알았지만 그래도 괜찮았어요. 잭은 아직 어린아이니까요. 잭이 그게 진짜인 것처럼 행동하지 않기만 하면, 이유를 아는지 모르는지는 그렇게 중요하지 않았어요. 일단 모든 일이 끝나면 잭은 다 잊었을 거예요."

나는 조심스레 물었다. "그럼 에마는요?"

"에마." 제니퍼는 말했다. 그 목소리가 어찌나 상냥한지 그 단어를 두 손으로 떠서 쏟아지지 않도록 안전하게 보관하길 바라는 것만 같았다. "나는 에마 때문에 너무 두려웠어요. 팻이 계속 동물에 대해서 말한다면 에마도 아직은 어려서 결국엔 믿어버렸을 거예요. 게다가 에마는 그걸 게임이라고 쉽게 넘길 만큼은 어리지 않았어요. 잭이 상상한 거라고 아일링이 믿었던 것처럼은요. 그리고 에마도 학교에 보내지 않을 수는 없었으니까요. 에마는 무언가 때문에 속상해하면 쉽게 흘려보내지 않아요. 몇 주 동안 속상해하면서 계속

---

* 발루는 디즈니 애니메이션 〈정글북〉에 나오는 동물 캐릭터, 엘모는 〈세서미 스트리트〉의 캐릭터이다.

얘기를 꺼내요. 만약 에마도 끌려 들어가기 시작하면 나는 어떻게 해야 할지 몰랐어요. 그 생각을 할 때마다 마음이 멍해졌어요.

팔월의 그 밤, 잭과 얘기하고 에마를 침대에 누일 때 나는 설명하려고 했어요. 나는 말했죠. '우리 예쁜이, 아빠가 말하는 동물 알지? 다락에 있는 그것?'

에마는 내게 조심스러운 표정을 살짝 지어 보였어요. 그 모습에 마음이 너무나 아팠죠. 에마가 엄마 옆에 있으면서 그렇게 조심하면 안 되잖아요. 하지만 동시에 사실 기쁘기도 했어요. 에마가 조심해야 한다는 걸 알고 있으니까요. 에마는 이러더군요. '응, 득득 긁는 거.' 나는 말했어요. '너 그 소리 들은 적 있어?' 그랬더니 에마는 고개를 저으면서 이러더군요. '아니.'"

제니퍼의 가슴이 올라갔다 내려앉았다. "안도감이 들었어요. 맙소사, 안도감요. 에마는 거짓말을 잘 못해요. 나는 알았어요. 나는 말했죠. '그 말이 맞아. 그게 진짜로 여기 있는 게 아니기 때문이야. 아빠는 그냥 좀 혼란스러운 거야. 가끔 사람들은 기분이 좋지 않으면 바보 같은 생각을 해. 네가 독감 걸렸을 때 인형 이름 다 틀리게 불렀던 거 기억나지? 모든 게 머릿속에서 다 뒤죽박죽 섞여서? 지금 아빠의 기분이 그런 거야. 그러니까 우리는 아빠를 잘 돌봐주면서 아빠가 낫기를 기다리면 돼.

에마는 알아들었어요. 그 애는 잭이 아플 때 내가 간호해주는 걸, 옆에서 도와주는 걸 좋아했죠. 에마는 이렇게 말했어요. '어쩌면 아빠도 약이랑 닭고기 수프가 필요할 거야.' 나는 말했죠. '그래, 그것도 한번 해보자. 하지만 그게 바로 듣지 않으면 에마가 도와줄 수 있는 가장 중요한 일이 뭔지 알지? 아무에게도 말하지 않는 거야. 아무에게도 절대로 말하면 안 돼. 아빠는 곧 나을 거니까. 아무도 이 사실을 모르는 게 제일 중요해. 아니면 사람들이 아빠를 아주 바보 같다고 생각할 테니까. 이 동물은 우리 가족끼리 비밀이야. 이해하지?'"

제니퍼의 엄지손가락이 쓸 듯이 시트 위에서 움직였다. 작고 부드러운 동작이었다. "에마가 묻더군요. '확실히 없는 거지?' 그래서 나는 대답했죠. '확실히, 확실히 없어. 그냥 조금 바보 같은 장난이야. 그리고 우리는 동물에 대해서 얘기하지 않을 거야. 앞으로도 절대. 알겠지?'

에마는 훨씬 더 행복해 보였어요. 에마는 침대로 파고들면서 말했어요. '좋아, 쉿.' 그리고 에마는 한 손가락을 입에 대고 나를 보고 웃었어요……."

제니퍼는 숨을 고르며 머리를 휙 뒤로 젖혔다. 눈은 걷잡을 수 없었고 시선은 다른 데로 튕겨 나갔다. 나는 재빨리 말했다. "에마는 다시 언급하지 않았습니까?"

제니퍼는 내 말을 듣지 않았다. "나는 아이들을 제대로 보살피려고 노력하고 있었어요. 내가 할 수 있는 일은 그뿐이었어요. 집을 깨끗하게 유지하고 아이들을 안전하게 지키고 아침에 계속 일어나고. 어떤 날은 그것도 제대로 할 수 없다는 생각도 들었어요. 팻이 나아지지 않을 거란 사실을 알았어요. 그 무엇도 나아지지 않을 거라는 것을 알았어요. 팻은 이제 지원서도 내지 않았어요. 누가 그를 고용해주겠어요, 그 사람이 그런 상태인데? 그리고 우리는 돈이 필요했어요. 내가 일자리를 얻을 수 있다고 해도 어떻게 애들을 남편에게 맡겨요?"

나는 위로와 비슷한 소리를 내려고 애썼다. 무슨 소리가 나왔는지는 모르겠다. 제니퍼는 멈추지 않았다. "그게 어떤 건지 아세요? 눈보라 속에 있는 거 같아요. 코앞에 있어도 뭐가 맞는 건지 알 수 없고 절대 가라앉지 않는 백색소음의 포효 외에는 아무것도 들리지 않죠. 내가 어디 있는지 어디로 가는지 전혀 알 수도 없죠. 그리고 모든 방향에서 계속 다가와요. 오고, 오고, 또 오는 거죠. 할 수 있는 일은 계속 다음 걸음을 떼는 것뿐. 그렇게 해서 어딜 갈 수 있기 때문이 아니라 그저 누워서 죽을 수는 없기 때문이죠. 그런 것과 같았어요."

제니퍼의 목소리는 터져버리기 직전의 까맣고 썩은 열매처럼 악몽을 기억하며 농익어 부풀어 올랐다. 나는 말했다. 제니퍼를 위해서인지 나 자신을 위해서인지 몰랐고 상관도 없었다. "앞으로 나가볼까요. 이게 팔월이었습니까?"

내 말은 그저 그 눈보라의 가장자리에서 훌쩍이는 가늘고 의미 없는 소리나 다름없었다. "나는 어지럼증 발작을 일으켰어요. 계단을 올라가는데 갑자기 머리가 핑핑 돌기 시작하는 거예요. 계단 위에 앉아 어지럼증이 가라앉을 때까지 머리를 무릎 위에 댔어요. 그런 다음에는 건망증이 생겼어요. 막 일어난 일도 잊어버렸죠. 가령 애들에게 '코트 입자, 장 보러 갈 거니까'라고 말하면 에마가 이상한 표정으로 나를 보면서 말하는 거죠. '오늘 아침에 갔다 왔는데.' 그래서 찬장을 보면 아, 우리가 필요하다고 생각한 모든 게 바로 거기 있었어요. 그런데도 아무것도 기억나지 않았어요. 그걸 거기 넣은 것도, 아니, 산 것도, 심지어 밖에 나갔다 온 것도. 혹은 샤워를 하러 들어갔는데 윗도리를 벗으면서 보니 내 머리카락이 젖어 있는 거죠. 막

샤워를 했던 거예요. 한 시간도 안 됐을 텐데도 기억할 수 없었어요. 나는 제정신을 잃고 있다고 생각했지만 그런 걸 걱정할 여유가 없었어요. 그 일이 실제로 일어나는 순간 말고는 그 어떤 것도 붙들고 있을 수 없었어요."

그 순간 나는 브로큰하버를 생각했다. 나의 여름 휴양지, 구불구불 흐르는 물과 빙빙 도는 바다 갈매기, 달콤한 공기 속으로 길게 떨어지는 은금색의 빛으로 넘쳐나던 곳. 사람들이 서둘러 피해 가던 오물과 푹 파인 구멍, 마감하지 않은 벽들이 있는 곳. 평생 처음으로 그곳의 본모습을 알아보았다. 스페인 가족의 다락에 숨어 있던 덫처럼 전문적으로 파괴를 위해 형성되고 갈고닦인 치명적인 장소. 그곳의 악의가 내 눈을 가리며 두개골 안에서 말벌처럼 노래했다. 우리는 안전해지기 위해서 직선이 필요하다. 우리는 벽이 필요하다. 우리는 필요하기 때문에 견고한 콘크리트 상자와 표지판, 꽉꽉 들어찬 스카이라인을 건설한다. 그들을 잡아주는 이런 것들을 잃자 패트릭과 제니퍼의 정신은 어디에도 묶이지 않고 걷잡을 수 없이 지도도 없는 공간 속에서 지그재그로 날아가버렸다.

제니퍼가 말했다. "최악의 부분은 피오나와 얘기하는 거였어요. 우리는 늘, 매일 아침 이야기를 해요. 내가 그만두면 피오나는 뭔가 잘못되었다는 걸 알아차리겠죠. 하지만 너무 힘들었어요. 기억할 게 너무 많았어요. 잭에게 피오나가 전화하기 전에 마당에 나가 놀거나 방에 올라가 있으라고 해야 하는 것처럼. 피오나에게는 잭이 어린이집에 가지 않는다는 걸 말하지 않을 거니까 잭의 목소리를 들려줄 수 없었죠. 그리고 이전에 피오나에게 뭐라고 했는지 기억해야만 했어요. 한동안은 말하면서 받아 적었어요. 그래야 그걸 다음 날 앞에 두고 제대로 말했는지 확인할 테니까요. 하지만 팻이나 아이들이 그걸 찾아서 무슨 얘기인지 궁금해할까 봐 편집증이 생기기도 했죠. 그리고 늘 명랑한 척 말해야 했죠. 팻이 소파에 쓰러져서 자고 있을 때도요. 망할 벽의 구멍을 응시하면서 새벽 5시까지 안 자고 앉아 있었기 때문이죠. 끔찍했어요. 점점…….″

제니퍼는 파리를 탁 치는 사람처럼 얼굴에서 눈물을 훔쳤다. "점점 나는 아침에 일어날 때마다 전화가 두려워졌어요. 정말 끔찍하지 않아요? 몹시도 사랑하는 내 동생인데 어떻게 싸움을 걸어서 걔가 나한테 전화하지 못하게 할까 상상하곤 했죠. 그렇게 할 수도 있었겠지만 뭔가 지어낼 만큼 오래 집중할 수가 없었어요."

"스페인 부인." 나는 딱 부러지는 목소리로 더 크게 말했다. "상황이 이 지점에 이른 게 언제입니까?"

잠시 후 제니퍼의 얼굴이 나를 향했다. "뭐요? ……확실히 모르겠어요. 이렇게 몇 년이나 계속된 느낌이었는데 그렇지만…… 모르겠어요. 구월? 구월 언젠가던가?'

나는 발로 바닥을 단단히 딛고 말했다. "그럼 이번 월요일로 옮겨 가죠."

"월요일." 제니퍼는 말했다. 그녀의 눈이 창문으로 미끄러져 갔다. 한순간, 나는 제니퍼를 다시 놓쳤다고 생각하고 맥이 풀렸다. 하지만 제니퍼는 길게 숨을 내뱉고 한 번 더 눈을 닦았다. "그래요. 좋아요."

창밖에는 빛이 옮겨 가 있었다. 빙글빙글 떨어지는 반투명 주홍 나뭇잎은 햇빛을 받아 타오르는 위험신호기로 바뀌었고 그 광경에 나의 아드레날린이 치솟았다. 안에선 열기와 소독제에 다 그슬리기라도 한 듯 공기에서 산소가 다 빠져나가고 병실은 공허하게 말라버렸다. 내가 입은 모든 옷이 격하게 쓸려서 피부가 간지러웠다.

"좋은 날이 아니었어요. 에마가 꿈자리가 사나웠는지 아침부터 기분이 안 좋았죠. 토스트에선 이상한 맛이 나고 셔츠의 상표가 거슬린다고 하고 칭얼대고 칭얼댔어요. 그리고 잭도 거기 옮았는지 아주 끔찍하게 굴었어요. 자기가 핼러윈 때 동물이 되고 싶다면서 계속 계속 지껄였어요. 잭을 위해서 해적 의상을 만들어두었거든요. 몇 주 동안 해적이 되고 싶다고 머리에 스카프를 두르고 뛰어다녔으니까요. 그런데 갑자기 자기는 '아빠의 크고 무서운 동물'이 되고 싶다고 하는 거예요. 잭은 종일 그 얘길 하면서 입을 다물려고 하지 않았어요. 나는 그 애의 마음을 다른 데로 돌리려고 온갖 수단을 써봤죠. 비스킷도 주고 텔레비전도 보여주고 우리가 가게에 가면 감자 칩도 사주겠다고 약속했고. 내가 끔찍한 엄마처럼 들린다는 거 알아요. 하지만 걔는 평소에는 절대로 그런 걸 못하거든요. 나는 그냥 들을 수가 없었어요. 그날은요."

무척이나 가정적이었다. 제니퍼의 목소리에 담긴 걱정 어린 기색, 나를 볼 때 눈썹 사이에 파이는 작은 고랑. 너무나 일상적이었다. 어떤 여자도 어린 아들에게 정크 푸드를 먹여서 달래는 나쁜 엄마로 보이기를 바라지는 않는다. 나는 떨림을 억눌렀다. "이해합니다." 나는 말했다.

"하지만 그 애는 멈추려고 하지 않았어요. 가게에 가서도, 심지어 계산대의 직원한테까지 동물 얘기를 했어요. 잭에게 입 닥치라고 할 수도 있었지만 그것도 못 했어요. 직원에게 내가 소동을 피우는 걸 보이고 싶지 않았으니까요. 일단 밖으로 나왔을 때 나는 집까지 오는 동안 잭에게 한마디도 하지 않았어요. 감자 칩도 주지 않았어요. 잭이 어찌나 큰 소리로 쨍쨍거렸는지 에마와 내 고막이 찢어질 뻔했죠. 하지만 나는 그냥 잭을 무시했어요. 내가 할 수 있는 건 그저 차 사고를 내지 않고 집까지 오는 것뿐이었어요. 더 잘 다룰 수도 있었겠죠, 다만……." 제니퍼의 머리가 베개 위에서 불편하게 돌아갔다. "나도 상태가 좋지 않았어요."

일요일 밤. 제니퍼에게 행복했던 일들을 떠올리게 해주려고 했다는 말. 나는 말했다. "무슨 일이 일어났죠. 그날 아침에. 처음으로 아래층에 내려왔을 때."

제니퍼는 내가 어떻게 아느냐고 묻지 않았다. 그녀 인생의 경계는 한동안 들쑥날쑥했고 무엇이든 침투할 수 있어서 침입자가 한 명 더 있다고 해서 낯설 것도 없었다. "그래요. 아침에 주전자를 올려놓으러 가니까 바로 그 옆 카운터 위에 그게 있었어요……. 핀이 있었어요. 배지 같은 것, 재킷에 다는 아이들 핀 같은 것 있잖아요? 거기엔 이렇게 씌어 있었어요. '나는 조조스에 간다.' 나도 그런 게 하나 있었는데 몇 년 동안은 보지 못했어요. 이사할 때 아마도 버렸을 텐데 기억도 나지 않아요. 그게 전날 밤 내내 거기 있었을 리가 없어요. 내가 마지막으로 다 정리를 했거든요. 거긴 티끌 하나 없었어요. 절대로 있을 리가."

"그러면 그게 어떻게 거기 나타났다고 생각했습니까?"

그 기억에 제니퍼의 숨소리가 더 빨라졌다. "나는 아무 생각도 할 수 없었어요. 그냥 얼간이처럼 서서 입만 벌리고 바라봤어요. 팻도 이전엔 그런 걸 가지고 있어서 남편이 어딘가에서 찾아서 거기 놔두었을 거라고 나 자신을 설득하려 했어요. 무슨 낭만적인 물건처럼 내게 좋았던 시절을 회상하게 해주려는 것처럼. 이렇게 일이 끔찍해진 것을 사과하려고? 팻이 할 만한 행동이었죠, 이전이라면……. 다만 이제 남편도 그런 물건을 보관하지 않아요. 보관했다면 다락의 상자 안에 있었겠죠. 멍청한 철망이 아직도 다락 해치 문 위에 못 박혀 있는데 어떻게 남편이 나한테 들키지 않고 배지를 꺼내 왔겠어요?"

제니퍼는 한 점 의심이라도 찾으려는지 내 얼굴을 훑었다. "하늘에 맹세코 나는 상상한 게 아니에요. 보시면 알잖아요. 나는 핀을 화장지에 싸서 주머니에 넣었죠. 건드리기도 싫었어요. 팻이 깨어났을 때 그 사람이 그에 대해 무슨 말이라도 해주길 바랐어요. '아, 선물 찾았어?' 같은 거요. 하지만 그는 아무 말 하지 않았어요. 그래서 나는 그걸 위층으로 가져가 스웨터에 싸서 맨 아래 서랍에 넣었어요. 가서 보세요. 거기 있어요."

"압니다." 나는 부드럽게 말했다. "우리가 찾았어요."

"봤죠, 봤죠? 진짜였어요! 나도 사실은……." 제니퍼의 얼굴이 순간 내 얼굴을 쏙 피했다. 다시 말을 시작했을 때는 목소리가 잦아들었다. "나도 사실은 의심했어요. 처음에는요. 내가……. 상황이 어땠는지 말했잖아요. 나는 마침내 헛것을 보게 됐다고 생각했어요. 그래서 핀으로 엄지손가락을 찔러보았죠. 깊게. 한참 피가 나더라고요. 그래서 내가 상상한 게 아니라는 걸 알았죠. 종일 나는 다른 걸 생각할 수가 없었어요. 에마를 데리러 가는 길엔 빨간불인데 직진하기도 했어요. 하지만 적어도 내가 모든 것을 상상해서 환영을 보았을까 봐 두려워지기 시작했을 때는 엄지손가락을 보고 이럴 수 있었죠. 그래, 환각은 이렇게는 안 해."

"하지만 여전히 심란했죠."

"네, 네. 확실히 그랬어요. 나는 오로지 두 가지 대답밖에 생각해낼 수 없었어요. 그리고 둘 다…… 둘 다 나빴죠. 같은 사람이 다시 침입해서 거기 두고 갔을 수 있죠. 다만 경보 장치를 확인했는데 켜져 있었어요. 그리고 누가 조조스에 대해 알겠어요? 그렇다면 누가 나를 계속 스토킹하고 내 평생에 대해서 모든 것을 알아내고 이젠 그가 알고 있다는 사실을 내게 알려주려고 하는 건데……." 제니퍼는 몸을 부르르 떨었다. "심지어 그런 생각을 하다니 미친 사람이 된 것 같았어요. 그런 일은 영화에서밖에 일어나지 않죠. 그렇지만 내가 생각해낼 수 있는 다른 설명은 실제로 내가 그 배지를 어딘가에 아직도 갖고 있다가 직접 그렇게 했다는 거예요. 가서 그걸 파내서 부엌에 놓았다는 거죠. 그래놓고 그것에 대해 아무것도 기억하지 못했던 거라고. 그렇다면 그 의미는……."

제니퍼는 천장을 올려다보며 눈물을 삼키려고 깜박거렸다. "매일의 일을 해내는 것, 자동 조종 모드로 해내고 잊어버린대도 그건 별개예요. 가게에 갔다거나 샤워를 했다거나 어쨌든 할 일이니까요. 하지만 배지를 파내는 것 같은 일을 했다면, 말이 되지 않는 미친 짓을 했다면…… 다음에는 나는 아무 짓이든 할 수 있다는 거죠. 아무 짓이든요. 아침에 일어나서 거울을 보고 내가 머리를 다 밀어버렸거나 얼굴을 녹색으로 칠해놨다거나 한 걸 깨달을 수도 있고요. 어느 날은 에마를 데리러 학교로 갔는데 선생님과 다른 엄마들이 나에게 말을 걸지 않지만 그 이유를 전혀 깨닫지 못할 수도 있었죠."

제니퍼는 한 대 얻어맞고 숨이 막힌 사람처럼 숨을 쉬려고 애쓰며 헐떡거렸다. "그리고 애들은요, 어, 세상에. 애들요. 내가 다음 순간 뭘 할지도 알 수 없게 되면 어떻게 애들을 보호하지? 내가 어떻게 알 수 있지? 아이들을 안전하게 지키게 될지, 혹시 내가 내가……. 나는 저지를까 두려워하는 일이 뭔지도 알 수 없었어요. 일어날 때까지는 알 리가 없으니까. 그 생각만 해도 토할 것 같았어요. 위층에 있는 핀이 꿈틀꿈틀 움직여 서랍에서 빠져나올 것 같은 기분이었어요. 매번 손을 주머니에 넣을 때마다 핀이 거기서 나올까 봐 겁에 질렸죠."

제니퍼에게 행복했던 일들을 떠올리게 해주려고. 차가운 콘크리트 거품 안에서 떠다니던 코너, 그에겐 오로지 창문을 스쳐가는 스페인 가족의 환한 무성영화 같은 이미지 말고는 세상에 어디에도 자기를 묶어줄 끈은 없었다. 그들에 대한 그의 사랑만이 굵은 닻줄이 되었다. 그는 자신의 선물이 그가 원한 역할을 정확히 해내지 못할 수도 있다는 건 꿈에도 몰랐다. 제니퍼가 그의 계획대로 반응하지 않을 거라는 것을 짐작하지 못했다. 세상에서 가장 선량한 의도를 가지고 한 일이 제니퍼가 발 디디고 서 있던 연약한 발판을 무너뜨려버린 건지도 몰랐다. 나는 말했다. "그러면 우리가 처음 만났을 때 그날 저녁은 평범했다고 하신 말씀, 부인과 남편분은 아이들을 목욕시키고 남편분이 에마의 원피스로 장난하며 잭을 웃겼다는 말은 사실이 아니었군요."

창백한 쓴웃음과 비슷한 표정. "세상에, 그거요. 그런 말을 했다는 것도 잊었네요. 나는 형사님에게 우리가 이렇게 된 걸…… 그건 사실이었어야만 했어요. 우리는 그랬거든요. 한참 전에는. 하지만 이젠 아니었죠. 내가 아이들을 씻길 때도 팻은 거실에 앉아 있었어요. 소파 옆 구멍에 '큰 기대'를 걸고 있다고 했죠. 어찌나 기대가 컸는지 우리와 저녁도 먹지 않았어요. 만에 하나, 그동안 구멍이 놀라운 일을 해낼 수도 있으니까. 팻은 자기는 배가 고프지 않으니까 나중에 샌드위치나 하나 먹겠다고 했어요. 옛날 우리가 신혼일 때 우리는 침대에 누워 아이들이 생길 날에 대해서 얘기를 나누었죠. 아이들은 어떻게 생겼을까, 이름은 뭘로 할까. 팻은 무슨 일이 있어도 매일 밤 우리가 식탁에 둘러앉아 가족 식사를 할 거라고 농담했어요. 아이들이 끔찍한 십 대가 되고 아무리 부모를 싫어하게 된대도······."

제니퍼는 여전히 천장만 응시하며 눈을 세게 깜박였지만 이제 눈물은 빠져나와 그녀의 관자놀이에 돋아난 부드러운 솜털 위로 방울방울 떨어졌다. "그리고 지금 우리는 그렇게 있었어요. 잭은 포크로 탁자를 치면서 고함을 질렀죠. '아빠, 아빠, 아빠, 이리 와봐!' 자꾸만, 자꾸만. 팻은 어젯밤에 입었던 파자마 차림 그대로 구멍만 응시하며 거실에 있었으니까. 그리고 에마는 손가락을 귀에 꽂고 잭에게 조용히 하라고 소리를 질렀어요. 나는 두 애 모두 조용히 시킬 노력도 하지 않았죠. 그럴 기운이 없었으니까요. 나는 그냥 더는 미친 짓을 하지 않고 그날 남은 시간을 무사히 보낼 수 있도록 열심히 애쓸 뿐이었어요. 나는 그냥 자고 싶었어요."

나와 리치가 처음 손전등으로 그 집 안을 점검할 때 구겨진 담요를 보고 사건이 벌어졌을 때 누군가 침대에 있었다는 것을 알았다. "그러면 부인은 아이들을 씻기고 침대에 눕혔죠. 그런 다음에는······?"

"나도 그냥 침대로 갔어요. 팻이 아래층에서 돌아다니는 소리가 들렸지만 나는 남편과 맞대면할 수가 없었어요. 그 동물이 뭘 했고 하는 얘기를 감당할 수가 없었어요. 그날 밤에는 아니었죠. 그래서

2층에 있었어요. 잠시 책을 읽으려고 했는데 집중이 안 됐어요. 나는 핀이 들어 있는 서랍 앞에 뭐라도 무거운 물건을 놓고 싶었지만 그건 너무 미친 짓이라는 것을 알았어요. 그래서 결국엔 불을 끄고 잠을 청했죠."

제니퍼가 말을 멈췄다. 우리 둘 다 제니퍼가 그다음을 이어가길 원치 않았다. "그러고는요?"

"에마가 울기 시작했어요. 몇 시인지 몰랐어요. 나는 팻이 올라오길 기다리면서 깜박깜박 졸았던 것 같아요. 남편이 아래층에서 뭘 하는지 귀를 기울이면서요. 에마는 아주 작았을 때부터 악몽을 꿨어요. 나는 그것뿐이라고 생각했죠. 그냥 악몽일 뿐이라고. 나는 일어나서 에마에게로 갔어요. 애가 완전히 겁에 질려서 침대에서 일어나 앉아 있더군요. 너무 심하게 울어서 숨도 쉬지 못했어요. 무슨 말을 하려고 했지만 제대로 말도 하지 못했죠. 나는 침대에 앉아서 아이를 안아주었어요. 그 애는 나에게 매달리면서 작은 심장이 멎을 정도로 훌쩍거리더군요. 아이가 조금 진정하자 나는 말했어요. '무슨 일이야 예쁜 딸? 엄마한테 말하면 엄마가 해결할게.' 그랬더니 애가……."

제니퍼는 입을 벌린 채로 깊게 숨을 골랐다. "애가 이렇게 말하더군요. '그게 내 옷장에 있어, 엄마. 그게 나와서 나를 잡아갈 거야.'

나는 말했어요. '뭐가 우리 예쁜 아기 옷장에 있는데?' 나는 아직도 그냥 꿈이거나 거미일 거라고 생각했어요. 아이는 거미를 싫어하거든요. 하지만 에마가 이러더군요. 이러는 거예요. '그 동물. 엄마, 그 동물. 그 동물 있잖아. 이빨을 드러내고 나를 보고 웃고 있어…….' 아이는 다시 제정신을 잃으려고 했어요. 나는 말했죠. '여기 동물은 없어. 그냥 꿈이야.' 그랬더니 에마가 길게 울어대더군요. 인간의 소리 같지 않게 끔찍하고 높은 소리였어요. 나는 아이를 잡았어요. 심지어 흔들기도 했던 것 같아요. 이전에는 한 번도 그런 적이 없었어요. 에마가 잭을 깨울까 봐 두렵기도 했지만 그것만은 아니었어요. 나는……." 제니퍼는 다시 아까처럼 숨이 턱 막혔다. "나는 그 동물이 무서웠어요. 그 동물이 에마의 소리를 듣고 쫓아올까봐. 나는 아무것도 없다는 걸 알았어요. 그걸 알았어요. 하지만 그래도 그 생각만 해도…… 세상에, 나는 에마의 입을 닥치게 해야 했어요. 그게 오기 전에……. 에마는 다행히도 통곡은 멈췄지만 여전히 울면서 나를 붙잡고 있었어요. 에마는 자기 책가방을 가리켰죠. 침대 옆 바닥에 있었거든요. 내가 알아들을 수 있는 말은 '저기 안, 저기 안'뿐이어서 침대 옆 스탠드를 켜고 가방에 있는 모든 걸 바닥에 쏟았어요. 에마가 그걸 보았을 때는……."

제니퍼의 손가락이 그림 위를 떠돌았다. "이거예요. 에마는 이랬죠. '저거! 엄마. 저거! 저게 내 옷장에 있어!'"

헐떡이던 소리는 사라졌다. 이제 제니퍼의 목소리는 잔잔해지고 느려졌다. 방 안의 짙은 침묵을 할퀴는, 삶의 작고 뾰족한 부분 같았다. "침대 옆 스탠드는 아주 작아서 종이가 그늘에 가려졌어요. 내게 보이는 거라고는 검정색 한가운데에 있는 눈과 이빨뿐이었죠. 나는 말했어요. '이게 뭐야?' 하지만 벌써 알았어요.

에마가 말했어요. 가쁜 숨은 가라앉았지만 여전히 딸꾹질을 했어요. 에마는 말했죠. '그 동물, 아빠가 잡으려고 하는 동물이야. 미안해, 엄마 정말 미안해…….'

나는 상식적인 목소리를 내려고 하면서 말했어요. '바보 같은 말

마. 미안해할 거 없어. 하지만 전에 동물 얘기를 했잖아. 그거 진짜가 아니야, 기억 나? 그냥 아빠가 하는 게임 같은 거야. 아빠가 지금 약간 혼란스럽거든. 에마도 알잖아.'

에마는 너무도 비참해 보였어요. 에마는 예민한 아이예요. 이해하지 못하는 게 있으면 그게 안에서부터 아이를 갈기갈기 찢을 거예요. 아이는 침대 위에 무릎을 꿇고 내 목을 안으면서 속삭였어요. 바로 내 귀에 대고. 누가 들을까 봐 두려워하는 것처럼. '나도 보여. 지금, 맨날 맨날. 엄마, 미안해. 안 하려고 했는데……'

나는 죽고 싶었어요. 그냥 녹아서 작은 물웅덩이가 되어서 양탄자로 스며들어버리고 싶었어요. 나는 아이들을 안전하게 지켰다고 생각했죠. 내가 원한 건 그뿐이었어요. 하지만 그 동물이, 그 존재가 사방팔방에 뻗쳤어요. 이제 에마의 안에, 에마의 머리 안에 들어간 거예요. 나는 할 수만 있다면 그걸 죽였을 거예요. 맨손으로라도 했을 거예요. 하지만 할 수가 없었어요. 그건 존재하지 않으니까요. 에마는 계속 말하고 있었어요. '나 이거 얘기하면 안 되는 거 아는데, 캐리 선생님이 집을 그리라고 해서 그랬는데, 그냥 나와버렸어. 미안해. 미안해……' 나는 아이들을 데리고 도망가야 한다는 걸 알았지만 아이들을 데리고 갈 데가 아무데도 없는 거예요. 그 짐승이 탈출했어요. 이제 집 바깥까지 뻗쳤어요. 이제 안전한 곳은 아무데도 없어요. 그리고 내가 할 수 있는 일은 아무것도 없었어요. 이제는 내가 제대로 하는지 나 자신도 신뢰할 수 없었으니까요."

제니퍼는 가볍게, 그리고 황량한 경이감을 담아 손가락 끝을 그림에 댔다. 이 작은 것, 종이 한 장과 크레용이 세계를 바꾸었다.

"나는 무척 차분하게 있었죠. 나는 에마에게 말했어요. '괜찮아,

예쁜 아가. 네가 노력했다는 거 알아. 엄마가 다 괜찮게 만들 거야. 너는 이제 자. 동물이 너를 잡아가지 못하게 엄마가 여기 있을 거니까. 알겠지?' 나는 아이의 옷장 문을 열고 구석구석 살피면서 에마에게 아무것도 없다는 걸 확인시켜주었어요. 나는 에마의 물건들을 도로 책가방에 넣었죠. 그리고 다시 스탠드 불을 끄고 에마의 손을 잡고 그 애가 잠들 때까지 침대 위에 앉아 있었어요. 시간이 좀 걸렸죠. 아이는 내가 아직도 있나 확인하려고 눈을 계속 뜨고 있었으니까요. 하지만 너무 겁을 낸 나머지 진이 빠졌어요. 결국에는 잠이 들었죠. 그래서 나는 그림을 들고 팻을 찾으러 아래층으로 갔어요.

팻은 부엌 바닥에 앉아 있었어요. 찬장 문을 다 열어두고요. 찬장 뒤에 구멍을 뚫었거든요. 남편은 그 앞에 동물처럼 웅크리고 있었어요. 곧 뛰어오르길 기다리는 커다란 동물처럼. 남편은 한 손을 찬장 안에 넣어 선반 위로 펼쳤어요. 한 손에는 이 꽃병을 들고 있었죠. 우리 할머니가 결혼 선물로 주신 은제 꽃병이에요. 나는 거기에 분홍색 장미를 담아 우리 침실 창틀에 놓곤 했어요. 결혼식 때 들었던 부케의 꽃이니까 우리 결혼식 날을 기억하라고……. 남편이 그 꽃병의 목을 잡고 그걸로 뭔가를 후려칠 것처럼 들고 있더군요. 그리고 이 칼이 있었어요. 우리가 고든 램지 레시피로 음식을 많이 만들 때 샀던 정말로 날카로운 식칼요. 그게 바로 팻 옆에 놓여 있었어요. 나는 말했죠. '뭐 하는 거야?'

팻이 말했어요. '입 닥치고 가만히 들어봐.' 나는 귀를 기울였지만 아무 소리도 들리지 않았어요. 거긴 아무것도 없었으니까요! 그래서 나는 말했죠. '거긴 아무것도 없어.'

팻은 웃었지요. 심지어 나를 보지도 않았어요. 그냥 이 찬장을 쳐다보고만 있었지요. 그리고 그 사람이 말했어요. 그 사람이 이렇게 말했어요. '당신이 그렇게 생각하는 게 바로 저게 원하는 거야. 그게 저기 벽 안에 있어, 난 들을 수가 있어. 일 초만 입을 닥치면 당신도 들을 수 있을 거야. 이건 영리해, 내가 포기할 때까지 아주 가만히 있다가, 그다음에 아주 재빨리 살짝만 득득 긁는 거야. 내가 경계를 늦추지 않도록. 나를 비웃는 것 같다니까. 뭐, 씨발, 그래도 내가 저거보다야 영리하지. 내가 한발 앞서 있어. 그래, 저것도 계획이 있겠지. 하지만 나도 계획이 있어. 나는 사냥감을 놓치지 않을 거야. 나도 싸울 준비가 됐다고.'

나는 말했어요. '무슨 말을 하는 거야?' 그래도 팻은 계속했어요. 내 쪽으로 몸을 구부정하게 숙이고 그것이 자기 말을 이해할 수 있다고 생각하는 것처럼 속닥거렸어요. '난 드디어 저게 뭘 원하는지 알아냈어. 저건 나를 원하는 거야. 아이들도, 당신도, 저건 우리 모두를 원해. 하지만 가장 원하는 건 나지. 그게 바로 저게 노리는 거라고. 내가 이전엔 저걸 잡을 수 없었던 것도 당연해. 땅콩버터와 햄버거는 가지고 노는 거지. 그래서 내가 여기 있잖아. 해봐, 이 새끼야. 내가 여기 있다고. 나와서 나를 잡아봐!' 남편은 한 남자가 다른 남자에게 덤벼보라고 하는 것처럼 찬장에 한 손을 넣고 구멍을 향해 손짓했어요. 팻은 이러더군요. '저건 내 냄새를 맡을 수 있어. 내가 아주 가까이 가면 나를 맛보는 거나 같아. 그게 저걸 미친 듯 날뛰게 할 거야. 저건 영리하지, 좋아. 조심스러워. 하지만 조만간, 아니, 곧, 느낄 수 있어, 언제라도, 나를 너무 강렬히 원하게 되면, 더는 조심할 수 없을 거야. 저게 자제력을 잃고 구멍 바깥으로 머리를 내밀어서 내 손을 꽉 깨물려고 하면 내가 저걸 잡는 거지. 빵, 빵, 빵, 빵,

그렇게까지 영리하진 못하지, 이 새끼야, 네가 그 정도로 영리하진 못해.'"

제니퍼는 그 기억에 몸을 떨었다. "팻의 얼굴은 온통 땀에 젖어서 벌겠고 눈은 튀어나오다시피 했어요. 남편은 꽃병을 내려치고 또 내려쳤어요. 뭔가를 치는 것처럼. 미친 사람처럼 보였어요. 나는 남편에게 입 닥치라고 소리쳤어요. 나는 이랬죠. '그만둬야 해. 이제 질렸어. 이거 봐, 보라고……' 나는 이걸 남편 얼굴에 들이밀었죠." 제니퍼는 그림에 두 손바닥을 올려놓고 담요 위로 눌렀다. "아이들을 깨우고 싶진 않아서 큰 소리를 내지 않으려고 했어요. 아이들에게 아빠의 이런 모습을 보일 수 없어서. 하지만 적어도 팻의 주의를 끌 만큼은 소리가 컸나 봐요. 그는 꽃병을 휘두르다 말고 이걸 집더니 한동안 뻔히 봤어요. 그러더니 이러더군요. '그래서?'

나는 말했어요. '에마가 이걸 그렸어. 에마가 학교에서 이걸 그렸다고.' 남편은 여전히 그게 뭐 큰일이냐는 식으로 나를 보고 있었어요. 나는 남편을 향해 비명을 지르고 싶었어요. 팻과 나는 소리를 지르며 다툰 적이 없었죠. 우리는 그런 사람들이 아니니까. 아니었으니까. 하지만 남편은 거기서 주저앉아 이 모든 게 완전히 정상인 것처럼 나를 보고 있었어요. 그 모습에…… 나는 정말로 그를 참고 바라볼 수가 없었어요. 나는 남편 옆 바닥에 무릎을 꿇고 말했어요. '팻, 내 말 들어. 내 말 들어야 해. 이거 지금 그만둬야 해. 거긴 아무것도 없어. 거기엔 뭐가 있었던 적은 한 번도 없어. 내일 아침 아이들이 깨기 전에 망할 구멍들을 하나도 빠짐없이 다 메우고, 망할 모니터를 저기 해변으로 가지고 가서 바다에 던질 거야. 그런 다음에는 우리 모든 일을 잊고 다시는 이 얘기 꺼내지 말자. 절대로, 절대

로, 절대로.'

　나는 실제로 해냈다고 생각했어요. 팻은 꽃병을 내려놓고 미끼로 찬장에 넣었던 손을 빼내더니 몸을 내 쪽으로 숙이고 내 손을 잡았어요. 그래서 나는 생각했죠⋯⋯." 제니퍼가 빠른 숨을 몰아쉬자 경계심이 벗겨지면서 온몸이 흔들렸다. "무척 따뜻했어요. 남편의 손은. 평소처럼 무척이나 강했죠. 우리가 십 대 이후로 늘 느꼈던 것과 똑같았어요. 남편은 나를 똑바로 보았어요, 제대로. 다시 팻다운 모습이었죠. 한순간 나는 괜찮다고 생각했어요. 팻이 나를 안아줄 거라고 생각했어요. 한참 동안 꽉 안아줄 거라고. 그리고 우리가 저 구멍을 함께 수리할 방법을 찾고 그다음에는 침대로 들어가서 서로 안고 잠들 거라고. 그리고 언젠가 우리가 나이 들면 이 모든 미친 짓을 웃으며 회상하겠죠. 나는 정말 그렇게 생각했어요."

　제니퍼의 목소리에 어린 고통이 너무 깊어서, 나는 그 고통의 구덩이가 내 앞에서 벌어지는 모습을 볼까 두려워 고개를 돌려야만 했다. 지구의 핵심을 향해 입을 벌린 암흑을 볼까 봐. 벽의 목련꽃 그림에 있는 물방울. 덜컹덜컹 창문을 긁으며 떨어지는 붉은 잎.

　"다음 순간 팻은 이렇게 말했어요. '제니퍼, 여보. 사랑하는 내 아내. 내가 지난 얼마 동안 정말 형편없는 남편이었던 거 알아. 세상에, 나도 아주 잘 알아. 당신을 보살펴주지 못했고 아이들을 보살펴주지 못했지. 우리 식구들은 내가 여기 앉아서 매일 저 망할 것에 우리 모두가 깊이 빠져들도록 하는데도 나를 옆에서 지켜줬어.'

　나는 남편에게 돈 때문이 아니라고 말하려 했어요. 돈은 심지어 더는 중요하지 않다고. 그렇지만 남편은 내가 그 말을 하게 놔두지 않았어요. 그는 고개를 저으면서 이랬어요. '쉿. 잠깐. 나 이 말은 해야겠어, 알겠지? 나는 당신이 이렇게 살 만한 사람이 아니라는 것 알아. 당신은 온갖 멋진 옷들과 비싼 커튼을 가질 자격이 있어. 에마 는 무용 교습을 받을 자격이 있고 잭은 맨유 경기를 보러 갈 자격이 있지. 그런데 내가 그런 걸 줄 수 없다는 게 나를 죽일 정도로 괴롭 혀. 하지만 이것, 적어도 이거 하나만은, 이건 내가 할 수 있잖아. 나 는 이 조그만 새끼를 잡을 거야. 이걸 박제로 만들어서 거실 벽에 올 릴 거야. 어때?'

남편은 내 머리카락, 내 뺨을 쓰다듬으면서 나를 향해 미소 지었 어요. 진짜로 미소를 지었어요. 세상에, 솔직히 정말로 행복해 보였 어요. 기뻐 보였어요. 우리의 모든 문제에 대한 대답이 바로 자기 앞 에서 환히 빛나고 있고, 그걸 잡는 방법을 정확히 안다는 듯이. 남편 은 이렇게 말했죠. '날 좀 믿어줘. 마침내 내가 무슨 일을 하는지 알 겠어. 우리의 멋진 집 말이야, 제니, 이제 다시 안전해질 거야. 아이 들은 안전해지는 거야. 걱정 마, 자기. 괜찮아. 나는 이게 나와서 당 신을 덮치도록 두고 보지 않을 거니까.'"

제니퍼의 목소리는 걷잡을 수 없이 흔들렸다. 침대보 위에 놓인 두 손은 주먹을 쥐었다. "나는 남편에게 어떻게 말해야 할지 몰랐어 요. 그게 바로 그가 하고 있는 일이라는 것을. 이 존재, 이 어리석고, 미친, 가상의, 한 번도 거기 있었던 적 없는 동물을 남편이 풀어놓 고 있다는 걸. 남편은 그게 잭과 에마를 산 채로 먹어치우도록 놔두 고 있었어요. 남편이 거기 앉아서 구멍을 바라보는 매 순간은 그 짐 승이 아이들의 정신을 뜯어먹도록 갖다 바치는 거나 다름없었어요. 남편이 바라는 게 동물이 아이들을 잡아먹지 못하게 하려는 거라면 남편이 해야 할 일은 일어나는 거였죠! 구멍을 수리하는 거였어요!

망할 꽃병을 치우는 것!"

　제니퍼의 목소리가 상처와 눈물, 높아지는 히스테리로 너무 잠기는 바람에 나는 이제 단어를 제대로 알아들을 수 없었다. 다른 사람이라면 제니퍼의 어깨를 토닥여주며 뭔가 완벽한 말을 끄집어낼 수도 있었을 것이다. 나는 제니퍼를 건드리지 않았다. 나는 침대 옆에 놓인 탁자에서 물잔을 들어 내밀었다. 제니퍼는 잔 속에 머리를 묻었다가 목이 막혀 콜록거렸다. 마침내 물이 더 넘어가자 끔찍한 소리가 잦아들었다.

　제니퍼는 유리잔에 대고 말했다. "그래서 나는 남편의 옆 바닥 위에 그냥 앉아 있었어요. 얼어붙을 만큼 추웠지만 일어날 수가 없었어요. 너무 어지러웠죠. 이제까지 중 제일 심했어요. 모든 게 계속 미끄러지고 기울어졌어요. 일어서려고 했다가는 앞으로 고꾸라져서 찬장에 머리를 깰 것만 같았어요. 그렇게는 할 수 없다는 것을 알았죠. 우리는 두 시간 정도 그렇게 앉아 있었던 것 같아요. 나는 모르겠어요. 나는 그저 이것 하나만 꼭 붙잡고 있었죠." 그 그림에는 이제 물방울이 튀어 있었다. "그리고 나는 이걸 바라봤어요. 내가 이걸 일 초라도 놓치고 보지 못하면 그게 존재했다는 사실을 잊어버릴까 봐, 내가 그걸 어떻게든 해야 한다는 사실을 잊어버릴까 봐 너무도 무서웠어요."

　제니퍼는 물 때문인지 눈물 때문인지 얼굴을 닦았다. "나는 계속 위층 서랍 안에 있는 조조스 핀을 생각했어요. 그때 얼마나 행복했는지. 그것이 내가 그 물건을 어떤 상자 안에서 끄집어낸 이유였겠구나. 나는 행복한 것을 찾으려고 애썼으니까요. 내가 생각할 수 있는 건 '어쩌다 우리가 이렇게 됐지?'였어요. 나는 이런 상황이 벌어지도록 우리가, 나와 팻이 무슨 일을 저질렀을 거라는 기분이 들었어요. 내가 그걸 찾을 수만 있다면, 그러면, 어쩌면, 바꿀 수도 있고 모든 게 달라지지 않을까. 그렇지만 나는 찾을 수 없었어요. 나는 처음으로 우리가 키스하던 때를 생각해보았죠. 우리가 열여섯이던 때. 몽크스타운 해변에서, 저녁이지만 여름이어서 아직도 환하고 따뜻했어요. 팔에 닿은 따뜻한 공기. 우리는 바위 위에 앉아서 이야기를 나누고 있었는데 팻이 내게로 몸을 숙이고……. 나는 기억할 수 있는 모든 순간, 매 순간을 훑어보았어요. 그래도 하나도 찾을 수 없었어요. 나는 우리가 어떻게 이렇게 됐는지, 어떻게 우리가 시작한 곳에서 이 부엌 바닥까지 왔는지 알아낼 수가 없었어요."

제니퍼는 조용해졌다. 고운 금색 안개 같은 머리카락 뒤로 보이는 얼굴은 고요했고 안쪽을 향하고 있었다. 목소리는 흔들림이 없었다. 두려운 쪽은 나였다.

제니퍼가 말했다. "모든 게 너무 이상하게 보였어요. 빛은 점점 더 환해져 사방에 탐조등이 켜진 것 같았죠. 아니면 몇 달 동안 내 눈이 이상했는지도 몰라요. 뭔가 안개 같은 것이 눈을 흐리다가 갑자기 걷히면서 다시 볼 수 있게 된 거죠. 모든 것이 너무 반짝거리고 날카로워서 눈이 아팠어요. 그리고 참으로 아름다웠죠. 냉장고와 토스터, 식탁 같은 일상적인 물건일 뿐인데 빛으로 만든 것처럼 떠다녔죠. 손을 대기라도 하면 나를 원자로 날려버릴 것 같은 천사의 물건들. 그래서 다음에는 나도 떠다니기 시작했어요. 땅에서 둥둥 떠올랐고 나는 저 멀리 창밖으로 흘러가버리기 전에 뭔가 빨리 해야 한다는 걸 알았어요. 아이들과 팻이 거기 남아서 산 채로 잡아먹히기 전에요. 나는 말했어요. '팻, 우리 지금 나가야 해.' 적어도 말은 했다고 생각해요. 확실히는 모르겠어요. 어느 쪽이든 남편은 내 말을 듣지 않았어요. 남편은 내가 일어났을 때도 알아차리지 못했어요. 내가 나가는데도 알아차리지 못했어요. 남편은 구멍에 대고 뭔가 속삭이고 있었어요. 나는 못 들었어요…… 계단을 올라가는데 영원이 걸리는 것만 같았죠. 발이 땅에 닿지 않아서 앞으로 나아갈 수 없었으니까요. 나는 위로 올라가려고 하면서 느린 동작으로 거기 매달려 있기만 했어요. 시간 내에 도착하지 못할까 봐 겁을 내야 한다는 것을 알았지만 겁이 나지 않았어요. 나는 아무것도 느끼지 못했어요. 그저 감각이 없고 슬펐어요. 너무 슬펐어요."

제니퍼의 목소리가 자아내는 피 묻은 가느다란 실이 방의 어둠을 빙빙 돌아 괴물 같은 핵심에 가닿는다. 눈물은 멈췄다. 이곳은 눈물을 훨씬 넘어선 곳이었다. "나는 아이들에게 입을 맞췄어요. 에마와 잭에게. 아이들에게 말했죠. '괜찮아. 괜찮아. 엄마는 너희를 참으로 사랑한단다. 엄마도 갈 거야. 엄마를 기다려. 되도록 빨리 갈게.'"

어쩌면 내가 제니퍼에게 그 말을 하게 만든 것일지 모른다. 나는 입을 열 수 없었다. 응응대는 소리가 실톱처럼 두개골에서 울렸다. 움직이면, 숨을 쉬면, 나는 수천 조각으로 갈라질 것이다. 내 마음은 허우적대며 다른 것을, 아무거라도 잡으려 했다. 디나. 퀴글리, 창백한 얼굴의 리치.

"팻은 아직도 부엌 바닥에 앉아 있었어요. 칼이 그 사람 바로 옆에 놓여 있었죠. 나는 그걸 집었고 그가 돌아보는 순간 가슴에 찔러 넣었어요. 그가 일어서면서 말했죠. '무슨……?' 그는 가슴을 빤히 보았어요. 무슨 일이 일어났는지 이해할 수 없는 것처럼 너무나 어안이 벙벙한 표정이었어요. 그는 그저 이해를 못 하고 있었죠. 나는 말했어요. '팻, 우리는 가야만 해.' 나는 다시 한번 그렇게 했고, 다음 순간 그가 나를 잡았어요. 내 손목을. 그리고 우리는 부엌 여기저기 부딪치며 맞붙어 싸웠죠. 팻은 나를 상처 입히지 않으려 했죠, 그저 안으려 했어요. 하지만 그가 훨씬 더 힘이 셌기 때문에 나는 칼을 빼앗길까 봐 무서웠어요. 나는 그를 발로 차고 비명을 질렀어요. '팻, 서둘러. 우리는 서둘러야 해.' 그는 계속 이러기만 했어요. '제니, 제니, 제니.' 다시 팻다운 모습이었어요. 그는 나를 제대로 보고 있었죠. 끔찍했어요. 어째서 이전에는 나를 그렇게 볼 수 없었을까요?"

오켈리. 제리 누나. 나의 아버지. 내 눈은 초점에서 벗어나 제니퍼가 그저 흰색과 금색의 흐릿한 영상이 될 때까지 옆으로 미끄러졌다. 내 귀에 울리는 제니퍼의 목소리는 여전히 무자비하리만큼 선명했다. 나를 계속 끌고 깊은 곳까지 가르며 나아가는 그 가느다란 실.

"사방이 피투성이였어요. 팻에게서 힘이 빠지는 것이 느껴졌지만 나도 마찬가지였어요. 너무 피곤했어요……. 나는 말했어요. '제발, 팻. 제발 그만해, 우리는 아이들을 찾으러 가야 해. 애들만 거기 둘 순 없어.' 그랬더니 팻은 얼어붙어서 바닥 한가운데 가만히 멈춰서 나를 바라보기만 했어요. 우리 둘 다 숨을 내쉬는 소리를 들을 수 있었죠. 크고 추하게 헐떡이는 소리. 팻이 말했어요. 그의 목소리는, 하느님, 그의 목에서 내는 소리가……. 그는 말했죠. '오, 세상에. 당신 무슨 짓을 한 거야?'

내 손목을 잡고 있던 그의 손이 스르르 풀렸어요. 나는 빠져나와 다시 칼로 그를 쳤어요. 그는 심지어 알아차리지도 못한 것 같았어요. 그는 부엌문을 향하려 했지만 다음 순간 쓰러졌죠. 그저 쓰러졌어요. 한순간 기어가려 했지만 그저 멈춰버렸어요."

제니퍼의 눈이 잠시 감겼다. 내 눈도 마찬가지였다. 내가 팻을 위해 바랐던 한 가지가 있다면, 그나마 바랄 수 있도록 남겨진 한 가지가 있었다면, 그가 결코 아이들에 대해서는 모르고 떠났으면 하는 희망이었다.

제니퍼는 말했다. "나는 그의 옆에 앉아서 칼을 내 가슴에, 그런 다음에는 내 배에 찔러 넣었어요. 하지만 소용이 없었어요. 손이 모두, 손이 모두 미끄러웠고 너무 심하게 떨렸고 그만한 힘이 남아 있지 않았어요! 나는 울면서 얼굴도 찌르고 목도 찌르고 여기저기 찌르려 했지만 소용이 없었어요. 팔이 젤리 같았어요. 심지어 일어나 앉을 수도 없었어요. 나는 바닥에 누웠지만 여전히 거기 있었죠. 나는…… 오, 하느님." 떨림이 전류처럼 제니퍼의 온몸에 흘렀다. "나는 거기에 처박혀 있을 거라고 생각했어요. 이웃이 우리가 싸우는 소리를 듣고 경찰에 신고하면 구급차가 올 것이고 그러면……. 나는 그때만큼 겁에 질린 적이 없었어요. 한 번도, 한 번도 그렇게."

제니퍼는 경직된 채로 낡은 담요의 주름과 파인 골을 응시했다. 무언가를 보고 있었다. 제니퍼가 말했다. "나는 기도했어요. 내가 그럴 권리가 없다는 건 알았지만 그래도 했어요. 어쩌면 하느님이 그 때문에 내게 벼락을 내려 죽일 수도 있을 거라고 생각했지만 어쨌든 내가 이뤄달라고 기도한 소원이 바로 그거니까요. 나는 성모 마리아에게도 기도했어요. 어쩌면 성모라면 나를 이해할 수도 있다고 생각했어요. 나는 성모송을 외웠어요. 마지막으로 외운 게 한참 전이라 반밖에 외우지 못했지만 그래도 기억나는 부분만 외웠어요. 나는 말했어요. 제발. 하고 또 했어요. 제발."

나는 말했다. "그때 코너가 온 거군요."

제니퍼가 머리를 쳐들더니 혼란스러운 얼굴로 나를 보았다. 내가 거기 있다는 사실을 잊은 듯했다. 잠시 후 제니퍼는 고개를 저었다. "아뇨. 코너는 아무 짓도 하지 않았어요. 나는 코너를, 언제부터더라, 한참 보지 못했어요……."

"스페인 부인, 우리는 그날 밤 코너가 그 집에 있었다는 것을 증명할 수 있습니다. 우리는 부인이 낸 상처의 일부는 자해가 아니라는 것을 증명할 수 있습니다. 그럼 적어도 그 폭행의 일부는 코너의 짓으로 돌릴 수 있는 거죠. 지금 당장 그는 세 건의 살인과 한 건의 살인 미수 혐의를 받고 있습니다. 만약 부인이 코너를 곤란에서 구하고 싶다면 해줄 수 있는 최선은 제게 무슨 일이 있었는지 정확히 말하는 겁니다."

나는 목소리에 힘을 실을 수가 없었다. 수중에서 발버둥치는 것처럼 느리고 피곤하게 느껴졌다. 우리 둘 다 기운이 다 빠져나가 왜 서로 싸우는지도 기억이 나지 않았다. 하지만 우리는 계속했다. 그 외 다른 것은 없었으니까. 나는 물었다. "그가 거기까지 오는 데 얼마나 걸렸습니까?"

제니퍼는 나보다 더 기진맥진했다. 그녀의 싸움이 먼저 끝났다. 잠시 후 제니퍼는 다시 눈을 피하면서 말했다. "모르겠어요. 한참 걸린 느낌이었어요."

침낭에서 나와 비계를 내려와서 벽을 넘고 뜰을 지나 뒷문의 열쇠를 돌리기까지는 일 분. 기껏해봐야 이 분. 코너는 졸았을 것이다. 침낭 속에서 아늑하고 따뜻하게 누워 그의 아래에서 스페인 가족의 삶은 환한 작은 배를 타고 계속 항해한다는 확신을 품은 채로 깜박

잠들고 말았다. 어쩌면 그 싸움 때문에 잠에서 깼는지 모른다. 제니퍼의 숨죽인 비명 소리. 팻의 외침. 가구들이 뒤집히면서 희미하게 쿵 울리는 소리. 나는 그가 하품하고 눈을 비비며 창틀 너머로 몸을 내밀었을 때 무엇을 보았을까 궁금했다. 무슨 일이 일어나고 있는지 그가 이해하기까지는 얼마나 걸렸을까. 그토록 오래 그의 가장 친한 친구들과 그를 떼어놓았던 유리벽을 부수고 나아갈 만큼 자신이 현실에 존재한다는 것을 생생히 깨닫기까지는.

"코너는 뒷문으로 들어왔을 거예요. 문이 열렸을 때 내 쪽으로 바람이 부는 게 느껴졌어요. 바다 냄새가 났죠. 코너는 나를, 내 머리를 바닥에서 들어 올렸어요. 나를 자기 무릎 위로 끌어당겼죠. 코너는 칭얼거림인지 신음인지 모를 소리를 냈어요. 차에 친 개가 내는 소리처럼. 처음에 나는 그 사람이 누군지도 알아보지 못했어요. 너무 마르고 창백해졌더라고요. 그리고 꼴이 말이 아니었어요. 얼굴이 온통 이상한 모양이었어요. 심지어 사람같이 보이지도 않았어요. 나는 그가 다른 존재라고 생각했어요. 어쩌면 천사일지도 모른다고요. 내가 너무나 열심히 기도를 했으니까요. 아니면 바다에서 나온 끔찍한 존재일 수도 있다고 생각했죠. 그때 걔가 말했어요. '오, 하느님, 오, 제니, 오, 하느님, 무슨 일이 생긴 거야?' 목소리가 이전과 똑같았어요. 우리가 아이였을 때와 똑같았죠."

제니퍼는 자기 배를 향해 희미한 손짓을 해보였다. "코너가 나를 끌어당겼어요. 여기 내 파자마를. 나는 그가 보려고 한다고 생각했고…… 걔한테는 온통 피가 묻어 있었지만 왜인지는 알지 못했어요. 나는 아무데도 아프지 않은데. 나는 말했어요. '코너, 도와줘. 너나 도와줘야 해.' 처음에 코너는 이해하지 못하고 말했어요. '괜찮아,

괜찮아. 내가 구급차를 부를게.' 그리고 코너는 전화를 꺼내려 했어요. 하지만 나는 비명을 질렀죠. 나는 그를 붙잡고 비명을 질렀어요. '안 돼!' 걔가 멈출 때까지요."

그리고 에마가 목숨을 구하려고 싸울 때 갈라졌던 손톱이, 그 순간 에마의 자수 쿠션에서 분홍색 실오라기 하나가 걸렸던 그 손톱이 코너의 두꺼운 스웨터 올에 걸려 부러진 것이다. 코너도 제니퍼도 알아채지 못했다. 어떻게 알 수 있었겠는가? 나중에 코너가 집에 가서 피 묻은 옷을 홱 벗어서 바닥에 던졌을 때에도 그는 그 조각이 양탄자에 굴러떨어진 것을 보지도 못했을 것이다. 그는 그렇게 눈이 멀고 통증으로 화끈거렸고 언젠가 그 부엌이 아니라 다른 광경을 볼 수 있게 되기를 기도하고만 있었을 것이었다.

"나는 말했어요. '넌 이해 못 해. 구급차는 안 돼. 나는 구급차가 필요하지 않아.' 코너는 이러고 있었죠. '너는 괜찮을 거야. 병원에서 금방 너를 낫게 해줄 거야······.' 코너는 나를 꼭 껴안고 있었어요. 내 얼굴을 자기 스웨터에 꼭 눌렀죠. 다시 걔에게 말을 걸 만큼 떨어질 때까지는 영원처럼 느껴지는 시간이 흘렀어요."

제니퍼는 여전히 아무것도 보지 않았지만 입술은 아이처럼 느슨하게 벌어졌다. 얼굴은 거의 평온했다. 그녀에게 가장 끔찍했던 부분은 끝났다. 이 부분은 해피엔드처럼 보였을 것이었다. "더는 두렵지 않았어요. 무엇을 해야 하는지 정확히 알았으니까요. 앞에 글자로 똑똑히 쓰인 것만 같았어요. 그림이 그 바닥에 있었죠. 에마의 끔찍한 그림이. 나는 말했죠. '저기 저거 치워줘. 네 주머니에 넣어서 집으로 가지고 가서 태워줘.' 코너는 그 그림을 자기 주머니에 넣었어요. 그가 그것을 보았다고는 생각하지 않아요. 그저 내가 말한 대로 했을 뿐이죠. 누가 그걸 발견하면 형사님이 추측한 대로 그 사람들도 추측할 수 있잖아요. 나는 누구에게도 알릴 수 없었어요. 어떻게 그래요? 사람들이 팻이 미쳤다고 생각할 텐데. 그가 그런 꼴을 당해도 되는 사람은 아니었잖아요."

"아니죠." 나는 말했다. "아니었습니다." 하지만 코너는 나중에 집에 돌아가서 그 그림을 보았을 때 차마 태울 수가 없었다. 이것은 그의 대녀가 남긴 마지막 메시지였다. 그는 그것을 마지막 기념품으로 고이 간직했다.

"그런 다음, 그런 다음, 나는 코너에게 내게 해줘야 하는 일을 말했어요. 나는 말했죠. '여기, 여기 칼이 있어. 해, 코너. 제발 해야만 해.' 그리고 나는 칼을 그의 손에 쥐어줬어요.

그 애의 눈. 칼을 보더니 나를 무서워하는 것처럼 내려다보았어요. 이제까지 자기가 본 중에 가장 무시무시한 것이라도 되는 양. 코너는 말했어요. '너 지금 생각을 제대로 할 수 없는 거야.' 하지만 나는 말했죠. '아니야, 제대로 하고 있어. 하고 있다고.' 나는 그에게 다시 비명을 지르려고 했어요. 하지만 그저 속삭임으로만 나왔죠. 나는 말했어요. '팻이 죽었어. 내가 팻을 찔렀고, 그 사람이 죽었어⋯⋯.'

코너가 말했어요. '왜 그랬어? 제니, 세상에 무슨 일이 있었어?'"

제니퍼는 웃음 같기도 한, 고통스럽게 긁는 소리를 냈다. "우리에게 한두 달만 더 있었다면, 그러면 어쩌면⋯⋯. 나는 그냥 말했어요. '구급차는 안 돼. 제발.' 코너가 말했어요. '기다려. 잠깐만. 잠깐.' 그러더니 그는 나를 내려놓고 팻에게로 기어갔어요. 코너는 팻의 머리를 돌려놓고 내가 모를 무언가를 하더니 그의 눈을 뜨게 하려고 했어요. 코너는 아무 말도 하지 않았지만 나는 그의 얼굴을 보았어요. 얼굴에 떠오른 표정을 보았어요. 그래서 알았죠. 나는 그게 기뻤어요. 적어도.”

나는 코너가 이 몇 분 동안을 마음속에서 얼마나 다시 재생해보았을까 궁금했다. 그의 감방 천장을 보면서 매번 사소한 일들을 바꿔가면서. 내가 잠들지만 않았어도. 내가 소리를 듣는 순간 일어나기만 했어도. 내가 더 빨리 달려가기만 했어도. 내가 문 열쇠를 찾느라 더듬거리지만 않았어도. 몇 분만 일찍 부엌에 도착할 수 있었다면 그는 적어도 패트릭은 구할 수 있었다.

제니퍼가 말했다. “하지만 그때 코너는, 걔는 일어서려고 하더군요. 컴퓨터 책상을 잡고 몸을 일으켰죠. 피에 미끄러진 것처럼, 아니면 어지러운 것처럼 계속 넘어지긴 했지만 코너가 부엌문을 향한다는 것을 알 수 있었죠. 걔는 위층으로 올라가려고 했어요. 나는 그를 잡았죠. 바지 자락을 잡았어요. 그리고 말했죠. '안 돼, 위층엔 가지 마. 애들도 죽었어. 나는 애들을 데리고 나가야 했어.' 코너는 그저 주저앉아 엎드렸어요. 코너가 말했죠. 고개를 숙이고 있었지만 어쨌든 소리는 들렸어요. 걔가 말했어요. '아, 하느님, 세상에.'”

그때까지 코너는 아마 부부싸움이 심각하게 번진 것으로 생각했을 것이다. 몇 톤의 압박을 견디다 못한 사랑이 다이아몬드처럼 단단해져 살과 뼈를 가르게 되었다고. 어쩌면 그는 자기방어라고 생각했을 수도 있다. 마침내 패트릭의 정신이 끓어오르다 못해 터져서 제니퍼를 덮쳤다고. 하지만 제니퍼가 아이들에 대해 말하자 더는 대답이, 안락이, 구급차나 의사, 내일이 올 자리는 없었다.

“나는 말했어요. '나는 아기들과 같이 있어야 해. 팻과 같이 있어

야 해. 제발 코너, 제발 나를 여기서 꺼내줘.'

코너는 토할 것처럼 콜록콜록하는 소리를 냈어요. 걔가 그러더군요. '난 못 해.' 이 모든 게 악몽이기를 바라는 목소리였어요. 잠에서 깨어나서 다 쫓아버릴 방법을 찾으려고 하는 것 같았죠. 나는 가까스로 그에게 가까이 다가갔어요. 다리가 마비되어 흔들렸기 때문에 몸을 끌고 가야만 했죠. 나는 코너의 손목을 잡고 말했어요. '코너, 해야만 해. 나는 여기 있을 수 없어. 제발 부탁해. 제발.'"

제니퍼의 목소리는 점점 희미해져 이제는 쉰 깜박임으로밖에 들리지 않았다. 이제는 남은 힘을 다 쥐어짰다. "코너는 내 옆에 앉아서 다시 내 얼굴이 자기 가슴에 닿도록 머리를 돌렸어요. 그는 말했죠. '괜찮아. 괜찮아. 눈 감아.' 그러면서 코너는 내 머리카락을 쓰다듬었어요. 나는 말했죠. '고마워.' 그리고 나는 눈을 감았어요."

제니퍼는 담요 위에 손바닥을 위로 해서 두 손을 펼쳤다. 그녀는 간단히 말했다. "이게 다예요."

코너는 그게 자신이 제니퍼를 위해서 할 수 있는 마지막 일이라고 믿었다. 그리고 떠나기 전에 패트릭을 위해서 마지막 두 가지를 해주었다. 인터넷 방문 기록을 삭제하고 무기를 가져가는 일. 삭제가 그처럼 빠르고 허술했던 것도 당연했다. 그 집에 있는 일분일초가 그의 마음을 갈기갈기 잘라내고 있었으니까. 하지만 그는 우리가 컴퓨터에 넘쳐나는 광기를 읽는다면, 그리고 다른 사람이 집에 있었다는 증거가 없다면 패트릭 외에 다른 범인을 찾지 않으리라는 것을 알았다.

또한 코너는 죄를 모두 패트릭에게 뒤집어씌운다면 자기는 안전하게 빠져나갈 수 있다는 것도 알았으리라. 적어도 더 안전해질 수는 있었다. 하지만 코너는 내가 믿었던 것과 같은 것을 믿었다. 그렇게 할 수 없다. 그는 패트릭이 누렸어야 할 삶을 구할 수 있는 기회를 놓쳐버렸다. 대신에 그는 친구가 살았던 이십구 년의 인생에 거짓이라는 낙인이 찍히지 않도록 자신의 삶을 내걸었다.

우리가 잡으러 갔을 때 그는 침묵과 자신의 장갑, 우리가 아무것도 증명하지 못하리라는 희망을 믿었다. 그런 다음 내가 그에게 제니퍼가 살아 있다는 말을 했을 때, 내가 제니퍼에게서 진실을 억지로 끌어내기 전에 제니퍼를 위해 한 가지 일을 더했다. 어쩌면 그의 일부분은 이런 기회를 환영했으리라.

제니퍼가 말했다. "알겠죠? 코너는 오로지 제가 부탁한 일만 했을 뿐이에요."

제니퍼의 한 손이 힘들게 담요 너머로 뻗어 나오며 나를 잡으려 했다. 목소리에는 긴급한 기색이 타올랐다. 나는 말했다. "코너는 부인을 공격했습니다. 두 사람 모두의 설명에 따르면 코너는 부인을 죽이려고 했습니다. 그건 범죄입니다. 동의를 했다고 해서 살인미수의 변호가 되진 않습니다."

"내가 그렇게 하도록 시켰어요. 그 때문에 코너를 감옥에 집어넣을 순 없어요."

"그건 상황에 달려 있죠. 부인이 이 모든 사실을 법정에서 증언한다면, 그래요, 코너가 석방될 가능성은 무척 높습니다. 배심원들도 인간일 뿐이니까요. 가끔은 그들도 규칙을 유연하게 바꾸고 대신 자신들의 양심을 따르기도 합니다. 부인이 제게 공식 진술서를 주시면 제가 그걸로 어떻게든 해볼 수 있을 겁니다. 하지만 현재 상태로는 우리가 가지고 갈 수 있는 건 증거와 코너의 자백뿐입니다. 그걸로 코너는 삼중 살인자가 됩니다."

"하지만 코너는 아무도 죽이지 않았어요! 무슨 일이 있는지 제가 말씀드렸잖아요. 형사님이 말했잖아요. 제가 말을 하면……."

"부인은 부인 관점의 이야기를 하셨죠. 코너는 자기 관점의 이야기를 했습니다. 증거는 어느 쪽도 기각하지 않습니다. 그리고 기록에 남길 의향이 있는 건 코너 쪽입니다. 그렇다는 건 코너의 이야기가 부인 쪽 이야기보다 훨씬 더 무게를 지니게 된다는 뜻이죠."

"하지만 형사님은 제 말 믿으시잖아요. 그렇죠? 형사님이 저를 믿으시면……."

제니퍼의 손이 내 손에 닿았다. 제니퍼는 내 손가락을 아이처럼 붙들었다. 그녀의 손가락은 너무 가늘어서 뼈가 움직이는 것을 느낄 수 있었고 끔찍하게 차가웠다.

"제가 그렇다고 하더라도 할 수 있는 일이 아무것도 없습니다. 저는 배심원단의 평범한 사람이 아닙니다. 저는 사치스럽게 제 양심에 따라 행동할 수가 없습니다. 제 일은 증거를 따르는 거죠. 부인께서 코너가 감옥에 가는 걸 원치 않으시면, 스페인 부인, 그러면 그를 구하기 위해 법정에 서서야 합니다. 그가 부인을 위해 한 일을 생각하면 부인께서 그에게 그 정도는 해줄 수 있다고 생각합니다."

내 목소리가 들려왔다. 거만하고 자기 정의에 가득 차 있고 따분하고 학교 다닐 때 동급생들에게 알코올의 해악에 대해 강의한 후에 자기 머리를 사물함 문에 들이받는 잘난 척하는 새끼. 내가 저주를 믿었다면 이게 나의 저주라고 믿을 것이다. 가장 중요할 때, 최대로 명확하게 일을 처리해야 한다는 걸 아는 그 순간에 내 입에서 나오는 말은 다 틀렸다. 모두, 틀렸다.

제니퍼는 말했다. 나에게뿐만이 아니라 병실의 기계와 벽과 공기에 대고 하는 말 같았다. "그는 괜찮을 거예요."

제니퍼는 다시 유서를 계획했다. "스페인 부인." 나는 말했다. "저는 부인이 겪은 일들을 약간은 이해합니다. 제 말을 믿지 않으시리라는 것을 알지만 모든 성인에 맹세코 사실입니다. 저도 부인이 뭘하고 싶은지 이해합니다. 하지만 여전히 부인을 필요로 하는 사람들이 있어요. 여전히 부인이 해야 할 일들이 있어요. 그런 걸 그저 놓아버릴 순 없습니다. 그건 부인의 몫이에요."

한순간 나는 제니퍼가 내 말을 들었다고 생각했다. 제니퍼의 놀라고 또렷한 눈이 내 눈과 마주쳤다. 그 순간에 제니퍼는 이 봉인된 방 바깥에서 여전히 돌아가는 세계의 풍경을 언뜻 본 듯했다. 이제 옷이 작아져버린 어린이들, 과거의 상처를 잊어가는 노인들, 만났다가 헤어지는 연인들, 바위를 쓸어 모래로 만들어버리는 파도, 낙엽이 덮인 차가운 땅 깊숙이에서 싹 트는 씨앗. 순간 나는 기적적으로 내가 맞는 말을 찾아냈다는 생각이 들었다.

다음 순간 제니퍼가 시선을 떨어뜨리며 내 손에서 자기 손을 비틀어 빼냈다. 그때까지 내가 제니퍼의 손을 아플 정도로 꽉 쥐고 있다는 사실을 깨닫지 못했다. 제니퍼는 말했다. "나는 코너가 거기서 뭘 하고 있었는지조차 몰라요. 내가 여기서 깨어났을 때, 무슨 일이 일어났는지 기억이 서서히 나기 시작했을 때는 코너는 거기 온 적도 없을지도 모른다고 생각했어요. 내가 그를 상상했을지도 모른다고. 오늘 말씀하시기 전까지는 나는 그렇게 생각했어요. 그 사람 뭘……? 어떻게 거기 들어왔지?"

"그는 브라이언스타운에서 시간을 좀 보내고 있었습니다. 팻과 부인이 곤란에 빠진 걸 보자 도와주러 온 거예요."

나는 조각이 천천히 고통스럽게 제자리로 맞아떨어지기 시작하는 모습을 바라보았다. "그 핀." 제니퍼가 말했다. "조조스 핀. 그게 그럼……? 그게 그럼 코너였어요?"

나는 어떤 대답을 해야 제니퍼를 붙들 수 있는지, 적어도 덜 잔인할지 알아낼 마음이 없었다. 그 침묵의 순간이 제니퍼에게 답을 주었다. "오, 세상에. 그런데 나는 그런 생각을……." 다친 아이처럼 빠르게 높이 헐떡이는 숨소리. "그럼 침입도요?"

"거기까진 말씀드릴 수 없습니다."

제니퍼는 고개를 끄덕였다. 투지를 훅 끌어올리느라 마지막 남은 힘까지 다 써버렸다. 이제 움직일 수도 없는 것 같았다. 잠시 후 제니퍼는 조용히 말했다. "불쌍한 코너."

"네. 저도 그렇게 생각합니다."

우리는 한동안 그렇게 앉아 있었다. 제니퍼는 말하지도 않고 나를 보지도 않았다. 이제 모두 끝마쳤다. 제니퍼는 머리를 도로 베개 위에 누이고 시트의 주름을 천천히, 꾸준하게, 계속해서 훑는 자신의 손가락을 바라보았다. 잠시 후 제니퍼의 눈이 감겼다.

복도에서 두 여자가 떠들고 웃으면서 지나가자 타일 바닥에 씩씩하게 부딪치는 신발 소리가 들려왔다. 공기가 건조해서 목이 아팠다. 창밖에서 빛은 다시 자리를 옮겼다. 빗소리를 들은 기억은 없는데도 나뭇잎은 어둡고 젖어서 얼룩덜룩했으며 음산한 하늘 아래 떨고 있었다. 제니퍼의 머리가 옆으로 떨어졌다. 작고 불규칙한 떨림이 제니퍼의 가슴을 사로잡았지만 점차 호흡의 밀물과 썰물에 따라 그도 고르게 가라앉았다.

어째서 내가 그 자리에 남아 있었는지 아직도 모른다. 어쩌면 다리가 움직이려 하지 않았을 수도 있고 제니퍼를 홀로 남겨두고 가기가 두려웠는지도 모른다. 어쩌면 내 한 부분은 여전히 제니퍼가 잠속에서 마음이 변해 비밀번호를, 암호를 풀어줄 무언가를 횡설수설 지껄이는 혼돈의 그림자를 흑과 백으로 나누어줄 마법을 웅얼거리기를 바랐는지도 모른다. 나는 그녀가 이 모든 일이 이해될 방법을 내게 알려주기를 바랐다.

19

피오나는 복도에 있었다. 손목에 추레한 줄무늬 스카프를 감고 벽을 따라 띄엄띄엄 흩어져 놓인 플라스틱 의자에 구부정하게 앉아 있었다. 그 너머에는 왁스를 바른 듯 반들반들한 녹색 바닥이 몇 킬로미터나 되듯이 뻗어갔다.

내가 문을 달칵 닫고 나오자 피오나는 고개를 홱 쳐들었다. "제니 언니는 어때요? 괜찮은가요?"

"잠들었습니다." 나는 다른 의자를 끌어다 피오나 옆에 앉았다. 빨간 더플코트에서는 차가운 공기와 담배 연기 냄새가 났다. 담배를 피우러 바깥에 나갔다 온 모양이었다.

"내가 들어가야 해요. 깨어났을 때 아무도 없으면 언니가 무서워할 거예요."

"안 지는 얼마나 됐습니까?"

금방 피오나의 얼굴이 무표정해졌다. "뭘 알아요?"

이보다 더 영리하게 해낼 수 있는 방법이 천 가지는 있었다. 하지만 이제 무엇도 내겐 남아 있지 않았다. "언니가 방금 가족들을 살해했다고 자백했습니다. 저는 이 사실이 래퍼티 씨에게도 별로 놀랄 일은 아닌 것 같은데요."

무표정은 꿈쩍도 하지 않았다. "언니는 진통제를 먹어서 머리가 이상해요. 자기가 무슨 말 하는지 전혀 몰라요."

"내 말 믿으십시오, 래퍼티 씨. 언니분은 자기가 무슨 말을 하는지 정확히 압니다. 언니분이 하신 이야기의 세세한 부분은 모두 증거와 맞아떨어집니다."

"형사님이 언니를 괴롭혀서 말하게 했겠죠. 언니의 상태라면 무슨 말이든 하게 할 수 있잖아요. 전 형사님을 신고하겠어요."

피오나는 나만큼이나 기진맥진한 상태였다. 그래서 말투에 강한 날을 세우지 못했다. "래퍼티 씨, 제발 이러지 맙시다. 여기서 당신이 저한테 하는 말은 모두 기록에 싣지 않겠습니다. 저는 심지어 우리가 이런 대화를 했다는 것조차도 증명할 수 없어요. 언니분의 자백도 마찬가지입니다. 법적으로는 그건 존재하지 않아요. 하지만 더욱 피해가 커지기 전에 이 난장판을 끝낼 방법을 찾으려는 것뿐입니다."

피오나는 피곤한 눈으로 초점을 맞추려 애쓰며 내 얼굴을 찬찬히 훑었다. 거친 조명 때문에 피오나의 피부에 회색빛이 돌며 모공이 드러나 보였다. 피오나는 제니퍼보다 더 늙고 아픈 사람처럼 보였다. 복도 아래에서 한 남자아이가 가족을 여읜 양 크게 흐느껴 울고 있었다. 마치 아이 주변의 세계가 부서진 것만 같았다.

무슨 이유인지는 알 수 없지만 피오나는 내가 진심이라는 사실을 알았다. 우리가 면담할 때 생각했던 대로 특별한 지각력이 있는 여자였다. 그때는 그 점이 탐탁지 않았지만 결국엔 그 점이 나를 위해 유리하게 작용했다. 투지가 피오나의 몸에게서 빠져나가며 머리가 뒤로 떨어져 벽에 기댔다. 피오나는 말했다. "어째서 언니가……? 언니는 가족을 무척 사랑했어요. 대체 뭐가……. 왜?"

"저도 그건 말씀드릴 수 없습니다. 래퍼티 씨는 언제 그 사실을 알았습니까?"

잠시 후 피오나가 말했다. "코너가 자기가 한 짓이라고 형사님이 말했을 때요. 나는 그 사람 짓이 아니라는 것을 알았어요. 내가 마지막으로 본 후에 그 사람에게 무슨 일이 생겼든, 팻과 제니와 또 싸웠든, 심지어 그 사람이 완전히 정신이 나갔다고 해도 코너는 그런 짓을 하지 않았을 거예요."

피오나의 목소리에는 의심이라고는 한 올도 없었다. 낯설고도 소진된 그 순간, 나는 피오나와 코너 브레넌 두 사람 모두가 부러웠다. 이 삶에선 모든 것이 다 기만적이고 순간순간마다 뒤집어지고 형태를 바꾸기 십상이다. 우리에게 누군가 확신을 가지고 믿을 수 있는 사람이 있다면, 뼛속까지 확신할 수 있는 사람이 있다면, 혹은 내가 누군가에게 그런 사람이 될 수 있다면 세계는 완전히 다른 곳이 될 것만 같았다. 나는 서로에게 그런 사람이 되어주는 부부를 안다. 그런 파트너들을 안다.

피오나는 말했다. "처음에는 형사님들이 꾸며냈다고 생각했어요. 하지만 저는 사람들이 거짓말을 할 때는 꽤 잘 맞히는 편이에요. 그래서 어째서 코너가 그런 말을 했을까 생각해보았죠. 코너가 팻을 보호하기 위해서 그랬을 수는 있어요. 팻을 감옥에 보내지 않으려고. 하지만 팻은 죽었잖아요. 그렇다면 남는 건 제니뿐이죠."

피오나가 힘들게 침을 삼키는 소리가 작게 들렸다. "그래서." 그녀는 말했다. "나는 알았죠."

"그래서 제니에게 코너가 체포되었다는 말을 하지 않은 거군요."

"네. 언니가 어떻게 할지 몰랐으니까. 만약 언니가 실토라도 하려고 하면, 언니가 겁을 먹고 재발 같은 거라도 일으키면……."

"래퍼티 씨는 언니가 유죄라는 것을 바로 알았군요. 코너는 절대로 이런 짓을 하지 않으리라고 확신했지만 언니에게는 똑같은 감정을 느끼지 못한 겁니까."

"형사님은 제가 언니도 믿었어야 한다고 생각하시는군요."

"래퍼티 씨가 어떻게 생각해야 하는지는 제가 모릅니다." 몇 번째인지 모르지만 규칙. 용의자와 목격자는 우리가 전지전능하다고 믿어야 할 필요가 있다. 그들에게 확신하지 못한다는 걸 보여주면 절대로 안 된다. 나는 어째서 그게 중요한지 이제는 떠올릴 수 없었다. "저는 그저 무슨 차이가 있었는지 알고 싶었을 뿐입니다."

피오나는 말을 찾으려고 하며 손에 두른 스카프를 비틀었다. 잠시 후 그녀는 말했다. "제니는 모든 걸 제대로 하고, 모든 게 언니에게는 제대로 이루어졌어요. 그게 언니의 인생이 늘 굴러가는 방식이었죠. 뭔가 마침내 잘못됐을 때, 팻이 직장을 잃었을 때…… 언니는 그걸 어떻게 처리해야 할지 몰랐어요. 그래서 나는 누군가 침입했다고 말했을 때 언니가 미쳐가는 게 아닌가 두려웠던 거예요. 팻이 직업을 잃은 후로 늘 걱정했어요. 그리고 제 생각이 맞았죠. 언니는 산산조각으로 부서졌죠. 그게…… 그래서 언니가……?"

나는 대답하지 않았다. 피오나는 스카프를 더 꼭 잡아당기며 낮고 격한 목소리로 말했다. "나는 알았어야 했어요. 언니는 무척이나 잘 숨겨왔어요, 그후에도. 하지만 내가 더 관심을 기울였다면, 내가 더 자주 놀러갔다면······."

피오나가 할 수 있는 일은 아무것도 없었을 것이다. 나는 그녀에게 그 말은 하지 않았다. 내게는 피오나의 죄책감이 필요했다. 대신에 나는 말했다. "그런 말을 제니에게 꺼낸 적 있습니까?"

"아뇨, 세상에, 아니요. 언니가 나보고 꺼져버리고 절대 돌아오지 말라고 하든지 아니면 나한테······." 움찔하는 경련. "언니가 그 말 하는 걸 내가 듣고 싶었을 거 같으세요?"

"다른 사람하고는 어땠을까요?"

"아뇨, 가령 누구요? 이건 룸메이트들에게 할 수 있는 얘기가 아니잖아요. 그리고 나는 엄마가 아는 것도 원치 않았어요. 절대로."

"래퍼티 씨 말이 맞았다는 증거를 가지고 있습니까? 제니가 한 말이든가 본 것이라든가. 아니면 그저 직감이라든가?"

"아뇨, 증거는 없어요. 내 생각이 틀렸다면 나는······ 세상에, 나는 정말 행복할 거예요."

"래퍼티 씨 생각이 틀렸다고 생각하진 않습니다. 하지만 여기에 문제가 있습니다. 저도 증거가 없어요. 언니가 제게 한 자백은 법정에서 쓸 수가 없습니다. 우리가 가진 증거로는 언니에게 유죄 선고는 물론이고 체포하기에도 충분하지 않습니다. 제가 좀더 얻어낼 수 없으면 언니는 자유인으로 여기서 그냥 걸어 나가게 됩니다."

"좋네요." 피오나는 내 얼굴에서 뭔가 읽었는지 아니면 그렇다고 생각했는지 피곤하게 어깨를 으쓱했다. "뭘 기대했어요? 나는 언니가 어쩌면 감옥에 가야 한다는 거 알아요. 하지만 상관없어요. 내 언니잖아요. 나는 언니를 사랑해요. 그리고 언니가 체포당하면 엄마도 아시게 되겠죠. 누군가 이런 죄를 저지르고 빠져나가기를 바라서는 안 된다는 거 알아요. 하지만 그런걸요. 어쩌실 건데요."

"그러면 코너는 어쩝니까? 래퍼티 씨 본인이 아직도 그에게 마음이 쓰인다고 하지 않았습니까. 정말로 그가 남은 인생을 감옥에서 보내도록 놔둘 작정입니까? 그 남은 인생도 그렇게 길지 않을 수도 있죠. 다른 범죄자들이 아동 살해범을 어떻게 생각하는지 압니까? 수감자들이 이런 살인범한테 어떻게 하는지 알고 싶어요?"

피오나의 눈이 커졌다. "잠깐요. 형사님들이 코너를 감옥으로 보내진 않을 거잖아요. 형사님은 코너가 이걸 하지 않았다는 것 아시잖아요."

"나는 하지 않죠, 래퍼티 씨. 하지만 제도가 합니다. 내가 그를 기소하고도 넘칠 만큼 증거를 많이 갖고 있다는 사실을 무시할 수는 없어요. 그가 유죄 선고를 받든 아니든 그건 변호사, 판사, 배심원에게 달려 있죠. 하지만 나는 가진 것으로 작업을 할 거예요. 내가 제니에 대해 아무것도 얻어내는 게 없으면 코너로 몰고 갈 수밖에 없습니다."

피오나는 고개를 저었다. "그러시지 않을 거예요."

피오나의 목소리에 어린 확신이 맑게 울려 퍼졌다. 그 말은 이 차가운 곳에서 내가 찾게 되리라고는 기대하지 않았던 이상한 선물, 작은 불꽃처럼 따뜻하게 느껴졌다. 내가 이야기를 나눠서는 안 될 여자, 심지어 좋아하지도 않는 여자. 그녀에게는 내가 그 모든 사람 중에서도 확신을 주는 사람이었다.

"그래요." 이 여자에게는 거짓말을 할 수 없었다. "하진 않을 겁니다."

피오나는 고개를 끄덕였다. "잘됐네요." 그녀는 살짝 피곤한 한숨과 함께 말했다.

"래퍼티 씨가 걱정해야 하는 사람은 코너가 아닙니다. 언니분은 자살할 계획을 세우고 있어요. 첫 번째 기회가 생기는 대로."

나는 이 말을 되도록 잔혹하게 했다. 충격, 어쩌면 공포를 기대했지만 피오나는 두리번거리지도 않았다. 그저 복도 저 멀리 아래 손 소독제의 위력을 주장하는 우중충한 포스터들만 바라보고 있었다. "언니는 병원에 있는 한 아무것도 하지 않을 거예요."

피오나는 벌써 알았다. 피오나는 실제로 그런 일이 일어나길 바랄 수도 있다는 생각이 내 머리를 강타했다. 리치가 말했듯이 자비로서 혹은 징벌로서 혹은 피오나 본인도 이해하지 못할 자매끼리 복잡하게 얽힌 감정 때문에. "그러면 병원에서 퇴원시키면 어쩔 계획입니까?"

"언니를 지켜봐야죠."

"피오나 씨 혼자서요? 일주일 스물네 시간 동안?"

"나와 엄마가 해야죠. 엄마는 아직 모르시지만 무슨 일이 있었는지 알게 되시면 제니가 혹시……." 피오나의 머리가 휙 흔들리더니 포스터에 더더욱 집중했다. 피오나는 다시 말했다. "우리가 언니를 지켜볼 거예요."

"얼마나 오래요? 일 년, 이 년, 십 년? 그리고 피오나 씨가 출근해야 할 때나 어머니가 샤워나 잠을 자야 할 때는 어떡할 겁니까?"

"간병인을 쓸 수 있어요. 돌봄 도우미."

"로또에 당첨된다면 그럴 수 있겠죠. 그게 돈이 얼마나 드는진 아십니까?"

"우리는 필요하면 돈을 구할 거예요."

"팻의 생명보험으로요?" 그 말에 피오나는 조용해졌다. "그럼 제니가 간병인을 해고하면 어떻게 될까요? 언니분은 자유로운 성인입니다. 누군가 자기를 돌보기를 원치 않는다면, 그리고 우리 둘 다 언니가 원치 않을 거라고 알고 있죠, 그러면 거기에 대해서 당신이 할 수 있는 일이 없어요. 빼도 박도 못하는 상황이에요, 래퍼티 씨. 언니를 가둬두지 않는다면 안전하게 지킬 수 없습니다."

"감옥도 정확히 안전하진 않아요. 우리가 언니를 돌볼 거예요."

피오나의 목소리에 서린 날카로운 날로 내가 그녀의 심기를 건드렸다는 걸 알았다. "어쩌면 그럴 수 있을 겁니다. 잠시 동안은. 몇 주, 몇 달은 어떻게 해낼지 모릅니다. 하지만 조만간 경계가 느슨해지죠. 남자친구가 전화해서 잠깐 잡담이라도 하자고 할 수 있고 혹은 친구들이 술 한잔하고 놀자고 조를 수도 있죠. 그러면 당신은 생각할 겁니다. 그냥 이번 한 번만. 그냥 딱 이번 한 번만. 삶이 나를 잠깐 놓아줄 수도 있잖아. 정상적인 인간이 되고 싶어 한다고 해도 나를 벌줄 리가 없지. 딱 한두 시간인데. 내가 그 정도는 할 만하잖아. 어쩌면 그저 제니를 일 분 동안만 혼자 놔둘 수도 있습니다. 일 분이면 소독제나 면도날을 찾기에 충분한 시간이죠. 자살을 진지하게 고려하는 사람은 방법을 찾아내요. 그리고 당신이 지켜볼 때 그 일이 벌어진다면 당신은 남은 인생 평생 동안 자기를 갈가리 찢으면서 살게 돼요."

피오나는 두 손을 코트 반대쪽 소매에 깊이 쑤셔 넣었다. "뭘 원하시는 거예요?"

"코너 브레넌이 그날 밤에 한 일에 관해 깨끗하게 털어놓길 바랍니다. 나는 피오나 씨가 코너에게 그가 하는 일이 뭔지 정확하게 설명해줬으면 좋겠어요. 그는 단지 법 집행을 왜곡하는 것뿐 아니라 심하게 엿 먹이는 겁니다. 코너는 팻과 에마와 잭이 땅에 들어가는 동안 그들을 살해한 사람이 처벌을 모면하고 빠져나가도록 놔두는 거죠. 그리고 제니를 죽게 놔두는 거예요." 울부짖는 충격과 공포의 악몽 같은 순간에 제니퍼가 피 묻은 손으로 붙잡고 애원했다는 이유로 코너가 그런 짓을 한 것과 낮의 차가운 빛 속에 가만히 서서 구경하면서 사랑하는 사람이 버스 앞으로 걸어가도록 놔두는 건 별개의 일이었다. "그 얘기가 나한테서 나오면 코너는 내가 그냥 자기 머리를 엉망으로 흩뜨리려 한다고 생각할 겁니다. 피오나 씨가 하는 얘기라면 같은 배를 탔다고 받아들일 거예요."

피오나의 입가는 거의 쓴웃음처럼 살짝 씰룩였다. "정말 코너를 잘 모르시는군요, 그렇죠?"

나는 웃어버릴 뻔했다. "제가 잘 모르는 건 확실합니다. 모르죠."

"코너는 법 집행 같은 것엔 눈곱만큼도 관심 없어요. 제니가 사회에 진 빚이나 그런 것도 마찬가지죠. 그는 그저 제니에게만 마음을 써요. 그는 제니가 하고 싶어 하는 일을 알고 있을 거예요. 그가 형사님들에게 자백했다면 그래서죠. 제니에게 기회를 주기 위해." 다시 입이 씰룩였다. "아마도 코너는 내가 이기적으로 군다고 생각할 거예요. 내가 제니를 여기 잡아두고 싶기 때문에 구하려 하려는 거라고. 어쩌면 그런지도 몰라요. 그래도 신경 안 써요."

제니퍼를 구하려 한다. 피오나는 내 편이었다. 내가 이를 사용할 적절한 방법을 알기만 한다면. "그러면 코너에게 제니가 벌써 죽었다고 하세요. 그는 제니가 언제라도 퇴원할 수 있다는 것을 알아요. 코너에게 병원에서 제니를 내보내줬더니 처음 잡은 기회를 이용했다고 하세요. 보호할 제니가 더는 없다고 하면 그는 나서서 자기 앞가림을 할지도 모릅니다."

피오나는 벌써 고개를 젓고 있었다. "코너는 내가 거짓말하고 있다는 것을 알 거예요. 그는 제니를 알아요. 절대로 제니가……. 제니는 그를 풀어줄 유서 한 장 남기지 않고 떠날 사람이 아니에요. 절대."

우리는 공모자처럼 목소리를 낮추어 얘기중이었다. "그러면 제니를 설득해서 공식 진술을 하게 할 수 있을 거라고 생각합니까? 제니에게 빌어서 죄책감을 자극하고 아이들에 대해서 팻에 대해서, 코너에 대해서, 얘기하게 할까요? 필요한 건 뭐든 말해보세요. 저는 소용이 없었지만 래퍼티 씨가 한다면……."

피오나는 여전히 고개를 흔들었다. "언니는 내 말 듣지 않을 거예요. 형사님이 언니라면 그러겠어요?"

우리의 둘 다 닫힌 문으로 눈길을 돌렸다. "난 모르겠습니다." 내게 남은 게 있다면, 좌절로 들끓었을 것이다. 순간 나는 자기 팔을 물어뜯던 디나를 생각했다. "전혀 모르겠어요."

"나는 언니가 죽기를 바라지 않아요."

갑자기 피오나의 목소리가 잠기면서 흔들렸다. 그녀는 울기 직전이었다. "그러면 우리는 증거가 필요합니다."

"아무 증거가 없다고 하셨잖아요."

"없습니다. 그리고 이 시점에서 우리가 증거를 얻을 것 같지도 않고요."

"그러면 어떻게 하죠?" 피오나는 손가락으로 뺨을 누르면서 눈물을 닦아냈다.

숨을 들이마셨을 때 공기보다 더 휘발되기 쉽고 폭력적인 무언가가 몸속의 막을 태우고 내 핏속으로 녹아드는 것처럼 느껴졌다. "가능한 해결책으로 제가 생각할 수 있는 건 딱 하나뿐입니다."

"그럼 하세요, 제발."

"그건 좋은 해결책이 아닙니다, 래퍼티 씨. 하지만 아주 가끔은 절박한 시기엔 절박한 방법을 요구할 수 있죠."

"가령 어떤?"

"드물지만, 저는 아주 드물다고 말하는 겁니다, 아주 중대한 증거가 뒷문으로 나타나는 경우도 있습니다. 백 퍼센트 합법적이라고 말할 수는 없는 통로를 통해서요."

피오나는 나를 빤히 보았다. 그녀의 뺨은 아직 젖어 있었지만 이미 울음은 잊어버렸다. 피오나는 말했다. "형사님 말뜻은……." 피오나는 말을 멈췄다가 다시 더 조심스럽게 이어갔다. "좋아요. 무슨 뜻이죠?"

그런 일은 일어난다. 자주는 아니지만, 사람들이 생각하는 것만큼 그렇게 자주라고 할 수는 전혀 없지만 어쨌든 일어난다. 어떤 잘난 척하는 새끼들이 성질을 돋우는데도 정복 경관 하나가 그냥 놔뒀기 때문에 일어난다. 퀴글리 같은 게으른 자식이 진짜 형사와 우리의 사건 해결률을 질투했을 때 일어난다. 어떤 남자가 자기 아내를 병원에 넣고 열두 살짜리 자식을 성매매로 팔아넘기려 한다는 사실을, 어떤 형사가 알았을 때 일어난다. 어떤 사람이 우리가 따르기로 맹세한 규칙보다 자기 정신력을 더 신뢰하기로 했을 때 일어난다.

나는 한 번도 한 적이 없었다. 나는 사건을 곧은 방식으로 해결할 수 없다면 그 사건을 맡을 자격이 없다고 늘 믿어왔다. 나는 피 얼룩이 묻은 휴지가 제자리로 이동하거나 둘둘 싼 코카인 봉투가 떨어지거나 목격자들이 코치를 받는 동안 시선을 다른 데로 돌리는 그런 형사가 아니었다. 감사과에 신고할 경우를 대비해서 내게 부탁하는 사람도 없었다. 나는 신고를 하지 않을 수 있게 해준 그들에게 감사해왔다. 하지만 나는 알았다.

"제니를 범죄와 연결할 수 있는 증거를 가져다주신다면, 그것도 금방, 가령 오늘 오후면 좋겠죠. 그러면 제가 제니가 퇴원하기 전에 체포하겠습니다. 그 순간부터는 제니는 자살 감시 대상자가 됩니다." 제니가 자는 모습을 바라보던 그 고요한 시간에 나는 이 생각을 하고 있었다.

내 말을 이해하려 하면서 빠르게 깜박이는 눈을 보았다. 긴 순간이 흐르고 피오나가 말했다. "내가요?"

"제가 피오나 씨 도움 없이 이걸 할 방법을 생각해낼 수 있다면 지금 이런 말을 하지도 않겠죠."

피오나의 얼굴은 경계심을 보이며 긴장했다. "형사님이 저를 함정에 빠뜨리려는 게 아니란 사실을 어떻게 알죠?"

"무엇 때문에요? 제가 그냥 사건을 해결하고 싶어서 누명을 씌울 사람을 찾을 뿐이라면 래퍼티 씨가 필요하지 않습니다. 이미 코너 브레넌이 있으니까요. 모든 요건을 다 갖춘 적당한 인물이죠." 환자 이동 담당자가 한 명이 짤랑거리는 카트를 밀고 복도 끝을 지나가는 바람에 우리 둘 다 화들짝 놀랐다. 나는 좀더 조용히 말했다. "그리고 저도 최소한 당신만큼이나 위험을 무릅쓰는 겁니다. 래퍼티 씨가 내일, 혹은 다음 달, 아니면 한참 지나서 십 년 뒤에라도 누구에게든 이 얘기를 하기로 하면 저는 최소 내부 감사 대상이고 최악의 경우 제가 이제까지 손댄 모든 사건과 내가 직접 기소한 형사 사건들을 재조사받게 됩니다. 제가 가진 모든 것을 래퍼티 씨 손에 맡기는 겁니다."

피오나가 말했다. "왜죠?"

너무 많은 대답이 있었다. 피오나가 나에 대한 확신이 있다고 말해주었던 순간, 여전히 내 안에서 작게 그렇지만 환하게 빛나는 그 순간 때문에. 리치 때문에. 레드 와인으로 짙게 물든 입술로 내게 왜 라는 건 없어, 라고 말하던 디나 때문에. 결국에 내가 공유해도 견딜 수 있는 유일한 대답을 전했다. "우리에겐 충분할 수도 있는 하나의 증거가 있었습니다만 파괴되었습니다. 제 잘못입니다."

잠시 후 피오나가 말했다. "언니는 어떻게 될까요? 체포되면요. 얼마나 오래……?"

"언니분은 적어도 처음에는 정신병동에 보내질 겁니다. 재판에서 버틸 만큼 기력을 회복하면 변호인 측에서 무죄나 정신이상을 주장하겠죠. 배심원들이 제니가 정신이상이라고 여기면 의사들이 본인이나 타인에게 위험하지 않다고 의사들이 판단할 때까지는 병원으로 돌아가게 됩니다. 만약 유죄판결을 받으면 십 년이나 십오 년 정도 교도소에 갇히겠죠." 피오나는 움찔했다. "꽤 긴 시간처럼 들린다는 건 압니다만 우리는 반드시 언니분이 필요한 치료를 받을 수 있도록 할 겁니다. 그리고 제니가 내 나이가 될 때쯤에는 나올 수 있게 됩니다. 인생을 다시 시작할 수 있어요. 당신과 코너가 옆에서 도와준다면."

원내 방송이 살아나 새된 소리를 지르며 아무개 박사님은 사고 응급실로 빨리 와달라고 요청했다. 피오나는 움직이지 않았다. 마침내 그녀는 고개를 끄덕였다. 피오나의 몸에 있는 모든 근육이 팽팽히 긴장했지만 경계심은 빠져나갔다. "좋아요." 피오나는 말했다. "하겠습니다."

"피오나 씨의 확신이 필요합니다."

"확신해요."

"그러면 우리가 할 일은 이겁니다." 이 말이 돌처럼 무겁게 느껴지며 나를 아래로 가라앉혔다. "래퍼티 씨는 저한테 오션뷰로 향한다고 말할 겁니다. 언니 물건을 좀 챙기러요. 잠옷 가운 세면도구, 아이팟, 책, 뭐든 언니가 필요한 거면 됩니다. 저는 집은 여전히 봉쇄되어서 들어갈 수 없다고 말할 겁니다. 대신에 제가 직접 가서 집 안에 들어가 제니가 필요한 건 뭐든 챙깁니다. 제가 제대로 물건을 챙겼는지 보기 위해서 당신을 데려갈 겁니다. 래퍼티 씨는 도중에 목록을 만들어줍니다. 제가 나중에 물어보는 사람에게 보여줄 수 있도록 직접 쓰세요."

피오나는 고개를 끄덕였다. 사건 수사 회의에 참가한 시보처럼 정신을 바짝 차리고 주의 깊게 모든 말을 암기하면서 나를 바라보았다.

"그 집을 다시 보니까 래퍼티 씨의 기억이 되살아납니다. 갑자기 당신은 정복 경관들과 함께 시체를 발견하던 그날 경찰관들을 따라 집 안으로 들어갔을 때 계단 바닥에 떨어져 있던 무언가를 주웠다는 기억이 납니다. 자동적으로 그렇게 했죠. 그 집은 늘 무척 깔끔해서 바닥에 무언가 떨어져 있는 건 어울리지 않았고 그래서 뭘 하는지 인식하지도 못한 채로 코트 주머니 속에 넣은 겁니다. 그다음에는 정신이 다른 데 쏠려버렸죠. 이 모든 얘기가 래퍼티 씨가 보기에 잘 들어맞습니까?"

"제가 주운 물건. 그건 뭐죠?"

"제니는 보석 상자에 팔찌를 가득 가지고 있었습니다. 제니가 자주 끼던 게 있나요? 단단한 거 뭐죠, 뱅글이라고 하는 것 말고요. 우리는 사슬 팔찌가 필요합니다. 튼튼한 걸로."

피오나는 생각했다. "언니는 참 장식 팔찌가 있어요. 금체인으로 된 거예요. 굵은 것. 꽤 튼튼해요. 팻이 언니의 스물한 살 생일 때 선물로 주었고 그후에는 중요한 일이 있을 때마다 달 수 있는 장식을 하나씩 줬어요. 결혼할 때는 하트, 아이들이 태어날 때는 머리글자 그리고 그들이 집을 샀을 때는 작은 집 장식. 제니는 그걸 자주 찼어요."

"완벽하네요. 래퍼티 씨가 그걸 주운 데는 다른 이유도 있습니다. 당신은 그게 제니에게 큰 의미가 있다는 것을 알았습니다. 제니는 그게 바닥에 돌아다니는 걸 원치 않았을 거예요. 그러다 무슨 일이 있었는지를 보고 팔찌 일은 마음속에서 날아가버립니다. 자연스럽게도 이후에는 그에 대해서 생각하지 않습니다. 하지만 내가 집에서 나오기를 기다리는 동안 그 생각이 다시 떠오릅니다. 당신은 코트 주머니를 뒤지다가 그걸 찾아냅니다. 제가 차에 돌아가자 래퍼티 씨는 그걸 제게 건넵니다. 혹시나 그게 도움이 될지도 모른다고 하면서요."

"그게 어떻게 도움이 되죠?"

"제가 묘사한 방식대로 모든 게 일어난다면 래퍼티 씨는 그 팔찌가 우리 수사에 어떻게 들어맞는지 알 길이 없을 겁니다. 그러니까 지금도 모르는 편이 낫습니다. 그래야 실수로 흘릴 가능성이 줄어드니까요. 저를 신뢰하셔야 합니다."

"형사님은 확신하는 거죠? 이게 제대로 될 거라고요. 모두 잘못되지 않을 거라고. 확신하시죠."

"완벽하진 않습니다. 아마도 검사를 포함해서 어떤 사람들은, 당신이 계속 알고 있었지만 일부러 그걸 숨겼다고 생각할 겁니다. 어떤 사람들은 모든 일이 어딘가 지나치게 편리해서 사실이라고 믿긴 어렵다고 의심을 품을 수도 있습니다. 래퍼티 씨는 알 필요 없는 부서 내의 정치 같은 게 있죠. 저는 래퍼티 씨가 곤란해지지 않도록 확실히 처리할 겁니다. 증거를 은닉하거나 법 집행을 방해하거나 하는 죄로 체포될 일은 없습니다. 하지만 검사나, 그게 거기까지 간다면 말이지만 변호인 측에서 거칠게 밀어붙이는 것까지 피할 수 있게 해드릴 수는 없습니다. 제니퍼 스페인 씨가 죽으면 동생이 수익자가 될 수도 있다는 걸 고려할 때 검사나 변호사 측에서 래퍼티 씨가 용의자가 된다는 암시를 흘릴 수도 있습니다."

피오나의 눈이 휘둥그레졌다. "걱정하지 마십시오." 나는 말했다. "제가 약속드리죠. 그들이 성공할 가능성은 없습니다. 당신이 곤란에 빠질 일은 없어요. 그저 미리 말해두는 겁니다. 이게 완벽하지 않다는 점은. 하지만 제가 할 수 있는 최선입니다."

"좋아요." 피오나는 심호흡을 하며 말했다. 그녀는 의자에서 똑바로 몸을 세우고 양손으로 머리카락을 얼굴 뒤로 넘기며 작전에 대비했다. "이젠 뭘 하죠?"

"우리는 대화 및 모든 것을 실제로 해야만 해요. 모든 단계를 하나하나 밟아가야 진술을 하게 될 때나 교차 검증을 하게 될 때 자세한 부분을 기억할 수 있습니다. 그러면 진실처럼 들릴 겁니다. 실제로 진실을 말하고 있으니까요."

피오나는 고개를 끄덕였다. "그럼." 나는 말했다. "어디로 가십니까, 래퍼티 씨?"

"제니가 잠들었으면 저는 브라이언스타운에 갔다 와야 해요. 언니 물건을 집에서 가져와야 해서."

피오나의 목소리는 나무처럼 단단하고 텅 비었다. 거기엔 슬픔의 침전물 외에는 아무것도 남아 있지 않았다. "안타깝지만 래퍼티 씨가 집 안으로 들어갈 순 없습니다. 거기는 아직도 사건 현장입니다. 도움이 된다면 제가 래퍼티 씨를 데려가서 필요한 물건을 가지고 나오겠습니다."

"그거 좋네요. 감사해요."

"가죠."

나는 노인처럼 벽에 기대어 일어섰다. 피오나는 코트 단추를 잠그고 스카프를 목에 두르고 단단히 여몄다. 어린아이는 울음을 멈췄다. 우리는 그 복도에서 잠깐 선 채로 제니퍼의 병실 문 옆에서 귀를 기울였다. 부르는 소리, 움직임, 우리를 그 자리에 매어놓을 무엇이라도 있는지. 하지만 아무 소리도 나오지 않았다.

내 인생의 남은 날 동안 그 여정을 기억할 것이다. 내가 돌아갈 수 있었던 마지막 순간이었다. 제니퍼의 파편을 주워서 피오나에게 내 위대한 계획에 결함을 발견했다고 말하고 피오나를 병원에 도로 데려다 놓고 작별인사를 할 수 있었다. 그날 브로큰하버로 가는 길 위에서 나는 어른이 되고 난 후의 인생을 송두리째 바쳐 되려고 했던 존재 그 자체였다. 살인수사과 형사 부서에서 제일 훌륭한 인재, 사건의 해결책을 찾아서 곧고 좁은 길로만 해결해내는 사람. 내가 그곳을 떠날 때는 다른 존재로 바뀌어버렸다.

피오나는 조수석에 움츠리고 앉아서 창밖을 내다보았다. 우리가 고속도로에서 올라섰을 때 나는 한 손을 운전대에서 떼고 수첩과 펜을 찾아서 그녀에게 건넸다. 피오나가 수첩을 무릎 위에 올려놓고 글을 쓰는 동안 나는 속도를 일정하게 유지했다. 피오나는 목록을 다 만든 뒤 물건을 도로 내게 건넸다. 나는 종이를 휙 살펴보았다. 피오나의 필체는 분명하고 둥글었으며 글자 꼬리 부분을 빠르게 살짝 올리는 습관이 있었다. 로션(침대 옆 탁자에 있는 것이든 욕실에 있는 것이든), 청바지, 블라우스, 스웨터, 브래지어, 양말, 신발(운동화), 코트, 스카프.

피오나가 말했다. "병원에서 퇴원할 때 입을 옷이 필요해요. 다음에 어디로 가든."

"고맙습니다." 나는 말했다.

"내가 이런 짓을 하다니 믿을 수가 없네요."

올바른 일을 하고 있는 겁니다. 그 말이 자동적으로 나올 뻔했다. 대신에 나는 이렇게 말했다. "언니분의 목숨을 구하고 있는 겁니다."

"언니를 감옥에 집어넣는 거잖아요."

"하실 수 있는 최선을 하는 겁니다. 우리 중 누구라도 할 수 있는 일은 그게 다예요."

피오나는 말이 저절로 밀고 나오듯 불쑥 말했다. "우리가 어렸을 때 나는 제니 언니가 끔찍한 일을 하게 해달라고 기도하곤 했어요. 나는 늘 말썽꾸러기였거든요. 대단한 건 아니고 불량 청소년도 아니지만 엄마한테 말대꾸를 하거나 교실에서 떠들거나 하는 사소한 일들요. 제니는 어떤 나쁜 짓도 하지 않았어요. 그렇다고 착한 체했다는 건 아니에요. 그저 언니에겐 그게 자연스러웠죠. 나는 언니가 딱 한 번이라도 정말 끔찍한 일을 하게 해달라고 기도했어요. 그런 다음 내가 이르면 언니는 곤란해질 거고 모든 사람이 이렇게 말할 거 아니에요. '잘했어, 피오나. 너는 옳은 일을 한 거야. 참 착하지.'"

피오나는 고해를 하는 어린아이처럼 두 손을 꼭 깍지 껴 무릎 위에 올려놓았다. 나는 말했다. "그 이야기는 다시 하지 마십시오, 래퍼티 씨."

내 목소리는 의도보다도 더 날카롭게 나왔다. 피오나는 다시 창밖을 내다보았다. "안 할 거예요."

그후에 우리는 이야기를 나누지 않았다. 내가 오션뷰로 꺾어 들어갈 때 한 남자가 옆길에서 갑자기 튀어나왔다. 나는 브레이크를 세게 밟았지만 그저 조깅하는 사람이었다. 눈은 앞을 응시했지만 아무것도 보지 않았고 콧구멍은 고삐 풀린 말처럼 벌름거렸다. 순간 나는 차창 너머로 그가 크게 숨을 헉 들이마시는 소리를 들었다고 생각했다. 다음 순간 그는 사라졌다. 우리가 본 사람은 그뿐이었다. 바다에서 불어오는 바람이 철망 울타리를 흔들었고 급경사 진 마당에 높이 자란 잡초들을 사로잡았다가 차창으로 밀려들었다.

피오나가 말했다. "신문에서 그 사람들이 여길 불도저로 밀어버리는 논의를 한다는 기사를 읽었어요. 유령 단지를요. 그저 다 때려

부순 후에 자기들은 빠져나가고 아무 일 없는 척하겠다는 거죠."

마지막 순간 나는 브로큰하버를 원래 그랬어야 할 모습 그대로 보았다. 잔디 깎는 기계가 윙윙 울고, 라디오에서는 빠른 비트의 달콤한 음악이 쿵쿵 울려대는 동안 남자들은 차로에서 세차를 하고, 어린아이들은 소리를 지르며 킥보드를 타고 빙 돌아간다. 여자애들은 높이 올려 묶은 머리를 찰랑거리며 조깅을 하고, 여자들은 마당 울타리 위로 몸을 숙여 소문을 교환하고, 십 대 아이들은 동네 모퉁이마다 서로 밀치고 킬킬대고 서로에게 호감을 보이며 장난을 친다. 제라늄 화분과 새 차, 아이들의 장난감에서 폭발하는 다채로운 빛깔들, 바람을 타고 흘러들어오는 갓 칠한 페인트와 바비큐 냄새. 그 이미지가 공기 중에서 너무도 강하게 뛰어나와 온갖 녹슨 배관과 움푹 파인 흙길보다도 더 선명하게 보였다. 나는 말했다. "안타깝네요."

"속 시원하죠. 오 년 전 이곳이 지어지기 전에 그랬어야 했어요. 개발 계획을 불태우고 떠나야 했죠. 하지만 늦게라도 하는 편이 안 하는 것보다 낫죠."

나는 단지의 구조를 파악해놓았다. 피오나에게 방향을 묻지 않고도 단번에 스페인 가족의 집까지 찾아갔다. 피오나는 또 자기 마음속으로 사라져버렸고 나는 그녀를 거기 두고 올 수 있어서 기뻤다. 내가 차를 주차하고 문을 열자 바람이 밀려들어 찬물처럼 귀와 눈을 채웠다.

나는 말했다. "몇 분 후에 돌아오겠습니다. 누가 보고 있을 때를 대비해서 주머니에서 뭔가 찾은 동작을 해나가세요." 고건 가족의 커튼은 움직이지 않았지만 그것도 시간문제였다. "누가 다가와도 말하지 마세요." 피오나는 차창 밖을 향해 고개를 끄덕였다.

자물쇠는 여전히 그 자리에 있었다. 기념품 사냥꾼들과 시체를 쫓는 악귀들이 호시탐탐 때를 기다리고 있을 것이다. 나는 둘리틀 박사에게서 받아낸 열쇠를 찾았다. 바람에서 벗어나 안으로 발을 내딛자 즉각적인 고요가 귓속에 울렸다.

나는 핏자국을 멀리할 생각도 하지 않고 부엌 찬장을 뒤져서 쓰레기봉투를 찾아냈다. 나는 그걸 들고 위층으로 올라가서 빨리 움직이며 물건들을 던져 넣었다. 시네이드 고건은 지금쯤은 앞 창문에 붙었을 것이고 내가 여기서 얼마나 시간을 보냈는지 누가 묻는다면 기쁘게 얘기해줄 것이다. 일을 다 마친 후 나는 장갑을 끼고 제니퍼의 보석 상자를 열었다.

참 장식이 달린 체인 팔찌는 손목에 채워질 준비를 마치고 자기만의 작은 칸 안에 놓여 있었다. 황금 하트, 작은 황금 집이 크림색 전등갓 아래로 떠도는 은은한 빛 속에서 빛났다. 필기체 모양의 E에는 다이아몬드 조각이 반짝거렸고 J는 빨간색 에나멜 도금을 했다. 다이아몬드 물방울은 제니퍼의 스물한 번째 생일을 위한 것이었으리라. 체인에는 아직 자리가 많이 남아 있었다. 앞으로 일어날 수 있었던 멋진 일들을 위한 자리였다.

쓰레기 봉지를 바닥에 두고 팔찌를 에마의 방으로 가져갔다. 전등을 켰다. 커튼을 걷고 이 일을 하지는 않을 것이다. 방은 리치와 내가 수색을 마치고 놔둔 그대로였다. 깔끔한 방에는 생각과 사랑, 분홍색이 가득했다. 오로지 침대보만이 벗겨져 여기서 무슨 일이 일어났음을 알 수 있었다. 침대 옆 탁자 위에서는 모니터가 경고를 번득이고 있었다. 12도, 너무 춥습니다.

뒷면에 조랑말이 그려진 에마의 분홍색 머리빗이 서랍장 위에 놓여 있었다. 나는 머리카락을 조심스럽게 집어 길이를 맞춰서 들어보았다. 모두 가는 금발로 각도를 잘못 맞추면 빛 속에 비쳐 보이지 않을 정도였다. 험하게 빗질을 하며 너무 세게 잡아당기는 바람에 모근과 표피 조직이 아직도 붙어 있는 것들을 찾았다. 마침내 나는 여덟 가닥을 얻었다.

나는 그걸 한데 모아 잘 펴서 작게 묶은 후 뿌리를 손가락으로 집고 반대쪽은 체인 팔찌에 감았다. 단단히 걸리기 전에 몇 번의 시도를 해야 했다. 체인에, 잠금쇠에, 작은 황금 하트에. 결국에는 둥글게 만 고리를 에나멜 도금을 한 J에 걸고 한 번 잡아당기자 머리카락이 내 손가락에서 빠져나가 금체인에 부딪쳐 팔랑거렸다.

나는 그 팔찌를 한 손에 끼고 연결 고리가 휘어져 풀릴 때까지 잡아당겼다. 내 손바닥에 붉은 자국이 남았지만 제니퍼의 손목에는 패트릭이 그녀를 잡으려고 할 때 생긴 멍과 찰과상이 가득했다. 다른 것에 가려서 흐려진 상처 중 하나는 팔찌 때문에 날 법했다.

에마는 싸웠다. 쿠퍼가 이미 우리에게 한 얘기였다. 한순간 에마는 베개를 자기 머리에서 밀어낼 수 있었다. 제니퍼가 다시 더듬거리며 그걸 다시 올려놓았을 때 제니퍼의 팔찌가 에마의 휘날리는 머리카락에 걸렸다. 에마는 그걸 잡아서 약한 고리가 구부러질 때까지 당겼다. 에마의 손이 다시 베개 밑에 갇혀버렸다. 팔찌에는 에마의 머리카락 몇 가닥 외에는 아무것도 남지 않았다.

팔찌는 제니퍼가 하던 일을 마치는 동안에는 아직 제니퍼의 손목에 걸려 있었다. 제니퍼가 아래층으로 패트릭을 찾으러 갈 때 구부러진 고리가 느슨해져서 빠져나갔다.

아마도 이것만 가지고는 유죄판결을 받기에 충분하지 않을 것이었다. 에마의 머리카락은 마지막 저녁, 제니퍼가 아이를 침대에 눕히기 전에 머리를 빗어주었을 때 걸렸을 수도 있었다. 연결 고리는 제니퍼가 대체 무슨 소동인가 보려고 아래층으로 서둘러 내려오다가 문손잡이에 걸린 걸 수도 있었다. 이 모든 것에서 합리적인 의심이 뚝뚝 떨어졌다. 그렇지만 다른 모든 증거와 합친다면 제니퍼를 체포하고 기소하고 재판을 기다리는 동안 구금하기엔 충분할 것이다.

거기까지 일 년 혹은 그 이상이 걸릴지 모른다. 그때까지 제니퍼는 많은 시간을 다양한 정신과 의사나 심리학자들과 보낼 수 있을 것이고 그들에게서 약과 상담, 그 외 바람 휘몰아치는 낭떠러지에서 한발 물러설 기회를 줄 수 있는 모든 것을 받게 된다. 제니퍼가 죽기로 한 마음을 바꾼다면 유죄를 인정할 것이다. 나가야 할 다른 이유가 없으니까. 그리고 유죄 인정으로 패트릭과 코너, 두 사람에게서 그늘이 벗겨진다. 제니퍼가 마음을 바꾸지 않는다면 누군가가 제니퍼가 계획하는 일을 알아챌 것이다. 어떤 사람들의 생각과는 달리 대부분의 정신 건강 전문가들은 자기 일을 제대로 한다. 그리고 제니퍼를 안전하게 지키기 위해 그들이 할 수 있는 일을 할 것이다. 나는 피오나에게 진실을 말했다. 이 계획은 완벽하지 않다. 그와는 거리가 멀다. 하지만 이 사건에 완벽을 위한 자리는 없었다.

에마의 방을 나서기 전에 나는 커튼 한쪽을 걷고 창 앞에 서서 줄줄이 늘어선 짓다 만 집들과 그 너머의 해변을 내다보았다. 겨울이 다가와 해가 짧아지고 있었다. 아직 3시도 되지 않았지만 벌써 빛은 저녁의 우울을 띠고 푸른색은 바다에서 빠져나와 하얀 거품이 간간이 줄무늬를 그리는 가차 없는 회색만 남았다. 코너의 은신처 창문 구멍에 달아놓은 비닐 시트가 바람에 탁탁 휘날렸다. 그 주변의 집들은 포장되지 않은 길 위로 미친 그림자를 드리웠다. 이곳은 폼페이 관광객들이 걸어 다닐 수 있도록 보존해놓은 고고학적 발견물처럼 보였다. 관광객들이 입을 벌리고 목을 쭉 빼고서, 이곳을 쓸고 가 생명이란 다 사라진 황무지로 만든 재난의 사진을 찍을 수 있도록 놓아둔 유적. 그러나 그것도 앞으로 짧은 몇 년뿐, 마침내 이곳은 무너져 흙먼지만 남을 것이다. 부엌 바닥 한가운데에 개미총이 쌓이고 조명을 담쟁이덩굴이 감고 오르게 될 것이다.

나는 에마의 방문을 조용히 닫고 나왔다. 계단 바닥 욕실로 이어지는 전선 옆에서 리치의 소중한 비디오카메라가 다락 해치를 가리키며 작은 빨간 눈을 깜박여 녹화중임을 알렸다. 작은 회색 거미가 벌써 카메라와 벽 사이에 거미줄로 그물 침대를 지어놓았다.

위쪽 다락에선 처마 밑 구멍으로 바람이 쏟아져 들어오며 여우인지 밴시*인지 퍼덕거리는 높은 울음소리가 들려왔다. 나는 열린 해치 속을 실눈을 뜨고 올려다보았다. 순간 뭔가 움직이는 것을 보았다고 생각했다. 모습을 바꾸며 한데 뭉치는 검은 암흑, 신중한 근육의 움직임. 하지만 눈을 깜박이자 거기에는 오직 어둠과 넘쳐나는 차가운 공기뿐이었다.

다음 날 일단 사건을 종결하면 나는 리치가 신청한 기술자를 보내서 카메라를 수거하게 하고 영상의 모든 프레임을 분석해서 자기가 본 것이 무엇이든 보고서를 세 부 작성하게 해야 할 것이다. 내가 직접 그 계단에 무릎을 꿇고 카메라에 내장된 작은 화면을 넘기며 영상을 빨리 돌려 살펴보면 안 될 이유는 없었지만 그렇게 하지 않았

---

* 서구 민담의 여자 유령으로 그 울음을 듣는 자는 죽는다고 한다.

다. 나는 거기엔 아무것도 없다는 사실을 이미 알았다.

    피오나는 조수석 문에 기대어 우리가 첫날 얘기할 때 들어갔던 빈 집을 멍하니 바라보고 있었다. 손가락 사이에 낀 담배에서는 가는 실 같은 연기가 피어올랐다. 내가 다가가자 피오나는 담배를 흙탕물이 반쯤 찬 구멍 속으로 던져버렸다.

    "여기 언니 물건이 있습니다." 나는 쓰레기봉투를 내밀며 말했다. "이게 염두에 둔 물건들이 맞나요, 아니면 다른 걸 가져왔으면 합니까?"

    "이 물건들로 좋아요. 감사합니다."

    피오나는 심지어 훑어보지도 않았다. 어지러운 한 순간 나는 피오나가 마음을 바꿨다고 생각했다. "괜찮습니까?"

    "저 집을 보고 있으려니 생각이 떠올랐어요. 우리가 그들을, 제니와 팻과 아이들을 발견했을 때 저는 이걸 주웠어요."

    피오나는 주머니에서 한 손을 꺼냈다. 손은 마치 무언가를 쥐고 있는 듯 동그랗게 말았다. 나는 구경꾼과 바람으로부터 팔찌를 가리려고 손바닥을 오므려 내밀었다. 피오나는 자신의 빈 손바닥을 그 위에 벌렸다.

    나는 말했다. "물건에 손을 대야 합니다. 만약의 경우를 생각해서."

    피오나는 잠깐동안 한 손으로 팔찌를 꽉 쥐었다. 장갑을 끼고 있었지만 나는 그녀의 손가락에서 풍기는 냉기를 느낄 수 있었다.

    "이거 어디서 났습니까?"

    "경찰들이 그날 아침 집에 들어갔을 때 저도 따라 들어갔어요. 무슨 일이 일어났는지 알고 싶었어요. 그때 이게 계단 맨 아랫단 벽에 붙어 있는 것을 보았어요. 저는 그걸 주웠죠. 제니가 그게 바닥에서 발에 차이는 걸 좋아하지 않을 테니까요. 그걸 코트 주머니에 넣었어요. 제 코트에 구멍이 있었어요. 그래서 안감 안으로 들어갔나 봐요. 지금까지 잊고 있었네요."

피오나의 목소리는 가늘고 단조로웠다. 바람이 끊임없이 포효하며 그 소리를 휙 밀어 생 콘크리트와 녹슨 금속들 사이로 밀어버렸다. "고맙습니다. 살펴보도록 하죠."

나는 운전석으로 돌아가 문을 열었다. 피오나는 움직이지 않았다. 내가 팔찌를 증거물 봉투에 넣고 꼼꼼하게 이름표를 붙인 후 코트 주머니에 넣었을 때야 피오나는 몸을 펴고 차 안에 올라탔다. 여전히 내 얼굴을 보지 않았다.

나는 차의 시동을 걸었고 우리는 길 위에 파인 웅덩이와 제멋대로 뻗은 철사를 솜씨 좋게 피하며 브로큰하버를 빠져나갔다. 바람은 여전히 크레인의 쇠공처럼 차창을 두드렸다. 그렇게 쉬운 일이었다.

캠핑카 야영장은 스페인 가족의 집보다 해변에서 훨씬 위, 북쪽으로 백 미터 떨어진 곳이었다. 리치와 내가 어둠 속을 지나 코너 브레넌의 은신처로 걸어갔다가 그를 우리 사이에 끼고 우리 사건을 모두 해결했다고 생각하며 돌아갔을 때 우리는 아마도 내 가족의 캠핑카가 서 있던 자리를 가로질렀을 것이다.

내가 마지막으로 어머니를 본 것은 브로큰하버에서의 마지막 저녁 캠핑카 바깥이었다. 우리 가족은 마지막 작별 식사를 하러 월런 술집에 가버렸다. 나는 차 안의 작은 부엌에서 재빨리 햄 샌드위치 두 개를 만들어먹고 해변에 모인 친구들을 만나러 나갈 준비를 하고 있었다. 우리는 모래언덕에 사과주 몇 병과 담배 몇 갑을 몰래 숨겨두었고 물대에 파란 비닐봉지를 묶어 표시를 해두었다. 누군가는 기타를 가지고 오기로 했다. 부모님은 나한테 자정까지는 나가 있어도 좋다고 했다. 링크스 머스크 향 체취 제거제 냄새가 캠핑카 안에 어렸고 창문 사이로 낮게 들어오는 풍성한 빛이 거울을 때려 나는 머리를 세심하게 세우려고 젤을 바르면서 고개를 옆으로 수그려야만 했다. 제리 누나의 침대 위에 놓인 여행 가방은 벌써 반쯤 짐이 든 채로 열려 있었다. 디나의 작은 흰 모자와 선글라스가 그 애의 침대 위에 내던져져 있었다. 어디선가 아이들이 웃었고 한 엄마가 저녁 먹으라고 불렀다. 저 멀리에 틀어놓은 라디오에서는 〈그녀의 작은 행동까지도 마법 같아Every Little Thing She Does Is Magic〉라는 곡이 흘러나왔다. 나는 변성기가 지나 생긴 저음으로 소리 죽여 그 노래를 따라 부르면서 어밀리아가 머리카락을 넘기던 모습을 떠올렸다.

청재킷을 입고 캠핑카 계단을 뛰어 내려가다가 멈추었다. 엄마가 바깥에 복숭아색과 황금색으로 변해가는 하늘을 바라보려 머리를 살짝 뒤로 젖히고 앉아 있었다. 엄마의 코는 햇볕에 그을렸으며 종일 햇볕 속에 누워 있거나 디나와 모래성을 만들고 아버지와 손을 잡고 해안선을 따라 산책하느라 틀어올린 부드러운 금발이 살짝 풀어져 있었다. 엄마가 입은 긴 치마, 흰 꽃무늬가 점점이 있는 연청색 면 치맛자락이 산들바람에 위로 떠올라 나부꼈다.

"마이키." 엄마는 미소 지으며 나를 올려다보면서 말했다. "너 정말 잘생겨 보인다."

"엄마, 술집에 간 줄 알았는데."

"사람이 너무 많아." 이걸 첫 번째 힌트로 나는 알아챘어야만 했다. "여긴 참 멋지구나. 참 평화로워. 봐."

나는 하늘을 건성으로 보는 둥 마는 둥 했다. "응. 예뻐. 나 해변에 가는데 내가 말한 거 기억하지? 이따가는⋯⋯."

"여기 엄마 옆에 와서 잠깐 앉아봐." 엄마는 한 손을 내뻗으며 신호했다.

"나 가야 해. 애들이⋯⋯."

"알아. 잠깐만."

그때 알았어야 했다. 하지만 엄마는 두 주 동안 무척 행복해 보였다. 엄마는 브로큰하버에서는 늘 행복했다. 일 년 중에서 내가 보통 남자아이가 될 수 있는 건 두 주뿐이었다. 아무것도 경계할 필요 없이 애들 앞에서 멍청한 이야기를 하고 어밀리아를 생각하면 부적절한 순간에 갑자기 얼굴이 빨개진다거나 하는 것 말고는 마음속 뒤에서 기어 다니는 비밀 같은 것도 없고 나 말고도 어밀리아를 짝사랑하는 덩치 큰 딘 고리 같은 녀석 외에는 달리 지켜볼 것도 없었다. 나는 그렇게 긴장이 풀려 있었다. 일 년 내내 나는 열심히 지켜보고 너무나 열심히 노력했다. 나는 이 상황을 누릴 자격이 있다고 생각했었다. 나는 신이든 세계든 뭐든 그 규율을 돌에 새긴 존재가 착한 일을 했다고 휴가를 주는 건 아니라는 사실을 잊어버렸다.

나는 다른 의자 끄트머리에 앉아서 몸을 꿈지럭대지 않으려고 애썼다. 엄마는 몸을 뒤로 기대고 한숨지었다. 만족스럽고 꿈같은 소리였다. 저거 봐. 엄마는 말하면서 너울너울 밀려오는 물을 향해 두 팔을 펼쳤다. 부드러운 저녁이었다. 라벤더 빛 파도가 철썩이고 공기는 캐러멜처럼 달콤하고 짭짤했으며 햇빛 속에는 높고 얇은 실안개가 깔려 밤에는 바람이 우리의 살을 엘 수도 있다고 예고했다. "여기 같은 곳은 없어. 절대로 없지. 나는 집에 가지 않아도 되면 얼마나 좋을까 싶구나. 넌 안 그러니?"

"응, 어쩌면. 여기 좋지."

"엄마한테 말해봐. 저 금발 여자애, 우리가 우유 떨어졌다고 한 날 우유를 주었던 착한 아빠와 온 애. 걔가 네 여자친구니?"

"세상에! 엄마!" 나는 부끄러워 몸을 뒤틀었다.

엄마는 알아차리지 못했다. "좋아. 좋은 일이야. 가끔 나는 네가 여자친구를 사귀지 않는 게 혹시나……." 엄마는 이마에 떨어진 머리카락을 빗어 넘기며 또 한 번 작은 한숨을 내쉬었다. "아, 좋은 일이야. 예쁜 애더라. 웃는 게 참 예뻐."

"그래." 어밀리아의 미소, 살짝 옆으로 치켜뜨며 내 눈을 마주 보던 그 애의 눈. 내가 깨물고 싶어지는 그 애 입술의 곡선. "그런 것 같아."

"걔를 잘 돌봐주렴. 네 아빠는 늘 엄마를 잘 돌봐주잖니." 어머니는 미소 지으며 의자 사이로 손을 뻗어 내 손을 토닥거렸다. "너도 그랬고. 저 여자애가 자기가 얼마나 운이 좋은지 알았으면 좋겠구나."

"우리 그냥 데이트한 지 며칠 안 됐어."

"계속 사귈 거야?"

나는 어깨를 으쓱했다. "모르겠어. 걘 뉴리에서 와서." 내 머릿속에서는 벌써 어밀리아에게 믹스 테이프를 만들어서 보내고 가장 멋진 글씨로 주소를 쓰고 어밀리아가 노래를 들을 소녀의 침실이 그려지고 있었다.

"계속 연락하고 지내렴. 너희가 애들을 낳으면 아주 예쁘겠지."

"엄마! 우린 알고 지낸 지 겨우……."

"모르는 일이잖니." 뭔가 엄마 얼굴을 스쳤다. 물 위에 어린 새의 그림자처럼 뭔가 빠르고 연약한 것. "절대 모르는 일이야, 이 삶에서는."

딘에게는 남동생과 여동생이 백 명이나 있어서 그의 부모는 걔가 어디 있든 신경 쓰지 않았다. 걔가 벌써 해변에 내려가서 기회를 잡으려 호시탐탐 노리고 있을 것이었다. "엄마, 나 가봐야 해. 괜찮아? 가도 돼?"

나는 벌써 반쯤 몸을 일으켰고 다리는 모래언덕 사이로 튀어갈 준비를 했다. 엄마의 손이 다시 의자 사이를 넘어와서 내 손을 잡았다. "아직은 안 돼. 난 혼자 있고 싶지 않아."

나는 윌런 술집 쪽으로 향하는 길을 올려다보며 기도했지만 그쪽은 텅 비어 있었다. "아빠랑 누나랑 디나가 곧 돌아올 거잖아."

우리 둘 다 그보다는 시간이 좀더 걸리리라는 사실을 알았다. 윌런 술집은 야영장에 있는 가족들 모두가 가는 곳이었다. 디나는 다른 꼬마들과 술래잡기를 하며 꺅꺅 소리 지르면서 놀고 있을 것이고 아빠는 다트 게임에 열중하고 있을 테며 제리 누나는 바깥벽에 앉아서 일 분만 더, 하면서 시시덕거리고 있을 것이다. 엄마의 손은 아직도 내 손을 감싸고 있었다. "너한테 해야 할 얘기들이 있어. 얘기들이. 중요한 거야."

내 머릿속은 어밀리아, 딘, 핏속에 솟구치는 야생의 바다 냄새, 사과주 맛이 나는 밤의 세계와 웃음, 그리고 모래언덕에서 나를 기다리는 수수께끼로 가득했다. 나는 엄마가 사랑과 여자애들, 그리고 절대 어림도 없는 섹스에 대해 이야기하고 싶어 한다고 생각했다. "응, 좋아. 근데 지금은 말고. 내일 집에 가서. 나 가봐야 해, 엄마. 진짜. 나 어밀리아를 만나기로 해서……."

"걔는 널 기다릴 거야. 엄마 곁에 있어. 나를 혼자 두지 마."

처음으로 절박한 기색이 엄마의 목소리 속에서 오르며 유독한 연기처럼 공기를 물들였다. 나는 엄마의 손이 내 손을 태우기라도 하는 것처럼 탁 빼버렸다. 내일 집에 가서는 이런 상황이 오리라는 준비는 하고 있었지만 여기는 아니었다. 지금은 아니었다. 그 상황의 부당함이 얼굴을 회초리처럼 가르자 나는 어안이 벙벙하고 화가 났고 눈이 멀어버렸다. "엄마, 하지 마."

엄마의 손은 여전히 내 쪽으로 뻗어 나를 붙잡으려 했다. "제발, 마이키. 난 네가 필요해"

"그럼 뭐?" 내 속에서 폭발한 감정이 숨을 앗아 가서 나는 헐떡였다. 나는 엄마를 때려서라도 내 앞에서, 내 세계에서, 밀어내고 싶었다. "난 이제 엄마를 보살피는 일에 질려버렸어, 젠장! 엄마야말로 나를 보살펴야 하는 거잖아!"

충격을 받아 입을 벌린 엄마의 얼굴. 석양빛이 엄마의 새치를 황금빛으로 물들여서 엄마는 더 젊어 보이고 반짝였으며 눈부신 환한 빛 속으로 사라질 것만 같았다. "오, 마이크. 오, 마이크. 정말 미안해……."

"그래, 나도 알아. 나도 그러니까." 나는 수치심과 반항심, 끔찍한 부끄러움으로 의자에 앉아 꿈지럭거리며 더욱 여기서 빠져나가고 싶어졌다. "그냥 잊어요. 진심이 아니었으니까."

"넌 진심이었어. 엄마는 네가 진심이었다는 거 알아. 그리고 네 말이 맞아. 네가 그런 일까지 하면 안 됐지……. 오, 하느님. 오, 사랑하는 아들, 정말 미안하다."

"괜찮아. 상관없어." 모래언덕에서 환한 색깔들이 움직이는 것이 보였다. 애들이 물로 뛰어갈 때 긴 다리의 그림자들이 그 앞에 쭉 뻗어나갔다. 한 여자애가 웃었다. 어밀리아인지 아닌진 알 수 없었다. "가도 돼?"

"그래, 물론. 가." 엄마의 손은 치마의 꽃들을 쥐어짜고 있었다. "걱정하지 마, 마이크. 엄마는 너한테 이런 짓을 다시 하지 않을 거야. 약속해. 멋진 저녁 보내렴."

나는 벌써 한 손을 올려 조심스럽게 머리를 세 번째로 점검하고 혀로 이를 훑으며 깨끗한지 확인하면서 벌떡 일어섰다. 그때 엄마가 내 소매를 잡았다. "엄마, 나는 가야……."

"알아, 잠깐만." 엄마는 나를 끌어 앉히고 두 손을 내 뺨에 대고 내 이마에 키스했다. 엄마에게서는 코코넛 선탠오일과 여름 그리고 내 엄마의 향기가 났다.

그후에 사람들은 아버지를 비난했다. 우리는 그간 잘해왔다. 아버지와 나와 제리 누나는 우리의 비밀을, 우리들만의 사방 벽 안에 잘 잠가놓고 안전히 지켰었다. 너무 잘해왔다. 아무도 엄마가 울음을 멈추지 못하는 날들이 있었는지, 엄마가 몇 주일 동안 침대에 누워 벽만 바라보지 않았나 의심하지 않았다. 하지만 그때는 이웃이 서로를 위해 감시하는, 아니, 서로를 감시하던 때였다. 어느 쪽인지 모르겠다. 온 동네가 엄마가 몇 주 동안 집밖에 나오지 않는다거나 며칠 동안 희미하게 인사만 건네고 머리를 수그린 채로 이웃의 호기심 어린 눈을 서둘러 피했다는 사실은 알았다.

어른들은 은근하게 전하려 했지만 모든 위로에는 저류 속에 흔들리는 질문이 담겨 있었다. 학교의 아이들은 대체로는 그렇게 은근하지도 않았다. 그들은 모두 똑같은 것을 궁금해했다. 엄마가 고개를 수그렸을 땐 멍든 눈을 숨기려 했던 건가? 집 안에만 있었을 땐 갈비뼈가 낫길 기다렸던 건가? 물로 걸어 들어갔을 땐 아버지가 거기로 보냈기 때문인가?

어른들은 차갑고 멍한 눈길로 떨쳐버릴 수 있었다. 너무 노골적으로 나오는 녀석들은 죽도록 때려주었다. 결국에는 내게 주었던 동정 점수가 다 바닥났고 선생님들은 싸웠다고 나를 학교에 남기는 벌을 주었다. 나는 집에 빨리 돌아가야만 했다. 제리 누나를 도와서 디나와 집을 보살펴야 했다. 아버지는 할 수 없었다. 아버지는 말도 할 수 없었다. 나는 벌을 감당할 여유가 없었다. 그때부터 나는 자제를 배우기 시작했다.

마음속 깊은 곳에서 나는 물어보는 애들을 비난하지 않았다. 평범하고 추잡한 참견처럼 보였다. 그렇지만 그때도 나는 그 이상을 이해했다. 그들은 알아야 할 필요가 있었다. 내가 리치에게 말한 것처럼 인과관계는 사치가 아니었다. 그걸 집어치우면 우리는 마비가 되어버리고 끝없는 검은 바다 위에서 거칠게 되는대로 나아가는 작은 뗏목에 매달려야 한다. 내 어머니가 그냥 아무 이유 없이 물속으로 걸어 들어갔다면 그들의 어머니도 그럴 수 있었다. 어느 밤에 언제라도. 그들도 그럴 수 있었다. 패턴을 파악하지 못할 때 우리는 하나의 모양을 이룰 때까지 조각을 짜 맞춘다. 그래야 하기 때문이었다.

나는 그들이 바라보는 패턴이 틀렸기 때문에 싸웠다. 그렇다고 나 스스로 그들에게 다른 얘기를 해줄 수는 없었다. 나는 그들이 이 정도는 옳다는 것을 알았다. 일들은 아무 이유 없이 일어나지 않는다는 것. 이 세상에서 그 이유가 나라는 사실을 아는 사람은 나뿐이었다.

나는 그것을 안고 사는 법을 익혔다. 천천히 엄청난 노력과 수고를 들여 길을 찾았다. 나는 그것 없이는 살아갈 방법이 없었다.

왜라는 건 없어. 디나의 말이 맞는다면 세계는 살아갈 수 있는 곳이 아니었다. 만약 디나의 말이 틀린다면, 만약, 그리고 이쪽이 사실이어야 했지만, 만약 세계가 제정신이고 디나의 머릿속에만 아무 이유 없이 축에서 떨어져 나와 빙글빙글 도는 이상한 은하가 있는 거라면 이 모든 일은 나 때문이었다.

나는 피오나를 병원 밖에 내려주었다. 차를 대면서 나는 말했다. "언제 오셔서 팔찌를 발견한 경위에 대해 공식 진술을 하셔야 할 겁니다."

나는 그녀의 눈이 순간 감기는 것을 보았다. "언제요?"

"괜찮으시면 지금요. 래퍼티 씨가 언니분의 물건을 내려놓는 동안 여기서 기다릴 수 있습니다."

"언제……." 피오나의 턱이 건물 쪽으로 향했다. "언니에게 말하실 거예요?"

언제 체포할 것이냐고 묻는 것이었다. "되도록 빨리요. 아마도 내일."

"그러면 그 이후에 갈게요. 그때까지는 언니 옆에 있고 싶어요."

"오늘 저녁에 오시는 편이 더 편하실 겁니다. 지금 제니와 함께 있으면 그게 더 힘들어져요."

피오나는 단조롭게 말했다. "그러겠죠, 네." 그런 후에 피오나는 차에서 내려서 양팔로 쓰레기봉투를 안고 걸어갔다. 마치 그게 너무 무거워서 나르기 힘든 것처럼 몸을 뒤로 젖히고.

나는 BMW를 차고지에 도로 반납하고 더블린캐슬 벽 바깥에서 거리의 부랑아처럼 그늘 속에 숨어 근무가 끝나고 형사들이 퇴근할 때까지 기다렸다. 그런 후에 과장을 찾아갔다.

오켈리는 아직도 자기 자리에 있었다. 동그란 전등 빛 속에 고개를 숙이고 진술서 양식의 줄을 따라 펜을 놀리고 있었다. 코끝에는 독서용 안경을 썼다. 편안한 노란빛에 눈가와 입가에 새겨진 깊은 주름과 군데군데 자라는 새치가 비쳤다. 그는 이야기책에 나오는 노인 같았다. 모든 걸 어떻게 고쳐야 할지 아는 현명한 할아버지.

창밖의 하늘은 겨울다운 검정색을 띠었고 구석에 대충 얼기설기 쌓아놓은 서류 주변에 그림자가 늘어갔다. 사무실은 어릴 때 내가 꿈꾸고 몇 년 동안 찾으려고 애썼던 곳처럼 느껴졌다. 내 추억 속에 비축해놓은 모든 소중하고 사소한 일이 일어났던 곳. 벌써 내 손가락에서 빠져나가며 잃어버리기 시작한 곳.

내가 문 안으로 들어가자 오켈리가 머리를 들었다. 아주 짧은 찰나 그는 피곤하고 슬퍼 보였다. 다음 순간 그 모든 흔적이 씻겨 나가고 그의 얼굴은 텅 비어 전적으로 무표정해졌다.

"케네디 형사." 그는 독서용 안경을 벗으며 말했다. "문 닫아."

나는 문을 닫고 오켈리가 펜으로 의자를 가리킬 때까지 가만히 서 있었다. 그는 말했다. "퀴글리가 오늘 아침에 나를 찾아왔더군."

"그 친구는 그걸 제게 넘겼어야 했습니다."

"나도 바로 그렇게 말했어. 그랬더니 수녀 같은 표정을 지으면서 자네가 실토할지 믿을 수 없었다더군."

하찮은 새끼가. "먼저 그가 뭐라고 말했는지 좀더 듣고 싶습니다."

"자네를 똥통으로 밀어 넣고 싶어서 안달이 났던데. 실질적으로는 자네가 우연히 그의 똥통 속으로 떨어진 거지만. 하지만 이건 있어. 퀴글리는 이 얘기를 자기에게 맞게 왜곡했어, 좋아. 하지만 나는 그가 아예 없는 얘기를 지어낸 건 본 적 없어. 자기 뒤를 닦는 데 무척 조심하는 녀석이니까."

"지어낸 건 아닙니다." 나는 주머니에서 증거물 봉투를 꺼냈다. 그걸 거기 넣고 다닌 지 며칠은 된 것 같은 기분이었다. 그리고 그걸 오켈리의 책상 위에 놓았다.

그는 봉투를 집지 않았다. "자네 쪽의 이야기를 해봐. 서면 진술서도 필요하겠지만 먼저 듣고 싶군."

"커런 형사가 코너 브레넌의 집에서 이걸 찾았습니다. 제가 밖에서 전화를 하는 도중에요. 매니큐어가 제니퍼 스페인의 것과 일치합니다. 모직 섬유는 에마 스페인을 질식시켜 죽이는 데 쓰였던 베개와 일치합니다."

오켈리는 휘파람을 불었다. "망할. 엄마였군. 확실한가?"

"오후 내내 그 여자와 있었습니다. 정식 진술 주의하에서는 자백하지 않을 겁니다만 비공식적으로는 모든 상황을 설명했습니다."

"그건 우리에겐 아무짝에도 소용없어. 이것 없이는." 그는 고갯짓으로 봉투를 가리켰다. "브레넌이 우리 범인이 아니라면 어떻게 이게 그 집에 들어갔나?"

"그는 현장에 있었습니다. 그는 제니퍼 스페인을 끝장내려고 했던 사람입니다."

"그건 천만다행이군. 적어도 완전히 결백한 사람을 체포한 건 아니니까. 어쨌든 소송이 한 건 줄었어." 오켈리는 그 생각을 하며 끙신음 소리를 냈다. "계속해봐. 커런이 이걸 찾았다. 그리고 이게 무슨 의미인지 감이 왔다. 그런 다음엔? 어째서 그걸 제출하지 않았나?"

"커런은 마음을 못 정했습니다. 그의 관점에서는 제니퍼 스페인은 충분히 고통받았기에 그 여자를 체포해봤자 아무런 목적도 이루지 못한다는 거였습니다. 최고의 해결책은 코너 브레넌을 석방하고 패트릭 스페인이 범인이라는 암시로 사건을 종결하는 것이었습니다."

오켈리는 코웃음을 쳤다. "아름답기도 하군. 아름답다는 말밖에 할 게 없어. 허튼소리만 들어찬 멍청이 새끼 같으니. 그래서 이 물건을 주머니에 넣고 아주 침착하게 모른 척 나갔다는 건가."

"그는 이것을 어떻게 할지 결정하는 동안 증거물을 가지고 있으려고 했습니다. 지난밤 저도 아는 한 여자가 커런 형사의 집에 갔습니다. 여자는 이 봉투를 보고 거기 있으면 안 되는 물건이라고 생각해서 가지고 나왔습니다. 여자는 그것을 오늘 아침 제게 전하려고 했습니다만 퀴글리가 여자를 빼돌렸습니다."

"이 젊은 여자 말이지." 오켈리가 말했다. 그는 엄지손가락으로 펜을 눌러 딸깍거리면서 그게 대단히 매혹적인 물건이라도 되는 양 바라보았다. "퀴글리는 나한테 너희가 무슨 미친 스리섬이라도 한 것처럼 말하려고 하던데. 부서의 기강을 바로잡을 필요가 있기 때문에 걱정이 된다면서 무슨 성당 복사라도 된 양 개소리를 하더군. 진짜 이야기는 뭔가?"

오켈리는 언제나 내게 잘해주었다. "그 여자는 제 여동생입니다."

이 말이 그의 관심을 끌었다. "맙소사. 커런이 지금 이 한두 개는 나갔겠는데. 맞아?"

"그는 몰랐습니다."

"그건 변명이 안 되지. 더러운 호색한 새끼."

"과장님, 저는 제 여동생은 되도록 이 일에서는 빼고 싶습니다. 그 아이는 상태가 좋지 않습니다."

"퀴글리도 그 얘기를 하더군, 좋아." 그 말로 봐서는 좋은 일이라고 추정되진 않았다. "여자를 이 일에 끌어들일 필요는 없지. 감사과에서 자네 동생과 얘기하려고 할지 모르겠지만 나는 여자가 더 할얘기는 없다고 말하겠어. 자네 동생이 기자 새끼들에게 나불대지만 않는다면 괜찮을 거야."

"감사합니다."

오켈리가 고개를 끄덕였다. "이거 말인데." 그는 펜으로 봉투를 휙 튕겼다. "오늘까지 이걸 본 적이 없다고 맹세할 수 있나?"

"맹세합니다. 퀴글리가 제 얼굴 앞에 흔들어 보일 때까지는 존재하는지도 몰랐습니다."

"커런이 이걸 언제 주웠대?"

"목요일 아침입니다."

"목요일 아침이라." 오켈리는 따라 했다. 불길한 기운이 그의 목소리에 쌓여갔다. "그러면 그 친구는 이걸 꼬박 이틀 동안이나 혼자 간직한 거군. 자네 두 사람은 깨어 있는 내내 계속 함께했는데도 이건에 대해서는 아무런 말을 하지 않았고. 적어도 나는 자네들끼리는 할 거라고 생각했지. 그리고 커런은 반들거리는 트레이닝복 주머니에 계속 해답을 갖고 있었다. 말해봐, 형사. 대체 어떻게 자넨 그걸 놓칠 수 있었나?"

"저는 사건에 집중했습니다. 제가 알아챈 건……."

오켈리가 폭발했다. "맙소사! 이 일이 너한텐 어떻게 보여? 아주 하찮아? 이건 망할 사건이야. 게다가 자네가 눈을 떼도 아무도 상관하지 않을 만큼 시시한 약물의존자 사건도 아니란 말이야. 여기엔 살해된 애들이 있어. 이제 아주 끝내주는 형사처럼 행동하고 네 주변에서 일어나는 일에 계속 눈을 떼지 않고 봐야 할 중요한 때라는 생각은 하지도 못 했나?"

"커런의 마음속에 뭔가 있다는 건 알았습니다. 그건 놓치지 않았습니다. 하지만 그건 우리가 같은 의견이 아니었기 때문이라고 생각했습니다. 저는 브레넌이 범인이라고 생각했고 다른 데를 찾아보는 건 시간 낭비라고 여겼죠. 커런은 패트릭 스페인이 더 나은 용의자라고 생각했습니다. 자기 말로는 그렇게 생각했다고 했죠. 그래서 우리가 그를 조사하는 데 더 시간을 써야 한다고 했습니다. 저는 그게 다라고 생각했습니다."

오켈리는 나를 계속 몰아세우려고 숨을 들이마셨지만 거기 진심을 담은 건 아니었다. "커런이 오스카상을 타든가." 그는 말했지만 목소리에서는 열기가 이미 빠져나갔다. "너를 한 대 세게 걷어차든가 해야겠어." 그는 두 손가락으로 눈을 문질렀다. "이 새끼 어디 있어?"

"제가 집으로 돌려보냈습니다. 그가 다시 무엇에든 손대지 못하게 하려고요."

"아주 잘했어. 데려와서 아침에 제일 먼저 보고하게 해. 걔가 거기서 살아남으면 감사과 조사가 끝날 때까지 서류 작업을 할 수 있는 책상 하나는 마련해줄 테니까."

"네, 알겠습니다." 나는 그에게 문자를 보낼 생각이었다. 리치와는 얘기하고 싶은 마음이 없었다. 앞으로 다시는.

오켈리가 말했다. "자네 여동생이 증거를 슬쩍하지 않았다면 커런이 그걸 결국에는 제출했겠나? 아니면 화장실 변기 속에 흘려버리고 영원히 입 다물었겠나? 자네는 나보다야 걔를 잘 알겠지. 어떻게 했을 것 같은가?"

그는 그것을 오늘 제출했을 겁니다. 제 한 달 치 월급을 거기 걸겠습니다……. 내가 부러워했던 모든 파트너라면 두 번 생각하지 않고 그렇게 말했을 테지만 리치는 이제 나의 파트너가 아니었다. 그런 적이 한 번도 없었다. "모르겠습니다. 저는 전혀 모르겠습니다."

오켈리가 툴툴댔다. "어느 쪽이든 중요한 건 아닌 거 같군. 커런은 끝났어. 감사과와 윗선, 언론이 나한테 기어오르지 못하게 하면서 할 수만 있다면 나는 걔가 어느 공영 임대 주택 출신이든 거기로 발로 차서 돌려보냈을 거야. 그럴 수는 없으니 다시 정복 경관으로 돌아갈 거야. 그리고 나는 걔한테 근사한 약물의존자와 권총 사건을 잔뜩 배정해줘야겠지. 걔가 연금 타는 날을 손꼽아 기다리도록. 커런도 자기에게 뭐가 좋은지 안다면 입 다물고 받아들일 거야."

과장은 내가 싸움을 걸고 싶은 경우를 대비해서 잠깐 틈을 두었다. 그의 눈은 내게 그래봤자 소용없다는 경고를 보내고 있었고 나도 그러지는 않을 작정이었다. "그게 적절한 결과라고 생각합니다."

"잠깐 기다려봐. 감사과와 윗선에서는 자네도 고깝게 볼 거야. 커런은 여전히 수습 기간이고 자네가 책임자니까. 수사가 실패하면 그건 다 자네 잘못이야."

"그건 받아들이겠습니다. 하지만 아직 수사에 실패했다고 생각하진 않습니다. 제니퍼 스페인하고 병원에 있는 동안 피오나 래퍼티와 마주쳤습니다. 제니퍼의 여동생이죠. 우리가 현장에 출동한 날 아침에 피오나가 이걸 스페인 가족의 현관에서 주웠답니다. 그 여자는 오늘까지 잊어버리고 있었다는군요."

나는 팔찌가 든 봉투를 꺼내서 책상 위 다른 봉투 옆에 놓았다. 내 마음속 작고 초연한 한 부분에서는 손 떨림 없이 그 일을 해낼 수 있어서 기뻤다. "피오나 래퍼티는 이것이 제니퍼 스페인의 팔찌라는 것을 확인했습니다. 색깔과 길이로 봐서 팔찌에 긴 머리카락은 의심할 바 없이 제니퍼나 에마의 것이겠지만 감식반에서 어느 쪽인지 별 무리 없이 말해줄 수 있을 겁니다. 제니퍼의 머리 색깔이 좀더 옅습니다. 만약 이게 에마의 것이라면, 저는 그렇다고 장담합니다만, 여전히 우리는 사건을 해결할 수 있습니다."

그는 펜을 딸깍거리면서 날카롭고 작은 눈을 내게 고정하고 한참 바라보았다. "아주 편리한데."

질문이었다. 나는 말했다. "그저 아주 운이 좋았습니다."

다시 한참 침묵이 흐른 뒤에 그가 고개를 끄덕였다. "오늘 밤에 로또 한 장 사는 것도 좋겠어. 자네는 아일랜드에서 가장 운이 좋은 남자일 테니까. 이 물건이 나타나지 않았다면 자네가 얼마나 곤란해졌을지 내가 굳이 말해줘야겠나?"

스코처 케네디, 고지식한 사람 중에 제일 고지식한 인간. 이십 년

근무하는 동안 한 번도 선을 넘지 않았다. 이 한 점의 의혹 이후에는 오켈리는 내가 눈처럼 깨끗하다고 믿을 것이다. 다른 사람도 그럴 것이다. 심지어 변호인도 시간을 낭비하면서 증거물에 의심을 제기하진 않을 것이다. 퀴글리가 지랄하며 말을 흘리겠지만 아무도 그의 말을 듣지 않을 것이다. "아닙니다."

"이걸 증거보관실에 제출해, 빨리. 자네가 그걸 망칠 방법을 찾기 전에. 그리고 집에 가. 잠도 좀 자고. 월요일에 감사과를 상대하려면 자네부터 맑은 정신이어야 할 테니까." 그는 독서용 안경을 코 위에 얹고 다시 진술서 위로 고개를 숙였다. 우리의 얘기는 끝났다.

"과장님, 또 드릴 말씀이 있습니다."

"오, 세상에. 이 난장판하고 관련된 쓰레기가 더 있다고 해도 듣고 싶지 않아."

"그런 건 아닙니다, 과장님. 이 사건이 마무리되면 저는 사직하고 싶습니다."

그 말에 오켈리가 머리를 쳐들었다. 그는 잠시 후 물었다. "왜?"

"이제 변화를 찾을 때라고 생각합니다."

날카로운 눈이 나를 찔렀다. "자넨 아직 삼십 년을 채우지 못했어. 예순 살이 될 때까지는 연금 못 받아."

"압니다."

"대신에 그럼 뭘 할 건가?"

"아직은 모릅니다."

그는 펜으로 앞에 놓인 종이를 톡톡 치면서 나를 바라보았다. "내가 자네를 너무 일찍 경기장에 내놨군. 자네 상태가 아주 좋아진 줄 알았지. 벤치 신세를 면하고 싶어서 안달이 났다고 확신했었는데."

그의 목소리에는 근심, 어쩌면 동정 같은 것이 어려 있었다. 나는 말했다. "그랬습니다."

"자네가 준비되지 않았다는 걸 알아차렸어야 했는데. 이 난장판이 자네 신경을 뒤흔들었군. 그게 다야. 몇 밤 잘 자고 친구들이랑 술 몇 잔 마시면 좋아질 거야."

"그렇게 간단하지 않습니다, 과장님."

"어째서? 다음 몇 년 동안 커런과 같은 책상을 쓰지 않아도 돼. 그게 자네가 걱정하는 거라면 말이지. 이건 내 실수였어. 내가 윗선에 그걸 말하겠네. 나는 자네가 사무 업무로 강등되길 바라지 않아. 자네보다도 더. 그러면 난 저기 저 얼간이들 무리와 함께 처박히게 될 텐데." 오켈리는 머리로 수사과 사무실을 가리켰다. "나는 자네가 부당 대우를 받는 걸 가만 두고 보지 않을 거야. 물론 질책은 호되게 받겠지. 며칠 휴가가 깎일 수도 있고. 하지만 꽤 많이 쌓아놓지 않았나? 모든 게 정상으로 돌아갈 거야."

"고맙습니다, 과장님. 그건 정말 감사합니다. 하지만 저는 무슨 처벌이 내리든 순순히 받을 겁니다. 과장님 말씀이 맞습니다. 제가 이걸 눈치챘어야 했습니다."

"그게 단가? 속임수를 놓쳐서 삐친 거야? 세상에, 이 친구야, 이제 모두 끝났어. 다른 형사들에게서 뒷말이야 좀 듣겠지. 완벽한 형사가 바나나 껍질을 밟고 엉덩방아를 찧었다니 이런 기회를 거부하려면 무슨 성자여야 할 거 아닌가. 자네는 살아남을 거야. 정신 차리고 내게 이런 작별 연설 따위는 하지도 마."

내가 이제껏 손댄 모든 것을 더럽혀서만은 아니었다. 이 얘기가 퍼진다면 내 이름으로 된 사건 해결은 뭐 하나 안전하지 않을 것이다. 내가 논리보다 더 깊은 어딘가에 있는 직감으로 다음 사건을 놓치고 그다음도 그 이후의 다음도 놓칠 거라는 사실을 알았기 때문만도 아니었다. 이유는 내가 위험하기 때문이다. 선을 넘는 것이 그렇게 쉬워지면 일단 다른 길이 없다. 무척 자연스럽게. 우리는 자신에게 얼마든지 이렇게 말할 수 있다. 이번 한 번뿐이야. 다시는 일어나지 않아. 이번은 달랐어. 그렇지만 언제나 '한 번 만 더'가 있다. 다시 한 걸음 나아가야 할 필요가 있는 특별한 사건이 있다. 제방에는 처음의 작은 구멍 하나면 된다. 너무 작아서 그 무엇에도 해를 끼치지 않을 구멍. 그렇지만 물이 그것을 찾아낸다. 그 틈으로 비집고 들어와서 밀어내고 깎아낸다. 아무 생각 없이 끊임없이 내가 지은 제방이 와르르 무너지고 온 바다가 포효하며 밀려올 때까지. 그걸 막을 유일한 기회는 처음에만 있다.

나는 말했다. "삐친 게 아닙니다, 과장님. 제가 이전에 일을 망쳤을 때도 뒷말은 들었습니다. 그게 즐겁지는 않았습니다만 살아남았죠. 어쩌면 과장님 말씀이 맞습니다. 제 신경이 망가진 걸 수도 있습니다. 제가 할 수 있는 말은 이제 이곳은 제게 맞는 곳이 아니란 겁니다."

오켈리는 펜을 돌리며 내가 하지 않은 말이 있는지 나를 찬찬히 보았다. "자네는 무척 확신하고 있군. 일단 가면 다시는 돌아올 권리가 없다는 걸 재고해봐. 그걸 생각해보게. 오랫동안 열심히 생각해봐."

"그러겠습니다. 제니퍼 스페인 재판이 끝나고 마무리될 때까지는 그만두지 않을 겁니다."

"좋아. 그동안 다른 사람에게는 이 얘기를 하지 않겠어. 언제든 다시 와서 마음을 바꿨다고 말하게. 그럼 우리는 그에 대해서 더 말하지 않을 거야."

우리 둘 다 내가 마음을 바꾸지 않으리라는 사실을 알았다. "고맙습니다. 배려해주셔서 감사합니다."

오켈리는 고개를 끄덕였다. "자네는 좋은 경찰이야." 그는 말했다. "망쳐버리면 안 될 사건을 잘못 골랐지, 그건 맞아. 하지만 자네는 좋은 경찰이야. 그 사실을 잊지 말게."

나는 문을 닫기 전에 마지막으로 사무실을 둘러보았다. 내가 살인수사과에 합류한 이래로 오켈리가 줄곧 써오던 녹색 머그잔, 그가 책장에 보관하는 골프 트로피, 수사과장 G. 오켈리라고 쓰인 황동 명패 위로 부드러운 빛이 떨어졌다. 과거의 나는 이곳이 언젠가는 내 사무실이 되기를 바라곤 했다. 그 장면을 무척 여러 번 그려보았다. 로라의 사진과 제리 누나의 아이들 사진이 있는 액자를 책상 위에 두고, 나의 곰팡내 나는 낡은 범죄학 책들을 책장에 꽂아두고 어쩌면 분재 화분이나 열대어를 키울 수조를 놓을 수도 있었다. 오켈리가 사라지길 바랐다는 건 아니다. 그랬던 건 아니었다. 하지만 우리가 꿈을 생생하게 유지하지 못하면 도중에 그 꿈들은 길을 잃기도 한다. 그건 내 것이었고, 이제는 사라졌다.

나는 차에 올라타고 디나의 집으로 갔다. 그 애의 집과 벼룩이 득시글거리는 건물의 다른 집들을 다 찾아다니면서 막돼먹은 패배자들의 얼굴에 내 신분증을 들이밀었다. 그들 중 누구도 요새는 디나를 보지 못했다고 했다. 나는 전 애인들의 집 네 곳을 찾아갔지만 "디나가 나타나면 연락 좀 줘요"라고 말할 때마다 대답은 인터폰을 쿵 내려놓는 소리일 뿐이었다. 나는 제리 누나의 동네 구석구석을 훑으면서 불 켜진 창문이 디나의 눈을 끌 만한 술집을 다 찾아보고 위로가 될 만하다 보이는 녹지대들을 다 들러보았다. 내 집에도 가봤고 인간 이하의 사악한 존재들이 손에 넣을 수 있는 온갖 사악한 것들을 파는 근처의 뒷골목들을 뒤졌다. 디나에게 수십 번 전화도 걸어봤다. 브로큰하버에도 가볼까 생각했으나 디나는 운전을 하지 못했고 택시를 타고 가기에도 너무 먼 거리였다.

대신에 나는 도심을 차로 돌면서 차창 밖으로 몸을 내밀고 지나치는 모든 여자들의 얼굴을 확인했다. 추운 밤이라 모두가 모자와 스카프, 후드로 꽁꽁 감싸고 있었다. 날씬하고 우아한 여자의 걸음걸이를 보면 나는 희망으로 목이 막혔고 여자의 얼굴을 볼 수 있을 만큼 몸을 쭉 빼기를 십여 번이었다. 스틸레토 힐을 신고 담배를 문 체구가 작고 머리가 검은 여자가 내게 꺼지라고 소리를 질렀을 때야 자정이 넘었고 내가 어떻게 보일지를 깨달았다. 나는 길옆에 차를 세우고 거기 오랫동안 앉아 디나의 음성 메시지를 들었다. 내 숨결이 차 안의 냉기 속에서 하얀 김으로 바뀌는 것을 바라보다가 결국에는 포기하기로 마음을 먹고 집으로 갈 수 있었다.

한참을 침대에 누워 있는데 새벽 3시가 넘었을 즈음 아파트 문 앞에 더듬거리는 소리가 들렸다. 몇 번의 시도 끝에 열쇠가 구멍 속에서 돌아가더니 한 줄기 띠처럼 희끄무레한 빛이 복도로부터 거실 안으로 들어와 널리 퍼졌다. "마이키?" 디나가 속삭였다.

나는 가만히 그대로 있었다. 빛의 띠가 줄어들어 아무것도 남기지 않고 사라지면서 문이 딸깍 닫혔다. 무대에서 발꿈치를 들고 걷듯이 마룻바닥을 가로지르는 조심스러운 발소리. 다음 순간 내 침실 문간에 나타난 그 애의 실루엣. 암흑을 응축한 가냘픈 형체가 불확실하게 약간 흔들렸다.

"마이키." 디나는 이번에는 속삭임보다 약간 크게 말했다. "깨어 있어?"

나는 눈을 감고 고른 숨을 내쉬었다. 잠시 후 디나는 한숨지었다. 어린이가 종일 밖에서 놀고 들어온 후에 힘이 다 빠져서 내는 작은 소리였다. "비가 와." 디나는 혼잣말하듯 중얼거렸다.

디나가 바닥에 앉아 부츠를 벗는 소리가 들렸다. 한 짝씩 합판 바닥 위로 떨어지며 나는 쿵 소리. 디나는 침대 위 내 옆으로 올라오더니 이불을 끌어올리고 귀퉁이를 꼭꼭 잘 쑤셔넣었다. 디나가 자기 등을 끈질기게 내 가슴 쪽으로 밀어서 나는 결국 한 팔로 그 애를 감쌌다. 디나는 다시 한숨을 쉬더니 머리를 베개에 깊게 파묻고 코트의 칼라 끝을 입에 물고 잠들 준비를 했다.

오랜 세월 그 많은 시간 동안, 제리 누나와 나는 디나에게 수없이 많은 질문을 했으나 절대로 물어볼 수 없는 한 가지 질문이 있었다. 물가에서 파도가 너의 발목을 감싸고 있을 때, 네가 밀어냈니? 엄마의 따뜻한 손가락이 움켜쥔 팔을 비틀어 빼고 어둠 속으로 뛰어 들어갔니? 너를 꽉 감싸고 엄마의 부름에서 숨겨준, 속삭이는 물대 속으로? 아니면 엄마가 물가의 끝을 넘어 발을 내딛기 전에 마지막으로 그렇게 한 거니? 엄마가 손을 풀고 너를 놓아주면서 너에게 외친 거야? 뛰어, 뛰라고? 나는 그날 밤 그 질문을 할 수도 있었다. 그 밤이라면 디나가 대답해주었으리라 생각한다.

나는 디나가 자기 코트 칼라를 빠는 작은 소리, 점점 느려지며 잠으로 깊이 빠져드는 숨소리에 귀를 기울였다. 디나에게서는 거칠고 차가운 공기, 담배와 블랙베리의 냄새가 났다. 그 애의 코트가 비로 흠뻑 젖어서 물기가 내 파자마까지 스며들었고 내 피부도 서늘해졌다. 나는 가만히 누워 내 뺨에 닿은 그 애의 젖은 머리카락 감촉을 느끼며 어둠 속을 들여다보면서 새벽을 기다렸다.

감사의 말

　많은 사람들에게 깊은 감사의 말을 전하고 싶습니다. 모든 작가가 꿈꾸는 편집자가 되어주신 바이킹 출판사의 조시 켄들, 아셰트 북스 아일랜드의 시애라 콘시딘과 호더 앤드 스토턴의 수 플레처, 클레어 페라로, 벤 페트론, 메건 펄런과 바이킹사의 모든 분, 브레다 퍼듀와 루스 션, 시애라 둘리와 아셰트 북스 아일랜드의 모든 분, 스워티 갬블과 에마 나이트, 제이미 프로스트 및 호더 앤드 스터튼의 모든 분, 달리 앤더슨 에이전시에서 훌륭한 요정 대모들이 되어준 매디, 로재나, 조이, 카시아, 소피와 클레어, 에이전시 포 퍼포밍 아트의 스티브 피셔, 탐정 같은 눈으로 세부 사항을 봐준 교열 담당자 레이철 버드, 아마도 어떤 유의 목록에 올라갈 만한 여러 질문에 대답해준 퍼거스 오코클라인 박사님, 책 내용과 책 바깥에서 컴퓨터 관련 지식에 도움을 준 앨릭스 프렌치, 경찰 수사 과정의 모든 올바른 묘사는

다 이분의 덕이지만 올바르지 못한 묘사에는 전혀 책임이 없는 데이비드 윌시, 웃고 이야기하고 술 마시며 안아주고 그 밖의 많은 일을 함께해준 우너 '샌드박스' 몬태규, 앤마리 하디먼, 켄드라 합스터, 캐서린 패럴, 디 로이크로프트, 메리 켈리, 수전 콜린스와 셰릴 스테켈, 이 말을 '윙딩 폰트'로 쓰게 만든 데이비드 라이언, 저의 부모님이신 엘레나 보스토프롬바르디(그분이 없었다면 이 책은 2015년에나 완성되었겠죠)와 데이비드 프렌치, 그리고 나의 남편인 앤서니 브리트나크에게 언제나, 그리고 헤아릴 수 있는 것 이상의 감사를 보냅니다.

타나 프렌치

옮긴이 박현주

고려대학교 영어영문학과와 동 대학원을 졸업하고 일리노이 대학교에서 언어학 박사 학위를 취득했다. 작가 번역가 칼럼니스트로 활약하고 있다. 도러시 L. 세이어즈 『탐정은 어떻게 진화했는가』, 조이스 캐럴 오츠 『악몽』, P.D. 제임스 『죽음이 펨벌리로 오다』, A.S.A 해리슨 『조용한 아내』 등을 번역했으며 에세이 『로맨스 약국』, 소설 『나의 오컬트한 일상』, 『서칭 포 허니맨』을 집필했다.

브로큰 하버

Broken Harbour

초판 발행 2023년 1월 30일

지은이 타나 프렌치 | **옮긴이** 박현주

책임편집 임지호 | **편집** 이송 | **외주편집** 김정현 | **표지디자인** 최윤미 | **본문디자인** 이주영
저작권 박지영 형소진 이영은
마케팅 정민호 이숙재 김도윤 한민아 이민경 안남영 김수현 왕지경 황승현 김혜원
브랜딩 함유지 함근아 박민재 김희숙 고보미 정승민
제작 강신은 김동욱 임현식 | **제작처** 영신사

펴낸곳 (주)문학동네 | **펴낸이** 김소영
출판등록 1993년 10월 22일 제2003-000045호

주소 10881 경기도 파주시 회동길 210
문의 031-955-2637(편집) 031-955-2696(마케팅) 031-955-8855(팩스)
전자우편 editor@elmys.co.kr | **홈페이지** www.elmys.co.kr

ISBN 978-89-546-9969-3 03840

엘릭시르는 출판그룹 문학동네의 장르소설 브랜드입니다.